"*Dünyanın bir yarısı, öbür yarısının zevk aldığı şeyleri anlayamıyor.*"
Jane Austen

EMMA

Jane Austen

KORİDOR YAYINCILIK - 500

ISBN: 978-625-7781-43-5

YAYINEVİ SERTİFİKA NO: 49242
MATBAA SERTİFİKA NO: 51888

Emma
Jane Austen

Özgün Adı: **Emma**

© Tüm hakları saklıdır. Yayıncının izni olmaksızın çoğaltılamaz, kaynak gösterilmek suretiyle alıntı yapılabilir.

Dizi editörü: Zübeyde Abat
Editör: Alev Bulut
Çeviren: Çiğdem Öztekin
Kapak tasarımı: Tuğçe Ekmekçi

Baskı: Ekosan Matbaacılık, İstanbul

EKOSAN MATBAACILIK
Maltepe Mah. Hastaneyolu Sok. No: 1 (Taral Tarım Binası)
Zeytinburnu - İstanbul

Cilt: Buluş Cilt, İstanbul

1. Basım: Ağustos 2021, İstanbul
2. Basım: Ekim 2021, İstanbul

KORİDOR YAYINCILIK
Ömerli Mah. Harman Tepe Cad. No: 17 Kat: 4
Arnavutköy / İstanbul
Tel: 0212 – 544 41 41 / Faks: 0212 – 544 66 70
Info@koridoryayincilik.com.tr
www.koridoryayincilik.com.tr

EMMA

Jane Austen

Çeviren:
Çiğdem Öztekin

JANE AUSTEN 16 Aralık 1775'te İngiltere'nin Hampshire kasabasında sekiz çocuklu bir ailenin son çocuğu olarak dünyaya geldi. Altı erkek kardeşi ve hayatı boyunca en yakın arkadaşı ve sırdaşı Cassandra ile birlikte kalabalık, neşeli bir evde büyüdü. 1783'te Oxford'da başladığı eğitimine Southampton'da devam etti ve son olarak da kadınlar için bir okul olan Reading, Berkshire'da Abbey okuluna gitti. Yaşadığı dönemdeki kadınlardan daha iyi bir eğitim alma şansına erişti. Kendisini destekleyen bir aile ortamının etkisiyle roman yazmaya yöneldi. Bilinen ilk yazıları 1787 yılına dayanmaktadır. Hayatı boyunca dört roman yazmıştır ve bunların hepsi sinemaya uyarlanmıştır. Hiç evlilik yapmayan, bunun yerine romanlarının büyük bölümünün geçtiği Bath dahil birkaç yerde ailesiyle birlikte yaşayan Austen sosyal olaylara ironik bakış açısı ve güçlü kadın karakterleriyle 19. yüzyılda modern roman dilini oluşturmuştur. Yaşadığı dönemde kadınların kitap yazması ayıp sayıldığından, kendisinin saygınlığını korumak için kitaplarını "a lady" şeklinde imzalamıştır. Jane Austen 18 Temmuz 1817'de öldü ve Winchester Katedrali mezarlığına gömüldü.

ÇEVİRMEN HAKKINDA

Çiğdem Öztekin (Bozdoğan): 1953'te Mersin'de doğdu. Sankt Georg Avusturya Lisesi'ni ve İ.Ü. İşletme Fakültesi'ni bitirdi. Pazarlama dalında yüksek lisans eğitimini tamamladı. Lise yıllarından başlayarak çeviriye yöneldi, ilk çevirileri 1971 yılında Milliyet ve Altın Kitaplar'da yayımlandı. Gerek Almanca gerekse İngilizce'den Johannes Mario Simmel, Heinrich Böll, Stephan Zweig, Harry Martinson, Walter Schlink, Agatha Christie, James Baldwin gibi birçok batılı yazarın yaklaşık iki yüz romanını dilimize kazandırdı. Bunun yanında işletmecilik, cam sanayii, tekstil alanlarında teknik çevirileri de bulunmaktadır.

EDİTÖR HAKKINDA

Alev Bulut: Hacettepe Üniversitesi İngiliz Dili ve Edebiyatı Bölümü'nü bitirdi. Çeşitli yayınevlerinden yazın ve yazın dışı çok sayıda kitap çevirisi, çeşitli dergi ve kitaplarda yayımlanmış makale ve öykü çevirileri, yazın ve dil konularında deneme, inceleme yazıları ve kitapları bulunmaktadır. İstanbul Üniversitesi Çeviribilim Bölümü'nde öğretim üyesidir.

BÖLÜM I

Güzel, akıllı, varlıklı bir kız olan Emma Woodhouse'un rahat, huzurlu bir evi vardı; yaradılışı gereği mutlu, neşeli bir kızdı. Varoluşun neredeyse tüm nimetlerini kendinde toplamış gibiydi ve ömrünün ilk yirmi yılını pek bir sıkıntı, üzüntü çekmeden geçirmişti.

Sevecen, yumuşak huylu, ilgili bir babanın iki kızından küçük olanıydı; ablasının evlenmesi üzerine Emma çok küçük yaşta evin hanımı olmuştu. Çok erken yitirdiği annesinin yakınlığını, şefkatini hayal meyal anımsıyordu; onun yerini kusursuz bir kadın olan mürebbiyesi doldurmuş, sevgi konusunda ona annesini pek aratmamıştı.

Ailelerine katılalı tam on altı yıl olan Miss Taylor, Woodhouse kızları için bir mürebbiyeden ziyade yakın bir arkadaş olmuştu. Evin kızlarının her ikisini de çok sevmişti, özellikle de Emma'yı. Emma ile aralarında bir abla kardeş yakınlığı vardı. Miss Taylor'ın yumuşak huyu, Emma küçük bir çocukken bile ona herhangi bir konuda baskı yapmasına engel olmuştu. Emma'nın mürebbiyeye gerek duyduğu çağ geçtikten ve Miss Taylor da mürebbiyelik görevini resmen bıraktıktan sonra da birbirlerini çok seven yakın iki arkadaş olarak kalmışlardı. Bu arada Emma canı ne isterse onu yapıyor, aynı zamanda Taylor'ın görüşlerine de değer veriyor ama sonuçta kendi bildiğini okuyordu.

Emma'nın kusuru; gerektiğinden fazla başına buyruk olması, kendi bildiğini yapması ve kendini biraz fazla beğenmesiydi. Bu kusurlar yaşamında karşılaşabileceği birçok zevki tehlikeye atabilecek dezavantajlardı. Ancak bu tehlike şimdilik fark edemeyeceği kadar uzaktı ve Emma'nın bunu talihsizlik olarak nitelendirmek aklının ucundan bile geçmiyordu.

Aslında Emma'nın hüznü tatmadığı söylenemezdi ama tatlı bir hüzündü bu tattığı, Emma'nın vicdanını rahatsız edecek türden hiç değildi. Miss Taylor evlenmişti. Miss Taylor'ı yitirmek Emma'nın hüzünle ilk karşılaşmasıydı ama aslında bu da tam anlamıyla bir hüzün sayılmazdı. Çok sevgili dostunun evlendiği gün Emma belki de yaşamında ilk kez uzun bir süre yüzünde yaslı bir ifade ile oturdu. Düğün töreni bitip, gelin ve davetliler evlerine gidince Emma'yla babası akşam yemeğinde baş başa kaldılar, üstelik artık onları neşelendirecek üçüncü bir kişi olasılığı olmadığını da biliyorlardı. Yemekten sonra Mr. Woodhouse her zamanki gibi arkasına yaslanıp uyuklamaya başlayınca, Emma için de oturup yaşamlarındaki bu kaybı düşünmek dışında yapacak bir şey kalmadı.

Bu evlilik sevgili arkadaşı için her açıdan mutluluk vadediyordu. Miss Taylor'ın evlendiği adam, yani Mr. Weston; düzgün, kusursuz denebilecek kadar iyi karakterli, varlıklı; yaşı yaşına uygun, hoş tavırları olan biriydi. Emma cömert ve yüce gönüllü bir arkadaş olarak Miss Taylor'ın bu adamla evlenmesini çok istemiş, onların aralarındaki bağı perçinlemeye çalışmıştı. Bunu düşünerek kendini avutmaya çalışıyordu ama bu kolay değildi; bu çabası sonuçta üzülmesine neden olmuştu. Miss Taylor gitmişti ve artık Emma onun eksikliğini günün her saatinde hissedecekti. Eski günleri, on altı yıl boyunca gördüğü şefkat ve iyilikler Emma'nın aklından çıkmıyordu; beş yaşından beri Miss

Taylor onunla oynamış, ona ders vermiş, ömrünü Emma'yı hoş tutup ona güzel zaman geçirtmeye adamıştı. Çocukluk dönemi hastalıklarına yakalandığındaysa ona yine o bakıp iyileştirmişti. Bütün bunlardan dolayı ona çok büyük minnet borcu vardı ama son yedi yıldaki ilişkileri çok daha değerli, çok daha sıcak, çok daha içten olmuştu. Yedi yıl önce, yani ablası Isabella evlendikten sonra Emma ile Miss Taylor baş başa kalmış, çok geçmeden iki akran gibi aralarındaki tüm resmiyeti, mesafeyi kaldırmışlardı. Miss Taylor, Emma için çok az kişinin sahip olabileceği bir dost, bir can yoldaşıydı; zeki, bilgili, becerikli, sevecen, yumuşak ve tatlı dilli olduğu kadar evin ve ailenin tüm girdi çıktısını bilen, sorunlarıyla ilgilenen, özellikle de Emma'yı çok seven, tüm zevkleri ve hayalleriyle ilgilenen bir arkadaş. Emma ona her aklına geleni, aklına geldiği anda söyleyebiliyordu ve Miss Taylor da onu söylediklerinde asla kusur bulmayacak kadar seviyordu.

Böyle birinin yokluğuna nasıl dayanılabilirdi? Gerçi Miss Taylor'ın yeni evi yalnızca beş yüz metre uzaktaydı ama Emma orada yaşayan Mrs. Weston ile kendisiyle aynı evde yaşayan Miss Taylor arasında çok fark olacağının bilincindeydi. Yaradılışına ve ailesinin sağladığı tüm imkânlara rağmen Emma ruhsal ve zihinsel açıdan yalnızlık tehlikesiyle karşı karşıyaydı. Babasını çok seviyordu ama onunla arkadaşlık etmesi söz konusu bile olamazdı çünkü Mr. Woodhouse ile ne ciddi ne de havadan sudan bir konuda sohbet etmesi mümkündü.

Baba ile kız arasındaki yaş farkından kaynaklanan olumsuzluklar (Mr. Woodhouse bir hayli geç evlenmişti), babasının kuralcı kişiliği ve alışkanlıklarıyla daha da belirgin şekilde ortaya çıkıyordu. Yaşamı boyunca ne zihinsel ne de bedensel bir faaliyette bulunan, hareketsiz bir ömür geçiren Mr. Woodhouse sürekli sağlığının bozuk olduğundan yakındığı dikkate alındığında birçok açıdan aslında olduğundan çok daha yaşlı bir adam sanılabilirdi. Gerçi dost canlısı, iyi kalpli ve kibar bir insandı; herkes tarafından seviliyor, sayılıyordu ama bu vasıfları onun aranılan biri olmasına yetmiyordu.

Emma'nın ablası evlenmişti, pek uzağa gitmiş sayılmazdı, yalnızca yirmi beş kilometre uzaktaki Londra'ya yerleşmişti ancak yine de Emma'nın her gün görüşebileceği, arkadaş gereksinimini giderebileceği kadar yakın da değildi. Bu da demek oluyordu ki Emma uzun ekim ve kasım akşamlarını Hartfield Malikânesi'nde yalnızlık çekerek, sıkıntıyla mücadele ederek geçirecek, Noel'in gelmesini bekleyecekti. Ancak o zaman Isabella, kocası ve çocukları uzunca bir süre için gelip evi dolduracak, Emma'nın yalnızlığını giderecek, neşesini yerine getireceklerdi.

Hartfield Malikânesi müstakil geniş korusu, fidanlıkları, çimenlik alanlarıyla köy olarak tanımlanmasına rağmen aslında kasaba denilebilecek kadar büyük ve kalabalık olan Highbury köyünün bir parçasıydı. Highbury'de yaşayanlar arasında Emma'nın dengi olabilecek biri yoktu. Woodhouse ailesi kasabanın ileri gelenlerindendi. Herkes onlara saygı gösteriyordu. Emma'nın köyde birçok tanıdığı vardı, babası herkese kibar davranan bir adamdı ama köyde yarım günlüğüne bile olsa Miss Taylor'ın yerini tutacak biri yoktu. Miss Taylor'ın evlenmesi Emma için üzücü bir durumdu, buna boş veremiyor, üzülüyor; kendini olamayacak şeyler dilemekten alıkoyamıyordu. Yine de babası uyanınca ister istemez neşeli davranmak zorunda kalıyordu. Babasının ruhsal açıdan desteğe ihtiyacı vardı. Sinirli bir adamdı, çok kolay sıkılıyor, hüzünleniyordu. Çevresinde alışık olduğu insanların olmasından hoşlanır, onlardan ayrılmaktan nefret ederdi. Köklü değişikliklerin kaynağı olan evlilik onun için her koşulda, ne olursa olsun istenmeyecek, can sıkıcı bir durumdu. Aradan yedi yıl geçtiği hâlde hâlâ büyük kızının evlenmesiyle uzlaşamamış, kızından, ona acıyarak bahsetmekten vazgeçememişti; hem de kızı çok iyi biriyle, tam anlamıyla bir aşk evliliği yapmış olmasına rağmen. Biraz bencillikten biraz da başkalarının kendisinden farklı hissedebileceklerini düşünemediğinden Miss Taylor'ın da onlar gibi üzüldüğüne, onlarla kalsa çok daha mutlu olacağına inanmak istiyordu.

Yalnız kaldıkları ilk akşamda Emma onu bu karamsar düşüncelerden uzaklaştırmak için elinden geldiğince neşeli olmaya, gülüp sohbet etmeye çalıştıysa da babasının ne çay saatinde ne de yemekte sofra başında aynı şeyi söylemesini önleyebildi.

"Zavallı Miss Taylor! Keşke burada olabilseydi! Mr. Weston'ın onunla evlenmek istemesi onun için iyi olmadı."

"Bu konuda size katılamayacağım, babacığım, bunu biliyorsunuz! Mr. Weston; çok iyi huylu, kibar, sevimli, muhteşem bir adam. Miss Taylor gibi iyi bir eşi kesinlikle hak ediyor. Miss Taylor'ın da kendine ait bir evi olabilecekken ömrünü burada, benim tuhaf kaprislerime katlanarak geçirmesini umuyor olamazsınız, öyle değil mi?"

"Kendi evi mi? Neden kendi evi olacakmış ki bunun ne yararı var? Bu ev onların evinden üç kat büyük, ayrıca senin de tuhaf kaprislerin falan da yok, yavrum."

"Zaten onları sık sık ziyarete gideceğiz, onlar da bizi ziyaret edecekler. Her zaman görüşeceğiz. Yine de ilk adımı bizim atmamız gerekiyor. Gecikmeden gidip yeni evlileri kutlamalıyız."

"Ah tatlım, ben o kadar uzağa nasıl giderim? Randalls Köşkü o kadar uzak ki! O yolun yarısını bile yürüyemem."

"Ama babacığım, hiç kimse sizden yürümenizi beklemiyor ki. Tabii ki arabayla gideceğiz."

"Araba mı? James o kadar kısa bir yol için arabaya atları koşmak istemez! Ayrıca biz içerideyken zavallı atlar orada ne yapacak?"

"Mr. Weston'ın ahırına koyacağız, babacığım. Bunların hepsini konuşup kararlaştırdığımızı biliyorsunuz. Daha dün gece Mr. Weston'la da bunu konuştuk, ayarladık. James'e gelince; Randalls'a gitmekten mutluluk duyacağından emin olabilirsiniz çünkü kızı orada hizmetçi olarak çalışıyor. Durum böyle olunca James bizi Randalls'tan başka bir yere götürmek ister mi, asıl onda kuşkum var. Üstelik de bu sizin sayenizde oldu, babacığım. James'in kızı Hannah'ya Randalls'taki bu işi bulan sizsiniz. Siz önerinceye kadar Hannah kimsenin aklına gelmemişti. James bundan dolayı size öyle minnettar ki!"

"Hannah aklıma geldiği için ben de çok mutluyum. Neyse ki bu konuda şansım yaver gitti, zavallı James'in önemsenmediği gibi bir hisse kapılmasını istemezdim. Ayrıca Hannah'nın çok iyi bir hizmetçi olacağından da eminim; çok terbiyeli, tatlı dilli bir kız. Onu çok beğeniyorum. Ne zaman rastlasam çok nazik ve hoş bir şekilde reverans yaparak selam veriyor, nasıl olduğumu soruyor. Sen dikiş nakış işlerine yardım etmesi için buraya çağırdığında da kapı tokmaklarını doğru yöne çevirdiği, kapıları çarpmadan usulca kapattığı hep dikkatimi çekmiştir. Kusursuz bir hizmetçi olacağından hiç kuşkum yok, zavallı Miss Taylor açısından da yanında görmeye alışık olduğu birinin olması iyi. Bu arada James, kızını görmek için Randalls'a her gittiğinde Miss Taylor ondan bizimle ilgili haberleri alabilecek. James ona bizim nasıl olduğumuzu anlatacaktır."

Emma bu iyimser düşünce akışını sürdürmek için elinden geleni yaptı, babasıyla biraz da tavla oynarsa onu avutabileceğini, böylece katlanılabilecek bir akşam geçireceklerini umuyordu. Zaten kendisi yeterince üzülüyordu, bunu artırmanın hiç anlamı yoktu. Tam tavla masasını kuruyordu ki gelen konuklar sayesinde buna gerek kalmadı.

Mr. Knightley otuz yedi, otuz sekiz yaşlarında aklı başında, çok düzgün bir adamdı; çok eski ve yakın bir aile dostu olmanın dışında Isabella'nın kocasının ağabeyi olduğu için artık hısım da sayılırdı. Highbury köyünün bir buçuk kilometre kadar dışında yaşıyordu. Hartfield'e sık sık uğrar ve her defasında mutlulukla karşılanırdı. Bu kez her zamandan da daha iyi karşılandı çünkü Mr. Knightley doğrudan Londra'daki ortak akrabalarının yanından geliyordu. Birkaç günlük yolculuktan o akşam dönmüş, geç bir akşam yemeği için kendi evine uğramış ve hemen sonrasında da Brunswick Meydanı'ndaki ortak akrabalarının iyi olduklarını haber vermek için Hartfield'e kadar yürümüştü.

Gelişi iyi de olmuştu, Mr. Woodhouse bir süreliğine de olsa canlandı. Neşeli, açık sözlü bir adam olan Mr. Knightley, Mr. Woodhouse'a her zaman iyi gelirdi. Mr. Woodhouse'un "Zavallı Isabella" ile çocukları hakkında sorduğu tüm sorulara tatmin edici yanıtlar verdi. Soru cevap faslı bittikten sonra Mr. Woodhouse minnettarlıkla "Çok naziksiniz, Mr. Knightley," dedi. "Bu geç saatte gelip bizi görmek zahmetine katlanmış olmanız büyük incelik. Korkarım evinizden buraya kadar yürümek sizin için çok zor olmuştur."

"Hiç öyle değil, efendim. Mehtap var, çok güzel bir gece. Hava ılık. Hatta sizin şu kocaman ateşinizin başından biraz uzaklaşmak gerektiğini hissediyorum."

"Yine de rutubet var, yollar da çamurdur. Umarım soğuk almamışsınızdır."

"Çamur mu? Ayakkabılarıma bakın lütfen. Toz bile yok."

"Bu çok şaşırtıcı çünkü bizim buraya çok yağmur yağdı. Hatta kahvaltı sırasında yarım saat boyunca öyle şiddetli yağdı ki nikâhı ertelemelerini bile önerdim."

"Bu arada henüz sizleri kutlayamadım. İkinizin de neler hissettiğinizi bildiğim için bu konuda acele etmek istemedim, umarım her şey yolunda gitmiştir. Sahi nikâh nasıl geçti? En çok kim ağladı?"

Mr. Woodhouse hemen "Ah, zavallı Miss Taylor! İçler acısı bir durum bu," dedi.

"İzin verirseniz ben zavallı Mr. ve Miss Woodhouse diyeceğim, zavallı Miss Taylor demeye dilim varmıyor. Gerek size gerekse Emma'ya çok büyük saygım olduğunu biliyorsunuz, yine de konu evlilik olunca durum biraz değişiyor! Ayrıca bir kişiyi mutlu etmek iki kişiyi mutlu etmekten çok daha kolaydır."

Emma imalı bir şekilde "Özellikle de bu iki kişiden biri kaprisli ve çok zor biriyse," diyerek gülümsedi. "Aklınızdan geçenin bu olduğunu biliyorum, Mr. Knightley. Eğer babam burada olmasaydı bunu açık açık söylemekten çekinmezdiniz."

"Bu konuda kesinlikle haklısın, tatlım," dedi Mr. Woodhouse iç çekerek. "Korkarım bazen gerçekten çok kaprisli ve zor bir insan oluyorum."

"Ama babacığım! Kastettiğim sen değilsin ki! Mr. Knightley'nin de sizi kastetmiş olabileceğini düşünmemelisiniz. Bu çok yanlış, korkunç bir düşünce! Ben kendimden söz ediyordum. Bilirsiniz, Mr. Knightley bende kusur bulmayı pek sever, tabii bana takılmak için, şaka olarak. Birbirimizle eskiden beri açık konuşmayı severiz, içimizden geleni söyleriz."

Gerçekten de Mr. Knightley Emma Woodhouse'un kusurlarını gören ve bunu onun yüzüne açıkça söyleyebilen belki de tek kişiydi. Emma kusurlarının yüzüne vurulmasından pek hoşlanmıyordu ama asıl babasının bunu asla kabul edemediğini çok iyi biliyordu. Mr. Woodhouse için kızında kusur bulacak biri olamazdı.

"Emma benim ona asla gereksiz yere iltifat etmediğimi çok iyi bilir," dedi Mr. Knightley. "Söylediklerimde kesinlikle bir art niyet yoktu, asla kimseye kusur bulmak gibi bir düşüncem olmadı. Yalnızca bir evde iki kişiyi mutlu etmeye çalışırken artık tek bir kişiyi mutlu etmenin onun için kolay olacağını söylemek istemiştim. Mrs. Weston'ın bu durumdan kazançlı çıkması çok doğal."

Emma bu konunun uzamaması için "Nikâhı sormuştunuz, seve seve anlatayım," dedi. "Hepimiz çok hoştuk, üzerimize düşeni yaptık. Herkes zamanında geldi, herkes çok güzeldi ve en şık giysilerini giymişti. Ne bir damla gözyaşı aktı ne de asık bir yüz vardı. Hepimiz aramızda yalnızca beş yüz metrelik bir mesafe olacağını biliyorduk ve her gün görüşeceğimizden emindik."

"Emma zorluklara metanetle katlanmayı bilen bir kız," dedi Mr. Woodhouse. "Aslında Miss Taylor'u kaybettiği için gerçekten çok üzüldü, Mr. Knightley, bu ayrılık ona çok zor geliyor. Miss Taylor'ı sandığından çok daha fazla özleyeceğinden eminim."

Emma ağlamakla gülmek arasında bocalayarak başını öteki tarafa çevirdi.

Mr. Knightley, "Emma'nın böyle bir can yoldaşını özlememesi olanaksız," diye onayladı bunu. "Zaten Emma'nın sevdiği birini kolayca unutabilecek bir insan olduğunu düşünsek onu bu denli sevemezdik. Yine de Emma'nın bu evliliğin Miss Taylor açısından çok iyi olduğunu, Miss Taylor yaşında birinin kendi evine yerleşmesinin çok doğal görülmesi gerektiğini, rahat konforlu bir gelecek güvencesinin onun için ne kadar önemli olduğunu bildiğinden eminim. Bu yüzden hiç kuşkusuz sevinci üzüntüsünden büyüktür, can dostu adına seviniyordur. Miss Taylor'un tüm dostları, o böyle mutlu bir evlilik yaptığı için mutlu olmalılar."

Emma araya girerek "Asıl beni çok mutlu eden nedeni unuttunuz," dedi. "Üstelik çok önemli bir nedeni. Bu evliliği ayarlayan benim. Dört yıl önce onların birbirlerine çok uygun olduklarını anlamıştım. Birçok kişi "Mr. Weston artık bir daha asla evlenmez" diyordu ama buna rağmen bu evlilik gerçekleşti; bu benim ne kadar haklı olduğumu göstermiyor mu? Benim için en büyük teselli bu ve bu ayrılık acısının biraz da olsa hafiflemesini sağlıyor."

Mr. Knightley Emma'ya bakarak başını salladı. Mr. Woodhouse ise sevecen bir ifadeyle "Sevgili Emma, umarım bundan böyle çöpçatanlıktan ve gelecekle ilgili kehanette bulunmaktan vazgeçersin," diye mırıldandı. "Dediğin çıkıyor. Yavrum, yalvarırım bundan böyle asla kimsenin arasını yapmaya kalkma."

"Babacığım, size bunu asla kendim için yapmayacağım konusunda söz veririm. Ama başkaları için çöpçatanlık yapmaktan vazgeçemem, bunu yapmak zorundayım. Dünyada bundan daha eğlenceli bir şey olamaz. Özellikle de böyle bir başarıdan sonra! Biliyorsun, herkes Mr. Weston'ın artık bir daha asla evlenmeyeceğini düşünüyordu. "Ah Tanrım, hayır!" diyorlardı. "Uzun yıllardır dul, eşi olmadan da keyfi fazlasıyla yerinde, kentteki işiyle, burada dostlarıyla mutlu, yedi dünyayla barışık, her zaman neşeli Mr. Weston; her an dostlarının arasında, keyfi yerinde, istemese yılın tek bir günü bile yalnız kalmaz, o mu yalnızlıktan sıkılacak? Hayır! O artık bir daha evlenmez." Hatta bazıları Mr. Weston'ın karısına ölüm döşeğinde evlenmeyeceğine dair söz verdiğini bile iddia ediyorlardı. Bazıları da oğlu ve dayısının buna asla izin vermeyeceklerini söylüyordu. Sözün kısası herkes bu konuda ciddi anlamda saçmalayıp duruyordu ama ben hiçbirine inanmadım. "Dört yıl kadar önce bir gün Miss Taylor'la Broadway Lane'de dolaşırken Mr. Weston'a rastladık. Sonra yağmur çiselemeye başladı ve Mr. Weston hemen büyük bir nezaketle koşup çiftçi Mitchell'den iki şemsiye ödünç aldı ve bize getirdi. İşte o an kararımı verdim. Onların arasını yapmayı daha orada planladım. Bu işi böylesi bir başarıyla sonuçlandırmış biri olarak benim çöpçatanlığı bırakacağımı düşünmemelisiniz, sevgili babacığım?"

"Başarı derken neyi kastettiğini hiç anlamıyorum, Emma," dedi Mr. Knightley. "Başarı çaba gerektirir. Eğer son dört yıl boyunca bu evliliğin gerçekleşmesi için çabaladıysan bir diyeceğim yok, zamanını doğru ve güzel bir şekilde harcamış olursun. Tam senin gibi genç bir hanımefendiye yakışır bir uğraş olabilir bu. Ancak benim anladığım kadarıyla senin çöpçatanlık dediğin bir an aklına esip "Mr. Weston'la Miss Taylor evlenseler ne iyi olur," diye düşünmekten, sonra da arada sırada bu düşünceyi aklından geçirmekten öte bir şey değil. Bu durumda nasıl olur da başarıdan söz edebilirsin? Becerin nerede? Neden dolayı gurur duyuyorsun? Yalnızca şansın yaver gidip isabetli bir tahminde bulunmuşsun, tek söylenebilecek bu."

"Peki ama isabetli bir tahminde bulunmanın da çok büyük bir zevk, çok büyük bir sevinç kaynağı olduğunu bilmiyor musunuz? Bunu hiç tatmadınız mı?.. Yazık size! Hem doğrusu ben sizi daha akıllı sanırdım; isabetli bir tahmin asla yalnızca şans eseri değildir. İşin içinde her zaman biraz yetenek ve emek de vardır. Küçümsediğiniz, itiraz ettiğiniz 'başarı' sözcüğüne gelince bunu hak etmediğimi hiç sanmıyorum. Çok doğru iki tespitte bulundunuz ama bence bir üçüncüsü de olmalı. Her şeyi yapmakla hiçbir şey yapmamak arasında bir şey. Eğer ben Mr. Weston'ın sık sık buraya bizi ziyarete gelmesini sağlamasaydım, ona az çok cesaret vermeseydim, ufak da olsa bazı şeyler ayarlamasaydım bu düşüncem asla sonuca ulaşamayabilirdi. Sanırım Hartfield'i bunu anlayacak kadar yakından biliyorsunuz."

"Mr. Weston gibi açık yürekli, özü sözü bir olan bir erkek ve Miss Taylor gibi aklı başında, sağduyulu, özentisiz bir kadın sen olmasan da bir araya gelebilir, yaşamlarını düzene sokabilirlerdi. Üstelik bunun sonucunda yalnız kaldığın düşünülünce iyilik yapacağım derken asıl kendine zarar vermiş de olabilirsin."

Konuşulanları yalnızca kısmen anlayabilen Mr. Woodhouse "Eğer birine iyilik etmek söz konusuysa Emma asla kendini düşünmez," dedi. "Bak, yavrum, lütfen artık bu çöpçatanlık sevdasından vazgeç; aptalca bir şey bu, üstelik aile düzenini de bozuyor."

"Yalnızca bir kez daha deneyeceğim, baba, rahip Mr. Elton için. Zavallı Mr. Elton! Mr. Elton'ı sen de seviyorsun, baba; ona iyi bir eş bulmam gerekiyor. Highbury'de ona uygun, onu hak eden biri yok. Buraya geleli tam bir yıl oldu. Evini de öyle güzel dayayıp döşedi ki bekâr kalırsa çok yazık olur. Bugün bizimkileri evlendirirken, keşke aynı şeyi biri benim için de yapsa diye düşündüğünü anladım. Mr. Elton'la ilgili çok olumlu düşüncelerim var, ona yardımcı olmak istememin nedeni bu."

"Mr. Elton gerçekten çok iyi, nazik bir genç adam; ben de onu beğeniyor, saygı duyuyorum. Eğer ona yakınlık göstermek istiyorsan bir akşam yemeğe çağırman çok daha iyi olur. Umarım Mr. Knightley de onunla tanışmak isteyecektir."

Mr. Knightley gülerek "Çok büyük zevkle, efendim," dedi. "Her zaman emrinizdeyim. Sizinle kesinlikle aynı fikirdeyim, bence de böylesi çok daha doğru. Emma, onu yemeğe davet et, en nefis balıkları, piliçleri ikram et ama evleneceği kızı seçmeyi ona bırak. Emin ol, yirmi altı, yirmi yedi yaşında bir adam kendi başının çaresine bakabilir."

BÖLÜM 2

Mr. Weston, Highbury'nin yerlisiydi, saygın bir ailenin çocuğuydu; ailesi son iki üç kuşaktır zenginliğe ve soyluluğa doğru emin adımlarla ilerlemişti. İyi bir eğitim almıştı, çok genç yaşında küçük bir servet edinme başarısı sağlayıp, bağımsızlığa kavuşunca, geçimini sağlamak için kardeşleri gibi durağan, alışıldık bir meslek seçme gereği duymayarak o sırada yörelerinde kurulan askerî birliğe katılmaya karar vermiş ve böylece neşeli, girişken ruhunu; hareketli, sosyal kişiliğini tatmin edecek bir yol çizmişti.

Yüzbaşı Weston herkesin sevdiği biriydi. Sonuç olarak biraz da asker olmasından kaynaklanan bir şansla Yorkshire bölgesinin en büyük ailelerinden birinin kızı Miss Churchill'le tanışma fırsatı buldu, Miss Churchill'in genç yakışıklı yüzbaşıya âşık olması da hiç kimseyi şaşırtmadı, tabii Miss Churchill'in Yüzbaşı Weston'ı tanımayan, son derece kibirli, kendini beğenmiş ve bu ilişkiyi küçümseyen ağabeyi ile ağabeyinin karısı dışında.

Miss Churchill rüştüne ermişti, kendi serveti üstünde tam bir yetkiye sahipti. Gerçi ailesinin serveti yanında onun serveti söz konusu bile olamazdı ama bu genç kadını evlilik kararından vazgeçirmedi; beklendiği şekilde onu evden kovan Mr. ve Mrs. Churchill'in tüm güçleriyle karşı koymalarına rağmen bu evlilik gerçekleşti.

Ancak bu denk bir evlilik değildi, dolayısıyla pek mutluluk da getirmedi. Aslında Mrs. Weston'ın çok mutlu olması gerekirdi çünkü karısının ona âşık olmasını büyük bir lütuf olarak gören ve bunun karşılığında her şeyi hak ettiğini düşünen sıcak kalpli, iyi huylu bir kocası vardı. Mrs. Weston mutluydu ama bunun kusursuz bir mutluluk olduğu söylenemezdi. Ağabeyinin iradesine karşı kendi iradesini ortaya koyacak kararlılığı göstermişti ancak bu irade ağabeyinin yersiz öfkesine her zaman göğüs gerecek, asla pişmanlık duymayacak ve de baba evinin lüksünü özlemeyecek kadar güçlü değildi. Genç çift gelirlerine göre çok üstün bir yaşam sürüyorlardı ama Enscombe Malikânesi'ndeki yaşamla karşılaştırıldığında bu çok mütevazı bir yaşamdı. Mrs. Weston kocasını sevmekten asla vazgeçmemişti ama o hem Yüzbaşı Weston'ın karısı hem de Enscombe'lı Miss Churchill olmak istiyordu.

Herkes, özellikle de Churchilller, Yüzbaşı Weston'ın dört ayak üstüne düştüğünü, çok parlak bir evlilik yaptığını düşünseler de aslında bu evlilikten en çok zarar gören o oldu. Çünkü üç yıllık bir evlilikten sonra karısı öldüğü zaman Mr. Weston eskisinden daha yoksuldu, üstelik bakması gereken bir de çocuğu vardı. Neyse ki çok geçmeden çocuğun masraflarından kurtuldu. Annenin yaşamı boyunca çektiği hastalık yanında küçük oğlanın kendisi de aileyle olan ilişkileri yumuşattı ve barışma nedeni oldu. Kendi çocukları olmayan, bakacak aynı yakınlıkta başka bir çocuk da bulamayan Mr. ve Mrs. Churchill kızlarının ölümünün hemen ardından küçük Frank'in tüm sorumluluğunu üstlenmeyi önerdiler. Dul babanın bazı endişeleri, itirazları olmadı değil ama bunlar bir şekilde aşıldı ve çocuk Churchilllere teslim edildi. Artık Mr. Weston'ın tek düşünmesi gereken kendi rahatı ve durumunu düzeltmekti.

Mr. Weston oğlunu her yıl Londra'da görüyor, Highbury'ye döndüğü zaman da bunu göğsü kabararak anlatıyordu. Böylece çok geçmeden onun sevgisini ve gururunu bütün köy halkı paylaşır oldu. Highbury'liler Mr. Weston'ın oğlu Frank Churchill'i bir dereceye kadar da olsa kendilerinden sayıyor, kişiliği ve ne yapıp ettiğiyle çok yakından ilgileniyorlardı.

Karısının ölümüyle Mr. Weston'ın yaşamının temelden değişmesi kaçınılmazdı. Askerlikten ayrıldı, ticarete başladı; bu arada kardeşleri Londra'da işlerini yoluna koymayı başarmışlardı, hâlleri vakitleri yerindeydi, onlar da yeni bir başlangıç yapmasına yardımcı oldular. Mr. Weston için yeterince gelir sağlayacak bir iş kuruldu. Highbury'de boş zamanlarının büyükçe bir kısmını geçirdiği küçük bir evi de vardı, böylece yaşamının daha sonraki on sekiz yirmi yılını işiyle ilgilenerek dost ahbap içinde keyifle geçirdi.

Bu arada işinde de başarılı olmuş; Highbury yakınındaki hep istediği küçük köşkü satın almasını, Miss Taylor gibi parasız bir kadınla evlenmeyi göze almasını, eş dost canlısı sosyal kişiliğine uygun bir yaşam sürmesini sağlayacak küçük bir servet edinmeyi başarmıştı.

Aslında Miss Taylor'un varlığı onun planlarını çok önceden etkilemeye başlamıştı ancak bu kesinlikle bir gencin diğer bir genç üzerindeki zorlayıcı, acımasız baskısı gibi bir etki değildi. Dolayısıyla Randalls Köşkü'nü satın alana kadar evlenmeme kararını değiştirmesine gerek olmadı. Randalls Köşkü'nün satışa çıkması uzunca zamandır bekleniyordu, dolayısıyla Mr. Weston bu hedefine ulaşınca kararlılıkla yoluna devam etti. Artık servetini yapmış, evini almış, eşine ulaşmıştı; büyük olasılıkla şimdiye kadar olduğundan çok daha mutlu olabileceği yeni bir dönemin başındaydı. Zaten karakteri gereği kolay mutlu olan bir adamdı, birinci evliliğinde bu sayede mutsuz olmaktan kurtulmuştu. Bu ikinci evlilik ona sağduyulu, yumuşak başlı, cana yakın bir kadının ne kadar farklı, mutluluk verici olabileceğini gösterecek, seçmenin seçilmekten, minnet uyandırmanın minnet duymaktan çok daha tatmin edici olduğunu kanıtlayacaktı.

Yaptığı seçimden kendisinin mutlu olması yeterliydi. Başkalarının bundan mutluluk duyması önemli değildi; zaten serveti de tamamıyla kendisine aitti, kimseden bir beklentisi yoktu. Oğlu Frank'e gelince, o zaten dayısının tek vârisi olarak yetiştiriliyordu ve uygun yaşa gelince Churchill soyadını alacak şekilde evlat edinilmişti. Sonuç olarak babasının desteğini beklemesi gibi bir durum pek olası değildi. Babasının da bu yönde bir endişesi yoktu. Mrs. Churchill kaprisli bir kadındı, kocasını tamamıyla kontrolü altına almıştı ama Mr. Weston –ne kadar kaprisli olursa olsun– Mrs. Churchill'in kocasını oğlu kadar sevilen ve sevilmeyi hak ettiğine inandığı birinin aleyhinde etkileyebilecek kadar güçlü olabileceğini düşünüp, kaygılanmıyordu. Zaten bu yapıda bir insan değildi. Oğluyla her yıl Londra'da görüşüyor, onunla gurur duyuyordu. Ondan övgüyle bahsetmesi Highbury'nin de onunla gurur duymasını sağlamıştı. Genç Weston geleceğiyle, başarılarıyla köydekilerin ilgi odağıydı ve köylüler onu kendilerinden biri olarak görüyorlardı.

Frank Churchill kasabanın övünç kaynağıydı, herkes onu görmek için can atıyordu ama bu istek asla karşılık bulmadı ve delikanlı bir kez bile Highbury'ye ayak basmadı. Babasını görmeye geleceğinden sık sık bahsedildi ancak bu gerçekleşmedi.

Aslında babasının ikinci kez evlenmesi üzerine genç adamın nezaket gereği bile olsa köye gelmesi gerektiği konusunda herkes hemfikirdi. Bu konuda farklı düşünen tek bir kişi bile olmadı; ne Mrs. Perry, Mrs. ve Miss Bates'e çaya gittiğinde ne de Mrs. ve Miss Bates bu ziyarete karşılık verdiklerinde. Artık herkes, Frank Churchill'in kasabaya gelmesi gerektiğini düşünüyordu. Genç adamın yeni annesine tebrik mektubu yazdığı duyulduğunda bu umut daha da güçlendi. Birkaç gün boyunca Highbury'de her sabah sohbetinde yeni Mrs. Weston'a üvey oğlundan gelen o çok güzel mektup konuşuldu.

"Mr. Frank Churchill'in Mrs. Weston'a yazdığı mektubun güzelliğini duydunuz, değil mi? Gerçekten çok nazik, çok anlamlı bir mektupmuş. Mr. Woodhouse söyledi, mektubu kendi gözüyle görmüş. Yaşamım boyunca hiç bu kadar güzel mektup görmedim diyor."

Mektup gerçekten de çok fazla önemsendi. Mrs. Weston'a da üvey oğlu hakkında çok olumlu şeyler düşündürdü. Bu çok nazik ve mutluluk verici bir ilgiydi ve kesinlikle genç adamın ne kadar sağduyulu olduğunun da kanıtıydı; evliliği nedeniyle Mrs. Weston'a birçok kaynaktan, çok çeşitli şekillerde sunulan tebrik ve iltifatlar arasında en hoşuna gidenlerden biri de bu olmuştu. Çok şanslı olduğunu hissediyordu, dışarıdan da çok şanslı bir kadın olarak görüldüğünü bilecek kadar deneyimliydi. Mrs. Weston'ın son günlerdeki tek üzüntüsü sevgili dostlarından, kısmen de olsa, ayrılmış olmasıydı. Yine de aralarındaki dostluğun hiçbir şekilde azalmayacağının farkındaydı ve geride bıraktıklarının onun yokluğuna katlanmakta zorlandıklarını biliyordu.

Zaman zaman onu özleyeceklerdi, bu kesindi. Emma'nın o yanında olmadığı için herhangi bir zevkten yoksun kalacağını ya da yalnızca bir saatliğine bile olsa canının sıkılacağını düşünmeye dayanamıyordu. Ancak Emma'nın güçlü bir kişiliği olduğunu, aynı yaştaki birçok kıza göre çok daha olgun, yoksunluklara ve zorluklara rahatça dayanabilmesini sağlayacak zekâya, enerjiye ve neşeye sahip olduğunu da biliyordu. Hartfield Malikânesi ile Randalls Köşkü arasındaki mesafenin bir kadının bile rahatça yürüyebileceği kadar kısa olması da çok rahatlatıcıydı. Yaklaşan kış mevsiminin zor koşullarına rağmen Mr. Weston'ın olanakları ve kişiliği haftanın yarısında akşamları birlikte vakit geçirmelerini sağlayabilirdi.

Sözün kısası Mrs. Weston'ın yaptığı evlilik nedeniyle duyduğu mutluluk saatler, pişmanlık ise saniyelerle ölçülebilirdi. Bu mutluluktan da öte tatmin duygusu öylesine gerçek ve belirgindi ki Emma her ne kadar babasını çok iyi tanımasına rağmen onun hâlâ "zavallı Miss Taylor" diyebilmesine şaşırıyordu, hem de onu her türlü konfora sahip olduğu Randalls'ta bırakmalarının ya da akşam onları sevimli kocasının eşliğinde kendi arabalarıyla yolcu etmelerinin ardından. Ne zaman onlardan ayrılsalar Mr. Woodhouse, kendini yavaşça iç çekerek "Ah, zavallı Miss Taylor! Bizimle kalmayı kim bilir ne kadar isterdi," demekten alıkoyamıyordu.

Miss Taylor'a yeniden kavuşmaları olanaksızdı, babasının ona acımayı bırakması da pek söz konusu değildi; yine de birkaç hafta içinde Mr. Woodhouse'un ateşi az da olsa küllendi. Artık eş dostun kutlamaları sona ermişti. Böylesi acıklı bir olaydan sonra mutlu olmasını dileyerek onu bunaltan kimse kalmadığı gibi onun için büyük bir sıkıntı olan düğün pastası da yenilip bitirilmişti. Mr. Woodhouse'un midesi ağır şeyleri kaldırmıyor, başkalarının da farklı olabileceğine inanmıyor; herkesi kendisi gibi sanıyordu. Kendisine dokunan bir şeyin başkalarına da dokunacağını düşündüğü için önce onları düğün pastası yaptırmaktan vazgeçirmeye çalışmış, bunun boşuna bir çaba olduğunu anlayınca da insanların düğün pastasını yemelerine engel olmaya uğraşmıştı. Hatta köyün doktoru Mr. Perry'ye danışmaktan bile geri kalmamıştı. Mr. Perry zeki, akıllı, sağduyulu bir adamdı. Hartfield'i sık sık ziyaret etmesi Mr. Woodhouse'u çok mutlu ediyordu. Mr. Woodhouse'un ısrarlı soruları karşısında, pek hoşuna gitmese de ister istemez düğün pastasının fazla yenirse birçok kişiye dokunacağını söylemek zorunda kaldı. Böylece kendi görüşünü destekleyen böyle bir görüş alan Mr. Woodhouse da yeni evlileri kutlamaya gidenleri etkileyebileceğini umdu ama hiç kimse düğün pastasını yemekten geri kalmadı ve pastanın tamamı yenilip bitene dek Mr. Woodhouse'un iyi niyetten kaynaklanan kuruntusu da yatışmadı.

Bu arada Highbury'de küçük Perrylerin ellerinde Mrs. Weston'ın düğün pastasından birer dilimle görüldüklerine ilişkin tuhaf bir dedikodu çıktıysa da Mr. Woodhouse buna asla inanmadı.

BÖLÜM 3

Mr. Woodhouse toplum yaşamından kendine özgü bir şekilde hoşlanıyor, dostlarının ziyaretlerinden mutluluk duyuyordu. Uzun bir süredir Hartfield'de yaşaması, iyi yürekliliği, zenginliği, evi, kızı gibi birçok nedenle gelip gideni hiç eksik olmuyor; kendi küçük çevresinin ziyaretlerini büyük ölçüde, istediği şekilde kontrol edebiliyordu. Zaten dostları dışındakilerle pek bir ilişkisi yoktu. Gece geç saatlere dek oturmaktan, kalabalık akşam yemeklerinden nefret etmesi yeni tanışıklıklar kurmasını olanaksız kılıyor, ziyaretine de yalnızca onun koşullarına boyun eğenler geliyordu. Aslında bu konuda şanslıydı çünkü Highbury'dekiler dışında yine aynı bölgede sayılabilecek Randalls ve Mr. Knightley'nin yaşadığı komşu bölgedeki Donwell Abbey'de yaşayan dostları da vardı. Sık sık Emma'nın da ısrarıyla en seçkin ve iyi dostlarından bazılarını yemeğe davet ediyordu ama asıl tercihi sohbet edecek hâli olmasa bile üç beş dostu çevresine toplayıp kâğıt oynayabildiği akşam davetleriydi ki Emma'nın onun için iskambil masası hazırlamadığı neredeyse tek bir akşam yoktu.

Westonları ve Mr. Knightley'yi oraya getiren, uzun bir geçmişe dayanan gerçek bir saygıydı. Genç bir adam olan ve hiç hoşlanmadığı hâlde tek başına yaşayan yörenin rahibi Mr. Elton da yalnız geçireceği boş akşamlara Mr. Woodhouse'un oturma odasının sıcaklığını, sohbetini ve tatlı kızının gülücüklerini yeğliyordu. Bu ayrıcalığa sahip biri olarak onun için de kapı dışarı edilmek gibi bir tehlike söz konusu değildi.

Bunların dışında ikinci bir grup daha vardı ki bunların arasında en sık gelenler Mrs. Bates, kızı Miss Bates ve Mrs. Goddard'dı; bu üç hanımefendi de her zaman Hartfield'den gelecek her davete katılmaya hazırdılar. Öylesine sık evlerinden alınıp tekrar evlerine bırakılıyorlardı ki Mr. Woodhouse James'in de atların da artık buna alıştığını düşünüyordu. Bu, yılda bir kez tekrarlansa büyük sıkıntı olabilirdi.

Eski Highbury rahibinin dul karısı olan Mrs. Bates çok yaşlıydı, kâğıt (kadril) oynamak ve çay dışında neredeyse hiçbir zevki yoktu. Çok kısıtlı geliriyle ve evde kalmış kızıyla mütevazı bir yaşam sürüyor, böylesi talihsiz koşullarda yaşayan zararsız, yaşlı bir hanımefendinin hak ettiği sevgi ve saygıyı görüyordu. Kızı Miss Bates ise genç, güzel, zengin ya da evli olmamasına rağmen beklenenden çok fazla ilgi gören, popüler bir kadındı. Ancak çevresindekilerin hayranlığını kazanma konusunda aynı durumda olduğu söylenemezdi çünkü kendini haklı çıkaracak ya da ondan nefret edebilecekleri ürkütüp saygılı davranmalarını sağlayacak akıl üstünlüğüne sahip değildi. Güzelliği ya da zekâsıyla övünmezdi. Gençliği göz açıp kapayana kadar geçmiş, orta yaşlarını da artık tükenmekte olan bir annenin bakımına ve çok ufak bir gelirle yaşamlarını idare etmeye adamıştı. Yine de her zaman mutlu ve herkesin adını iyi duygularla andığı bir kadındı; bunu sağlayan ise iyi huyu, alçak gönüllülüğü ve her zaman yaşamla barışık olmasıydı. Herkesi sever, herkesin sevincine de derdine de ortak olur; herkesin iyi yönünü görürdü. Durumundan yakınmak aklına gelmediği gibi aksine kendini harika bir anneye, çok iyi komşu ve arkadaşlara, hiçbir eksiği olmayan bir eve sahip, dünyanın en talihli insanı olarak görürdü. Doğası gereği alçak gönüllü, iyi niyetli, neşeli ve her zaman sahip olduklarına şükreden bir insan olması başkalarının hoşuna gittiği gibi kendisi için de mutluluk kaynağıydı. Konuşkan bir kadındı, dolayısıyla tam havadan sudan konuşmayı ve zararsız dedikoduyu çok seven Mr. Woodhouse'un gönlüne göre bir dosttu.

Mrs. Goddard ise yöredeki yatılı kız okulunun müdiresiydi. Burası süslü cümlelerle kendilerini tanıtıp, ahlakçılığı yeni ilkeler ve sistemlerle birleştirerek çağdaş eğitim verdiklerini iddia eden, yüksek ücretler karşılığında kızları sağlıklarından edip tembel ve kibirli olmayı öğreten yeni moda okullarla boy ölçüşen bir kuruluş ya da buna benzer bir okul değildi. Makûl becerilerin makûl bir ücret karşılığında verildiği düzgün, kendi hâlinde, eski tarz bir yatılı okuldu. Kızlar, birer dâhi olarak geri dönmeleri beklenmeden ayak altında dolaşmasınlar, az da olsa eğitim alsınlar diye gönül rahatlığıyla buraya gönderiliyorlardı. Mrs. Goddard'ın okulu itibarlı bir yerdi ve bunu da hak ediyordu çünkü Highbury havası ve ortamıyla sağlıklı bir yer olarak biliniyordu. Okul binası büyük, bahçe güzel ve genişti. Mrs. Goddard kızların olabildiğince temiz hava, sağlıklı ve bol besin almalarına dikkat ediyor; onlara bir ana şefkatiyle yaklaşıyordu. Yazın bahçede koşuşturmalarına izin verir, kışın ise soğuk yanıklarına ve çatlaklarına kendi eliyle pansuman yapardı. Kiliseye gittiği zamanlarda yirmi gencin onu izliyor olması hiç de şaşılacak şey değildi. Mrs. Goddard ömrü boyunca çalışıp çabalamış, dürüst, anaç bir kadındı; artık arada sırada işinin başından ayrılıp eş dostla çay içmeyi hak ettiğini düşünüyordu. Zamanında Mr. Woodhouse'un çok iyiliğini gördüğü için kendini ona borçlu hissediyor, bu yüzden de Mr. Woodhouse onu ne zaman davet etse onun davetini kabul etmesi gerektiğine inanıyordu. Her fırsatta kendi el emeği nakışlarla, örtülerle süslenmiş düzenli salonunu bırakıp Hartfield'in şöminesinin başında karşılıklı birkaç el kâğıt oynamaya gidiyordu. Bunlar Emma'nın, babasının yalnızlığını gidermek için sık sık davet edebileceği güvenebilecek hanımlardı. Genç kız babasının adına seviniyordu ama kendisi açısından bu kişilerin varlığı Mrs Weston'ın yokluğuna çare olmuyordu. Babasını huzurlu görünce neşesi yerine geliyor, her şeyi böyle başarılı bir şekilde ayarlayabilmiş olmaktan mutluluk duyuyordu ama bu üç kadının iç bayıltıcı, sıkıcı konuşmaları ona böyle geçirilen her gecenin korkuyla beklediği uzun gecelerden biri olduğunu hissettiriyor ve onlarla vakit geçirdiği akşamlarda Mrs. Weston'ın yokluğunu daha çok hissediyordu.

Yine bir sabah Emma kara kara o günün de diğerlerinden farksız geçeceğini düşünürken Mrs. Goddard'dan bir mektup geldi. Mektupta Mrs. Goddard çok saygılı bir dille o akşam yanında Miss Smith'i getirmek için izin istiyordu. Bu Emma'nın çok hoşuna giden bir teklif oldu. Miss Smith Emma'nın uzunca bir süredir uzaktan tanıdığı, güzelliği nedeniyle ilgi duyduğu, on yedi yaşlarında bir genç kızdı. Emma, Hartfield Malikânesi'nin genç hanımı olarak Mrs. Goddard'ın mektubuna nazik bir davetle karşılık verdi ve o andan sonra da akşamı sıkıntıyla beklemekten vazgeçti.

Harriet Smith bilinmeyen bir adamın evlilik dışı çocuğuydu. Biri onu birkaç yıl önce Mrs. Goddard'ın okuluna yerleştirmiş, kısa bir süre önce de yine biri onu yatakhaneden evde özel bir odaya yükseltmişti. Köydekilerin Harriet Smith hakkında tüm bildikleri bundan ibaretti. Kızın görünürde okulda edindikleri dışında hiç arkadaşı yoktu ve okulda birlikte okuduğu, kendisini davet eden bir arkadaşının çiftliğine yaptığı ziyaretten henüz geri dönmüştü.

Harriet Smith çok güzel bir kızdı, Emma'nın hayran olduğu türde bir güzellikti bu; ufak tefek, balık etli, pembe beyaz, mavi gözlü, sarı saçlı, düzgün hatlı, sevimli ve yumuşak başlı. Ve daha o akşam toplantı sona ermeden Emma onun güzelliğini olduğu kadar davranışlarını da beğenmiş, bu arkadaşlığı ilerletmeye karar vermişti.

Gerçi Miss Harriet'in konuşmasında pek bir zekâ pırıltısı yoktu ama çok hoş bir kızdı; utangaç değildi, konuşmak konusunda da isteksiz sayılmazdı, gereğinden fazla girişken olduğu da söylenemezdi. Miss Woodhouse'a son derece yerinde ve kendine yakışan, ölçülü bir saygı gösteriyor; öne çıkmaya çalışmıyordu. Hartfield'e çağrıldığı için minnettardı ve bunu saklamıyordu. Burada gördüğü, alışık olduğundan çok daha üstün şeyler karşısındaki tepkisi o kadar doğal, yapmacıktan uzak ve zarifti ki hem sağduyulu hem terbiyeli bir kız olduğu anlaşılıyor; desteklenmeyi hak ediyordu. Kızın desteklenmesi gerekiyordu. Bu yumuşak mavi gözler, bu doğal zarafet Highbury ve çevresinin aşağı tabakadan insanları arasında harcanmamalıydı. Kızın bulunduğu çevre yaradılışına uygun değildi. Yakın zamanda birlikte olduğu dostları kendi hâlinde, iyi insanlar olsalar da ona zararları dokunabilirdi. Emma, Martin adındaki bu aileyi uzaktan da olsa iyi tanıyordu. Mr. Knightley'nin topraklarındaki büyük çiftliklerden birini kiralamışlardı ve onlar da Mr. Knightley gibi Donwell'de yaşıyorlardı. Emma bunun onlar açısından olumlu bir durum olduğu kanısındaydı. Mr. Knightley de Martinler hakkında her zaman olumlu şeyler söylüyordu ama sonuçta kaba saba bir çiftçi aile olmalıydılar. Harriet gibi kusursuz bir hanımefendi olmak için tek eksiği bir parça zarafet, biraz bilgi ve görgü olan bir genç kızın dostu olmaya uygun kişiler değillerdi. Emma; Harriet'i kanatlarının altına alacak, onu seviyesiz arkadaşlarından ayırıp daha iyi bir çevreye, yüksek sosyeteye sokacaktı. Görüşlerini ve davranışlarını şekillendirecekti. Bu kendisi açısından ilginç olduğu kadar yüce gönüllülüğünü gösteren bir girişim olacaktı. Ayrıca tam onun konumuna, becerilerine, yeteneklerine ve boş saatlerine uygun bir uğraş olacağı da açıktı.

Emma kızın tatlı mavi gözlerini hayranlıkla seyretmeye, onunla konuşmaya, onu dinlemeye ve bir yandan da kafasında bunları tasarlamaya öylesine daldı ki akşam saatleri hiç alışık olmadığı kadar hızlı geçti. Bu gibi toplantıların sonunda davetlilere hafif bir yemek sunmak gibi bir gelenekleri vardı. Emma genellikle o akşamın bittiğini gösteren yemek masasının kurulup getirilmesini sabırsızlıkla beklerdi. Ama o akşam sofra o farkına bile varmadan hazırlanmış ve şöminenin başına taşınmıştı. Emma kafasında beliren bu yeni fikirlerin mutluluğu içinde, her şeyi, özellikle de kendi üstüne düşen görevleri özenle yapmaya alışık bir insanın olağan davranışlarının da ötesinde bir coşku ve iyi niyetle masa başına geçip konuklara ikramda bulundu. Konukların sunulanları nezaketen geri çevirmeye çalışmalarına ve erken kalkma isteklerine haklı olarak ısrarla karşı çıkarak kıyılmış söğüş piliçlerle, fırında pişmiş kremalı istiridyeleri servis etti.

Bu gibi zamanlarda zavallı Mr. Woodhouse duygularıyla hazin bir savaş içinde olurdu. Sofranın kurulmasına bayılırdı çünkü bu onun gençliğinden beri alışık olduğu bir görenekti. Ancak akşam yemeklerinin sağlıksız olduğuna inandığı için masanın üzerine konulan her yemek tabağı onun için bir üzüntü kaynağı oluyor, konukseverliği konuklarına hep daha fazlasının ikram edilmesini uygun görürken bunları yemeleri ise sağlıkları için duyduğu endişeden dolayı kederlenmesine neden oluyordu.

Kendisinin yediği ve herkese de gönül rahatlığıyla salık verebileceği tek yemek küçük bir kâse yulaf ezmesi olmasına rağmen o akşam da kendini tutmayı başardı ve konuk hanımlar nefis yemekleri silip süpürürken şöyle demekle yetindi:

"Miss Bates şu yumurtaları denemenizi öneririm. Az pişmiş yumurta sağlığa zararlı değildir. Bizim Serle yumurta pişirme konusunda herkesten iyidir. Başkalarının haşladığı yumurtaları yemenizi asla tavsiye etmem ama hiç korkmayın çünkü bu yumurtalar çok küçük, böylesine ufak bir yumurta kimseye dokunmaz. Miss Bates, izin verin Emma size küçük bir parça turta versin, minicik bir parça. Bizimkilerin hepsi elmalı turta. Burada sağlıksız reçellerden korkmanıza gerek yok, hepsi taze elmadan ev yapımı. Kremayı önermem. Mrs. Goddard, yarım kadeh şaraba ne dersiniz? Küçücük bir kadehin yarısını bir bardak suyla karıştırsak? Sanırım dokunmaz."

Emma babasının konuşmasına karışmadı ama bir yandan konuklarını kendi istediği şekilde ikrama boğdu. Özellikle de o akşam onları mutlu etmekten bambaşka bir zevk duyuyordu. Miss Smith'in mutluluğu tam da beklediği gibiydi. Miss Woodhouse Highbury'de önemli bir kişilikti, yalnızca onunla tanışmak düşüncesi bile genç kızı sevindirdiği kadar paniğe kapılmasına neden olmuştu. Sonuç olarak alçak gönüllü küçük kız, Miss Woodhouse'un ona bütün akşam gösterdiği yakın dostluktan çok memnun olmuş, çok büyük bir minnet duygusuna kapılmıştı. Bu ziyaretin sonunda Miss Woodhouse bir de elini sıkınca Miss Smith oradan büyük bir mutluluk içinde ayrıldı.

BÖLÜM 4

Harriet Smith, çok geçmeden Hartfield'in sürekli konuklarından biri olup çıktı. Hızlı karar veren ve verdiği kararda da duran Emma, Miss Smith'i davet etmekte, sık sık gelmesini söyleyip onu bu konuda yüreklendirmekte hiç gecikmedi ve birbirlerine alıştıkça dostlukları güçlendi, birbirlerinden aldıkları keyif arttı. Emma yürüyüş arkadaşı olarak Harriet'in çok yararlı olacağını en başından anlamıştı. Bu konuda da Mrs. Weston'ın yokluğunu hissediyordu. Babası asla fidanlıktan öteye geçmezdi; mevsime göre kısa ya da uzun yürüyüşleri için kendi arazileri onun için yeterli oluyordu. Mrs. Weston'ın evliliğinden beri Emma'nın yürüyüş egzersizleri çok kısıtlanmıştı. Bir defasında tek başına Randalls'a kadar yürümüş ama bundan pek bir zevk almamıştı. Dolayısıyla canı yürümek istediğinde çağırabileceği Harriet Smith gibi birinin varlığı onun için değerli bir kazançtı. Öte yandan Harriet'i tanıdıkça daha çok onaylıyor, onunla ilgili kurduğu tüm planlarda haklı olduğunu görüyordu.

Harriet kesinlikle zeki değildi ama tatlı, uysal, iyilik bilir, kibirden, yapmacıktan uzak bir yaradılışı vardı. Kendisinden üstün birinin ona yol göstermesi gerekiyordu. Emma'ya hemen bağlanması hoştu, iyi dost olma eğilimi, zarif ve akla yatkın şeyleri takdir etme becerisi zevkten yoksun olmadığını gösteriyordu ama ondan üstün bir kavrayış beklenemezdi. Kısacası Harriet Smith tam Emma'nın aradığı genç arkadaş, evlerinde ihtiyaç duydukları kişiydi. Mrs. Weston'ın yerini tutması ise elbette ki söz konusu bile olamazdı. Mrs. Weston gibi biri asla bulunamazdı. Emma da onun gibi birini istemiyordu zaten. Bu bambaşka bir şeydi; farklı ve bağımsız bir duygu. Mrs. Weston, Emma için temelinde sevgi, değer verme ve minnettarlık olan bir saygı unsuruydu. Harriet'i ise kendisinin yararlı olabileceği biri olarak sevecekti. Mrs. Weston için yapılabilecek bir şey yoktu. Harriet içinse çok şey...

Emma'nın yararlı olma yönündeki ilk girişimi Harriet'in anne ve babasının kim olduğunu öğrenmeye çalışmak oldu. Harriet bu konuda hiçbir şey bilmiyordu. Bildiği her şeyi söylemeye hazırdı ama bu konuda ona soru sormanın anlamı yoktu. İş Emma'nın hayal gücüne ve becerisine kalmıştı. Emma kendisi aynı durumda olsa ne yapıp edip gerçeği muhakkak öğrenmiş olacağına inanıyordu. Harriet'in ise muhakeme yeteneği de merakı da kısıtlıydı. Mrs. Goddard'ın seçip ona söylemeyi uygun gördüğü şeyleri dinleyip bunlara inanmakla yetinmiş, ötesini araştırmamıştı.

Sohbetleri büyük ölçüde Mrs. Goddard, öğretmenler, diğer kızlar ve genel anlamda okulda olup bitenlerle sınırlıydı; aslında bu yeterli de olmalıydı ama Abbey Mill çiftliğinde yaşayan Martinlerle geçirdiği çok mutlu iki ayın anıları Harriet'in kafasını fazlasıyla meşgul ediyordu. Orada geçirdiği güzel günlerden, çiftlikten, oranın konforundan, harika yanlarından bahsetmekten çok zevk alıyordu. Emma da onu anlatmaya teşvik ediyordu. Apayrı bir dünyanın insanlarının yaşamlarının böyle resmedilmesi hoşuna gidiyor, Harriet'in hayranlıkla Mrs. Martin'in sahip olduğu olanaklardan bahsetmesindeki gençliğe özgü saflık, sadelik ve toyluk onu çok eğlendiriyordu. "Mrs. Martin'in iki salonu var. Hem de iki çok güzel salon. Biri nerdeyse Mrs. Goddard'ın salonu kadar geniş. Yukarı kattaki hizmetçi tam yirmi beş yıldır yanlarındaymış. Sekiz tane de inekleri var, ikisi Alderneys cinsi, küçük bir tanesi de Gal ineği. Gal ineği olan öyle minik, öyle şirin ki! Mrs. Martin onu çok sevdiğim için ona hep 'Harriet'in ineği' derdi. Bahçelerinde çok da güzel bir kameriye var. Gelecek yaz yine çay içeceğiz orada. Öyle güzel bir yer ki! On on iki kişi alacak büyüklükte."

Bu konuşmalar başlangıçta Emma'yı yalnızca eğlendiriyordu ama zamanla Martin ailesini uzaktan da olsa tanımaya, anlamaya başlayınca içinde başka duygular da kabarır oldu. Onların aynı çiftlikte yaşayan ana, kız, oğul ve gelin olduğunu sanmış fakat yanılmıştı. Harriet'in dilinden hiç düşmeyen, şu ya da bu şekilde terbiyesinden, iyiliğinden, nezaketinden bahsettiği Mr. Martin'in bekâr olduğunu anlayınca –diğer bahsedilenler arasında eşi olacak kadar genç bir Mrs. Martin yoktu– Emma bu konukseverlik ve yakınlığın zavallı arkadaşı için tehlikeli olabileceğinden kaygı duydu. Harriet'e göz kulak olunmazsa kız sonsuza kadar bir bataklığa saplanıp kalabilirdi.

Aklını kurcalayan bu düşünceyle birlikte Emma'nın sorularının sayısı da anlamı da arttı. Harriet'i, özellikle Mr. Martin'den bahsetmeye teşvik ediyordu ki bunun Harriet'in de canına minnet olduğu ortadaydı. Harriet ay ışığında yapılan gezintilerden, neşeli akşam oyunlarından bahsetmekten zevk alıyordu, özellikle de Mr. Martin'in iyi kalpliliğinden, terbiyesinden, nezaketinden...

Bir defasında yalnızca Harriet laf arasında ceviz sevdiğinden söz ettiği için Mr. Martin yedi sekiz kilometre yürümeyi göze alıp ona ceviz getirmişti. Bunun dışında da her konuda çok nazikti. Bir gece de sırf ona şarkı söylesin diye çobanını salonuna almıştı. Harriet şarkı söylenmesinden çok hoşlanıyordu. Mr.

Martin de biraz şarkı söyleyebiliyordu. Harriet onun çok zeki, anlayışlı ve bilgili olduğuna inanıyordu. Son derece büyük ve bakımlı bir sürüye sahipti. Harriet onlarla birlikteyken yün yapağılarına çevredeki tüm çiftliklerinden daha fazla para teklif edildiğini kendi gözleriyle görmüştü. Harriet, Mr. Martin'i herkesin çok beğendiğinden, hakkında iyi şeyler söylediğinden emindi. Annesi ve kız kardeşleri de onu çok seviyorlardı. Mrs. Martin bir gün Harriet'e, kendi oğlundan daha iyi bir erkek evlat olamayacağını ve (Harriet bunu söylerken hafifçe kızarmıştı) evlendiği zaman karısını çok mutlu edeceğinden emin olduğunu söylemişti. Ama aslında evlenmesini istemiyor, bunun için acele etmesine gerek olmadığını düşünüyordu.

Aferin sana, Mrs. Martin, diye düşündü Emma. *En azından neyin peşinde olduğunu biliyorsun.*

Harriet çiftlikten ayrılırken Mrs. Martin Mrs. Goddard'a bir kaz seçip göndermişti. Mrs. Goddard'ın yaşamı boyunca gördüğü en güzel ve besili kazdı bu. Mrs. Goddard kazı bir pazar günü kesip pişirmiş ve öğretmenlerinden üçünü; Miss Nash'ı, Miss Prince'i ve Miss Richardson'ı yemeğe davet etmişti.

Emma "Mr. Martin'in çiftlik işleri dışında pek bilgili bir adam olmadığını düşünüyorum," dedi. "Sanırım kitap okumaktan da pek hoşlanmıyordur, öyle değil mi?"

"Ah evet... yani hayır, bilemiyorum ki... Demek istediğim çok kitap okuduğunu sanıyorum... ama sizin değer vereceğiniz türde kitaplar değil, Miss Woodhouse. Tarım Raporu'nu, pencerenin önünde duran kitapları okuyor ama çoğu zaman kendi kendine okuyor. Bazı akşamlar kâğıt oynamaya gitmeden önce hepimizi toplar, yüksek sesle *Zarif Alıntılar*'dan* bölümler okur-

---

* Elegant Extracts: İlk kez 1789 yılında yayımlanan, Vicesimus Knox tarafından derlenen antoloji (Ç.N.)

du, çok eğlenceliydi. *Wakefield Papazını** okuduğunu hatırlıyorum. Ama *Ormandaki Aşk*'ı ve *Kilise Çocuklarını*** okumamış. Ben bahsetmeden önce bu kitapların adını bile duymamış fakat ilk fırsatta alıp okuyacağını söyledi."

Bir sonraki soru şuydu:

"Mr. Martin'in tipi nasıl?"

"Yakışıklı değil, hiç yakışıklı değil," dedi Harriet. "Hatta onu ilk gördüğümde sıradan bir tip olduğunu bile düşünmüştüm. Ama artık bana o kadar sıradan gelmiyor. Biliyor musunuz, bir süre sonra insana öyle gelmeyebiliyor. Kendisini hiç görmediniz mi? Sık sık Highbury'ye geliyor, her hafta Kingston'a giderken de buradan geçiyor. Yolda size birçok kez rastladığını söylemişti."

"Olabilir. Kendisini elli kez görmüş de olabilirim ama adı konusunda hiçbir fikrim yok. İster atlı olsun ister yaya, genç çiftçiler benim ilgimi çekebilecek son kişiler. Küçük çiftçi sınıfından insanlarla kesinlikle hiçbir işim olamaz. Bir ya da iki kademe daha aşağı sınıftan, saygın görünümlü biri ilgimi çekebilir; şu ya da bu şekilde ailelerine yardımda bulunmak isteyebilirim. Ama çiftçi ailelerinin genellikle benim yardımıma ihtiyaçları yoktur, bu yüzden başka birçok açıdan da olduğu gibi benim ilgi alanımın dışındadırlar."

"Elbette, çok haklısınız, tabii ki siz Mr. Martin'in farkına bile varmış olamazsınız ama o sizi çok iyi tanıyor, yani uzaktan görmüş sizi."

---

* The Vicar of Wakefield: Oliver Goldsmith'in ünlü romanı (1766) (Ç.N.)
** The Romance of the Forest: (1791) Radcliffe romanı (Ç.N.) ve The Children of the Abbey (1798) Regina Maria Roche romanı; bu ve diğer romanlar Harriet'in eğitiminin ve edebiyat zevkinin ne denli kısıtlı olduğunu göstermektedir. (Ç.N.)

"Kendisinin saygıdeğer bir genç adam olduğundan hiç kuşkum yok. Hatta öyle olduğunu biliyorum da. Kendisine iyilikler dilerim. Sizce kaç yaşında?"

"Haziran'ın 8'inde yirmi dört oldu. Benim doğum günüm de 23 Haziran, yani arada iki hafta bir gün fark var. Çok tuhaf, değil mi?"

"Demek yirmi dört yaşında. Ev kurmak için henüz çok genç. Annesi acele etmemekte kesinlikle haklı. Hem rahatlarının yerinde olduğunu söylüyorsun, şimdi onu evlendirmeye kalkarsa sonradan çok pişman olur. Bundan altı yıl sonra, kendi ayarında, biraz da parası olan iyi bir genç kıza rastlarsa uygun olabilir."

"Altı yıl mı? Ama Miss Woodhouse, o zaman Mr. Martin otuz yaşında olacak."

"Eğer doğuştan zengin değillerse ve bağımsızlıklarını ellerine almamışlarsa erkekler aile bakacak duruma ancak o yaşlarda gelebiliyorlar. Sanırım Mr. Martin de servetini kendisi yapmak durumunda, kenarda birikmiş parası olduğunu sanmıyorum. Babası öldüğü zaman ona kalan mirası, aile servetinden payına düşeni de işine, yani davarlarına falan yatırmış olmalı. Yine de çalışır, şansı da yaver giderse zamanla zengin olabilir ama şimdiden bir şeyler başarmış olması hemen hemen olanaksız."

"Öyle olduğundan eminim. Rahat, konforlu bir hayat sürüyorlar. Evlerinde uşak çalıştırmıyorlar, bunun dışında hiçbir eksikleri yok. Mr. Martin önümüzdeki yıl eve bir uşak almaktan söz edip duruyordu."

"Mr. Martin evlendiği zaman umarım sen zor durumda kalmazsın, Harriet, yani evleneceği kızla tanışmak durumunda kaldığında. Mr. Martin'in kız kardeşleri okumuş oldukları için onlarla arkadaşlık etmen kabul edilebilir ama bu Mr. Martin'in senin arkadaş olmana değecek bir kızla evleneceği anlamına gelmez. Babasızlığın yüzünden senin zor bir durumun var, tatlım. Doğarken yaşadığın talihsizlik nedeniyle kimlerle dost olacağına çok dikkat etmelisin. Senin yüksek tabakadan bir beyefendinin kızı olduğuna hiç kuşku yok. Sen de her yönden buna inanmalı, var gücünle buna sahip çıkmalısın. Yoksa seni alçaltmaktan zevk duyacak çok insan olacaktır."

"Evet, elbette; herhâlde öyle, Miss Woodhouse. Ama sanırım Hartfield'e gidip geldiğim sürece siz de bana karşı bu derece iyiyken kimseden korkmama gerek yok."

"Çevrenin etkisinin ne kadar güçlü olabileceğini çok iyi anlamışsın, Harriet. Sana yüksek sosyetede öyle bir yer edindirmek istiyorum ki Hartfield'den ve Miss Woodhouse'tan bile tamamen bağımsız olabilesin. Seçkin insanlarla kalıcı ilişkiler kurmanı sağlamak istiyorum, bunun için mümkün olduğunca alt kademeden dostların olmaması gerekir. Gün gelir de Mr. Martin evlendiği zaman sen hâlâ buralarda olursan yalnızca kız kardeşleriyle arkadaş olduğun için karısıyla da arkadaş olmak zorunda kalmanı istemiyorum. Mr. Martin büyük olasılıkla eğitimsiz bir çiftçi kızıyla evlenecektir."

"Evet, haklısınız. Aslına bakarsanız ben Mr. Martin'in eğitimsiz, iyi yetiştirilmemiş bir kız seçeceğini sanmıyorum. Yine de sizin görüşlerinize karşı çıkmak gibi bir düşüncem asla yok, Mr. Martin'in evleneceği kızla arkadaş olmayı istemeyeceğimden eminim. Tabii Miss Martinlere her zaman saygı duyacağım, özellikle de Elizabeth'e. Her ikisi de en az benim kadar eğitimli, onlardan koparsam çok üzülürüm. Ama Mr. Martin tutar da kaba saba, cahil bir kızla evlenirse elimden geldiğince onunla görüşmemeye çalışırım."

Emma bu konuşma boyunca arkadaşını dikkatle süzdü, inceledi ve kaygı verici bir aşk belirtisi görmedi. Genç adam Harriet'in ilk hayranıydı ama aralarında bundan öte bir bağ yoktu ve Emma, Harriet açısından kendisinin ayarlayacağı herhangi bir arkadaşlıkta bir sorun çıkmayacağından emindi.

Bu konuşmanın hemen ertesi günü Harriet'le Donwell yolunda yürüyüş yaparken Mr. Martin'e rastladılar. Genç adam da yürüyordu. Miss Woodhouse'u saygıyla selamladıktan sonra içten ve belirgin bir mutlulukla Harriet'e baktı. Emma onu yakından inceleyebileceği böyle bir fırsat çıktığı için mutluydu. Birkaç adım önden yürüdü ve onlar aralarında konuşurken yan bakışlarla Mr. Robert Martin konusunda yeterince fikir sahibi oldu. Genç adamın görünüşü düzgündü, aklı başında birine benziyordu. Ama bunun dışında başka hiçbir üstün yönü yoktu. Tanıştırmayı düşündüğü centilmenlerle karşılaştırıldığında Harriet'in gözünden düşeceğine eminai. Harriet gerçek bir centilmeni ayırt edemeyecek biri değildi. Mr. Woodhouse'un davranışlarındaki zarafeti şaşkınlıkla olduğu kadar hayranlıkla da izliyordu. Mr. Martin'in ise centilmenlikle uzaktan yakından ilgisi olamayacağı ortadaydı.

Mr. Martinle Harriet ancak birkaç dakika konuştular, ne de olsa Miss Woodhouse'u bekletmek olmazdı. Harriet ağzı kulaklarında, coşku içinde koşarak arkadaşının yanına geldi. Emma onun bu heyecanının en kısa zamanda yatışacağını umuyordu.

"Ne hoş bir rastlantı değil mi onunla karşılaşmamız? Çok tuhaf! Randalls'ın etrafından dönerek gitmemesi büyük tesadüf! Bizim bu yolda yürüyüş yapabileceğimizi hiç düşünmemiş. Genellikle Randalls'a doğru yürüdüğümüzü sanıyormuş. Daha *Ormandaki Aşk* romanını alamamış. Kingston'a son gidişinde o kadar meşgulmüş ki tamamen unutmuş ama yarın yine gidecek. Onunla karşılaşmamız çok tuhaf, değil mi? Neyse, Miss Woodhouse, onu nasıl buldunuz, düşündüğünüz gibi mi?

Onun hakkındaki izlenimleriniz ne oldu? Sizce çok sıradan biri mi?"

"Buna hiç kuşku yok, son derece sıradan biri ancak daha da önemlisi centilmenlikle uzaktan yakından ilgisi yok. Aslında fazla bir şey beklemeye hakkım yoktu, beklemedim de ama onun bu kadar kılıksız, maskara ve alelade biri olacağı asla aklıma gelmezdi. Doğrusu centilmenliğe bir iki kademe daha yakın olacağını sanmıştım."

Harriet perişan bir sesle "Ah, evet, elbette," dedi. "Gerçek bir centilmen kadar zarif olması mümkün değil."

"Harriet, sanırım bizimle tanıştığından beri etrafında sıklıkla gerçek centilmenler gördüğün için artık onlarla Mr. Martin arasındaki farkı kendin de ayırt edebiliyorsun. Hartfield Malikânesi'nde gerçekten iyi yetişmiş, eğitimli, görgülü bazı centilmenlerle tanışma fırsatı buldun. Onları tanıdıktan sonra Mr. Martin'le karşılaştırdığında bu genç çiftçinin onlardan çok daha sıradan bir insan olduğunu fark edemiyorsan ve bir zamanlar onu hoş bulduğuna hayret etmiyorsan çok şaşırırım. Bunu hissetmeye başlamadın mı? Şimdi artık gözüne farklı görünmüyor mu? Şaşırmıyor musun? Ne yapacağını bilemez, beceriksiz tavırlarının, sakil görünüşünün, durduğum yerde bile kulağıma gelen rahatsız edici, ayarsız sesinin seni de şaşırttığından eminim."

"Elbette ki o Mr. Knightley gibi biri değil. Onun kadar zarif, soylu tavırları olmadığı kesin. Aralarındaki farkı açıkça görebiliyorum Ama Mr. Knightley de tam bir centilmen, çok üstün biri."

"Mr. Knightley gerçekten de olağanüstü biri, Mr. Martin'i onunla kıyaslamak doğrusu haksızlık olur. Mr. Knightley gibi alnında centilmen yazan birine yüz kişide bir bile zor rastlanır. Ama şu son günlerde görüştüğün tek centilmen o değil ki. Mr.

Weston ya da Mr. Elton'a ne dersin? Mr. Martin'i onlardan biriyle kıyasla. Tavırlarını, davranışlarını karşılaştır; yürüyüşlerini, duruşlarını, konuşmalarını, susmalarını. Aradaki farkı gördüğünden eminim."

"Ah evet, aralarında elbette ki çok fark var ama Mr. Weston yaşlı. Kırk elli yaşlarında olsa gerek."

"Bu onun zarif, tutarlı davranışlarını daha da değerli kılıyor. İnsanlar yaşlandıkça, Harriet, davranışları daha da önem kazanır. Gençlikte bağışlanan, üzerinde durulmayan birçok şey; yüksek sesle konuşma, kabalık, beceriksizlik gibi şeyler yaşlılıkta daha da göze batar; daha tiksindirici görünür. Mr. Martin daha şimdiden kaba saba ve uyumsuz, Mr. Weston'ın yaşına gelince nasıl olacağını bir düşün."

Harriet ciddi bir ifadeyle "Kim bilir!" diye mırıldandı.

"Bunu tahmin etmek hiç zor değil. Görünüşünü, davranışlarını umursamayan, kazanç ve kayıp dışında hiçbir şey düşünmeyen iyiden iyiye kaba saba bir çiftçi olup çıkacak."

"Gerçekten öyle mi? Yazık! Bu çok kötü olur!"

"Daha şimdiden kendini işine ne kadar kaptırdığı ortada. Bunu anlamak için senin ona önerdiğin kitabı almayı unutmuş olması yeterli değil mi? Kafası başka hiçbir şey düşünemeyecek kadar alışveriş konularıyla doluymuş, aslında işinde başarılı olmak isteyen bir adamın yapması gereken de bu. Onun kitapla, romanla ne işi olabilir ki? Benim Mr. Martin'in işinde çok başarılı olacağından da zaman içinde büyük zenginliğe kavuşacağından da hiç kuşkum yok, bu yüzden onun böyle kaba saba ve eğitimsiz olması bizi hiç rahatsız etmemeli."

Harriet'in bu sözler karşısında tek diyebildiği "Kitabı unutmuş olması beni de şaşırttı," oldu. Bunu söylerken öylesine ciddi ve sıkıntılı bir hava içindeydi ki Emma onu bir süre kendi duygularıyla baş başa bırakmanın daha doğru olacağını düşündü ve konuşmadı. Daha sonra ise tekrar asıl konuya döndü.

"Aslında bir açıdan Mr. Elton'ın tavırları Mr. Weston'dan da Mr. Knightley'den de üstün sayılabilir. Çok daha zarif. Örnek tavırlar. Mr. Weston'ın tavırlarında bir açıklık, bir çabukluk, hatta bir anlamda pervasızlık var. Herkes onun bu özelliğine bayılıyor çünkü büyük bir mizah gücü ve iyi niyet barındırıyor; bu taklit edilebilir bir şey değil. Mr. Knightley'nin açık sözlü, kararlı, buyurgan tavırları da öyle, bunlar ona ve görüntüsüne yakışıyor; toplum içindeki yeri de buna uygun ama başka bir genç adam onu taklit etmeye çalışsa hiç çekilmez. Bence genç bir centilmen için en iyi örnek Mr. Elton olabilir. Mr. Elton iyi huylu, neşeli, güler yüzlü, nazik, yardımsever bir genç adam. Bana son zamanlarda büsbütün zarifleşti gibi geliyor. Kendini ikimizden birine beğendirmeye mi çalışıyor, hiç bilemiyorum. Onun bu kadar uysal ve ilgili olması beni şaşırtıyor. Kendini beğendirmek istediği biri varsa bu ancak sen olabilirsin. Geçen gün senin için neler dediğini söylemiş miydim?"

Sonra Mr. Elton'a neredeyse zorla söylettiği birkaç övgü sözcüğünü arkadaşına ballandıra ballandıra tekrarladı. Harriet kızardı, gülümsedi ve Mr. Elton'ı hoş bulduğunu söyledi.

Emma'nın genç çiftçiyi Harriet'in kafasından silmek için seçtiği kişi Mr. Elton'dı. Harriet'le Mr. Elton'ın birbirlerine çok uygun olduklarını düşünüyordu, hatta bu çöpçatanlığın pek bir beceri göstermesi gerekmeyecek; kendisine bir övünme payı bile çıkaramayacağı kadar doğal, istenir ve olası bir durum olduğunu düşünüyordu. Bu iki genci tanıyan herkesin onları birbirlerine yakıştıracağını düşünüyor, hatta bundan korkuyordu. Bunu herkesten önce düşünüp planladığına hiç kuşku yoktu, bu konuda kimse onunla yarışamazdı. Harriet daha Hartfield'e geldiği ilk gün düşünmüştü bunu, üzerinde kafa yordukça da bu plan daha çok hoşuna gitmişti. Mr. Elton'ın durumu bunun için çok uygundu, tam bir centilmendi, alt sınıftan akrabaları olmadığı gibi Harriet'in kuşku götürür doğumuna karşı çıkacak kadar seçkin bir aileye de sahip değildi. Kendine ait konforlu bir evi vardı ve Emma onun yeterince geliri olduğunu düşünüyordu. Highbury papaz evi çok büyük olmasa da genç rahibin kendi bağımsız mülkü olduğu biliniyordu. Emma onun iyi huylu, iyi niyetli, saygın, aklı başında, dürüst, gerekli dünya bilgisi ve anlayışına sahip bir adam olduğunu düşünüyordu.

Mr. Elton'ın da Harriet'i güzel bulduğunu öğrendiği için mutluydu ve Hartfield'de sık sık karşılaşacakları düşünülürse bunun onlar açısından fırsat olacağına inanıyordu. Harriet'e gelince Mr. Elton tarafından beğeniliyor olma fikrinin onda gereken etkiyi sağlayacağına hiç kuşkusu yoktu. Mr. Elton fazla müşkülpesent olmayan her kadının gönlünü çelecek kadar hoş bir adamdı. Yakışıklı olduğu düşüncesinde herkes hemfikirdi, kişiliğiyle de hayranlık topluyordu. Gerçi Emma bu hayranların arasında değildi, onun yüz çizgilerinde bir zarafet eksikliği buluyordu ama yalnızca Robert Martin kendisine uzak yoldan ceviz getirdi diye mutlu olan bir genç kızın Mr. Elton'ın ilgisi karşısında kendinden geçmemesi olanaksızdı.

BÖLÜM 5

"Sizin bu konudaki görüşünüzü bilmiyorum ama, Mrs. Weston," dedi Mr. Knightley. "Ben Emma'yla Harriet Smith arasındaki bu büyük samimiyetin doğru olduğunu düşünmüyorum."

"Doğru değil mi? Gerçekten bunun iyi olmadığını mı düşünüyorsunuz? Peki ama neden?"

"Bunun ikisine de bir yararı olmayacağını düşünüyorum."

"Beni şaşırtıyorsunuz. Bence Emma'nın Harriet'e çok yararı olacağı kesin; Harriet de Emma için yeni bir ilgi alanı, bu ona iyi gelecektir. Ben onların samimiyetini çok büyük bir zevkle izliyorum. Bu konudaki düşüncelerimiz ne kadar farklı, Mr. Knightley. Demek sizce birbirlerine faydaları olmayacak. Korkarım Emma konusundaki fikir ayrılıklarımızın bir yenisinin başlangıcındayız, Mr. Knightley."

"Buraya eşinizin yokluğundan yararlanarak sizinle teke tek tartışmak amacıyla geldiğimi düşünüyor olamazsınız, değil mi?"

"Eğer Mr. Weston burada olsaydı eminim beni desteklerdi çünkü o da bu konuda benim gibi düşünüyor. Daha dün onunla bu meseleyi ele aldık ve Highbury'de arkadaşlık edecek böyle bir kız bulduğu için Emma'nın çok şanslı olduğunda karar kıldık. Mr. Knightley, sizin bu konuda adil bir karara varabileceğinizi düşünmüyorum çünkü yalnız başınıza yaşamaya o kadar alışmışsınız ki yakın bir arkadaşın değerini bilemiyorsunuz. Zaten hiçbir erkek, bir kadının bir başka kadının yanında kendini ne kadar rahat hissettiğini, özellikle de buna ömrü boyunca alışmışsa anlayamaz. Harriet Smith'i pek beğenmemenizi anlayabiliyorum. Emma'nın yakın arkadaşı olacak kadar üst seviyede bir genç kız değil. Öte yandan Emma, Harriet'in eğitimli biri olmasını istiyor; bunun için çabalayacak ve onu daha çok okumaya teşvik edecek. İkisi birlikte bol bol okuyacaklar. Emma'nın niyetinin bu olduğunu biliyorum."

"Benim bildiğim Emma on iki yaşından beri hep daha çok kitap okumaya niyetlenir. Onun çeşitli zamanlarda okumaya karar verdiği kitaplardan oluşan listeler hazırladığına tanık oldum. Hepsi de kusursuz listelerdi bunların. Kitaplar çok iyi seçilmiş, düzenlenmiş; bazen alfabetik olarak bazen de başka kriterlere göre sıralanmışlardı. On dört yaşındayken yaptığı bir liste vardı; onun bu konuda ne kadar zevkli olduğunu gösteriyordu, yaşına göre düşünce yapısının çok olgun olduğunu düşünmüştüm. O listeyi uzunca bir süre sakladım. Herhâlde şimdi de pek güzel bir liste yapmıştır. Ancak ben artık Emma'nın düzenli bir biçimde okuyacağına inanmaktan vazgeçtim. Onun çalışma ve sabır gerektiren hiçbir şeyi sonuna kadar götüreceğine, zihinsel faaliyeti hayal gücüne yeğleyeceğine inanmıyorum. Bunca yıldır Miss Taylor'ın başaramadığını Harriet Smith mi başaracak? Onu istediğinizin yarısı kadar bile kitap okumaya ikna edemediniz. Bunu siz de biliyorsunuz."

Mrs. Weston gülümseyerek "Korkarım öyle," dedi. "O sıralar öyle olduğunu düşünmüştüm. Ama onunla ayrıldığımızdan beri Emma'nın benim istediğim bir şeyi yapmadığını anımsamıyorum."

Mr. Knightley içtenlikle, duygulu bir sesle "Bu gibi anıları tazelemek gibi bir niyetim asla yok," diye mırıldandı. Bir an sustu, sonra ekledi: "Ancak duyularımı körleştiren bir büyünün etkisi altında olmadığım için hâlâ her şeyi olduğu gibi görüyor, duyuyor ve anımsıyorum. Ailenin en zekisi olmak Emma'yı şımarttı. Daha on yaşındayken on yedi yaşındaki ablasının aklının ermediği sorulara yanıt verebilmek gibi bir şanssızlığı vardı; Isabella ağırkanlı ve çekingendi, Emma ise her zaman hızlı, cıvıl cıvıl ve kendinden emin. On iki yaşında o hem evin hem hepinizin hanımı oldu. Onunla başa çıkabilecek tek insan annesiydi, onu da kaybetti. Emma annesinin yeteneklerini almıştı ve buna boyun eğiyordu."

"Eğer bir nedenle Mr. Woodhouse'un evinden ayrılmış olsaydım, başka bir işe girmek isteseydim ve sizin tavsiyenize ihtiyaç duysaydım çok üzülürdüm, Mr. Knightley. Tanrı kimseyi sizin tavsiyenize muhtaç etmesin. Benim hakkımda tek bir iyi kelime bile edeceğinizi düşünmüyorum. Eminim her zaman benim yaptığım işe uygun biri olmadığımı düşündünüz."

"Öyle," dedi Mr. Knightley gülümseyerek. "Siz buraya çok daha uygunsunuz, tam anlamıyla iyi bir eşsiniz ama iyi bir mürebbiye değilsiniz. Hartfield'de olduğunuz süre boyunca kendinizi hep iyi bir eş olmaya hazırladınız. Emma'yı yeteneklerinizden beklendiği şekilde eğitmeyi başaramadınız ama orada kaldığınız sürede o sizi çok iyi eğitti, özellikle evlilik temelinde karşındakinin iradesine boyun eğmek ve sizden istenileni yapmak konusunda. Eğer Mr. Weston benden kendisine iyi bir eş salık vermemi istemiş olsaydı, bir an bile tereddüt etmeden Miss Taylor derdim."

"Teşekkürler. Mr. Weston gibi birine iyi eş olmak için pek fazla hünere gerek olduğunu düşünmüyorum."

"İşin doğrusu, korkarım ki bu konudaki emekleriniz biraz boşa gitti, onca şeye boşu boşuna katlandınız. Mr. Weston gibi sakin bir adamla evlendiğiniz için katlanma konusunda şahsen o kadar hazırlanmanıza rağmen katlanmanızı gerektirecek bir şeyle karşılaştığınızı söylemek zor. Yine de ümidi kesmeyelim. Belki de zamanla Mr. Weston'a rahatlık batar ve huysuzlaşır. Ya da oğlu onun için sorun olur."

"Umarım öyle bir şey olmaz, hem bu pek olası da değil, Mr. Knightley, kocamın oğlundan dolayı bir sıkıntı yaşayacağımızı hiç düşünmeyin."

"Elbette, Mrs. Weston, düşünmüyorum zaten. Yalnızca bir olasılık olarak bahsettim bundan. Ayrıca ben geleceği görüp tahmin yürütme konusunda Emma gibi dâhi olduğumu iddia edecek de değilim. Umarım genç adam meziyetleriyle bir Weston, servetiyle bir Churchill olur; bunu tüm kalbimle diliyorum. Neyse, Harriet Smith'ten söz ediyorduk. Henüz onunla ilgili söyleyeceklerimin yarısını bile söylemedim. Bence Emma bu kızdan daha kötü bir arkadaş seçemezdi. Harriet hiçbir şey bilmediği için Emma'nın her şeyi bildiğine inanıyor. Her anlamda tam bir dalkavuk, daha da kötüsü bunun farkında bile değil. Cahilliği her an yaranmaya çalışmasına neden oluyor, üstelik bunu yaparken bilinçli bir amacı da yok. Harriet böylesi bir düzeysizliği mutlulukla sergilerken Emma'nın kendisini geliştirecek bir şeyler yapma gerekliliği duyacağını nasıl düşünebilirsiniz? Harriet'e gelince, onun da bu ilişkiden kazançlı çıkmayacağını belirtmek durumundayım. Hartfield'e alıştıkça ait olduğu yeri beğenmez olacaktır. Belki biraz gelişecek ama doğası ve koşulları gereği kendi çevresindeki insanlardan rahatsız olacak, hepsi bu. Eğer Emma'nın öğretileri onun aklını geliştirirse ve yaşamdaki konumunun gerekliliklerine sağduyuyla ayak uydurmasını sağlarsa çok yanılmış olurum. Bence kazancı yalnızca bir cila olabilir, fazlası değil."

"Ya ben Emma'nın iyi niyetine sizden daha fazla güveniyorum ya da onun şu sıralar yaşamından hoşnut olması bana yetiyor fakat bu arkadaşlığın beni pek tedirgin ettiğini söyleyemem. Daha dün akşam o kadar iyi görünüyordu ki."

"Yani Emma'nın kişiliğinden değil de görünüşünden konuşmak istiyorsunuz. Pekâlâ, Emma'nın çok hoş bir kız olduğunu yadsıyacak değilim."

"Hoş mu? Şuna açıkça güzel deseniz ya! Kusursuz güzelliğe yüzüyle olsun duruşuyla olsun, Emma kadar yaklaşan birini düşünebiliyor musunuz?"

"Ne düşünebileceğimi bilememekle beraber Emma'nınkinden daha güzel bir yüze ve vücuda çok ender rastladığımı saklayamayacağım. Ama tabii ben eski bir aile dostu olarak tarafsız sayılmam."

"Gözleri, gerçek anlamda ela ve pırıl pırıl parlıyor. Düzgün yüz hatları, apaçık bir ifade ve dupduru bir ten. Ah, nasıl sağlıklı olduğu renginden belli. Boyu, kilosu hepsi öyle uygun ki. Ya o dimdik, sağlam duruşu, yürüyüşü. Yalnızca teninin renginden değil, her hâlinden; bakışından, duruşundan, başını tutuşundan bile sağlık fışkırıyor. Bazen bir çocuğun 'sağlığın resmi' olduğu söylenir, Emma da yetişkin sağlığının kusursuz bir resmini sergiliyor; Bence Emma güzelliğin ta kendisi. Sizce de öyle değil mi, Mr. Knightley?"

Mr. Knightley "Onun görünüşüne bir diyeceğim yok," dedi. "Ben de onu aynen sizin tanımladığınız gibi görüyorum. Onu seyretmeye bayılıyorum. Bu arada belirtmem gerekir ki Emma kesinlikle güzelliğinden güç alan kibirli bir kız değil. Bu kadar güzel olmasına rağmen bununla pek ilgilenmiyor, onun kibri başka noktalarda ortaya çıkıyor. Neyse, Mrs. Weston, siz ne deseniz boş! Onun Harriet Smith'le olan bu yakın arkadaşlığından hoşlanmıyorum ve bu arkadaşlığın ikisine de zarar vereceğinden korkuyorum."

"Ben de aynı derecede onların bundan zarar görmeyeceklerine inanıyorum ve Emma'ya güveniyorum. Tüm ufak tefek kusurlarına karşın Emma olağanüstü bir insan. Ondan daha iyi bir kız evlat, daha sevecen bir kız kardeş, daha vefalı bir dost olamaz. Hayır, hayır, o güvenilir bir insan; birini asla yanlış yönlendirmez, ciddi bir yanlışa sürüklemez, kalıcı bir hasara yol açmaz. Ufak hatalar yapabilir ama bir kez hata yaparsa yüz kez de doğru yapar."

"Öyle olsun, sizi daha fazla rahatsız etmeyeceğim. Bırakalım Emma melek olsun. Ben de Noel'de John ve Isabella gelene kadar bu huzursuzluğumu kendime saklayayım. John'un Emma'ya karşı sağduyulu ve gerçekleri görmesini engellemeyen gerçek bir ağabey sevgisi var. Isabella ise her konuda kocasıyla aynı düşüncededir, tabii çocuklar hastalanıp da kocası yeterince telaşa kapılmadığı zamanlar hariç. Sanırım en azından onlar bu konuda benden yana çıkacaklardır."

"Hepinizin Emma'yı çok sevdiğinizi, ona karşı haksızlık ya da kabalık etmenin aklınızın köşesinden bile geçmeyeceğini biliyorum. Bağışlayın ama Mr. Knightley, kendimi bir anlamda Emma'ya annesi kadar yakın saydığım ve bundan dolayı da kendimde bu konuda konuşma ayrıcalığı gördüğüm için bir görüşümü belirteceğim: Bu konuyu aile arasında bir tartışma konusu yapmanın doğru olmayacağını düşünüyorum. Lütfen beni bağışlayın ama bu arkadaşlıkta ufak da olsa bir uygunsuzluk olduğu varsayılsa bile Emma'nın bu arkadaşlığını onaylayan babası dışında kimseye karşı bir sorumluluğu olmadığını ve kendisi hoşlandığı sürece bundan vazgeçmesinin beklenmemesi gerektiğini dikkate almak gerekir. Size akıl öğretmeye kalkıştığım için bağışlayın, Mr. Knightley ama mesleğim gereği yıllar boyunca o kadar çok öğüt verdim ki can çıksa huy çıkmıyor."

"Aksine, bundan dolayı size minnettarım," diye haykırdı Mr. Knightley. "Bu çok iyi bir öğüt ve bu öğüdünüze diğer öğütlerinizin aksine uyulacağından emin olabilirsiniz."

"Isabella kolay endişelenen bir kadındır. Bunu duyarsa kız kardeşiyle ilgili endişeye kapılıp, üzülebilir."

Mr. Knightley "İçiniz rahat olsun, bu konuyu kimseye açmayacağım, kaygılarımı içime atacağım," dedi. "Kendimi Emma'ya çok yakın hissediyorum, her zaman onun iyiliğini istedim. Isabella akrabalık bağları açısından bana daha yakın ama Emma'yı her zaman kendime ondan daha yakın bulmuşumdur. Emma öyle başına buyruk, öyle farklı ki insan ister istemez ona karşı hep bir endişe hissediyor, kaygılanıyor. Ne yapacak, başına neler gelecek; merak ediyorum."

Mrs. Weston anlayışlı, kibar bir ifadeyle "Ben de," diyerek içini çekti. "Bunu bilebilmeyi çok isterdim."

"Emma hep hiç evlenmeyeceğinden söz ediyor, elbette bu bir şey ifade etmez ama şimdiye dek hoşlanabileceği, sevebileceği bir erkekle karşılaştığını sanmıyorum. Kendine uygun birine âşık olsa onun için hiç fena olmaz. Emma'yı âşık görmek isterim, bu arada sevilip sevilmediğinden emin olamazsa daha da iyi olabilir. Bu ona iyi bir ders olur, onu olgunlaştırır. Maalesef bu çevrede onun gönlünü çelecek kimse yok. Evden de pek uzaklaşmıyor."

Mrs. Weston "Gerçekten de şimdilik onun bu kararından vazgeçmesi için bir neden yok herhâlde," diye mırıldandı. "Ama olabilir de? Ayrıca Hartfield'de rahatı yerinde, ayrıca çok da mutlu. Bu arada zavallı Mr. Woodhouse'un açısından da Emma'ya zorluk çıkaracak, onu üzecek biriyle ilişkisi olmasını dilemem. Şu an için Emma'ya evliliği önermiyorum ama emin olun bunun nedeni evliliğe karşı olmam değil."

Mrs. Weston bunları söylerken bu konuyla ilgili olarak kendisinin ve kocasının aklından geçen bazı düşünceleri saklamaya çalışıyordu. Randalls'ta Emma'nın evlenmesi konusunda birtakım gizli dilekler vardı ama bundan kimsenin kuşkulanmasını istemiyorlardı. Mr. Knightley'nin kısa bir süre sonra "Mr. Weston havalarla ilgili ne düşünüyor? Yağmur gelecek mi dersiniz?" diye sakin bir geçişle konuyu değiştirmesi, Mrs. Weston'ı onun Hartfield hakkında başka bir şey söylemeyeceği ya da bir şeyden kuşkulanmayacağı konusunda ikna etti ve rahatlattı.

BÖLÜM 6

Emma'nın Harriet'in duygu ve hayallerine, doğru bir yön verdiğine ve ondaki minnettarlığı iyi bir amaca yönelttiğine hiç kuşku yoktu. Harriet artık Mr. Elton'dan bahsettiklerinde onun yakışıklı ve hoş tavırlı bir insan olduğu konusunda eskiye oranla çok sağduyulu bir tutum sergiliyordu. Emma da zaman zaman Harriet'in Mr. Elton'ın ona hayranlık duyduğundan emin olmasını sağlayacak şeyler söylemekte tereddüt etmiyordu. Çok geçmeden Harriet'in adama ilgi duymaya başlayacağından emindi. Mr. Elton'a gelince onun da Harriet'e âşık değilse bile âşık olmak üzere olduğunu düşünüyordu. O konuda bir endişesi yoktu. Mr. Elton'ın Harriet'ten bahsedişinde, Harriet'i övüşünde öyle bir içtenlik vardı ki aşk adına eksik kalan bir şey varsa onun da tamamlanması için tek gereken biraz zamandı. Hartfield Malikânesi'ne gelip gitmeye başladığından beri Harriet'in davranışlarının göze çarpacak derecede değiştiğinin, geliştiğinin Mr. Elton da farkındaydı ve bu da genç kıza karşı duyduğu, giderek güçlenen ilginin en belirgin kanıtlarından biriydi.

Mr. Elton bir gün Emma'ya "Siz Miss Smith'e onda eksik olan her şeyi sağladınız," dedi. "Onu rahat, zarif bir genç kıza dönüştürdünüz. Sizinle tanışmadan önce yalnızca çok güzel bir kızdı, sizin ona katkınız bence doğanın sunduklarından bile daha üstün."

"Ona ufak da olsa bir yararım dokunduysa ne mutlu bana! Böyle söylemenize sevindim. Harriet'in yalnızca ona özgü olan meziyetlerinin ortaya çıkarılmasına ve biraz yol gösterilmeye ihtiyacı vardı. Birkaç tavsiye yeterli oldu. Tatlılığı, uysallığı, doğallığı, iyi huyu Tanrı vergisi. Ben çok az şey yaptım."

Çok nazik bir insan olan Mr. Elton "Sizin gibi bir hanımefendiye itiraz etmemi mazur görebilirseniz," diye söze başladıysa da Emma onun sözünü kesti.

"Belki karakter olarak biraz daha güçlenmesine yardımcı oldum, daha önce karşılaşmamış olduğu birtakım konular üzerinde düşünmeyi öğrettim ama hepsi bu."

"Tam olarak ben de bunu söylemek istemiştim, benim gözüme çarpan da buydu. Böylesine bir karakter değişikliği. Bunu yapmak büyük ustalık."

"Emin olun çok da büyük bir zevk. Şimdiye dek hiç bu kadar iyi niyetli, sevimli biriyle karşılaşmamıştım."

Mr. Elton "Bunda hiç kuşkum yok," dedi. Bunu söylerken ancak âşık bir erkeğin yapabileceği gibi iç çekmişti!

Başka bir gün ise üçü bir aradayken Harriet'in resmini yapmak istemesinin Mr. Elton tarafından canı gönülden desteklenmesi Emma'yı çok hoşnut etti.

Emma "Hiç resmini yaptırdın mı sen, Harriet?" diye sordu. "Resminin yapılması için poz verdin mi?"

O sırada Harriet tam odadan çıkmak üzereydi ki durup ilginç bir saflıkla "Aman Tanrım, hayır, asla, hiç," dedi.

Harriet gözden kaybolunca Emma heyecanla "Harriet'in ustaca yapılmış bir resmi ne kadar enfes bir tablo olurdu," dedi. "Karşılığında her fiyatı ödemeye hazırım. Hatta içimden yapmak geliyor. Siz bilmezsiniz ama iki üç yıl önce ben resim yapmaya merak sarmıştım. Birkaç arkadaşımın portresini yapmaya kalkıştım, görüşümün oldukça iyi olduğu söyleniyordu ama işte bir nedenle hevesim kırıldı, bıraktım. Aslında Harriet poz vermeyi kabul etse belki yeniden denerim. Onun resmini yapmak öyle büyük bir zevk olur ki."

Mr. Elton hemen içtenlikle "Yalvarırım yapın bunu," diye haykırdı. "Bu gerçekten çok hoş olurdu. Sizden bu muhteşem yeteneğinizi arkadaşınız için kullanmanızı dilememe izin verin lütfen, Miss Woodhouse. Sizin resimlerinizi görmediğimi nasıl düşünebilirsiniz? Bu odayı zengin kılan, sizin eşsiz manzara ve çiçek tablolarınızdan örnekler değil mi? Ya Mrs. Weston'ın Randalls'taki salonuna astığı o eşsiz resimler, onlar da sizin değil mi?"

Evet, adam iyi niyetli, diye düşündü Emma içinden. *Bütün bunların portre yapmakla ne ilgisi var? Resimden anlamadığı ortada. Benim resimlerime hayran olmuş numarası yapma da hayranlığını Harriet'e sakla.* Sonra yüksek sesle "Madem siz de beni böyle kibarca teşvik ediyorsunuz, ben de elimden geleni yapmaya çalışacağım, Mr. Elton," dedi. "Harriet'in yüz hatları çok ince, dolayısıyla resmetmek kolay olmayacak, özellikle de göz şekli ve dudak çizgisi o kadar özgün ki bunları muhakkak yakalamak gerek."

"Kesinlikle, göz şekli ve dudak çizgileri. Benim bunu başaracağınıza hiç kuşkum yok. Yalvarırım size, yalvarırım hemen başlayın. Böyle bir portre, özellikle de siz çizerseniz gerçekten enfes bir tablo olur."

"Ne yazık ki Harriet poz vermeyi kabul etmez, Mr. Elton. O kadar alçak gönüllü ki kendi güzelliğinin farkında bile değil! Bana yanıt veriş şekli dikkatinizi çekmedi mi? Sanki 'Benim resmim neden yapılsın ki buna değer mi?' der gibiydi."

"Ah elbette, emin olun bu benim de gözümden kaçmadı. Ancak yine de onu buna ikna edebileceğimizi sanıyorum."

Harriet çok geçmeden yeniden içeri girdi ve kendisine hemen bu teklif yapıldı. Karşı çıkma çabası, bu iki kişinin ısrarlı diretmesi sonucu fazla sürmedi. Emma hemen işe koyulmak istiyordu. Harriet için en uygun boyutu kararlaştırmak amacıyla daha önce yaptığı çeşitli portre denemelerinin olduğu dosyayı çıkardı; bu denemeierden hiçbiri tamamlanmamıştı. Minyatürler, portreler, tam boy resimler, kuru kalem, kara kalem, sulu boya... Hepsi denenmişti. Çünkü Emma aynı anda her şeyi yapmak isterdi. Müzik ve resimde yetenekliydi, verdiği çok sınırlı emeğin karşılığında birçok insanın elde edebileceğinden çok daha fazla ilerleme kaydetmişti. Hem çalıyor, hem söylüyordu, hemen her tarzda resim yapabiliyordu ama bir şeyde sebat edemiyordu, bu yüzden de hiçbir şeyde ulaşmak istediği ve ulaşması gereken kusursuzluk seviyesine ulaşamamıştı. Gerek resimde gerekse müzikteki yeteneği konusunda kendini kandırmıyordu ama başkalarının yanılgılarından da onu hak etmediği kadar övmelerinden de rahatsız olmuyordu.

Emma'nın her resminde bir hüner vardı, en son resimleri belki de en başarılı olanlardı; stili canlıydı, üslubu hayat doluydu ancak çok daha az ya da fazla olsa bile, hatta on kez daha fazla olsa bile yanında bulunan iki dostunun duydukları zevk ve hayranlık yine aynı düzeyde olacaktı. Harriet de Mr. Elton da kendilerinden geçmiş gibiydiler, portrelerdeki benzerlik herkesin hoşuna giderdi, Miss Woodhouse'un bu konudaki başarısı ise olağanüstüydü.

"Yazık ki size gösterebileceğim pek fazla portre yok," dedi Emma. "Yalnızca ailem üzerinde çalıştım. Bu, babam. İşte yine babam, bir başka deneme; poz vermek babamı çok sinirlendirdiği için onu ancak gizlice çizebilirdim, bu yüzden ikisi de ona pek benzemedi. Bu da Mrs. Weston, yine Mrs. Weston ve yine Mrs. Weston. Gördüğünüz gibi sevgili Mrs. Weston her koşulda en iyi yoldaşım olmuştur. Ne zaman resmini yapmak istesem poz verirdi. Bu da ablam; onun o zarif, narin yapısını resme yansıtabildiğimi düşünüyorum. Yüzü de benzemiş. Biraz daha sabırlı olsaydı daha iyi çizebilirdim ama dört çocuğunun portresini çizmem için öyle sabırsızlanıyordu ki bir türlü sakin duramadı. İşte bunlar da ablamın dört çocuğundan üçünün resimleriyle ilgili çalışmalarım; Henry, John ve Bella, kâğıdın bir ucundan diğerine sıralı, aslında birini diğerinin yerine yapsan da fark etmez; birbirlerine o kadar benziyorlar ki. Ablam onların resimlerinin yapılmasını o kadar istiyordu ki reddedemedim ama üç dört yaşındaki çocukların uslu durup poz vermeleri mümkün değil. Onları benzetmek de hiç kolay değil, genel havalarını yansıtabiliyorsun, bunun ötesinde belirgin hatları olması gerekiyor ki bu hiçbir ana kuzusu için söz konusu değil. Bu da henüz bebek olan dördüncü kardeş. George bebek olduğu için kanepenin üstünde uyurken yakalayıp hemen resmini yaptım. Başlığı tıpatıp benzemiş, başını da resmedilmeye çok uygun şekilde koymuştu. Çok da benzedi. Doğrusu küçük George'la gurur duyuyorum. Kanepenin köşesi de çok iyi olmuş! Bu da en son çalışmam..." Emma boydan bir erkek resmi gösterdi. Küçük ölçekte ama yine başarılı bir resimdi bu. "Bence en son ve en iyi eserim, ağabeyim, eniştem Mr. John Knightley. Ama tamamlayamadım, bir kızgınlık anında bir kenara bıraktım ve bir daha da portre yapmayacağıma yemin ettim. Tam bitirmek üzereydim; hem ben hem de Mrs. Weston bu resmi çok beğeniyorduk ama kırıldım, hem de çok kırıldım çünkü o kadar emek harcadıktan sonra, üstelik de bu kadar benzetebilmişken; aslında biraz fazla yakışıklı olmuştu, olduğundan daha yakışıklı ama bu kabul edilebilir bir hata, öyle değil mi? Buna rağmen Isabella şöyle bir bakıp soğuk soğuk 'Evet, biraz benziyor ama hakkını verememişsin,' dedi. Mr. Knightley poz vermeye ikna etmek için çok uğraşmıştık, sonunda kabul etmişti ama sanki çok büyük bir lütufta bulunurmuş gibi. Neyse her şey üst üste gelince dayanamadım. Brunswick Meydanı'ndaki evlerine gelen her konuğa gösterip 'Kardeşim yaptı ama pek benzetemedi,' dediklerini duyar gibi oldum. Aslından kötü olduğu için özür dileneceğine bitirmeyeyim, diye düşündüm. Ve bir daha hiç kimsenin portresini çizmemeye yemin ettim. Fakat Harriet'in tatlı hatırı için ya da daha çok kendim için hazır henüz işimize karışacak bir karı koca durumu falan da ortaya çıkmamışken bu kararımdan vazgeçiyorum."

Mr. Elton onun bu kararından etkilenmiş ve hatta memnun olmuş gibiydi. İlginç bir ruh hâli içinde "Aynen söylediğiniz gibi henüz bir karı koca durumu yok," diye keyifle Emma'nın sözlerini yineliyordu. "Tam üstüne bastınız, henüz bir karı koca durumu yok." Emma bir an acaba onları hemen şimdi baş başa mı bıraksam diye düşündüyse de canı resim yapmak istiyordu ve bu ilanı aşk biraz daha beklemek zorundaydı.

Emma'nın resmin boyutlarına ve türüne karar vermesi uzun sürmedi. Mr. John Knightley'ninki gibi boydan ve suluboya olacak, eğer Emma'yı tatmin ederse de salondaki şöminenin üstüne asılacaktı.

Resme başlandı. Harriet poz vermeye çalıştı; gülümsüyor, kızarıyor, duruşunu ve ifadesini bozmaktan çekiniyor, bu hâliyle ressamın dikkatli gözlerine genç, tatlı ve saf bir yüz ifadesinin çok hoş bir görüntüsünü sunuyordu. Ressam bu ifadeyi yakalamak hevesindeydi ama Mr. Elton tam arkasında fırçanın her dokunuşunu izlerken hiçbir şey yapamıyordu! Emma onun rahatsızlık vermeden Harriet'e tekrar tekrar bakabileceği bir yere yerleşmiş olmasını takdir etse de buna bir son vermek ve onu ense kökünden uzaklaştırmaktan başka çıkar yol olmadığına karar verdi. Sonra birden aklına onu okumakla oyalayabileceği geldi.

"Mr. Elton, bize kitap okuma nezaketinde bulunursanız gerçekten çok iyi olacak. Bu sayede hem karşılaştığım zorlukları sıkılmadan aşabilirim hem de Miss Smith'in tedirginliği giderilmiş olur."

Mr. Elton buna çok sevindi. Sonuçta Mr. Elton kitap okuyor, Harriet merakla dinliyor, Emma da huzur içinde resmini yapıyordu. Emma kendini Mr. Elton'ın sık sık gelip resme bakmasına izin vermek zorunda hissediyordu ki bu çok normaldi, bir âşıktan daha fazla sabır beklemek olmazdı. Emma fırçayı elinden her bırakışında hemen yerinden fırlayıp resme bakmaya geliyor ve her defasında coşkuyla hayranlığını belirtiyordu. Böyle bir destekçiden hoşlanmamak mümkün değildi çünkü olmayan benzerlikleri bile görüp hayran oluyordu. Sanattan anladığı söylenemezdi ama genç adamın aşkı ve hayranlığı kusursuzdu.

İlk günkü oturum Emma'nın beklediğinden de başarılı geçmiş, yaptığı taslaktan devam etmeye karar verecek kadar tatmin olmuştu. Benzerlik açısından sorun yoktu, Harriet'in duruşu konusunda da şansı yaver gitmişti; Emma onun boyunu biraz daha uzatıp, vücut şeklini biraz daha geliştirmek, görüntüsüne biraz zarafet katmak niyetindeydi. Böylece bu tam da şöminenin üstüne asılmaya layık bir yapıt olacaktı. Emma'nın hüneri Harriet'in güzelliğiyle birleşince candan dostluklarının kalıcı bir anısı ortaya çıkacaktı. Emma bundan emindi, bu bir de Mr. Elton'ın Harriet'e olan aşkını körükler, genç adamın ona bağlanmasını sağlarsa resim gelecekle ilgili daha başka olumlu işlevler de üstlenmiş olacaktı.

Harriet ertesi gün yine poz verecekti. Mr. Elton da tam bir âşıktan beklenecek şekilde gelip iki hanıma yine kitap okumak için izin istedi.

"Elbette, Mr. Elton. Sizi aramızda görmek bizi çok mutlu edecektir."

Ertesi gün de yine nazik övgü ve iltifatlar, hayranlıklar, aynı hoşnutluk içinde geçti ve resim başarıyla ilerledi. Resmi her gören beğeniyordu. Mr. Elton'ın hayranlığıysa tutku düzeyindeydi, olumlu olumsuz her eleştiri karşısında savunmaya geçiyordu.

Mrs. Weston karşısında âşık bir genç adam olduğundan bir an bile kuşkulanmayarak Mr. Elton'a "Miss Woodhouse resimde arkadaşının kusurunu gidermek yolunu seçmiş," diye düşüncesini belirtti. "Gözlerdeki ifadeyi yakalamış. Ama Miss Smith'in ne kirpikleri ne de kaşları o kadar belirgin, hatta güzel yüzündeki tek kusurun bu olduğu bile söylenebilir."

Mr. Elton "Öyle mi düşünüyorsunuz? Ne yazık ki ben sizinle aynı görüşte değilim," dedi. "Bence resim tüm hatlarıyla aslından farksız. Tam bir benzerlik sağlanmış. Hiç bu kadar aslına benzeyen bir tablo görmedim. Arada ışık ve gölge oyunları olacak elbette. Gölge etkisini hoş görmek gerek."

Mr. Knightley ise "Arkadaşının boyunu olduğundan uzun göstermişsin, Emma," dedi.

Emma bunun doğru olduğunu biliyordu ama kabul etmek gibi bir niyeti yoktu, ne var ki bunu söylemesine gerek kalmadı. Yine savunmaya geçen Mr. Elton oldu.

"Uzun mu? Hayır asla! Hiç de değil! Düşünsenize, Miss Smith oturuyor, hâliyle oturan kişinin görünümü farklıdır, bu izlenimi verir. Oranları göz önünde bulundurmak gerekir. Önden baktığınızda her şey kısa görünür; orantı, uyum. Hayır, bence bu resim Miss Smith'in boyunu tam doğru olarak belirtiyor, aynen olduğu gibi."

Mr. Woodhouse ise "Çok güzel bir resim olmuş," dedi. "İyi çalışılmış. Zaten senin bütün resimlerin güzel, tatlım. Senin kadar güzel resim yapan başka birini tanımıyorum. Bence bu portrenin tek kusuru, Miss Smith'i omzunda incecik bir şalla dışarıda oturmuş olarak göstermen. Bakınca insana Miss Smith üşüyüp soğuk alacakmış gibi geliyor."

"Ama babacığım, mevsim yaz, ılık bir gün. Ağaca baksana."

"Ne olursa olsun, dışarıda böyle ince bir kıyafetle oturmak doğru değil, tatlım."

Mr. Elton dayanamayarak atıldı. "Siz ne derseniz, efendim, saygıyla karşılarım ama bence Miss Smith'i böyle açık havada göstermek çok doğru. Ağaç da benzersiz bir ruhla çalışılmış! Başka hiçbir sahne, karakteri böylesine yansıtamazdı. Miss Smith'in saflığı, masumluğu ve doğa; bu resim bence her anlamda bir başyapıt. Gözlerimi alamıyorum. Böylesine bir benzerlik hiç görmedim."

Bundan sonra sıra resmin çerçevelenmesine geldi ancak bu konuda bazı zorluklarla karşılaşıldı. Çerçevenin Londra'dan alınması gerekiyordu; siparişin zevkine güvenilen, aklı başında biri tarafından verilmesi şarttı. Bu gibi işler için çoğunlukla Isabella'ya başvurulurdu ama aylardan aralıktı ve Mr. Woodhouse kızının kış soğuğunda, sisler arasında evden çıkıp sokaklarda dolaşmasını istemiyordu.

Onların bu telaşını gören Mr. Elton konuyu hemen çözdü. O zaten her zaman çok kibar, emre amade biriydi.

"Eğer bu konuda bana güvenirsiniz bunu yapmaktan çok büyük zevk alacağımı belirtmek isterim," dedi. Londra'ya gitmek onun için sorun değildi, her zaman gidebilirdi. Bunu yapmaktan duyacağı onuru kelimelerle ifade etmesi olanaksızdı.

Mr. Elton oldukça iyi bir insandı; Emma bunu düşünemezdi bile. Ona asla böylesi bir sorumluluk yüklemek, zahmet vermek istemezdi. Ricalar ve ısrarlar tekrar tekrar yinelendi, teminatlar verildi ve sorun birkaç dakika içinde çözüme ulaştı.

Mr. Elton resmi alıp Londra'ya götürecek, uygun bir çerçeve seçecek ve gerekli talimatları verecekti. Emma yapıtını, kazasız belasız Londra'ya ulaşacak ve bu arada genç adama fazla yük olmayacak şekilde sarıp sarmalamayı umuyordu. Mr. Elton ise değil bunu yük olarak görmek, bununla yeteri kadar hizmet etmemiş olacağından korkar gibiydi!

Paketi alırken baygın bir iç çekişle "Ne kadar değerli bir emanet," diye mırıldandı.

Bu adam iyi bir âşık olamayacak kadar kibar, diye düşünmekten kendini alamadı Emma. *Böyle diyorum ama herhâlde âşık olmanın da yüz farklı şekli var. Doğrusu kusursuz bir genç; tam Harriet'e göre. Kendisinin ifadesiyle de "Aynen öyle" Bu göz süzmeler, iç çekişler, yerli yersiz iltifatlar bana olsa bir an bile katlanamazdım. Neyse ki ben ikinci derecedeyim, hoş benim payıma da fazlasıyla düşüyor ya. Harriet'i yetiştirdiğim için bana minnet duyuyor, beni göklere çıkarıyor.*

BÖLÜM 7

Tam da Mr. Elton'ın Londra'ya gideceği gün Emma dostuna bir iyilik daha yapma fırsatı buldu. Harriet her zamanki gibi kahvaltıdan hemen sonra Hartfield'e gelmiş, bir süre sonra da akşam yemeği için geri gelmek üzere yeniden evine dönmüştü. Kararlaştırdıkları saatten daha erken geldi, içeri girdiğinde de telaşını gizleyemedi; heyecan içinde anlatacağı çok önemli, olağanüstü bir şey olduğunu söyleyip duruyordu. Yarım dakika bile geçmeden her şey aydınlandı.

Okula döndüğünde Mrs. Goddard'dan bir saat kadar önce Mr. Martin'in orada olduğunu öğrenmişti. Genç adam Harriet'i bulamayıp, ne zaman döneceğinin de belli olmadığını öğrenince, kız kardeşlerinden birinin gönderdiğini söyleyerek bir küçük paket bırakıp oradan ayrılmıştı. Harriet paketi açmış, içinde kopya etmesi için Elizabeth'e gönderdiği iki şarkının yanında Mr. Martin'in yazdığı bir de mektup bulmuştu; mektupta Mr. Martin Harriet'e evlenme teklif ediyordu. Bu kimin aklına gelirdi? Harriet çok şaşırmıştı, ne yapacağını bilemiyordu. Evet, gerçek bir evlenme teklifi ve gerçekten çok güzel yazılmış bir mektup, yani Harriet öyle olduğunu düşünüyordu. Mr. Martin onu çok seviyormuş gibi yazmıştı mektubu –ama tabii bu bilinemezdi– bu yüzden de Harriet hemencecik Hartfield'e, Miss Woodhouse'a akıl danışmaya gelmişti.

Emma, arkadaşı bu teklif karşısında mutlu ama kararsız olduğu için onun adına utanç duydu.

"Vay canına, bu delikanlının isteyenin bir yüzü kara, diye düşündüğü apaçık ortada," diye mırıldandı. "Eğer başarabilirse iyi bir yere kapılanmak istediği anlaşılıyor."

Harriet heyecanla "Ne olur, mektubu okur musunuz?" diye yalvardı. "Yalvarırım okuyun, bunu çok istiyorum."

Emma bu baskıdan çok rahatsız oldu, mektubu okudu ama çok şaşırdı. Stil beklediğinin çok üstündeydi. Genç adam hiç dil bilgisi hatası yapmadığı gibi kompozisyon bakımından da centilmenlere yaraşır bir mektup yazmıştı. Kullandığı dil yalın olmakla birlikte içten, güçlü ve etkileyiciydi. Yansıttığı duygular yapmacıklıktan uzak, yazanın itibarını artıracak nitelikteydi. Kısa bir mektuptu ama iyi niyet, sıcak bir bağlılık, huzur, edep, hatta duygu inceliği ifade ediyor; yazanın aklı başında, duygulu, şefkatli, anlayışlı, terbiyeli hatta ince ruhlu bir insan olduğunu ortaya koyuyordu.

Emma mektubu okuduktan sonra bir süre sustu. Harriet heyecanla ona bakıyor, ne düşündüğünü söylemesini bekliyordu. Miss Woodhouse'un "İşe bak!" diye mırıldanmaktan başka bir şey söylemediğini görünce dayanamayarak "Güzel bir mektup, öyle değil mi?" diye sordu. "Yoksa çok mu kısa?"

Emma ağır ağır, kısık bir sesle "Hayır, aslında çok iyi bir mektup," diye yanıtladı bu soruyu. "Hatta o kadar iyi bir mektup ki insan ister istemez kız kardeşlerinden birinin ona yazmakta yardımcı olduğunu düşünüyor. Geçen gün rastladığımız genç adamın yardım almadan kendini bu şekilde ifade edebileceğini sanmıyorum. Öte yandan bu bir kadın üslubu da değil. Çok daha güçlü, erkeksi, kısa ve öz. Bir kadına göre fazla rafine. Duygusal bir adam olduğu anlaşılıyor. Doğuştan yetenekli olsa gerek; düşünceleri güçlü ve açık, belli ki eline kalemi aldığı zaman düşüncelerine uygun sözcükler kendiliğinden kâğıda dökülüyor. Bazı erkekler böyledir. Evet, Harriet, onun kafa yapısını anlayabiliyorum. Güçlü, kararlı, bir noktaya kadar duygulu, kaba değil." Emma mektubu arkadaşına geri verirken ekledi. "Bu benim beklediğimden çok daha iyi yazılmış bir mektup."

Harriet hâlâ beklenti içindeydi.

"Şey, yani... yani şimdi ben ne yapmalıyım?"

"Ne mi yapacaksın? Ne konuda? Bu mektup konusunda mı?"

"Evet."

"Bunu neden soruyorsun? Yapacağın tek bir şey var. Bu mektuba karşılık vermek, hem de hemen."

"Evet ama ne diyeceğim sevgili Miss Woodhouse, bana yol gösterir misiniz?"

"Ah hayır, hayır, mektubun senin elinden çıkması gerekir. Senin kendini çok iyi ifade edeceğinden eminim. Anlaşılmaman gibi bir tehlike yok ki önemli olan da bu. Yazdıkların hiçbir şekilde iki anlama da gelecek şekilde olmamalı, herhangi bir kuşkuya ya da tereddüde yer bırakmamalı. Tabii nezaket kuralları gereği, teşekkür ettiğini ve neden olduğun üzüntüden dolayı özür dilediğini belirten birkaç sözcük de kendiliğinden aklına gelecektir. 'Sana acı verdiğimden ötürü beni bağışla,' falan dersin. Onu hayal kırıklığına uğrattığın için üzülüyormuşsun gibi yazman da gerekmez."

Harriet önüne bakarak "Yani onu reddetmem gerektiğini mi düşünüyorsunuz?" diye sordu.

"Reddetmek mi? Sevgili Harriet, ne demek istiyorsun? Bu konuda bir kuşkun mu var yoksa? Bense sanmıştım ki... Neyse kusura bakma, belki de yanıldım. Eğer Mr. Martin'e ne yanıt vermen gerektiğini tam olarak bilemiyorsan, bunda kuşkun varsa seni yanlış anlamış olabilirim. Ben yanıtının belli olduğunu, bana bunu nasıl dile getirmen gerektiğini sorduğunu düşünmüştüm."

Harriet sesini çıkarmıyordu.

Emma âdeta suçlarcasına "Anladığım kadarıyla olumlu yanıt vermek istiyorsun, öyle mi?" diye sordu.

"Yok, öyle değil. Yani demek istediğim... Ne yapmalıyım? Bana ne yapmamı önerirsiniz, Miss Woodhouse? Ne olur, yalvarırım söyleyin bana, ne yapayım?"

"Yok, sana akıl verecek değilim, sevgili Harriet. Benim bununla hiçbir ilgim olamaz. Kendi duygularına başvurmalısın."

Harriet mektuba bakarak "Beni bu kadar sevdiğini sanmıyordum," diye mırıldandı.

Emma sessiz kaldı. Ama sonra kızın mektuptaki insanın aklını başından alan iltifatların büyüsüne kapılacağından korkarak en iyisinin az da olsa müdahale etmek olduğuna karar verdi:

"Sevgili Harriet, ben genel olarak, bir kızın kendine evlenme teklif eden bir erkeğin bu teklifini kabul edip etmeme konusunda kuşku duyuyorsa bu teklifi kesinlikle reddetmesi gerektiğine inanırım. Eğer evet demekte tereddüt ediyorsa hayır demelidir. Dünya evine adım atarken kararından emin olmalısın; bunda kuşkuya, tereddütte yer yok. İnsan hiç düşünmeden kabul edebileceği erkeği beklemelidir. Senden yaşça büyük ve deneyimli bir arkadaşın olarak sana bu kadarını söylemeyi görev bildim, sakın seni etkilemeyi düşündüğümü sanma."

"Yok, hayır, sizin asla bana ne yapacağımı söyleyemeyecek kadar iyi yürekli ve kibar olduğunuzu biliyorum ama keşke bana akıl verseniz. Hayır, hayır, demek istediğim o değil. Sizin de dediğiniz gibi insan böyle bir kararı gözünü bile kırpmadan verebilmeli, tereddüt etmemeli. Çok ciddi bir konu bu. Belki de hayır demem daha doğru olacak. Sizce hayır desem daha mı iyi ederim?"

Emma nazikçe gülümseyerek "Asla sana evet ya da hayır de diyemem," dedi. "Kendi mutluluğunu en iyi kendin değerlendirebilirsin. Eğer Mr. Martin'i başka erkeklere tercih ediyorsan, onun tanıdığın en hoş erkek olduğunu düşünüyorsan ne duruyorsun? Ne o, kızardın Harriet? Yoksa aklına bu tanıma uygun başka biri mi geldi? Harriet, Harriet, kendini kandırma, minnet ve acıma duygusunun esiri olma. Şu anda kimi düşünüyorsun?"

Belirtiler olumluydu. Harriet kıpkırmızı kesilerek kafası karışmış bir hâlde başını çevirdi ve şöminenin önünde durdu. Mektubu farkında bile olmadan elinde evirip çeviriyordu. Emma sessizce onu bekledi, sabırsızlanıyordu ama bir yandan da güçlü umutları vardı.

Harriet sonunda duraksayarak konuşmaya başladı:

"Miss Woodhouse, madem siz bana fikrinizi söylemiyorsunuz, ben kendi başıma karar vermek, elimden gelenin en iyisini yapmak zorundayım. Zaten kararımı verdim sayılır, Mr. Martin'i reddedeceğim. Ne dersiniz, sizce doğru mu yapıyorum?"

"Kesinlikle doğru, çok doğru yapıyorsun sevgili Harriet. Yapman gerekeni yapıyorsun. Sen henüz karar vermemişken ben kendi görüşlerimi senden sakladım ama artık kararını belirttiğine göre çekinmeden seni onaylayabilirim. Sevgili Harriet, bu kararın beni hem senin adına hem de kendi adıma çok mutlu etti. Sen Mrs. Robert Martin olduğun gün ben iyi bir arkadaşım yitirmiş olacaktım. Çok üzülecektim fakat bunun olması kaçınılmazdı. Sen kararsızken bundan söz etmedim çünkü seni etkilemek istemiyordum. Abbey Mill Çiftliği'nin gelini Harriet Martin'i asla arkadaşı olarak ziyaret edemezdim. Ama artık sonsuza kadar sana güvenebilirim."

Harriet nasıl bir tehlikeyle karşı karşıya olduğunu anlayamamıştı ancak şimdi bunun düşüncesi bile dehşetle sarsılmasına neden olmuştu. "Ziyaret edemez miydiniz?" diye haykırdı. "Tabii ya, ziyaret edemezdiniz. Bakın bu daha önce hiç aklıma gelmedi. Ne kötü olurdu. Neyse kurtuldum, atlattım bu tehlikeyi. Sevgili Miss Woodhouse, sizin dostluğunuzun zevkini ve onurunu ben dünyada hiçbir şeye değişmem."

"Evet Harriet, seni kaybetmek benim için de çok ağır bir darbe olacaktı ama başka türlüsü olamazdı! Kendini toplumun saygın kesiminin, sosyetenin dışına atacaktın. Ve ben de senden vazgeçmek zorunda kalacaktım."

"Aman Tanrım, ben nasıl dayanabilirdim böyle bir şeye? Bir daha Hartfield'e gelememek beni öldürürdü."

"Ah benim sevgili, yüce gönüllü Harriet'im. Abbey Mill Çiftliği'ne kapanıp kalmak? Yaşamının kalan kısmını cahil, kaba saba insanların arasında geçirmeye mahkûm olmak? Tanrı esirgesin! O genç adam sana böyle bir teklifte bulunmak cesaretini nasıl bulabiliyor, bunu hiç anlamıyorum? Bu beni çok şaşırtıyor. Kendine çok güveniyor olmalı."

Harriet'in vicdanı bu suçlamayı kabul etmeye razı olmamıştı.

"Yok, aslında kendini beğenmiş biri değil," dedi. "Yani, en azından o çok iyi huylu bir insan. Onu her zaman minnetle anacak ve ona saygı duyacağım ama bu tamamen başka bir şey, yani o beni seviyor diye benim de onu... biliyorsunuz işte... itiraf etmeliyim ki buraya gelip gitmeye başladığımdan beri öyle kimselerle tanıştım ki insan onları düşününce... onu onlarla karşılaştırınca hem görünüş hem kibarlık yönünden... aslına bakarsanız karşılaştırmak bile mümkün değil, o öyle yakışıklı ve hoş ki! Neyse, ben yine de Mr. Martin'in gerçekten çok iyi bir insan olduğuna inanıyor ve ona çok değer veriyorum. Beni bu derece sevmesi, böyle güzel bir mektup yazması çok etkileyici... ama konu sizden ayrılmak olunca... hiçbir şekilde sizden ayrılmayı düşünemem."

"Teşekkürler, çok teşekkürler benim tatlı küçük arkadaşım. Hayır, ayrılmayacağız. Bir genç kız; yalnızca kendini istedi diye, seviyor diye, güzel bir mektup yazdı diye bir erkekle evlenmemelidir."

"Aa, elbette! Üstelik bu çok da kısa bir mektup."

Emma kızın keyifsizliğini fark etti ama bunu geçiştirmeye çalıştı.

"Aslında doğru. Her gün her dakika rahatsız olacağın saçma hareketler karşısında kocanın güzel mektup yazdığını düşünmek iyi bir teselli olabilirdi."

"Hayır, hayır. Mektubun ne önemi olabilir ki... Önemli olan arkadaşlarla birlikte mutlu olmak. Onu reddetmek konusunda kesin kararlıyım. Ama bunu nasıl yapmalıyım? Ne demeliyim?"

Emma onu, bunu yapmakta hiçbir zorluk çekmeyeceğine ikna etti, mektupta gerçeği açıkça yazmasını önerdi. Yardım edeceği umuduyla bu önerisi kabul edildi. Gerçi Emma, Harriet'in bu yanıtı hiç yardımsız yazabileceğini söylüyordu ama sonuçta her bir cümlenin kurulmasında ona yardımcı oldu. Yanıt yazmak amacıyla Mr. Martin'in mektubunu yeniden okumak zorunda kalan Harriet'te öyle bir yumuşama eğilimi ortaya çıktı ki Emma'nın onu birkaç kararlı sözcükle yeniden doğru yola sokması gerekti. Harriet'in yüreği sızlamış; Mr. Martin'i mutsuz etmek, ona acı çektirmek düşüncesi onu kaygılandırmıştı. Mrs. Martin'le kızlarının ne diyecekleri, nankör olduğunu düşünecekleri fikri onu öylesine endişelendiriyordu ki Emma bir an Mr. Martin o sırada çıkıp gelse Harriet'in ona hemen "evet" diyebileceğini bile düşündü.

Neyse ki sonunda mektup yazıldı, mühürlendi ve gönderildi. Böylece konu kapanmış ve Harriet bu tehlikeden kurtulmuş oldu. Artık güvendeydi. Gerçi Harriet'in keyfi kaçmıştı ama onun bu kadarcık üzülmesine Emma'nın bir diyeceği yoktu. Bazen ona duyduğu sevgiden bahsederek, bazen de Mr. Elton'dan söz açarak arkadaşının hüznünü dağıtmaya çalıştı.

Harriet bir ara çok hüzünlü bir ses tonuyla "Artık bir daha beni Abbey Mill Çiftliği'ne davet etmezler," dedi.

Emma "Zaten çağırsalar da ben seni bırakmam, sevgili Harriet," dedi. "Sen Hartfield'deki dostların için çok değerlisin, sana burada o kadar ihtiyacımız var ki Abbey Mill'de harcanmana göz yumamayız."

"Aslında ben de oraya bir daha gitmek istemeyeceğimden eminim çünkü ben hiçbir yerde Hartfield'de olduğum kadar mutlu olamıyorum."

Bir süre sonra Harriet'in kafasına yine aynı konu takıldı: "Mrs. Goddard bu olanları bilse sanırım çok şaşırırdı. Eminim Miss Nash da çok şaşırırdı; Miss Nash kız kardeşinin çok iyi bir evlilik yaptığını düşünüyor, adam sonuçta bir kumaşçı."

"Haklısın, aslında insan bir öğretmenden daha fazla onur ve incelik bekliyor, sevgili Harriet. Miss Nash bunu duyunca böyle bir evlilik fırsatı yakaladığın için sana imrenebilir. Onun gözünde böyle bir kısmet çok değerli olabilir ama eminim senin son zamanlarda ne seçkin kişilerin dikkatini çektiğinden, karşına çok daha iyi fırsatlar çıkabileceğinden haberi bile yoktur. Adını söylemek gereksiz, o kişinin sana karşı ilgisi henüz Highbury'de dedikodu konusu olmadı. Tahmin ederim ki şu ana kadar onun bakışlarındaki ve davranışlarındaki gizli anlamı seninle benim dışımda kimse kavrayamadı."

Harriet hafifçe kızararak gülümsedi. İnsanların onu bu kadar çok sevmelerini anlayamadığına ilişkin bir şeyler mırıldandı. Mr. Elton'ı düşünmenin bile onu nasıl mutlu ettiği belliydi. Yine de bir süre sonra yine zavallı Mr. Martin'i düşününce yüreği sızladı. Usulca "Benim mektubumu almış olmalı," dedi. "Şu anda ne yaptıklarını merak ediyorum. Acaba kızlar biliyor mu? Mr. Martin mutsuz olursa onlar da mutsuz olurlar. Umarım çok üzülmemiştir."

Emma "Hadi, artık başkalarını, yeni dostlarını düşünelim," dedi. "Belki şu anda Mr. Elton senin resmini kendi annesine ve kız kardeşlerine gösteriyor ve onlara aslının resimdekinden çok daha güzel olduğunu söylüyordur. Kendisine beş altı kez ısrarla sorulduktan sonra da adını, değerli adını öğrenmelerine izin veriyordur."

"Benim resmimi mi? Ama resmi Bond Sokağı'na bırakacaktı."

"Öyle mi? Eğer öyleyse bu benim Mr. Elton'ı hiç tanımadığım anlamına gelir. Hayır, sevgili küçük, alçak gönüllü Harriet; emin ol Mr. Eliot yarın atına binene dek o resim Bond Sokağı'nda olmayacak. Resim bu gece onun arkadaşı, tesellisi, mutluluğu olacak. O resim onun gelecekle ilgili planlarını ailesine açmasına vesile olacak, seni onlara tanıtacak; evdekilere doğanın en hoş, en tatlı duygularını yaşatacak, sınırsız bir merak ve sımsıcak bir beklenti sağlayacak. O insanların hayal güçleri şu anda kim bilir nasıl canlanmıştır, kafaları ne kadar meşguldür, ne kadar düşünceli ve mutludurlar."

Böylece Harriet'in neşesi yeniden yerine geldi, gülümsedi ve çok geçmeden yine gülmeye başladı.

BÖLÜM 8

Harriet o geceyi Hartfield'de geçirdi. Zaten birkaç haftadır zamanının neredeyse çoğunu Hartfield'de geçiriyordu, artık malikânede ona ait bir yatak odası vardı. Emma şu sıralarda onu elinden geldiğince yanından ayırmamanın her bakımdan güvenli ve nazik bir davranış olacağına inanıyordu. Ertesi sabah Harriet birkaç saat için Mrs. Goddard'ın yanına dönmek zorundaydı. Sonra yine Hartfield'e dönüp, bu kez birkaç gün kalacaktı.

Harriet yokken Mr. Knightley geldi, Mr. Woodhouse ve Emma ile bir süre oturdu. Mr. Woodhouse daha önceden dışarıda yürüyüş yapmaya karar vermişti. Emma onu bu kararından vazgeçmemesi için ikna etmeye çalıştı. Mr. Woodhouse'un bunun nezaketsizlik olacağını düşünmesine rağmen gerek kızının gerekse Mr. Knightley'nin ısrarıyla bunu kabul etti. Onun teklifsiz bir ilişki içinde olduğu konuğundan uzun uzun özür dilemesiyle formaliteden hiç hoşlanmayan Mr. Knightley'nin kısa ve yalın yanıtları gülünç bir tezat oluşturuyordu.

"Sevgili Mr. Knightley, izninizle, eğer kabalığımı bağışlar ve kusura bakmazsanız Emma'nın tavsiyesine uyup çeyrek saat kadar bahçeye çıkacağım. Hazır güneş varken bundan yararlanıp üç tur atmam iyi olacak. Sizi böyle bırakıp gitmemi bağışladığınızı umuyorum. Ne yaparsanız, Mr. Knightley, biz hastalıklı ihtiyarlar kendimizi bazen ayrıcalıklı sayıyoruz."

"Rica ederim, efendim, lütfen beni yabancı yerine koymayın."

"Sanırım Emma benim yerimi fazlasıyla dolduracaktır, Mr. Knightley. Emma eskiden beri sizinle konuşmayı çok sever. İzninizle ben yürüyüşüme çıkayım artık. Gel demiyorum çünkü benim yürüyüş hızım sizi sıkar, ayrıca zaten önünüzde sizi bekleyen Donwell Abbey'e kadar uzun bir yürüyüş var."

"Çok teşekkür ederim, efendim, teşekkür ederim. Zaten benim de dönmem gerekiyor, bence siz de bir an önce yürüyüşe çıksanız iyi olur. İzninizle paltonuzu getirip bahçe kapısını açayım."

Mr. Woodhouse sonunda dışarı çıktı. Mr. Knightley ise hemen gideceği yerde geri döndü ve Emma'nın yanına oturdu. Onunla konuşmak istiyor olmalıydı. Harriet'ten Emma'nın daha önce hiç duymadığı kadar olumlu söz etmeye başladı.

"Gerçi ben Harriet'i senin kadar güzel bulmuyorum ama güzel, küçük bir kız olduğunu kabul ediyorum, huyu da iyi. Karakteri birlikte olduğu kişiye göre değişebilir fakat iyi ellerde çok saygın bir hanımefendi olup çıkabilir."

"Böyle düşünmenize sevindim. Umarım sözünü ettiğiniz iyi ellerin eksikliğini duymaz."

Mr. Knightley "Haydi ama Emma," diyerek güldü. "İltifat beklediğini anlıyorum, peki o zaman Harriet'in üzerinde çok olumlu etkin olduğunu itiraf edeyim, onu bayağı geliştirdin. Onu okul çocukları gibi kıkırdamaktan vazgeçirdin. Kendinle övünebilirsin, sana çok şey borçlu."

"Teşekkür ederim. Eğer gerçekten yararım olmadığını düşünsem gerçeği söylemediğinizi düşünür yerin dibine girerdim. İltifat etmek pek herkesin yaptığı bir şey değil, siz de aslında pek iltifat etmezsiniz ama..."

"Harriet'in birazdan geleceğini söylemiştiniz, değil mi?"

"Neredeyse gelir. Hatta gelmiş olması gerekirdi, düşündüğünden daha uzun kaldı."

"Belki de gecikmesine neden olan bir şey olmuştur, konuklar falan."

"Highbury dedikoducuları... Sıkıcı sefiller."

"Harriet onları senin gibi sıkıcı bulmayabilir, Emma."

Emma bunun doğru olduğunu bildiği için yadsımaya kalkışmadı. Mr. Knightley kısa bir süre sonra gülümseyerek ekledi:

"Yerini ve zamanını bilemem ama küçük sevimli arkadaşının çok yakında iyi bir haber alacağına inanmak için çok geçerli nedenlerim olduğunu söylemeliyim."

"Gerçekten mi? Ne haberi? Nasıl bir haber?"

Mr. Knightley gülümseyerek "Çok önemli bir şey, bundan emin olabilirsin," dedi.

"Çok önemli mi? Bu olsa olsa tek bir şey olabilir. Biri Harriet'e âşık mı olmuş? Kimden ne duydunuz?"

Emma, Mr. Elton'ın bir şey söylediğini sanarak umutlanmıştı. Mr. Knightley herkesin sevdiği, akıl danıştığı biriydi. Mr. Elton'ın da ona çok saygı duyduğunu Emma çok iyi biliyordu.

Mr. Knightley yine gülümseyerek "Duyduğuma göre senin Harriet Smith çok yakında bir evlenme teklifi alacak," dedi. "Hem de kusursuz birinden, Robert Martin'den. Harriet Smith'in bu yaz Abbey Mill Çiftliği'ne yaptığı ziyaret işe yaramışa benziyor. Robert Martin ona deli gibi âşık. Harriet'le evlenmek istiyor."

Emma "Eksik olmasın, lütfetmiş," diyerek dudak büktü.

"Peki Harriet'in kendisiyle evlenmek istediğinden emin mi?"

"Robert Martin, Harriet'e evlenme teklif etmeye karar vermiş. Yetmez mi? Önceki akşam bu konuda akıl danışmak için

Donwell Abbey'ye geldi. Onu ve ailesini ne kadar sevdiğimi, değer verdiğimi bilir; sanırım o da beni en iyi dostlarından biri olarak görüyor. Bazı konularda fikrimi almak istemiş. Bu kadar genç yaşta evlenmenin doğru olup olmadığını, Harriet'in bunun için yaşının çok mu küçük olduğunu sormaya gelmiş; yani aslında bu seçimini onaylayıp onaylamadığımı öğrenmek istiyordu. Bu arada Harriet'in özellikle de seninle bu kadar yakınlaştıktan sonra kendini daha yüksek seviyede sanıp kendisini hor görebileceği gibi bir kaygıya kapıldığını sanıyorum. Genç adamın konuşması, fikirleri çok hoşuma gitti, onu çok beğendim. Zaten Robert Martin her zaman tanıdığım en aklı başında insanlardan biri olmuştur. Ondan daha makûl konuşan birini görmediğimi söyleyebilirim. Az ama öz konuşur, dürüsttür ve zekidir. Her zaman amaca yönelik konuşur, ne diyecekse açık açık, dosdoğru söyler; yargılarında da çok isabetlidir. Bana her şeyi açık açık anlattı; koşullarını, planlarını, evlenmesi durumunda aile olarak ne yapacaklarını. O gerek evlat gerekse kardeş olarak kusursuz bir genç adam. Ona evlenmesini önermekte hiç tereddüt etmedim. Sevdiği kızı da övdüm. Bana mali durumunun da gayet iyi olduğunu söyledi, ikna oldum ve bu durumda evlenmenin yapacağı en doğru şey olduğunu söyledim. Hâl böyle olunca da etekleri zil çalarak gitti. Daha önce görüşlerime itibar etmediyse bile fikirlerimi çok beğendi, eminim evden benim en iyi dostu ve akıl hocası olduğumu düşünerek ayrıldı. Bu önceki gün oldu. Hanımefendiyle konuşmak için pek fazla bekleyeceğini sanmıyorum. Dün konuşsa bilirdin. Bu durumda belki de şu anda Mrs. Goddard'dadır. Kısacası Harriet hiç de sıkıcı saymayacağı bir konuk yüzünden gecikmiş olabilir."

Emma bütün bu sözleri kendi kendine gülümseyerek dinlemişti.

"Sevgili Mr. Knightley," dedi. "Bay Martin'in dün Miss Harriet'e açılmadığını nereden biliyorsunuz?"

Mr. Knightley şaşırdı. "Elbette bilemem ama öyle olduğunu düşünüyorum. Miss Harriet dün bütün gün sizinle değil miydi?"

"Bakın," dedi Emma. "Konuşma sırası şimdi bende. Size açıklayayım. Mr. Robert Martin dün konuştu; yani yazdı ve reddedildi."

Mr. Knightley'nin duyduklarına inanması için Emma'nın birkaç kez yinelemesi gerekti. Sonunda inandığındaysa şaşkınlık ve hoşnutsuzluktan kıpkırmızı kesilerek hışımla ayağa kalktı:

"Öyleyse Harriet Smith benim sandığımdan çok daha aptalmış. Bu kız aklını mı kaçırmış, ne?"

Emma da kızarak "Ah tabii," diye bağırdı. "Bir kadının kendisine yapılan evlenme teklifini reddetmesini erkeklerin aklı almaz, öyle değil mi? Siz hep kadınların kendilerine edilecek evlenme teklifine evet demeye hazır beklediğini hayal edersiniz."

"Saçma! Öyle bir şey hayal ettiğimiz falan yok. Ama bu çok anlamsız! Harriet Smith, Robert Martin'i reddediyor! Bu olamaz. Eğer doğruysa bu, delilikten başka bir şey değil. Umarım sen yanılıyorsundur, Emma."

"Onun yazdığı yanıtı gördüm. Hiç kimse duygularını daha açık ifade edemezdi."

"Senin gözünün önünde ha! Desene sen yazdın. Emma, bu senin işin. Onu Robert Martin'i reddetmesi için ikna ettin."

"Bu suçlamayı üstüme almıyorum ama eğer bunu yapmış olsaydım bile –ki böyle bir konuda etkim altında kalmasına asla izin vermezdim– yanlış bir şey yaptığımı düşünmezdim! Mr. Martin dürüst, aklı başında bir genç olabilir fakat asla Harriet'in dengi değil, hatta onun böyle bir teklifte bulunmaya cüret edebilmiş olmasına dahi şaşırıyorum. Sizin dediğinize göre çekinceleri varmış. Keşke bunları aşamasaydı."

Mr. Knightley hiddetle "Harriet'in dengi değil mi, dedin?" diye bağırdı. Sonra biraz sakinleşti. Ama hâlâ sert ve soğuk bir sesle "Evet, Robert Martin gerçekten de Harriet Smith'in dengi değil," dedi. "Çünkü Mr. Martin zekâsıyla da konumuyla da ondan çok daha üstün. Emma, bu kıza karşı duyduğun sevgi senin gözünü kör etmiş. Ailesi mi, kişiliği mi, eğitimi mi; Harriet Smith'in Robert Martin'den üstün nesi olabilir? Kim olduğu, kimin nikâh dışı çocuğu olduğu belli değil; doğru dürüst bir geliri yok, görünürde onu kollayıp gözetecek bir akrabası da yok. Hakkında tek bilinen sıradan bir okulda yatılı öğrenci olduğu. Aklıyla da eğitimiyle de son derece sığ bir kız, doğru dürüst hiçbir şey öğretilmemiş, kendi başına öğrenemeyecek kadar da genç ve basit. O yaşta herhangi bir deneyimi olması da beklenemez, o küçük aklıyla kendini geliştirmesi de. Güzel bir kız, iyi huylu ama hepsi o kadar. Robert Martin'e bu evliliği önerirken ilk anda biraz duraksadım ama endişem Mr. Martin içindi, tercih ettiği kız kendisinden daha alt seviyedeydi; bu, kız için iyi ama onun için kötü bir ilişkiydi. Mr. Martin ondan çok daha iyi birini bulabilirdi; varlıklı, aklı başında, makûl, işe yarar bir hayat arkadaşı... bundan daha kötü bir tercih yapamazdı. Sonra baktım, delikanlı delicesine âşık, söylesem bunlara kulak asacak durumda değil. Sonuç olarak Harriet de zararsız, uysal, iyi bir kız. Robert gibi iyi bir gençle doğru yolu bulacağına, sonlarının iyi olacağına inanmak istedim. Kızın başına devlet kuşu kondu, dedim kendi kendime. Herkesin hatta senin bile böyle düşüneceğinden emindim, Emma! Bir arkadaşının böylesine iyi bir evlilik yapıp Highbury'den ayrılmasının seni üzmeyeceğini düşündüm. Hatta kendi kendime 'Harriet'e olan düşkünlüğüne rağmen Emma bile bunun iyi bir evlilik olduğunu düşünecektir,' dediğimi anımsıyorum."

"Emma'yı böyle bir şey düşünecek kadar az tanıyor olmanıza şaşırmamak elimde değil, Mr. Knightley. Nasıl yani? Bir çiftçi, ne kadar aklı başında, becerikli, değerli olursa olsun... Mr. Martin sonuçta yalnızca basit bir çiftçi, öyle değil mi? En iyi arkadaşım için iyi, uygun bir eş olacak, öyle mi? Benim tanışmaya bile tenezzül etmediğim biri için Harriet'in Highbury'den ayrılmasına üzülmeyeceğimi nasıl düşünebilirsiniz? Bu duyguları bana yakıştırdığınıza inanamıyorum. Emin olun benim duygularım çok farklı. Ayrıca bu söylediklerinizde hiç adil olmadığınızı bilin, Harriet'in isteklerini umursamıyorsunuz, niteliklerini küçümsüyorsunuz ama inanın onun değerini bilen biri var; aynen benim gibi. Mr. Martin daha zengin olabilir ama toplumdaki konumu hiç kuşkusuz Harriet'ten daha düşük. Harriet Mr. Martin'den çok daha seçkin bir çevrede. Onunla evlenirse kendini alçaltmış olur."

"Yani saygın, akıllı, centilmen bir çiftçiyle evlenmek gayrimeşru, cahil bir kız için seviyesini düşürmek anlamına mı geliyor?"

"Doğumuyla ilgili koşullar açısından gayrimeşru olabilir, yasal bir kimliği yok ama sağduyulu, hiç kimse ona o gözle bakmayacaktır. Harriet'e başka insanların işledikleri günahın bedelini, onu aşağı görerek ödetemeyiz. Harriet'in soylu bir kandan geldiği o kadar belli ki babasının bir centilmen, hem de varlıklı bir centilmen olduğundan eminim. Harçlığı bol, ayrıca eğitimi ve konforu için hiçbir şey esirgenmemiş. Onun bir centilmenin kızı olduğundan benim hiç kuşkum yok. Sosyeteden insanlarla arkadaşlık ettiğini ise siz bile görmezden gelemezsiniz. Bu da demek oluyor ki Harriet, Robert Martin'den üstün."

"Annesi babası kim, ondan kim sorumlu onu bilemem ama onun senin deyiminle sosyeteye girmesini planlamamış ya da uygun görmemiş oldukları kesin. Öyle olsaydı başka bir okula gönderir, başka bir ailenin yanına verirlerdi. Oysaki vasat bir eğitimin ardından Mrs. Goddard'ın çizgisinde ilerlemesi, onun çevresine girmesi yeterli görülmüş; aslında seninle böyle içli dışlı oluncaya dek bu ona yetmiş de. Zaten kendisinin de gözü yükseklerde değilmiş, kendi durumunu beğenmemek aklından bile geçmediği gibi farklı bir çevreye girmek gibi bir hırsı da olmamış. Bu yaz Martinlerin çiftliğinde çok mutlu günler geçirmiş, kendini onlardan üstün görmemiş. Eğer şimdi onlara üstünlük taslıyorsa bunun nedeni sensin, Emma. Bu dostluk değil. Robert Martin onun da kendisinden hoşlandığına inanmasa bu kadar ileri gitmezdi. Onu iyi tanırım; tek taraflı bir tutkunun peşinde evlilik teklif etmeyecek kadar sağduyulu, gerçekçi bir adamdır. Asla kendini beğenmiş de değildir, hatta diyebilirim ki tanıdığım erkekler arasında bu duygudan en uzak olan odur. Ben Harriet'in ona bu konuda cesaret verdiğinden eminim."

Emma bu sözlere karşılık vermemeyi daha uygun buldu ve yine az önceki konuya döndü:

"Belki de arkadaş olduğunuz için Mr. Martin'i içtenlikle savunuyorsunuz ama daha önce de belirttiğim gibi Harriet'e haksızlık ediyorsunuz. Harriet'in iyi bir evlilik yapma şansı hiç de sizin düşündüğünüz gibi az değil. Zeki olmayabilir ama asla sizin tahmin ettiğiniz kadar sığ ve boş bir kız değil, sandığınızdan daha sağduyulu ve daha anlayışlı. Ayrıca bir an için güzelliğinden ve iyi huyundan başka hiçbir meziyeti olmadığını kabul etsek bile sizce bunlar yabana atılacak nitelikler mi? Gerçekten çok güzel bir kız ve erkeklerin yüzde doksan dokuzunun da bu konuda benimle hemfikir olacağından eminim. Erkekler güzellik konusuna daha felsefi yaklaşıp güzel bir yüz yerine eğitimli bir akla âşık olana dek – şu an için böyle bir durumun söz konusu olmadığını sanırım siz de kabul edersiniz– Harriet kadar güzel ve çekici bir kızın hayranının çok olacağından eminim. Bunlar arasından seçim yapma gücüne sahip olacağı gibi sonuçta en iyiyi isteme hakkı olması da çok doğal. İyi huyluluğu hafife alınacak bir meziyet değil, düşünsenize o yumuşak başlı, alçak gönüllü, uysal ve başkalarıyla iyi geçinmeye hazır bir kız. Hemcinslerinizin bir kadında aradıkları en önemli özelliklerin de bunlar olduğunu söylersem sanırım çok yanılmış olmam."

"Gerçek şu ki Emma, senin Tanrı vergisi zekânı böylesine boşa harcadığını görünce benim bile –neredeyse– bu sözlerine hak vereceğim geldi. Bir kadın aklını böyle yanlış yere kullanacağına akılsız olsun daha iyi."

Emma neşeyle "Demek öyle," diye haykırdı. "Elbette, ben zaten bütün erkeklerin bu düşüncede olduğunu bilmiyor muyum? Harriet her erkeğin hoşlanacağı, onların hem duygularına hem de sağduyusuna hitap edecek bir kız. Harriet seçme şansı olan bir kadın. Eğer siz de evlenecek olsaydınız, Harriet'in size uygun olduğunu düşünebilirdiniz. Henüz on yedi yaşında, hayata yeni atılıyor, daha yeni yeni tanınmaya başlıyor ve siz karşısına ilk çıkan talibiyle evlenmediğine şaşırıyorsunuz, öyle mi? Hayır lütfen, bırakın da kızcağız şöyle bir çevresine bakınma fırsatı bulsun."

Mr. Knightley hemen "Aslında düşüncelerimi kendime saklamak istiyordum ama hep bu arkadaşlığın çok aptalca bir yakınlık olduğunu düşündüm fakat şimdi bu durumdan Harriet'in çok daha fazla zarar göreceğini anlıyorum. Onun öyle bir burnunu büyüteceksin ki kızcağız çok geçmeden kimseleri beğenmez olacak. Güzelliğini öyle pohpohluyor, kafasını layık olduğundan çok daha fazlasını hak ettiğine ilişkin düşüncelerle öyle dolduruyorsun ki çok yakında –zaten zekâdan da yoksun olduğu için– gözünü yükseklere dikecek, kimseyi dengi olarak görmeyecek. Zayıf bir kişinin kendini beğenmesi her tür kötülüğe kapı açar. Genç bir hanımefendi için beklentilerini çok yüksek tutmak kolaydır. Oysa bütün güzelliğine karşın Harriet Smith de evlilik tekliflerinin yağmur gibi yağmadığını görecek. Sen aksini düşünebilirsin ama aklı başında erkekler aptal kadın istemezler. Aile olmayı önemseyen bir erkeğin soyu sopu belli olmayan bir kızla evlenme fikrine kapılması mümkün değil. Sağduyulu erkekler kızın ailesinin kim olduğu ortaya çıktığında karşı karşıya kalabilecekleri uygunsuz ve utanç verici durumlardan korkarlar. Bırak, hazır karşısına Robert Martin gibi biri çıkmışken evlensin; ömrünün sonuna dek rahat, güven dolu, saygın, sıcak, mutlu bir yuvası olsun. Eğer onu farklı bir evlilik yapması için teşvik eder, servet sahibi, önemli bir adamdan azıyla tatmin olmamayı öğretirsen yaşamının geri kalan kısmında Mrs. Goddard'ın yanında kalmakla ya da evde kalmak istemezse umutsuzluğa kapılıp yaşlı yazı öğretmenin oğlunu elde etmekle avunacaktır; bu arada evde kalmaz çünkü Harriet Smith ne olursa olsun biriyle evlenecek türde bir kız."

"Bu konudaki düşüncelerimiz o kadar farklı ki Mr. Knightley, bunu tartışmanın bir anlamı yok. Sonuçta birbirimizi kızdırmaktan başka bir şey elde edemeyiz, zaten artık bunu konuşmanın bir anlamı da yok çünkü onun Robert Martin'le evlenmesine benim izin vermem gibi bir durum söz konusu değil. Harriet, arkadaşınızın evlenme teklifini kendisi reddetti, üstelik sanırım ikinci bir girişimin önünü doğal olarak kesecek şekilde. Onu reddetmenin olumsuz sonuçlarına katlanmayı bilecektir, tabii öyle bir şey olursa. Ret cevabına gelince ona biraz öğüt verdiğimi saklayacak değilim ama inanın bana, o zaten kendisi kararını vermişti, ne benim ne de başka birinin yapacağı bir şey vardı. Mr. Martin'in görüntüsü gibi davranışları da incelikten o kadar uzak ki Harriet bir zamanlar ona ilgi duymuş olsa bile artık onu hiç beğenmiyor. Daha seçkin kimseleri tanımadan önce Robert Martin'den hoşlanmış olabilir. Ne de olsa arkadaşlarının ağabeyi, Mr. Martin de Harriet'e kendini beğendirmek için çok çabalamış olmalı. Harriet daha önce ondan iyi birisiyle karşılaşmış olmadığı için –bunun Mr. Martin'in çok işine yaradığı kesin– Abbey Mill'deyken onu itici bulmamıştır. Ama artık durumlar değişti. Harriet gerçek bir centilmenin nasıl olması gerektiğini biliyor, bundan böyle ancak eğitimiyle, tavırlarıyla, konumuyla tam bir centilmenin Harriet karşısında şansı olabilir."

"Saçma, kesinlikle çok saçma," diye homurdandı Mr. Knightley. "Robert Martin; zeki, terbiyeli, dürüst, iyi yürekli, sağduyulu bir genç. Ruhunda ise Harriet Smith'in anlayabileceğinden çok daha öte bir soyluluk var."

Emma yanıt vermedi. Neşeli, umursamaz görünmeye çalışıyordu ama içi rahat değildi ve Mr. Knightley'nin gitmesini istiyordu. Yaptığına pişman olmuş falan değildi. Kadın hakları ve soyluluk konusunda kendi yargılarına onunkilerden daha fazla inanıyordu. Her şeye rağmen Mr. Knightley'nin düşünce ve görüşlerine saygı duyma gibi bir alışkanlığı vardı ve onun böyle önemli bir konuda ona böyle açık bir biçimde kendisine karşı çıkması ağırına gitmişti. Mr. Knightley'nin yanı başında, öfke içinde oturması da çok rahatsız ediciydi. Bu boğucu sessizlik birkaç dakika sürdü. Emma bir ara havadan söz açmak istediyse de Mr. Knightley karşılık vermedi. Genç adam düşünüyordu. Sonunda düşüncelerini açıkladı:

"Robert Martin aslında pek bir şey yitirmiş sayılmaz, eğer sağduyuyla düşünebilirse ki en kısa zamanda düşüneceğini sanıyorum, kaybı olmadığını anlayacaktır. Harriet'in geleceği konusunda ne düşüneceğini en iyi sen bilirsin; çöpçatanlık merakını saklamaya gerek duymadığına göre bu yönde birtakım görüş, plan ve tasarıların olduğunu tahmin edebiliyorum. Aile dostun olarak sana ufak bir öğüdüm olacak; eğer düşündüğün kişi Mr. Elton ise kendini boş yere yoruyorsun, emeklerin boşa gidecek."

Emma gülerek itiraz etti.

Mr. Knightley konuşmayı sürdürdü:

"İnan bana, Elton olmaz. Mr. Elton aklı başında, çok iyi bir adam, Highbury kasabası için kusursuz bir rahip de olabilir ama onun duygularına kapılarak mantığa dayanmayan bir evlilik yapması olanaksız. Paranın değerini herkes gibi o da biliyor, hatta belki herkesten daha bile çok. Duygulardan söz etse de aslında aklıyla hareket eder. Senin Harriet'e değer biçtiğin gibi o da kendi kafasında kendi değerini ölçüp biçmiştir. Çok yakışıklı olduğunu, her gittiği yerde beğenildiğini, sevildiğini biliyor; erkek erkeğe çekincesiz konuştuğumuz zamanlarda söylediklerinden benim anladığım kadarıyla Mr. Elton'ın aşk için kendini heba etmek gibi bir düşüncesi yok ve mantık evliliği yapmak niyetinde. Kız kardeşinin yakın arkadaşı olan, her biri yirmi bin sterlinlik bir servete sahip beş kız kardeşten büyük coşkuyla söz ettiğine tanık oldum."

Emma yine gülerek "Size çok teşekkür ederim, Mr. Knightley," dedi. "Eğer Mr. Elton'ı Harriet'le evlendirmeyi aklıma koymuş olsaydım bu uyarınızla gözümü açarak büyük iyilik etmiş olurdunuz ama şu sıralar Harriet'i kimseye vermeye niyetim yok, kendime saklamayı düşünüyorum. Zaten çöpçatanlıktan da vazgeçtim. Randalls konusundaki başarımı bir kez daha yakalamam olanaksız, bu yüzden hazır başarılıyken bu işi bırakacağım."

Mr. Knightley birden ayağa kalkarak "İyi günler, Emma," dedi ve hızla oradan ayrıldı. Çok kızmış, canı sıkılmıştı. Genç dostu Robert Martin'in nasıl bir düş kırıklığına uğradığını tahmin ediyor, onu bunu yapmak konusunda cesaretlendirerek bu üzüntüde bir ölçüde kendisinin de payı olduğunu düşünerek kahroluyordu. Özellikle de Emma'nın bu olayda oynadığına inandığı rol onu çileden çıkarıyordu.

Emma'nın da canı çok sıkılıyordu, kızgındı ama bunun nedenini o Mr. Knightley kadar açık ve net bir şekilde bilemiyordu. Hiçbir zaman Mr. Knightley kadar kararlı olmaz, kendini tam anlamıyla tatmin olmuş hissetmez; kendi görüşlerinin mutlak olarak doğru, karşısındakilerin yanlış olduğuna inanmazdı. Mr. Knightley giderken sanki tüm haklılığı kendi üstüne almış, Emma'nın payına bir şey bırakmamıştı. Gerçi Emma'nın canının pek fazla sıkıldığı da söylenemezdi. Zaten aradan biraz zaman geçip Harriet geri dönünce yaşadığı can sıkıntısı da kayboldu. Aslında Harriet'in geç kalmasından kaygılanmaya başlamıştı. Mr. Martin'in o gün yeniden Mrs. Goddard'ın evine gidip Harriet'le yüzleşmesi ve yalvarıp yakararak genç kızın aklını çelmesi olasılığı onu tedirgin ediyor, ürkütüyordu. Bunca çabadan sonra böyle bir yenilgiye uğramayı kabullenemiyordu. Öyle ki Harriet sonunda neşe içinde gelip, gecikmesi için bir neden gösterme gereği bile duymayınca Emma'nın da içi rahat etti. Kendi fikrini benimsemesine, Mr. Knightley ne düşünürse düşünsün, ne derse desin, kendisinin haklı olduğuna, iki kadının arkadaşlığı ve kadınca duygular açısından doğru olmayan bir şey yapmadığına ikna oldu.

Mr. Knightley onu Mr. Elton konusunda az da olsa korkutmuştu ama Mr. Knightley genç rahibi kendisi gibi bir hedef gözeterek ya da bu konularda onun sahip olduğu kıvraklıkla –her ne kadar Mr. Knightley, aksini iddia etse de– yakından gözlemlemiş olamazdı. Ayrıca genç adam öfkeyle ve aceleyle konuşmuştu, dolayısıyla bilgi sahibi olduklarından çok içinden geçenleri, doğru olmasını dilediklerini söylemiş olabilirdi. Mr. Knightley, Mr. Elton'ın sakınmasız konuşmalarını Emma'dan daha çok dinlemiş olabilirdi. Mr. Elton para konularında da hesapsız, umursamaz biri olmayabilirdi. Aksine doğal olarak bu konulara önem veriyor da olabilirdi ama Mr. Knightley, güçlü bir aşkın tüm maddi ve çıkarcı dürtüleri bir yana itebileceğini, bunlarla savaşabileceğini dikkate almıyordu. Mr. Knightley bu tutkunun farkında olmadığı için yapabileceği etkiyi de düşünemiyordu. Oysa Emma bu tutkunun olağan düzeyde bir sağduyunun doğurabileceği tereddütleri –başlangıçta var olsa bile– yenebilecek güçte olduğunu görebiliyordu ve bunda hiç kuşkusu yoktu. Üstelik Mr. Elton'da makûl ve uygun bir sakınganlıktan fazlasının olmadığından da emindi.

Harriet'in neşesi Emma'nın da keyfini yerine getirdi. Harriet Mr. Martin'i düşünmek değil, Mr. Elton'dan bahsetmek istiyordu. Hemen neşeyle Miss Nash'ten duyduğu bir şeyi anlatmaya başladı. Doktor Mr. Perry hasta bir çocuğa bakmak için Mrs Goddard'ın okuluna gelmişti. Adam Miss Nash'e bir gün önce Clayton Park'tan dönerken Mr. Elton'la karşılaştığını ve genç adamın Londra'ya gittiğini, ertesi güne kadar da dönmeyeceğini öğrenince de çok şaşırdığını anlatmıştı. "Oysa o gece *vist* geceleriymiş ve o zamana dek genç rahibin bir tek oyunu bile kaçırdığı görülmemiş, ne olursa olsun muhakkak gelirmiş. Mr. Perry en iyi oyuncularından yoksun kalacakları için ona sitem etmiş, gidişini bir gün ertelemesi için yalvarmış ama boşuna, Mr. Elton anlaşılmaz bir biçimde gitmekte kararlıymış. Hatta çok tuhaf bir biçimde vurgulayarak, hiçbir şekilde ertelemeyeceği bir iş için Londra'ya gittiğini söylemiş; bunun gıpta edilecek bir görev olduğu, çok kutsal bir emanet taşıdığı gibi bir şeyler eklemiş. Mr. Perry onun dediklerinden hiçbir şey anlamamış ama işin içinde bir hanımefendi olduğu kanısına varmış, bunu da genç adamın yüzüne söylemiş. Mr. Elton bunun üzerine anlamlı anlamlı gülümsemiş ve kızarıp, neşeyle atını sürüp gitmiş." Miss Nash yalnızca Harriet'e bunları anlatmakla kalmamış, ona anlamlı anlamlı bakarak uzun uzun Mr. Elton'dan bahsetmişti. "Mr. Elton'ın işinin ne olduğunu bilemem ama bildiğim tek bir şey var," demişti. "Mr. Elton'ın beğendiği kadının dünyanın en şanslı kadını olduğuna inanıyorum çünkü yakışıklılıkta da çekicilikte de Mr. Elton'ın bir eşi daha yok. "

BÖLÜM 9

Mr. Knightley, Emma'yla tartışmış olabilirdi ama Emma kendi kendisiyle tartışmıyordu. Mr. Knightley'nin hoşnutsuzluğu öyle büyüktü ki yeniden Hartfield Malikânesi'ne gelmesi alışılandan çok uzun sürdü. Sonunda karşılaştıklarında ise Emma henüz bağışlanmamış olduğunu onun sert bakışlarından anladı. Emma üzüldü ama pişmanlık duymadı. Aksine her geçen gün genç kızın düşünce ve planlarını biraz daha haklı çıkarıyordu. Sonraki birkaç gün yaşanan gelişmeler de onu çok mutlu etti, beklentilerini artırdı.

Mr. Elton'ın Londra'dan dönüşünden hemen sonra çok zarif ve şık bir çerçeve içindeki resim teslim alındı ve oturma odasındaki şöminenin üstüne asıldı. Mr. Elton tam da yapması gerekeni yaparak, yerinden kalkıp tabloya baktı; kendinden beklendiği gibi iç çekip, bir şeyler mırıldanarak hayranlığını belirtti. Harriet'e gelince onun duyguları da görünür bir biçimde, hızla, gençliğinin ve doğasının elverdiği ölçüde güçlü ve kararlı bir bağlılığa dönüşüyordu. Çok geçmeden Emma onun artık Mr. Martin'i yalnızca Mr. Elton'la kıyaslamak için aklına getirdiğini ve bu kıyaslamalarda da Mr. Elton'ın kesinlikle ağır bastığını hissediyor, bundan dolayı da mutlu oluyordu.

Genç arkadaşını kafaca geliştirmek için yararlı kitaplar okuyup, üzerinde konuşmak konusundaki düşünceleri henüz birkaç kitabın başlangıcından birkaç bölüm okuyup, kalanına ertesi gün devam etme niyetinden öteye geçememişti. Sohbet etmek ciddi kitapları okuyup yorumlamaktan daha kolaydı; Harriet'in hayal gücünü onu bekleyen mutlu gelecek ile meşgul etmek, onun kavrama yeteneğini güçlendirmeye çalışmaktan da zihnini sıkıcı gerçeklerle yormaktan da çok daha keyifliydi. Harriet'in o andaki tek edebî uğraşı, tek zihinsel faaliyeti, ulaştığı her türlü bilmeceyi toplayıp Emma'nın hazırladığı, çeşitli simge ve motiflerle süslediği ince bir deftere aktarmaktı.

Edebiyat konusunda o dönemde bu gibi derlemelere oldukça sık rastlanıyordu. Mrs. Goddard'ın okulunun başöğretmeni Miss Nash tam üç yüz bilmece derlemişti. Ondan esinlenen Harriet ise Miss Woodhouse'un da yardımıyla çok daha fazlasını derlemeyi umuyordu. Emma bilmecelerin aranıp bulunması ve seçilmesinde yeteneği, zekâsı ve yüksek zevkiyle arkadaşına yardım ediyordu. Harriet'in el yazısı çok güzel olduğu için sonuçta ortaya hem nicelik hem nitelik bakımından birinci sınıf bir derleme çıkacağı söylenebilirdi.

Mr. Woodhouse da konuyla hemen hemen kızlar kadar ilgiliydi ve her an kullanmaya değer bir şeyler anımsamaya çalışıyordu. Gençliğinde öyle esprili bilmeceler vardı ki! Tuhaf ama şimdi hiçbiri aklına gelmiyordu ama zamanla anımsayacağından emindi. Ne var ki her defasında bu çabalar "Kitty, güzel ama donmuş bir kız," gibi bir bilmeceden bir parçayla son buluyordu.

Bu konuyu konuştuğu yakın dostu Perry de bilmece anlamında bir şey anımsamıyordu; Mr. Woodhouse ondan her an etrafa kulak kesilmesini istedi, ne de olsa Mr. Perry sürekli etrafta dolaşıyor, insanlarla görüşüyordu. Bir şeyler bulması umulabilirdi.

Emma'nın kasabanın tüm parlak beyinlerinin bu konuda sorgulanması gibi bir isteği yoktu. O yalnızca Mr. Elton'dan yardım istedi. Mr. Elton'dan aklına gelebilecek tüm bilmece, bulmaca, kelime ustalığına dayanan şiir ve zekâ oyunlarıyla onlara katkıda bulunmasını istedi ve onun bu konuya önemle eğildiğini, hafızasını zorladığını görünce mutlu oldu. Üstelik genç adam anlaşıldığı kadarıyla getirdiği bilmecelerde nezaketsiz bir sözcük olmamasına ya da kadınlara iltifat veya övgü içermesine son derece özen gösteriyordu. Kızlar defterdeki en kibar birkaç bilmeceyi ona borçluydular. Sonunda Mr. Elton çok bilinen, esprili bir bilmeceyi anımsayıp büyük bir sevinç ve övünçle duygusal bir biçimde söyledi ama kızlar bunu zaten birkaç sayfa önce deftere geçirmişlerdi.

İlk hecem dert (woe) belirtir,
İkinciyse derdin yazgılısını;
Bütünümse en iyi panzehir
Bu derdi hafifletip iyileştirmeye. *

Emma "Mr. Elton, siz niçin bizim için bir bilmece yazmıyorsunuz?" diye sordu. "Bilinir olmamasının tek yolu bu. Bu sizin için hiç zor olmasa gerek."

"Yoo hayır," dedi Mr. Elton. "Yaşamım boyunca hiç böyle bir denemem olmadı. Ne yaparsın, aptallık işte! Korkarım ki Miss Woodhouse bile..." Genç adam bir an duraksadı. "Yani Miss Smith için bile bunu yapamam."

Yine de hemen ertesi gün elinde esinlendiğini gösteren bir kâğıtla geldi. Birkaç dakikalığına uğradığını söyleyerek masanın üstüne bir kâğıt parçası bıraktı, söylediğine göre kâğıtta bir

---

* O çağda çok bilinen bu eski kelime oyununun çözümü şöyledir: İlk hece "woe", yani dert. İkinci hece "man", yani "erkek". Bütünü, "woman", yani "kadın". (Ç.N.)

arkadaşının beğendiği bir genç hanım için yazdığı bir bilmece vardı. Emma onun davranışlarından bunu yazanın aslında kendisi olduğunu hemen anladı.

"Bunu Miss Smith'in derlemesi için getirmedim," dedi genç adam. "Arkadaşımın çalışması, herkese göstermeye hakkım yok ama belki siz bir göz gezdirmek istersiniz, fikir almak için."

Bu sözler Harriet'ten çok Emma'ya hitaben söylenmişti, Emma bunun nedenini anlayabiliyordu. Mr. Elton öylesine düşünceliydi, duyguları öylesine baskındı ki sevdiği kızla göz göze gelmekten çekiniyor, Emma'ya bakmak ona daha kolay geliyordu. Zaten hemen sonra da yanlarından ayrıldı.

Emma bir an duraksadıktan sonra kâğıdı arkadaşına doğru itti. Gülümseyerek "Bu senin, sana geldi," dedi. "Senin için yazılmış."

Harriet'in eli ayağı titriyordu, kâğıda dokunamadı; böylece her bir konuda ilk olmaktan hoşlanan Emma kâğıdı alıp, seve seve okudu. Kendisi gözden geçirmek durumunda kaldı.

Miss ...

BİLMECE

Birincisi gösterir servetini, ihtişamını kralların,
Dünyanın hâkimlerinin! Lüksünü ve refahını,
Başka bir bakış açısı insana, ikincim
Bakın orada, denizler hâkimi.

Heyhat! Bir araya gelince nasıl da altüst olur!
Erkeğin övüncü güç ve özgürlük, uçup gider,

Dünyanın ve denizlerin hâkimi, esarete mahkûm,
Ve kadın, o güzel kadın, hüküm sürer tek başına

Keskin zekân hemen çözecektir bu bulmacayı,
Onayının ışığı yumuşak gözlerinde belirsin.

Emma şiire şöyle bir göz gezdirdi, düşündü, anlamını hemen çıkardı; emin olmak için bir kez daha okudu, sonra emin olunca kâğıdı Harriet'e verdi ve mutlu mutlu gülümseyerek oturup arkadaşını izlemeye koyuldu. Harriet umudun ve cehaletin sıkıntısı içinde büyük bir şaşkınlıkla şiiri çözümlemeye çalışırken Emma da düşüncelere dalmıştı: Çok güzel, Mr. Elton. Aferin size. Çok daha kötü bilmeceler okudum. 'Kur yapmak...' çok yerinde bir ima. Sizi takdir ediyorum. Yokluyorsunuz. Açıkça diyorsunuz ki: 'Yalvarırım, Miss Smith, size açılmama izin verin. Kur yapmamı ve niyetimi onaylayın!' 'Onayının ışığı yumuşak gözlerinde belirsin.' Tamamıyla Harriet işte. Yumuşak gözler, onu tanımlamak için daha iyi bir sıfat bulunamaz. 'Keskin zekân hemen çözecektir bu bulmacayı.' Hıh, Harriet'in keskin zekâsı mı? Ama daha iyi. Onu böyle görüyorsa sırsıklam âşık demektir. Ah, Mr. Knightley! Keşke bunu sen de görseydin; herhâlde inanırdın. Ömründe bir kez olsun yanıldığını kabul etmek zorunda kalırdın. Gerçekten harika bir bilmece, tam amaca uygun. Artık bu iş yakın zamanda düğüm noktasına ulaşacak hayırlısıyla.

Harriet'in ısrarcı ve şaşkınlık dolu soruları, onu ister istemez bırakılsa adamakıllı uzayabilecek olan bu hoş gözlemlerden uzaklaştırdı.

"Bu ne olabilir acaba, Miss Woodhouse? Ne anlama geliyor? Hiçbir şey anlamadım; hiçbir fikrim yok, birazcık bile! Ne olabilir bu acaba? Lütfen bunu çözmeye çalışın, Miss Woodhouse, yardım edin bana. Hiç bu kadar zor bir bilmece görmedim. Krallık olabilir mi? Acaba arkadaşı kim, peki ya sevdiği genç kadın? Sizce bu iyi bir bilmece mi? Kadın, demek istiyor olabilir mi? 'Ve kadın, güzel kadın, hüküm sürer tek başına.' Neptün olabilir mi? 'Bakın orada, denizler hâkimi.' Yoksa üç uçlu mızrak mı? Deniz kızı mı? Ya da köpek balığı? Ama hayır, köpekbalığı çok heceli. Çok zekice bir bilmece olsa gerek, yoksa Mr. Elton getirmezdi. Ah, Miss Woodhouse, sizce çözebilecek miyiz?"

"Deniz kızları, köpek balıkları! Saçma! Sevgili Harriet, neler düşünüyorsun? Bir dostunun yazdığı deniz kızlı ve köpek balıklı bir bilmeceyi niçin bize getirsin ki? Bunun ne anlamı var? Ver şu kâğıdı bana ve dinle. 'Miss ...' diyor ya onu Miss Smith olarak oku. 'Birincisi gösterir kralların servetini, ihtişamını / Dünyanın hâkimlerinin! Lüksünü ve refahını.' Bu *'court'** oluyor. Sonra, 'Başka bir bakış açısı insana, ikincim Bakın orada, denizler hâkimi.' Bu da *'ship'***, çok açık. Şimdi de en keyifli yeri: 'Heyhat! Bir araya gelince (*'courtship'*),*** yani) nasıl da altüst olur! / Erkeğin övüncü, güç ve özgürlük, uçup gider / Dünyanın ve denizlerin hâkimi, esarete mahkûm / Ve kadın, o güzel kadın, hüküm sürer tek başına.' Çok doğru, yerinde bir iltifat, sevgili Harriet. Sonrasındaysa uygulama geliyor ki bunu çözümlemekte hiç güçlük çekeceğini sanmıyorum. Al da içinden rahat rahat kendi başına oku. Bunun senin için, sana yazılmış olduğunda hiç kuşku yok."

Harriet böylesine hoş bir ikna girişimine daha fazla dayanamadı. Şiirin son iki satırını okudu, mutluluk ve heyecan içinde

---
* *İng.* Court: Saray (Ç.N.)
** *İng.* Ship: Gemi (Ç.N.)
*** *İng.* Courtship: Kur yapmak (Ç.N.)

kaldı. Havalara uçtu. Konuşamadı. Zaten konuşmasını bekleyen yoktu. Hissetmesi yeterliydi. Onun yerine Emma konuştu: "Bu övgü sözlerinde öylesine belirgin, öylesine özel bir anlam var ki bence Mr. Elton'ın niyeti konusunda hiçbir kuşkuya yer bırakmıyor. Onun kastettiği sensin Harriet; en yakın zamanda da bunun kusursuz bir kanıtını göreceksin. Zaten ben böyle olması gerektiğini düşünmüştüm. Yanılmış olamam, diye düşünüyordum ama şimdi her şey apaçık ortada. Seni tanıdığımdan bu yana benim bu konudaki dileklerim ne denli açık ve kesinse onun niyeti de o kadar açık ve kesin. Evet, Harriet, uzun zamandır bu durumun ortaya çıkmasını bekliyordum, işte oldu da. Mr. Elton'la aranda yaşanacak bır birlikteliğin arzu edilir ve doğal olup olmadığını bilemiyordum. Ancak bunun arzu edilir olduğu kadar olası bir durum da olduğu ortaya çıktı. İhtimal ve gerçeklik birbirini tamamladı. Çok mutluyum. Seni tüm kalbimle kutluyorum, sevgili Harriet. Her kadın kendine böyle bağlanılmasından gurur duyar. Her şey çok iyi olacak. Bu ilişki sana istediğin her şeyi verecek; evlilik, saygınlık, bağımsızlık, çok özel bir yuva, hem de seni dostlarından ayırmayacak. Hartfield'e ve bana yakın olacaksın, sonsuza dek iki candan dost kalmamızı sağlayacak. Harriet, bu ikimizin de yüzünü asla kızartmayacak bir ilişki."

Harriet'in kucaklaşmalar eşliğinde başlangıçta tek söyleyebildiği "Sevgili Miss Woodhouse, Sevgili Miss Woodhouse," oldu. Sonunda konuşabilecek noktaya geldiklerinde Emma onun duygu, düşünce, umut ve anılarının tam da beklediği gibi olduğunu gördü. Mr. Elton'ın üstünlüğü kayıtsız şartsız kabul edilmişti.

"Zaten siz ne derseniz her zaman doğrudur," diye haykırdı Harriet. "Bu yüzden dediğinizin de doğru olduğunu varsayıyor, buna inanıyor ve umut ediyorum. Zaten siz olmasanız böyle bir şeyi hayal bile edemezdim. Benim layık olduğumun çok daha ötesinde bir şey bu! Mr. Elton kimi isterse onunla evlenebilir. O iyiliği konusunda herkesin hemfikir olduğu biri. Öylesine üstün biri ki! Şu tatlı şiiri bir düşünün. 'Miss ...' Tanrım, ne kadar zekice! Gerçekten bana yazılmış olabilir mi?"

"Bu konuda ne bir soru daha sorar ne de başkalarının soru sormasına izin veririm. Artık kesin. Benim fikrime güven ve inan. Bunu bir sahne eserinin prologu gibi görmek lazım, bir bölümün giriş cümlesi gibi. Ardından da asıl metin gelecek."

"Bu hiç kimsenin bekleyemeyeceği türde bir şey. Bundan eminim, bir ay önce benim bile aklıma gelmezdi. Ne tuhaf şeyler olabiliyor!"

"Bir Mr. Elton'la bir Miss Smith karşılaşırsa –ki karşılaştılar da– en inanılmaz şeyler bile olabiliyormuş. Bu kadar belirgin bir şekilde arzu edilecek, başka insanların ön ayarlamalarına ihtiyaç duyulacak bir şeyin bu denli kısa zamanda nerdeyse ideal denebilecek ölçüde gerçekleşmesi asla şaşılacak bir durum değil. Seninle Mr. Elton'ın bir araya gelmeniz kaçınılmazdı; siz birbiriniz için yaratılmışsınız, koşullarınız açısından da birbirinize uygunsunuz. Randalls'takilerin birlikteliği kadar güzel ve doğru bir evlilik olacak bu. Hartfield'in havasında bir keramet olmalı; aşklara en doğru yönü gösteriyor, aşkı akması gereken doğru kanala yöneltiyor. 'Gerçek aşkın yolu asla pürüzsüz değildir.' Shakespeare'in Hartfield versiyonu olsa bu dizeye uzun bir not düşülürdü."

"Mr. Elton bana gerçekten âşık olsun! Bana, hem de daha Aziz Michael Yortusu'nda tanımadığı, konuşmadığı birine! Üstelik o dünyanın en yakışıklı adamı, hem de herkesin saydığı, hayran olduğu biri, tıpkı Mr. Knightley gibi! Herkesin sevdiği, sohbetinden hoşlandığı, hatta istemezse tek bir akşam yemeğini bile yalnız yemez dediği bir adam; öyle ki haftanın günleri aldığı davetlere yetmiyormuş. Kilisede de o kadar kusursuz ki! Miss Nash o buraya geldiğinden beri verdiği bütün vaazlarını defterine kaydetmiş. Tanrım! Onu ilk gördüğüm günü anımsıyorum da. Aklıma bile gelmezdi. Sokaktan geçtiğini duyunca Abbot kardeşlerle ön odaya koşup perdenin aralığından gözetlemiştik. O sırada Miss Nash gelmiş, bizi azarlayıp kovmuş, sonra da kendisi perde aralığından bakmaya başlamıştı. Ama biraz sonra beni geri çağırdı ve sağ olsun bakmama izin verdi. Ne kadar da yakışıklı, demiştik birbirimize. Mr. Elton, Mr. Cole'la kol kolaydı."

"Bu öyle bir ilişki ki arkadaşların, kim olursa olsun bunu onaylayacaklardır, yeter ki aklı başında kişiler olsunlar; zaten biz de davranışlarımızı aptallara göre ayarlayacak değiliz. Eğer yakınların, arkadaşların senin mutlu olmanı istiyorlarsa karşılarındaki güler yüzlü, sevimli adam mutlu olacağının güvencesi.

Eğer senin çocukluğunda kendilerinin uygun bulup yerleştirdikleri çevrede kalmanı diliyorlarsa işte bu da halledildi, bu evlilik bunu da gerçekleştirecektir. Yok, eğer tek dertleri senin iyi bir evlilik yapmansa işte iyi bir gelir, saygın bir meslek ve ileride daha da yükselme olanağı. Bu kadarı onları tatmin etmeli."

"Evet, çok doğru. Ne güzel konuşuyorsunuz! Sizi dinlemeye bayılıyorum. Her şeyi biliyorsunuz. Mr. Elton ve siz, ikiniz de birbirinizden akıllısınız. Şu bilmece, ben on iki ay düşünsem içinden çıkamazdım."

"Dün 'yazamam' dediğinde yeteneğini denemek niyetinde olduğunu tahmin etmiştim."

"Bence bu şimdiye kadar okuduğum hiç istisnasız, en iyi bilmece."

"Amacını bu kadar iyi ifade edenini ben de hiç okumamıştım."
"Üstelik diğer yazdıklarımız kadar da uzun."
"Uzunluğu olumlu bir özellik sayılamaz bence. Bu tür şiirler genelde uzun olmaz."
Harriet şiiri okumaya öylesine dalmıştı ki söylenenleri duymadı bile. Kafasından en mutlu edici kıyaslamalar geçiyordu. Az sonra yanakları kızararak "Herkes gibi olmak, söylenecek bir şey varsa bir mektup yazıp kısaca derdini anlatmak başka, böyle bilmeceler, dizeler yazmak başka," dedi.

Emma, Mr. Martin'in mektubunun anısının bundan daha güzel noktalanmasını dileyemezdi.

Harriet, "Ne güzel dizeler," diye sürdürdü sözünü. "Özellikle de bu son iki dize. İyi de bu kâğıdı ona nasıl geri vereceğim, çözdüğümü nasıl söyleyeceğim? Ah, Miss Woodhouse, bu konuda ne yapabiliriz?

"Sen onu bana bırak. Bir şey yapma. Bu gece buraya uğrayacağını sanıyorum. Bunu ona ben geri veririm ve o sırada da havadan sudan biraz sohbet ederim, tabii senden bahsetmeden. Senin o tatlı yumuşak bakışların zamanı gelince parlar. Bana güven."

"Ah, Miss Woodhouse, bu güzel bilmeceyi defterime kaydedemediğim için öyle üzülüyorum ki! Yazdıklarımın hiçbiri bunun yarısı kadar bile güzel değil."

"Son iki dize dışında bunu defterine kaydetmemen için bir neden göremiyorum."

"Ya o iki dize?.."

"Onlar en güzel dizeler. Doğru ama birine özel olarak yazılmışlar, onları kendin için, okuyup tadını çıkarmak için sakla. Sen böldüğün için bilmecenin değeri azalmaz, o dizeler yok olmadıkları gibi anlamları da değişmiyor. Ama onları oradan kaldırdığın zaman geride her derlemeye uygun, çok hoş bir bilmece kalıyor. İnan bana, bu şiiri yazan aşkının küçümsenmesini istemeyeceği gibi şiirinin küçümsenmesini de istemez. Âşık bir şair ya her iki yönüyle de takdir edilmelidir ya da hiçbiriyle. Defteri bana ver, şiiri ben kendi elimle yazayım, böylece sana laf gelmez."

Harriet defteri verdi ama şiirin iki kısmını birbirinden ayırmak bir türlü aklına yatmıyor, içinden arkadaşının deftere bir ilanı aşk yazmadığından emin olmak istiyordu. Bu bilmece ona tüm gözlerden saklanması gerekecek kadar değerli bir armağan gibi görünüyordu.

"Bu defteri asla yanımdan ayırmayacağım," dedi.

Emma, "Elbette," dedi. "Çok doğal bir duygu bu, umarım çok uzun sürer, çok da mutlu olursun. Bak babam geliyor; sanırım bu bilmeceyi ona okumamın sence bir sakıncası yoktur. Bu gibi şeyler çok hoşuna gider, özellikle de kadını yüceltiyorsa. Babamın göğsünde tüm kadınlar için çarpan çok romantik, nazik bir şövalye yüreği var. İzin ver, bu şiiri ona okuyayım."

Harriet sıkılmış görünüyordu.

"Sevgili Harriet, bu şiiri önemseme işini abartmamalısın. Hevesli görünür, acele edersen şiire gereğinden fazla hatta hak ettiği anlamı bile yüklediğini belli edersen duygularını zamansız ele vermiş olursun ki bu hiç yakışık almaz. Böyle küçük bir hayranlık ifadesiyle hemen kendinden geçme. Eğer bunun gizli kalmasını isteseydi kâğıdı ben oradayken bırakmazdı ama o bunu senden çok bana veriyormuş gibi davrandı. Bu konuyu fazla ciddiye almayalım. Gördüğü ilgi devam etmesine yeterli; yazdığı şiire ayılıp bayılmamızın gereği yok."

"Yok elbette, bu şiir yüzünden kendimi gülünç düşürmek istemem. Lütfen doğru bildiğiniz gibi davranın."

Mr. Woodhouse içeri girdi ve az sonra yine her zamanki gibi "Evet, canlarım, derlemeniz ne durumda? Yeni bir şey buldunuz mu?" diye sorarak bilmece konusunu açtı. Emma hemen atıldı.

"Evet, babacığım, size okumak istediğim bir bilmece var, çok yeni bir bilmece. Bu sabah masanın üzerine bir kâğıt parçasının bırakılmış olduğunu gördük (herhâlde bir peri bıraktı), baktık kâğıdın üzerine çok güzel bir bilmece yazılmış. Biz de tam onu deftere yazıyorduk."

Emma bilmeceyi babasının kendisine okunmasından hoşlandığı gibi yavaş yavaş, tane tane ve iki üç kez okudu, bir yandan da her bölümün açıklamasını yapıyordu. Babası dinlediklerinden çok hoşnut oldu ve Emma'nın tahmin ettiği gibi iltifat dolu son dizeleri çok beğendi.

"Evet, evet, çok yerinde olmuş, çok da iyi ifade edilmiş: 'Kadın, güzel kadın!' Bu o kadar güzel bir şiir bilmece ki getiren periyi tahmin edebiliyorum. Emmacığım, senden başka hiç kimse bu kadar güzel bir şey yazamaz."

Emma başını hayır anlamında iki yana sallayarak gülümsedi. Mr. Woodhouse biraz düşündükten sonra hafifçe iç geçirerek ekledi:

"Evet, senin kime çektiğin belli; sevgili anneciğin de bu gibi şeylerde çok hünerliydi. Ah, keşke onun hafızasına sahip olsaydım! Hiçbir şeyi aklımda tutamıyorum, hep sözünü ettiğim o bilmeceyi bile. Yalnızca ilk bölümünü anımsıyorum, oysa daha başka bölümleri de vardı.

Kitty, güzel ama donmuş bir kız.
Bir ateş yaktı, bence acıklı
Kukuletalı oğlanı yardıma çağırdım

Ama yaklaşınca ödüm koptu
Dileğim için talihsiz bir bedel

"Anımsayabildiğimin tamamı bu ama baştan sona çok zekice. Sanırım bunu deftere yazmıştınız, değil mi?"

"Evet baba, ikinci sayfada yazılı. Onu *Seçme Alıntılar*'dan kopyaladık. Garrick'inmiş."

"Evet doğru, keşke fazlasını anımsasaydım. 'Kitty, güzel ama donmuş bir kız.' Bu dize, aklıma zavallı Isabella'mı getirdi. Biliyor musunuz adını nerdeyse Catherine koyacaktık, büyükannesinin anısına. Sanırım önümüzdeki hafta burada olacak. Ona hangi odayı vereceğimizi planladın mı, tatlım, ya çocuklara hangi odayı vermeyi düşünüyorsun?"

"Elbette! Isabella tabii ki kendi odasında kalacak, her zaman kaldığı odada. Çocuklar için de eski çocuk odasını hazırlıyoruz her zaman olduğu gibi. Neden bir değişiklik yapalım ki?"

"Bilmiyorum, tatlım, ablan buraya gelmeyeli o kadar uzun zaman oldu ki. Geçen Paskalya'dan beri gelmedi, o zaman da zaten yalnızca birkaç gün kalmıştı. Mr. John Knightley'nin avukat olması büyük şanssızlık. Zavallı Isabella! Evimizden koparılıp uzaklara götürülmüş olması çok acı. Şimdi gelip de Miss Taylor'ı bulamayınca kim bilir nasıl üzülecek!"

"En azından şaşırmayacak, babacığım."

"Bilemem, Miss Taylor'ın evleneceğini duyunca ben şahsen çok şaşırmıştım."

"Isabella buradayken Mrs. ve Mr. Weston'ı akşam yemeğine davet etmeliyiz."

"Evet, canım, zaman olursa. Yani…" hüzünlü bir tonda ekledi, "topu topuna bir haftalığına geliyor. Birçok şeye zaman bulamayacağımız kesin!"

"Daha uzun kalamayacak olmaları gerçekten de büyük şanssızlık ama görünen o ki buna mecburlar. Mr. John Knightley'nin ayın 28'inde Londra'da olması gerekiyormuş, yine de şükredelim ki bu tatilin tümünde bizde kalacaklar. Üç dört günlerini Donwell Abbey'e ayırmaları gerekmeyecek, Mr. Knightley bu Noel onları evinde ağırlamak zevkinden vazgeçeceğine söz verdi; orada bizden daha da uzun bir süredir kalmadıklarını biliyorsunuz."

"Zavallı Isabella, Hartfield'den başka bir yerde kalmak zorunda olsaydı bu ona çok zor gelirdi!"

Mr. Woodhouse damadı John Knightley'den öz kardeşi Mr. Knightley'nin bile bir beklentisi olmasını kabul etmediği gibi Isabella'dan da kendisi dışında hiç kimsenin bir beklentisi olamayacağına inanıyordu.

Bir süre düşündükten sonra "Hiç anlamıyorum," dedi. "Kocası Londra'ya dönmek zorunda olabilir, zavallı Isabella neden bu kadar çabuk dönmek zorunda olsun ki? Emma, ben Isabella'yı biraz daha fazla kalması için ikna etmeye çalışacağım. Çocuklarla birlikte daha uzun bir süre burada kalabilirler."

"İyi de babacığım, bunu başaramayacağınızı biliyorsunuz. Birçok kez denediniz. Isabella kocasından ayrı kalmayı kabul etmiyor."

Bu çok doğru bir saptamaydı. Hiç hoşuna gitmese de Mr. Woodhouse derin derin iç çekmekten başka bir şey yapamadı. Emma, kızının kocasına bağlılığının babasının canını sıktığını görünce hemen onun keyfini yerine getirmek için konuyu değiştirdi.

"Bence ablamla eniştem buradayken Harriet daha fazla bizimle olmalı. Çocuklardan çok hoşlanacağından eminim. Biz Isabella'nın çocuklarıyla gurur duyuyoruz, öyle değil mi babacığım? Acaba oğlanlardan hangisini daha yakışıklı bulacak, John'u mu yoksa Henry'yi mi?"

"Kim bilir? Zavallı yavrucaklar, buraya gelecekleri için kim bilir nasıl seviniyorlardır. Torunlarım Hartfield'e gelmeye bayılırlar, Harriet."

"Eminim öyledir, efendim. Kim bu evde olmayı sevmez ki!"

"Henry çok hoş bir çocuk, John tıpkı annesi. Henry en büyükleri, ona benim adımı verdiler, diğer dedesininkini değil. İkincisine de babanın adını. Bu bazılarını çok şaşırtmış olabilir, bizde ilk oğlana babanın adını vermek gelenektir ama Isabella'nın ilk oğluna Henry adını vermek istemesi bence çok hoş bir davranıştı. Öyle zeki bir oğlan ki. Aslında ikisi de çok zeki, üstelik çok da sevimliler. Yanıma gelerek koltuğumun başında durup 'Büyükbaba bize bir parça ip verir misin?' demeleri çok hoşuma gidiyor. Bir defasında da Henry benden bıçak istemişti ama bıçakların büyükbabalar için olduğunu söyledim. Yine de babalarının zaman zaman onlara çok sert davrandığını düşünüyorum."

Emma, "Sana öyle geliyor, babacığım," dedi. "Çünkü sen çok yumuşaksın. Eğer eniştemi başka babalarla karşılaştırma olanağın olsaydı onun hiç de sert olmadığını düşünecektin. Oğullarının canlı, hareketli ve aynı zamanda güçlü olmalarını istiyor. Arada sırada yaramazlık yaptıkları zaman sert bir şey söylemesi normal ama o genel anlamda sevecen bir baba. Çocuklar da babalarını çok seviyorlar."

"Ya amcalarının onları tutup havaya fırlatması; yüreğim ağzıma geliyor."

"Ama, baba, çocuklar buna bayılıyorlar. En sevdikleri şey. Amcaları sıra kuralı koymasa hiçbiri diğerine fırsat vermez."

"Bilmem ama benim aklım almıyor."

"En büyük sorun da bu değil mi, babacığım? Dünyanın bir yarısının, öbür yarısının zevk aldığı şeyleri anlayamaması..."

Günün ilerleyen saatinde, tam da iki kız geleneksel dört çayı için giysilerini değiştirmek üzere odalarına çekilmek üzereyken eşsiz bilmecenin kahramanı içeri girdi. Harriet utanarak pencereye doğru yürürken Emma her zamanki dostça gülümseyişiyle konuğu karşılamayı becerebildi ve keskin gözleriyle Mr. Elton'da da önemli bir adım atmış, bir girişimde bulunmuş ve bunun etkisini görmeye gelmiş gergin bir adam havası olduğunu gördü. Tabii ki Mr. Elton'ın görünürdeki uğrama bahanesi farklıydı. Sözde Mr. Woodhouse'a o akşam Hartfield'de gelmesine gerek olup olmadığını, kâğıt oyununda kendisine ihtiyaç duyulup duyulmayacağını sormak istiyordu. Eğer gerek varsa her şeyden vazgeçip gelecekti. Ama eğer yoksa uzun zamandır kendisine birlikte bir akşam yemeği yemek için çok ısrar eden arkadaşı Cole ile yemeğe gidecekti. Mr. Cole çok fazla üstüne düştüğü için ister istemez ona söz vermek durumunda kalmıştı.

Emma babasını düşündüğü için ona teşekkür etti, kendileri yüzünden arkadaşını hayal kırıklığına uğratmasına izin veremezdi, babası her durumda oyununu oynayacaktı. Mr. Elton ısrar etti, Emma tekrar reddetti. Sonunda tam Mr. Elton reverans yapıp gitmek üzereyken Emma kâğıdını masanın üzerinden alarak geri verdi.

"Buyurun, bu da bize bırakmak nezaketini gösterdiğiniz bulmaca. Çok teşekkür ederiz. O kadar beğendik ki Miss Smith'in derleme defterine kaydetmek istedim. Arkadaşınız umarım benim bu küstahlığımı bağışlar. Tabii, yalnızca ilk sekiz dizesini yazdık."

Mr. Elton şaşırmıştı; ne yapacağını, ne diyeceğini bilemez bir hâli vardı. "Onur" gibi bir şeyler geveledi. Bir Emma'ya bir de

Harriet'e baktı, sonra defterin masanın üstünde açık durduğunu görünce aldı, yazılanları gözden geçirdi.

Tedirgin, tuhaf bir an yaşandığını hisseden Emma gülümseyerek "Arkadaşınızdan benim adıma özür dileyin, bu kadar güzel bir bilmece yalnızca iki kişi arasında kalmamalı, çok yazık olur," dedi. "Bu kadar ince ve soylu bir şiir yazabilen bir erkek, her kadının gönlünü kazanacağından emin olabilir."

Mr. Elton, "Elbette, hiç tereddütsüz iletebilirim," diye söze başladıysa da duraksadığı apaçık ortadaydı. "Hiç çekinmeden söyleyebilirim ki eğer arkadaşım da benim gibi düşünüyorsa bu küçük şiire layık görülen şerefe tanık olsaydı, bunun nasıl onurlandığını görseydi hiç tereddütsüz en azından…" Deftere yeniden şöyle bir göz attı, sonra masanın üzerine bırakıp "Bunu yaşamının en gururlu anı sayardı," diyerek sözlerini bitirdi.

Sonra hemen vedalaşarak oradan ayrıldı. Emma o gidince rahat bir soluk aldı, onun gitmekte geç bile kaldığını düşünüyordu. Genç adam iyi, hoş bir insandı ama konuşması öyle yapmacık, öyle özentiliydi ki Emma gülmemek için kendini zor tutmuştu. Harriet'i yüce bir duygusal haz içinde bırakıp rahatça gülebilmek için odasına koştu.

BÖLÜM 10

Aralığın ortası gelmişti ama genç hanımların düzenli bir şekilde yürüyüş yapmalarını engelleyecek kötü hava koşulları henüz bastırmamıştı. Emma'nın ertesi sabah Highbury kasabasının biraz dışındaki bir kulübede yaşayan yoksul, hasta bir aileyi yardım amaçlı ziyaret etmesi gerekiyordu. Harriet'i de yanına aldı. Kulübeye giden yol kasabanın geniş, bakımsız ana caddesinden dik bir açıyla ayrılan dar bir patika olan Vicarage Lane'den –papaz evinin sokağından– geçiyordu. Doğal olarak Mr. Elton'ın evi de yollarının üstündeydi. Önce birkaç basit evin önünden geçiliyor, sonra patikanın yarım kilometre kadar aşağısında papaz evi tüm görkemiyle yükseliyordu. Eski, pek de iyi durumda olmayan bir yapıydı bu; yola da olabildiğince yakındı. Konum ve yapı olarak bir üstünlüğü yoktu ama şimdiki sahibi tarafından epeyce elden geçirilmiş, güzelleştirilmeye çalışılmıştı. İki arkadaşın papaz evinin önünden geçerken yavaşlayıp oraya inceleyen gözlerle bakmamaları düşünülemezdi.

Emma, "İşte bak," dedi. "Bir gün senin de bulmaca defterinin de gideceğiniz yer."

Harriet, "Ah, ne şirin, ne güzel ev," diyerek iç çekti. "Bunlar da Miss Nash'in o çok beğendiği sarı perdeler."

"Aslında buraya pek yolum düşmüyor," dedi Emma yollarına devam ederken, "ama o zaman gelmek için bir nedenim olacak ve ben umarım yavaş yavaş Highbury'nin bu bölgesinin tüm çitlerini, bahçe kapılarını, havuzlarını ve ağaçlarını tanıma fırsatı bulacağım."

Harriet'in papaz evini daha önce görmemiş olduğu anlaşılıyordu. Genç kızın evi görme isteği ve beğenisi o derece büyüktü ki evin görüntüsüne ve imkânlarına bakılınca Emma bunun ancak büyük aşkın kanıtı olabileceğini düşündü. Mr. Elton'ın Harriet'te keskin bir zekâ pırıltısı görmesi gibi bir şeydi bu!

"Keşke seni içeriye sokmanın bir yolunu bulabilseydim," dedi Emma. "Ama şu anda olmaz, bunun için akla yakın bir gerekçe bulamıyorum. Ev sahibini sorabileceğim bir hizmetçi de yok babamdan mesaj da."

Düşünüyor ama hiçbir şey bulamıyordu. Birkaç dakika sessizlik içinde yürüdüler. Sonra Harriet birden sordu.

"Miss Woodhouse, çok merak ediyorum; niçin şimdiyc dek evlenmediniz, ya da nişanlanmadınız? Yani demek istediğim çok güzel ve çekici bir kızsınız."

Emma gülerek yanıt verdi.

"Güzel ve çekici olmam evlenme kararı almam için yeterli değil, sevgili Harriet. Evlenmek için benim de birilerini, en azından bir kişiyi güzel ve buna değer bulmam gerekiyor. Üstelik şu sırada evli ya da nişanlı olmadığım gibi ilerde de evlenmeye pek niyetim yok."

"Olur mu hiç! Öyle diyorsunuz ama ben buna inanmıyorum."

"Bu fikrimin değişmesi için şimdiye kadar rastladığım erkeklerden çok daha üstün birine rastlamalıyım. Mr. Elton biliyorsun..." Emma birden kendini topladı. "Söz konusu bile değil. Hem ben evlenecek biriyle karşılaşmayı istemiyorum. Rahatım yerinde. Bu fikrimin değişmemesini yeğlerim. Ben değişmem. Evlenirsem şu durumumu arayıp pişman olacağımdan eminim."

"Tanrım! Bir kadının böyle konuştuğunu duymak çok tuhaf!"

"Kadınların evlenmek isteme nedenlerinden birçoğu benim için geçerli değil. Âşık olsam belki durum değişirdi ama ben hiç âşık olmadım, tarzım değil ya da doğamda yok; bundan sonra da olacağımı sanmıyorum. Aşk olmadan evlenmeye kalkıp yaşamımı değiştirmek aptallık olmaz mı? Para pul, iş güç, mevki, hiçbirini istemiyorum, hepsine zaten sahibim. Herhâlde çok az kadın kocasının evine benim Hartfield'e olduğum kadar hâkimdir, ben evimin kayıtsız şartsız hanımıyım. Asla başka bir adamın beni babamın sevdiği gibi yürekten sevip bana onun verdiği kadar önem vermesini, beni her şeyden üstün, kusursuz görmesini bekleyemem."

"Ama o zaman da Miss Bates gibi evde kalmış olursunuz; bu korkunç bir şey!"

"Bu tıpkı dediğin gibi çok kötü bir örnek, bundan daha korkunç bir tablo çizemezdin, Harriet. Miss Bates gibi olacağımı düşünsem inan bana hemen yarın evlenirim, o kadar aptal, kendiyle barışık, vurdumduymaz, sıkıcı, ilkesiz, özensiz, yerli yersiz konuşma heveslisi bir insan ki sürekli sırıtıyor. Laf aramızda Harriet, ben evlenmesem de Miss Bates'le aramızda zerrece benzerlik olamaz, bunu sen de biliyorsun."

"Ama yine de evde kalmış sayılacaksınız. Bu korkunç!"

"Aldırma, Harriet. Evde kalmış yoksul bir zavallı olmayacağım kesin! İnsanların evde kalmayı bu kadar aşağılamasının asıl nedeni parasızlıktır. İnsanların gözünde parasız, evlenmemiş bir kadın; gülünç, huysuz bir kız kurusudur, çoluk çocuğun eğlencesi hâline gelir. Ama servet sahibi, varlıklı bir evlenmemiş kadın için durum farklıdır, her zaman saygıdeğerdir, herkes kadar saygın ve sevimli olabilir. Bu ilk anda görüldüğü gibi toplumsal adalet ve sağduyu kavramlarına aykırı bir durum değil çünkü parasızlığın beyni bulandırıp ruhu karartma gibi etkileri vardır. Sıkıntı içinde kıt kanaat yaşayanlar, çok sınırlı ve genellikle düşük bir sınıf içinde yaşamak durumunda kalanlar kolayca hoşgörüsüz, bağnaz ve aksi olabilirler. Sakın Miss Bates'i hor gördüğümü sanma, bu onun için geçerli değil; buna aldırmayacak kadar iyi huylu ve aptal. Onun son derece iyimser, herkesle barışık tutumu bana ters geliyor. Yoksul ve bekar ama herkes onu seviyor, arayıp soruyor. Yoksulluğun onun beynini bulandırıp ruhunu karartmadığı kesin. Şuna kesinlikle inanıyorum: Miss Bates'in cebinde tek bir şilini olsa bunun yarısını başkalarına verirdi. Kimse ondan korkmuyor; bu da büyük bir hüner."

"Aman Tanrım, evlenmezseniz ne yapacaksınız, Miss Woodhouse? Yaşlandığınızda neyle oyalanacaksınız?"

"Eğer kendimi biraz olsun tanıyorsam işlek ve parlak bir kafaya sahip olduğumu söyleyebilirim, sevgili Harriet. Kafamın içi ve iç dünyam birbirinden bağımsız bir sürü kaynakla dopdolu, kırk ya da elli yaşına geldiğimde günlerimi doldurmak için neden yirmi bir yaşımda olduğundan daha fazla uğraşa gerek duyacağımı anlayamıyorum. Kadınların olağan el, göz ve akıl uğraşları aynen şimdi olduğu gibi o zaman da pek bir değişiklik göstermeden benim için söz konusu olabilecek. Daha az resim yapsam bile daha fazla okurum, müziği bırakırsam goblen işlerim. Aslında evlenmemiş kadınlardaki aşağılık kompleksinin en önemli nedenlerinden biri de yalnız kalmak, sevecek, ilgilenecek birini bulamamak endişesidir. Ben bu konuda da şanslıyım çünkü ablamın çok sevdiğim çocukları var. Kısacası sona ermekte olan yaşamda ihtiyaç duyulabilecek her tür duyguyu onlarda bulabileceğimi umuyorum. Evlenip anne olmuş bir kadının tüm korku ve umutlarını, sevinç ve üzüntülerini ben de duyacağım ama bu bir annenin bağlılığından farklı, o kadar sıcak olmayan, insanın gözlerini kör etmeyen bir sevgi olacak ki bu da benim konfor anlayışıma daha uygun. Yeğenlerim, kız yeğenlerimden biri sık sık beni ziyaret edip yanımda kalır."

"Miss Bates'in yeğenini biliyor musunuz? Demek istediğim, onu elbette ki görmüşsünüzdür ama arkadaşlığınız var mı? "Evet, ne yazık ki Miss Bates'in yeğeni ne zaman Highbury'ye gelse onunla arkadaşlık etmek zorunda kalıyorum. Bunu düşünmek bile insanı yeğen fikrinden soğutmaya yeterli. Tanrı korusun! Miss Bates değerli yeğeni Jane Fairfax'ten o kadar çok bahsediyor ki insanları bıktırıyor. Ben tek tek tüm Knightley'den bahsetsem bile insanları onun kadar sıkamam. Tanrı korusun! Jane Fairfax'in adını bile duymak istemiyorum. Kızın yazdığı her mektup kırk kez okunuyor. Arkadaşlarına selam göndermesi bile konu oluyor, dilden dile dolaşıyor. Kız teyzesine bir korse patronu gönderse ya da büyükannesine bir çift dizbağı örse artık bir ay boyunca bundan başka hiçbir şey konuşulamıyor. Jane Fairfax'e her şeyin en iyisini dilerim ama beni ölesiye yoruyor."

O sırada gidecekleri kulübeye yaklaşmışlardı, havadan sudan konuşmayı kestiler. Emma çok iyi yürekli bir kızdı, yoksullara yalnızca maddi yardım sağlamakla kalmaz, aynı zamanda sıkıntılarına da özenle ve sabırla yaklaşır; şefkat ve öğütlerini onlardan esirgemezdi. Onları anlardı, cehaletlerini ve şeytana uyup hata yapmalarını anlayışla karşılardı. Emma'nın eğitim olanakları kısıtlı olan bu yoksul insanlardan olağandışı erdemler beklemek gibi romantik hayalleri yoktu; onlara hoşgörüyle yaklaşır, dertlerine gönülden ortak olur, yardım ve öğütlerinde her zaman iyi niyetli olduğu kadar akıllı davranırdı. O günkü ziyaretin sebebi yoksulluk ve hastalıktı; teselli ve tavsiye verebildiği sürece, oradan ayrıldıktan sonra tanık olduklarının da etkisiyle "Harriet, bu ziyaretler insana iyi geliyor," dedi. "Başka her şeyin ne kadar boş ve önemsiz olduğunu anlıyorsun. Şu an bana öyle geliyor ki gün boyunca bu zavallıların durumu aklımdan silinmeyecek, silinemeyecek. Oysa kim bilir, belki de çok kısa bir süre içinde aklımdan çıkıp gidecekler."

Harriet, "Çok haklısın. Zavallıcıklar!" diyerek iç çekti. "İnsan gerçekten de onları görünce başka bir şey düşünemez oluyor."

Yoksul kadının bahçesini çeviren çitten atladılar; onları yeniden yola çıkaracak olan dar, kaygan patikada ilerlediler. Emma içerideki sefalet tablosunu daha iyi anımsamak ister gibi yola çıkan son basamakta durup harap kulübeye son bir kez baktı.

"Bu sabah gördüklerimi öyle kolay kolay unutabileceğimi sanmıyorum," dedi. "Hiç sanmıyorum."

Arkadaşı da "Evet, tabii; unutulacak gibi değil," diye ona hak verdi.

Yollarına devam ettiler. Yol hafif bir dönemeçle kıvrılıyordu. Dönemeci geçer geçmez tam karşılarından Mr. Elton'ın geldiğini gördüler.

"İşte Harriet," dedi Emma. "Karşımıza iyi kalpliliğimizi, iyiliksever düşünceler konusundaki istikrarımızı sınama fırsatı çıktı. Aslında," gülümsedi, "acıma duygumuz başkalarının derdini biraz olsun hafifletti, acı çeken insanları az da olsa rahatlattıysa gerçekten önemli bir işe yaramış demektir. Elimizden geleni yapacak kadar merhamet gösterebildiysek bundan fazlasına gerek yok; bu boş yere üzülmekten başka bir şey değil, dertlilerin derdine çare bulmak anlamında ise nasıl olsa hiçbir işe yaramaz."

Harriet yalnızca "Ah, evet, öyle," deme fırsatı bulabildi. Mr. Elton yanlarına gelmişti. Doğal olarak konuşulan ilk konu zavallı ailenin ihtiyaçları ve çektikleri acılar oldu. Mr. Elton da onları ziyarete gidiyordu. Bu durumda gitmesine gerek kalmamıştı, ziyareti erteleyecekti. Aralarında yoksullar için neler yapılabileceği, nelerin yapılması gerektiği konusunda ilginç bir konuşma geçti. Mr. Elton onlara eşlik etmek için geriye döndü ve iki kızın yanında yürümeye başladı. *Böyle bir ziyaret sırasında, yardım ve iyilik etmek gibi duygular içindeyken karşılaşmaları çok hoş oldu,* diye düşünüyordu Emma. *Bu aralarındaki aşkı daha da pekiştirecek. Hatta bir ilanı aşk bile getirebilir. Ben burada olmasam belki olurdu. Keşke burada olmasaydım!*

Emma elinden geldiğince diğerlerinden uzaklaşmak amacıyla çok geçmeden önüne çıkan anayolun yanındaki yüksek, dar patikaya çıktı ve iki âşığı aşağıdaki ana yolda yalnız bıraktı. Gelgelelim aradan iki dakika bile geçmemişti ki Harriet'in Emma'ya bağlılığı ve her gördüğünü yapma merakı onun da aynı patikaya çıkmasına neden oldu. Kısacası çok geçmeden ikisi de Emma'nın yanına gelmişlerdi. Olacak şey değildi bu! Emma bu kez de botlarının bağcığını yeniden bağlamak bahanesiyle eğilip yolun neredeyse tamamını kapattı ve onlardan onu beklemeden yola devam etmelerini istedi. Onlar da doğal olarak isteneni yaptılar. Emma tam da bağcıkla yeterince oyalandığını düşündüğü anda bu kez de az önce görmeye gittikleri hasta kadının çocuklarından biri imdadına yetişti ve böylece eline yeni bir gecikme fırsatı geçti. Hasta kadının kızı Emma'nın talimatına uyarak elinde ibrikle Hartfield'e et suyu almaya gidiyordu. Emma adımlarını çocuğun ayağına uydurdu. Onunla konuşa konuşa, ağır ağır yürüyerek bir süre daha öndekilerden uzak kalmayı başardı. Emma'nın, kafasında bir plan olmasa bu çok doğal sayılabilirdi. Sonunda onlara yetiştiler çünkü Emma ne kadar ağırdan almak istese de küçük kız hızlı, Harriet'le Mr. Elton ise ellerinden geldiğince yavaş yürüyorlardı. Çok derin bir konuya dalmış oldukları anlaşılıyordu çünkü onları fark etmediler bile. O anda onların yanına gitmek zorunda kalmış olmak çok kötüydü. Mr. Elton coşkuyla konuşuyor, Harriet ise dalgın, hayran bir hâlde, dikkatle onu dinliyordu. Çocuğu göndermek zorunda kalan Emma onların yanına gitmemenin yolunu arıyordu ama o anda Harriet'le Mr. Elton arkalarına dönüp onu gördüler ve Emma da onlara katılmak zorunda kaldı.

Mr. Elton heyecanlı heyecanlı bir şeyler anlatmaya devam ediyordu. Emma onun bir akşam önce gittiği Mr. Colelardaki davetten söz ettiğini anlayınca derin bir hayal kırıklığına uğradı. Anlaşılan et yemeklerini kaçırmıştı ama Stilton peynirini, kuzey Wiltshire tereyağını, kerevizi, pancar kökünü ve tatlıları dinlemek zorunda kalacaktı.

Ben gelmeseydim hiç kuşkusuz bu konuşma başka bir yöne kayacaktı, düşüncesiyle kendini avutmaya çalıştı Emma. *Birbirini seven iki insan arasında geçen her konuşma ilginçtir ve kişilerin kalplerinden geçenleri dile getirmesine yardım edebilir. Her konunun sonu aşka bağlanabilir. Biraz daha uzak kalabilseydim...*

Uzaktan papaz evinin çitleri görünene dek birlikte yürümeyi sürdürdüler. O an Emma ani bir kararla Harriet'i hiç değilse evin içine sokmak için bir karar verdi ve botunun bağcığını bahane ederek yine geride kaldı. İki âşığı önden gönderip eğildi, botunun bağcığını kopardı ve hemen yakındaki hendeğe attı. Sonra onlara seslenip durmalarını istedi ve bu durumda eve kadar yürümesinin mümkün olmadığını söyledi.

"Botumun bağcığı koptu, ne yapacağımı bilemiyorum," diye sızlandı. "Bugün size şu yürüyüş boyunca huzur vermedim, umarım kusuruma bakmamışsınızdır, genelde bu kadar tedbirsiz değilimdir. Mr. Elton, acaba evinize uğrayıp kahyanızdan botumu ayağımda tutacak ip ya da bağcık gibi bir şey istememiz mümkün mü?"

Bu öneri Mr. Elton'ı mutlu etmişe benziyordu; genç adam önlerine geçti, onları evine buyur edip her şeyi güzel göstermeye çalıştığı sıradaki ilgi ve çabası gerçekten inanılır gibi değildi. Onları sokağa bakan öndeki salona aldı. Buradan ikinci bir salona geçiliyordu ve kapısı da açıktı. Emma hemen teklifsizce ikinci salona, kâhya kadının yanına gitti. Ara kapıyı bulduğu gibi açık bırakmak zorunda kalmıştı ama Mr. Elton'ın bu kapıyı kapayacağını umuyordu. Ancak genç rahip böyle bir şey yapmadı. Emma en azından kâhya kadını lafa tutarak dış salondakilerin istedikleri gibi konuşmalarına olanak sağlamayı kafasına koymuştu. Tam on dakika kendi sesinden başka ses duymadı. Bu gevezeliği daha fazla sürdürmenin anlamı yoktu. Susup kâhya kadının yanından ayrılmak zorunda kaldı.

Âşıklar pencerelerden birinin başında yan yana durmaktaydılar. Tablo umut vericiydi. Emma bir an için başarılı bir plan yapmış olmanın coşkusuna kapıldı. Ama sevinci boşunaydı. Genç adam açılmamıştı. Çok ince, çok hoş davranmıştı. Harriet'e, onları oradan geçerken gördüğünü, bilerek peşlerinden geldiğini itiraf etmiş, buna birkaç ufak, imalı sözcük de eklemişti ama konuşmalarında bazı şeylere değinmekten öteye gitmemiş, ciddi anlamda hiçbir şey söylememişti.

Tedbirli, çok tedbirli, diye düşündü Emma içinden. *Adım adım ilerliyor, emin olana kadar hiçbir riske girmek istemiyor.*

Emma dâhice planıyla hiçbir şeyi kesin bir sonuca götürememiş olsa bile o anın her ikisi için de çok hoş geçmesini sağladığı ve onları asıl büyük olaya biraz daha yaklaştırmış olduğu için mutluydu ve kendisiyle gurur duyuyordu.

Bölüm 11

Mr. Elton artık kendi hâline bırakılmalıydı. Onu bir an önce mutluluğa ulaştırmak ya da girişimlerini çabuklaştırmak için şimdilik Emma'nın elinden pek bir şey gelmiyordu. Üstelik ablasının ailesiyle birlikte gelme tarihi de çok yaklaşmış, bu ziyaretin hazırlıkları aklını meşgul ettiği gibi tüm zamanını almaya başlamıştı. Konukların Hartfield'de kalacakları on gün boyunca Emma'nın iki âşığa ancak arada sırada dolaylı yoldan yardımı olabilirdi, ondan daha fazlası beklenmemeliydi; zaten kendisinin de bu yönde bir beklentisi yoktu. Bir bakıma belki böylesi daha iyiydi. Kendileri isterlerse daha hızlı ilerleyebilirlerdi ama isteseler de istemeseler de nasıl olsa sonunda gereken ilerlemeyi gerçekleştireceklerdi. İçinden onlara daha fazla emek harcamak gelmiyordu. *Bazı insanlar için ne kadar çok şey yaparsanız onlar kendileri için o kadar az şey yaparlar,* diye geçirdi aklından *Ancak kendi başlarına kalınca –ister istemez– başlarının çaresine bakarlar.*

Mr. ve Mrs. John Knightley her zamandan çok daha uzun bir süredir Hartfield'e gelmemişlerdi, doğal olarak da gelişleri her zamankinden daha büyük bir heyecan yarattı. Evlendikten sonra tüm uzun tatillerini Hartfield'de ya da Donwell Abbey'de geçirmeyi âdet edinmişken o yaz, çocuklar denize girebilsin diye deniz kıyısına gitmişlerdi. Dolayısıyla da akrabaları, özellikle de zavallı Isabella'nın hatırı için bile Londra'ya gitmeye ikna edilemeyen Mr. Woodhouse onları görmeyeli aylar olmuştu. Yaşlı adam bu çok kısa ziyareti beklerken çok gergin ve tedirgin ama bir o kadar da mutluydu.

Yolculuğun kızı için güçlüğünü, tehlikelerini düşünüp kaygılanıyor, bu arada konuklarından bir kısmını yolun yarısından alıp getirecek kendi atlarının ve arabacısının yorgunluğunu aklına bile getirmiyordu. Neyse ki korktukları gerçekleşmedi, yirmi kilometrelik yol kazasız belasız aşıldı ve Knightleyler beş çocukları ve yeterli sayıda çocuk bakıcılarıyla birlikte sağ salim Hartfield'e vardılar. Bu kavuşmanın yarattığı heyecan ve sevinç, konuşulacak, buyur edilecek, sırtı sıvazlanacak, rahatlatılacak ve bir şekilde baştan savılacak bir sürü insandan çıkan onca ses, her şeyin arabadan indirilip yerine yerleştirilmesi öylesine sinir bozucu bir gürültü ve öyle bir kargaşa yarattı ki başka herhangi bir nedenle olsa Mr. Woodhouse buna asla katlanamazdı. Ancak Mrs. John Knightley babasını çok iyi tanıyor ve öyle çok seviyordu ki Hartfield'in kurallarına ve babasının duygularına çok büyük özen gösteriyordu. Çocuklarına çok düşkün bir anne olduğu hâlde çocukların hemen rahat etmeleri, istedikleri serbestliğe ve gözetime, yiyecek içeceğe, uyku ve oyuna gecikmeden sahip olmaları için duyduğu tüm annelik hassasiyetine rağmen çocukların kendi başlarına ya da bakıcılarıyla birlikte yaşlı adamı pek fazla rahatsız etmelerine izin vermedi.

Mrs. John Knightley ufak tefek, şık, zarif, güzel bir kadındı; sakin, yumuşak başlı ve uysaldı; iyi huylu, sevecen, sevimli bir yaradılışı vardı. Kendini ailesine adamıştı, sadık bir eş, çocuklarına düşkün, özenli bir anneydi. Babası ve kız kardeşine de yürekten bağlıydı; onlara daha yakın olamazdı, daha sıcak bir sevgi duyamazdı. Aile bireyleri onun gözünde kusursuzdu. Algısı güçlü, hızlı düşünen zeki bir kadın olduğu söylenemezdi. Bünyesi dâhil birçok bakımdan da babasına benzerdi. Kendi sağlığı konusunda çok hassas, çocuklarının sağlığı konusunda ise aşırı kuruntulu ve sinirli bir kadındı. Babasının Mr. Perry'si gibi onun da Londra'da çok değerli bir Mr. Wingfield'i vardı. Hatırşinaslıkları, yardımseverlikleri, cömertlikleri ve eski dostlarına saygıda kusur etmemeleriyle baba kız birbirlerine çok benziyorlardı.

Mr. John Knightley ise uzun boylu, her tavrıyla soylu, çok zeki bir adamdı; mesleğinde emin ve hızlı adımlarla yükseliyordu. Ailesine bağlı, ağır başlı, dürüst, saygın bir kişiydi. İnsanlarla mesafeliydi, zaman zaman çok ciddi hatta asık suratlı olabiliyordu. Huysuz bir adam sayılmazdı ama arada sırada nedensiz olmasa da huysuzluk ettiği de oluyordu. Sinirli bir adam olmamakla birlikte sakin olduğu da söylenemezdi, dilini tutmayı da her zaman beceremezdi. Aslında insanın kendisine böylesine tapan bir eşi olunca doğuştan gelen kusurlarının azalması mümkün değildi çünkü karşısında asla onu suçlayan biri yoktu Karısıyla zıt karakterdeydiler. Mrs. Knightley'nin yumuşak başlılığı sanki kocasınınkini zayıflatıyordu. Karısında eksik olan zekâ ve bilgiye sahip olan adam bazen gereksiz terslikte çıkışlar yapabiliyordu.

Emma eniştesini pek sevmiyordu. Onun huysuzlukları, Isabella'ya söylediği en ufak bir kırıcı sözcük karısı fark etmese bile Emma'nın gözünden kaçmıyordu. John Knightley kendini Isabella'nın kız kardeşine beğendirme gibi bir çaba içinde olsaydı belki de bunlar Emma'nın gözüne bu kadar batmayacaktı. John Knightley baldızına kibar ve arkadaşça davranıyordu, onu serinkanlı bir ağabey şefkatiyle seviyordu ama övgü de pohpohlama da görmezden gelme de yoktu. Aslında eniştesi onu övgüye boğsa da Emma'nın asla bağışlayamayacağı bir kusuru vardı: John Knightley kayınpederine kayıtsız şartsız saygı göstermiyordu. Mr. Woodhouse'un tuhaf huyları ve titizlikleri karşısında yeterince sabırlı davranamıyor, zaman zaman mantıksız bulup karşı çıkmaktan ya da acımasız bir yanıt vermekten kendini alamıyordu. Gerçi bu pek sık olmuyordu çünkü John Knightley da aslında kayınpederine saygı duyuyor ve kendinden bekleneni yapması gerektiği inancı içinde davranıyordu. Yine de çok ender yaptığı yanlışlar Emma'nın gözüne batıyordu ve ona göre bu fazla sık oluyordu. Bu yüzden eniştesi bir saygısızlık yapmasa bile yapabileceği korkusu, Emma için bu ziyaretlerin sıkıntılı geçmesine, tam anlamıyla tadını çıkaramamasına neden oluyordu.

Aslında ziyaretin ilk günlerinde pek sorun çıkmazdı, bu ziyaret çok kısa süreceği için de sorunsuz, nezaket çerçevesinde biteceği umulabilirdi.

Yerleşme işi bitip, salona geçip oturdukları anda Mr. Woodhouse zaman kaybetmeden başını kederle sallayıp lafı Isabella ile son görüşmelerinden sonra Hartfield'de yaşanan üzücü değişikliğe getirdi.

"Ah, yavrucuğum!" diyerek iç çekti. "Zavallı Miss Taylor! Çok acı oldu bu."

Isabella hemen babasının derdine ortak olarak sevecenlikle "Evet, efendim," dedi. "Miss Taylor'ı kim bilir ne kadar arıyorsunuzdur. İkiniz için de büyük bir kayıp oldu bu. Sizin adınıza çok üzüldüm, içim sızladı. Onsuz nasıl yaparsınız hiç bilemedim. Gerçekten üzücü bir değişiklik, umarım iyidir."

"İyi, gayet iyi; yani iyi olmalı. İyi olduğundan emin değilim ama idare ediyordur."

Bu arada Mr. John Knightley Emma'yı bir köşeye çekerek kısık bir sesle Randalls'la ilgili bir endişe olup olmadığını sordu.

Emma gülümsedi.

"Yok yok, aksine, daha önce Mrs. Weston'ı hiç bu kadar iyi görmediğimi söyleyebilirim. Babam kendi üzüntüsünü dile getiriyor."

John Knightley, "Bu üzüntü her ikisini de onurlandırıyor," gibi çok şık bir yanıt verdi.

O sırada Isabella tam da babasına uyan hüzünlü bir sesle "Miss Taylor'ı sık sık görebiliyor musunuz, efendim?" diye sordu.

Babası bir an duraksadı. Sonra "Pek sayılmaz, gönül isterdi ki daha sık görüşebilelim," dedi.

Emma dayanamayarak "Ama babacığım, Mr. ve Mrs. Weston'la evlendiklerinden beri yalnızca tek bir gün görüşmedik," diye araya girdi. "O bir gün dışında her sabah ya da akşam ya biz onlara gidiyoruz ya da onlar bize geliyorlar. Mrs. Weston'ı ya da Mr. Weston'ı, çoğunlukla da ikisini birlikte görüyoruz. İnan bana, Isabella, onları çok sık görüyoruz, genellikle de burada. Bize karşı çok nazik davranıyorlar, bu kadar sık ziyaret etmeleri büyük incelik. Babacığım, böyle hüzünlü konuşursanız Isabella yanlış bir izlenime kapılabilir. Mrs. Weston'ın eksikliğini hissetmemek mümkün değil ama onun eksikliğini duymamamız için Mr. ve Mrs. Weston'ın ellerinden geleni yaptıkları da yadsınamaz, herkes bundan emin olmalı; gerçek bu."

Mr. John Knightley, "Ben de öyle olduğunu düşünüyordum," dedi. "Mektuplarınızdan da öyle anlaşılıyordu, Mrs. Weston'ın sizi sık sık ziyaret etmek isteyeceğine hiç kuşku yok; eşinin toplum hayatını seven, serbest, zamanı bol olan bir insan olması da işini kolaylaştıracaktır. Isabelle, sana söylemiştim hayatım, bu evliliğin Hartfield'i senin korktuğun kadar sarsması olanaksız demiştim. Emma'nın dediklerini duydun, umarım senin de için rahat etmiştir."

Mr. Woodhouse "Orası öyle de," dedi. "Gerçekten de, Mrs. Weston, zavallı Mrs. Weston, bizi sık sık ziyaret ediyor, eksik olmasın. Ama sonra yine dönüp gitmek zorunda kalıyor."

"Dönmese Mr. Weston'a büyük haksızlık olur, babacığım," diyerek gülümsedi Emma. "Zavallı Mr. Weston'ı unutuyorsun."

John Knightley de gülerek keyifle "Mr. Weston'ın Mrs. Weston üzerinde az da olsa hakkı olmalı," dedi. "Haydi gel, Emma, seninle ben zavallı kocanın tarafını tutalım. Ben zaten koca olduğum, sen de bekar olduğun için onun haklarını ancak biz savunabiliriz. Isabella bunca yıldır evli olduğu için sanırım dünyanın tüm Mr. Westonlarını bir kenara atmanın rahatlığını görebiliyordur."

Babası gibi konuşulanların yalnızca bir bölümünü duyup anlayan karısı, "Ben mi, sevgilim?" diye sordu. "Benden mi söz ediyorsun? Bu dünyada evliliği benim kadar savunan başka biri yoktur, olamaz da. Hartfield gibi bir yerden ayrılmak zorunda kalmasaydı Miss Taylor'ın dünyanın en talihli kadını olduğunu düşünebilirdim! İşin bu yönü, aslına bakarsanız çok acı; Mr. Weston'a, o harika adama gelince bence her türlü mutluluğa fazlasıyla layık, her şeyi hak ediyor. Sevgilim, sen ve kardeşin dışında Mr. Weston kadar iyi bir insan görmediğimi söyleyebilirim. Geçen Paskalya tatilinde, o rüzgârlı günde, yaptığı iyiliği, Henryciğimin uçurtmasını uçurmasını hiç unutmayacağım. Sonra geçen yıl eylül ayında, gecenin on ikisinde o özel notu yazıp bana Cobham'da kızıl salgını olmadığını bildirmesi; oysa orada kızıl salgını olduğunu söylemişlerdi ve ben de çok kaygılanmıştım. Mr. Weston kadar iyi yürekli bir insan olamaz, buna tüm kalbimle inanıyorum. Böyle bir erkeğe layık bir kadın varsa o da hiç kuşkusuz Miss Taylor'dır."

John Knightley, "Weston'ın oğlundan ne haber?" diye sordu. "Nikâha geldi mi?"

Emma, "Gelmedi. Nikâhtan hemen sonra geleceğini umuyorduk ama gelmedi," dedi. "Son zamanlarda ondan başka bir haber de çıkmadı."

"Delikanlının mektubunu unutuyorsun, Emma," dedi babası. "Zavallı Mrs. Weston ondan bir tebrik mektubu aldı; çok düzgün, oturaklı, güzel bir mektuptu bu. Mrs. Weston bana kendisi gösterdi. Doğrusu pek beğendim, aferin delikanlıya. Tabii kendisi mi yazdı, bilinmez ama... Daha küçük, belki dayısı falan yazmıştır."

Emma, "Babacığım, o yirmi üç yaşında," diyerek araya girdi. "Nesi küçük? Siz zamanın nasıl geçtiğini unutuyorsunuz."

"Gerçek mi bu? Yirmi üç oldu mu sahiden? Yıllar nasıl da geçiyor... Zavallı çocuk, annesini kaybettiğinde iki yaşındaydı. Zaman geçiyor. Hafızam çok kötü. Her neyse, delikanlı gerçekten de çok güzel, çok oturaklı bir mektup yazmış. Mrs. Weston'ın da Mr. Weston'ın da çok hoşuna gitti, çok sevindiler. Anımsadığım kadarıyla Weymouth'tan yazılmıştı. 28 Eylül tarihliydi ve 'Saygıdeğer Madam,' diye başlıyordu. Nasıl devam ettiğini anımsamıyorum. İmza da 'F.C. Weston Churchill,' diye atılmıştı. Bunu çok iyi hatırlıyorum."

İyi kalpli Mrs. John Knightley, "Çok hoş ve yerinde bir davranış," diye haykırdı. "Çok efendi bir delikanlı olduğundan hiç kuşkum yok. Evinde babacığıyla birlikte yaşamıyor olması çok üzücü. Bir çocuğun doğduğu evden, anne babasından uzak olması çok kötü. Mr. Weston ondan ayrılmayı nasıl kabul etti hiç bilemiyorum. Bir çocuğu ailesinden ayırmak! Birine böyle bir şey teklif eden biri, kim olursa olsun, benim gözümde hiçtir."

"Zaten kimse Churchilller hakkında iyi bir şey söylemiyor," dedi Mr. John Knightley soğuk bir ifadeyle. "Bu arada Mr. Weston'ın seni Henry'den ya da John'dan ayırsalar hissedeceklerini hissetmesini bekleyemezsin. Onu kendinle kıyaslama. Mr. Weston güçlü duyguları olan, duygusal bir insan değil; daha çok gerçekleri olduğu gibi kabul eden, kendine pek bir şeyi dert etmeyen, rahatına, keyfine düşkün bir adam. Neşeyi, keyfi yuvasının ya da aile yaşamının sunduğu imkânlarda değil de sohbette, eğlencede, dost meclisinde buluyor. Yiyip içmeyi, konu komşuyla haftada beş kez iskambil oynayıp davetlere katılmayı evde oturmaya yeğliyor."

Emma, Mr. Weston'ı yermeye varan konuşmadan rahatsız olmuştu; içinden lafa girip buna karşı çıkmak geldi ama kendini tuttu, sesini çıkarmadı. Elinden geldiğince huzuru korumaya kararlıydı. John Knightley'nin evine ve aile yaşamına bu kadar bağlı olmasında ve bununla yetinmesinde de, sıradan sosyal ilişkileri ve bunları önemseyenleri küçümsemesinde de aslında ailesi açısından çok takdir edilecek, onurlu ve çok değerli bir duruş vardı; bunun için kusurları hoş görülüp sabredilmeyi hak ediyordu.

BÖLÜM 12

Mr. Knightley o gün akşam yemeğine davetliydi. Bu durum Isabella'yı daha ilk günden başkalarıyla paylaşmak istemeyen Mr. Woodhouse'un hiç hoşuna gitmiyordu. Ancak Emma'nın adalet duygusu ona bu kararı aldırmıştı; iki kardeşin birlikte olmaya hakları olduğunu düşünmüş, Mr. Knightley ile aralarında geçen son tartışmadan sonra onu davet etmesinin uygun olacağına karar vermiş ve babasının buna karşı çıkmasını dikkate almamıştı.

Bu davetin Mr. Knightley ile arasındaki soğukluğu da gidereceğini umuyordu. Artık barışma zamanının geldiğini düşünüyordu. Aslında aralarında barışmak diye bir şey söz konusu olamazdı. Emma yaptığının yanlış olmadığından emindi. Mr. Knightley ise haksız olduğunu asla kabul etmeyecekti. İki taraftan da ödün vermek gibi bir şey beklenemezdi; yapılabilecek tek şey, olup biteni unutmuş gibi davranmaktı. Emma bunun zamanla arkadaşlıklarını onarmalarına yardımcı olacağını düşünüyordu.

Mr. Knightley içeri girdiğinde çocuklardan biri Emma'nın kucağındaydı; sekiz aylık olan en küçük kız yeğeni. Bu küçük kızın Hartfield'e ilk gelişiydi ve teyzesinin kucağında olmaktan mutluydu. Aslında bu işe yaradı da, başlangıçta yüzü asık olan ve donuk konuşan Mr. Knightley çok geçmeden her zamanki gibi konuşup oynamaya başladı, sonunda gerçek bir dostluğun kanıtı olabilecek bir yakınlıkla eğildi ve Emma'nın kucağındaki bebeği kucağına aldı. Emma yeniden dost olduklarını hissetti, bu ona hem mutluluk hem cesaret verdi ve bundan kaynaklanan bir rahatlıkla "Ne güzel!" dedi. "En azından yeğenlerimiz konusunda anlaşabiliyoruz. Erkekler ve kadınlar konusundaki görüşlerimiz bazen farklı olsa da konu bu çocuklar olunca asla fikir ayrılığına düşmediğimizin farkındayım."

"Erkekler ve kadınlar konusundaki görüşlerinde doğayı rehber edinseydin, onlarla ilişkilerinde hayallere, uçarılıklara kapılmasaydın, onlara da bu çocuklara olduğu gibi doğal yaklaşabilseydin her konuda anlaşabilirdik."

"Doğru ya, fikir ayrılıklarımızın temelinde daima benim haksız olmam var."

Mr. Knightley gülümseyerek "Evet," dedi. "Nedeni de belli. Sen dünyaya geldiğinde ben on altı yaşında bir delikanlıydım."

Emma "Önemli bir fark," diye karşılık verdi. "O dönemde muhakeme yönünden benden çok üstün olduğunuza hiç kuşku yok. Ama bunun üzerinden yirmi bir yıl geçmiş. Bu arada muhakeme yetilerimiz birbirine biraz olsun yaklaşmış olamaz mı?"

"Evet, bir hayli yaklaştığı kesin."

"Yine de başka bir açıdan bakarsak, farklı düşündüğümüz durumlarda benim de haklı olabileceğimi kabul edebileceğiniz kadar değil, öyle mi?"

"Benim on altı yıllık bir deneyim üstünlüğümün yanında genç güzel bir hanımefendi ve şımartılmış bir çocuk olmama gibi avantajlarım var. Haydi ama Emma, barışalım artık; kapayalım bu konuyu ve yeniden arkadaş olalım." Sonra kucağındaki bebeğe dönerek ekledi: "Haydi, küçük tatlı Emma, teyzene söyle; sana daha iyi örnek olsun, eski anlaşmazlıkları tazelemek doğru değil, kaldı ki daha önce haksız olmasa bile şimdi haksız."

"İşte bu doğru," diyerek güldü Emma. "Çok doğru. Küçük Emma, büyüyünce teyzenden çok daha iyi bir kadın ol. Daha akıllı ve en fazla onun yarısı kadar kibirli. Bakın Mr. Knightley size bir iki sözüm daha var, ondan sonra artık bu konu tamamen bitecek. İyi niyet konusunda ikimiz de tamamen haklıydık, fikirlerimiz çatışmış olabilir ama şu ana kadar benim fikirlerimin aksini kanıtlayacak bir şey olmadı. Yalnızca Mr. Martin'i merak ediyorum. Hayal kırıklığı nedeniyle çok mu acı çekiyor?"

George Knightley'nin yanıtı kısa ve özdü.

"Daha fazlası olamazdı."

"Buna gerçekten üzüldüm. Ama, gel el sıkışalım, barışalım."

Tam büyük bir nezaket ve içtenlikle el sıkıştıkları anda John Knightley içeri girdi.

İki kardeş "Merhaba, George, nasılsın?" ve "Merhaba, John, iyiyim, ya sen nasılsın?" diye gerçek anlamda soğuk İngiliz tarzıyla selamlaştılar. Aralarında gerektiğinde her ikisine de diğerinin iyiliği için her şeyi yaptıracak kadar derin bir sevgi ve bağlılık olsa da bunu kayıtsızlığı çağrıştıran bir serinkanlılık ardında gizlediler.

O akşam Mr. Woodhouse sevgili Isabella'sıyla rahat rahat konuşmak için kâğıt masasını kurdurmadı, akşam sakin ve sohbetle geçti. Küçük grup ikiye ayrılmıştı, bir köşede baba ile büyük kız, öbür köşede iki erkek kardeş baş başa vermiş konuşuyorlardı. Konuşulan konular da birbirinden olabildiğince farklıydı, çok ender birbirine karışıyordu. Emma ise bir bir gruba bir diğerine katılıyordu.

Knightley kardeşler ağırlıklı olarak kendi iş durumlarından, çoğunlukla da ağabeyin işlerinden bahsediyorlardı. Daha çok konuşan George Knightley'di. Doğası gereği kardeşinden daha girişken ve daha iyi konuşmacıydı. Bir sulh yargıcı olarak her zaman John'a danışacağı bir şey ya da anlatacağı bir anekdot olurdu. Donwell'deki ev ve çiftliği idare eden çiftçi kardeş olarak da kardeşine önlerindeki yıl arazilerine ne ekileceği ve ne kadar mahsul vereceğinin beklendiğini söylemek, John'a ilginç gelebilecek her tür yerel bilgiyi vermek durumundaydı. Ömrünün büyük kısmını Donwell'de geçirmiş ve baba evine hâlâ sıkı sıkıya bağlı olan bir kardeş için bu konuların ilginç olmaması olasılığı yoktu: Bir kanal tasarısı, çitlerin bir kısmının değiştirilmesi, bir ağacın kesilmesi, tarlalara neler ekileceği, dönüm başına buğday, şalgam ya da mısır hasadı gibi konular kardeşin soğuk tavırlarının izin verdiği kadarıyla ilgiyle karşılanıyordu. John'un konuşkan kardeşi, ona soracak bir şey bırakırsa soruları hevesli bir biçim alıyordu.

İki kardeş bunları konuşurken Mr. Woodhouse da büyük kızı ile mutlu pişmanlıklar ve endişeli bir sevgiyle dolu yoğun bir sohbeti sürdürüyordu.

Mr. Woodhouse beş çocuğundan biriyle meşgul olan kızının elini avuçlarının arasına aldı ve "Benim zavallı Isabella'm!" diyerek başını salladı. "Buraya son gelişinin üzerinden ne kadar uzun zaman geçti. Kim bilir yolculuk seni nasıl yormuştur. Erken yatmalısın, yavrum. Yatmadan önce de biraz çorba içsen iyi olur. Seninle karşılıklı birer tas çorba içelim. Emma, hepimiz şöyle birer tas sıcak çorba içsek nasıl olur?"

Emma babasıyla aynı fikirde değildi, Knightley kardeşlerin de bu konuda kendisi gibi düşündüklerini bildiği için yalnızca iki tas çorba söyledi. Yatmadan önce çorba içmenin faydaları üzerinde biraz daha konuştuktan sonra Mr. Woodhouse herkesin çorba içmemesinin şaşkınlığı içinde düşünceli bir ifadeyle yine Isabella'ya döndü:

"Bu sonbahar buraya geleceğiniz yerde South End'e gitmeniz hiç iyi olmadı. Ben deniz havasını eskiden beri pek doğru bulmam."

"Mr. Wingfield hararetle önerdi, babacığım, yoksa biz de gitmezdik. Çocuklara çok iyi geleceğini söyledi, özellikle de küçük Bella'nın boğazındaki zayıflığa hem deniz havasının hem de denize girmenin çok yararı olacağını belirtti."

"Ah tatlım, bizim Perry boğaz hastalıklarına denizin iyi geleceği konusunda çok kuşkulu. Bana gelince size daha önce söylememiş olabilirim ama ben eskiden beri deniz havasının kimseye yaramayacağını düşünürüm. Bir defasında neredeyse ölmeme neden oluyordu."

Tehlikeli bir konuya girildiğini sezen Emma hemen atıldı.

"Haydi ama bırakın artık deniz konusunu. Çok kıskanıyorum çünkü ben daha denizi görmedim bile. Bundan böyle South End'den bahsetmeyi yasaklıyorum. Isabellacığım, geldin geleli bir kez bile Mr. Perry'yi sormadın. Oysa o ise seni sormayı hiç ihmal etmez."

"Ah, iyi yürekli Mr. Perry. O nasıl, umarım iyidir?"

"İyi ama çok iyi de değil. Zavallı Perry safra kesesinden rahatsız. Kendisine bakacak hâli yokmuş, bana öyle dedi. Herkesin derdine koşmaktan kendine zaman ayıramıyormuş. Bu çok üzücü ama derdi olan herkes ona koşuyor, her dakika bir yerlerden çağırılıyor. Sanırım ülkenin hiçbir yerinde bu kadar çalışan başka bir doktor yoktur. Tabii hiçbir yerde bu kadar akıllı, hatır sayan biri de yoktur."

"Peki ya Mrs. Perry ile çocuklar nasıllar? Çocuklar büyüdüler mi? Ben Mr. Perry'ye eskiden beri çok saygı duyarım. Umarım yakında gelir. Sanırım o da benim ufaklıkları görmek istiyordur."

"Yarın geleceğini umuyorum, ona kendi sağlığımla ilgili sormak istediğim birkaç şey de var. Geldiği zaman Bella'nın boğazına da bir baksa iyi olur, yavrum."

"Ama babacığım, Bella'nın boğazı tamamen iyileşti artık, hiçbir endişem kalmadı. Ya gerçekten deniz banyoları iyi geldi ya da ağustostan beri verdiğimiz Mr. Wingfield'in muhteşem ilaçları."

"Deniz banyolarının yararı olduğunu hiç sanmıyorum. Eğer ilaca ihtiyacınız olduğunu bilseydim, ben sizin için..."

Emma "Mrs. Bates'le Miss Bates'i de unutmuş gibisin, Isabella," diye araya girdi. "Onları sormadın."

"Ah, sevgili Batesler! Gerçekten de onları sormadım, bundan dolayı kendimden çok utanıyorum. Mektuplarında sıklıkla onlardan bahsediyorsun, görmüş gibi oluyorum. Umarım iyidirler. Sevgili Mrs. Bates, hemen yarın çocukları alıp onları ziyaret edeyim. Çocuklarımı görmek onları hep çok mutlu etmiştir. Ya o mükemmel Miss Bates! Gerçekten çok değerli insanlar! Onlar nasıllar?"

"Aslında genel anlamda iyiler de zavallı Mrs. Bates bir ay kadar önce çok kötü bir soğuk algınlığı geçirdi, yavrum."

"Çok üzüldüm! Geçen sonbahar soğuk algınlığı çok yaygındı. Mr. Wingfield de bana soğuk algınlığının bu kadar yaygın olduğu ve ağır geçtiği bir yıl daha görmediğini söyledi; tabii grip salgını dışında."

"Dediğin gibi olabilir, yavrum, ama o kadar da değil. Perry de gribin çok yaygın olduğunu söylüyor ama hastalık geçen kasım ayında olduğu kadar ağır geçmiyormuş. Perry bunun hastalık mevsimi olduğunu düşünmüyor."

"Evet, aslında Mr. Wingfield'in de böyle düşündüğünü sanmıyorum ama..."

"Ah zavallı yavrucuğum, gerçek şu ki Londra'da her mevsim hastalık mevsimidir. Londra'da sağlıklı insan yok ki olamaz da. Orada yaşamak zorunda kalman ne kadar korkunç bir durum, o kötü havada!"

"Yoo hayır, aslında hava o kadar da kötü değil. Londra'nın bizim yaşadığımız kısmı diğer yerlerden çok iyi! Bizi Londra'nın geneliyle karıştırmamalısınız, efendim. Brunswick Meydanı çevresi diğer yerlerden çok farklıdır. Bizim oralar çok havadar! Şehrin başka bir yerinde yaşamayı hiç istemezdim, zaten çocuklarımla birlikte mutlu olabileceğim başka bir yer yok ama bizim yerimiz o kadar havadar ki! Mr. Wingfield de Brunswick çevresinin hava açısından kesinlikle en iyi yer olduğunu söylüyor."

"Hiç Hartfield gibi olur mu, yavrum? Siz mümkün olanın en iyisini yapmaya çalışıyorsunuz ama Hartfield'de bir hafta kaldıktan sonra hepiniz bambaşka yaratıklar oluyorsunuz, görünüşünüz bile aynı olmuyor. Şu anda pek iyi göründüğünü söyleyemeyeceğim."

"Böyle düşündüğünüzü duymak beni çok üzdü, efendim, ama emin olun, şu basit sinirsel baş ağrıları ve çarpıntılar dışında –ki nereye gidersem gideyim bunlardan kurtulamıyorum– ben çok iyiyim. Çocuklar yatmadan önce biraz solgun göründülerse bu yolculuk nedeniyle normalden biraz daha fazla yorulmuş olmalarından ve buraya gelmenin mutluluğundandır. Umarım yarın çok daha iyi göründüklerini düşüneceksiniz, emin olun Mr. Wingfield şimdiye kadar bir yere giderken bizi hiç bu kadar iyi görmediğini söyledi." Isabella gözlerini sevecen bir ilgiyle kocasına çevirerek ekledi. "Umarım en azından Mr. Knightley'nin hasta göründüğünü düşünmüyorsunuzdur."

"Pek öyle değil, yavrucuğum, kibarlık edecek değilim. Bence Mr. John Knightley o kadar da iyi görünmüyor."

Adının geçtiğini duyan Mr. John Knightley, "Buyurun efendim? Bana bir şey mi söylemiştiniz?" diye sordu.

"Üzgünüm ama babam senin pek iyi görünmediğini düşünüyor, hayatım, umarım bunun nedeni yalnızca yorgun olmandır. Keşke evden ayrılmadan önce sen de Mr. Wingfield'e görünseydin."

Mr. Knightley hemen "Sevgili Isabella!" diye haykırdı. "Lütfen, yalvarırım görüntümü dert etme. Kendine ve çocuklara özen gösterip doktorculuk oynamakla yetin ve bırak ben istediğim gibi görüneyim."

Emma tam o anda "Kardeşinize ne dediğinizi tam olarak anlayamadım!" diye araya girdi. "Arkadaşınız Mr. Graham'ın yeni mülküne göz kulak olması için İskoçya'dan bir çiftlik kâhyası getirtmek niyetinde olduğunu duydum. Peki ama adam bu iş için yeterli olabilecek mi? Eski önyargılarda ısrarcı olmak doğru mu?"

Emma bu konuda öyle uzun ve öyle başarıyla konuştu ki daha sonra dikkatini tekrar babasıyla kız kardeşine yöneltmesi gerektiğinde Isabella'nın, kibarca Jane Fairfax'in nasıl olduğunu sorduğundan daha kötü bir şey duymak durumunda kalmadı. Aslında Jane Fairfax'ten pek hoşlanmıyor olsa da o anda büyük bir mutlulukla onunla ilgili övgülere katıldı.

Mrs. John Knightley, "Sevgili, tatlı Jane Fairfax," dedi. "Onu görmeyeli o kadar uzun zaman oldu ki tabii arada sırada şehirde bir an için rastlamak dışında. İyi kalpli, yaşlı büyükannesi ve harikulade teyzesi, Jane'in onları ziyaret etmesinden kim bilir ne kadar mutlu olmuşlardır. Jane Fairfax Highbury'ye daha sık gelemediği için her zaman Emma adına çok üzülmüşümdür, artık kızları da evlendiğine göre sanırım Albay ve Mrs. Campbell ondan hiç ayrılmak istemeyeceklerdir. Oysa burada olsa Emma için çok iyi bir arkadaş olurdu."

Mr. Woodhouse da büyük kızının bu görüşüne katıldığını belirterek ekledi:

"Aslında küçük dostumuz Harriet Smith de çok tatlı bir genç kız. Harriet'i seveceksin. Emma, Harriet'ten daha iyi bir arkadaş bulamazdı."

"Bunu duyduğuma çok sevindim ama kimse Jane Fairfax kadar meziyetli ve erdemli olamaz, üstelik de Emma ile aynı yaşta!"

Bu konu keyifle tartışıldı, bunu aynı şekilde başka konular izledi. Akşam aslında huzurlu geçti ancak yine de biraz heyecan yaşanmadan bitmedi. Çorbanın gelmesiyle birlikte konuşacak konu çıkmıştı, epeyce bir övgü ve yorumun ardından çorbanın her bünye için çok yararlı olduğunda hiç kuşku olmadığına karar verildi; çorbanın kabul görmediği evlere ağır eleştiriler yöneltildi. Böyle bir durum maalesef Isabella'nın daha çok yeni başına gelmiş ve onu oldukça üzmüştü, dolayısıyla da bir hayli önemliydi. South End'deki aşçısı, yani orada kaldıkları dönem için tuttukları genç bir kadın, sulu ama çok da sulu olmayan bir tas iyi, güzel çorbadan söz edildiğinde ne kastedildiğini asla anlamıyordu. Isabella birçok kez çorba yapmasını istemişti ama aşçı kadın bir türlü idare edebilecek kadar bile iyi bir çorba yapmayı başaramamıştı. İşte tam bu noktada çok tehlikeli bir konu açılmak üzereydi.

Mr. Woodhouse sevecen ancak endişeli bir ifadeyle başını sallayıp, kızına ilgiyle bakarak "Ah!" dedi. Emma bu ünlemin şu anlama geldiğini çok iyi biliyordu: "Ah! Ah! Sizin South End'de yaşadığınız olumsuzluk bitip tükenmiyor, insan bu konu hakkında konuşmaya bile katlanamıyor." Emma bir an babasının bundan daha fazla bahsetmeyeceğini umdu, azıcık söylenip kendi lezzetli çorbasında teselli bulacağını düşündü. Ancak birkaç dakikalık bir aranın ardından Mr. Woodhouse yeniden eleştiriye başladı.

"Bu sonbahar buraya geleceğiniz yerde deniz kıyısına gittiğiniz için her zaman eseflenceğim."

"Neden üzüleceksiniz ki, efendim? Emin olun bu, çocuklara çok iyi geldi."

"Ayrıca denize gitmeniz gerekiyorduysa bari South End'e gitmeseydiniz. South End çok sağlıksız bir yer. Perry de South End'e gitmeye karar verdiğinizi duyunca çok şaşırdı."

"Birçok kişinin böyle düşündüğünü biliyorum ama bu gerçekten çok büyük bir yanılgı, efendim. Oradayken hepimizin sağlığı mükemmeldi, çamurdan da en ufak bir rahatsızlık duymadık. Mr. Wingfield orayı sağlıksız sanmanın büyük bir hata olduğunu söylüyor. Ona güvenebileceğime eminim çünkü havanın sağlık üzerindeki etkilerini çok iyi biliyor, zaten kendi erkek kardeşi ve ailesi de oraya sıklıkla gidiyorlar."

"Madem illa gidecektiniz Cromer'a gitmeliydiniz, yavrucuğum. Perry bir defasında bir hafta Cromer'da kalmış, oranın deniz banyosu yapılabilecek en iyi yer olduğunu söylüyor. Sakin, açık deniz ve tertemiz bir hava, diyor. Anlayabildiğim kadarıyla orada denizden epey uzakta da ev bulabilirmişsiniz, yaklaşık dört yüz beş yüz metre kadar uzakta; üstelik çok da konforlu evlermiş bunlar. Seyahate çıkmadan önce Perry'ye danışmanız gerekirdi."

"Ama sevgili babacığım, yol farkını hiç düşünmüyorsunuz. Arada çok büyük fark var; seksen kilometre yerine yaklaşık yüz doksan kilometre gitmemiz gerekecekti."

"Ah! Yavrum, Perry'nin de dediği gibi konu sağlıksa hiçbir şeyin önemi yoktur. Bir kez yola çıktıysan seksen kilometre gitmişsin yüz doksan gitmişsin ne fark eder. Bunu düşünüyorsan en doğrusu yerinden hiç ayrılmamak, kötü havaya gitmek için seksen kilometre yol yapacağınıza Londra'dan hiç ayrılmamanız çok daha doğru olurdu. Perry de aynen böyle düşünüyor. Çok yanlış karar verdiğinizi söyledi."

Emma'nın babasını susturma çabaları da işe yaramadı. Dolayısıyla babası konuyu bu noktaya getirince eniştesinin dayanamayıp patlaması da genç kız için hiç şaşırtıcı olmadı. Mr. Knightley, son derece gergin bir ifadeyle "Mr. Perry kendisine sorulmadıkça fikirlerini kendine saklasa iyi olur," dedi. "Benim ne yaptığımdan, ailemi hangi sahile götüreceğimden ona ne? Bu onu niye ilgilendiriyor? Umarım kendi kararlarımı vermeye Mr. Perry kadar hakkım vardır. Onun ne ilaçlarına ne de önerilerine ihtiyaç duyuyorum." Bir an için durdu, sakinleştikten sonra alaycı bir kayıtsızlıkla ekledi: "Eğer Mr. Perry bir eş ve beş çocuğu, seksen kilometre yerine yüz doksan kilometre öteye daha fazla masraf etmeden ve daha fazla yorulmadan götürmenin bir yolunu biliyorsa South End yerine Cromer'e gitmeyi ben de yeğlerdim."

Diğer Mr. Knightley de hemen araya girerek "Doğru, çok doğru!" diye haykırdı. "Bu da bir düşünce, üzerinde durmak gerek. Neyse John, sana Langham yolunun yerini değiştirmekle ilgili planlarımdan bahsediyordum. Biraz daha sağa kaydıralım ki üzerinde ev olan otlaklardan geçmesin. Bu durumda herhangi bir zorluk çıkacağını sanmıyorum. Bu iş Highburylilere sorun çıkartacak olsa hiç girişmem ama eğer patikanın şu anda geçtiği yeri tam olarak gözünde canlandırırsan... Bunu kanıtlamanın en iyi yolu harita üzerinde olacak. Umarım seni yarın sabah Abbey'de görürüm, sonra birlikte gidip bakarız, sen de fikrini söylersin."

Mr. Woodhouse arkadaşı Perry'yle ilgili böyle sert yorumlar yapılması karşısında kırılmıştı; bilinçli olmasa da kendi duygu ve ifadelerinin çoğunu ona atfetmişti. Ancak kızlarının sevecen, yatıştırıcı ilgisi bu huzursuzluğu gidermeye yeterli oldu ve erkek kardeşlerden birinin hemen harekete geçmesi, diğerinin de sağduyusu aynı tatsızlığın yenilenmesini engelledi.

BÖLÜM 13

Hartfield'e yaptıkları bu kısa ziyaret süresince yeryüzünde Mrs. John Knightley'den daha mutlu bir insan olamazdı. Hemen her sabah beş çocuğunu yanına alıyor, eski dostlarından birine gidiyor ve her akşam gün boyunca yaptıklarını babasına ve kız kardeşine anlatıyordu. Bu durumda günlerin bu denli çabuk geçmemesinden başka ne dileği olabilirdi ki. Bu muhteşem bir ziyaretti, hatta kusursuz; kim bilir belki de çok kısa olması da bir nedendi buna.

Genelde akşam saatlerinden ziyade sabah saatlerini arkadaşlara ayırıyor, akşamları aile içinde olmayı yeğliyorlardı. Üstelik Noel olmasına rağmen evin dışındaki bir akşam yemeği davetini reddedemediler. Mr. Weston itirazı kabul etmiyordu. Bir akşam hep birlikte Randalls'ta yemek yiyeceklerdi. Hatta Mr. Woodhouse bile grubu bölmemek adına bu daveti kabul etmek gerektiğine ikna olmuştu.

Aslında Mr. Woodhouse fırsat bulsa bu kadar insanın oraya nasıl gideceği konusunda sorun çıkarırdı ama damadıyla kızının arabası ve atları Hartfield'deydi; dolayısıyla bu konuda kısa bir soru sormaktan öte bir şey yapamadı. Hatta Emma'nın onu arabalardan birinde Harriet için de yer bulunacağına inandırması zor olmadı.

Yemeğe Harriet, Mr. Elton ve Mr. Knightley, yani kendi grupları dışında kimse çağırılmamıştı. Erkenden buluşulacaktı, davetli sayısı azdı; her konuda Mr. Woodhouse'un alışkanlıkları ve eğilimleri dikkate alınmıştı.

Bu büyük olaydan önceki akşam (Mr. Woodhouse'un 24 Aralık gecesi evinin dışında yemek yemesi gerçekten büyük bir olaydı) Harriet, Hartfield'deydi. Üşütmüştü. Evine dönerken öylesine hastaydı ki eğer Mrs Goddard bana bakar, diye tutturmasa Emma onun evden ayrılmasına asla izin vermezdi. Emma ertesi gün onu görmeye gittiğinde Randalls'a gelmesinin kesinlikle mümkün olmadığını gördü. Genç kızın ateşi vardı ve boğazı da çok ağrıyordu. Mrs. Goddard ona büyük bir özenle ve sevgiyle bakıyordu. Mr. Perry ile de görüşüldü, Harriet çok hastaydı ve onu söz konusu keyifli eğlenceden alıkoyan bu zorunluluğa karşı koyamayacak kadar zayıf düşmüştü. Yine de bundan bahsederken gözyaşlarını tutamadı.

Emma elinden geldiği kadar uzun bir süre onun yanında kaldı, böylece Mrs. Goddard'ın zorunlu olarak orada olmadığı anlarda genç kızın yanında oluyor, ona bakıyor ve bu durumu öğrenince Mr. Elton'ın ne kadar üzüleceğini anlatarak onu neşelendirmeye çalışıyordu. Sonunda onu genç adamın o olmadığı için iyi bir akşam geçirmeyeceğine ve hepsinin onu çok özleyeceğine inandırarak nispeten huzurlu bir hâlde oradan ayrıldı. Mrs. Goddard'ın kapısından daha birkaç metre uzaklaşmıştı ki Mr. Elton'a rastladı, belli ki o da oraya gidiyordu. Mr. Elton genç kızın ciddi bir rahatsızlık geçirdiği söylentileri üzerine onunla ilgili bilgi alıp Hartfield'e haber taşımak için gelmişti. Emma ve Mr. Elton hasta hakkında konuşarak ağır ağır yürürlerken iki oğluyla birlikte Donwell ziyaretinden dönen Mr. John Knightley'ye rastladılar. Çocukların sağlıklı, pırıl pırıl yüzleri kırsalda geçirilen günün, açık havanın onlara ne kadar yaradığının kanıtı gibiydi. Bir an önce eve gidip kızarmış koyun etiyle sütlaçları mideye indirmek istedikleri anlaşılıyordu. Hep birlikte yürümeye başladılar. Emma, arkadaşının şikâyetlerini anlattı: Çok ağrıyan, iltihaplı bir boğaz, buna bağlı yüksek ateş, düşük nabız vesaire. Mrs. Goddard'dan Harriet'in boğazının sık sık iltihaplandığını ve ağrıdığını, onları korkuttuğunu öğrenmek de canını sıkmıştı. Bu Mr. Elton'ı da çok endişelendirmiş olmalıydı ki telaşla haykırdı.

"Boğaz ağrısı mı? İnşallah bulaşıcı değildir. Kötü bir boğaz hastalığı olmadığını umalım. Perry görmüş mü? Bu arada siz de arkadaşınız kadar kendinize dikkat etmelisiniz. Sizden kendinizi tehlikeye atmamanızı rica etmeme izin verin. Neden Perry'yi çağırmamışlar?"

Kendisi için hiç korkmayan Emma bu aşırı endişeyi Mrs. Goddard'ın deneyimi ve hasta bakımı konusundaki özenini anımsatarak yatıştırmaya çalıştı ama yine de kalan az biraz huzursuzluğu sağduyuyla gidermek yerine beslemeyi ve geliştirmeyi yeğledi. Hemen ardından da sanki çok başka bir konudan bahsediyormuş gibi ekledi:

"Hava soğuk, çok soğuk; tam kar havası, sanırım çok kar yağacak. Eğer bu akşam başka bir yerde, başka bir grupla olmam gerekseydi hiç dışarı çıkmamayı yeğler, babamı da buna ikna ederdim ama o bir defa karar verdiyse soğuğu önemsemez. Ben de müdahale etmek istemiyorum çünkü eğer ziyaretlerine gitmezsek Mr. ve Mrs. Weston'ın çok büyük bir hayal kırıklığına uğrayacaklarını biliyorum. Eğer ben sizin yerinizde olsaydım Mr. Elton, inanın ki izinlerini isteyip bu geceye katılmazdım. Bana zaten biraz kırıklığınız varmış gibi geldi; yarın sesinize duyulacak ihtiyacı ve sizi bekleyen yorgunluğu düşününce bu gece evde kalıp kendinize bakmak istemeniz çok akıllıca olacaktır."

Mr. Elton sanki ne cevap vereceğini bilemiyormuş gibi baktı. Aslında durum tam da öyleydi; böyle güzel bir hanımın sağlığına gösterdiği yakın ilgi gururunu okşamıştı, onun bu öğüdüne karşı çıkmak istemiyordu ama bu ziyaretten vazgeçmek gibi bir niyeti de yoktu. Ancak kafası onunla ilgili fikir ve düşüncelerinde olan Emma onu yarım kulakla bile olsa dinleyemeyecek, ne hâlde olduğunu göremeyecek bir durumdaydı. Onun söylediklerini "Çok soğuk, gerçekten çok soğuk," diye mırıldanarak onaylamasını yeterli buldu ve böylece genç adamı hem Randalls'tan uzaklaştırmış hem de gece boyunca saat başı Harriet'ten haber alma şansı sağlamış olmanın sevinciyle yürümeye devam etti.

"Çok doğru bir karar," dedi. "Sizin adınıza Mr. ve Mrs. Weston'dan özür dileriz."

Ama daha sözünü tamamlamamıştı ki eniştesi büyük bir nezaketle Mr. Elton'a hava koşullarından başka engeli yoksa onu kendi arabalarına alabileceklerini söyledi ve Mr. Elton'ın da bu teklifi büyük bir memnuniyetle kabul ettiğini gördü. Mr. Elton davete katılıyordu, sorun yoktu. Genç adamın geniş, yakışıklı yüzündeki ifadeye bakılırsa hiç o anki kadar mutlu olmamış, hiç böylesine güçlü gülümsememiş ve gözlerinde hiç bu gelişme üzerine Emma'ya baktığı andaki kadar büyük bir hayranlık ve sevinç görülmemişti.

Bu çok tuhaf! diye düşündü Emma içinden. *Onu kolayca bu sorumluluktan kurtarmama rağmen yine de başkalarıyla birlikte olmayı yeğleyip hasta Harriet'i bırakabiliyor. Gerçekten çok tuhaf!* Ama birçok erkekte –özellikle de bekar olanlarda– böyle bir eğilim olabiliyordu. Dışarıda yemek yemek, bir davete katılmak söz konusu olduğunda görevlerine, sorumluluklarına, neredeyse tüm iş güçlerine boş verebiliyorlardı. Mr. Elton için de durum böyle olmalıydı. Çok değerli, düzgün, sevimli ve hoş bir genç adam olduğuna hiç kuşku yoktu, Harriet'e de çok âşıktı ama yine de bir daveti reddedemiyor; akşam yemeği için nereye çağrılsa gidiyordu. Aşk çok tuhaf bir şeydi! Harriet'in durumunu görebiliyor ama onun hatırı için bile akşam yemeğinde yalnız olmayı göze alamıyordu.

Mr. Elton kısa bir süre sonra yanlarından ayrıldı. Emma vedalaştıkları sırada Mr. Elton'ın Harriet'in adını anma şeklinin de sesinin de çok kaygılı olduğunu düşünmekten kendini alamadı. Genç adam Emma'yla yeniden karşılaşma mutluluğunu yaşamadan önce son bir kez Mrs. Goddard'ın evine uğrayacağını ve ona güzel arkadaşından iyi bir haber getirmeyi umduğunu söylemişti. O sırada öyle bir iç çekmiş ve gülümsemişti ki Emma'nın takdir terazisinin dengesi onun lehine bozuldu.

Aralarında birkaç dakika süren bir sessizliğin ardından Mr. Knightley "Daha önce hiç Mr. Elton kadar kendini beğendirmeye kararlı birini görmedim," dedi. "Özellikle de kadınlar karşısında. Aslında aklı başında, kendi hâlinde biri ama konu kadınları memnun etmek olunca bambaşka bir hâl alıyor."

Emma, "Mr. Elton'ın tavırları kusursuz değildir," dedi. "Ama eğer biri bir başkasını memnun etmeye çalışıyorsa bazı şeyleri görmezden gelmek gerekir, hatta birçok şeyi. Ortalama zekâda biri elinden geleni yapıyorsa üstün niteliklere sahip umursamaz birinden daha avantajlı olmalıdır. Mr. Elton o kadar iyi huylu ve iyi niyetli bir insan ki takdir etmemek elde değil."

Mr. Knightley bunun üzerine muzip bir ses tonuyla "Evet," dedi. "Sana karşı bir hayli iyi niyet beslediği belli."

"Bana mı?" diye sordu Emma hayretle gülümseyerek. "Yani siz Mr. Elton'ın amacının bana yaklaşmak olduğunu mu düşünüyorsunuz?"

"Bunun aklımdan geçtiğini itiraf etmeliyim, Emma. Eğer şimdiye kadar bunu fark etmediysen artık dikkate alabilirsin."

"Mr. Elton bana âşık, öyle mi? Çok ilginç bir fikir!"

"Öyledir demiyorum ama öyle olabileceğini düşünüp davranışlarını buna göre ayarlarsan iyi olur. Bence davranışların ona cesaret veriyor. Ben seninle dostun olarak konuşuyorum, Emma. Etrafına baksan, ne yaptığına ve ne yapmak istediğine dikkat etsen iyi olur."

"Teşekkür ederim ama şundan emin olun ki yanılıyorsunuz. Mr. Elton'la ben çok iyi arkadaşız, hepsi bu," diyen Emma yürümeye devam etti. İçinden koşulların tam olarak bilinmemesinden kaynaklanan yanılgıları, her şeyi bildikleri iddiasında olan insanların yanlış fikirlerini düşünüp eğleniyordu. Eniştesinin onu kör cahil ve öğüt verilmeye muhtaç biri sanması da hiç hoşuna gitmemişti. Neyse ki Mr. Knightley de başka bir şey söylemedi.

Mr. Woodhouse bu ziyaret konusunda kesin kararını vermişti. Artan soğuğa rağmen hiçbir şekilde vazgeçmek gibi bir niyeti olmadı ve tam zamanında –sanki soğuğun diğerlerinden daha az farkındaymış gibi– büyük kızıyla birlikte arabasına binip yola koyuldu. Aklı tamamıyla kendi gidişine duyduğu hayranlık ve Randalls'ta yaratacağı memnuniyetteydi, havanın soğuk olmasını umursamıyordu; zaten soğuğu hissetmeyecek kadar da sıkı giyinmişti. Gökyüzü öyle doluydu ki sanki en kısa zamanda bembeyaz bir dünya yaratmak için havanın yumuşamasını bekliyordu.

Emma'ya gelince çok kısa bir süre sonra yol arkadaşının hiç de keyifli olmadığını gördü. Mr. Knightley hem böyle bir havada hazırlanıp dışarı çıktığı için hem de yemekten sonra çocuklarıyla oynama zevkini bir akşam yemeğine feda etmek zorunda kaldığı için mutsuzdu. Zaten bu ziyaretten pek bir beklentisi yoktu, ona cazip gelebilecek bir şey olacağını düşünmüyordu. Bu yüzden de rahibin evine kadar yol boyunca söylendi durdu. John Knightley, "Böyle berbat bir havada," dedi, "insanlardan ateşlerinin başından kalkıp yalnızca onu görmek üzere dışarı çıkmalarını beklemek için bir insanın fazlasıyla kendini beğenmiş olması gerekir. Bu adam kendisinin çok sevilen biri olduğunu sanıyor olmalı; ben asla böyle bir şey yapamam, bu çok büyük saçmalık! İşte kar da başladı! İnsanları evlerinde rahat etmeye bırakmamak da aptallık, insanların evlerinde rahat rahat oturabilecekken bunu yapmaları da aptallık! Eğer böyle bir gecede iş ya da görev nedeniyle dışarı çıkmak zorunda kalsak kim bilir ne kadar yakınırdık. Şu hâlimize bak; üzerimizde olması gerekenden zarif giysilerle gönüllü olarak yola koyulmuş gidiyoruz, hiç gerek yokken doğanın çağrısına karşı çıkıyoruz; o çağrı ki bize, tüm görüş ve duygularımıza seslenerek evden dışarı çıkmamamızı ve mümkün olduğunca kendimizi korumamızı söylüyor. Ama biz ne yaptık, bir adamın evinde beş sıkıcı saat geçirmek üzere yola koyulduk, hem de dün söylenmemiş ve dinlenmemiş, yarın söylenemeyecek ve de dinlenemeyecek tek bir sözümüz bile yokken. Böylesine korkunç bir havada gitmek ve büyük ihtimalle çok daha kötü bir havada geri dönmek; dört at ve dört uşağı, beş avare insanı, kendi evlerindekinden daha sıkıcı sohbetlere ve daha soğuk odalara taşımak için seferber etmek, bunu aklım almıyor."

Emma'nın Mr. Knightley'yi, karısından alışık olduğu şekilde coşkuyla onaylamak, "Çok doğru, aşkım, çok haklısın," sözcüklerine benzer şeyler söylemek gibi bir niyeti yoktu, ne söylenirse söylensin cevap vermemek konusunda kararlıydı. Bunun nedeni aynı fikirde olması değil, kavga etmek istememesiydi, gücü ancak sessiz kalmaya yetiyordu. Eniştesinin dilediğince homurdanmasına göz yumdu, pencerelerin sıkıca kapalı olup olmadıklarını kontrol etti, ağzını bir defa olsun açmadan paltosuna bürünüp oturdu.

Sonunda gidecekleri yere vardılar, araba durdu, basamak indirildi ve Mr. Elton; temiz, şık siyah giysileri içinde gülümseyen, neşeli bir ifadeyle yanlarında belirdi. Emma sonunda konu değişeceği için çok mutluydu. Mr. Elton nazik ve neşeliydi, sevinç gülücükleri dağıtıyordu. Emma onun Harriet'ten, kendisine ulaştırılandan daha farklı bir haber almış olabileceğini düşündü. Giyindiği sırada birini hastanın evine gönderip arkadaşının durumunu sordurmuş, aldığı yanıt "Aynı, bir değişiklik yok," olmuştu.

Emma dayanamayarak "Mrs. Goddard'tan aldığım bilgi umduğum kadar iyi değildi," dedi. "*Daha iyi değil*, dediler."

Mr. Elton'ın bir anda yüzü asıldı ve duygu yüklü bir sesle yanıt verdi.

"Ah! Evet, ben de bunu duyduğuma üzüldüm. Hazırlanmaya başlamadan hemen önce Mrs. Goddard'a uğradığımda bana da Miss Smith'in daha iyi olmadığı gibi durumunun daha da kötüye gittiğini söyledi. Çok üzüldüm ve endişelendim. Oysa bu sabah ona gösterilen yakın ilgiyi görünce durumunun iyiye gideceğini ummuş, kendimi avutmuştum."

Emma gülümseyerek yanıt verdi:

"Ziyaretimin şikâyetlerinin moralle ilgili olan kısmına iyi geldiğini umuyorum ama ben bile iltihaplı bir boğaza deva olamam, üstelik oldukça ağır bir soğuk algınlığı geçiriyor. Mr. Perry'nin de onu ziyaret ettiğini sanırım duymuşsunuzdur."

"Evet, tahmin ediyordum ama duymadım."

"Mr. Perry onun bu tür şikâyetlerine alışıkmış. Umarım yarın sabah bu konuda daha rahatlatıcı haberler alırız. Yine de insanın huzursuz olmaması mümkün değil. Bugünkü toplantıda olamaması çok acı, ne büyük eksik!"

"Çok yazık! Gerçekten de öyle. Onun eksikliğini hissedeceğiz."

Bu tam da Emma'nın beklediği sözlerdi, buna eşlik eden iç geçirme de çok değerliydi ama etkisinin biraz daha uzun sürmesi gerekirdi. Üzerinden yarım dakika bile geçmeden Mr. Elton büyük bir canlılık ve neşe içinde başka şeylerden bahsetmeye başlayınca Emma'nın canı sıkıldı.

Mr. Elton, "Arabalarda koyun postu kullanılması çok iyi bir fikir," dedi. "Nasıl da rahat, ne büyük konfor, böyle önlemler olunca dışarıdaki soğuğu hissetmek mümkün değil. Modern zaman düzenlemelerinin beyefendilerin arabalarını kusursuz bir hâle getirdiği kesin. Yolcular hava koşullarına karşı o kadar iyi korunuyor ki istenmedikçe içeriye bir nebze bile hava giremiyor. Havanın nasıl olduğunun hiç önemi kalmıyor. Bu akşam da çok soğuk ama bu arabanın içinde fark edilmiyor. Ah, bakın, kar serpiştirmeye başladı bile."

John Knightley, "Evet," dedi. "Sanırım epeyce de yağacak."

Mr. Elton, "Tam Noel havası," dedi. "Mevsime uygun bir hava, dün yağmaya başlamadığı, bu geceki partiyi engellemediği için kendimizi çok şanslı saymalıyız. Eğer yağış dün başlasaydı ve yerde fazla kar olsaydı Mr. Woodhouse dışarı çıkmayı göze almazdı ama artık bunun bir önemi yok. Arkadaş toplantılarının tam zamanı. Noel'de herkes arkadaşlarını davet eder ve insanlar hava koşullarının kötülüğünü umursamaz. Bir defasında kar yüzünden bir hafta boyunca bir arkadaşımın evinde mahsur kalmıştım. Daha hoş bir şey olamazdı. Bir geceliğine gitmiştim ancak yedinci gece dışarı çıkabildim."

Mr. John Knightley bunun nasıl olup da keyif olduğunu anlayamamışa benziyordu, soğuk bir sesle "Randalls'ta kar nedeniyle bir hafta mahsur kalmak istemem," demekle yetindi.

Başka bir zaman olsaydı bu duydukları Emma'yı eğlendirebilirdi ancak Mr. Elton'ın bu keyifli ruh hâli onu çok şaşırtmıştı. Davetle ilgili beklentileri ona Harriet'i tamamen unutturmuş gibiydi. "Muhteşem ateşler yakacaklarından hiç kuşkum yok," diye ekledi Mr. Elton. "Konfora en üst düzeyde özen gösterildiğinden eminim. Her şey çok eğlenceli olacak. Mr. ve Mrs. Weston çok hoş insanlardır; özellikle de Mrs. Weston ne kadar övülse az. Mr. Weston da gerçekten değerli bir insandır, konukseverdir, hoş sohbettir, dost canlısıdır. Küçük bir parti olacak ama seçkin insanlardan oluşan küçük partiler en iyileridir. Mr. Weston'ın yemek salonunda rahat olarak on kişiden fazlası ağırlanamaz. Ben kendi adıma bu gibi durumlarda iki kişi fazla olacağına iki kişinin eksik olmasını yeğlerim. Sanırım siz de bana hak verirsiniz," bunu söylerken yüzünde yumuşak bir ifadeyle Emma'ya dönmüştü, "belki Mr. Knightley Londra'da, büyük partilere alışık olduğu için bu konudaki duygularımı paylaşmayacaktır ama ben sizin de benimle aynı fikirde olduğunuzdan eminim."

"Ben Londra'daki büyük partileri hiç bilmem, beyefendi. Ben kimseyle yemek yemem."

"Gerçekten mi?" dedi Mr. Elton acıma ve şaşkınlık dolu bir sesle. "Hukuk mesleğinin insanı böylesine tutsak ettiğini bilmezdim. Ama bütün bunların karşılığını alacağınız zaman gelecektir, beyefendi; o zaman az çalışıp çok keyif süreceksiniz."

"Sanırım benim için asıl keyif," dedi John Knightley bahçe kapısından içeri girdikleri sırada "sağ salim Hartfield'de dönmek olacak."

BÖLÜM 14

Mrs. Weston'ın salonuna girerken beylerin ikisi de tavırlarını biraz değiştirmek zorunda kaldılar. Mr. Elton neşeli görüntüsüne biraz çekidüzen verdi, Mr. John Knightley huysuz havasından biraz da olsa sıyrıldı. Ortama uymak için Mr. Elton'ın daha az, Mr. John Knightley'nin daha fazla gülümsemesi gerekiyordu. Emma her zamanki gibi en doğal hâlindeydi; nasılsa öyle görünüyordu. Mutluydu çünkü onun için Westonlarla birlikte olmak zevkti. Mr. Weston sevdiği biriydi; karısına gelince yeryüzünde onun kadar samimi olduğu, severek konuşabildiği başka biri yoktu. Mrs. Weston babasının ve kendisinin küçük sorunlarını, planlarını, şaşkınlıklarını ve eğlencelerini dinlediğinden, anladığından ya da anlayışla karşıladığından emin olarak ilişki kurabildiği tek insandı. Hartfield ile ilgili Mrs. Weston'ın ilgiyle dinleyip anlayışla karşılamayacağı hiçbir şey yoktu. Özel yaşantılarındaki küçük sorunlarla ilgili her gün tekrarlanan yarım saatlik kesintisiz bir sohbet her ikisi için de en büyük zevk, en belirgin mutluluk kaynağıydı.

Bu tam günlük bir ziyaretin veremeyeceği bir zevkti; o gün, o davette böyle bir yarım saat bulamayacakları kesindi. Yine de Mrs. Weston'ın görüntüsü, bakışları, gülümsemesi, dokunuşu ve hatta sesi bile Emma'yı mutlu etmeye yeterdi. Emma elinden geldiğince Mr. Elton'ın arabadaki tuhaf davranışlarını ya da kafasını kurcalayan diğer konuları düşünmemeye çalışıyor ve mümkün olduğunca elinde olanın keyfini çıkarmaya uğraşıyordu.

Emma oraya varmadan Harriet'in soğuk algınlığı uzun uzun konuşulmuş, konu kapatılmıştı. Mr. Woodhouse, hastalığın tarihini anlatacak kadar uzun bir süredir salonda oturuyordu; hastalığı anlatmakla yetinmemiş, Isabella'yla önden gelmelerinin ve Emma'nın daha sonra gelecek olmasının öyküsünü de ayrıntılı bir biçimde anlatacak zamanı bulmuştu. Tam arabacı James'in de kızını görecek olmaktan duyduğu mutluluğu anlatmış ve sözlerinin sonuna gelmişti ki o zamana kadar ona ilgi göstermekten başka bir şey yapamayan Mrs. Weston oradan ayrılıp sevgili Emma'sını karşılayabildi.

Mr. Elton'ı bir süreliğine bile olsa unutmayı planlamasına rağmen herkes salonda yerini aldığında genç adamın hemen yanında oturması Emma'nın canını sıktı. Harriet konusundaki tuhaf duyarsızlığını zihninden silmekte zorlanıyordu çünkü Mr. Elton yalnızca yanı başında oturmakla kalmıyor, neşeli ruh hâlini sürekli genç kızın gözüne sokuyor ve her fırsatta ona bir şeyler söylüyordu. Unutmak bir yana, genç adamın davranışları Emma'nın kendi kendine şu soruyu sormasına neden oldu: *Yoksa eniştemin düşündüğü doğru mu? Bu adamın duyguları Harriet'ten bana yönelmiş olabilir mi? Hayır, hayır! Çok saçma ve kabul edilemez bir şey bu!* Mr. Elton, Emma'nın üşüyüp üşümediğiyle yakından ilgileniyor, babasına büyük yakınlık gösteriyor, Mrs. Weston'a karşı da her yaptığından çok hoşlanıyormuş gibi bir tavır sergiliyordu. Hatta bir ara Emma'nın çizimlerini büyük bir coşku ve de büyük bir bilgisizlikle övdü. Bu tavırlarıyla tam müstakbel bir âşık görüntüsü sergiliyor, Emma kibarlığını bozmamak için kendisini güç tutuyor, bunlara katlanmakta epey zorlanıyordu. Kişiliği gereği zaten kaba davranması düşünülemezdi ama Harriet'in hatırına da kibar davrandı çünkü içinde hâlâ her şeyin yoluna girebileceği gibi bir umut vardı. Bunu yapmakta çok zorlanıyordu, neyse ki tam da Mr. Elton'ın saçmalamalarının en iç bayıltıcı safhasında kulağına çalınan diğerleri arasında geçen bir konuşma onu bu ıstıraptan kurtardı. Bu onun ilgisini çeken, dinlemek, katılmak istediği bir konuşmaydı. Onları Mr. Weston'ın oğluyla ilgili bir şeyler söylediğini anlayacak kadar duymuştu. 'Oğlum', 'Frank' ve yine 'oğlum' sözcüklerini birkaç kez yinelenmişti. Kulağına çalınan yarım yamalak bazı cümlelerden, Mr. Weston'ın oğlunun erken bir ziyaret yapacağı kanısına vardı ama daha Emma, Mr. Elton'ı susturmayı başaramadan bu konu kapandı. Bu durumda Emma'nın bir şeyler sorup konuyu yeniden açmaya çalışması çok tuhaf olabilirdi.

Emma asla evlenmemeye karar vermiş olmasına rağmen Mr. Frank Churchill konusunda hep onun ilgisini çeken, kafasını kurcalayan bir şeyler olmuştu. Özellikle de genç adamın babası Mrs. Taylor'la evlendikten sonra sık sık –eğer bir gün evlenecek olursa– yaş, kişilik ve konum açısından kendisine en uygun kişinin Mr. Frank Churchill olabileceğini düşünmüştü. Aileler arasındaki yakın ilişki nedeniyle Emma genç adamı kendisine aitmiş gibi görüyor ve bunun onları tanıyan herkesin uygun göreceği bir evlilik olacağını düşünmeden edemiyordu. Mr. ve Mrs. Weston'ın da böyle düşündüğüne emindi. Her ne kadar o ya da başka biri tarafından baştan çıkarılmak, asla daha iyisi olmayacağına içtenlikle inandığı o anki yaşantısından vazgeçmek gibi bir niyeti olmasa da onu görmek için sabırsızlanıyor; ondan hoşlanacağına, onun tarafından da beğenileceğine inanıyor ve hayallerinde dostlarının da onları birbirlerine yakıştıracaklarını düşünmekten zevk alıyordu.

O, bu duygular içindeyken Mr. Elton'ın tavırları ona daha da itici ve yanlış geliyordu. Emma, çok rahatsız olmasına rağmen nazik görünmeyi başardığını biliyordu. Mr. Elton yüzünden çok ilgisini çekebilecek bir konuşmaya katılamamış olmasına rağmen gecenin geri kalan kısmında açık yürekli Mr. Weston'ın aynı bilgiyi tekrarlayacağını, konunun yeniden gündeme geleceğini umuyordu. Bunda haklıydı da, sonunda büyük bir mutlulukla Mr. Elton'dan kurtulmayı başarıp yemekte Mr. Weston'ın yanına oturdu. Mr. Weston iştahla koyun budunu mideye indirirken, biraz da konukseverlik görevini yerine getirmiş olmak için ilk fırsatta "Bu gece aramızda iki kişi eksik," dedi. "Bu iki kişiyi de aramızda görmek isterdim; küçük, güzel arkadaşınız Miss Smith ve oğlum; işte o zaman kadronun tam olduğunu söyleyebilirdim. Sanırım salonda diğerlerine Frank'in bizi ziyaret etmesini beklediğimizi anlatırken beni duyamadınız. Bu sabah ondan bir mektup aldım, on beş gün içinde aramızda olacak."

Emma çok mutlu olmuş olsa da bunu belli etmeyerek Frank Churchill ve Miss Smith'in grubu tamamlayacağı görüşünü kendisinin de paylaştığını ifade etti.

Mr. Weston, "Eylül ayından beri gelmek istiyordu," diye ekledi. "Yazdığı her mektupta bundan bahsediyordu ama zamanını belirlemek kendi elinde değil. Memnun etmesi gereken kişiler var, aramızda kalsın ama bu kişilerin tatmin olmaları için bazen çok fazla özveride bulunmak gerekiyor. Neyse artık ocak ayının ikinci haftasında onu burada göreceğimize hiç kuşkum yok."

"Bu sizin için doğal olarak çok büyük mutluluk olacak! Mrs. Weston da onunla tanışmayı çok istiyordu, o da en az sizin kadar mutlu olacaktır."

"Evet, öyle ama o yine bir engel çıkıp bu ziyaretin bir kez daha ertelenebileceğini düşünüyor. Onun geleceğinden benim kadar emin olamıyor ama tabii o onları benim kadar iyi tanımıyor. Şöyle ki (bu da aramızda kalsın; salonda bundan hiç bahsetmedim, bilirsin her ailede bazı sırlar olur), ocak ayı için Enscombe'a bir arkadaş grubu davet edilmiş ve Frank'in gelmesi biraz da onların ziyaretlerini iptal etmelerine bağlı. Eğer onlar ziyaretlerini iptal etmezlerse bizimki gelemeyecek ama ben iptal edeceklerini çok iyi biliyorum, hatta eminim. Çünkü Enscombe'daki hanımefendi bu aileden hiç hoşlanmıyor ve onlar da bunu biliyorlar, yine de iki üç yılda bir davet etmeleri gerekiyor ve her defasında ziyaret son anda erteleniyor. Bunda en ufak bir kuşkum bile yok. Şimdi burada olduğumdan ne kadar eminsem Frank'in de ocak ayının ortasından önce burada olacağından o kadar eminim. Ama senin şu tatlı arkadaşın," bunu derken başıyla masanın öteki ucundaki Mrs. Weston'ı işaret etti "o kadar iyi niyetli ve saf ki Hartfield'de hiç bu gibi şeyler yaşamamış, dolayısıyla bu gibi olasılıkları benim gibi hesap edemiyor. Bense ta ne zamandır bu insanlarla uğraşıyorum."

"Gelme meselesi az da olsa kuşku barındırdığı için üzüldüm," dedi Emma. "Yine de sizin yanınızdayım, Mr. Weston. Eğer siz geleceğini düşünüyorsanız ben de aynı şekilde düşünürüm çünkü Enscombe'ı bilen sizsiniz."

"Evet, yaşamım boyunca oraya hiç gitmememe rağmen bu konuda biraz bilgim olması çok doğal. Doğru, kadın gerçekten biraz tuhaf! Frank'in hatırı için onun hakkında kötü konuşmamaya çalışıyorum çünkü onun oğlumu çok sevdiğini biliyorum. Eskiden onun kendisinden başka kimseyi sevemeyeceğine inanırdım ama Frank'e hep çok iyi davrandı (kendi anlayışında tabii; bazı huysuzlukları, kaprisleri var, her şeyin kendi istediği gibi olmasını bekliyor). Bence Frank'in kendini böyle bir insana sevdirebilmiş olması büyük başarı. Bunu kimseye söylemem ama bu hanımefendi Frank dışında herkese karşı taş kalpli, çok hırçın ve acımasız."

Emma bu konudan o kadar hoşlanmıştı ki salona geçmelerinden hemen sonra aynı konuyu Mrs. Weston'la da konuşmaya çalıştı. Eski arkadaşına gözün aydın dedikten sonra ilk karşılaşmaların kaygı verici olabileceğini bildiğini söyledi ve ona şans diledi. Mrs. Weston iyi dileklerini kabul etti, bu konuda ona katılıyordu ama ilk karşılaşmanın sıkıntısını yaşamaya hazırdı. Yeter ki gelsin, diye düşünüyordu. Frank'in geleceğinden emin olamıyordu; bu konuda Mr. Weston kadar iyimser değildi. "Bu kez de bundan bir şey çıkmayacağından korkuyorum. Mr. Weston sana her şeyi olduğu gibi anlattı, değil mi?"

"Evet, gelip gelmemesi Mrs. Churchill'in huysuzluğunun aşılmasına bağlı gibi görünüyor – ki anlayabildiğim kadarıyla bunu aşmak da bu dünyadaki en zor şey."

Mrs. Weston gülümseyerek "Emmacığım," dedi. "Adı üstünde kapris bu; ne kadar güvenilebilir ki?" Sonra konuşmalarına kulak misafiri olan Isabella'ya dönerek ekledi. "Durumu şöyle açıklayayım sevgili Mrs. Knightley, yakın zamanda Mr. Frank Churchill'i aramızda görmemiz söz konusu ama babasının tahmininin aksine bence bu o kadar da kesin değil. Her şey yengenin keyfine, kaprisine bağlı; o izin verirse gelecek. Siz ikiniz benim kızım sayılırsınız, size gerçeği söyleyebilirim. Mrs. Churchill çok kötü huylu bir kadın, Enscombe'da o ne derse o oluyor ve Frank'in gelmesi bu kadının bunu istemesine bağlı."

Isabella, "Ah, Mrs. Churchill mi?" dedi. "Onu herkes bilir. Genç adam ne zaman aklıma gelse onun adına çok üzülüyorum. Tüm yaşamını huysuz, kaprisli biriyle geçirmek korkunç bir şey olsa gerek. Tanrı'ya şükür biz bunun nasıl bir şey olduğunu bilmiyoruz ama çok zor olduğundan eminim. Kadının kendi çocuğunun olmaması çok hayırlı olmuş! Kim bilir o zavallı küçük çocukları ne kadar mutsuz ederdi!"

Emma, Mrs. Weston'la yalnız kalmayı istiyordu. O zaman bu konuda çok daha fazla şey öğrenebilirdi. Mrs. Weston onunla Isabella'nın yanında olduğundan çok daha açık konuşabilirdi. Emma onun Churchilllerle ilgili hiçbir şeyi saklamayacağına inanıyordu. Tabii ki kendisi hayal gücünün, belki biraz da içgüdülerinin etkisiyle genç adamla ilgili olarak hissettiklerinden bahsetmeyecekti, şimdilik bu konuda bir şey söylemesine gerek yoktu.

Mr. Woodhouse da kısa bir süre sonra kadınlar gibi salona geçti. Yemekten sonra uzun uzun masada oturmak onun için katlanılamayacak bir tutsaklıktı. Ne şarap ne de sohbet onun için bir şey ifade ediyordu, bu yüzden de mutlulukla aralarında kendini her zaman rahat hissettiği kadınların yanına geçmişti.

Babası Isabella'yla konuşurken Emma fırsatını bulup Mrs. Weston'a "Desene oğlunun yapacağı bu ziyarete kesin gözüyle bakmıyorsun," dedi. "Buna üzüldüm. Tanışma anı her zaman zordur. Bir an önce olsa iyi olur."

"Evet, her gecikme insanı başka gecikmeler konusunda daha hassas bir hâle getiriyor. Eğer bu ailenin, yani Braithwaitelerin ziyareti iptal olsa bile hanımefendinin bizi hayal kırıklığına uğratmak için yeni bir bahane bulunacağından korkuyorum. Frank Churchill'in buraya gelme konusunda isteksiz olduğunu düşünmek bile istemiyorum ama Churchilllerin onu kendilerine saklamak konusunda çok ısrarcı olduklarından eminim. Bu işin içinde kıskançlık var. Babasına saygı göstermesini bile kıskanıyorlar. Kısacası, onun geleceğine inanamıyorum, keşke Mr. Weston da daha az iyimser olsa."

"Gelmeli," dedi Emma. "Yalnızca birkaç günlüğüne bile olsa gelmeli. Genç bir adamın bu kadarcık bir şeyi yapma özgürlüğünün bile olmamasını anlamakta çok zorlanıyorum. Genç bir kadın kötü ilişkiler kurmaya kalkarsa baskı yapılıp engellenebilir, birlikte olmak istediği insanlardan uzak tutulabilir ama genç bir erkeğin canı istediğinde babasının yanında bir hafta kalamayacak kadar kısıtlanabilmesini aklım almıyor."

Mrs. Weston "Enscombe'daki koşulları bilmeden onun ne yapıp ne yapamayacağı konusunda karar vermek doğru değil," dedi. "Herhangi bir ailenin, herhangi bir bireyinin davranışlarını yargılarken bu konuya ihtiyatla yanaşmak gerekir, Enscombe'un kesinlikle genel kurallar çerçevesinde değerlendirilebileceğini düşünmüyorum. Kadın tam anlamıyla mantıksız ve son sözü daima o söylüyor, o ne isterse o oluyor."

"Ama yeğenini çok seviyor, öyle değil mi? Frank Churchill onun gözbebeği. Bana soracak olursanız Mrs. Churchill her şeyini borçlu olduğu kocasının rahatı için hiçbir özveride bulunmuyor, bitmez tükenmez kaprisleriyle onu bunaltıyor ama yine de ona her isteğini yaptırıyor olabilir, ne var ki ona hiçbir şey borçlu olmayan yeğeninin onun üzerinde etkili olamayacağına inanmıyorum."

"Sevgili Emma, o güzel huyunla kötü huylu bir insanı anlayabilirmiş ve onun davranışlarının nedenlerini çözebilirmiş gibi davranmayı bırak, lütfen. Frank Churchill'in isteklerinin zaman zaman bu hanım üzerinde etkili olabildiğine benim de hiç kuşkum yok ama bunun ne zaman olacağını önceden kestirmesinin mümkün olabileceğini sanmıyorum."

Emma onu dikkatle dinledi ve sonunda soğuk bir sesle "Frank Churchill gelene kadar bundan emin olamayacağım," dedi.

Mrs. Weston "Bazı konularda etkili olabilir," diye ekledi. "Ama her konuda olduğunu sanmıyorum; etkili olamadığı konulardan biri de onları bırakıp bizi ziyarete gelmek olmalı."

BÖLÜM 15

Mr. Woodhouse çayını bekliyordu; çayını içince de eve gitmeye hazır olacaktı. Bu durumda üç refakatçisinin tek yapabileceği, beyler salona gelene kadar saatin geç olduğunu fark etmemesi için onu eğlendirmekti. Mr. Weston misafirperver, konuşkan ve neşeli bir insandı, konuklarının erken ayrılmasından hoşlanmazdı. Sonunda yemek odasından ayrılıp salondaki gruba katılanlarla grup büyüdü. Salona ilk gelen hâlâ çok neşeli olan Mr. Elton'dı. O sırada Mrs. Weston'la Emma kanepede yan yana oturuyorlardı. Mr. Elton davete gerek bile duymadan onlara katılıp aralarına oturdu.

Emma da neşeliydi, Frank Churchill'in gelme olasılığı onu mutlu etmişti. Mr. Elton'ın son münasebetsizliklerini unutmak ve yeniden onun dostluğundan hoşnut olmak istiyordu. Genç adamın konuşmaya Harriet'le başlaması üzerine onu en dost canlısı gülümsemesiyle dinlemeye hazırlandı.

Mr. Elton, Emma'nın güzel arkadaşı konusunda çok endişeli görünüyordu; güzel, tatlı, sevimli arkadaşı konusunda... Emma'nın onunla ilgili farklı bir bildiği var mıydı? Randalls'a geldikten sonra onunla ilgili yeni bir şey öğrenmiş miydi? Çok endişeliydi ama genç kızın şikâyetleri de onu ciddi anlamda endişelendirecek nitelikteydi. Mr. Elton bir süre bu şekilde konuşmayı sürdürdü. Kendisine verilen yanıtları pek dinlediği yoktu, ağrıyan şiş bir boğazın çok ürkütücü olabileceği konusunda bir hayli duyarlıydı. Emma da ona karşı anlayışla tam bir sevecenlik içinde davranıyordu.

Emma onun Harriet'le ilgilenmesinin mutluluğu içindeydi. Ama sonra birden her şey değişti; sanki Mr. Elton, Harriet'in boğazındaki hastalığın ciddi olmasından Harriet için değil de Emma için korkuyordu; Emma'ya hastalığın bulaşabileceğinden duyduğu kaygı, hasta için duyduğu endişeden çok daha fazlaydı. Israrla Emma'dan hastanın odasına bir daha girmemesini rica etti ve kendisi Mr. Perry ile konuşup onun tıbbi görüşünü alana kadar böyle bir tehlikeyi göze almayacağına ilişkin söz almaya çalıştı, hatta bunun için yalvardı. Emma bunu gülerek geçiştirmeye ve konuyu tekrar normal akışına getirmeye çalıştıysa da Mr. Elton'ın anlamsız endişesini sonlandırmak mümkün değildi. Emma'nın canı çok sıkılmıştı. Gerçek apaçık ortadaydı; bunun artık saklanır tarafı kalmamıştı. Mr. Elton, Harriet'e değil de ona âşıktı. Ve eğer bu doğruysa olabilecek en iğrenç, en aşağılık, en rezil durumdu! Emma öfkesini bastırmakta zorlanıyordu. Mr. Elton destek istemek için Mrs. Weston'a döndü. Acaba Mrs. Weston ona yardımcı olabilir miydi? Miss Woodhouse'un Miss Smith'in hastalığının bulaşıcı olmadığı kesinleşene kadar Mrs. Goddard'ın evine gitmemeye ikna edilmesi gerekiyordu. Eğer bu konuda bir söz alamazsa asla rahat edemeyecekti. Mrs. Weston bunu sağlamak için Emma üzerindeki etkisini kullanamaz mıydı?

"Başkaları söz konusu olduğu zaman acıma duygusunun, özverisinin sınırı yok ama konu kendisi olunca çok umursamaz. Bugün benden soğuk algınlığına yakalanmamam için evde kalmamı istedi ancak kendisi bulaşıcı olabilecek bir hastalıktan kaçınmak için bile söz vermiyor. Söyleyin Mrs. Weston, sizce bu adil mi? Bizim aramızda hakem olun. Yakınmakta az da olsa haklı değil miyim? Nazik destek ve yardımlarınızı benden esirgemeyeceğinizden eminim."

Emma Mrs. Weston'ın afalladığını gördü. Mr. Elton'ın gerek davranışlarıyla gerekse sözleriyle kendinde Emma'nın sağlığı konusunda fikir beyan etme hakkı görmesi karşısında şaşırmış olmalıydı. Kendisine gelince bir şey söyleyemeyecek kadar kızgın ve öfkeliydi. Yalnızca genç adamı şöyle bir süzmekle yetindi, bu adamın aklını başına getirecek türde aşağılayıcı bir bakıştı ya da en azından Emma öyle umuyordu. Sonra kanepeden kalkıp kardeşinin yanındaki koltuğa oturdu ve tüm dikkatini kız kardeşine yöneltti.

Ancak Mr. Elton'ın onun bu ters tavrı karşısında ne yaptığını görme fırsatı olmadı. Aynı anda dışarıda havanın nasıl olduğuna bakan Mr. John Knightley hızla odaya girdi, onlara toprağın karla kaplandığını, karın hâlâ tipi şeklinde yağdığını ve çok kuvvetli bir rüzgârın etkili olduğunu bildirdi. Sözlerini Mr. Woodhouse'a bakarak tamamladı:

"Kış davetlerinize bu eğlenceli bir başlangıç olacak, efendim. Kar fırtınasında ilerlemek, arabacınız için de atlarınız için de bir yenilik olacaktır."

Zavallı Mr. Woodhouse öylesine bir dehşet içindeydi ki bir şey söyleyemedi, donakalmıştı ama başka herkesin söyleyecek bir şeyi vardı. Bazıları çok şaşırmış, bazıları hiç şaşırmamıştı; kiminin soracağı sorular kiminin de yanıtları vardı. Mrs. Weston ve Emma büyük bir gayretle Mr. Woodhouse'u neşelendirmeye ve dikkatini damadından uzaklaştırmaya çalışıyorlardı. Mr. Knightley ise soğukkanlılıkla zaferinin tadını çıkarıyordu.

"Kararınıza hayranım, efendim," dedi. "Kar yağacağını öngörmüş olmanıza rağmen yine de böyle bir havada dışarıya çıkmaya cesaret ettiniz. Karın yağmak üzere olduğunu herkes görmüş olmalı. Neşenize ve cesaretinize diyecek yok, umarım sağ salim eve varırız. Karın yolları tamamen geçilmez hâle getirmesi daha bir iki saat sürebilir. Neyse ki iki arabamız var, eğer biri yolun karanlık, ıssız bir noktasında takılır kalırsa elimizde diğer araba var. Umarım hepimiz gece yarısından önce güvenli bir biçimde Hartfield'de varırız."

Davetin başarısından kaynaklanan farklı bir zafer duygusu içinde olan Mr. Weston da bir süredir kar yağdığını bildiğini ama Mr. Woodhouse'u rahatsız edip acele etmesine, apar topar kalkmasına neden olmak istemediği için diye bir şey söylemediğini belirtti. Yağan ve dönüş yolunda da yağması beklenen karın o kadar da fazla olmadığını düşünüyor, onların eve dönmelerini engelleme olasılığını ise ciddiye almıyordu. Onun asıl üzüldüğü onların kar nedeniyle herhangi bir güçlükle karşılaşmayacak olmalarıydı. Keşke yol dönüşlerini olanaksız kılacak kadar kapansaydı da Randalls'ta kalsalardı. Bütün iyi niyetiyle herkesi yatırabilecek yerleri olduğunu söylüyor, karısının da kendisini desteklemesini bekliyordu. Mrs. Weston ise evde yalnızca iki boş oda olduğunun bilincinde olduğu için ne diyeceğini bilemiyordu.

Mr. Woodhouse'un ilk tepkisi endişe içinde "Ne yapacağız Emma, ne yapacağız?" diye sormak oldu ve sonra bir süre başka bir şey söyleyemedi. Belli ki Emma'dan kendisini rahatlatmasını bekliyordu. Emma kesinlikle güvende bulunduklarını, atların ve James'in de çok iyi durumda olduklarını, ayrıca yanlarında dostları varken kaygılanmalarına gerek olmadığını söyleyerek onun kendini biraz olsun toparlamasını sağladı.

Büyük kızının telaşı da babasından aşağı kalır durumda değildi. Çocukları Hartfield'deyken Randalls'ta mahsur kalma düşüncesinin dehşeti zihnini esir almıştı. Yolun şimdilik macerayı göze alanlar için geçilebileceğini ama hiçbir şekilde gecikilmemesi gerektiğini düşünüyordu. Bu yüzden de babasıyla Emma'nın Randalls'ta kalmalarının, kendisi ve kocasının ise hemen yola koyulup kar yığınlarının arasından da olsa evlerine ulaşmaya çalışmalarının karara bağlanmasını istiyordu.

"Bence bir an önce arabayı hazırlamalarını söylesen iyi olacak, sevgilim," dedi. "Hemen yola koyulursak sanırım eve varabiliriz. Eğer çok kötü bir durumla karşılaşırsak ben arabadan iner yürürüm. Hiç korkmuyorum. Yolun yarısını yürümek benim için sorun olmaz. Eve gider gitmez ayakkabılarımı değiştirebilirim, hem zaten biliyorsun, böyle şeyler beni üşütüp hasta etmez."

Mr. John Knightley, "Öyle mi dersin," dedi. "Sevgili Isabella, bu olağanüstü bir şey olur çünkü sen genelde iğne deliğinden sızan rüzgârdan bile üşütürsün. Eve yürümek ha! Ayakkabıların yürümeye uygun, öyle mi? Ah Isabella! Atlar için bile durum yeterince kötü zaten."

Isabella planına destek vermesi için Mrs. Weston'a döndü. Mrs. Weston'ın elinden bu planı onaylamaktan başka bir şey gelmiyordu. Isabella bir kez daha Emma'ya döndü. Ancak Emma hep birlikte geri dönmek istiyordu ve bundan kolay kolay vazgeçmek niyetinde de değildi. Onlar tartışmayı sürdürürken ağabeyinin karla ilgili ilk raporundan hemen sonra odadan ayrılan genç Mr. Knightley odaya geri döndü. Durumu bir kez de kendi gözleriyle görmek için dışarıya çıktığını, eve gitmelerinin önünde en ufak bir engel olmadığını, zorluk çekmeyeceklerini, isterlerse hemen isterlerse bir saat sonra yola çıkabileceklerini belirtti. Karın yayılımını görmek için Highbury yolunda biraz yürümüştü, kar kalınlığı hiçbir yerde bir santimi geçmiyordu. Birçok yerde daha toprak tam beyazlaşmamıştı bile, hâlihazırda kar yağıyordu ama bulutlar dağılıyordu ve görünüşe bakılırsa kar yağışı da kısa bir süre içinde kesilecekti. Arabacılarla da konuşmuştu, ikisi de endişelenecek bir şey olmadığı konusunda onunla aynı fikirdeydiler.

Bu bilgi Isabella'yı rahatlatmıştı. Emma ise hâlâ babası için kaygılanıyordu. Gerçi Mr. Woodhouse görünürde sinirli yapısının izin verdiği ölçüde sakinleşmişti ama yaratılan bu telaşlı ortamda Randalls'ta kalmaya devam ettikleri sürece huzura kavuşması olanaksızdı. Eve dönme konusunda o an için herhangi bir tehlike olmadığına ikna olmuştu lakin hiçbir açıklama onu orada daha fazla kalmasının güvenli olacağına inandıramıyordu. Randalls'ta kalmaya da ikna edilemiyordu. Tartışmalar sürerken Mr. Knightley ile Emma bir köşede yaptıkları kısa bir konuşmanın ardından konuyu çözümlediler.

"Babanızın içi rahat etmeyecek, neden gitmiyorsunuz?"

"Diğerleri gitmeye hazırsa ben de hazırım."

"Zili çalayım mı?"

"Evet, çalın."

Zil çalındı, arabalar çağırıldı. Emma'nın tek umudu, sorunlu yol arkadaşlarından birinin aklı başına gelip sakinleşmiş olması, ötekinin de bu zoraki ziyaretin bitmesiyle eski neşe ve mutluluğuna kavuştuğunu görmekti.

Arabalar geldi. Böyle durumlarda her zaman öncelikli olan Mr. Woodhouse, Mr. Knightley ve Mr. Weston tarafından özenle arabasına bindirildi ama her ikisinin de söylediği hiçbir şey yaşlı adamın yağan karı ve umduğundan daha da karanlık olan geceyi görünce yeniden endişelenmesini engelleyemedi. Kötü bir yolculuk yapacaklarından korkuyordu. Zavallı Isabella'nın bundan hiç hoşlanmayacağından korkuyordu. Zavallı Emma arkadaki arabada olacaktı. Bu durumda ne yapmaları gerektiğini bilemiyordu. En doğrusu, herhâlde arabaların mümkün olduğunca birbirinden ayrılmaması olacaktı. James'le konuşuldu, çok ağır gitmesi ve öteki arabayı beklemesi talimatı verildi.

Isabella babasının arkasından o arabaya bindi, o grupta olmadığını unutan John Knightley de çok doğal bir şekilde karısının ardından aynı arabaya bindi. Böylece Emma ister istemez kendini Mr. Elton'ın da yardımıyla ikinci arabaya binerken buldu. Kapı üstlerine kapandı, baş başa yolculuk yapacakları belli olmuştu. O akşamki kuşkuları olmasa Emma değil tedirgin olmak bundan zevk bile duyabilirdi. Ona Harriet'ten bahsederdi, yol da göz açıp kapayıncaya kadar geçip giderdi ama şimdi en istemediği şey olmuştu. Mr. Elton'ın Mr. Weston'ın kaliteli şaraplarından bir hayli içtiğini düşünüyor ve saçmalayacağını hissediyordu.

Davranışlarıyla Mr. Elton'ın olmayacak şeyler yapmasını mümkün olduğunca sınırlamak için kibar ama soğuk bir tavırla, geceden ve havanın durumundan bahsetmeye hazırlandı ama daha o konuşma fırsattı bulamadan, tam bahçe kapısından çıkıp öteki arabaya yetiştikleri anda Mr. Elton elini tuttu ve kendisini dinlemesini istedi. Ve hemen ardından da var gücüyle aşkını haykırmaya başladı. Bu çok değerli fırsattan yararlanarak –Emma'nın zaten bildiğini düşündüğü– duygularını açıklıyor, umut ediyor, korkuyor, hayranlık duyuyordu; eğer reddedilirse ölmeye hazırdı. Bu tutkulu bağlılığının, benzersiz büyük aşkının ve görülmedik tutkusunun Emma'nın üzerinde etkili olacağına inanıyordu, kısacası ilk fırsatta yapacağı ciddi teklifinin kabul edilmesi konusunda kararlıydı. Mr. Elton, Harriet'in âşığı hiç çekinmeden, bir an bile tereddüt etmeden, özür dilemeye bile gerek görmeden ona ilanı aşk ediyordu. Emma onu susturmaya çalıştı ama çabası boşunaydı. Mr. Elton durmuyor, konuşuyor da konuşuyordu. Emma çok öfkeli olmasına rağmen içinde bulundukları koşulları düşünerek kendini tutmaya karar verdi. Mr. Elton'ın bu aptal cesaretinin yarısının sarhoş olmasından kaynaklandığını hissediyor, bunun geçici bir durum olmasını umuyordu. Adamın bu çakırkeyif hâline uygun düşeceğine inandığı, yarı alaycı yarı ciddi bir havada yanıt verdi:

"Beni çok şaşırttınız, Mr. Elton. Gerçekten bunları bana mı söylüyorsunuz! Şaşırmış olmalısınız, beni arkadaşımla karıştırıyorsunuz. Miss Smith'e göndermek isteyebileceğiniz her mesajı götürmekten büyük bir mutluluk duyarım ama lütfen bunları söylemeyi bırakın artık, sizden bunu özellikle rica ediyorum."

"Miss Smith mi? Miss Smith'e mesaj göndermek mi? O da ne demek? Söz konusu bile olamaz." Mr. Elton, genç kızın sözlerini öylesine bir özgüvenle, öylesine bir kibir ve şaşkınlıkla vurgulayarak yinelemişti ki Emma elinde olmadan hemen yanıt vermek zorunda kaldı.

"Bu ne tuhaf bir davranış, Mr. Elton! Bu hâlinizi ancak kendinizde olmadığınızı düşünürsem hoş görmem mümkün, yoksa ne benimle ne de Harriet hakkında bu şekilde konuşma cesaretini bulabilirdiniz. Kendinize gelin ve başka bir şey söylemeyin, ben de bu olanları unutmaya çalışacağım."

Ne var ki Mr. Elton ancak ona cesaret verecek kadar şarap içmişti, yoksa kafası karışık falan değildi. Ne dediğini çok iyi biliyordu, Emma'nın kırıcı ithamlarına ve duyduğu kuşkuya büyük bir hararetle itiraz etti ve bir dost olarak Miss Smith'e saygı duyduğunu ancak bu konuşmada Miss Smith'in adının neden geçtiğini anlamakta güçlük çektiğini belirtti. Sonra yeniden Emma'ya duyduğu aşka dönerek konuyu toparladı ve tutkusuna olumlu bir cevap almakta ısrar ettiğini belirtti.

Onun sandığı kadar sarhoş olmadığını anlayan Emma küstahlığına ve gözü pekliğine daha da çok sinirlenmesine rağmen

yine de nezaketini bozmama çabası içinde yanıt verdi. Ama kendini daha önce olduğu kadar tutamadığı da buna çabalamadığı da kesindi. "Artık daha fazla kuşku duymam olanaksız. Kendinizi çok açık bir biçimde ifade ettiniz. Mr. Elton, şaşkınlığımı nasıl ifade edeceğimi bilemiyorum. Geçen ay boyunca tanık olduğum Miss Smith'e karşı olan davranışlarınızdan –günbegün gözlemlediğim ona gösterdiğiniz yakın ilgiden sonra– benimle bu şekilde konuşmanız kişiliğinizdeki istikrarsızlığı, karakter zaafını gösteriyor ki böyle bir şeyin mümkün olabileceğini hiç düşünmemiştim! İnanın bana, beyefendi, böyle bir şeyle muhatap olduğum için gurur duymaktan uzak, çok uzak bir noktadayım."
Mr. Elton "Aman Tanrım!" diye haykırdı. "Bu ne demek oluyor? Miss Smith! Yaşamım boyunca bir an için bile sizin arkadaşınız olması dışında Miss Smith'i düşünmüş, ona ilgi duymuş değilim. Arkadaşınız olmasa öyle birinin yaşayıp yaşamaması bile umurumda olmazdı. Eğer o davranışlarımı yanlış yorumlayıp farklı düşündüyse –ki onu yanıltan kendi arzuları olmuştur– üzgünüm; çok, çok üzgünüm. Miss Smith! Ah! Miss Woodhouse! Miss Woodhouse gibi biri varken Miss Smith'i kim düşünür ki! Hayır, onurum üzerine yemin ederim ki karakter zaafı gibi bir durum söz konusu değil. Ben sadece sizi düşündüm. Sizden başka birine ilgi gösterdiğim gibi bir iddiayı ise kesinlikle reddediyorum. Geçtiğimiz haftalar boyunca söylediğim ve yaptığım her şey yalnızca size olan hayranlığımı ifade etmek amacı taşıyordu. Bundan kuşku duymamalısınız. Hayır!" Etkili olmasını umduğu bir vurguyla ekledi: "Beni anladığınızdan eminim."

Bunu duyan Emma için ne hissettiğini anlatmak, içindeki tatsız duyguların hangisinin daha baskın olduğunu söylemek çok zordu. Hemen cevap veremeyecek kadar yıkılmıştı. Bu birkaç

saniyelik suskunluktan cesaret alan Mr. Elton, serinkanlılığını bırakıp yeniden iyimser bir havada genç kızın elini tutmaya çalıştı, bir yandan da neşe içinde "Güzeller güzeli, Miss Woodhouse!" dedi. "Bu ilginç sessizliğinizi yorumlamama izin verin lütfen. Bu hâliniz duygularımın farkında olduğunuzun itirafı gibi."
"Hayır, beyefendi!" diye haykırdı Emma. "Bu hiçbir şeyin itirafı değil, kendinizi kandırmayın. Bırakın sizi uzun zamandır anlamayı, sizin duygularınız konusunda şu ana kadar tam bir yanılgı içindeymişim. Bana gelince, sizde böyle bir izlenim uyandırdığım için çok üzgünüm; bundan daha az isteyebileceğim bir şey olamazdı. Arkadaşım Harriet'e olan ilginiz, onun peşinden koşmanız –bana ona kur yapıyormuşsunuz gibi geliyordu– çok hoşuma gidiyordu, bütün kalbimle başarılı olmanızı diliyordum. Hartfield'e gelme nedeninizin ona duyduğunuz ilgi olduğu aklıma gelmemiş olsaydı bizi bu kadar sık ziyaret etmenizin doğru olmadığını düşünürdüm. Yani şimdi kendinizi Miss Smith'e beğendirmek için hiçbir şey yapmadığınıza mı inanmalıyım? Onu gerçekten hiçbir zaman ciddi olarak düşünmediniz mi?"

Bu kez kızma sırası Mr. Elton'daydı.

"Asla, Madam!" diye bağırdı hışımla. "Sizi temin ederim ki asla. Ben Miss Smith'i düşüneceğim, öyle mi? Miss Smith çok iyi bir kız, onun iyi bir evlilik yaptığını görmekten mutluluk duyarım. Onun için her şeyin en iyisini isterim ve hiç kuşkusuz onu beğenecek erkekler de vardır... Ama herkesin bir seviyesi var, Miss Woodhouse; bana gelince ben o kadar da çaresiz değilim. Kendi seviyemde biriyle evlilik yapma umudumu kaybetmedim ki Miss Smith'i düşüneyim! Hayır, Madam, Hartfield'e yaptığım ziyaretler yalnızca sizin içindi ve bana cesaret vermeniz..."

"Cesaret mi? Size cesaret mi verdim! Bunu düşünüyorsanız, çok büyük bir hata yapıyorsunuz, beyefendi. Ben sizi yalnızca arkadaşımı beğenen biri olarak gördüm. Başka bir açıdan baksaydım siz benim için sıradan bir tanıdıktan öte bir anlam ifade etmezdiniz. Çok üzgünüm ama bu hatadan bir an önce dönmek hayırlı oldu. Eğer aynı şekilde davranmaya devam etseydiniz Miss Smith sizinle ilgili yanlış düşüncelere kapılabilirdi, sanırım o da aynen benim gibi sizin ısrarla üstünde durduğunuz o eşitsizliğin farkında olmayacaktı. Bu durumda hayal kırıklığına uğrayan yalnızca bir kişi var ve inanıyorum ki bu uzun sürmeyecektir. Ben şu an için evlenmeyi hiçbir şekilde düşünmüyorum."

Mr. Elton daha fazla konuşamayacak kadar kızgındı, Emma'nın tavrı kendisine yalvarılmasına izin vermeyecek kadar kararlıydı. Genç adamın kızgınlığı ve onur kırıklığının da artırdığı sıkıntılı ortamda bir süre daha birlikte yolculuk etmek zorunda kaldılar çünkü arabalar Mr. Woodhouse'un korkuları yüzünden yürüyüş hızında ilerliyorlardı. Eğer ikisi de bu kadar kızgın olmasalardı çok tedirgin olacakları kesindi ama açıkça ifade edilen duygular küçük utanç zikzaklarına yer bırakmıyordu. Arabanın papaz evinin yoluna ne zaman saptığını, ne zaman durduğunu fark edemeden kendilerini papaz evinin kapısında buldular. Mr. Elton hiçbir şey söylemeden arabadan indi. Emma ona iyi geceler dilemesi gerektiğini hissetti. Bu dileği aynı şekilde soğuk ve resmi bir karşılık buldu. Sonrasında Emma da tanımı güç bir huzursuzluk içinde Hartfield'e gitti.

Babası onu büyük bir mutlulukla karşıladı, Emma'nın papaz evinden Hartfield'e kadar arabada yalnız olduğunu düşündükçe korkuyla titremişti; yolda anımsamak bile istemediği virajlar vardı, üstelik arabayı da James değil yabancı bir arabacı sürüyordu. Sanki her şeyin yoluna girmesi için onun dönmesini beklemişlerdi ya da Emma'ya öyle geldi. Çıkardığı huysuzluktan mahcup olan Mr. John Knightley büyük bir anlayış ve nezaket

içindeydi, kayınpederini rahat ettirmek için çırpınıyordu hatta
—onunla bir kap çorba içecek kadar olmasa bile— çorbanın sağlığa çok yararlı olduğunu bile kabul etmişti. Gece Emma dışında herkes için huzur ve konfor içinde son buluyordu, Emma'nın ise kafası hiç bu kadar karışık, canı hiç bu kadar sıkkın olmamıştı.

O akşam yatma zamanı gelip de huzur içinde kendi sessiz düşüncelerine dalma olanağı bulana dek ilgili ve neşeli görünmek ona çok zor geldi.

BÖLÜM 16

Emma saçlarını sardırıp, hizmetçisini gönderdikten sonra oturup kara kara düşündü. Korkunç bir durumdu bu! Tüm umutlarının böyle yerle bir olması! Olayların hiç beklemediği, dilemediği şekilde gelişmesi! Harriet'in aldığı darbe! Bu hepsinden kötüydü. Her anlamda utanç verici, acı bir durumdu bu! Harriet'in başına gelen felaketle kıyaslandığında hiçbir şeyin önemi yoktu. Yaptığı hatanın sonucuna yalnızca kendisi katlanacak olsa çok daha da fazla hata yapmış, çok daha fazla yanılmış, çok daha fazla isabetsiz tahminlerde bulunmuş olmanın utancını da suçunu da üstlenmeye hazırdı.

Eğer Harriet'i o adamı sevmeye ikna etmemiş olsaydım her şeye katlanabilirdim. Bana karşı iki kat daha cüretkâr davransa da fark etmezdi ama zavallı Harriet!

Nasıl bu kadar yanılabilmişti! Mr. Elton, Harriet hakkında hiçbir zaman ciddi düşünmediğini söylemişti. Hiç! Elinden geldiğince geçmişi anımsamaya çalıştı ama her şey karmakarışıktı. Yanlış bir kanıya kapılmış, her şeyi buna yormuştu. Durum bu olmalıydı. Adamın davranışlarının anlaşılmaz, istikrarsız ve belirsiz olması onun yanlış bir kanıya kapılmasına yol açmıştı, yoksa bu kadar yanılması olanaksızdı.

Resim! Resim konusunda ne kadar ısrarcı olmuştu! Peki ya bilmece? Daha birçok başka durum açık ve net bir biçimde Harriet'i işaret ediyor gibiydi. Bilmecedeki pratik zekâ, sonra yumuşak gözler aslında ikisine de uyuyordu ama zaten zevksiz, anlamsız, gerçekdışı bir saçmalıktı o. Böyle kalın kafalılara özgü bir saçmalığın anlamını kim, nasıl çözümleyebilirdi ki? Tabii ki arada sırada, özellikle de son zamanlarda adamın kendisine yönelik tavırlarının abartılı, gereksiz derecede kibar olduğunu fark etmişti ama bunun onun tarzı olduğunu düşünmüştü. Bunu bilgisizliğin, zevksizliğin, ölçüsüzlüğün, yaşamı boyunca seçkin bir çevrede yaşamamış olmanın kanıtı olarak görüp geçmişti. Konuşmasında bütün o kibarlığına rağmen gerçek zarafetin yoksunluğu hissediliyordu. O güne kadar ona Harriet'in arkadaşı olarak duyduğu saygı ve minnettarlık duymuş, davranışlarındaki hiçbir şeyi anlamlandırmaya çalışmamıştı.

Aslında bunu fark etmesini, bir olasılık olarak görmesini Mr. John Knightley'ye borçluydu. Onu uyarmıştı, yoksa tamamen hazırlıksız da yakalanabilirdi. Knightley kardeşlerin gerçekleri kavrama konusunda çok iyi oldukları inkâr edilemezdi. Mr. Knightley'nin de bir defasında onu Mr. Elton konusunda uyardığını, Mr. Elton'ın asla her şeyi hesaplamadan evlenmeyeceğine inandığını söylediğini anımsadı. Emma'nın genç rahibin karakteriyle ilgili olarak kendisininkinden çok daha doğru bir saptamanın önüne konulmuş olması ve bunu umursamaması karşısında yüzü kızardı. Mr. Elton'ın birçok açıdan Emma'nın sandığının ve inandığının tam tersi olduğu kanıtlarıyla ortaya çıkmıştı; kibirli, arsız, özentili, kendini beğenmiş, burnu havada, hırslı, kendi haklarını savunurken başkalarının duygularını umursamayan biri.

Mr. Elton'ın niyetini açıklama şekli de Emma'nın gözünde iyice alçalmasına sebep olmuştu. İtiraf ve teklif onun yararına olmamıştı. Emma onun ilgisini umursamıyor, beslediği umutları da kendisine yönelik bir hakaret olarak nitelendiriyordu. Adam iyi bir evlilik yapmak istiyordu; gözünü ona dikecek kadar küstahlaşabilmişti, âşık numarası yapmıştı. Emma'nın içi ona herhangi bir biçimde hayal kırıklığı yaşatmadığı konusunda rahattı. Mr. Elton'ın ne konuşmalarında ne de davranışlarında gerçek bir sevgi vardı. Sık sık iç çekmiş, süslü sözler söylemişti ama Emma'ya göre gerçek aşktan ancak bu kadar uzak bir yüz ifadesi ve ses tonu olabilirdi. Onun durumuna üzülüp ona acımasına hiç gerek yoktu. Adamın tek arzusu yükselmek ve zenginleşmekti, eğer otuz bin sterlinin vârisi Hartfield'den Miss Woodhouse'u elde edemediyse yakında yirmi bin olmadı on bin sterlin mirası olan başka bir Miss bilmem kimin peşine düşerdi.

Peki ya Emma'nın kendisine cesaret verdiğini söylemesi, niyetinin farkında olduğunu, kendisine ilgi gösterdiğini hatta onunla evlenmeyi kabul edeceğini düşünmesi! Mevki ve yetişme şekliyle kendini ona denk sayması! Arkadaşını hor görmesi, kendisinden aşağıdakileri küçümsemeyi çok iyi bildiği hâlde kendisinden üst sınıftakileri görmemesi, hatta ona evlenme teklifinde bulunabilecek kadar kör olması! Bu çok can sıkıcı, akıl almaz bir durumdu.

Genç adamın ondan görgü ya da zihinsel incelikler konusunda ne kadar düşük seviyede olduğunu hissetmesini beklemek pek doğru değildi. Onun bunu algılamasını önleyen de zaten bu eşitsizlik olabilirdi ama en azından servet ve gelir açısından Emma'nın kendisinden çok üstün olduğunu bilmesi gerekirdi. Woodhouseların kuşaklardır Hartfield'de yaşayan, çok eski bir ailenin yeni, genç bir kolu olduklarını; Eltonların ise kimsenin hiçbir şeyi olmadıklarını bilmiyor olamazdı. Hartfield arazisi elbette ki çok fazla büyük sayılmazdı, Highbury'nin neredeyse tamamına sahip olan Donwell Abbey Malikânesi'nin arazilerinin yanında çok küçük olabilirdi ama başka kaynaklardan da epeyce gelirleri olduğu için birçok konuda olduğu gibi bu konuda da çok az bir farkla Donwell Abbey'dekileri takip ediyorlardı. Woodhouselar, daha iki yıl önce mesleği ve kibarlığı dışında hiçbir özelliği, arkasında bir aile bağlantısı, ciddiye alınacak bir konumu olmayan Mr. Elton'ın tutunmaya çalıştığı bu çevrede çok uzun süredir tanınıyor, sevilip sayılıyorlardı. Buna rağmen Emma'nın kendisine âşık olabileceğini hayal etmiş, kendini buna inandırmıştı. Emma kibarlıkla kendini beğenmişlik arasındaki çelişki konusunda biraz daha kafa yorduktan sonra adama karşı davranışlarının Mr. Elton gibi sıradan bir akla, görgüye ve duyarlılığa sahip bir erkeğin beğenildiğine inanmasına yol açabileceğini kabul etmek zorunda kaldı. Bunu yapmaktaki (gerçek amacının anlaşılmadığı düşünülürse) Mr. Elton'a karşı fazlasıyla samimi, nazik ve hoşgörülü olmuş; ona karşı çok fazla özenli ve ilgili davranmıştı. Eğer kendisi onun davranışlarını böylesine yanlış yorumlayabildiyse genç adamın da o kör çıkarcılığı ve bencilliğiyle onun duygularını yanlış anlamasına şaşırmamak gerekirdi.

Aslında ilk ve en kötü hatayı yapan kendisiydi. İki insanı bir araya getirmek için böylesine uğraşmak aptallıktı, yanlıştı. Bu, maceradan başka bir şey değildi; işgüzarlıktı, ciddi olması gereken bir konuyu hafife almak, basit olması gereken bir şeyi karmakarışık bir hâle getirmek anlamına geliyordu. Bu yaptığından dolayı üzgündü, çok utanıyordu; bir daha asla böyle şeyler yapmamaya kararlıydı.

Konuşmalarımla zavallı Harriet'in bu adama bağlanmasına neden oldum, dedi kendi kendine. *Harriet'i Mr. Elton'ın ona âşık olduğuna inandırmasaydım belki de böyle bir şey aklının ucundan bile geçmeyecek, umutlanmayacaktı. Harriet uysal,* kendi hâlinde ve alçak gönüllü biri; ben Mr. Elton'ın da öyle olduğunu sanıyordum. Ah! Üstelik bir de onun genç Martin'i reddetmesini sağladığım için sevindim. Aslında o konuda haklıydım. O noktada durmalı ve gerisini zamana ve şansa bırakmalıydım. Onu iyi bir çevreye sokuyor, ona sahip olmaya değecek birilerini etkileme şansı veriyordum, bundan daha fazlasını yapmaya kalkmamalıydım. Şimdi zavallı kızın bir süre rahatı, huzuru olmayacak. Bu yaptığım dostluk değil, umarım çok büyük bir hayal kırıklığı yaşamaz, aslında çevrede onun gönlüne hitap edebilecek biri de gelmiyor aklıma. Acaba William Coxe olabilir mi? Yo, hayır, William Coxe olmaz, saygısız, toy, şımarık bir genç avukat, hepsi bu!

Durdu, yine aynı hataya düştüğünü fark ederek kızardı, kendi kendine güldü. Sonra, olup bitenler, olabilecekler ve olması gerekenler konusunda daha ciddi, daha moral bozucu düşüncelere daldı. Harriet'e yapmak zorunda olduğu üzücü açıklama, zavallı Harriet'in çekeceği acı, gelecekteki karşılaşmaların tedirginliği, dostluğu devam ettirmenin veya ettirmemenin zorlukları, bazı duyguları bastırmanın, dargınlıkları saklamanın güçlüğü, durumu başkalarının anlamasını engellemenin zorluğu gibi şeyler onun bir süre daha bu tatsız düşünceler içinde kıvranmasına neden oldu. Sonunda kafasında korkunç bir çam devirmiş olduğunu kabullenmek dışında hiçbir şeyi halledemeden yatağına girdi.

Emma gibi yaradılışı gereği neşeli ve huzurlu biri kasvetli bir gece geçirse bile yeni günle birlikte olumlu ruh hâline geri döner. Gençlik ile sabahın neşesi el ele verip hummalı bir çalışmayla etkisini gösterir ve eğer yaşanan üzüntü aşılamayacak kadar derin değilse, gözler acıların hafiflediği ve umutların güçlendiği yeni bir güne açılır.

Emma sabah kalktığında akşam olduğundan daha huzurlu ve umut doluydu. Onu bekleyen kötü durumların içinden çıkabileceğine, acılarını hafifletebileceğine inanıyordu.

En büyük tesellisi Mr. Elton'ın ona gerçekten âşık olmaması ya da üzmeyi göze alamayacağı kadar önemli biri olmamasıydı. Harriet'in de güçlü, kararlı, istikrarlı, üstün duygulara sahip bir karakteri olmaması çok iyiydi. Olup bitenden bu üç kişi dışında hiç kimsenin haberi olmasına da gerek yoktu, özellikle babasının bu yüzden bir an bile huzuru kaçmamalıydı.

Bunlar onun keyfini yerine getiren iç açıcı düşüncelerdi. Etrafın karla kaplı olması da çok iyiydi, şu sıralar üçünün birbirinden ayrı kalmasını sağlayacak her şeyin başının üstünde yeri vardı.

Kar bir başka açıdan da iyiydi. Emma, Noel olmasına rağmen bu havada kiliseye gidemezdi.

Gitmeye kalkışsa Mr. Woodhouse endişelenecekti, böylece Emma yanlış fikirler uyandırmaktan da duymaktan da kurtulmuş oluyordu. Yerler karla kaplıydı –don ve ayaz vardı– yürüyüş için en elverişsiz havaydı. Her sabah gün yağmurla ya da karla başlıyor, her akşam don oluyordu. Bu durumda günlerce evde hapis kalmaları gerekecekti, buna hiç kuşku yoktu. Harriet'le mektuplaşmak dışında bir ilişkileri olamayacaktı. Pazar günü tıpkı Noel'de olduğu gibi kiliseye gitmesi mümkün olamayacak, Mr. Elton'ın uğramamasını açıklayacak bahane bulmak zorunda da kalmayacaktı.

Hava herkesi hiç itirazsız evde tutacak gibiydi. Babasının dostlarının evlerine gelmesinden hoşlandığını biliyor olsa da onun da bu koşullarda evde yalnız olmaktan mutluluk duyacağına inanıyordu. Ne de olsa bu havada dışarı burnunu çıkarmak bile akılsızlık olurdu. Babasının hiçbir hava koşulunun onlardan tamamen uzak tutamayacağı Mr. Knightley'ye "Ah Mr. Knightley, neden siz de Mr. Elton gibi evde kalmıyorsunuz?" dediğini duymak Emma açısından sevindiriciydi. Emma için evde kapalı kaldıkları bu günler kafası kendi özel konularıyla çok dolu olmasa son derece rahatlatıcı olabilirdi, bu gibi bir inziva, eniştesi için de çok uygundu ve eniştesi duygularının ciddiye alınmasını çok önemsiyordu. Mr. John Knightley'in Randalls'taki huysuzluğu tamamen geçmişti; Hartfield'de geçirdikleri sürenin kalan kısmı boyunca sevimli, uysal biri olup çıkmıştı. Her koşulda uyumlu ve kibardı. Huzurlu, neşeli olması için birçok neden olsa da er geç Harriet'e açıklama yapacağı günün geleceği endişesi Emma'nın bir an olsun huzur bulmasına fırsat vermiyor, bu günün ertelenmesi de onu rahatlatmıyordu.

Bölüm 17

Mr. ve Mrs. John Knightley Hartfield'de uzun süre kapalı kalmadılar. Hava kısa bir süre sonra yolcuların yola çıkmasına izin verecek kadar iyileşti. Mr. Woodhouse her zamanki gibi kızını, çocuklarıyla birlikte biraz daha kalmaya ikna etmeye çalıştıysa da hepsinin gittiğini görmeye katlanıp yine her zamanki gibi zavallı Isabella'nın kara bahtına ağıtlar yakmaya koyuldu. Zavallı Isabella, yaşamını gönülden bağlı olduğu, sevdiği insanlarla birlikte geçiriyordu ama onların başarılarıyla gurur duyup, onları överken kusurlarını görmüyordu. Her zaman sakin sakin meşgul olacak bir şeyleri vardı ve gerçek anlamda mutlu bir kadın örneği sayılabilirdi.

Tam onların Hartfield'den ayrıldığı akşam Mr. Elton'dan Mr. Woodhouse'a bir mektup geldi. Bu uzun, kibar ve ağdalı mektupta Mr. Elton en iyi dilekleriyle saygılarını sunuyor, özetle şöyle diyordu:

Ertesi sabah Bath'a gitmek üzere Highbury'den ayrılacaktı; orada yaşayan arkadaşlarının ricası üzerine birkaç hafta orada kalmaya karar vermişti. Kendisine gösterdiği dostluğu ve nezaketi her zaman minnetle andığı Mr. Woodhouse'a hava koşulları ve işinden kaynaklanan nedenlerle şahsen veda etmesinin mümkün olamamasından dolayı büyük üzüntü duyuyor, Mr. Woodhouse'un herhangi bir istek ya da emri olduğu takdirde bunu yerine getirmekten büyük bir mutluluk duyacağını belirtiyordu.

Emma bunu duyunca hem şaşırdı hem de mutlu oldu. O sıralarda Mr. Elton'ın Highbury'de olmamasından daha iyi bir şey olamazdı. Emma hiçbir şeyi bundan daha çok isteyemezdi. Gerçi Mr. Elton'ın bunu ifade şekli pek hoş sayılmazdı ama bunu düşündüğü için onu takdir ediyordu. Kırgınlığını, babasına gönderdiği kibar mektupta Emma'dan hiç bahsetmeyerek çok açık bir biçimde ifade etmişti. Genç kızın adı Mr. Elton'ın mektubunun girişindeki iyi dilekler kısmında bile geçmiyordu. Bilinçli bir şekilde adı bile anılmıyordu, bu çok çarpıcı bir değişikliğin göstergesiydi. Minnettarlıkla veda etmesinde bile öyle tedbirsiz, öyle resmî bir ifade vardı ki Emma bir an bu durumun babasının gözünden kaçmayacağını düşündü.

Neyse ki kaçtı. Babası böyle ani bir yolculuk kararı karşısında şaşırdı, hatta Mr. Elton'ın bu havada gideceği yere varamayacağına ilişkin korkuya da kapıldı ama mektubun dilindeki olağandışılığı fark etmedi. Aslında bu mektup başka bir açıdan da çok yararlı oldu çünkü baba kızın yalnız geçirdikleri akşamın kalan kısmında düşünüp konuşacakları yeni bir konuları olmasını sağladı. Mr. Woodhouse bu yolculukla ilgili endişelerinden söz etti, Emma ise her zamanki hazırcevaplığıyla bu endişeleri giderdi.

Artık Harriet'i daha fazla karanlıkta bırakmanın anlamı yoktu. Geçen süreçte iyileşmiş olmalıydı. Mr. Elton'ın dönüşünden önce bu hayal kırıklığından kurtulması için ne kadar çok zaman olursa o kadar iyi olacaktı. Emma bu kararına uygun şekilde ertesi gün ilk iş Mrs. Goddard'ın evine gitti. Kaçınılmaz cezasını çekmeye hazırdı, ciddi bir ceza olacaktı bu ama bunu yapmak boynunun borcuydu. Büyük bir çabayla besleyip geliştirdiği tüm umutlar yıkılacaktı. Mr. Elton'ın tercih ettiği kişi olduğu için hain gibi görünecekti. Emma çok büyük bir hata yaptığını, son altı haftadır bu konuyla ilgili bütün değerlendirmelerinin, gözlemlerinin, yorumlarının, fikirlerinin ve tahminlerinin yanlış olduğunu kabul etmek zorunda kalacaktı.

Bunu itiraf etmek Emma'nın ilk andaki utancını yeniledi; arkadaşının gözyaşlarını görmekse ona, onun kendisini bir daha asla eskisi gibi sevemeyeceğini düşündürdü.

Harriet haberi Emma'nın beklediğinden daha iyi karşıladı; kimseyi suçlamadı, her hâli yaradılışındaki saflığın ve alçak gönüllülüğün kanıtı gibiydi, doğal olarak da bu Emma'yı rahatlattı.

Emma sadelik ve alçak gönüllülüğü her şeyin üstünde tutacak bir ruh hâli içindeydi ve Harriet'te sevimli olan, çekici olan her şey kendisinde eksikmiş gibi hissediyordu. Harriet şikâyet etmeye hakkı olmadığını düşünüyordu. Mr. Elton gibi bir adamın ona yakınlık göstermesi büyük bir ayrıcalık olurdu. Kendisi onun gibi birine asla layık olamazdı. Böyle bir şeyin mümkün olabileceğini Miss Woodhouse kadar onu seven, kibar ve vefalı bir dosttan başka kimse düşünemezdi.

Gözyaşları sel olmuştu; üzüntüsü öylesine samimi, yapmacıklıktan uzaktı ki belki daha ağırbaşlı davransa Emma'nın gözünde bu kadar saygın bir konuma yerleşemezdi. Emma; arkadaşını dinledi, bütün kalbi ve içtenliğiyle, elinden geldiğince onu teselli etmeye çalıştı. Emma o anda gerçekten de ikisi arasında üstün olanın Harriet olduğuna ve ona benzemeye çalışmanın, kendi iyiliği ve mutluluğu için her üstün nitelikten de zekâdan da daha iyi olacağına inanıyordu.

Bu saatten sonra kendi hâlinde, saf ve cahil biri olması çok zordu ama oradan ayrılırken kalan ömrü boyunca alçak gönüllü ve sağduyulu olmak, hayal gücünü bastırmak gibi daha önce almış olduğu bütün kararlarını pekiştirmişti. Artık bir görevi daha vardı; birinci görevi babasının rahatını sağlamaksa ikinci görevi

Harriet'i teselli etmek, ona duyduğu sevgiyi çöpçatanlıktan daha iyi bir yöntemle kanıtlamaya çalışmaktı. Emma, genç kızı Hartfield'e götürdü, ona büyük sevecenlik gösterdi, kitaplarla ve sohbetle onu oyalayıp eğlendirmeye ve Mr. Elton'ı aklından silmeye çalıştı.

Her şeyin tamamıyla hallolması için zamana ihtiyaç olduğunu biliyordu. Aslında bu tür konularda tarafsız davranabildiğine inanıyor olsa da bir insanın Mr. Elton'a âşık olmasını anlamakta zorlanıyordu. Harriet'in yaşında bu gibi durumlar olabiliyordu. Yine de genç kızın –tüm umutları tükenmiş olsa da– Mr. Elton'ın dönüşüne kadar toparlanması sağlanmalıydı. Böylece gerekebilecek olağan görüşmeler duyguların açığa vurulması ya da konunun büyütülmesi tehlikesi olmaksızın gerçekleşebilirdi.

Harriet Mr. Elton'ı kusursuz bir erkek olarak görüyor; gerek dış görünüşü gerekse karakteriyle bir eşinin olmadığına inanıyordu. Emma, Harriet'in Mr. Elton'a tahmin ettiğinden çok daha derin bir aşkla bağlandığını anlamıştı. Karşılıksız bir aşktan vazgeçmek Emma'ya öylesine doğal, öylesine kaçınılmaz görünüyordu ki bu aşkın hâlâ aynı şiddetle sürüp gitmesine anlam veremiyordu.

Eğer Mr. Elton döndüğünde Harriet'e karşı ilgisizliğini açık ve kesin bir biçimde ortaya koyarsa –ki bunu yapacağına Emma'nın en ufak bir kuşkusu yoktu– Harriet'in mutluluğu onu görmekte ve anımsamakta bulmakta ısrar edeceğini hiç tahmin etmiyordu.

Bu kadar küçük bir çevrede yaşamak durumunda olmak üçü için de kötü bir durumdu. Hiçbirinin oradan gitme ya da çevre değiştirme gibi bir olanağı yoktu. Birbirleriyle karşılaşmak ve iyi geçinmek zorundaydılar.

Harriet Mrs. Goddard'ın evindeki arkadaşları açısından da talihsizdi çünkü Mr. Elton okuldaki tüm öğretmenlerin ve büyük kızların gözdesiydi. Mr. Elton'dan gelişigüzel ya da küçümseyerek bahsedildiğini duymak için Harriet'in Hartfield'e gitmekten başka çaresi yoktu. Eğer bir yara iyileşecekse bu ancak yaranın kaynağında mümkün olabilirdi. Emma onun iyileşme yoluna girdiğini görmedikçe huzur bulamayacağını hissediyordu.

BÖLÜM 18

Frank Churchill gelmedi. Söylenen tarih yaklaşınca alınan bir özür mektubu Mrs. Weston'ın korkularını haklı çıkardı. Genç adam çok üzgün ve mahcuptu, o an için zaman ayırması mümkün değildi ama en kısa zamanda Randalls'a gelebileceğini umuyordu.

Mrs. Weston gerçek anlamda hayal kırıklığına uğramıştı; hatta genç adamı görebileceğine inancı tam olmamasına rağmen yaşadığı hayal kırıklığı kocasınınkinden bile büyüktü. Mr. Weston gibi hep daha iyisini umut eden iyimser bir yaradılış, genelde umuduyla orantılı bir üzüntü yaşamaz ve hüznü aşıp hemen yeniden umut etmeye başlar. Mr. Weston da yarım saat boyunca şaşkın ve üzgündü ama sonra Frank'in iki ya da üç ay sonra gelmesinin çok daha iyi olacağını düşünmeye başladı; mevsim daha uygun, hava daha iyi olacaktı ve belki de oğlu daha uzun kalırdı o zaman.

Bu duygular kısa zamanda Mr. Weston'ın yeniden huzur bulmasını sağladı, doğası gereği endişeli bir insan olan Mrs. Weston ise gelecekte de özür ve ertelemelerden başka bir şey görmüyor, kocasının yine üzüleceği kaygısı onun daha da fazla üzülmesine neden oluyordu.

Emma Randalls'takiler hayal kırıklığına uğradıkları için üzülmüştü ama o sırada Mr. Frank Churchill'in gelmeyecek olmasıyla ilgilenecek bir ruh hâli içerisinde değildi. O sıralar onunla tanışmanın Emma açısından hiçbir cazibesi yoktu. Sakin, huzurlu bir dönem geçirmek; baştan çıkarıcı her şeyden uzak kalmak istiyordu, yine de her zamankinden farksız görünmek istediği için dostluklarının doğası gereği onlarla ilgilenmeye, Mr. ve Mrs. Weston'ın yaşadığı hayal kırıklığını en sıcak biçimde paylaşmaya çalıştı.

Bu haberi Mr. Knightley'ye ilk duyuran da o oldu, Churchilllerin delikanlıyı oradan uzak tutma çabalarına olabildiğince isyan etti ve bu konudaki şaşkınlığını belirtti (aslında rol yapıyordu ama kendini bu role kaptırıp gereğinden fazla ileri gitmiş de olabilirdi). Aslında daha da ileri gitti, hissettiğinden çok daha fazlasını söyledi, Surry'deki dar çevrelerine yeni birinin katılmasının çok hoş ve yararlı olacağını, bunun Highbury'de bayram havası estireceğini söyledi ve sözlerini yine Churchilller ile ilgili düşünceleriyle bitirdi. Sonra birden kendini onunla aynı fikirde olmayan Mr. Knightley ile tartışırken buldu. Ve gerçek görüşlerinin tam aksini savunduğunu, Mrs. Weston'ın kendisine karşı kullandığı gerekçelerden yararlandığını fark etmek hoşuna gitti, onu gerçek anlamda eğlendirdi.

Mr. Knightley, "Churchilller hata yapıyor olabilirler," dedi sakin bir sesle. "Yine de şunu belirtmeliyim ki istese gelirdi."

"Neden böyle dediğinizi anlayamıyorum. Gelmeyi çok istiyor ama dayısı ve yengesi izin vermiyorlar."

"İstediği takdirde buraya gelmeye gücünün yetmeyeceğini sanmıyorum. Kanıt olmadıkça buna inanamam."

"Ne kadar tuhafsınız! Acaba Frank Churchill, olağandışı bir yaratık olduğunu düşünmeniz için ne yaptı?"

"Onun olağandışı bir yaratık olduğunu asla düşünmedim de söylemedim de, yalnızca birlikte yaşadığı insanları örnek almamış olması pek olası değil. Onlardan kendini akrabalarından üstün görmeyi, kendi keyfinden başka hiçbir şeyi önemsememeyi öğrenmiş olduğundan kuşkulanıyorum. Bunun örnekleri var. Bu, kabul etmek istemesek de çok normal. Gururlu, lüks düşkünü ve bencil insanlar tarafından yetiştirilen genç bir adamın gururlu, lüks düşkünü ve bencil olmasından daha doğal bir şey olamaz. Eğer Frank Churchill babasını görmek isteseydi eylülle ocak arasında mutlaka bir zaman bulurdu. Onun yaşında bir adamın – kaç yaşındaydı–yirmi üç, yirmi dört olmalı, bunu yapamamasını aklım almıyor. Bu olanaksız."

"Böyle hissetmeniz ve konuşmanız çok doğal çünkü siz yaşamınız boyunca hep kendi başınıza buyruk olmuşsunuz. İnsanları bağımlılıkla ilgili konularda yargılayabilecek şu dünyadaki en son insan siz olmalısınız, Mr. Knightley. Birilerini idare etmek zorunda olmanın ne anlama geldiğini bilemezsiniz."

"Yirmi üç, yirmi dört yaşına gelmiş bir erkeğin bu ölçüde irade ve hareket özgürlüğüne sahip olmamasını aklım almıyor. Para sıkıntısı olamaz, boş zaman bulmakta zorlanacağı da söylenemez. Tam tersine, ikisine de fazlasıyla sahip olduğunu biliyoruz, o kadar ki yaşadığımız krallığın en gözde mekânlarında parasını da zamanını da alabildiğince harcamaktan zevk aldığını biliyoruz. Ya bir sahilde ya diğerinde, bunu duyuyoruz. Daha geçen gün Weymouth'taydı. Bu da demek oluyor ki isteyince Churchillerden ayrılabiliyor."

"Evet, zaman zaman onları bırakabiliyor."

"Bu da herhâlde onları bırakmaya değecek bir şey olduğuna inandığı zamanlarda oluyor, yani canı keyif yapmak, eğlenmek isteyince."

"Koşullarını bilmeden bir başkasının davranışlarını yargılamak adil değil. Bir ailenin içinde yaşamamışsan o ailenin bireylerinin neler çektiklerini bilemezsin. Ancak Enscombe'u ve Mrs. Churchill'in kişiliğini bilirsek yeğeninin ne yapıp ne yapamayacağıyla ilgili karar verebiliriz. Bazı durumlarda, diğer bazı durumlardan çok daha fazlasını yapabiliyor olabilir."

"Bir erkeğin isterse muhakkak yerine getireceği bir şeyler vardır, Emma, sorumlulukları. Sorumluluklarını yerine getirmek için bir erkeğin katakulliye ya da hileye ihtiyacı yoktur, cesaret ve kararlılık bunu yapmasına yeter de artar bile. Babasına ilgi göstermek Frank Churchill'in sorumluluğu. O da bunun farkında, bu verdiği sözlerden ve gönderdiği mesajlardan da anlaşılıyor; eğer bunu yerine getirmek isteseydi getirirdi. Sorumluluğunun gereğini yapma kararlılığındaki bir erkek Mrs. Churchill'e gidip açık ve net bir biçimde şunu diyebilir: 'Sizin hatırınız için her türlü zevkimden ve keyfimden vazgeçmeye hazırım ama derhâl gidip babamı görmem gerekiyor. Şu koşullarda ona göstermem gereken saygıyı göstermememin onu çok üzeceğini biliyorum. Bu yüzden yarın yola çıkıyorum.' Eğer bunu Mrs. Churchill'e, sorumluluğunun bilincinde bir erkeğe yakışır bir kararlılıkla söyleseydi hiçbir itirazla karşılaşmazdı."

Emma gülerek "Evet ama," dedi. "Bir daha geri dönmemesi gibi bir itirazla karşılaşabilirdi. Onlara göbekten bağlı bir genç bir adamın böyle bir dil kullanabileceğini nasıl düşünürsünüz? İnanın Mr. Knightley, bunun mümkün olabileceğine sizden başka kimse inanmaz. Mr. Frank Churchill'in kendisini büyütmüş, yetiştirmiş ve hâlâ da geçimini sağlayan dayısına ve yengesine karşı çıkması! Herhâlde bunu yaparken odanın ortasında ayağa kalkıp sesini de iyice yükseltmesini bekliyorsunuz, öyle değil mi? Böyle bir davranışın mümkün olabileceğini nasıl düşünebilirsiniz?"

"İnan bana Emma, aklı başında hiçbir erkek bunu yapmakta zorluk çekmez. Bunu söylemeye hakkı olduğunu bilir ve tabii sağduyulu bir adam bunu usturuplu bir biçimde söyler. Bunu açıkça söylemek dolambaçlı yollara sapmaktan, bahaneler uydurmaktan çok daha yararlı olacaktır. Bu onu yüceltir, bağımlı olduğu insanlarla bağlarını, onların nezdindeki önemini artırır. Ona karşı duydukları sevgiye saygı da eklenir. Ona güvenebileceklerini hissederler, babasına karşı sorumluluklarının bilincindeki yeğenlerinin gerektiğinde kendilerine karşı da adil davranacağını, sorumluluklarının bilincinde olacağını hissederler. Çünkü onlar da herkesin bildiği gibi Mr. Frank Churchill'in babasını ziyaret etmesi gerektiğini biliyor ve bunu geciktirmek için hiç adil olmayan bir biçimde güçlerini kullanıp, baskı yaparken içten içe bu kaprislerine boyun eğdiği için onu hakir görüyorlardır. Doğru davranış karşısında herkes saygı duyar. Eğer bu delikanlı istikrarlı ve kararlı bir biçimde davransa yani sağduyulu, ilkeli, tutarlı ve özenli olsa karşısındaki küçük kafalar da bunu kabul edeceklerdir."

"İşte bunda kuşkum var. Siz o küçük kafaları yola getirmekten bahsediyorsunuz ama küçük kafalar güç sahibi, zengin insanlarda olunca sanırım baş edilmez bir büyüklüğe ulaşana kadar şişme eğiliminde oluyorlar. Eğer siz bu hâlinizle, yani Mr. Knightley olarak Mr. Frank Churchill'in yerinde olsaydınız onun için önerdiğiniz şeyleri söyleyip o şekilde davranacağınıza inanıyorum. Çok iyi bir karşılık da alabilirsiniz. Churchilller buna yanıt olarak tek bir kelime bile edemeyebilirler ama sizin bunu yapmak için yenmeniz gereken, çocukluktan gelen kayıtsız şartsız itaat etme ve katlanma alışkanlığınız, tanımamanız gerekecek gelenek görenekler olmayacaktır. O sizden farklı, bunlara alışmış birinin birden mutlak bir bağımsızlığa adım atması ve kendinden beklenen tüm minnet ve itaat taleplerini boşa çıkarması o kadar da kolay olmayabilir. O da aynen sizin gibi neyin doğru olduğunu güçlü bir şekilde hissediyor olabilir ama koşulları sizinle eşit olmayabilir."

"O zaman bu güçlü bir duygu değildir. Gereken etkiyi yapamıyorsa, amaç uğruna çabalamasını sağlamıyorsa buna yeterince inanmamıştır."

"Ah! Konum ve alışkanlık farkı! Bütün hayatı boyunca çocukluktan yetişkinliğe birilerine muhtaç olarak büyümüş genç sevimli bir delikanlının saygı göstermek zorunda olduğu insanların muhalefetiyle karşılaştığında neler hissedebileceğini anlamayabilmenizi isterdim."

"Eğer başkalarının iradesine karşı çıkmak pahasına doğruyu yapma kararını ilk kez uygulayacaksa bu sizin şu sevimli genç delikanlınızın çok zayıf bir genç olduğunu gösterir. Bu yaşa gelene kadar başkalarının uygun bulmasını bekleyeceği yerde sorumluluklarını yerine getirmeyc alışınış olması gerekirdi. Bir çocuğun korku duymasını anlayabilirim ama bir erkeğin hayır. Aklı başına geldikçe uyanmalı, kendini toplamalı, üzerindeki otoritenin anlamsız yanlarını silkeleyip atmalıydı. Babasını önemsememesini sağlamaya yönelik ilk girişimde buna karşı çıkmalıydı. Doğru davransaydı şimdi herhangi bir zorlukla karşılaşmazdı."

Emma, "Mr. Frank Churchill konusunda sizinle anlaşamayacağız!" diye haykırdı. "Ama bu yeni bir şey değil. Ben onun zayıf bir adam olduğuna asla inanmıyorum; öyle olmadığından eminim. Mr. Weston, söz konusu olan kendi oğlu bile olsa bu kadar yanılmış olamaz. Frank Churchill sizin gerçek erkek tanımınıza uymayan, uysal, uyumlu, yumuşak huylu biri olmalı. Sanırım öyle de ve bunun onu bazı imkânlardan yoksun bıraksa da birçok noktada ona yarar sağladığından eminim."

"Evet, hareket etmesi gerekirken yerinden kıpırdamamanın, aylak aylak zevküsefa peşinde koşmanın ve kendini yapamadıkları için gerekçe bulma konusunda uzman saymanın sağlayacağı yararlar... Oturup yapmacık sahte ifadelerle dolu, gösterişli bir mektup yazarak hem evdeki huzuru sağlayıp hem de babasının yakınma hakkını elinden almanın yolunu bulduğuna kendini inandırabilir. En doğrusunun bu olduğuna da inanabilir ama onun yazdığı mektuplar midemi bulandırıyor."

"Bu duygularınızda yalnızsınız. Görünüşe bakılırsa onun yazdığı mektuplar sizin dışınızda herkesi mutlu ediyor."

"Mrs. Weston'ı mutlu ettiğinden kuşkuluyum. Onun kadar aklı başında ve sezgileri güçlü bir kadını tatmin etmek çok zor; üstelik de anne konumunda ama annelerin gözlerini kör eden annelik duygusundan yoksun. Sırf bu yüzden bile Mr. Frank Churchill'in Randalls'a göstermesi gereken özenin iki katını ona göstermesi gerekir. Bence Mrs. Weston da bu ihmali iki kat güçlü hissetmiştir. Eğer Mrs. Weston büyük bir aileden gelseydi, zengin olsaydı eminim bu delikanlı onu çoktan ziyaret etmiş olurdu, hoş o zaman gelip gelmemesi bu kadar önemli olmazdı. Bu düşüncelerin arkadaşınız Mrs. Weston'ın aklından geçmediğini mi sanıyorsunuz? Bütün bunları kendine söylemiyor mudur? Hayır Emma, sevgili delikanlınız Fransız anlayışında terbiyeli ve hoş olabilir ama İngiliz anlayışında değil. Gayet kibar, gayet efendi olabilir ama başka insanların duygularına karşı göstermesi gereken İngiliz inceliğine sahip olmadığı ortada; bence asla gerçek anlamda kibar, duyarlı biri değil."

"Onun hakkında olumsuz düşünme konusunda kararlı görünüyorsunuz."

Mr. Knightley bu duyduklarından hoşnut olmadığını belli eden bir sesle "Ben mi?" diye sordu. "Hiç de öyle değil. Onun hakkında olumsuz düşünmek istemiyorum. Meziyetlerini, erdemlerini kabul etmeye hazırım ama bazı çok kişisel olanlar dışında hiçbir meziyeti olduğunu duymadım; yakışıklıymış, yapılıymış, davranışları zarif ve düzgünmüş, bunlardan bana ne."

"Başka hiçbir meziyeti olmasa bile Highbury'de bulunmaz Hint kumaşı muamelesi görecektir. Burada incelik sahibi, iyi yetiştirilmiş, hoş erkekleri pek görmüyoruz. Çok fazla şey bekleyip, titizlenip her şeyi tam olsun dememiz gerekmez. Düşünsenize Mr. Knightley, onun gelişi Highbury'de ne büyük bir heyecan yaratacak? Donwell ve Highbury çevresinde başka hiçbir şey konuşulmayacak; tek bir konu, tek bir merak, yalnızca Mr. Frank Churchill; başka hiçbir şey düşünülmeyecek ve başka hiçbir şeyden söz edilmeyecek."

"Bu konuya doymuş olmamı bağışlayacağını umuyorum. Eğer konuşmaya değer biriyse onunla tanıştığıma sevineceğim ama eğer yalnızca boşboğaz züppenin tekiyse zamanımı da düşüncelerimi de işgal edemeyecek."

"Bence o herkesin beğenisine uygun konuşmayı becerebilen biri ve herkes tarafından kabul görmeyi hem istiyor hem de bunu yapabilecek güce sahip. Örneğin sizinle çiftçilikten konuşurken bana resim ya da müzikten bahsedecektir. Her konuda genel kültür sahibi olduğu için kiminle konuşsa ona uygun olarak, konu açabilir, açılmış konuya katılabilir –tam da görgü kurallarının gerektirdiği gibi– her koşulda güzel konuşacaktır, benim onun hakkındaki fikrim bu."

Mr. Knightley hışımla "Benim fikrimse şöyle," dedi, "eğer o senin dediğin gibi biriyse bu yeryüzündeki en katlanılmaz adam olduğu anlamına gelir! Ne o öyle! Daha yirmi üç yaşında içinde bulunduğu topluluğun kralı –büyük adam– herkesin karakterini okuyan deneyimli politikacı, çevresindeki herkesin becerilerini kendi üstünlüğünü vurgulamak için kullanan bir adam, kendisiyle kıyaslandığında herkes aptal görünsün diye etrafındakilere sürekli iltifatlar yağdıran biri! Sevgili Emma, iş o noktaya geldiğinde sen de o keskin zekânla böyle bir soytarıya katlanamayacaksın."

"Bundan sonra onunla ilgili hiçbir şey söylemeyeceğim!" diye haykırdı Emma. "Her şeye itiraz ediyorsunuz, her şeyi kötülüyorsunuz. İkimiz de önyargılıyız; siz aleyhinde, ben lehinde. Doğru olan bu. O buraya gelinceye kadar da ortak bir görüşe varmamız mümkün olmayacak."

"Önyargı mı? Ben önyargılı değilim."

"Sizi bilmem ama ben onunla ilgili fazlasıyla önyargılıyım ve bundan utanmıyorum. Mr. ve Mrs. Weston'a duyduğum sevgi, beni onun lehinde önyargılı kılıyor."

Mr. Knightley artık bundan sıkıldığını belli ederek "O üzerinde uzun uzadıya düşüneceğim biri değil," dedi.

Emma, onun sesindeki hiddeti hissedince hemen başka bir konuya geçti ancak Mr. Knightley'nin neden kızdığını anlayamamıştı.

Yalnızca yaradılışı kendinden farklı diye genç bir delikanlıya tavır almak, onda alışık olduğu açık fikirlilik ve düşünce özgürlüğüne hiç yakışmıyordu. Emma her ne kadar Mr. Knightley'nin kendini beğendiğini bilse ve onu sıklıkla bununla suçlasa da bu özelliğinin başka birine haksızlık etmesine yol açabileceğini hiç düşünmemişti.

BÖLÜM 19

Emma ve Harriet bir sabah birlikte yürüyorlardı; Emma'ya göre o gün için Mr. Elton'dan yeterince bahsetmişlerdi. Emma ne Harriet'i avutmak ne de kendi günahlarını konuşmak için bundan fazlasına gerek olduğunu düşünüyordu; dönüş yolunda bu konuyu usturuplu bir şekilde kapamakta başarılı olduğunu sandığı bir anda konu yeniden açıldı. Tam bir süredir yoksulların kış aylarında ne çok sıkıntı çektiklerinden bahsediyorlardı ki Harriet birden ağlamaklı bir sesle "Mr. Elton da yoksullara karşı her zaman çok iyidir," dedi ve başka bir şey söylemedi. Emma bunun üzerine başka bir şey yapması gerektiğine karar verdi.

O sırada Mrs. ve Miss Bates'in yaşadığı eve yaklaşıyorlardı. Emma onlara uğrarsa güvende olacağına karar verdi. Onlara uğramak, onlara ilgi göstermek için her zaman yeterince neden vardı; ayrıca anne kız Batesler misafir ağırlamaktan hoşlanırlardı. Emma onları ihmal ettiği için bazı kişilerin kendisini kusurlu bulduğunu ve anne kızın son derece kısıtlı imkânlarını bildiği hâlde elinden geldiğince katkıda bulunmadığını düşündüklerini biliyordu.

Mr. Knightley sıklıkla bu konuda imalarda bulunuyordu, kendi yüreğinin sesi de onu bu konuda uyarıyordu ama bunların hiçbiri Bateslerle görüşmenin çok sıkıcı, çekilmez bir durum olduğu gerçeğini ortadan kaldırmıyordu. Bu sıkıcı kadınlarla görüşmek tam anlamıyla bir zaman kaybıydı; ayrıca her an onlara uğrayan Highbury'nin ikinci ve üçüncü sınıf insanlarıyla bir arada olmaktan duyduğu korku da Emma'nın Bateslere çok ender gitmesinin nedenlerinden biriydi. O gün ise onlara bir süreliğine uğramadan kapılarının önünden geçip gitmemek yönünde bir karar almıştı. Harriet'e de söylediği gibi yaptığı hesaba göre Jane Fairfax'ten mektup gelmiş olma tehlikesi söz konusu değildi.

Bateslerin oturdukları ev bir iş adamına aitti. Mrs. ve Miss Bates evin ikinci katında oturuyorlardı; burası orta büyüklükte, mütevazı bir daireydi ama onların her şeyiydi. Büyük bir içtenlik hatta minnettarlıkla karşılandılar; hatta en sıcak köşede elinde örgüsüyle oturan sessiz ve derli toplu yaşlı bir hanım olan Mrs. Bates oturduğu yeri Miss Woodhouse'a vermeye bile kalktı. Ona göre çok daha hareketli ve konuşkan bir insan olan kızı ise genç konukları gösterdiği ilgi ve kibarlıkla neredeyse geldiklerine pişman etti. Ziyaret ettikleri için tekrar tekrar teşekkür etti, ayakkabılarıyla ilgilendi, Mr. Woodhouse'un sağlığını büyük bir ilgiyle sordu; annesinin sağlık durumunu neşe içinde anlattı ve kek ikram etti. Anlattığına göre onlardan hemen önce de Mrs. Cole ziyaretlerine gelmişti, yani on dakikalığına uğramış ama onları kırmayıp tam bir saat oturarak onları onurlandırmış, kekten bir parça yiyip çok beğendiğini belirtme nezaketinde bulunmuştu. Dolayısıyla Miss Woodhouse ve Miss Smith de aynı kekten bir parça alırlarsa çok mutlu olacaklardı.

Colelerin adının anılmasının Mr. Elton'dan bahsedilmesine neden olacağı belliydi. Mr. Cole ve Mr. Elton çok yakın dostlardı; Mr. Elton gittikten sonra Mr. Cole ondan haber almıştı. Emma başına geleceği biliyordu; baştan sona mektubun üstünden geçilecek, Mr. Elton'ın gitmesinin üzerinden ne kadar zaman geçtiği, bu seyahatin daha ne kadar süreceği, orada kurduğu dostluklar, nereye gitse çok sevildiği, *Master of the Ceremonies** balosunun ne kadar kalabalık olduğu konuşulacaktı. Emma bütün bunlara çok iyi dayandı, gereken tüm ilgiyi gösterdi, övgü ve yorumdan kaçınmadı; Harriet'in bir şey söylemesine gerek kalmaması için hep öne atıldı.

Zaten eve girerken bütün bunlara kendini hazırlamıştı ama bir kez Mr. Elton konusunu atlattıktan sonra artık sorunlu olabilecek başka bir konunun açılmayacağını ve uzun uzadıya Highbury'nin hanımları ve onların düzenlediği iskambil partilerini konuşacaklarını umuyordu. Mr. Elton'ı Jane Fairfax'in izlemesine ise hiç hazır değildi, anlaşılan Mr. Elton konusu Miss Bates tarafından özellikle kısa kesilmişti ki ondan hemen Colelara ve ardından da yeğeninden gelen mektubu müjdelemeye geçebilsin.

"Ah! Evet... Mr. Elton... anladım, kesinlikle dans konusunda –Mrs. Cole'un anlattığına göre Bath'taki salonlardaki danslardan– Mrs. Cole, sağ olsun, bizimle epeyce oturdu, Jane'den bahsettik çünkü içeri girer girmez onu sordu. Jane orada o kadar çok seviliyor ki. Ne zaman bizi ziyarete gelse Mrs. Cole bu konuda o kadar büyük nezaket gösterir ki aslında Jane de bu nezaketi fazlasıyla hak ediyor. Neyse, dediğim gibi Mrs. Cole gelir gelmez hemen Jane'i sordu, 'Biliyorum, son sıralarda Jane'den haber almış olamazsınız çünkü daha onun yazma zamanı değil,' dedi. Ben de ona 'Aslına bakarsanız haber aldık Mrs. Cole,' dedim. 'Daha bu sabah ondan bir mektup geldi.' O kadar şaşırdı ki şimdiye kadar hiçbirinin bu kadar şaşırdığını görmemiştim. 'Gerçekten mektup mu aldınız mı, doğru mu

---

* Master of Ceremonies: Formal toplantılara ev sahipliği yapan kişi. Dinsel törenlerde papazların işlevi. Burada kastedilen, böyle birinin onuruna verilen balo. (Ç.N.)

bu?' dedi merakla. 'Bu çok büyük bir sürpriz. Anlatın bakalım, neler diyor?'"

Emma kibarlık göstererek ilgiyle gülümsedi ve sordu: "Demek Miss Fairfax'ten yakın zamanda haber aldınız. Bunu duyduğuma çok sevindim. Umarım iyidir?" Buna inanan teyze mutluluk içinde büyük bir hevesle mektubu ararken "Teşekkür ederim. Çok naziksiniz!" dedi. "Ah! İşte burada. Uzakta olmayacağından emindim, fark etmeden üstüne dikiş kutumu koymuşum. O yüzden göremedim, daha az önce elimdeydi, masanın üstünde olduğuna yemin edebilirdim. Mrs. Cole buradayken mektubu ona okudum, o gittikten sonra da anneme okudum; mektubu dinlemek onun için öyle büyük bir zevk ki Jane'den mektup gelince ne kadar dinlese doyamıyor; bu yüzden buralarda olduğundan emindim. İşte şurada, dikiş kutumun altında kalmış. Jane'in yazdıklarını dinlemek isteme nezaketini gösterdiğiniz için teşekkür ederim. Öncelikle Jane'e haksızlık etmiş olmamak adına bu kadar kısa bir mektup yazdığı için onun adına özür dilemeliyim; gördüğünüz gibi yalnızca iki sayfa, hatta tam iki sayfa bile değil, genelde sayfayı doldurur, kalan kısmına da yanlara yazar. Annem onun yazısını bu kadar rahat okuyabildiğime çok şaşıyor. Mektubu ilk açtığımızda her defasında 'Evet Hetty, bu çarpık çurpuk harfleri sökmek için epeyce uğraşacaksın,' diyor. Öyle değil mi anneciğim? Ben de ona 'Eğer ben mektubu sana okumasam, okuyacak birini bulamazsan sen ne yapar eder sökersin; hem de her kelimesini,' diyorum. Gerçi annemin gözleri artık eskisi kadar iyi değil ama çok şükür hâlâ inanılmayacak kadar görebiliyor – tabii gözlükle! Bu büyük bir nimet! Annemin gözleri gerçekten de çok iyidir. Jane buraya geldiğinde hep 'Büyük anneciğim, bu kadar çok nakış işlemenize rağmen görüyorum ki gözleriniz çok sağlam,' diyor, 'Keşke benim gözlerim de sizinki kadar uzun süre bozulmasa!'"

Mrs. Bates bütün bunları öyle bir hızla söylemişti ki soluk almak için durmak zorunda kaldı. Emma da bu arada nezaketten yararlanıp Miss Fairfax'in el yazısının güzel olduğu gibi bir şeyler söyledi.

Mrs. Bates gurur ve mutlulukla "Çok naziksiniz," dedi. "Siz her şeyin hakkını verirsiniz ve sizin el yazınız da çok güzeldir. Hiç kimsenin övgüsü bizi Miss Woodhouse'unki kadar mutlu edemez. Annemin kulakları pek iyi duymuyor, biliyorsunuz; biraz duyma engelli. Anne," diye ekledi yaşlı kadına dönerek "Miss Woodhouse Jane'in el yazısı için çok nazik bir yorumda bulundu, duydunuz değil mi? Kendisi ne kadar iyi niyetli bir insan."

Böylece Emma kendi boş iltifatının, yaşlı iyi kalpli kadın anlayana kadar iki defa tekrarlanması şansına ulaştı. Bu arada içinden kabalık etmeden Jane Fairfax'in mektubunu dinleme zorunluluğundan nasıl kurtulabileceklerini düşünüyordu. Tam kafasında ufak bir bahane uydurup apar topar kalkmaya karar vermişti ki Miss Bates yeniden konuşmaya başladı.

"Annemin işitme engeli gördüğünüz gibi pek önemli değil, eften püften bir durum yani. Sesimi yükseltip aynı şeyi birkaç defa söylersem mutlaka duyuyor ama tabii benim sesime alışık, bu arada Jane'i benden daha iyi duyması da çok ilginç. Jane o kadar açık seçik konuşuyor ki! Jane'e göre büyükannesi iki yıl öncesine göre daha ağır işitmiyor, bu da annemin yaşında önemsenmeyecek şey değil. Jane buraya gelmeyeli tam iki yıl oluyor, onunla daha önce hiç bu kadar ayrı kaldığımız olmamıştı. Mrs. Cole'a da dediğim gibi ona nasıl doyacağız hiç bilemiyorum."

"Miss Fairfax'in yakın zamanda gelmesini mi bekliyorsunuz?"

"Ah evet. Önümüzdeki hafta gelecek."

"Öyle mi? Bu sizin içi çok büyük bir mutluluk olmalı."

"Teşekkür ederim. Çok naziksiniz. Evet, önümüzdeki hafta gelecek. Bunu duyan herkes çok şaşırıyor ve aynı nazik sözleri söylüyor. Eminim o da Highbury'deki dostlarını yeniden görmekten onlar kadar mutlu olacaktır. Evet, ya cuma ya da cumartesi gelecek. Hangi gün geleceğini bilemiyor çünkü o günlerden birinde Albay Campbell'ın arabaya ihtiyacı olacakmış. Onu kendi arabalarıyla göndermeleri çok büyük nezaket! Ama biliyorsunuz bunu her zaman yapıyorlar. Her zaman çok nazikler. Ah evet, önümüzdeki cuma ya da cumartesi gelecek. Öyle yazmış. Zaten böyle beklenmedik bir zamanda mektup yazmış olmasının nedeni de bu, normal koşullarda önümüzdeki salı ya da çarşambadan önce ondan haber almamız mümkün değildi."

"Evet, ben de öyle düşünmüştüm. Hatta bugün Miss Fairfax'ten haber alma şansım olamayacağından korkuyordum."

"Çok zarifsiniz! Eğer bu özel durum, yani yakın zamanda buraya gelecek olmasaydı gerçekten de ondan haber almamış olurduk. Annem o kadar mutlu ki! Çünkü en az üç ay burada bizimle kalacak. Tam üç ay, tamı tamına üç ay, diyor, aynen birazdan size de okuyacağım gibi. İşin aslı şu ki Campbelllar İrlanda'ya gidiyorlar. Kızları Mrs. Dixon onu görmeye gitmeleri için anne ve babasını ikna etmiş. Aslında yazdan önce gitmeye niyetleri yokmuş ama Mrs. Dixon onları çok özlemiş. Geçen ekimdeki evliliğine kadar onlardan bir haftadan daha uzun süre ayrı kalmamışmış. Farklı krallıklarda yaşıyor olmak bana kalırsa çok tuhaf bir durum, gerçi yaşadıkları ülkeler de farklı ama. Neyse annesine ya da babasına mektup yazmış, hangisine yazdığını tam olarak bilmediğimi belirtmeliyim, bunu birazdan Jane'in mektubunu okuyunca anlarız. Hem mektupta yalnızca kendi adı değil, Mr. Dixon'ın da imzası varmış, ısrarla bir an önce oraya gitmelerini istiyorlarmış. Onları Dublin'de karşılayıp Balycraig'e, köydeki evlerine götüreceklermiş; anladığım kadarıyla orası çok güzel bir yer. Jane oranın güzelliğiyle ilgili çok övgü duymuş, yani Mr. Dixon'dan... Başka birinden bir şey duydu mu bilemiyorum, aslında bu normal, adamın kendini tanıtırken evini övmesinden daha doğal ne olabilir? Jane sık sık onlarla yürüyüşe çıkıyordu çünkü Albay ve Mrs. Campbell kızlarının Mr. Dixon'la baş başa yürüyüş yapmaması konusunda çok titizleniyorlardı. Bundan dolayı onları suçlayamam elbette. Neyse Jane doğal olarak Mr. Dixon'ın Miss Campbell'a kendi köyüyle ilgili anlattığı her şeyi dinlemiş olmalı, sanırım Jane bize Mr. Dixon'ın oradaki manzaraların kendi eliyle çizdiği bazı resimlerini bile gösterdiğini yazmıştı. Mr. Dixon'ın çok hoş, dost canlısı, cazip bir genç adam olduğunu düşünüyorum. Hatta Jane de onun anlattıklarından dolayı İrlanda'ya gitmeyi çok istiyor."

Jane Fairfax, cazip Mr. Dixon ve İrlanda'ya gitme sözcükleri Emma'nın kafasına şeytanca bir kuşkunun takılmasına neden oldu ve daha fazlasını öğrenme umuduyla sinsice "Böyle bir zamanda Miss Fairfax'in sizi ziyaret etmesine izin verildiği için kendinizi çok şanslı hissediyor olmalısınız," dedi. "Onunla Mrs. Dixon arasındaki çok özel yakınlık göz önüne alındığında Mr. ve Mrs. Campbell'ın onlara eşlik etmesi için ısrar etmemesi, bundan feragat etmeleri sizi de şaşırtmış olmalı. Herhâlde bunu beklemiyordunuz."

"Çok doğru, gerçekten de çok doğru bir tespit. Biz de aslında bunun olmasından korkuyorduk, onun aylar boyunca bizden bu kadar uzakta kalacak olması hiç içimize sinmiyordu, bir şey olsa hemen gelmesi mümkün olmayacaktı. Neyse en iyisi oldu, hayırlısı buymuş. Onlar da yani Mr. ve Mrs. Dixon, Jane'in Albay ve Mrs. Campbell'la birlikte oraya gitmesini çok istemişler, çok ısrar etmişler. Jane de 'Onların ısrarla beni de davet etmiş olmaları çok nazik bir davranış, benim için çok değerli,' diyor birazdan sizin de duyacağınız gibi. Mr. Dixon da ona ilgi gösterme konusunda karısından hiç aşağıda kalmıyormuş. Kendisi gerçekten çok hoş bir genç adam olmalı. Özellikle de Weymouth'ta Jane için yaptığı! Çok büyük iyilik; ona çok şey borçluyuz. Çıktıkları bir tekne gezisinde Jane ansızın yelkenlerin arasındaki bir şeye takılmış, neredeyse denize düşüyormuş, Mr. Dixon, büyük bir beceriklilik ve cesaretle onun elbisesinin ucunu tutmamış olsa olabilecekleri düşününce şimdi bile korkudan titriyorum. O gün olanları öğrendiğimizden beri Mr. Dixon'ı çok seviyorum!"

"Yani arkadaşlarının ısrarına ve İrlanda'yı görmeyi çok istemesine rağmen Miss Fairfax zamanını size ve Mrs. Bates'e ayırmayı mı yeğliyor?"

"Evet, bu kesinlikle kendi kararı, kendi tercihi. Mr. ve Mrs. Campbell da Jane'e bu konuda hak vermişler. Aslında onlar da Jane'e bunu yapmasını önereceklermiş, yani kendi memleketinin havasını almasını çünkü sevgili Jane'imiz son zamanlarda ne yazık ki her zamanki kadar sağlıklı değil."

"Bunu duyduğuma üzüldüm. Tabii doğrusunu onlar bilir ama Mrs. Dixon büyük bir hayal kırıklığına uğramış olmalı. Bildiğim kadarıyla Mrs. Dixon öyle dikkati çekecek kadar güzel bir kadın değil, hiçbir şekilde Miss Fairfax ile kıyaslanamaz, öyle değil mi?"

"Yoo hayır. Çok naziksiniz ama aslında öyle değil, yani Miss Campbell her zaman çok sade, çok hoş bir genç kız olmuştur; ayrıca çok zarif ve sevimli bir hanımefendidir."

"Evet, tabii."

"Jane çok üşütmüş, zavallım! Ta geçen kasımın yedisinde, (birazdan size okuyacağım) o zamandan beri de bir türlü iyileşememiş. Soğuk algınlığı için oldukça uzun bir süre, öyle değil mi? Bizi telaşlandırmamak için daha önce bundan hiç bahsetmemiş. Tam ondan beklenen bir davranış! Öyle düşünceli ki! Durumu iyi olmamalı ki iyi kalpli dostları Campbelllar memleketine dönüp ona her zaman iyi gelen havayı solumasının daha iyi olacağını düşünmüşler. Highbury'de üç dört ay kalırsa tamamen iyileşeceğinden hiç kuşkuları yokmuş, gerçekten de hastaysa buraya gelmesi İrlanda'ya gitmesinden çok daha iyi. Kimse ona bizim gibi bakamaz."

"Bence de verebileceği en doğru kararı vermiş."

"Neyse, sonuç olarak gelecek cuma ya da pazar günü burada olacak. Campbelllar da izleyen pazartesi günü Holyhead'e gitmek üzere yola çıkacaklar; birazdan Jane'in mektubunu okuduğumda bunu göreceksiniz. Bizim için de çok ani oldu! Bunun beni nasıl telaşlandırdığını tahmin edersiniz, sevgili Miss Woodhouse! Keşke şu hastalık olmasaydı korkarım onunla karşılaştığımızda onun çok zayıflamış, çok perişan bir durumda olduğunu göreceğiz. Bu mektup konusunda öyle bir talihsizlik yaşadım ki Miss Woodhouse, bunu size muhakkak anlatmalıyım. Her zaman Jane'in mektuplarını anneme okumadan önce kendim okumaya özen gösteririm, böylece mektupta onu üzecek bir şey varsa önceden öğrenmiş olurum. Jane de benden böyle yapmamı istemişti, ben de yapıyorum. İşte o gün de her zamanki gibi tedbirli davrandım ama onun iyi olmadığını okuyunca, kendimi tutamayıp "Aman Tanrım! Jane hastaymış!" diye haykırdım. Tabii ki o sırada kulaklarını dikmiş dikkatle beni izlemekte olan annem de bunu açık seçik bir biçimde duydu ve çok endişelendi. Neyse ki mektubun devamını okuyunca durumun ilk başta korktuğum kadar kötü olmadığını anladım ama bu kez de annem Jane'in hastalığının çok ciddi olmadığına inanmadı, bu yüzden artık daha fazla telaşlanmasın diye konuyu hafife alıyorum. Nasıl bu kadar boş bulundum, hiç bilemiyorum! Jane kısa bir süre içinde iyileşmezse Mr. Perry'yi çağıracağız. Masraftan kaçınmayacağız, zaten kendisi de çok bonkör bir insan; Jane'i de o kadar sever ki sanırım ona baktığı için ücret almak istemeyecektir ama tabii bizim böyle bir şeyi kabul etmemiz söz konusu bile değil. Onun da geçindirmek zorunda olduğu bir eşi ve çocukları var, zamanını boşa harcamaması gerekir. Neyse, Jane'in mektubunda yazdıklarından size kısaca bahsettim, şimdi bir de mektubu okursak sanırım o size kendi öyküsünü, benden çok daha iyi anlatacaktır, bundan eminim."

Emma Harriet'e bakıp, kalkmak için doğrulurken "Korkarım hemen kaçmak zorundayız," dedi. "Babam bekliyor. Geldiğimde beş dakikadan fazla kalmayacağımı düşünmüştüm, yani buna imkânım yoktu. Mrs. Bates'in hatırını sormadan kapınızın önünden geçip gitmek istemediğim için şöyle bir uğradım ama sohbetinize doyum olmadığı için zevkle oturdum. Ne yazık ki artık size ve anneniz Mrs. Bates'e iyi günler dileyip kalkmak zorundayız."

Israrlı alıkoyma girişimleri bir sonuca ulaşmadı. Emma yeniden sokağa kavuşmayı başardı, mutluydu. İstemediği bir sürü şeye katlanmasına, Miss Jane Fairfax'in mektubunun içeriğini öğrenmesine rağmen en azından mektubun okunmasından kaçmayı başarabilmişti.

BÖLÜM 20

Mrs. Bates'in en küçük kızının tek çocuğu olan Jane Fairfax öksüz ve yetimdi.

Piyade alayından Teğmen Fairfax ile Mrs. Jane Bates'in mutlu, tutku dolu bir evlilikleri, çok güzel günleri olmuştu ama bu mutluluk uzun sürmemiş; teğmenin yurtdışında savaşta şehit düşmesinin, kısa bir süre sonra da yaslı dul eşinin veremden ıstırap içinde ölmesinin ardından onlardan geriye yalnızca hüzünlü, acı anıları ve bir de kızları kalmıştı.

Jane Fairfax, Highbury'de doğmuştu. Henüz üç yaşındayken annesini kaybedince büyükannesi ve teyzesinin tek evladı –sorumluluğu– tesellisi ve sevgilisi olmuştu; görünen oydu ki kız yaşamı boyunca oradan ayrılmayacak ancak çok sınırlı bir eğitim alabilecekti. Tabiatın ona sunduğu güzellik, akıl ve anlayış; sıcak kalpli, iyi niyetli akrabalar dışında daha fazlasına ulaşmasını sağlayacak ilişkilerden, ayrıcalıklardan ve de yükselme olanaklarından yoksun büyüyecekti.

Ancak babasının bir arkadaşının merhametli duyguları onun kaderini değiştirmişti. Bu kişi Albay Campbell'dı. Albay emrindeki Fairfax'e çok değer veriyor, onun harika bir subay ve her şeye layık bir genç olduğunu düşünüyordu; üstelik Fairfax askerî kampta, tifüs salgını sırasında ağır ateşli Albay'ın bakımını üstlenmiş ve hayatını kurtarmıştı. Albay Campbell bundan dolayı ona minnet borcu olduğunu düşünüyor ve bu düşünce asla kafasından çıkmıyordu. Nihayet İngiltere'ye dönüp bu sorumluluğunu yerine getirebilecek duruma geldiğinde Fairfax'in ölümünün üstünden birkaç yıl geçmişti. Fairfax'in kızını arayıp buldu ve onunla ilgilendi. Albay evli bir adamdı, hayatta kalan tek çocuğu Jane yaşlarında bir kızdı. Jane uzun süreler Campbell ailesinin misafiri oldu ve hepsinin çok sevdiği biri hâline geldi. Jane Fairfax daha dokuz yaşına gelmeden Albay Campbell, onun tüm eğitim masraflarını üstlenmeyi teklif etti. Bunda kızının ona duyduğu büyük sevgi kadar kendisinin de küçük kızı aileden biri gibi görmesi etkili olmuştu. Teklif kabul edildi ve o andan sonra Jane; Campbell ailesinin bir bireyi oldu, onlarla yaşamaya başladı, bu arada büyükannesini de zaman zaman ziyaret ediyordu.

Babasından miras kalan birkaç yüz sterlinle kendi ayakları üstünde durarak yaşamını sürdürmesi mümkün olmadığı için onun öğretmen olarak yetiştirilmesi planlanmıştı. Albay Campbell'ın gücü daha fazlasına destek vermeye yetmiyordu. Maaş ve ikramiye gelirleri fena olmasa da birlikte büyük bir servete sahip değildi. Mirası kızına kalacaktı; eğer Jane'e iyi bir eğitim aldırabilirse onun da ileride iyi bir gelire sahip olmasını sağlamış olacağını umuyordu.

İşte Jane Fairfax'in hikâyesi böyleydi. İyi ellere düşmüştü, Campbelllardan iyilikten başka şey görmedi, çok iyi bir eğitim aldı. Sürekli düzgün, kafası çalışan, bilgili insanların arasında yaşadığı için yüreğiyle, davranışlarıyla, anlayışıyla aldığı terbiye, disiplin ve kültürün tüm avantajlarına sahip oldu. Albay Campbell'ın evinin Londra'da olması da genç kızın yeteneklerini az da olsa destekledi, birinci sınıf hocalardan ders alma olanağı oldu. Jane'in yaradılışı da yetenekleri de bu dostluğun karşılığını verecek nitelikteydi. Daha on sekiz on dokuz yaşlarındayken –henüz çocuk bakımı gibi bir konuda sorumluluk almak için çok genç bir yaşta olmasına rağmen– çocuk eğitimi konusunda büyük bir başarıyla eğitimini tamamladı. Ancak Campbell ailesi Jane'i o kadar seviyordu ki ondan ayrılmaya gönülleri razı olmadı. Ne anne ne de baba Campbell, Jane'in evden ayrılıp çalışmasını içine sindirebildi, evin kızının ise onun yokluğuna dayanması mümkün değildi. İstenmeyen gün sürekli ertelendi. Jane henüz çok genç olduğu için böyle bir karar sorun olmadı; Jane onlarla kalmaya devam etti ve tıpkı evin diğer kızı gibi toplumsal yaşamın tüm zevklerini, keyiflerini onlarla paylaştı. Sorunsuz yaşamları evle eğlencenin ölçülü bir karışımından ibaret olmasına rağmen gelecek endişesi asla Jane'in kafasından çıkmıyordu. Bütün bunların bir gün son bulabileceğini akıl edecek kadar sağduyuluydu ve bu keyfini kaçırıyordu.

Jane'in gerek güzellik gerekse bilgi açısından açık üstünlüğüne rağmen genç Miss Campbell ile arasındaki sıcak ve derin bağlılık gibi aileyle olan karşılıklı şefkat, saygı ve sevgi bağları taraflar açısından çok saygı duyulacak, soylu bir durumdu. Jane'in doğanın ona bahşettiği güzelliğin farkında olmaması da zihinsel yeteneklerinin Campbelllar tarafından fark edilmemesi de olanaksızdı; yine de Miss Campbell evleninceye kadar karşılıklı sevgi ve saygıları bir an eksilmeden birlikte yaşamaya devam ettiler. Ancak evlilik konusunda üstün olanı değil de vasatı çekici kılan, öngörülemeyen şans Miss Campbell'ın kapısını çaldı. Zengin ve çekici bir genç adam olan Mr. Dixon daha tanışır tanışmaz Miss Campbell'a âşık oldu ve ikisi mutlu bir evlilik yapıp kendilerine iyi ve güzel bir hayat kurdular. Jane Fairfax yalnız kalmıştı; kendi ekmeğini kazanması, kendi ayaklarının üzerinde durması gerekiyordu.

Bu olay daha çok yeniydi ve çok çabuk olup bitmiş, Mrs. Campbell kadar talihli olmayan arkadaşı çalışma hayatına atılma konusunda kendisine bir yol çizmeye bile zaman bulamamıştı. Aslında bu olmasa da Jane artık işe başlaması gerektiğine karar vermişti. Çok önceden yirmi bir yaşına gelince çalışma kararı almıştı. Güçlü bir irade ve sağduyuyla yirmi bir yaşında her şeyden vazgeçip kendini acemi olduğu mesleğine adamaya karar vermişti. Yaşamın, beraberliğin, toplum hayatının, huzur ve umudun zevklerinden feragat edecek; belki de ömrünün sonuna kadar kefaret ödeyecek, çile çekecekti.

Her ne kadar Albay ve Mrs. Campbell'ın duyguları buna karşı koysa da sağduyuları onun bu kararını onaylamaları gerektiğini söylüyordu. Aslında birlikte yaşadığı sürece Jane'in böyle bir karar almasına gerek yoktu, evleri sonsuza dek onun da evi olabilirdi. Ayrıca kendi rahatları için de onu yanlarında tutmak isteyebilirlerdi ama bu bencillik olurdu. Jane'in geleceği için bu kaçınılmaz bir durumdu ve bir an önce olmasında fayda vardı. Ancak sevgileri, ona karşı hissettikleri şefkat duygusu bu yürek parçalayıcı anı geciktirmek için her türlü gerekçeye sarılmalarına neden oldu. Evin kızı evlendiğinden beri Jane'in sağlığı pek iyi değildi. Her zamanki sağlığına, gücüne kavuşana kadar onun işe başlamasını bir şekilde engellemeliydiler çünkü yapacağı iş Jane'in o andaki kırılgan sağlık durumuna, zayıf bünyesine ve sürekli değişen ruhsal durumuna uygun değildi. En iyi koşullarda bile bu işin gereğince yerine getirilebilmesi için kusursuz bir beden ve ruh sağlığı gerekiyordu.

Jane'in onlarla İrlanda'ya gitmemesine gelince dile getirmediği bir ya da iki gerçek dışında genç kızın teyzesine yaptığı her açıklama doğruydu, tamamen gerçeği yansıtıyordu. Campbellların olmadığı zamanı Highbury'de geçirmek, özgür olarak geçirebileceği bu son aylarında onu çok seven, iyi kalpli akrabalarıyla bir arada olmak onun kendi tercihiydi. Campbellar da bir, iki ya da üç, hangi güdü veya güdülerle hareket ederlerse etsinler, onun bu kararını desteklediler ve doğduğu yerin havasını solumanın, sevdiklerinin yanında geçireceği birkaç ayın sağlığını her şeyden daha iyi etkileyeceğine inandıklarını söylediler. Jane Fairfax'in Highbury'ye geleceği kesindi. Bu durumda büyük bir umutla uzun zamandır kendilerine geleceği vaat edilen Mr. Frank Churchill'le tanışmaya hazırlanan ancak bunda hayal kırıklığına uğrayan Highbury'liler iki yıllık yokluğun ardından yenilik olarak sunacak fazla bir şeyi olmayan Jane Fairfax'le yetinmek zorundaydılar.

Emma üzgündü, üç uzun ay boyunca hiç hoşlanmadığı bir insana nezaket göstermek zorunda kalacaktı! Her zaman içinden gelenden fazlasını ancak yapması gerekenden azını yapmak zorunda kalacaktı! Jane Fairfax'i neden sevmediği ise cevaplanması zor bir soruydu; Mr. Knightley bir defasında bunun nedeninin Emma'nın onda kendinde olmasını istediği tüm meziyetleri özümsemiş bir genç kadın görmesi olduğunu söylemişti. Emma o sırada bunu şiddetle reddetmesine rağmen bu konuda vicdanının pek rahat etmediği, kendi kendini sorguladığı anlar da yok değildi. Aslında Jane Fairfax'i yakından tanıma fırsatını da pek elde edememişti. Bunun nedenini anlayamıyordu ama aralarında bir soğukluk, bir mesafe, sevilip sevilmediğini anlamasını bile olanaksız kılan bir kayıtsızlık hep vardı. Oysa kızın teyzesi; ne kadar sıcakkanlıydı, tam bir gevezeydi, kimseye laf bırakmıyordu. Aslında Emma ile yaşları yaklaşık aynı olduğu için ikisinin hep çok yakın arkadaş olacakları düşünülüyordu ve birbirlerinden hoşlandıkları sanılıyordu. Ama yanılıyorlardı. Emma'nın o anda aklına gelen yalnızca buydu.

Gerçekte de Emma'nın Jane Fairfax'ten hoşlanmamasının haklı bir nedeni yoktu. Onda olduğunu düşündüğü her kusuru hayal gücüyle öylesine büyütüyordu, her uzun ayrılıktan sonra onu gördüğünde yanılmış olabileceğini düşünüyordu. İki yıllık bir aradan sonra Bateslere yaptığı ilk nezaket ziyaretinde de aynı şey oldu, Jane'in iki yıl boyunca kafasında kurup, küçümsediği görünümü ve tavırları karşısında afalladı. Jane Fairfax hoştu, zarifti, hatta dikkati çekecek kadar zarifti ve zarafet Emma'nın en değer verdiği şeydi. Uzun boyluydu, inceydi ama hiç kimse fazla uzun ya da ince olduğunu söyleyemezdi. Güzel bir yüzü, narin ve zarif bir yapısı vardı ve bu ona çok yakışıyordu. Gerçi zayıf değildi ama hasta görünümü onu olduğundan zayıf gösteriyordu. Bütün bunlar Emma'nın ister istemez dikkatini çekmişti; üstelik yüz hatları da Emma'nın anımsadığından da çok daha güzeldi, kusursuz denemezdi ama çok çekici, alımlı bir güzelliği vardı. Gözleri duman grisiydi, siyah kaşları ve kirpikleri hayran olunmayacak gibi değildi. Emma'nın o zamana kadar soluk, renksiz diye beğenmediği teni o kadar berrak ve pürüzsüzdü ki daha canlı olmasına hiç gerek yoktu. Jane Fairfax'in güzelliği, özgün bir güzellikti ve bu güzelliğin baskın unsuru zarafetti, Emma'nın istemeyerek de olsa bu güzelliğin hakkını teslim etmesi gerekiyordu. Gerek fiziksel gerekse zihinsel zarafet Highbury'de çok ender rastlanan bir şeydi. Highbury'de kaba olmamak bile yeterli ayrıcalık ve üstünlük sayılırdı.

Uzun lafın kısası Emma bu ilk ziyaretinde Jane Fairfax'e zevk duygusu ve adaletli olma adına iki kat ilgiyle bakarak oturdu ve onu artık eskisi kadar itici bulmadığı gibi ona hakkını teslim etmeye karar verdi. Nitekim bu güzellik ve zarafet onun geçmişi ve içinde bulunduğu koşullar çerçevesinde değerlendirdiğinde Jane Fairfax'e karşı saygı ve merhametten başka bir şey hissetmek ona olanaksız görünüyordu. Özellikle de genç kızın gelecekte nelere mahkûm olduğu, nelerle karşılaşacağı, ne kayıplar yaşayabileceğini düşündüğünde... Üstelik bir de Emma'nın hayal ettiği gibi Mr. Dixon'la birbirlerine âşık olmaları gibi bir olasılık söz konusuysa genç kızın katlandığı özveriden daha acı ve onurlu bir şey olamazdı. Emma onu Mr. Dixon'ı baştan çıkartıp karısının elinden almaya kalkıştığı ya da hayal gücünün daha önce aklına getirdiği hainliklerden aklayabilmek istiyordu.

Eğer bir aşk varsa hiç kuşkusuz bu tek taraflı, basit, gizli, karşılıksız ve başarısız bir aşktı. Genç adamın arkadaşıyla konuşmalarına tanık olurken farkında olmadan o acı zehri içmiş olabilirdi, belki şimdi de en temiz, en saf duygu ve dürtülerle bilinçli olarak kendini bu İrlanda gezisinden yoksun bırakıyor ve kısa bir süre içinde başlayacağı ağır çalışma gerektiren mesleğinde kendini ondan da çevresinden de sonsuza dek koparmaya hazırlanıyordu.

Emma bu ilk ziyaretinin sonunda Jane Fairfax'in yanından ayrılırken ona karşı öylesine yumuşamış, öylesine sevgi dolu duygularla dolmuştu ki eve doğru yürürken çevresine bakınıp neden sanki Highbury'de bu genç kıza hak ettiği yaşamı verebilecek, ona layık, onları bir araya getirmek için uğraşmama değecek genç bir erkek yok diye üzüldü.

Bunlar güzel duygulardı ama fazla uzun sürmedi. Emma daha Jane Fairfax'e karşı hissettiği bu iyi duyguları etrafa duyurmadan, hatta geçmişteki önyargılarını ve hatalarını telafi etmek adına Mr. Knightley'ye "Jane Fairfax gerçekten güzel, hatta güzelden de öte!" demeye fırsat bulamadan Jane büyükannesi ve teyzesiyle birlikte Hartfield'de bir akşam geçirdi ve her şey yeniden eski hâline dönme eğilimine girdi. Eskiden sinirini bozan her şey yeniden ortaya çıkmıştı. Teyze her zamanki gibi yorucuydu, susmak bilmiyordu çünkü Jane Fairfax'in meziyetlerine duyduğu hayranlığa şimdi bir de onun sağlığıyla ilgili endişeler eklenmişti. Salonda bulunan herkes onun sabah kahvaltısında ne kadar az tereyağlı ekmek, akşam yemeğinde de ne kadar az et yediğini dinlemek; annesine ve teyzesine yaptığı yeni bere ve iş çantalarını dinlemek zorunda kaldı. Sonuçta Jane'in kusurları da yeniden Emma'nın gözüne batmaya başladı, yarattığı huzursuzluk arttı. Bir ara Emma piyano çalmak zorunda kaldı. Jane'den gelen teşekkür ve övgü, Emma'ya çok sahte, çok yapmacık ve içtenlikten uzak geldi; Jane sanki bir şekilde büyüklük taslıyor, kendi üstün hünerini göze batacak şekilde öne çıkarmaya çalışıyordu. En kötüsü de çok soğuk ve temkinli olmasıydı! Hiçbir konuda gerçek fikrini söylemiyordu. Jane Fairfax kibarlık zırhının altına sığınmış, gerçek düşüncelerini hiçbir zaman söylememeye kararlı gibiydi. İtici derecede içe kapalı ve kuşku uyandıracak derecede sakıngandı.

Özellikle de Weymouth ve Dixonlar konusundaki suskunluğu had safhadaydı. Mr. Dixon'ın kişiliği, ona verdiği değer ya da Dixon çiftinin uyumuyla ilgili en ufak bir bilgi bile vermemeye kararlı görünüyordu. Hep ortaya konuşuyor, söyledikleri genel bir takdir ve nezaketten öteye geçmiyordu; hiç kimseyle ya da hiçbir şeyle ilgili belirgin bir fikir belirtmiyor, ayrıntıya girmiyordu. Ama aldığı bütün o önlemler hiçbir şeye yaramadı. Emma ondaki yapaylığı gördü ve en başındaki fikirlerine döndü. Kızın çok büyük bir ihtimalle hiç istemese de saklamak zorunda olduğu bir şey vardı. Kim bilir belki de Mr. Dixon arkadaşını bırakıp ona dönmek istemiş ya da yalnızca ileride eline geçecek on iki bin sterlinin hatırına Mrs. Campbell'a sadık kalmıştı.

Jane Fairfax'in suskunluğu başka konularda aynı şekilde devam etti. Mr. Frank Churchill'le de aynı günlerde Weymouth'ta bulunmuşlardı. Az da olsa birbirlerini tanıdıkları biliniyordu ama Emma ne yapsa da genç adamın tam olarak neye benzediğiyle ilgili en ufak bir ipucuna bile ulaşamadı. "Yakışıklı mıydı?" Miss Fairfax, onun çok hoş bir delikanlı olarak nitelendirildiğini düşünüyordu. "Hoşsohbet miydi?" Öyle olduğu söyleniyordu. "Aklı başında, bilgi sahibi birine benziyor muydu?" Bir tatil yerindeki deniz kıyısındaki ya da Londra'daki sıradan bir sohbete dayanarak bu konularda karar vermek zordu. Yalnızca genel anlamda bir fikri vardı ama bu bağlamda karar vermek için bile Mr. Churchill'i daha fazla tanıması gerekiyordu. Hemen herkesin "Frank Churchill'i hoş, nazik bir genç adam olarak gördüğü kanısındaydı." Hepsi bu kadar. Emma onu affetmeyecekti.

BÖLÜM 22

Emma onu affetmeyecekti, affetmedi de; o gün onlarla birlikte olan Mr. Knightley iki kızın arasında ne bir kırgınlık ne de kışkırtma hissetmişti; tek gördüğü karşılıklı olarak düzgün bir ilgi ve nazik bir davranış içinde olduklarıydı. Ertesi sabah Mr. Woodhouse'la iş konuşmak için yeniden Hartfield'e geldiğinde de Emma'ya önceki akşamla ilgili yalnızca olumlu şeyler söyledi. Gerçi babası odanın içinde bulunduğundan konuşacağı kadar açık konuşmamıştı ama Emma'nın kastedileni rahatça anlayacağı kadar açık sözlüydü. Mr. Knightley, Emma'nın eskiden Jane Fairfax'e haksızlık ettiğini düşünüyordu ama şimdi olumlu bir gelişme olduğunu görmekten mutluluk duymuştu.

Mr. Woodhouse'a anlatılması gerekenler anlatıldıktan, anladığı anlaşıldıktan ve kâğıtlar ortadan kaldırdıktan sonra Mr. Knightley, "Çok hoş bir akşamdı," dedi. "Gerçekten çok hoştu. Miss Fairfax'le birlikte bize çok güzel bir müzik ziyafeti çektiniz. Bütün akşam koltukta rahat rahat oturup böyle zarif iki hanımefendinin müziklerini ve bazen de sohbetlerini dinlemekten daha büyük bir lüks düşünemiyorum. Eminim ki Miss Fairfax de bu geceden çok hoşlanmıştır, Emma. Yapılabilecek her şeyi yaptın. Ona uzun bir süre piyano çalma şansı vermen beni çok mutlu etti, büyükannesinin evinde piyano olmadığı için eminim bu inceliğin onu çok mutlu etmiştir."

"Bunu onaylamanıza sevindim," dedi Emma gülümseyerek.
"Umarım Hartfield'de konuk ağırlama konusunda pek fazla kusurum olmuyordur."

Babası hemen "Hayır, hayatım, asla," diye atıldı. "Olmadığından emin olabilirsin. Senin gösterdiğin özenin yarısı kadar bile konuklarına özen gösteren, kibar bir ev sahibi olamaz. Hatta gereğinden bile fazla özen gösterdiğin söylenebilir. Örneğin dün geceki muffinler, eğer yalnızca bir defa dolaştırılsaydı bile sanırım yeterli olurdu."

"Doğru," dedi Mr. Knightley de. "Genellikle bir kusurun olmuyor, ne davranışlarında ne de tavırlarında. Beni anladığını düşünüyorum."

Emma kaşlarını kaldırarak baktı, bu tavrıyla Mr. Knightley'ye "Ne demek istediğinizi gayet iyi anladım," demek ister gibiydi. Sonra da usulca "Miss Fairfax fazlasıyla içe kapanık biri," demekle yetindi.

"Ben onun öyle biri olduğunu sana hep söyledim. Biraz fazla içine kapanık ama kısa bir süre içinde bunun çekingenlikten kaynaklanan kısmını aşabileceğini sanıyorum. Ağzı sıkılığından kaynaklanan kısmına ise saygı duymak gerekiyor."

"Çekingen olduğunu düşünüyorsunuz ama bana öyle gelmiyor."

Mr. Knightley, oturduğu koltuktan kalkıp, genç kıza daha yakın olan bir yere geçerek "Sevgili Emma," dedi. "Umarım bana keyifsiz bir gece geçirdiğini söylemeyeceksin?"

"Yoo! Hayır, soru sorma konusundaki inadım hoşuma bile gitti, bu arada ne kadar az bilgi edinebildiğimi görmek de beni eğlendirdi."

"Hayal kırıklığına uğradım," dedi Mr. Knightley yalnızca.

Mr. Woodhouse usulca "Umarım herkes keyifli bir akşam geçirmiştir," dedi. "Benim için öyleydi. Bir ara ateş biraz fazla gibi geldi ama sonra koltuğumu biraz geri çektim, çok az; iyi oldu, sıcak beni rahatsız etmemeye başladı. Miss Bates her zamanki gibi konuşkan ve neşeliydi ama biraz fazla ve hızlı konuşuyor. Yine de iyi bir insan, annesi de öyle ancak farklı şekilde tabii. Eski dostları seviyorum, Miss Jane Fairfax de çok hoş, zarif bir hanımefendi, gerçekten; hem çok güzel hem iyi huylu, üstelik yetenekli de. Onun da keyifli bir akşam geçirmiş olduğundan eminim, ne de olsa yanında Emma vardı, öyle değil mi Mr. Knightley?"

"Çok doğru efendim, Emma'nın da yanında Miss Fairfax olduğu için keyifli bir gece geçirdiğini düşünüyorum."

Emma, Mr. Knightley'nin tereddütte olduğunu gördü ve o an için bunu gidermek amacıyla kuşku götürmez bir içtenlikle "Miss Jane Fairfax," dedi. "İnsanın gözünü kamaştıracak kadar zarif bir yaratık. Onu hayranlıkla seyrediyor ve ona bütün kalbimle acıyorum."

Mr. Knightley'nin bu duydukları karşısında bir şey söyleyemeyecek kadar mutlu olduğu anlaşılıyordu. Zaten onun bir şey söylemesine kalmadan aklı hâlâ Bateslerde olan Mr. Woodhouse araya girdi:

"İmkânlarının bu kadar az olması gerçekten çok üzücü, çok çok yazık! Aslında hep bir şeyler göndermek istemişimdir ama insan cesaret edemiyor ancak ufak tefek, önemsiz şeyler; hepsi o kadar. Daha bugün bir domuz kestik, Emma onlara but ya da kontrfile göndermeyi düşünüyor; küçük ve narin bir hayvan, Hartfield'in domuzu başka domuzlara benzemez fakat yine de sonuçta domuz işte. Emmacığım, domuz eti ağır olur, dikkatli olmak lazım; fileto kesip iyice kızartsınlar, aynen bizim kızarttığımız gibi, az yağlı, sakın fırında pişirmesinler; fırında pişmiş domuz eti mideye iyi gelmez, bence kontrfile yerine but göndersek daha iyi olur, öyle değil mi tatlım?"

"Sevgili babacığım, hayvanın arka kısmının yarısını gönderdim. Sizin de böyle yapılmasını isteyeceğinizi biliyordum. But tuzlama, bilirsiniz, çok da güzel olur. Kontrfileyi de istedikleri gibi pişirebilirler."

"Doğru canım, çok doğru. Bu aklıma gelmemişti ama en doğrusu bu. Butun fazla tuzlanmaması gerekir. Bizim Serle'in yaptığı gibi iyice haşlarlar ve yanında haşlanmış pancar, biraz havuç ya da kara havuçla yenirse sağlığa zararlı olacağını hiç sanmam."

O sırada Mr. Knightley, "Emma," dedi. "Sana bir haberim var. Sen yeni haberleri seversin, buraya gelirken senin ilgini çekeceğine inandığım bir şey duydum."

"Haber mi? Ah! Evet, ben her zaman yeni haberleri duymaktan hoşlanmışımdır. Ne olmuş? Neden gülümsüyorsunuz? Ne duydunuz? Randalls'ta mı duydunuz?"

Mr. Knightley, "Hayır, Randalls'ta duymadım, Randalls'ın yakınından bile geçmedim," dedi ama haberi verme fırsatı bulamadı.

O anda kapı açıldı ve içeri Miss Bates ve Miss Fairfax girdiler. Miss Bates vereceği haberlerin heyecanı içindeydi ama önce hangi haberi vereceğini bilemiyordu. Mr. Knightley konuşma fırsatını kaçırdığını, artık bir daha kendisine söz düşmeyeceğini anlamıştı.

"Ah! Saygıdeğer beyefendi, bu sabah nasılsınız? Sevgili Miss Woodhouse... ne diyeceğimi bilemiyorum... Muhteşem bir domuz parçasıydı. Çok cömertsiniz. Bu arada haberi duydunuz mu? Mr. Elton evleniyormuş."

Emma'nın aklına bir an bile haberin Mr. Elton'la ilgili olabileceği gelmemişti, duyduğu bu haber karşısında o kadar şaşırdı ki elinde olmadan ufak bir çığlık attı ve çıkardığı sesten utanarak hafifçe kızardı.

Mr. Knightley gülümseyerek "Benim sana vermek istediğim haber de buydu," dedi. "İlgini çekeceğini düşünmüştüm." Bu imalı gülümsemeyle daha önce Mr. Elton hakkında yaptıkları konuşmayı anımsatmak ister gibiydi.

Mrs. Bates, "İyi ama siz nereden duydunuz bu haberi, Mr. Knightley?" diye haykırdı. "Daha ben Mrs. Cole'dan bu haberi alalı beş dakika bile olmadı. Kesinlikle beş dakikadan fazla olmuş olamaz ya da belki on çünkü tam bonemle ceketimi giymiş, çıkmak üzereydim; son bir kez daha aşağı inip Patty'yi domuzla ilgili olarak son bir kez uyaracaktım çünkü annem domuzu alacak büyüklükte tuzlama kabımız yok, diye endişeleniyordu. Jane de o sırada koridordaydı, öyle değil mi Jane? 'Aşağı inip geleceğim,' dedim ama Jane, 'İsterseniz sizin yerinize gideyim,' dedi. 'Sanırım biraz üşütmüşsünüz, Patty de zaten mutfağı temizliyor.' Ben tam 'Hay aksi,' demiştim ki işte o sırada Mrs. Cole'un mektubu geldi. Mr. Elton, Mrs. Hawkins adında biriyle evleniyor; bütün bildiğim bu. Bath'tan Mrs. Hawkins diye biri. İyi de Mr. Knightley, siz bunu nereden duydunuz? Çünkü Mr. Cole bu haberi verir vermez Mrs. Cole'a hemen oturup bana bu notu yazmış. Mrs. Hawkins diye biri..."

"Bir buçuk saat kadar önce Mr. Cole'la bir iş görüşmesindeydim. Ben içeri girdiğimde Elton'ın mektubunu henüz okumuştu, mektubu doğrudan bana uzattı."

"Demek öyle! Anlıyorum... Kanımca bundan daha ilginç bir haber olamaz... Herkesi ilgilendiren bir haber. Bu arada gerçekten çok cömertsiniz, Mr. Woodhouse. Annem de size en iyi dileklerini ve hürmetlerini iletmemi istedi, binlerce kez teşekkür etti ve onu çok mahcup ettiğinizi söyledi."

Mr. Woodhouse, "Biz Hartfield'de yetiştirdiğimiz domuzları gerçekten de bütün öbür domuzlardan daha üstün görürüz," dedi. "Bu Emma için de benim için de daha büyük bir zevk."

"Ah! Saygıdeğer beyefendi, annemin de dediği gibi dostlarımız bize karşı o kadar iyiler ki. Servet sahibi olmadıkları hâlde istedikleri her şeye kavuşan birileri varsa bu eminim ki bu biziz, diyor. Tanrı'nın sevgili kulları olsak gerek, talih her zaman yüzümüze güldü. Neyse, Mr. Knightley, demek mektubun aslını gördünüz."

"Kısa bir mektuptu, yalnızca bu haberi vermek için yazılmıştı ama mutluluk verici bir haberdi bu."

Mr. Knightley tam o anda Emma'yı muzip, anlamlı bakışlarla süzdü.

"Talihi yaver gitmişmiş... Mr. Elton, bu anlamda bir şey yazmıştı ama kullandığı sözcükleri tam olarak anımsamıyorum... zaten buna gerek de yok. Önemli olan mektupta Mrs. Hawkins diye biriyle evleneceğinin haberini vermiş olmasıydı. Mektuptaki üsluba bakılırsa bu çok yeni bir şey."

Emma kendini konuşabilecek kadar toparlayınca "Demek Mr. Elton evleniyor!" dedi. "Herkes ona mutluluklar dileyecektir."

"Evlenip barklanmak için çok fazla genç," dedi Mr. Woodhouse. Zaten farklı bir şey demesi de beklenemezdi. "Acele etmesi hiç doğru olmadı. Aslında bana hayatından memnunmuş gibi görünüyordu. Onu Hartfield'de ağırlamak bizi hep mutlu etmiştir."

"Hepimize yeni bir komşu geliyor, Miss Woodhouse," dedi Miss Bates neşeyle. "Annem de çok sevindi! Hep bizim zavallı eski papaz evinin hanımsız olmasına dayanamadığını söyler dururdu. Bu gerçekten çok güzel bir haber. Jane, sen Mr. Elton'ı hiç görmedin! Onu çok merak ediyor olmalısın."

Jane hiç de aman aman merak ediyor gibi değildi. Teyzesinin bu sözüne şaşıran Miss Fairfax "Doğru, Mr. Elton'ı hiç görmedim," dedi. "O–o uzun boylu biri mi?" Emma "Kim ne der? Bu kişiye göre değişir," dedi. "Babam 'evet' der. Mr. Knightley ise 'hayır'. Mrs. Bates ve ben 'orta boylu' deriz. Burada biraz daha kalırsanız Miss Fairfax, Mr. Elton'ın gerek görünüşü gerekse huyuyla Highbury'nin kusursuzluk sembolü olduğunu göreceksiniz."

"Çok doğru, Miss Woodhouse, görecek. Mr. Elton çok hoş bir genç adam –en iyisi– sevgili Jane, eğer anımsıyorsan, sana daha dün onun Mr. Perry ile aynı boyda olduğunu söylemiştim. Umarım Mrs. Hawkins kusursuz bir genç hanımdır. Mr. Elton anneme her zaman çok yakınlık göstermiştir; hatta ayinleri daha iyi duyabilmesi için onun rahip koltuğunda oturmasını bile teklif etti, biliyorsunuz annem biraz duyma engelli, gerçi fazla değil ama söylenenleri hemen, tam olarak duyamıyor. Jane, Albay Campbell'ın da biraz ağır işittiğini söylüyor. Banyonun kulaklarına iyi geldiğine inanıyormuş, tabii sıcak banyonun ama Jane bundan da pek bir fayda görmediğini söylüyor. Albay Campbell, biliyorsunuz, bizim ailenin meleği sayılabilir. Ama sanırım Mr. Dixon da çok iyi bir insan, tam ona layık bir damat. İyi insanların bir araya gelmesi ne büyük bir mutluluk, öyle değil mi, iyiler hep birbirini buluyor. Şimdi de aramızda yeni bir çift olarak Mr. Elton ve Mrs. Hawkins olacak; tabii Colelar da yeni sayılır, onlar da çok iyi insanlar; sonra Perry'ler. Sanırım Mr. ve Mrs. Perry'den daha iyi ve daha mutlu bir çift yoktur. Düşünüyorum da," diye ekledi Mr. Woodhouse'a dönerek, "Highbury'deki kadar seçkin bir topluluk ancak çok az yerde olabilir. Her zaman demişimdir; komşularımız açısından çok şanslıyız. Çok sayın beyefendi, annemin en sevdiği şey domuz etidir; fırında domuz filetosu."

"Mrs. Hawkins kimdir, nedir, nasıl biridir; ne zamandır tanışıyorlar, sanırım bu konuda kimse bir şey bilmiyor," dedi Emma. "Bence uzun süredir tanışıyor olamazlar. Mr. Elton buradan gideli daha dört hafta oldu."

Bu konuda kimse bir şey bilmiyordu. Emma biraz daha düşündükten sonra ekledi:

"Çok sessizsiniz Miss Fairfax, umarım bu haber sizin de ilginizi çekmiştir. Son zamanlarda bu konularda epey kafa yorduğunuzu düşünüyorum, Miss Campbell'ın evliliğiyle yakından ilgilenmiş olmalısınız, Mr. Elton ve Mrs. Hawkins'in evlenmelerine kayıtsız kalmanızı kabul edemeyiz."

Jane "Mr. Elton'la tanışınca," dedi. "Bu konuyla ilgilenebileceğimi söylerim ama sanırım önce onu tanımam gerekir. Miss Campbell'ın evlenmesinin üzerinden birkaç ay geçmiş olduğu için bu konudaki heyecanımın büyük ölçüde geçtiğini söylemeliyim."

Miss Bates yine konuya girdi:

"Evet, sizin de belirttiğiniz gibi Miss Woodhouse, Mr. Elton buradan gideli dün tam dört hafta oldu. Bir Miss Hawkins! Onun hep bu çevreden bir genç hanımla evleneceğini düşünmüştüm, uzaklardan değil... Hatta bir defasında Mrs. Cole bana bir şeyler çıtlatmıştı ama ben hemen, 'Hayır, Mr. Elton çok değerli bir genç ama,' dedim. Aslına bakarsanız ben bu tür şeyleri pek fark edemiyorum. Böyle bir iddiam da yok. Ancak gözümün önünde olup biteni görürüm. Bu arada Mr. Elton'ın bu konuda hevesli olması kimseyi şaşırtmamalı, ne de olsa Miss Woodhouse o kadar nazik ki eksik olmasın benim böyle konuşmama ses çıkarmıyor ama o benim asla birini incitecek bir şey söylemeyeceğimi bilir. Miss Smith nasıl? İyileşmişe benziyor. Bu arada son zamanlarda Mrs. John Knightley'den haber aldınız mı? Ah! O tatlı çocuklar! Jane, biliyor musun, ben her zaman Mr. Dixon'ı Mr. John Knightley'ye benzetmişimdir. Demek istediğim; kişiliği, uzun boylu oluşu, görünüşü, az konuşması..."

"Çok yanılıyorsunuz sevgili teyzeciğim, hiç benzemiyorlar."

"Çok tuhaf, biri hakkında görmeden doğru fikir edinemiyorsun. Aklına bir şey takılıyor, kapılıp gidiyorsun. Diyorsun ki Mr. Dixon yakışıklı biri olmalı, yani değil mi?"

"Yakışıklı mı? Yoo, hayır; kesinlikle yakışıklı değil. Onun sıradan bir tipi olduğunu size daha önce söylemiştim."

"Tatlım, sen Miss Campbell'ın onun sıradan olmasına asla izin vermeyeceğini söylemiştin, sen de zaten."

"Ah! Benim ne düşündüğümün pek bir önemi yok. Ben saygı duyduğum birinin iyi göründüğünü düşünürüm, sıradan derken onunla ilgili yaygın kanaati dile getirmek istemiştim."

"Neyse sevgili Jane, sanırım artık bizim kalkmamız gerekiyor. Hava pek iyi görünmüyor, büyükannen huzursuzlanmaya başlamıştır. Çok naziksiniz, Miss Woodhouse, ama gerçekten artık gitmemiz gerekiyor. Bu haber gerçekten çok hoş oldu. Yol üstünde Mrs. Cole'a da uğramayı düşünüyorum fakat orada üç dakikadan fazla kalamam. Jane, iyisi mi sen doğruca eve git, yağmurda dışarıda kalmanı istemiyorum. Highbury'ye geldiğinden sağlığının biraz daha iyi olduğunu düşünüyoruz. Çok teşekkür ederiz, Miss Woodhouse. Mrs. Goddard'a uğramayacağım çünkü domuz haşlamadan başka hiçbir şey umurunda değil, hep söylüyorum butu marine ettiğinizde durum değişiyor. İyi sabahlar, saygıdeğer beyefendi. Ah! Mr. Knightley de bizimle geliyormuş. Neyse, bu çok iyi oldu, Jane yorulursa onun kolunuza girmesine izin verme nezaketini göstereceğinizi düşünüyorum... Mr. Elton ve Miss Hawkins, neyse... Herkese iyi sabahlar."

Babasıyla baş başa kalan Emma dikkatinin bir kısmını gençlerin evlenmek için acele etmesinden ve üstüne üstlük bir de yabancılarla evlenmesinden yakınan babasına, kalan kısmını da kendisinin bu konudaki görüşlerine verdi. Bu onun açısından sevindirici ve çok hoş bir haberdi çünkü Mr. Elton'ın hayal kırıklığının pek de uzun sürmediğini gösteriyordu ama Harriet adına üzgündü. Harriet de üzülecekti, tek umudu ona bu haberi ilk veren olmak, başkalarından hiç beklemediği bir anda duymasını önlemekti. Harriet'in her gün Hartfield'e geldiği saat yaklaşıyordu. *Yolda Miss Bates'le karşılaşırsa... ama yağmur başladığına göre Harriet Mrs. Goddard'ın evinden ayrılamayacak, bu durumda da hiç kuşkusuz bu haber onu orada hazırlıksız yakalayacaktır,* diye düşünen Emma'nın içini bir korku sardı.

Sağanak yağmur şiddetliydi ama kısa sürdü. Yağmurdan sonra beş dakika bile geçmemişti ki Harriet geldi. Yüzü kıpkırmızıydı, göğsü sıkışarak heyecan içinde oraya koşmuş olmalıydı, yüzünde sinirli, gergin bir ifade vardı. İçeri girdiği anda "Ah! Miss Woodhouse, neler olmuş?" diye patlaması bu tedirgin edici gelişmenin ifadesi olmalıydı. Olan olmuştu. Emma bu durumda onun anlatacaklarını nezaketle dinlemekten başka bir şey yapamayacağını hissetti. Harriet özgürce, hiçbir müdahaleyle karşılaşmadan söyleyebileceği her şeyi söyledi: Yarım saat önce Mrs. Goddard'ın evinden ayrılmıştı, yağmur yağmasından, sağanağın her an bastırmasından korkmuş ancak yine de yağmurdan önce Hartfield'e varabileceğini ummuştu. Elinden geldiğince acele etmişti ama sonra tam genç bir hanımın kendisine elbise diktiği evin önünden geçerken ona uğrayıp elbisenin dikiminin nasıl gittiğine bakmaya karar vermişti. Orada yarım dakikadan fazla kalmamasına rağmen dışarı çıkmasından hemen sonra yağmur yağmaya başlamıştı. Ne yapacağını bilememiş, bu yüzden de Ford'un dükkânına sığınmak için elinden geldiğince hızlı koşmaya başlamıştı. Ford'un dükkânı köyün manifaturacısı ve aynı zamanda tuhafiyecisiydi, buraların en büyük ve en gözde dükkânıydı. "Ve işte, orada dünyadan habersiz on dakika kadar oturdum... Sonra bir de içeri kim girse beğenirsiniz... Bu kadar olur, bu gerçekten çok tuhaf bir durumdu ama onlar zaten her zaman Ford'un dükkânından alışveriş yaparlar, Elizabeth Martin'le ağabeyi... Sevgili Miss Woodhouse! Bir düşünün. Bir an bayılacağım sandım. Ne yapacağımı bilemedim. Kapının yakınında bir yerde oturuyordum, Elizabeth içeri girer girmez beni gördü ama ağabeyi görmedi; şemsiyesiyle meşguldü. Elizabeth'in gördüğünden eminim fakat hemen başını çevirdi ve hiç umursamamış gibi davrandı. İkisi mağazanın diğer ucuna gittiler ve ben de kapının yakınında oturmaya devam ettim! Ah Tanrım, çok kötü oldum! O anda yüzümün elbisem kadar beyaz olduğundan eminim. Yağmur yüzünden oradan ayrılamıyordum, kendi kendime hep keşke orada olacağıma dünyanın neresi olursa olsun başka bir yerinde olsam diyordum; içimden hep bunu diliyordum, Ah! Sevgili Miss Woodhouse, sonra... sanırım bir ara başını çevirdi ve beni gördü çünkü kız kardeşiyle alışverişlerini yapıp gidecekleri yerde fısıldaşmaya başladılar. Benden bahsettiklerinden eminim; elimde olmadan kız kardeşini benimle konuşması için ikna etmeye çalıştığını düşündüm. (Sizce de öyle midir Miss Woodhouse?) Öyle olmalı çünkü daha sonra Elizabeth doğruca yanıma geldi ve hatırımı sordu, hatta bana elimi uzatsam sıkmaya hazırmış gibi geldi. Ama bana karşı eskisi gibi değildi, çok değiştiğini açık seçik görebiliyordum. Yine de dostça davranmaya çalıştığı anlaşılıyordu. El sıkıştık, bir süre konuştuk ama sonra −ne dediğimi hiç bilmiyorum, tir tir titriyordum!− son zamanlarda karşılaşmadığımız için çok üzgün olduğunu söylediğini anımsıyorum, bunun çok nazik bir davranış olduğunu düşündüm! Sevgili Miss Woodhouse, çok kötüydüm, kendimi berbat hissediyordum. O sırada yağmur hafifledi, tam artık oradan ayrılmama hiçbir şeyin engel olamayacağına karar vermiştim ki bilin bakalım ne oldu? Bir baktım ki o da bana doğru geliyor. Sanki ne yapacağını bilemez gibiydi; ağır ağır geliyordu. Yanıma gelip benimle konuştu, ben de karşılık verdim. Orada öyle dururken kendimi o kadar kötü hissettim ki bunu anlatmak mümkün değil. Sonra tüm cesaretimi topladım ve "Yağmur yağmadığına göre artık gitmeliyim," dedim ve hemen oradan ayrıldım. Daha iki üç adım atmamıştım ki arkamdan geldi. Meğer yalnızca Hartfield'e gidiyorsam Mr. Cole'un ahırlarının arkasından dolanmamın daha iyi olacağını söylemek için gelmiş çünkü kestirme yol yağmur yüzünden sular altında kalmış. Ah! Tanrım, bir an öleceğim sandım! Bunun üzerine ona minnettar olduğumu söyledim. Artık bu kadarını yapmazsam olmazdı. Sonra o Elizabeth'in yanına döndü, ben de ahırların arkasından dolaşıp geldim, sanırım öyle yaptım; aslına bakarsanız nerede olduğumun, ne yaptığımın farkında bile değildim. Ah! Miss Woodhouse, keşke bunları yaşamasaydım, bütün bunlar olmasaydı ama yine de onun bana karşı öyle kibar davrandığını görmek hoşuma gitti, tabii Elizabeth'in de. Oh! Miss Woodhouse, lütfen bir şey söyleyin, beni rahatlatın."

Emma büyük bir içtenlikle bunu yapmayı istedi ama bu onun gücünü aşıyordu. Biraz durup düşünmesi gerekiyordu. Çünkü kendisi de rahat değildi. Genç adamın ve kız kardeşinin davranışlarının gerçek samimi duygulardan kaynaklandığı ortadaydı, kendini onlara acımaktan alıkoyamıyordu. Harriet'in tanımladığına göre iki kardeşin davranışlarında yaralanmış duygularla samimi bir duyarlılığın ilginç karışımı vardı. Harriet daha önce de onların iyi niyetli ve değerli insanlar olduklarını söylemişti, yaşanan olumsuzluklar bunu neden değiştirecekti ki? Bundan rahatsız olmanın anlamı yoktu. Tabii ki genç adam Harriet'i kaybettiği için üzülmüş olmalıydı, hepsi üzülmüş olmalıydılar. Sevgileri olduğu gibi elde etme dilekleri de kabul görmemiş, aşağılanmıştı. Hepsi Harriet'in dostluğu sayesinde sınıf atlamayı hedeflemiş olmalıydılar. Ayrıca Harriet'in öyküsünün ne anlamı olabilirdi ki? Onun kadar kolay mutlu olabilen, algıda zayıf birinin söylediklerinin?

Kendisini toplayıp Harriet'i rahatlatmaya çalıştı; bütün bu olup bitenin önemsiz, üzerinde durmaya değmeyecek şeyler olduğunu söyledi.

"Bu yaşadıkların senin için üzücü olmuş olabilir ama bu anlık, geçici bir durum," dedi. "Görünüşe bakılırsa sen de son derece düzgün davranmışsın; artık her şey olup bitti ve bir daha bir ilk karşılaşma yaşamayacaksın, bu yüzden bu konuda fazla düşünmene gerek yok."

Harriet "Çok doğru. Bunu artık daha fala düşünmeyeceğim" dediyse de yine de kendini dönüp dolaşıp bundan bahsetmekten alamadı; başka bir şey düşünemiyor, konuşamıyordu. Sonunda Emma biraz da Martinleri genç kızın aklından çıkarıp atmak için asıl haberi vermeye karar verdi. Aslında bu haberi ağır ağır, sevecen, yumuşak bir tonda düşünmüştü ama hiç beklemeden birden açıkladı. Zavallı Harriet'in karmaşık ruhsal durumu karşısında sevinsin mi, kızsın mı, utansın mı, yoksa yalnızca eğlensin mi bilemiyordu; Mr. Elton konusu da böylece son bulmuştu!

Gelgelelim az sonra Mr. Elton da yeniden eski değerine kavuştu. Harriet ilk anda –bir gün önce ya da bir saat önce bu haberi alsa– hissedeceği şeyleri hissetmemiş, vereceği tepkiyi vermemiş olsa da konuya ilgisi giderek arttı. Çok geçmeden talihli Mrs. Hawkins'le ilgili merak, hayret, pişmanlık, acı ve haz duygularının hepsini yaşamış ve kafasında Martinleri olmaları gereken yere indirmişti.

Emma, böyle bir karşılaşmanın yaşanmış olmasından mutluluk duydu. Bu sayede endişe verici bir durum ortaya çıkmadan Mr. Elton'ın evlenmesi haberi karşısında yaşanabilecek ilk şokun hafif atlatılması sağlanmıştı. Harriet'in yeni yaşamında Martinlerin ona ulaşmaları mümkün değildi, şimdiye dek onu arayıp sormak için cesarete ihtiyaçları olmuyor, hatta lütfetmiş oluyorlardı; oysa Harriet ağabeylerini reddettikten sonra kız kardeşler Mrs. Goddard'ın evine adımlarını bile atamamışlardı. Artık herhangi bir gereklilik ya da konuşma imkânı çıkıp da yeniden bir araya gelmeleri için on iki ay bile gerekebilirdi.

BÖLÜM 23

İnsan doğası ilginç durumdaki insanlar karşısında öylesine iyi niyetlidir ki evlenen ya da ölen genç biri hakkında mutlaka güzel şeyler söylenir. Daha Miss Hawkins'in adının Highbury'de anılmasının üstünden bir hafta geçmeden onun gerek görünüş gerekse akıl yönünden üstün meziyetlere sahip biri olduğu öğrenilmişti. Güzeldi, zarifti, çok başarılıydı; sevimliydi, dost canlısıydı. Mr. Elton mutlu bir gelecek hayalinin zafer coşkusu içinde geri döndüğünde nişanlısının meziyetlerini anlata anlata bitiremese de Mrs. Hawkins'in küçük adının ne olduğu ve en sık dinlediği müzisyenin kim olduğu dışında yeni olarak söyleyebileceği pek bir şey kalmamıştı.

Mr. Elton çok mutlu bir adam olarak döndü. Oradan reddedilmiş ve onuru kırılmış bir adam olarak ayrılmış; inandığı, cesaret bulduğu bir dizi olayın ardından çok umutlu olduğu bazı konularda hayal kırıklığına uğramıştı. Yalnızca kendine uygun bulduğu kadını kaybetmekle kalmamış, kendisinin asla dengi olmayan başka, çok yanlış bir kadına layık görüldüğünü öğrenmişti. Oradan ayrılırken kırgın ve üzgündü. Ama oraya başka biriyle, üstelik birincisinden çok daha üstün biriyle nişanlanmış olarak dönmüştü; zaten böyle durumlarda her zaman kazanılan, kaybedilenden daha üstün olurdu. Döndüğünde keyifliydi, mutluydu, heyecanlıydı ve çok meşguldü. Miss Woodhouse'u umursamadığı gibi Miss Smith diye biri onun için yoktu.

Büyüleyici Augusta Hawkins, kusursuz güzelliğinin ve zekâsının yanında on bin sterlin düzeyinde olduğu söylenen bağımsız bir servetin de sahibiydi, bu da olaya mantık yanında itibar da kazandıran bir noktaydı. Fazla yoruma gerek yoktu, Mr. Elton on bin sterlinlik bir kadını elde etmeyi başarmıştı, hem de çok kısa sürede başarmıştı bunu. Tanışma öyküleri çok sevildi; karşılaşmalarının üzerinden geçen birinci saatin sonunda karşılıklı olarak bir yakınlık hissetmişlerdi. Olayların başlaması ve gelişmesiyle ilgili olarak Mr. Elton'ın Mrs. Cole'a anlattığı tam anlamıyla mutluluk ve zafer dolu bir aşk öyküsüydü. İki gencin bir rastlantı sonucu tanışmalarının ardından adımlar hızla atılmış, bunu Mr. Green'in evinde bir yemek daveti, Mrs. Brown'ın evinde bir parti izlemiş, giderek artan –gülümsemeler ve anlamlı yüz kızarmaları– kısmen bilinçli kısmen gem vurulamayan ilgi genç hanımefendiyi kolayca etkilemişti. Miss Hawkins çok tatlı ve açık yürekliydi, kısacası o da Mr. Elton tarafından elde edilmeye hazırdı ve birbirlerinin beklentilerini eşit şekilde karşılıyorlardı.

Mr. Elton maddi manevi tatmin olmuştu; hem serveti hem aşkı bulmuştu, çok mutlu bir adam olmaması için hiçbir neden yoktu; yalnızca kendisinden, düşüncelerinden ve işlerinden bahsediyordu. Sürekli tebrik edilmeyi bekliyordu, daha birkaç hafta öncesine kadar mesafeli bir kibarlıkla yaklaştığı Highbury'li genç hanımlara artık içten, korkusuz gülümsemelerle hitap ediyordu.

Düğün için fazla gecikmeyeceklerdi çünkü iki tarafta da kendileri dışında onayı alınacak biri yoktu. Evlilik için olağan hazırlıklar dışında beklemeleri gerekmiyordu. Mrs. Cole'un anlamlı bakışları da Mr. Elton'ın yeniden Bath'a doğru yola koyulmasının ardından Highbury'ye yanında eşiyle döneceği yönündeki beklentileri onaylıyordu.

Mr. Elton'ın Highbury'de kaldığı kısa süre içinde Emma onu çok ender gördü ama bu bile aralarındaki ilişkinin bir daha asla eskisi gibi olamayacağını ve genç adama hâkim olan yeni kırgınlık, kibir ve özgüven karışımı havanın ilişkilerini hiçbir biçimde olumlu bir hâle dönüştürmediği izlenimi edinmesine yeterli oldu.

Emma nasıl olup da onu bir zamanlar hoş biri olarak gördüğüne şaşmaya başlamıştı. Genç adam artık onda öyle nahoş duygular uyandırıyordu ki ahlaki yönü bir yana, her görüşü onun için bir ceza, bir ders ya da bir akıl terbiyesi olmanın dışında Mr. Elton'la bir daha hiç karşılaşmayacak olsa çok mutlu olacaktı. Onun için her şeyin en iyisini diliyordu ama genç adamın varlığı canını sıkıyordu ve kırk kilometre uzağa yerleşecek olsa çok daha mutlu olacağını hissediyordu.

Mr. Elton'ın evlenecek olmasının Highbury'de yaşamaya devam etmesinden kaynaklanan sıkıntı ve acıyı azaltacağını umuyordu. Böylece bir sürü gereksiz endişe ortadan kalkacak, bir yığın kaygı ve tedirginlik bir şekilde hafifleyecekti. Bir Mrs. Elton'ın olması, aralarındaki ilişkide yaşanan her türlü değişikliğin gerekçesi olabilecek, eski yakınlıkları üzerinde konuşmaya bile gerek kalmaksızın ortadan kalkabilecekti. Hatta neredeyse uygar insanlar olarak yeni bir yaşama başlayabileceklerdi.

Mr. Elton'ın evleneceği genç hanımla ilgili olarak Emma'nın pek bir beklentisi yoktu. Mrs. Hawkins'in Mr. Elton için uygun bir eş olduğuna hiç kuşkusu yoktu; Highbury için marifetli ve güzel de olabilirdi ama Harriet'in yanında çok vasat kalacağından emindi. Ailesine gelince bu konuda Emma'nın içi çok rahattı çünkü Harriet'i hor gördükten, aşağıladıktan sonra onca böbürlenmesine rağmen Mr. Elton bu konuda neredeyse hiçbir şey yapamamıştı. Emma bu konuda gerçekleri öğrenebileceğini düşünüyordu. Mrs. Hawkins'in nasıl biri olduğu bilinemezdi ama kim olduğu kolayca öğrenilebilirdi. Emma'ya on bin sterlin dışında Harriet'ten üstün bir tarafı yokmuş gibi görünüyordu. Bilinen bir adı, soylu bir aileyle kan bağı ya da soylu akrabaları yoktu. Miss Hawkins Bristol'lü bir tüccarın –herhâlde öyle demek gerekiyordu– iki kızından küçük olanıydı ancak normalde ticaret hayatının getirdiği mütevazı gelir seviyesi dikkate alındığında bu ticaretin konusunun da saygın olmaktan uzak olduğunu varsaymak hiç de haksızlık sayılmazdı. Mrs. Hawkins kışın bir kısmını Bath'ta geçiriyordu ama evi Bristol'deydi, tam da Bristol'ün merkezinde. Anne babası uzun yıllar önce ölmüş, geriye bir amcası kalmıştı, amcası hukukçuydu, başka bir işi olup olmadığı ise bilinmiyordu. Mrs. Hawkins onunla yaşıyordu. Emma onun bir avukatın yardımcılığını yaptığını ve mesleğinde yükselemeyecek kadar aptal biri olduğunu tahmin ediyordu. Görünüşe bakılırsa Mrs. Hawkins'in ailesinde soylu bağlantıları olan tek kişi ablasıydı. Abla, Bristol yakınlarında iki arabası olan soylu bir beyefendiyle oldukça iyi bir evlilik yapmıştı! Ailenin ve Mrs. Hawkins'in övünç kaynağı buydu!

Keşke Harriet'e bu duygularını açabilseydi! Konuşa konuşa onu Mr. Elton'a adama âşık etmişti ama çok yazık ki konuşarak âşık olduğu adamdan vazgeçirmek hiç kolay değildi. Harriet'in beyninin tüm boşluklarını dolduran böyle bir şeyin cazibesini konuşarak silmek mümkün görünmüyordu. Ancak başka biri Mr. Elton'ın yerini doldurabilirdi; bu olurdu, bunda hiç kuşkusu yoktu, hatta bunun için Robert Martin bile yeterli olabilirdi. Emma yeni biri dışında hiçbir şeyin Harriet'in derdine çare olamayacağından korkuyordu. Harriet bir kez başladı mı hep âşık olacak kızlardandı. Zavallı kız! Mr. Elton'ın yeniden ortaya çıkmasıyla daha da kötü olmuştu. Nereye baksa onu görüyordu. Emma Mr. Elton'la hepi topu yalnızca bir defa karşılaşmıştı ama Harriet'in onunla hemen her gün neredeyse iki üç defa karşılaşması, onu kıl payı kaçırması, sesini duyması ya da omzunu görmesi, üstelik de her an onun hayalini yaşatacak bir şeyin ortaya çıkması... sanrılar görmesi kaçınılmazdı. Bütün bunlar yetmezmiş gibi kızcağız sürekli olarak ondan bahsedildiğini duyuyordu. Hartfield'de olduğu zamanlar dışında hep Mr. Elton'ın kusursuzluğundan ve onun yaptıklarını, yapacaklarını tartışmaktan daha ilginç bir konuları olmayan insanlar arasındaydı. Mr. Elton'ın işi, hazırlıklar sırasında olup bitenler, geliri, hizmetçileriyle ve mobilyalarıyla ilgili her haber çevresinde sürekli bir heyecan dalgası yaratıyordu. Harriet'in genç adama karşı olan hisleri ondan övgüyle bahsedildiğini duyduğu her an güçleniyor, üzüntüsü küllenemiyor, Mrs. Hawkins'in ne kadar şanslı olduğunun durmadan tekrarlanmasına, Mr. Elton'ın ona çok âşık olduğunun hiç durmaksızın yinelenmesine tanık olmak genç kızı çok üzüyordu. Mr. Elton'ın, evin önünden yürüyerek geçerkenki kurumlu havası, şapkasının başındaki duruşu, her şey onun ne kadar âşık ve mutlu olduğunun kanıtıymış gibi geliyordu ona!

Eğer arkadaşı acı çekiyor olmasaydı ve Emma bu durumdan dolayı kendini suçlamasaydı Harriet'in gelgitlerini eğlenceli bile bulabilirdi. Bazen Mr. Elton ağır basıyordu, bazen Martinler; her defasında biri diğerini devreden çıkartmak için yararlı olabiliyordu. Mr. Elton'ın nişanlandığı haberi Mr. Martin'le karşılaşmanın yarattığı heyecanın ilacı olmuştu. Bu nişanın yarattığı mutsuzluk birkaç gün sonra Elizabeth Martin'in, Mrs. Goddard'ın evine uğramasıyla hafiflemişti. Bu ziyaret sırasında Harriet orada değildi ama onun için bir not yazılıp bırakılmıştı. Not dokunaklı bir dille yazılmıştı, biraz kırgınlık ve büyük ölçüde nezaket içeriyordu. Mr. Elton çıkıp gelene kadar Harriet büyük ölçüde bu mektupla meşgul oldu. Sürekli olarak buna nasıl bir karşılık vereceğini düşünüyor, aslında itiraf etmeye cesaret ettiğinden fazlasını yapmak istiyordu. Mr. Elton'ın gelmesi ise bu düşünceleri kafasından sildi. Onun Highbury'de olması Martinleri unutturmuştu. Mr. Elton'ın Bath'a gitmek üzere yola çıktığı sabah Emma, bunun yarattığı kederi dağıtmanın en iyi yolunun, Harriet'in Elizabeth Martin'e iadeiziyarette bulunması olacağını düşündü.

Bu ziyaretin nasıl karşılanacağı, nasıl haber verileceği, nasıl güvenli olacağı, Emma'nın üzerinde uzun uzun düşündüğü konular oldu. Davet edildikten sonra anne ve kız kardeşlerin ihmal edilmesi nankörlük olurdu. Bu yapılmamalıydı, peki ama ya arkadaşlıklarının yenilenmesi tehlikesi!

Emma uzun uzun düşündükten sonra Harriet'in iadeiziyarette bulunmasından daha uygun bir yol bulamadı ama bu tam bir nezaket ziyareti olacak ve ailenin bundan sonraki ilişkilerin ancak belirli bir resmiyet çerçevesinde olabileceğini anlaması sağlanacaktı, tabii anlayabilirlerse. Emma onu arabayla Abbey Mill'e götürüp bırakmaya, arabayla biraz dolaştıktan sonra geri dönüp almaya karar verdi. Böylece geçmişteki gibi sinsice yaklaşımlara ya da geçmişin tehlikeli tekrarına fırsat verilmemiş olacak, gelecekte istenen yakınlık derecesi ile ilgili kararlı bir tavır ortaya konulabilecekti.

Emma'nın aklına bundan daha iyi bir fikir gelmiyordu, gerçi bu da içine sinen bir fikir değildi, kafasına uymayan, sinsi ve nankör bir yanı vardı ama bunun yapılması gerekiyordu; yoksa kim bilir Harriet'in hâli ne olurdu?

BÖLÜM 24

Harriet bu ziyaret konusunda biraz gönülsüzdü. İşe bakın ki Emma onu görmek için Mrs. Goddard'ın evine uğramadan yarım saat önce, kötü kaderi genç kızı, üzerinde Rahip Philip Elton, WhiteHart, Bath yazan bir sandığın posta arabalarının geçtiği yere taşınmak üzere kasabın arabasına yüklendiği noktaya götürmüştü. Onun için artık o sandık ve gideceği yer dışında her şey anlamını yitirmişti.

Yine de Martinleri ziyarete gitti. Çiftliğe varınca arabadan indi ve düzenli bir şekilde sıralanmış elma ağaçlarının arasından evin ön kapısına uzanan, geniş, çakıl taşlarıyla kaplı, düzgün yolda ilerlerken geçen sonbaharda kendisine ona çok keyif veren her şey, içinde yeniden tatlı bir heyecanın canlanmaya başlamasını sağladı. Emma onun yürürken çevresine tuhaf bir merakla, korkuyla baktığını fark etmişti. Bu, onun bu ziyaretin planladıkları gibi bir çeyrek saatten fazla uzamaması gerektiği konusundaki kararını pekiştirdi. Kendisi de bu süreyi evlenip Donwell'e yerleşmiş olan eski hizmetçileriyle geçirmek için yola devam etti.

Tam çeyrek saat sonra yeniden beyaz kapının önündeydi; geldiğini haber alan Miss Smith hiç gecikmeden ve yanında o ürkütücü delikanlı olmadan geldi. Çakıl taşlarıyla kaplı yolda tek başına yürüyerek döndü, o sırada kapıda Miss Martinlerden biri göründü ve onu anlaşıldığı kadarıyla nazik, resmî bir havada uğurladı.

Harriet bir süre konuşmadı, ne yaptığıyla ilgili bilgi veremedi. Duygulanmıştı ama Emma sonunda onu görüşmenin nasıl gittiğini anlamasına yetecek kadar konuşturmayı başardı. Harriet yalnızca Mrs. Martin'le iki kızı görebilmişti. Onu soğuk değilse bile kuşkuyla karşılamışlardı, çok uzun bir süre yalnızca havadan sudan konular konuşulmuştu, ta ki sonunda Mrs. Martin, birden Miss Smith'in çok uzamış göründüğünü söyleyene kadar. Böylece daha sıcak, samimi bir havada daha ilginç bir konu açılmış olmuştu. Bir önceki eylül ayında iki arkadaşıyla birlikte aynı odada boyları ölçülmüştü. Pencerenin yanındaki ahşap kaplamanın üstünde kurşunkalemle çizilmiş işaretler ve notlar vardı. Bu işaretleri Mr. Martin yapmıştı. Sanki hepsi o günü, o saati, odada olanları ve o anı anımsamış; aynı bilinci, aynı pişmanlığı hissetmiş, aynı muhabbete dönmeye kendilerini hazır hissetmişlerdi, (Emma'nın kuşkulandığı gibi Harriet de onlarla samimi ve mutlu olmaya en az onlar kadar hazırdı) Aslında belki yeniden eskisi gibi olacaklardı ama tam o sırada araba gelmiş ve her şey bitmişti. Ziyaretin tarzı ve kısalığının acısı ancak o zaman anlaşılmıştı. Daha altı ay önce yanlarında altı hafta geçirdiği için minnettar olduğu insanlara yalnızca on dört dakika ayrılmıştı! Emma durumu tam olarak gözünde canlandıramıyor olsa da onların kırılmakta haklı olduklarını, Harriet'in de üzülmesinin çok doğal olduğunu düşünmeden edemedi. Kötü bir durumdu bu onun için. Martinlerin daha yüksek bir seviyede olduklarını görmek için çok şey verir, çok şeye katlanırdı. Aslında her şeyin en iyisine layık olan insanlardı, seviyelerini birazcık yükseltmeleri yeterli olabilirdi ama içinde bulundukları koşullarda yapabileceği bir şey yoktu, farklı davranması olanaksızdı. Bundan dolayı pişmanlık duyamazdı. Ayrılmaları gerekiyordu; acılı bir süreç olacaktı bu. Emma bu kez kendisi de üzülmüştü, bu yüzden biraz teselliye ihtiyacı vardı, ihtiyaç duyduğu teselliyi bulmak için eve Randalls sakinlerine uğrayarak gitmeye karar verdi. Mr. Elton'ı da Martinleri de düşünmekten bıkmıştı. Randalls'a uğrayıp rahatlaması şarttı.

Bu iyi bir fikirdi ama kapıya vardıklarında "beyefendinin de hanımefendinin de evde olmadığını" öğrendiler. Uşak onların Hartfield'e gittiklerini düşünüyordu.

Emma geri dönerlerken "Bu çok kötü!" diye bağırdı. "Kalkmak üzerelerdir, onları kaçıracağız, çok yazık! Hiç böylesi bir hayal kırıklığı yaşamamıştım." Sonra da kendi kendine homurdanmak ya da aklını dağıtmak; aslında her ikisini birden yapmak için huysuzlanma eğiliminde olan herkes gibi arabanın bir köşesine çekildi ve susup oturdu. Derken araba durdu, başını kaldırıp baktı, arabayı Mr. ve Mrs. Weston durdurmuşlardı, onunla konuşmak için bekliyorlardı. Çok mutlu görünüyorlardı. Çok neşeliydiler, bu hemen konuşmaya başlayan Mr. Weston'ın ses tonundan da anlaşılıyordu.

"Merhaba, merhaba, Biz de babanızla oturuyorduk, onu iyi görmek bizi çok mutlu etti. Frank yarın geliyor, bu sabah ondan mektup aldım, yarın akşam yemeğinden önce burada olacak; bugün Oxford'da, üstelik de tam on beş gün kalmak için geliyor. Geleceğini biliyordum. Noel sırasında gelseydi ancak üç gün kalabilecekti, bu yüzden Noel'de gelmediğine memnun olmuştum. Hava da çok uygun; açık, kuru, sakin. Artık ona doyabiliriz. Onunla çok iyi zaman geçirebileceğiz, her şey gönlümüze göre oldu."

Çok sevindirici bir haberdi bu, Mr, Weston'inki gibi mutlu bir yüzün olumlu etkisi kaçınılmazdı, karısı da çok daha sakin bir yüz ifadesi ve birkaç sözcükle bunu onayladı. Onun Frank Churchill'in geleceğinden emin olduğunu görmek, Emma'nın da emin olmasını sağladı ve o da büyük bir içtenlikle onların sevincine ortak oldu. Tükenmiş ruhlar için en güzel hayata dönüştü bu. Yıpranmış geçmiş, geleceğin yeniliği içinde kayboldu. Emma Mr. Elton'ın lafının bir daha açılmayacağını umut etti.

Mr. Weston heyecanla oğlunun on beş günü onlara ayırmasını sağlayan Enscombe'daki ayarlamaları, yolculuk güzergâhını ve şeklini anlattı. Emma bunları gülümseyerek dinledi, kutlamaya dâhil oldu.

"Onu en kısa zamanda Hartfield'e getireceğim," dedi Mr. Weston. O bunları söylerken karısının onun kolunu dürttüğü Emma'nın gözünden kaçmadı.

Mrs. Weston, "Artık yola koyulsak iyi olacak. Mr. Weston," dedi. "Kızları yollarından alıkoymayalım."

"Peki tamam ben hazırım," diyen Mr. Weston yeniden Emma'ya dönerek ekledi. "Öyle aman aman yakışıklı, zarif bir delikanlı beklemeyin," dedi. "Onunla ilgili yalnızca benim anlattıklarımı dinlediniz, kim bilir belki de benim anlattığım kadar üstün biri değildir." Gözlerindeki pırıltı aslında bunun tam tersini düşündüğünü ele veriyordu.

Emma tam anlamıyla saf ve masum bir ifadeyle kayıtsız, hiçbir yere çekilemeyecek bir yanıt vermeyi başarabildi.

Mrs. Weston'ın ayrılırken son sözleri, "Yarın saat dört sularında beni düşün, sevgili Emma," oldu. Bu sözleri belirgin bir endişeyle söylemişti.

"Saat dörtte mi? Saat üçte burada olacağından eminim."

Mr. Weston karısının sözlerini hızla düzeltti ve bu son derece rahatlatıcı olan görüşme de böylece sona erdi. Emma'nın morali düzelmişti, mutluydu; artık her şeye başka bir gözle bakıyordu. James ve atları bile eskisi kadar hantal ve ağır görünmüyorlardı gözüne. Fundalık çitlere baktı, kısa bir süre içinde tomurcuklanacaklarmış gibi hissetti. Dönüp küçük arkadaşına baktığında onda bile baharı andıran yumuşak, mutlu bir gülümseme gördü.

Gerçi Harriet'in "Acaba Mr. Frank Churchill, Oxford'dan sonra Bath'tan da geçer mi?" sorusu tam bir hayal kırıklığıydı ama...

Coğrafya bilgisi de sakin, suskun kalmak da kolay öğrenilecek şeyler değildi ama Emma o kadar keyifliydi ki her ikisinin de zamanı gelince kendiliğinden hallolacağını düşündü.

Beklenilen günün sabahı en sonunda geldi çattı. Mrs. Weston'ın sadık öğrencisi, öğleden sonra saat dörtte onu düşünmesi gerektiğini sabahın erken saatlerinden itibaren kendi kendine anımsatıp durmaktan geri kalmadı.

Emma odasından çıkıp aşağıya inerken kendi kendine konuşuyordu:

"Benim sevgili, çok sevgili endişeli arkadaşım. Sen her zaman kendinden çok başkalarının rahatını düşünürsün. Şu anda eminim her zamanki telaşlı hâlinle tekrar tekrar konuğunuzun odasında her şeyin tamam olup olmadığını kontrol ediyorsundur." Emma tam koridordan geçerken saat on ikiyi vurdu. "Saat on iki oldu, önümüzdeki dört saat boyunca da seni düşünmeyi bırakmayacağım. Kim bilir belki yarın da bu saatlerde ya da biraz daha geç bir saatte hep beraber buraya gelip gelmeyeceklerini düşünüyor olurum. Onu en kısa zamanda buraya getireceklerine inanıyorum."

Salonun kapısını açtı ve babasının iki beyefendiyle oturduğunu gördü; Mr. Weston ve oğlu. Henüz birkaç dakika önce gelmişlerdi. Mr. Weston Frank'in beklenilenden bir gün önce geldiğini açıklamayı henüz bitirmişti, babası ise nezaket gereği karşılama ve tebrik sözcüklerini henüz tamamlamamıştı bile.

Emma bu sürprizden ve tanışmadan payına düşen keyfi almak için hemen içeri girdi.

Hakkında o kadar konuşulan, ilgi konusu olan Frank Churchill karşısındaydı işte, onunla tanıştırılmıştı. Emma bütün o övgü sözcüklerinin onu tanımlamakta yeterli olmadığı kanısındaydı; Frank Churchill çok yakışıklı bir gençti; boyu, havası, duruşu, konuşması her şeyi kusursuzdu. Yüz ifadesinde babasının huzurlu, neşeli ifadesi ve canlılığından izler vardı; zeki, hareketli ve aklı başında bir adama benziyordu. Emma o an ondan hoşlanacağını hissetti, genç adamın tavırlarında iyi eğitim almış, görgülü insanlara özgü bir rahatlık seziliyordu. Konuşkandı. Emma, kendini genç adamın oraya kendisiyle tanışmaya geldiğine ve bir an önce tanışmak istediğine inandırdı.

Randalls'a bir gece önce ulaşmıştı. Yarım gün önce varmak için planlarını değiştirmesi, daha erken yola çıkıp daha hızlı bir yolculuk yapması Emma'nın çok hoşuna gitmişti.

Mr. Weston büyük bir sevinç içinde "Dün size söylemiştim!" diye haykırdı. "Dün size onun zamanından önce burada olacağını söylemiştim. Anımsıyorum da ben de gençken hep aynı şeyi yapardım. İnsan yolculuğu ağırdan alamıyor, elinde olmadan planladığından daha hızlı hareket ediyor, bir an önce yola çıkmak istiyor. Yakınlarının gözleri yolda kalmadan varacağın yere varmak öyle büyük bir zevk ki katlanmak durumunda kaldığın her şeye değiyor."

Genç adam "Gerçekten çok büyük bir zevk," dedi. "Gerçi böyle rahat gidebileceğim pek fazla yer yok ama kendi evime gelmek için her şeyi yapabileceğimi düşündüm."

"Evim" sözcüğünü duyan babası ona koltukları kabararak mutlulukla baktı. Emma, onun kendini sevdirmeyi bildiğinden emin oldu; daha sonraki konuşmalar da bu inancını güçlendirdi.

Frank Churchill; Randalls'ı çok beğenmişti, çok güzel düzenlenmiş bir ev olduğunu düşünüyordu, evin küçük olduğunu kabul etmeye yanaşmıyordu, konumuna bayılmıştı; Highbury yolunu, Highbury'yi, en çok da Hartfield'i beğenmişti. Köye insanın ancak kendi köyüne karşı duyabileceği kadar büyük yakınlık duyuyor, orayı da çok merak ediyordu. Köyü ziyaret etmeyi hep çok istemişti. Bu kadar büyük bir istek duyuyorsa bu isteğini neden daha önce yerine getirmediği düşüncesi Emma'nın zihninde bazı kuşkular uyandırdıysa da sahte olsa bile bunun hoş bir sahtelik olduğunu ve hoş karşılanması gerektiğini düşündü. Genç adamın tavırlarında bir hainlik ya da abartı yoktu. Gerçekten de hiç de sıradan olmayan bir mutluluğu yaşıyor ve bunun tadını çıkarıyormuş gibi görünüyor, konuşuyordu.

Emma ile de yeni tanışan iki insana uygun konularda konuşuyordu. Genç adam durmadan soru soruyordu: "At biniyor muydu?" "Burası at binmeye uygun muydu?" "Yürüyüş yapmaya uygun muydu?" "Geniş bir çevreleri var mıydı?" "Highbury'nin belirli bir sosyetesi var mıydı?" "Köyün içinde ve çevresinde çok güzel birkaç ev vardı. Balolar düzenliyorlar mıydı? Müzikten hoşlanan bir topluluk var mıydı?"

Bu soruların yanıtlarını aldıktan ve Emma ile de birbirlerini daha iyi tanımaya başladıktan sonra iki babanın derin bir sohbete daldıkları bir anda fırsatını bulup sözü üvey annesine getirdi ve ondan çok büyük bir övgü ve çok sıcak bir hayranlıkla bahsetti. Ona babasını böylesine mutlu ettiği ve onu çok nazik bir biçimde karşılamış olduğu için minnettardı. Bütün bunlar genç adamın insanları nasıl memnun etmeyi bildiğinin ve Emma'nın memnun etmeye değer olduğunu düşündüğünün, hatta buna çabaladığının kanıtıydı. Abartıp Mrs. Weston'la ilgili Emma'nın da arkadaşının hak ettiğinden emin olduğundan öte tek bir övgü sözcüğü bile etmiş değildi, üstelik onunla ilgili henüz çok az bilgi sahibi olmasına rağmen. Hoş karşılanacağından emin olduğu kadar konuştu, emin olmadığı konulara girmedi. "Babasının evliliği çok doğru olmuştu. Bu çok akıllıca bir karardı. Bütün dostları buna sevinmeliydi ve böyle bir lütfu onlara bahşeden aileye karşı çok büyük minnettarlık duyuyordu."

Az kalsın Mrs. Taylor'ın meziyetleri için Emma'ya teşekkür edecekti, hem de hayatın doğal akışında Miss Woodhouse'un Mrs. Taylor'ın karakterinin oluşmasına katkıda bulunmasından çok, Mrs. Taylor'ın Miss Woodhouse'un karakterini oluşturmasında etkili olması gerektiğini unutmuş olamayacağı hâlde. Sonunda asıl konunun etrafında dolanmaktan vazgeçip Mrs. Weston'ın çok genç ve güzel olmasına duyduğu şaşkınlığı ifade ederek sözlerini toparladı.

"Zarif ve hoş bir hanımla karşılaşmaya hazırdım," dedi. "Ama itiraf etmeliyim ki etraflıca düşündüğümde belli bir yaşa gelmiş, belirli bir güzellikte bir hanımdan daha fazlasını beklemiyordum, Mrs. Weston gibi güzel ve genç bir kadınla karşılaşmayı ise aklıma getirmemiştim."

"Bana sorarsanız Mrs. Weston'ı ne kadar övseniz az, benim duygularım onun kusursuz bir insan olduğu yönünde," dedi Emma. "Onun on sekizinde bir kadın gibi göründüğünü söyleseniz ben bunu zevkle dinlerim ama o karşı çıkabilir. Bence ondan çok genç, güzel bir kadın olarak bahsettiğinizi duymasın, samimi olmadığınızı düşünebilir."

Genç adam "Sanırım bu kadarını akıl edebilirim," diye yanıt verdi. "Bundan emin olabilirsiniz," bu noktada kibar bir reverans yaptı, "Mrs. Weston'la konuşurken, sözlerimi seçerken, fazla cömert davranmış olduğum düşünülmeden nasıl iltifat edebileceğimi az çok hesaplayabilirim."

Emma tanışmalarından ne beklenebileceği konusunun ikisinde de benzer bir kuşku yaratıp yaratmadığını düşünüyordu, bu çok uzun bir süredir zihnini meşgul eden bir konuydu. Acaba aynı şey onun da aklına gelmiş miydi, iltifatlarını bunu uygun gördüğünün işareti olarak mı değerlendirmek gerekirdi, yoksa bir karşı koyma olarak mı? Davranışlarını anlamak için Emma'nın onu daha yakından tanıması gerekiyordu, o an için yalnızca makûl olduğunu hissediyordu.

Mr. Weston'ın da aynı şeyi düşündüğünden emindi. Yüzünde mutlu bir ifadeyle sık sık bakışlarını onlara kaydırması da bunun kanıtıydı. Hatta onlara bakmamaya çalıştığı anlarda gizlice onları dinlediğini de anlayabiliyordu.

Kendi babasının bu tür düşüncelerle ilgilenmemesi, böyle konuları sezmekten, böyle beklentilerden, kuşkulardan uzak durması çok rahatlatıcıydı. Neyse ki babası için bir evliliği öngörmek onaylamaktan da zordu. Karar verilen her evliliğe karşı çıkardı ama öncesinde bir şeyler sezip endişelendiği görülmemişti. İki insanın birbirleriyle evlenmek gibi bir akılsızlık yapacaklarına inanacak kadar art niyetli bir insan olmadığını düşünüyor olmalıydı. Emma babasına bu iyi niyetli körlüğünden dolayı minnettardı. Böylece herhangi bir tahminde bulunmadan, herhangi bir imayı sorun etmeden, misafirinin bakışlarında herhangi bir hinlik aramadan tüm nezaketi ve iyi niyetiyle Mr. Frank Churchill'le yolculuğunu konuştu. İki geceyi yolda uyuyarak geçirmenin sıkıntısına nasıl katlanabildiğini sordu, yolda soğuk almamış olmasından memnuniyet duyduğunu söyledi ve tabii bu arada üstünden bir gece daha geçmeden üşütüp üşütmediğinden emin olunamayacağını belirtmeyi de ihmal etmedi.

Ziyaret amacına ulaşmıştı. Mr. Weston kalkmak için kıpırdanmaya başladı.

"Gitmeleri gerekiyordu. Samanlarıyla ilgili Crown'da yapması gereken işler vardı. Mrs. Weston da Ford'dan alınması gereken bir sürü sipariş vermişti ama kimseyi acele ettirmek gibi bir niyeti yoktu."

Babasının imasını hemen anlayacak kadar iyi yetişmiş olan oğlu da hemen ayağa kalkarak "Madem sizin iş için gitmeniz gereken yerler var, efendim, bari ben de bu fırsattan yararlanıp yapmam gereken bir ziyareti bugün yapayım. Komşularınızdan birisiyle tanışma şerefine erişmiş bulunmaktayım." Emma'ya dönerek ekledi: "Highbury'nin içinde ya da çevresinde bir yerde kalan bir hanım, Fairfax diye bir aile. Sanırım evlerini bulmakta herhangi bir zorlukla karşılaşmam. Gerçi sanıyorum ki gerçek aile adları Fairfax değil, Barnes, yok hayır Bates. Bu isimde bir aile tanıyor musunuz?"

Babası, "Kesinlikle tanıyoruz!" diye haykırdı. "Mrs. Bates, gelirken evlerinin önünden geçtik zaten, kızı Miss Bates penceredeydi. Doğru, doğru sen Miss Fairfax'le tanışmışsın, onu Weymouth'tan tanıdığını anımsıyorum, çok iyi bir kız. Ona muhakkak uğra."

"Bu sabah uğramam şart değil," dedi genç adam. "Başka bir gün de olur, Weymouth'taki tanışıklığımız..."

"Yoo! Bugün git, fırsat varken bugün uğra. Plan değiştirme. Yapılması gerekiyorsa yap. Bugünün işini yarına bırakma. Hem sana bir tüyo vereyim, Frank, burada ona ilgi göstermeyi ihmal etmemek gerekir. Sen onu Campbellların yanında tanıdın, orada aralarına karıştığı insanlarla eşitti ama burada geçimini zor sağlayan yaşlı bir büyükannenin yanında yaşıyor. Onu mümkün olduğu kadar erken ziyaret etmezsen adam yerine koymamış olursun."

Oğul ikna olmuş görünüyordu.

"Onun sizi tanıdığından bahsettiğini duymuştum," dedi Emma. "Kendisi çok zarif bir genç hanım."

Genç adam buna katıldığını ifade etti ama bu o kadar sessiz bir "Evet," sözcüğüydü ki Emma onun bu konuda aynı fikirde olduğundan kuşku duydu. Eğer Jane Fairfax gibi biri bile sıradan görülebiliyorsa sosyetede kastedilen çok farklı türde bir zarafet ve görgü olmalıydı.

Emma "Eğer davranışlarından daha önce etkilenmediyseniz," diye devam etti, "sanırım bugün etkilenirsiniz. Onun kendisini ne kadar geliştirdiğine tanık olursunuz, onu görür ve dinlersiniz ama hayır, korkarım onu dinleyemeyeceksiniz çünkü bir türlü dilini tutmayan, geveze bir teyzesi var, konuşmasına fırsat vermeyecektir."

Mr. Woodhouse da "Demek Miss Jane Fairfax'le tanışıyorsunuz, genç adam?" dedi. "Onun çok hoş, çok aklı başında genç bir hanımefendi olduğu konusunda sizi temin etmeme izin verin. Burada büyükannesini ve teyzesini ziyaret etmek için bulunuyor; kendileri çok değerli insanlardır, kendimi bildim bileli tanırım onları. Sizi gördüklerine çok sevineceklerdir, bundan eminim, hatta uşaklardan biri yol göstermek üzere sizinle gelsin."

"Bunu asla kabul edemem, efendim, babam bana yolu tarif eder."

"Ama babanız o kadar uzağa gitmiyor, yalnızca Crown'a kadar gidecek; ayrıca orası yolun tam ters tarafında. Ayrıca orada çok ev var, kolayca karıştırabilirsiniz. Hem patikadan gitmezseniz yol çok çamurlu olabilir. Arabacım size karşıya en kolay nereden geçeceğinizi gösterir."

Mr. Frank Churchill bu teklifi de reddetti, bu konuda samimi olduğu anlaşılıyordu, babası da oğlunu destekledi: "Değerli dostum, buna hiç gerek yok, Frank bir su birikintisi gördü mü kenara çekilmeyi akıl edebilir, Mrs. Bates'in evi de Crown'dan yalnızca iki adım ötede."

Sonunda yalnız gitmelerine izin verildi; biri hafifçe başını sallayarak, diğeri hafifçe reverans yaparak veda etti. Emma bu tanışıklığın başlangıcından çok memnun kalmıştı; artık günün her saatinde rahatça Randalls'takileri düşünebilir, huzurlu olduklarından emin olabilirdi.

BÖLÜM 24

Ertesi sabah Mr. Frank Churchill Mrs. Weston'la birlikte geldi. Görünüşe bakılırsa genç adamın Mrs. Weston'a da Highbury'ye de kanı ısınmıştı. Anlaşılan ikisi yakın dost olmuşlardı, Mrs. Weston'ın yürüyüş saatine kadar sakin sakin oturuyor, nereye doğru yürüyeceklerini seçmesi istendiğindeyse ise Mr. Churchill hemen Highbury'e karar veriyordu. "Her yönde çok sayıda güzel yürüyüş yolları olduğuna hiç kuşkusu yoktu ama ona bırakılırsa o daima aynı güzergâhı seçerdi. Highbury yolu hep yürümek isteyeceği, onun için en cazip yerdi." Mrs. Weston içinse Highbury, Hartfield demekti; üvey oğlunun da kendisiyle aynı görüşü paylaştığından emindi. Doğruca Hartfield'e gelmişlerdi.

Emma onları beklemiyordu, oğlunun ne kadar yakışıklı olduğunu duymak için daha önce Hartfield'e uğrayan Mr. Weston da onların planlarından bihaberdi. Bu yüzden Mrs. Weston'la Mr. Frank Churchill'i kol kola Highbury'ye doğru yürürken görmek Emma için çok hoş bir sürpriz oldu. Kendisi de onu yeniden görmek istiyordu ve özellikle de Mrs. Weston'la birlikte görmek istiyordu. Genç adama karşı tavrı tamamen onun Mrs. Weston'a nasıl davrandığına bağlı olacaktı. Eğer bu bağlamda bir eksiklik görürse hiçbir şey bunu affettiremezdi ama onları birlikte çok neşeli görünce mutlu oldu. Genç adam Mrs. Weston'a karşı görevlerini yalnızca hoş sözler veya abartılı iltifatlarla yerine getirmiyordu. Ona karşı davranışları daha düzgün ya da daha hoş olamazdı; her davranışıyla onu arkadaş olarak gördüğünü ve sevgisini kazanmaya çalıştığını belli ediyordu. Bu arada Emma'nın onunla ilgili doğru dürüst bir izlenim edinmek için de yeterli zamanı oldu çünkü bütün sabah orada kaldılar. Üçü, iki üç saat kadar birlikte yürüdüler; önce Hartfield'in fundalıklarının çevresinde, sonra da Highbury'de. Frank Churchill her şeyden hoşlanıyordu, Hartfield'e Mr. Woodhouse'un kulağına gidecek kadar hayran oldu; daha ileriye yürümeyi kararlaştırdıklarında ise köyün tamamını tanımak istediğini ifade etti ve Emma'nın tahmin ettiğinden çok daha fazla ilgilenecek ve yorum yapacak konu buldu.

Merak ettiği şeylerden bazıları çok ince duygulara sahip olduğunu gösteriyordu. Babasının uzun süre yaşamış olduğu dede evini göstermeleri için yalvardı; ona sütannelik yapan bir kadının hâlâ yaşadığını duyunca onun evini bulmak için bir sokağı baştan sona araştırdı. Bu aramadan olumlu sonuç alınmadı, her ne kadar genç adamın merak ve gözlemlerinde belirgin bir derinlik olmasa da bunlar bir bütün olarak Highbury'ye karşı büyük bir iyi niyeti gösteriyorlardı ve bu bile birlikte olduğu insanlar açısından bir erdem sayılırdı.

Emma sürekli onu gözlemledi ve sergilediği duygulara bakınca onun o zamana kadar gelmemesinin kendi tercihi olamayacağına, rol yapmadığına, sahte ya da samimiyetsiz davranışlarda bulunmadığına ve Mr. Knightley'nin onunla ilgili yargılarında kesinlikle adil olmadığına karar verdi.

İlk molayı Crown Inn'de verdiler; burası türünün tek örneği, büyük bir yer olsa da önemsiz bir handı. Burada yolda koşturulmaktan çok çevredekilerin ihtiyacı olur diye birkaç posta atı tutuluyordu. Yol arkadaşları Mr. Churchill'in hana ilgi göstermesini beklemiyorlardı ama önünden geçerken sonradan eklendiği açıkça belli olan büyük bir bölümün tarihini anlatmadan edemediler. Burası yıllar önce balo salonu olarak yapılmıştı. Köyün daha kalabalık ve danstan hoşlananların daha çok olduğu dönemlerinde arada sırada bu amaçla kullanılmasına rağmen o parlak günlerin üzerinden çok zaman geçmişti, artık o amaçla kullanılmıyordu. Şimdi yöredeki centilmenlerin ve yarı centilmenlerin oluşturdukları bir vist* kulübünün toplantıları için kullanılıyordu. Genç adam bu konuyla hemen ilgilendi. Burasının balo salonu olma özelliği dikkatini çekmişti. Hemen geçip gideceğine büyük iki kanatlı bir pencerenin önünde birkaç dakika durdu ve içeriye baktı. Salonun kapasitesini ve olanaklarını inceledi, esas amacına yönelik kullanılmadığı için hayıflandı. Görebildiği kadarıyla salonda herhangi bir kusur yoktu. Yeterince uzun, geniş ve güzeldi. Rahatça bir sürü insanı alabilirdi. Kış boyunca burada en azından iki haftada bir balo düzenlemeliydiler. Miss Woodhouse neden salonu eski güzel günlerine dönüştürmeyi düşünmüyordu? Onun Highbury'de isteyip de yapamayacağı bir şey yoktu. Bunun yapılamamasının gerekçesi olarak Highbury'de buna uygun aile sayısının çok az olması, köy ve yakın çevresi dışındaki aileleri cezbetmenin olanaksızlığı gösterildiyse de o bunu kabul etmeye yanaşmadı. Çevrede gördüğü onca güzel evden böyle bir toplantıya katılacak sayıda insan çıkmayacağına inanmak istemiyor; ayrıntılar verilip aileler tek tek tanıtıldıktan sonra bile hâlâ farklı seviyelerden insanların bir araya gelmesinin sıkıntı yaratacağına ve ertesi gün insanların toplum içinde ait oldukları yerlere dönmelerinin kolay olmayacağına bir türlü ikna olmuyordu. Dans etmeye çok istekli olduğu anlaşılıyordu, Emma, Westonların mizaçlarının Churchilllerin

---

* Vist: O dönemde İngiltere'de çok popüler olan ve dört kişi ile oynanan bir kâğıt oyunu (Ç.N.)

göreneklerine bu denli baskın çıkabilmiş olmasına çok şaşırdı. Genç adam babasının bütün canlılığını, hayat doluluğunu, neşesini ve sosyal eğilimlerini almış olmasına rağmen Enscombe'un kibir ve umursamazlığından etkilenmemiş gibiydi. Gururlu olabilirdi ama asla kibirli değildi, insanların seviyeleri konusundaki kayıtsızlığı düşüncesizlik sınırlarında dolaşıyordu. Önemsemediği, umursamadığı bir olguyu yargılaması beklenemezdi. Kim bilir belki de bu neşeli, umursamaz ruh hâli yaradılışında vardı. Sonunda Crown'ın önünden ayrılmayı kabul etti, bu arada Bateslerin evinin önüne gelmişlerdi. Emma ona bir gün önce yapmaya niyetlendiği ziyareti anımsatarak, onlara uğrayıp uğramadığını sordu.

"Evet, elbette," diye yanıt verdi genç adam. "Ben de tam bunu anlatacaktım. Çok iyi bir ziyaret oldu. Üç hanımı da gördüm, beni önceden uyarmış olduğunuz için size minnet borçluyum. Eğer konuşkan teyzeye habersiz yakalanmış olsaydım sanırım oracıkta ölüp kalırdım. Aslında bu yalnızca bir saygı ziyareti olacaktı. On dakika yeterliydi, hatta belki olması gereken de buydu, babama da ondan önce eve döneceğimi söylemiştim ama oradan kurtulmak mümkün olmadı; hiç ara vermedi, sonra bir de baktım ki beni hiçbir yerde bulamayan babam oraya gelmiş. Meğer yaklaşık üç çeyrek saattir onlarla oturuyormuşum. O tatlı hanımefendi bana oradan kaçıp kurtulma şansı tanımadı."

"Sizce Miss Fairfax nasıl görünüyordu?"

"Kötü, çok hasta görünüyordu; tabii genç bir hanımefendinin kötü göründüğünü söylemek yakışık almaz ama... Bu doğru bir ifade değil, öyle değil mi Mrs. Weston? Hanımlar asla kötü görünmez. Aslına bakarsanız Miss Fairfax'in teni normalde de o kadar solgun ki her zaman sağlığı bozukmuş gibi görünüyor."

Emma bu görüşe katılmıyordu, hararetle Miss Fairfax'in teninin güzelliğini savundu.

Genç kızın ten rengi canlı, göz alıcı olmasa da hastalıklı bir görüntüsü olduğunun söylenmesini kabul edemezdi; Miss Fairfax'in teninde ona özgün bir zarafet katan bir yumuşaklık vardı.

Genç adam onun dediklerini saygıyla dinledi, başkalarından da aynı şeyleri duyduğunu belirtti ancak yine de itiraf etmeliydi ki onun görüşüne göre hiçbir şey sağlıklı bir cildin doğal ışıltısının yerini tutamazdı. Yüz hatlarının sıradan olduğu durumlarda hoş bir ten onlara güzellik katardı, yüz hatları güzel olduğundaysa bunun etkisi... neyse ki bu etkiyi tanımlaması gerekmedi.

Emma, "Peki," dedi. "Tabii zevkler tartışılmaz, neyse sanırım en azından ten rengi dışında onu beğendiniz."

Genç adam başını sallayıp güldü.

"Miss Fairfax'i teninden ayrı düşünmem mümkün değil."

"Onunla Weymouth'ta sık sık görüştünüz mü? Sıklıkla aynı ortamda bulundunuz mu?"

Bu sırada Ford'un dükkânına yaklaşıyorlardı; genç adam birden heyecanla haykırdı.

"Babamın dediğine göre burası da herkesin her gün uğradığı dükkân olmalı! Söylediğine göre yedi günün altısında Highbury'ye geliyormuş ve her defasında Ford'un dükkânında yapacak bir işi oluyormuş. Eğer sizin için sorun olmayacaksa lütfen oraya girelim, ben de kendime buraya ait olduğumu, gerçek bir Highbury'li olduğumu kanıtlayayım. Ford'un dükkânından bir şey alayım. Belki böylece hemşeriliğim resmiyet kazanır. Herhâlde eldiven satıyorlardır."

"Ah! Evet, eldiven ve daha bir sürü şey. Sizdeki bu hemşerilik anlayışına hayranım. Highbury'de size bayılacaklar. Buraya gelmeden önce de Mr. Weston'ın oğlu olduğunuz için seviliyordunuz, bir de alışveriş yaparsanız popülerliğinize diyecek kalmaz."

"İçeri girdiler, üzerlerinde "Erkek Eldiveni" ya da "York'ta Tabaklanmış" gibi etiketler olan zarif ve iyi bağlanmış paketler aşağıya indirilip tezgâhın üzerine dizilirken genç adam, "Bağışlayın, Miss Woodhouse," dedi. "Bir şey söylüyordunuz, bir an *Amor patriae**ye kapıldım. Söyleyeceğinizi unutmayın. Emin olun toplumda kazanacağım şan şöhret ne boyutta olursa olsun, özel hayatımda kaybedeceğim mutluluğun yerini tutamaz."

"Weymouth'tayken Miss Fairfax ve arkadaşlarıyla samimi olup olmadığınızı sormuştum."

"Sorunuzu şimdi anlıyorum ama bunun hiç adil bir soru olmadığını belirtmeliyim. Bir tanışıklığın seviyesini belirtmek her zaman hanımların hakkıdır. Miss Fairfax bu konuda açıklama yapmış olmalı. Onun uygun gördüğünden farklı bir ifadede bulunmam doğru olmaz."

"Aman Tanrım! Sizin yanıtınız da Miss Fairfax'inkinden farksız, ihtiyatlı. O, genellikle kendisiyle ilgili hemen hiçbir şey anlatmıyor, başkalarından bahsederken de çok ölçülü; hatta fazlasıyla ketum, bu yüzden sizden onunla arkadaşlığınız konusunda bir şeyler öğrenebileceğimi ummuştum."

"Öyle mi? O zaman gerçeği söyleyeyim, bana yakışan da bu. Onunla Weymouth'ta sık sık karşılaştık. Campbellları şehirden de biraz tanırdım, Weymouth'ta da çoğunlukla aynı grubun içindeydik. Albay Campbell çok hoş bir adam ve Mrs. Campbell da çok dost canlısı, sıcakkanlı bir kadın. Hepsini çok severim."

"Öyleyse Miss Fairfax'in durumunu ve onu neyin beklediğini de biliyorsunuzdur."

---

* *Amor patriae:* Vatan sevgisi, vatan aşkı (Ç.N.)

Genç adam, "Evet," dedi duraksayarak. "Bildiğimi sanıyorum."

Mrs. Weston gülümseyerek "Çok hassas konulara giriyorsun, Emma," dedi. "Benim burada olduğumu unutma. Sen Miss Fairfax'in durumundan söz edince Mr. Frank Churchill ne diyeceğini bilemiyor. Ben biraz uzaklaşayım."

"Kesinlikle haklısınız, onun şu yaşamdaki en iyi, en sevdiğim arkadaşım olduğunu düşünmek dışında her şeyi unutuyorum," dedi Emma.

Genç adam bu duyguyu anlamış ve saygı duymuş gibi bakıyordu.

Eldivenleri satın alıp dükkândan çıkınca Frank Churchill, "Sözünü ettiğimiz hanımı piyano çalarken dinlediniz mi hiç?" diye sordu.

Emma, "Dinlemek mi?" dedi. "Onun Highbury'li olduğunu unutuyorsunuz. İkimiz de piyano çalmaya başladığımızdan bu yana her yıl dinledim. Muhteşem çalıyor."

"Demek öyle düşünüyorsunuz? Bu konuda tarafsız olabilecek birinin görüşünü almak istemiştim. Ben de çok iyi çaldığını düşünüyorum, yani kendine özgü belli bir çalışı var ama bu pek bildiğim bir konu değil. Müzikten çok hoşlanırım fakat yeteneğim yok ve kimsenin yeteneğini değerlendirme hakkına da sahip değilim. Onun piyano çalışının övüldüğünü çok duydum, hatta yanılmıyorsam kanıtını da gördüm. Müzikten çok iyi anlayan, başka bir kadına âşık, bu kadınla nişanlı hatta evliliğin eşiğine gelmiş bir adam, sözünü ettiğimiz hanımefendi oradayken nişanlısının piyanonun başına oturmasını bile kabul edemiyormuş. Müzikten anlayan bir adam nişanlısına rağmen bunu yapıyorsa bunu onun çok iyi piyano çaldığının kanıtı olarak düşünüyorum."

Bu duydukları Emma'nın hoşuna gitmişti.

"Haklısınız, bu kesinlikle kanıt," dedi. "Demek Mr. Dixon müzikten çok iyi anlıyor? Sanırım onlarla ilgili sizden yarım saat içinde Miss Fairfax'ten yarım yıl içinde duyabildiğimizden daha fazla bilgi alacağız."

"Evet, bahsettiğim kişiler gerçekten de Mr. Dixon ve Miss Campbell'dı, ben bunun çok güçlü bir kanıt olduğunu düşünüyorum."

"Kesinlikle, güçlü; çok sağlam bir kanıt bu, aslına bakarsanız ben Miss Campbell'ın yerinde olsaydım bu hiç hoşuma gitmezdi, sevgilimin beni dinlemesini isterdim. Bir erkeğin müziği aşka, kulağını sevgisine yeğlemesini, güzel tınılara benim duygularımdan daha duyarlı olmasını bağışlayamazdım. Miss Campbell bunu nasıl karşıladı?"

"Onların çok yakın arkadaş olduklarını biliyorsunuz."

Emma gülerek "Züğürt tesellisi!" dedi. "Keşke en yakın arkadaşım olacağına bir yabancı olsaydı diye düşünürdüm. Bir yabancıda aynı şeyin tekrar edilmesi tehlikesi yoktur ama hep yanında olan ve her şeyi senden iyi yapan yakın bir arkadaşa sahip olmanın acısı insanı yıkabilir. Zavallı Mrs. Dixon! Neyse, İrlanda'ya yerleşmesine sevindim."

"Haklısınız. Bu Miss Campbell açısından pek hoş bir durum değildi ama o böyle hissetmişe benzemiyordu."

"Çok daha iyi, ya da çok daha kötü, bilemiyorum. Ama ister iyi niyetinden ister saflığından olsun –arkadaşlığının gücünden ya da duyarlılık yoksunluğundan– o bundan rahatsız olmamış olabilir ama ben bunu hisseden biri olduğundan eminim; o da Miss Fairfax. O, bu tehlikeli ve uygunsuz ayrımı hissetmiş olmalı."

"O konuda... ben..."

"Ah! Miss Fairfax'in duyguları konusunda sizin ya da bir başkasının bir şeyler anlatmasını beklediğimi düşünmeyin. Sanırım bu konuda kendisi dışında hiç kimsenin bilgisi yoktur. Ama Mr. Dixon'ın her ricasında çalmaya devam ettiyse bu çok düşündürücü bir durum."

"Üçünün arasında öyle mükemmel bir uyum vardı ki," diyen genç adam o andaki duygularını frenleyerek ekledi, "tabii gerçek ilişkilerinin nasıl olduğunu bilmem mümkün değil, yani yanımızda değilken; tek söyleyebileceğim dışarıdan çok uyumlu göründükleri. Siz Miss Fairfax'i çocukluğundan beri tanıyorsunuz, onun karakterini ve kritik durumlarda nasıl davrandığını benden daha iyi bilirsiniz. "

"Hiç kuşkusuz onu çocukluğundan beri tanıyorum; birlikte büyüdük, çocukluğumuz, gençliğimiz birlikte geçti; yakın olduğumuzu, ailesini her ziyaret etmeye geldiğinde görüştüğümüzü düşünmeniz doğal ama biz hiç çok yakın olmadık. Bunun nedenini ben de tam olarak bilmiyorum; bu belki benden kaynaklandı, teyzesi, büyükannesi ve tüm arkadaş çevresi tarafından idolleştirilen ve sürekli övülen bir kıza karşı tepki duymuş olabilirim. Tabii bir de mesafeli ve içine kapanık olması var, ben bu kadar mesafeli biriyle yakın arkadaş olamam. "

Genç adam, "Bu gerçekten de çok itici bir özellik," dedi. "Aslında işe yaradığına hiç kuşku yok ama hoşa giden bir şey değil. Mesafeli olmak güvenli fakat cazip değil. İçine kapalı, mesafeli birini sevemezsiniz."

"Bu tür bir insan size açıldığında çekiciliği çok daha da fazla olabilir ama böyle birinin koyduğu mesafeyi aşmaya çalışmam için arkadaş sıkıntısı çekiyor olmam gerekir. Benimle Miss Fairfax arasında bir yakınlık kurulması söz konusu bile olamaz. Onun hakkında kötü düşünmem için herhangi bir neden yok, asla yok ama söz ve davranışlarındaki aşırı sakınganlık, ne olursa olsun herhangi biri hakkında fikir beyan etmekten kaçınması, akla saklayacak bir şeyleri olduğunu getiriyor."

Mr. Churchill onunla kesinlikle hemfikirdi; birlikte uzun süre yürüyüp benzer düşünceleri paylaştıktan sonra Emma artık onu çok iyi tanıdığını hissetti, öyle ki bunun daha ikinci görüşmeleri olduğuna inanamıyordu. Frank Churchill tam olarak beklediği gibi biri değildi; birçok konuda beklediğinden çok daha deneyimsizdi, görmüş geçirmiş, pişkin bir tip de değildi zengin şımarık bir çocuk da; sonuçta Emma'nın beklediğinden çok daha iyiydi. Fikirleri genç kızın umduğundan çok daha ılımlı, duyguları çok daha sıcaktı. Özellikle Mr. Elton'ın evini gördüğü zamanki tavrı da Emma'yı çok etkilemişti, "tıpkı kilise gibi" denilen eve gidip bir de yakından bakmış ve kusur bulma konusunda onlara katılmamıştı. Buranın kötü bir ev olduğunu düşünmüyordu, sahibine acınacak bir ev hiç değildi. Eğer bu evi sevdiği kadınla paylaşıyorsa bu evin sahibi olan erkeğe acımak için bir neden olamazdı. Evde her tür konforu sağlayacak kadar oda olduğu belliydi. İnsanın bundan fazlasını istemesi için aptal olması gerekirdi. Mrs. Weston güldü ve genç adamın ne dediğinin farkında olmadığını söyledi. Kendisi büyük bir evde yaşamaya alışıktı; büyüklüğün sağladığı avantajların ve konforun üzerinde düşünmesi gerekmediği için küçük bir evde yaşamanın kaçınılmaz zorluklarını bilemezdi. Emma ise içinden onun neden bahsettiğini çok iyi bildiğini, erken yaşta evlenip yuva kurma eğiliminde olduğunu düşündü. Kâhyanın kalabileceği bir oda olmamasının ya da kilerin yetersizliğin evdeki huzuru bozabileceğinin farkında olmayabilirdi ama Enscombe'un onu mutlu etmeye yeterli olmadığını anlıyordu ve âşık olursa erken yaşta kendi düzenini kurmak için servetinin önemli bir kısmından vazgeçmeye hazırdı.

BÖLÜM 25

Emma'nın Mr. Frank Churchill'le ilgili edindiği olumlu izlenimler ertesi gün genç adamın yalnızca saçını kestirmek için Londra'ya gittiğini duyunca biraz değişti. Sabah kahvaltısını ederken birden aklına esmiş, araba çağırıp yola koyulmuştu. Akşam yemeğine döneceğini söylemişti ama görünen oydu ki saçını kestirmekten daha başka bir işi yoktu. Yalnızca bunun için bir gün içinde otuz kilometre gidip dönmesinde elbette ki bir sakınca yoktu ancak bu davranışta Emma'nın onaylamadığı bir tür züppelik ve saçmalık vardı. Emma'nın bir önceki gün onda gördüğüne inandığı sağduyu, tutumluluk, alçak gönüllülük ve hatta göğsünde taşıdığına inandığı sıcak kalple uyum sağlamıyordu. Kendini beğenmişlik, müsriflik, değişiklik hevesi, iyi ya da kötü kendi bildiğini yapma dürtüsü; babasının ve Mrs. Weston'ın isteklerine karşı kayıtsızlık, davranışlarının nasıl görüneceğini umursamama gibi suçlamaların hepsini hak eder bir durumdaydı. Babası, ona "Züppe" deyip işin içinden çıkmış, hatta bunu hoş bile bulmuştu, Mrs. Weston'ın ise "her gencin kendine göre bir kusuru var" demesinden bundan hiç hoşlanmadığı ve üzerinde durmak bile istemediği belliydi.

Emma bu küçük hata dışında ziyaretin arkadaşında olumlu duygular uyandırdığını fark etti. Mrs. Weston onun çok ilgili ve hoş bir arkadaş olduğunu, hatta kişiliğinde sevilecek çok şey bulduğunu söylemeye hazırdı. Ona göre genç adam açık yürekliydi, neşeliydi, hayat doluydu; fikirlerinin pek yanlış olmadığını görebiliyordu, çoğu doğruydu. Dayısından da sıcak bir saygıyla bahsediyor, ondan söz etmekten hoşlandığı anlaşılıyordu, eğer kendi başına kalsa onun dünyanın en iyi adamı olacağını söylüyordu. Dayısının karısından pek hoşlanmadığı hissedilse de onun iyi kalpliliğini ve ilgisini minnetle anıyor ve ondan her koşulda saygıyla bahsetmeye çalışıyordu. Bütün bunlar umut vericiydi, saçlarını kestirmeye gitmesi gibi bir talihsizlik yaşamış olsalar da Emma'yla ilgili hayallerinde ona atfettiği onura layık olmadığını düşünmemesi için hiçbir neden yoktu. Emma'ya âşık olmamış olsa bile bunun çok yakın olduğu ve bunun yalnızca Emma'nın kayıtsızlığı nedeniyle engellendiği anlaşılıyordu. (Emma evlenmeme kararını hâlen değiştirmiş değildi.) Tüm ortak dostları da onu Emma'ya uygun görmekle onurlandırıyorlardı.

Mr. Weston ise kendi açısından bu konuya ağırlığını da hissettirecek şekilde yaklaşmayı yeğledi. Emma'nın genç adamın onu çok beğendiğini, çok güzel ve çekici bulduğunu anlamasını sağladı; genç kız da onun hakkında söylenen bunca güzel şeyden sonra onu pek sert yargılamaması gerektiğine karar verdi. Mrs. Weston'ın da dediği gibi "Her gencin kendine göre bir kusuru olabilirdi."

Mr. Frank Churchill'in Surry'de tanıştığı insanlar arasında ona hoşgörüyle yaklaşmayan, bir türlü gözüne giremediği biri vardı. Donwell ve Highbury köylerinde genel bir beğeni kazanmıştı, yakışıklı adamın sık sık gülümsemesi ve sürekli zarif reveranslarla etrafındakileri selamlaması karşısında "Her erkeğin böyle ufak tefek abartılı davranışları olabilir," yorumları yapılıyor, bunlar çoğunlukla hoş görülüyordu ama ne bu gülümsemelerin ne de reveransların kolay kolay yumuşatamayacağı biri vardı; Mr. Knightley. Mr. Knightley genç adamın Londra'ya gittiğini Hartfield'de duydu, bir an için sessiz kaldı ve sonra Emma onun elinde tuttuğu bir gazetenin arkasında kendi kendine "Tam da düşündüğüm gibi budalanın teki!" diye mırıldandığını duydu. Emma bir an buna itiraz etmeyi aklından geçirse de onun bunu kendisini kışkırtmak için değil yalnızca bir duygu tezahürü olarak söylediğini fark etti ve duymazdan geldi.

İyi bir haber getirmemiş olsalar bile Mr. ve Mrs. Weston'ın o sabah yaptıkları ziyaret bir açıdan hayırlı oldu. Onlar Hartfield'deyken olan bir şey konusunda Emma onların tavsiyesine ihtiyaç duydu ve daha da güzeli onların söyledikleri tam da Emma'nın duymak istediği sözcükler oldu.

Olay şöyle gelişti: Colelar uzun bir süre önce Highbury'ye yerleşmişlerdi ve çok iyi insanlardı; dost canlısı, hoşgörülü, dürüst ve samimiydiler ama daha alt seviyede bir aileden geliyorlardı; ticaretle uğraşıyorlardı, pek soylu davranışlara sahip oldukları söylenemezdi, mütevazı bir yaşamları vardı. Ama son birkaç yılda birden gelirlerinde belirgin bir artış olmuş, şehirdeki evleri onlara daha fazla kazanç sağlamaya başlamış, kısacası talih yüzlerine gülmüştü. Servetleriyle birlikte dünyaya bakışları da değişmiş, daha büyük bir evde yaşamak, daha çok insanla görüşmek isteğine kapılmışlardı. Evlerini büyütmüş, hizmetçilerinin sayısını artırmış ve her tür harcamalarında kesenin ağzını açmışlardı. Böylece gerek servetleri gerekse hayat tarzlarıyla Hartfield'dekilerden sonra ikinci konuma yerleşmişlerdi. Sosyeteye düşkünlükleri ve yeni yemek odaları herkesi onlarla yemek yemeye heves eder hâle getirmişti; daha şimdiden birkaç bekâr erkeğin de katıldığı partiler düzenlemişlerdi. Emma onların yörenin ileri gelen ailelerini de Donwell, Hartfield ya da Randalls sakinlerini davet etmeye cüret edeceklerini düşünüyordu. Emma hiçbir şekilde böyle bir davete icabet etmeyecekti ama babasının herkesçe bilinen alışkanlıklarına bağlanacak bu davranışının, bu tavrın anlamını zedeleyebileceğinden korkuyordu. Colelar genel anlamda düzgün, saygıdeğer insanlardı fakat birinin onlara kendilerinden daha üstün konumdaki ailelerin onları hangi koşullarda ziyaret edeceklerine kendilerinin karar veremeyeceğini öğretmesi gerekiyordu. Emma kendisi dışında onlara bu dersi verecek başka biri olmayacağından emindi, bu konuda Mr. Knightley'ye de Mr. Weston'a da pek güvenmiyordu.

Emma haftalar öncesinden böyle bir haddini bilmezlikle karşılaşmaları durumunda ne yapacağına karar vermişti ancak gerçekten de böyle bir densizlikle karşılaşıldığında bunun beklediği gibi olmadığını gördü. Donwell ve Randalls sakinleri davet edilmişlerdi ama ona ya da babasına ulaşan bir davet olmamıştı. Mrs. Weston, "Sanırım sizden çekindiler, sizin yemek davetlerine katılmadığınızı biliyorlar," dediyse de bu açıklama yeterli olmadı. Emma reddetme gücüne sahip olmayı istediğini fark etti, sonrasında ise en sevdiği insanların bir araya geleceği bir yemeğe davet edilse kabul eder miydi yoksa etmez miydi bundan emin olamamaya başladı. Tekrar tekrar bunu düşündü. O akşam Harriet orada olacaktı, Batesler de. Önceki gün Highbury'de dolaşırken bundan bahsetmişlerdi ve Frank Churchill içtenlikle onun orada bulunmayacak olmasından üzüntü duyacağını söylemişti. Akşam dansla bitse nasıl olur diye sormuştu? Dans olasılığından bahsedilmesi Emma'nın daha da çok üzülmesine neden olmuştu, davet edilmemiş olmanın aslında bir anlamda iltifat sayılabileceğini düşünse de böyle bir onurlu yalnızlık içinde kalmak ona teselli olamıyor, içini rahatlatmıyordu.

Ama davet geldi hem de tam Westonlar Hartfield'deyken, aslında onların orada olmaları iyi de oldu. Emma davetiyeyi okuyunca ilk tepkisi doğal olarak "Tabii ki hayır," olsa da yine de onlara ne yapmasının doğru olacağını sordu ve Westonlar davete katılmasını söylediler. Bu öneri kabul gördü.

Emma biraz düşününce kendi kendine aslında bu partiye gitmemek gibi bir isteğinin olmadığını itiraf etti. Colelar kendilerini çok güzel ifade etmişlerdi, yazdıklarında gerçek anlamda özen vardı, babasına karşı da çok saygılı davranmışlardı. Aslında onları çok daha önce evlerinde ağırlama onuruna erişmek istemişlerdi ama Mr. Woodhouse'u her türlü hava cereyanından korumak için Londra'ya ısmarlamış oldukları paravanın gelmesini beklemişlerdi, dolayısıyla ancak şimdi gönül rahatlığıyla onların davetlerini kabul ederek kendilerini onurlandıracaklarını umut edebiliyorlardı. Emma bu konuda ikna edilmeye hazırdı; babasının rahatını bozmadan bu davete nasıl katılabileceğini de aralarında konuşup hallettiler. Mr. Woodhouse'a arkadaşlık etmek konusunda Mrs. Bates'e olmasa bile Mrs. Goddard'a güvenebilirlerdi. Asıl önemli olan Mr. Woodhouse'u kızının bir gece dışarıda yemek yemesine ve geceyi ondan uzakta geçirmesine ikna etmekti. Emma babasının bu davete gitmek isteyeceğini düşünemiyordu; parti geç saatlere kadar sürecek, üstelik kalabalık olacaktı. Mr. Woodhouse'un ilk tepkisi de buna yönelik oldu.

"Ben yemek davetlerine gitmekten hiç hazzetmem," dedi. "Yaşamım boyunca da hiç hoşlanmadım. Emma da benim gibidir. Gece geç saatlere kadar dışarıda kalmak bize uymaz. Keşke Mr. ve Mrs. Cole bizi hiç davet etmemiş olsalardı, buna üzüldüm. Önümüzdeki yaz aylarında bir öğleden sonra gelip bizimle bir çay içseler iyi olur, birlikte yürüyüşe de çıkarız, çaydan sonra yürüyüşe çıksak bile akşamın nemli havasına kalmadan herkes evinde olur. Kimsenin yaz akşamlarının çiyinde dışarıda kalmasını istemem. Aslında madem sevgili Emma'nın bu akşam yemeğinde onlarla birlikte olmasını bu kadar çok istiyorlar, siz ikiniz ve de Mr. Knightley orada olacaksınız, ona göz kulak olursunuz; Emmacığımın bu davete katılmasına engel olmak istemem, yeter ki hava iyi olsun; nemli, soğuk ya da rüzgârlı olmasın." Sonra dönüp, Mrs. Weston'a bakarak tatlı bir sitemle "Ah, Mrs. Taylor, keşke evlenmemiş olsaydınız siz de benimle evde olurdunuz," diye ekledi.

Mr. Weston hemen "Tabii efendim!" diye haykırdı. "Mrs. Taylor'ı sizden alan ben olduğuma göre onun yerini doldurmak boynumun borcu, dilerseniz hemen sizinle kalmayı konuşmak için Mrs. Goddard'a gidebilirim."

Ama hemen bir şey yapılması fikri Mr. Woodhouse'un heyecanını yatıştırmadığı gibi aksine çoğalttı. Hanımlar onu sakinleştirmenin yolunu çok daha iyi biliyorlardı. Mr. Weston'ın sakin olması ve her şeyin ağır ağır düzenlenmesi gerekiyordu.

Neyse ki Mr. Woodhouse çok geçmeden sakinleşti ve her zamanki konuşkanlığına kavuştu.

"Mrs. Goddard'ı görmek hoşuma gider." Mrs. Goddard'a çok saygı duyuyordu; Emma birkaç satırlık bir not yazıp onu davet etmeliydi. James notu götürebilirdi ama her şeyden önce Mrs. Cole'a yazılı bir yanıt verilmesi gerekiyordu.

"Benim özürlerimi mümkün olan en kibar biçimde ifade etmeniz gerekiyor. Benim artık hasta, yaşlı bir adam olduğumu ve hiçbir yere gitmediğimi, dolayısıyla onların bu nazik davetlerine de katılamayacağımı bildir; tabii konuya teşekkürlerimi ifade ederek gir ama sen zaten her şeyin en doğrusunu yaparsın. Ne yapılması gerektiğini sana söylememe gerek yok. James'e salı günü arabaya ihtiyaç olacağını bildirmeyi de unutmamalısın. Seni oraya o götürürse endişelenmeme gerek olmaz. Yeni yol yapıldığından beri oraya gitmedik ama James'in seni güvenli bir biçimde oraya ulaştıracağından hiç kuşkum yok. Oraya vardığında seni almaya ne zaman geleceğini ona söylemelisin, erken bir saat versen iyi olur. Geç vakte kadar dışarıda kalmak doğru değil, zaten sen de hoşlanmazsın. Çay bittiğinde sen çoktan yorulmuş olursun."

"Herhâlde benim biraz yorulmadan geri gelmemi de istemezsiniz, değil mi babacığım?"

"Yoo, hayır yavrum, ama sen çabuk yorulursun. Aynı anda bir sürü insan konuşuyor olacak. Sen gürültüden rahatsız olursun."

Mr. Weston atıldı:

"Ama sevgili efendim! Eğer Emma erken kalkarsa bu partiyi bozmak anlamına gelir."

Mr. Woodhouse, "Bozsa ne olur?" dedi. "Parti ne kadar çabuk dağılırsa o kadar iyi."

"Bunun Colelara nasıl görüneceğini hiç düşünmüyorsunuz. Emma'nın hemen çaydan sonra kalkması kırıcı olabilir. Onlar iyi niyetli insanlar, kendilerini pek önemsemezler ama yine de misafirlerinden birinin hemen çayını içip kalkması durumunda kendilerini kötü hissedeceklerdir. Özellikle de bunu yapanın Miss Woodhouse olması onlar üzerinde orada bulunan herkesten daha çok etkili olacaktır. Eminim Coleların hayal kırıklığına uğrayıp üzülmelerini istemezsiniz; onlar dost canlısı, iyi insanlar ve tam on yıldır komşumuz."

"Yoo, hayır, kırılmalarını asla istemem; bunu bana anımsatmanız iyi oldu, Mr. Weston. Bundan dolayı size minnettarım. Onları üzmek beni üzer. Onların değerli insanlar olduklarını biliyorum. Perry'nin dediğine göre Mr. Cole malt içkileri ağzına sürmüyor. Görünüşünden anlaşılmıyor ama karaciğerinde bir sorun varmış. Mr. Cole'un karaciğeri çok hasta. Yo, hayır ben onlara sıkıntı vermeyi asla istemem. Emmacığım, bunu göze almalısın. Eminim Mr. ve Mrs. Cole'u üzmektense orada biraz daha fazla kalabilirsin. Biraz yorulsan da önemli değil. Nasıl olsa dostlarının arasında kesinlikle güvendesin."

"Ah! Evet, babacığım. Benim kendimle ilgili hiçbir endişem yok. Mrs. Weston'la birlikteyken, onun orada kaldığı sürece benim de orada kalmamda hiçbir sakınca olmayacağından eminim. Asıl ben sizin yatmayıp beni bekleyeceğinizden çekiniyorum. Mrs. Goddard'la birlikteyken gayet rahat olacağınızdan endişem yok. Biliyorsunuz, pik oynamaya bayılır fakat o gittikten sonra her zaman yattığınız saatte yatacağınıza, yatmayıp beni beklemenizden korkuyorum, bunu düşünmek bile huzurumu kaçırıyor. Beni beklemeyeceğinize söz vermelisiniz."

Mr. Woodhouse Emma'nın da kendisine bazı konularda söz vermesi karşılığında söz verdi; örneğin eğer Emma eve üşümüş olarak gelirse kendini iyice ısıtacaktı, aç gelirse bir şeyler yiyecekti; oda hizmetçisi yatmayıp onu bekleyecekti ve Serle ile kâhya ise evde her şeyin yolunda olup olmadığından emin olacaklardı.

BÖLÜM 26

Frank Churchill söylediği gibi geri döndü, babasını yemek masasında bekletmiş olsa da bu Hartfield'de asla öğrenilmedi çünkü Mrs. Weston, Mr. Woodhouse'un onu sevmesini çok istiyor, bu konuda çok özen gösteriyor; bu nedenle üvey oğlunun tüm kusurlarının üstünü örtüyordu.

Genç adam geri döndüğünde saçları kesilmişti, yaptığından utanmış gibi bir hâli yoktu; kendinden memnun, tatlı tatlı gülümsüyordu. Aslında keşke saçlarımı kestirmeseydim dercesine somurtması için de bir neden yoktu, keyfi için para harcamış olmaktan dolayı üzülmesi için de... Her zamanki gibi rahat ve canlıydı. Emma onu gördükten sonra bu durumdan kendine ders çıkardı:

"Bunun böyle olması gerekir mi bilmiyorum ama aptalca şeyler, aklı başında insanlar tarafından kimseye aldırmadan yapılınca aptalca olmaktan çıkıyor. Kötülük her zaman kötülüktür ancak aptallık her zaman aptallık değil. Aptallık, yapanın kişiliğine bağlı olarak değişen bir şey. Hayır, Mr. Knightley, inanın o züppe ve aptal biri değil. Eğer öyle olsaydı daha farklı davranırdı. Ya bunu bir zafer gibi gösterir ya da bundan utanç duyardı. Tavırlarında bir züppenin gösteriş merakı ya da yaptığı gereksiz kibrini savunmaktan aciz bir aklın kaçamak hâlleri olurdu. Hayır, onun züppe ya da aptal biri olmadığından eminim."

Salı günü onu tekrar hem de o zamana kadar olduğundan daha uzun bir süre görmek, davranışlarını yargılamak olanağı olacaktı. Bu, karşısına çıkan bir fırsattı. Belki böylece genç adamın kendisine karşı davranışlarını yorumlama, ona ne zaman soğuk davranamaya başlaması gerekeceğini hissetme ve onları ilk kez birlikte gördüğünde ne düşüneceklerini hayal etme olanağı olacaktı.

Gidecekleri yer Mr. Cole'un evi olmasına rağmen Emma mutlu olmak istiyor, bir yandan da Mr. Elton'ın revaçta olduğu günlerde genç adamın yaptığı hiçbir şeyin onu sürekli Mr. Cole'la akşam yemeğine gitmesi kadar rahatsız etmediğini anımsıyordu.

Babasının rahatı büyük ölçüde sağlanmıştı; hem Mrs. Goddard hem Mrs. Bates o gece Hartfield'e geldiler. Emma evden ayrılmadan önce büyük bir zevkle hepsine gereken saygıyı gösterdi. Akşam yemeklerini yemiş oturuyorlardı. Babası elbisesinin güzelliğine dikkati çekerken Emma da iki hanıma elinden gelen bütün ikramı yapmaya çalışıyordu. İkisine de birer dilim kek ve birer kadeh şarap sundu. Babası titizliği yüzünden yemek sırasında elinde olmadan şu dokunur bu dokunur, deyip onları istediklerini yiyememe durumunda bırakmış olabilirdi, bu yüzden bu iki hanımı en iyi şekilde ağırlamak istiyordu. Aslında sofrayı tam anlamıyla donatmıştı, hanımların alınıp kırılmadan istediklerini yemiş olduklarını umuyordu.

Mr. Cole'un evine hemen bir başka arabanın ardından vardı ve arabanın Mr. Knightley'ye ait olduğunu görünce bundan mutluluk duydu. Genç adam sağlıklı, hareketli ve bağımsızlığına düşkün bir insan olmasına ve at beslemesine, belirli bir serveti olmasına rağmen Donwell Malikânesi'nin sahibi olarak kendi arabasını da pek çıkarmıyordu ve bu ona hiç yakışmıyordu. Böylece Emma, Mr. Knightley elini uzatıp arabadan inmesine yardım ederken ona sıcağı sıcağına onu bundan dolayı takdir ettiğini belirtme fırsatı bulmuş oldu.

"İşte size bu yakışıyor, Mr. Knightley; gelmeniz gerektiği gibi gelmişsiniz," dedi. "Tam bir centilmen gibi. Sizi gördüğüme çok sevindim."

Mr. Knightley teşekkür etti.

"Aynı anda gelmemiz ne büyük bir şans! Eğer salonda karşılaşmış olsaydık benim her zamankinden daha centilmen göründüğümü ayırt edebilir miydin, bundan kuşkum var. Kıyafetime, tavrıma bakıp nasıl geldiğimi fark etmeyebilirdin."

"Fark ederdim, kesinlikle fark ederdim. Eğer bir kişi bir yere kendisine ve oraya yakışmayan bir şekilde gelmişse üzerinde bir huzursuzluk ve çekingenlik olur. Siz bunun üstesinden geldiğinizi düşünüyorsunuz ama numara yapıyorsunuz, umursamıyormuş gibi davranıyorsunuz, kendinizi bu kayıtsızlığa alıştırmışsınız. Sizinle her karşılaşmamda gördüğüm bu. Ama şimdi numara yapmanıza gerek yok. Utandığınızın, çekindiğinizin düşünülmesinden korkmuyorsunuz. Kimseden farklı görünmeye çalışmıyorsunuz. Sizinle aynı mekâna girmekten çok mutluyum."

Mr. Knightley'nin buna cevabı "Aptal kız!" oldu fakat hiçbir şekilde kızgın değildi.

Emma'nın davete katılanlardan Mr. Knightley'den olduğu kadar memnun olması için çok neden vardı. Onu çok hoşnut eden büyük bir saygıyla karşılandı, tüm beklentileri gerçekleştiği için mutlu olmaması mümkün değildi. Westonlar geldiğinde her ikisi de, gerek arkadaşı, gerekse kocası ona çok büyük bir sevgi ve hayranlıkla baktılar, sanki tüm dikkatleri ona yönelmişti. Oğulları da ona, duyduğu ilgiyi açıkça belirten çok büyük zevkle yanaştı ve yemekte de yanına oturtuldu. Emma bunda Mr. Weston'ın parmağının olduğundan emindi.

Parti kalabalıktı, köyden Colelann tanımaktan onur duyduğu, kimsenin itiraz edemeyeceği bir başka aile de davet edilmişti. Highbury'de avukat olan Mr. Cox'un ailesinin erkek tarafı da davetliler arasındaydı. Miss Bates, Miss Fairfax ve Miss Smith ise yemek sonrasında geleceklerdi. Daha şimdiden, yemekte o kadar kalabalıklardı ki genel bir sohbet mümkün değildi. Politikadan ve Mr. Elton'dan bahsedilirken Emma tüm dikkatini yanındaki delikanlının hoşluğuna vermişti. Uzaktan kulağına çalınan ve dinleme ihtiyacı hissettiği ilk ses Jane Fairfax ismi oldu. Mrs. Cole, onunla ilgili çok ilginç olduğunu düşündüğü bir şey anlatıyordu. Emma onun anlattıklarına kulak kabarttığında bunun dinlenmeye değer bir şey olduğunu gördü. Emma'nın en sevdiği yanı olan hayal gücü, kendine eğlenceli bir malzeme bulmuştu. Mrs. Cole, Miss Bates'i ziyarete gittiğinde odadan içeri girer girmez içeride büyük bir "piyano" görünce çok şaşırdığını anlatıyordu. Bu çok zarif bir enstrümandı; kuyruklu değildi ama geniş, kare biçiminde bir Broadwood* piyanoydu. Sözün özü, genel şaşkınlığı ve soruları izleyen konuşmalar, tebrikler sonucunda Miss Bates'in yaptığı açıklamalardan çıkan sonuç şuydu; piyano önceki gün Broadwood'dan gelmişti, teyze de yeğen de buna çok şaşırmışlardı; bu kesinlikle hiç beklemedikleri bir şeydi. Miss Bates'in söylediğine göre Jane de başlangıçta ne olup bittiğini anlamamıştı, bunu kimin göndermiş olabileceğini düşünmeye çalışmıştı ama şimdi ikisi de bunun yalnızca tek bir yerden gelmesinin mümkün olabileceğinden eminlerdi; bunu gönderen, Albay Campbell idi.

---

* Broadwood piyano: John Broadwood (1732 – 1812) tarafından kurulan tüm Avrupa'da ün kazanan bir piyano üreticisi. İsmi, döneminde Londra ile özdeşleştirilmiştir. (Ç.N.)

Mrs. Cole, "Gerçekten de akla başka bir şey gelmiyor," dedi. "Doğrusu ya bundan kuşku edilmesine bile çok şaşırdım. Anlaşılan Jane çok yakın zamanda onlardan mektup almış, mektupta böyle bir şeyden hiç bahsedilmiyormuş. Tabii ki onları en iyi tanıyan Jane ama bence sessizlikleri böyle bir hediye göndermedikleri anlamına gelmez. Ben bunu böyle yorumlamazdım. Sürpriz yapmak istemiş olmalılar."

Davettekilerden birçoğu Mrs. Cole ile aynı fikirde olduğunu belirtti. Kim bu konuda bir şey söylese Albay Campbell'dan geldiğinden emin olduğunu belirtiyor, böyle bir armağan gönderdiği için Albay'a minnettarlığını iletiyordu. Herkes konuşuyordu, Emma ise düşünüyordu. Mrs. Cole devam etti:

"Açıkçası beni daha çok mutlu eden bir şey düşünemiyorum. O kadar güzel piyano çalmasına rağmen Miss Jane Fairfax'in piyanosu olmaması beni hep üzmüştü. Gerçekten çok yazık, özellikle de birçok evde bu güzelim müzik aletinin hiçbir işe yaramadan durduğu düşünülünce. Suratımıza indirilmiş bir tokattan farksızdı bu armağan. Daha geçen gün Mr. Cole'a, 'Salondaki konser piyanomuza bakmaya utanıyorum,' dedim. 'Bir notayı diğerinden ayıramıyorum, kızlarımız da yeni yeni başlıyorlar; severler mi sevmezler mi belli değil. Öte yandan Miss Fairfax, muhteşem bir piyanist, bir dâhi, kendini oyalayacağı basit bir piyanosu bile yok. Olacak şey mi bu?' O da bana hak verdi. Aslında Mr. Cole müziği o kadar çok seviyor ki piyano almadan edemedi. Komşularımızdan bazılarının bunu kullanabileceklerini ve aleti aslında bunun için satın aldığını, yoksa tabii ki bundan utanmamız gerektiğini söyledi. Bu akşam da Miss Woodhouse'u bunu denemeye ikna edebileceğimiz yönünde büyük umutlar besliyoruz."

Miss Woodhouse bu nazik davet karşısında yapması gerekeni yaptı ve o akşam piyano çalmayı kabul etti. Sonrasında Mrs. Cole'dan daha fazla bir şey öğrenemeyeceğini anlayınca da Frank Churchill'e döndü.

"Neden gülümsüyorsunuz?" diye sordu.

"Siz neden gülümsüyorsunuz?"

"Ben mi? Sanırım Albay Campbell'ın böylesine pahalı ve bonkör bir hediye göndermesi hoşuma gitti, keyiften gülümsüyorum. Çok hoş bir hediye."

"Çok."

"Acaba neden daha önce böyle bir hediye vermedi ki?"

"Belki de Miss Fairfax daha önce burada hiç bu kadar uzun zaman kalmadığı için."

"Ya da belki de onun kendi piyanolarını kullanmasını istemediği için; piyano Londra'da öylesine kapalı duruyor olmalı."

"O büyük bir konser piyanosu, Albay Campbell onun Mrs. Bates'in evine büyük geleceğini düşünmüş olabilir."

"İstediğinizi söyleyebilirsiniz ancak yüzünüzdeki ifade bu konudaki düşüncelerinizin benimkilerle aynı yönde olduğunu gösteriyor."

"Bilemiyorum. Zekâma hak etmediğim kadar güvendiğinizi düşünüyorum. Gülümsüyorum çünkü siz de gülümsüyorsunuz; çok büyük bir olasılıkla bir şeyden kuşkulandığınızı görürsem bundan ben de kuşkulanırım ama şu anda sorgulanması gereken bir şey göremiyorum. Eğer bu hediyeyi veren kişi Albay Campbell değilse kim olabilir?"

Emma, "Mrs. Dixon'a ne dersiniz?" diye sordu.

"Mrs. Dixon! Elbette! Mrs. Dixon hiç aklıma gelmemişti. Böyle bir müzik aletinin ne kadar hoşa gideceğini o da babası kadar iyi biliyor olmalı. Hatta bu hediyenin veriliş tarzı, ardındaki gizem; böyle bir sürpriz yaşlı bir adamdan çok, genç bir kadına yakışan bir davranış. Bence de bu piyanoyu hediye eden

Mrs. Dixon olmalı. Size demiştim, sizin kuşkularınız beni yönlendiriyor."

"Peki ya kuşkularınızı biraz daha ileri götürüp Mr. Dixon'a kadar uzatın desem."

"Mr. Dixon mu? Doğru. Bunun Mr. ve Mrs. Dixon'ın ortak hediyesi olduğunu anlamalıydım, evet öyle olmalı. Daha geçen gün onun Miss Jane Fairfax'in piyano çalmasını hayran olduğundan bahsetmiştik."

"Evet öyle bir şeyden bahsetmiştiniz. Bu konuda anlattıklarınız daha önce de aklıma gelen bir şeyi doğruladı. Ne Mr. Dixon'ın ne de Miss Fairfax'in iyi niyetinden bir kuşkum yok ama Mr. Dixon'ın Miss Fairfax'in arkadaşına evlenme teklif ettikten sonra Jane'e âşık olmak gibi bir talihsizlik yaşamış olabileceğinden ya da Jane'in kendisine ilgi duyduğunu hissetmiş olabileceğinden kuşkulanıyorum. Bu gibi konularda doğruyu bulmadan önce yirmi farklı varsayım ileri sürülebilir ama Miss Jane Fairfax'in Campbelllar ile birlikte İrlanda'ya gideceği yerde buraya gelmesinin bir nedeni olması gerektiğini düşünüyorum. Burada yokluk ve sefaleti yaşıyor, oysa orada olsa eğlenceli bir yaşamı olacaktı. Sağlığı için memleketinin havasına solumasının gerektiği iddiasına gelince bence bu yalnızca bir bahane. Yaz olsaydı belki ama ocak, şubat ve mart aylarında insanın doğduğu yerin havası ona ne yarar sağlayabilir ki? Sağlığı iyi olmayan biri için, ki onun olmadığı söyleniyor; iyi yakılmış şömineler ve atlı arabalar çok daha yararlı olacaktır. Sizden bu kuşkularımı paylaşmanızı beklemiyorum, bunu yapmayacak kadar asil olduğunuzun farkındayım, ben yalnızca dürüst bir biçimde kuşkularımı dile getiriyorum."

"Açıkçası söylediklerinizin gerçek olma olasılığı çok yüksek görünüyor. Mr. Dixon'ın Mrs. Jane Fairfax'in çalmasını arkadaşınınkine yeğlemesi bence de çok anlamlı olabilir."

"Bunun dışında onun yaşamını da kurtarmış. Bunu duymuş muydunuz? Teknede verilen bir partide Mrs. Fairfax bir kaza sonucu suya düşüyormuş. Mr. Dixon onu tutmuş."

"Evet, kurtardı; ben de oradaydım, o partideydim."

"Gerçekten orada mıydınız? Tabii ya! Ama gözünüze çarpan bir şey olmadı, değil mi? Bu size çok yeni bir fikirmiş gibi geldi de. Eğer ben orada olsaydım sanırım bir şeyler keşfederdim."

"Herhâlde keşfederdiniz ama ben, zavallı ben, hiçbir şey görmedim, Miss Fairfax'in tekneden düşeceği anda Mr. Dixon'ın onu kurtarması dışında. Her şey bir anda olup bitti. Gerçi olayı izleyen korku ve heyecan çok daha uzun sürdü ama sanırım yarım saat sonra hepimiz rahatlamıştık, her şey normale dönmüştü. Bu arada belirtmeliyim ki bu öyle özel bir ilginin fark edilmesini mümkün kılacak bir durum da değildi. Yine de orada olsanız sizin bazı şeyleri keşfedemeyeceğinizi söylemek istediğimi düşünmeyin."

Konuşmaları bu noktada kesildi. İki yemek servisi arasındaki uzun aradan kaynaklanan rahatsızlığı masadakilerle paylaşmaları, diğerleri gibi sabırlı ve sakin olmaları gerekiyordu. Yemekler masadaki yerlerini aldıktan ve tabaklara servis edildikten sonra Emma şöyle dedi:

"Bu piyanonun gelişi benim açımdan çok belirleyici. Bu konuda biraz daha fazlasını bilmek istiyordum ki bu beni yeterince aydınlatıyor. Bakın göreceksiniz, çok kısa bir süre içinde bunun Mr. ve Mrs. Dixon'ın armağanı olduğunu duyacağız."

"Eğer Dixon'lar bununla ilgileri olduğunu kesin bir dille reddederlerse o zaman da bunun Campbelllardan geldiği düşünmemiz gerekecek."

"Hayır, bunun Campbelllardan gelmediğine eminim. Miss Fairfax de bunu gönderenin Campbelllar olmadığını biliyor, yoksa hemen ilk anda bunu tahmin ederdi. Eğer bunu düşünse bu kadar şaşırmazdı. Bu konuda sizi ikna edemeyebilirim ama ben bunda Mr. Dixon'ın rolü olduğundan eminim." "Eğer ikna olmadığımı düşünüyorsanız beni incitirsiniz. Varsayımlarınız benim düşüncelerimi de etkiliyor ve doğru düşünmemi sağlıyor. Başlangıçta bu armağanı gönderenin Albay Campbell olduğuna inandığınızı düşündüğüm sırada bunun babacan duygularla yapılmış bir iyilik olduğunu ve bu bağlamda dünyanın en doğal şeyi kabul edileceğini varsayıyordum. Mrs. Dixon'dan bahsettiğinizde ise bu armağanın iki kadın arasındaki sıcak dostluğun örneği olma olasılığının çok büyük olduğunu hissettim. Şimdi ise bunun bir aşk ifadesi olabileceğini düşünüyor, konuya farklı bir açıdan bakamıyorum."

Bunu daha fazla uzatmanın anlamı yoktu. Genç adam gerçekten ikna olmuş olmalıydı, öyle görünüyordu. Emma da daha fazla bir şey söylemedi, başka konular gündeme geldi. Çok geçmeden yemek ve tatlılar yenmiş, evin çocukları da gelmişti. Konuşmaların olağan akışı içinde çocuklarla konuşuldu, takdir ve hayranlık içeren sözler söylendi; birkaç zekice, birkaç aptalca söz edildi ama hiçbiri diğerine baskın çıkmadı. Aslında konuşulanlar genellikle ne zekiceydi ne de aptalca, sıradan günlük yorumlardan, sıkıcı tekrarlardan, eskimiş haberlerden ve itici şakalardan öteye gitmiyordu.

Hanımlar yemeğin ardından salona henüz geçmişlerdi ki iki grup hâlinde diğer hanımlar da geldiler. Emma kendi küçük arkadaşının içeri girişini izledi; asaleti ve zarafetiyle ön plana çıkmasa da Harriet etrafına ışık saçan sevimliliği ve yapaylıktan uzak tavırlarıyla çok hoştu. Yaşadığı hayal kırıklığı ve aşk acısına rağmen keyifli anlar yaşamasına olanak sağlayan gamsız, neşeli ve kendini duygusallığa kaptırmayan iyimser mizacı hayran olunmayacak gibi değildi. Emma içinden onun bu karakterine minnet duydu. İşte orada oturuyordu; ona bakıp da kim yakın zamanda onca gözyaşı dökmüş olduğunu tahmin edebilirdi ki! Toplum içinde olmak, şık giyinmek ve başka şık giyinmiş kadınları görmek, oturup gülümsemek, güzel, sevimli görünmek ve hiçbir şey söylememek; onun mutlu olması için yeterliydi. Jane Fairfax'in ise kendinden emin, asil bir görüntüsü vardı ve öyle de davranıyordu ama Emma onun Harriet'in yerinde olabilse çok daha mutlu olabileceğini hissediyordu. Miss Fairfax hiç kuşkusuz en yakın arkadaşının kocasının ona âşık olduğunu bilmenin tehlikeli hazzını yaşamaktansa, söz konusu Mr. Elton olsa bile, karşılıksız aşkın onur kırıklığını yaşamayı yeğlerdi.

Böyle kalabalık bir partide Emma'nın onun yanına gitmesine gerek yoktu. Piyanodan bahsetmek istemiyordu, sırrını zaten bildiğine göre merak ya da ilgi göstermesi adil olmayabilirdi, bu yüzden uzakta kalmayı yeğledi. Ama başkaları hemen bu konuyu açtılar, Jane Fairfax'in kutlamaları kabul ederken her "iyi dost Albay Campbell" adı her geçtiğinde suçluluktan ve utançtan yüzünün kızarması Emma'nın gözünden kaçmadı.

İyi kalpli ve müziğe meraklı biri olan Mrs. Weston'ın bu konu özellikle ilgisini çekmişti; Emma da onun bu konunun üzerinde ısrarla durmasını izliyordu. Sevgili arkadaşının olayın güzel kahramanının piyanonun tonu, akordu, tuşları ve pedalı hakkında söyleyebileceği onca şey varken yüz ifadesinden de kolaylıkla anlaşıldığı gibi pek bir şey söylemek istememesinden hiç kuşkulanmaması ise Emma'yı çok eğlendiriyordu.

Çok geçmeden beylerin bir kısmı da onlara katıldı. Frank Churchill en önce gelenlerden biri oldu. İçeriye herkesten önce girdi, herkesten yakışıklıydı, yanından geçerken genç Miss Bates'e ve yeğenine ayaküstü iltifat etti, sonra doğruca kalabalığın

Miss Woodhouse'un oturduğu tarafına yöneldi ve Emma'nın yanında oturacak bir yer bulana kadar da oturmadı. Emma oradakilerin ne düşündüklerini umursamadı. Frank Churchill'in hedefi Emma'ydı ve herkes de bunu görüyordu. Emma, onu arkadaşı Miss Smith'le tanıştırdı ve uygun bulduğu anda her ikisine de birbirleri hakkında ne düşündüğünü sordu. Frank Churchill hiç bu kadar güzel bir yüz görmemişti ve onun saflığından da çok hoşlanmıştı. Harriet ise "Bunu söyleyerek ona paye veriyor olabilirim ama hâlinde, tavrında biraz Mr. Elton havası var," dedi. Emma bu haksızlık karşısında öfkelenmemek için kendini zor tuttu ve ses çıkarmadan başını öbür yana çevirdi.

Miss Fairfax'e yönelen takdir dolu bakışlar karşısında delikanlı ve Emma birbirlerine muzip muzip gülümsediler ama o an için bir şey söylememek en akıllıcasıydı. Mr. Churchill Emma'ya yemek salonundan ayrılmak için sabırsızlandığını anlattı, uzun süre oturmaktan nefret ediyordu; zaten imkân bulduğu anda her zaman ilk kaçan hep o olurdu. Yemek salonunda babası, Mr. Knightley, Mr. Cox ve Mr. Cole köyün sorunlarını konuşmaya dalmışlardı, yanlarında durduğu sürece sohbetleri hoşuna gitmişti, hepsi son derece beyefendi ve aklı başında adamlardı. Genel anlamda Highbury'yi sevmişti, görüşmeye değer çok sayıda aile olduğunu düşünüyordu, öyle ki Emma'nın orayı küçümsemeyi alışkanlık hâline getirmiş olabileceğini hissetmeye başladı. O da ona Yorkshire sosyetesini, Enscombe'u, çevresindeki insanları sordu. Genç adamın verdiği yanıtlardan anladığı kadarıyla Enscombe'da pek bir şey olmuyordu, genellikle hiçbiri birbirine yakın mesafede oturmayan büyük ailelerle karşılıklı ziyaretler yapılıyor ancak bir ziyaretin günü tespit edilip, davet kabul edilse bile, genellikle Mrs. Churchill'in sağlık ve ruhsal durumu elvermediği için gitmeme durumu ortaya çıkıyordu. Yeni birileriyle görüşmeleri ise pek söz konusu değildi. Genç adama gelince, bunun için onlardan bağımsız arkadaşları, planları olsa da bazen evden çıkması ya da bir arkadaşını bir geceliğine davet etmesi bile zor olabiliyor, epeyce dil dökmesi gerekebiliyordu.

Emma genç adamın Enscombe'dan pek hoşlanmadığını ve Highbury'nin, kendi evinde istemediği kadar sakin bir hayat süren genç bir adamı, mutlu edebileceğini anladı. Enscombe'da önemli bir yere sahip oldukları belliydi. Bununla övünmüyordu ama bu durum apaçık ortadaydı; istediği bir şey olursa dayısının elinden bir şeyin gelmediği durumlarda yengesini ikna ediyordu. Emma'nın anlamlı gülümsediğini fark edince yengesini her konuda (bir, iki konu dışında) ikna edebileceğine inandığını ancak bunun zaman aldığını itiraf etti. Sonra yengesi üzerinde etkili olamadığı konulardan birini anlattı: Yurt dışına gitmeyi çok istemişti, yolculuk yapmasına izin verilmesini çok arzu etmişti ama yengesi bunu duymak bile istememişti. Bu, bir yıl önce olmuştu. Şimdi artık o da istemiyordu.

Emma genç adamın bahsetmediği ve yengesi üzerinde etkisiz olduğu diğer noktanın babasıyla ilişki kurması olduğunu tahmin etti ama bir şey söylemedi.

Genç adam kısa bir duraksamadan sonra "Çok üzücü bir şey keşfettim," dedi. "Yarın buraya gelmemin üzerinden tam bir hafta geçmiş olacak, yani burada kalacağım zamanın yarısı bitti bile. Günlerin bu kadar çabuk geçebileceğini bilmezdim. Yarın tam bir hafta olacak! Ve eğlenmeye daha yeni başladım. Mrs. Weston ve diğerlerini daha yeni yeni tanıyordum! Bunu düşünmekten nefret ediyorum!"

"Belki de artık sayılı günlerinizden birini saçınızı kestirmek için harcamış olduğunuz için pişmanlık duymaya başlamışsınızdır."

Genç adam gülümseyerek "Hayır," dedi. "Bu hiç de pişmanlık duyacağım bir konu değil. Eğer insan içine çıkacak durumda olduğuma inanmazsam arkadaşlarımla olmaktan zevk almam."

O sırada diğer beyler de salona gelmişlerdi. Emma birkaç dakika için başını öbür tarafa çevirip Mr. Cole'u dinlemek zorunda kaldı. Mr. Cole uzaklaşıp dikkatini yeniden genç adama yönelttiğindeyse Frank Churchill'in tam karşılarında oturan Miss Fairfax'e dikkatle baktığını gördü.

"Bir şey mi oldu?" diye sordu.

Genç adam irkildi.

"Dalmışım, beni uyardığınız için teşekkür ederim," dedi. "Sanırım kabalık ettim, böyle bakmamalıydım ama Miss Fairfax saçını öyle tuhaf yapmış ki gözlerimi ondan alamadım. Hiç bu kadar 'outre'* bir şey görmemiştim! O ne bukleler öyle! Bu modeli kendisi yaratmış olmalı. Bunun gibisini görmedim. İçimden gidip ona "Bu, İrlanda modası mı?" diye sormak geliyor. Ne dersin sorayım mı? Evet sorayım... Sormalıyım... soruyorum... bakalım bunu nasıl karşılayacak, siz de bakın; bakalım yüzünün rengi değişecek mi?"

Gitti, Emma onun Miss Fairfax'in önünde durup onunla konuştuğunu gördü ama Jane'in yüz ifadesini göremedi çünkü Mr. Churchill ikisinin tam arasında duruyordu.

Frank Churchill geri dönmeden onun oturduğu koltuğa Mrs. Weston oturdu ve Emma'nın dikkatini dağıttı.

Mrs. Weston, "Böyle kalabalık partilerin hoş tarafı bu," dedi. "İnsan her istediğinin yanına gidip istediğini söyleyebiliyor. Emmacığım seninle konuşmayı öyle çok istiyorum ki. Ben de senin gibi bazı şeyler keşfettim ve tıpkı senin gibi planlar yapı-

---

* outre: Mübalağalı, abartılı (Ç.N.)

yorum; bunları sana sıcağı sıcağına anlatmam gerek. Miss Bates'le yeğeninin buraya nasıl geldiklerini biliyor musun?"

"Nasıl mı? Davet edilmediler mi?"

"Davet edildiler tabii, benim kastettiğim buraya kadar nasıl, ne şekilde geldikleri."

"Yürümüş olmalılar. Başka nasıl gelecekler ki?"

"Çok doğru. Az önce birden Miss Jane Fairfax'in gecenin geç vaktinde, bu soğukta evine kadar yürümesi gerekeceğini düşündüm ve içim parçalandı. Ona baktım, onun daha önce hiç bu kadar güzel göründüğünü görmemiştim ama sonra onun terlediğini fark ettim ve bu hâlde yürürse üşüteceğini düşündüm. Zavallı kız, zaten hasta! Bunun düşüncesine bile katlanamadım ve Mr. Weston salona gelir gelmez onunla bu konuyu konuştum. Mr. Weston benim isteklerimi ne kadar kolay kabul eder, bilirsin. Onun onayını aldıktan sonra doğruca Miss Bates'e gidip arabanın bizi eve götürmeden önce onun emrinde olacağını söyledim; bunun onu çok rahatlatacağını düşünüyordum. Tanrım! Ne kadar minnettar olduğuna inanamazsın. 'Kimse bizim kadar şanslı olamaz!' dedi. Defalarca teşekkür etti. Ama bize zahmet vermesine hiç gerek yokmuş çünkü onları zaten Mr. Knightley'nin arabası getirmiş ve eve de tekrar o götürecekmiş. Bunu duyunca çok şaşırdım ama çok da memnun oldum tabii. Ne kadar nazik, ne kadar düşünceli bir davranış! Çok az erkeğin akıl edebileceği bir şey. Bir insan ancak bu kadar düşünceli, bu kadar iyi kalpli olabilir. Neyse, sonra bu konudaki tavrını çok iyi bildiğim için Mr. Knightley'nin arabasını yalnızca onlara hizmet etsin diye getirdiğini anladım. Kısacası onun yalnızca kendisi için arabaya bir çift at koşmayacağından ve bunu yalnızca onlara yardımcı olabilmek için yaptığından kuşkulanıyorum."

Emma, "Olabilir," dedi. "Çok büyük olasılıkla öyledir. Mr. Knightley'den başka hiç kimse böyle bir şey yapmaz, bu ancak onun yapacağı bir fedakârlık; yararlı, düşünceli ve sevecen bir davranış. Mr. Knightley pek havalı, zarif bir adam sayılmaz ama gerçekten iyi; insanlık tarafı her daim ağır basan biri. Jane Fairfax'in sağlığının pek iyi olmadığını düşünürsek çok hassas ve düşünceli davranmış. Bir iyiliği böyle sessizce yapacak Mr. Knightley dışında biri gelmiyor aklıma. Bugün arabayla geldiğini biliyorum çünkü buraya aynı anda vardık, arabayla gelmesi konusunda onunla şakalaştım ama bu konuda tek bir kelime bile etmedi."

Mrs. Weston gülümseyerek "Evet," dedi. "Sen onun basit, tarafsız bir iyilik yapmış olabileceğine benden daha fazla ihtimal veriyorsun. Açıkçası Mrs. Bates'le konuşurken aklıma bir şey takıldı, bir kuşku, bir daha da aklımdan çıkmadı. Hatta düşündükçe daha da çok aklıma yatıyor. Kısacası, Mr. Knightley'le Miss Fairfax'i birbirlerine yakıştırdım. Senin gibi bir çöpçatanla arkadaşlık etmenin sonucunu görüyor musun? Sen ne dersin buna?"

Emma, "Mr. Knightley ve Jane Fairfax!" diye haykırdı. "Sevgili Mrs. Weston, böyle bir şeyi nasıl düşünebilirsiniz? Mr. Knightley! Mr. Knightley evlenemez, evlenmemeli! Küçük Henry Donwell'den mahrum mu olsun? Yo! Hayır, hayır, Donwell, Henry'nin olmalı. Mr. Knightley'nin evlenmesini hiçbir biçimde onaylayamam, ayrıca buna ihtimal de vermiyorum. Böyle bir şeyi düşünmenize çok şaşırdım."

"Sevgili Emma, bana bunu neyin düşündürdüğünü sana söyledim. Ben onların evlenmesini istiyor değilim, sevgili küçük Henry'nin zarar görmesini ben de istemem ama bu durum aklıma böyle bir şey getirdi. Ayrıca eğer Mr. Knightley evlenmek istese bu konuda henüz altı yaşında, dünyanın farkında olmayan bir çocuk olan Henry için bundan vazgeçmesini beklemezsin, öyle değil mi?"

"Evet, beklerim. Henry'nin haklarını kaybetmesine dayanamam. Mr. Knightley evlenecek! Öyle mi? Olacak şey değil, bunu kabul etmem mümkün değil. Hem de bunca kadın dururken Jane Fairfax ile!"

"Öyle deme, sen de çok iyi biliyorsun ki Mr. Knightley Jane Fairfax'e her zaman çok değer vermiştir."

"Ama bu çok mantıksız bir evlilik olur!"

"Mantıktan bahsetmiyorum, yalnızca bunun olabileceğini söylüyorum."

"Ben bunun olabileceğini düşünmüyorum, buna inanmam için çok daha sağlam kanıtlara ihtiyaç var. Mr. Knightley'nin sağduyulu, iyi niyetli ve merhametli bir insan olması, onların hizmetine vermek için arabasını çıkarmış olmasını açıklamaya yeter. Onun Jane Fairfax'ten bağımsız olarak da Bateslere çok saygı duyduğunu ve ilgi gösterdiğini bilirsiniz. Sevgili Mrs. Weston asıl siz çöpçatanlığa soyunmayın. Bu işte iyi değilsiniz. Jane Fairfax, Abbey'in hanımı olacak, öyle mi! Ah! Hayır, hayır; bu fikir karşısında isyan etmemek elde değil. Mr. Knightley'nin hatırı için bile böyle çılgınca bir şey yapmasına izin veremem."

"İstersen bunu sağduyudan uzak olarak nitelendirebilirsin ama çılgınlık olmayacağı kesin. Maddi durumlarının eşitsizliği ve belki biraz da yaş farkı dışında ben olamaması için bir neden göremiyorum."

"Ama Mr. Knightley evlenmek istemiyor. Bunu aklından bile geçirmediğinden eminim. Siz de sakın aklına sokmayın, olur mu? Hem neden evlensin ki? Kendi başına gayet mutlu; çiftliği, koyunları, kütüphanesi ve yönetmesi gereken arazileri ve orada yaşayanlar var, ayrıca kardeşinin çocuklarını da çok seviyor. Ne zamanını ne de kalbini doldurmak için evlenmeye ihtiyacı var."

"Sevgili Emma, eğer öyle diyorsan öyledir ama ya Jane Fairfax'e âşıksa?"

"Saçma! Jane Fairfax onun umurunda bile değil. Aşka gelince... bunun da onun umurunda olmadığından eminim. Miss Fairfax ve ailesi için her türlü iyiliği yapabilir ama" Mrs. Weston gülerek "Peki," dedi. "Kim bilir belki de onlara yapacağı en büyük iyilik Jane'in saygın bir yuva kurmasını sağlamak olur."

"Bu onlar için iyilik olabilir ama bunu yaparsa kendine en büyük kötülüğü yapmış olur; bu çok utanç verici ve aşağılayıcı bir akrabalık olur. Miss Bates'in ailesine girmesine nasıl katlanır? Bütün gün Abbey'e gidip gelip ona Jane'le evlenme nezaketi gösterdiği için teşekkür etmesine dayanabilir mi? 'Ne kadar nazik ve yardımseversiniz Mr. Knightley!' Sonra daha cümlesini tamamlamadan gidip annesinin eski mantosunu giyer ve 'Aslında hiç de eski değil, daha çok dayanır; neyse ki mantolar çok sağlam oluyor, bunun için mutlu olmamız gerekir,' diye devam eder."

"Çok ayıp, Emma! Onu taklit etme. İstemediğim hâlde güldürüyorsun beni. Vicdanım sızlıyor. Kaldı ki Mr. Knightley'nin Miss Bates'ten de rahatsız olduğunu düşünmüyorum. Küçük şeyler onu rahatsız etmez. Miss Bates sürekli konuşup durabilir, Mr. Knightley eğer kendisi bir şey söylemek isterse sesini yükseltip onun sesini bastırır. Sorun bunun uyumsuz bir birliktelik, kötü bir akrabalık ilişkisi olup olmayacağı değil; onun bunu isteyip istemediği ki bana sorarsan istiyor. Onun konuşurken Miss Jane Fairfax'i ne kadar övdüğünü duydum, sen de duymuşsundur! Onunla ilgilenmesi, sağlığına özen göstermesi, parlak bir

Emma 269

geleceği olmadığı için endişelenmesi! Onun bu konularda hararetle konuştuğuna tanık oldum. Sonra onun piyano çalmasına ve sesine hayranlık duyması! Onu sonsuza dek dinleyebileceğini söyledi. Ah! Aklıma gelen başka bir fikri neredeyse unutuyordum; şu piyano, hani Miss Jane Fairfax'in evine gönderilen piyano. Hepimiz onu Albay Campbell'ın göndermiş olduğunu düşünüp tatmin olduk, acaba bu Mr. Knightley'nin armağanı olamaz mı? İstemesem de bundan kuşkulanmadan edemiyorum. O âşık olmasa bile bunu yapabilecek biri."

"Öyleyse bile bu onun âşık olduğunun kanıtı olamaz, ayrıca ben bunun da onun yapacağı bir şey olduğunu düşünmüyorum. Mr. Knightley hiçbir şeyi gizlice yapmaz."

"Mr. Knightley'nin Miss Fairfax'in bir müzik aletine sahip olmadığı için üzüldüğünü söylediğini birçok kez duydum. Gereğinden çok fazla, yani normalden fazla demek istiyorum."

"Öyle de... Miss Fairfax'e piyano hediye etmeye niyetlense bunu ona söylerdi."

"Sevgili Emma, bunun nezaket kurallarına ters düşeceğine ilişkin endişeleri olabilir. Ben piyanonun ondan geldiğine inanıyorum. Yemekte Mrs. Cole bu piyano konusundan bahsederken Mr. Knightley'nin hiç sesini çıkarmaması da çok anlamlıydı."

"Ah Mrs. Weston, aklınıza bir fikir gelince ona kapılıp gidiyorsunuz. Oysa siz beni hep bu konuda tenkit edersiniz. Ben Mr. Knightley'de hiç âşık bir adam hâli görmüyorum, piyano ile ilgili olarak da aklınıza gelen şeye inanmıyorum. Mr. Knightley'nin Jane Fairfax'le evlenmeyi düşündüğüne ise ancak sağlam bir kanıt olursa inanabilirim."

Daha bir süre aynı şekilde tartışmaya devam ettiler. Emma çok geçmeden Mrs. Weston'ın fikrini değiştirmeyi başardı, zaten her zaman pes eden o olurdu. Derken salondaki hareketlilikten çayın bittiğini ve piyanonun hazırlandığını anladılar. Mr. Cole onlara yaklaşarak, Miss Woodhouse'tan onlara piyanolarını deneme onurunu bahşetmesini rica etti. Emma Mrs. Weston'la yaptığı tartışmanın harareti içinde Mr. Frank Churchill'in Miss Fairfax'in yanındaki koltukta oturması dışında hiçbir şey görememişti. Genç adam da yerinden kalkıp yanlarına geldi ve bu konuda ısrarcı oldu. Her zaman önde başı çekmek Emma'nın alışık olduğu bir şeydi. Geleneklere uygun şekilde bu daveti kabul edip piyanonun başına geçti.

Emma yeteneklerinin sınırını biliyordu, bunu aşmaya çalışmadı; genelde kabul gören hafif parçalar seçmeyi yeğlerdi. Bu gibi ezgileri çok iyi çalar, sesiyle de eşlik ederdi. Sesi hiç fena değildi, bir şarkıyı söylerken birinin daha ona katılması onun için çok büyük sürpriz oldu. Frank Churchill hafif ama hoş sesiyle hatasız bir şekilde ona eşlik ediyordu. Parçanın sonunda dayanamayıp katıldığı için Emma'dan af diledi, olması gereken de buydu. Herkes Frank Churchill'e sesinin çok güzel olduğunu, müzik bilgisinin iyi olduğunu söyledi ama o itiraz etti; iddia edildiği gibi müzikten anlamadığını, sesinin de iyi olmadığını söyledi. Ancak bu kabul görmedi, bir kez daha Emma ve Mr. Churchill birlikte şarkı söylediler, sonra Emma yerini Miss Jane Fairfax'e bıraktı. Miss Fairfax'in piyano çalışı da sesi de Emma'dan kat kat üstündü, Emma bu konuda kendini kandıramazdı.

Emma karışık duygular içinde piyanonun etrafına toplanmış olan kalabalıktan biraz uzaktaki bir koltuğa oturdu. Frank Churchill yine bir şarkıya eşlik etti. Anlaşılan Weymouth'ta da birkaç kez birlikte şarkı söylemişlerdi. Piyanonun başında Miss Jane Fairfax'i büyük bir dikkatle dinleyen Mr. Knightley'yi gören Emma'nın aklına yeniden Mrs. Weston'ın kuşkuları geldi. Derin düşüncelere daldı ve iki sesin güzel nağmelerini yalnızca arada sırada dinleyebildi. Mrs. Knightley'nin evlenme olasılığına karşı çıkmaktan kendini alamıyordu. Böyle bir şey felaket olurdu, bu Mr. John Knightley için de Isabella için de çok büyük hayal kırıklığı olacaktı. Çocuklar da çok büyük zarara uğrayacak, bu hepsi için büyük bir değişim ve para kaybı anlamına gelecekti; ayrıca kendi babasının da her günkü keyfi –Mr. Knightley ile olan sohbetleri– sekteye uğrayacaktı. Kendisine gelince Jane Fairfax'in Donwell Abbey'in hanımı olması düşüncesine bile katlanamazdı. Herkesin saygı göstermek zorunda kalacağı bir Mrs. Knightley! Hayır, bu kabul edilemezdi. Jane Mr. Knightley ile asla evlenmemeliydi. Küçük Henry, Donwell'in vârisi olarak kalmalıydı.

O sırada Mr. Knightley arkasına baktı ve gelip onun yanına oturdu. Önce yalnızca, çalan müzikten bahsettiler; Mr. Knightley'nin Jane Fairfax'in piyano çalışına hayran olduğu apaçık ortadaydı. *Aslında,* diye düşündü Emma *Eğer Mrs. Weston'ın kuşkuları olmasa böyle bir şey asla aklıma gelmezdi.* Yine de onu sınamak amacıyla teyze ve yeğeni evlerinden alıp buraya kadar getirmek ve geri götürmekle çok büyük bir nezaket gösterdiğini söyledi. Mr. Knightley'nin kısa bir yanıtla konuyu kapamak istemesini ise onun yaptığı bir iyilik konusunda konuşulmasından hoşlanmamasına yordu.

Emma, "Bu hep aklıma takılan bir konudur," dedi. "Böyle durumlarda bizim arabayı kullanamamamız beni hep üzmüştür. Aklıma gelmediğinden değil –hep istedim ama– James'in böyle bir amaç için kullanılmasına babamı ikna etmenin ne kadar zor olduğunu biliyorsunuz."

Mr. Knightley, "İstememen söz konusu bile olamaz, asla," dedi. "Senin bunu çok istediğinden eminim."

Emma'ya öyle tatlı gülümsedi ki genç kız bir adım daha atmaktan kendini alıkoyamadı.

"Campbellların hediyesi," dedi. "Piyano ne kadar cömert bir hediye, öyle değil mi?"

"Evet," dedi Mr. Knightley açık yüreklilikle. Çok rahattı, en ufak bir huzursuzluk duymamıştı. "Ama önceden haber verse çok daha iyi olabilirdi. Böyle bir sürpriz hoş değil, aptallık. İnsanın hediyeden alacağı zevki azaltıyor. Miss Fairfax de çok rahatsız olmuş. Albay Campbell'ın daha sağduyulu davranmasını umardım."

Emma Mr. Knightley'nin hediye piyano ile en ufak bir ilgisi olmadığından emin olmuştu ama Miss Fairfax'e özel bir ilgi duyup duymadığı, aklında böyle bir şeyin olup olmadığına yönelik kuşkusu bir süre daha devam etti. Jane'in ikinci şarkının sonuna doğru sesi boğuklaştı.

Şarkı bittiğinde Mr. Knightley sesli düşünerek "Bu kadar yeter," diye mırıldandı. "Bu gece için yeteri kadar şarkı söyledin, artık sus."

Ama herkes bir şarkı daha söylemesi için ısrar ediyordu. Miss Fairfax'i hiçbir şekilde yormak istemiyor, yalnızca tek bir şarkı rica ediyorlardı. O sırada Frank Churchill'in sesi duyuldu. "Bence bunu hiç zorlanmadan becerebilirsiniz, ilk bölüm çok kolay. Şarkının gücü ikinci bölümde ortaya çıkıyor."

Mr. Knightley kızmıştı, ateş püskürüyordu.

Hışımla "Bu herif," dedi. "Kendisinden başka hiçbir şeyi düşünmüyor. Öne çıksın yeterli. Bu çok yanlış." Ve o sırada yakınlarından geçmekte olan Miss Bates'e seslenerek ekledi: "Mrs. Bates, yeğeninizin sesi gidene kadar şarkı söylemesine niçin izin veriyorsunuz? Delirdiniz mi? Hemen gidip engel olun buna. Ona hiç acımıyorlar."

Jane için gerçekten endişelenen Miss Bates minnetini belirtmek için bile zaman kaybetmeyerek hemen piyanonun başına gitti ve Jane'in daha fazla şarkı söylemesini engelledi. Böylece gecenin konser kısmı da noktalanmış oldu. Miss Woodhouse ve Miss Fairfax dışında müzik yapabilecek başka biri yoktu. Ancak çok kısa bir süre sonra (beş dakika içinde) ortaya çıkan dans etme önerisi (Nereden çıktığını tam olarak bilen yoktu.) Mr. ve Mrs. Cole tarafından öyle büyük bir coşkuyla desteklendi ki bir anda eşyalar kenara çekilip dans için yer açıldı. Yerel dans müziklerinde usta olan Mrs. Weston piyanoya oturdu ve çok hoş bir vals çalmaya başladı.

Gerçek bir centilmen havasında Emma'nın yanına gelen Frank Churchill genç kızı elinden tutup dansa kaldırdı ve sıranın başına geçirdi.

Diğer genç çiftlerin eşleşmesi beklenirken Emma bir yandan sesi ve müzik zevkiyle ilgili iltifatları kabul ediyor, bir yandan da etrafına bakınıp Mr. Knightley'nin ne yaptığını görmeye çalışıyordu. Bu bir sınavdı. Mr. Knightley dans etmekten hoşlanmaz, genellikle de dans etmezdi. Eğer Jane Fairfax'i dansa kaldırırsa bu bir anlam taşıyabilirdi. Emma ilk anda onu göremedi. Sonra gördü, Mrs. Cole'la konuşuyordu ve böyle bir niyeti yokmuş gibi görünüyordu. Jane'i başka biri dansa kaldırdı. Mr. Knightley ise hâlâ Mrs. Cole'la konuşmaya devam ediyordu.

Emma'nın Henry için endişelenmesine gerek kalmamıştı, çocuğun çıkarları güvendeydi. Emma gerçek bir neşe ve mutluluk içinde dansı başlattı. Beş çiftten fazlası toplanamamıştı, yine de çok ender dans edildiği dikkate alınınca bunun olabilmesi bile çok hoştu. Emma kavalyesiyle çok iyi uyum sağladıklarını gördü, genç adam çok iyi dans ediyordu. İzlemeye değer bir çift olmuşlardı.

Ne yazık ki iki danstan fazlasını yapamadılar. Saat geç olmuştu ve Miss Bates annesini düşünerek artık eve gitmek istiyordu. Gençler dansın yeniden başlaması için birkaç başarısız girişimde bulundularsa da sonuçta Mrs. Weston'a teşekkür etmek ve üzülseler de geceyi bitirmek zorunda kaldılar.

Frank Churchill, Emma'ya arabasına kadar eşlik ederken "Belki de böyle daha iyi oldu," dedi. "Uzasa Miss Fairfax'i da dansa kaldırmam gerekecekti ve onun ağır tarzı sizden sonra bana hiç uymayacaktı."

BÖLÜM 27

Emma alçak gönüllülük edip Colelara gittiği için pişman değildi. Bu ziyaret ona ertesi gün için birçok hoş anı sağladığı gibi düşündüğü şekilde daveti reddedip yalnızlığı yeğlemiş olmamakla kaybettiklerini, herkesçe sevildiğini görmenin ihtişamıyla büyük ölçüde telafi etmişti. Coleları da sevindirmiş olmalıydı, mutlu edilmeyi hak eden değerli insanlardı. Emma onları onurlandırdığına, kolay kolay unutulmayacak bir alçak gönüllülük örneği sergilediğine inanıyordu.

Ne var ki kusursuz mutluluk anılarda bile mümkün değildi; Emma'nın da içinin rahat etmediği iki nokta vardı: Jane Fairfax'in duygularıyla ilgili kuşkularını Frank Churchill'e açıklayarak kadınlar arasında olması gereken dayanışmaya ihanet etmiş olabileceğini düşünüyordu. Bu doğru değildi ama kendini bu fikre öyle güçlü bir biçimde kaptırmıştı ki kendini bundan alıkoyamamıştı. Konunun bu yanı hiç aklına gelmemişti, genç adamın bütün söylediklerinde ona katılmasını da kendi zekâsının keskinliğine yönelik bir iltifat saymış; bu da onun dilini tutması gerektiğini fark etmesini zorlaştırmıştı.

Pişmanlık duyduğu öteki konu ise Jane Fairfax ile ilgiliydi ve bu konuda hiç kuşkusu yoktu. Piyano çalıp şarkı söylemekte ondan kötü olduğu için üzülüyor, ona imreniyordu. Boş geçirdiği, piyano derslerini önemsemediği çocukluk yıllarına yanıyordu, çok pişmandı. Oturup bir buçuk saat boyunca büyük bir hevesle piyano çalıştı.

Harriet'in gelmesiyle piyano çalmaya ara verdi, keşke Harriet'in beğenisi onun için yeterli olsaydı, hemen rahatlayabilirdi.

"Ah! Keşke ben de siz ve Miss Fairfax kadar iyi çalabilsem!"

"İkimizi aynı kefeye koyma, Harriet. O benden çok üstün. Benim çalışımı onunkiyle kıyaslarsan onunki gün ışığı, benimki lamba."

"Ah! Tanrım, hayır!.. Bence siz daha iyi çalıyorsunuz. İkinizin arasında üstün olan sizsiniz. Ben sizi dinlemeyi tercih ederim. Dün gece de herkes ne kadar iyi çaldığınızı konuştu."

"Müzikten biraz olsun anlayanlar aradaki farkı hissetmişlerdir. Gerçek şu ki, Harriet, ben ancak övgüyü hak edecek kadar iyi çalıyorum ama Jane Fairfax benim çok ötemde."

"Ben sizin en az onun kadar iyi çaldığınızı düşünüyorum, arada bir fark varsa bile bu hiç kimsenin anlayamayacağı düzeyde. Mr. Cole çok zevkli olduğunuzu, şarkıyı hissettiğinizi söyledi, Mr. Frank Churchill de sizin zevkinizi uzun uzun övüp zevkli olmanın çalma tekniğinden çok daha önemli olduğunu söyledi."

"Ah... ama Jane Fairfax'te ikisi de var, Harriet."

"Emin misiniz? İyi çaldığını gördüm ama zevkli mi bilemiyorum! Bundan kimse söz etmedi. Hem ben İtalyan şarkılarından nefret ederim. Tek kelimesini bile anlamıyorum. Ayrıca çok iyi çalıyorsa da bunun nedeni öyle yapmak zorunda olması çünkü ders verecek. Dün gece Coxlar onun büyük bir aileye girmeyi başarıp başaramayacağını konuşuyorlardı. Coxları nasıl buldunuz?"

"Her zamanki gibi kaba saba."

Harriet duraksayarak "Bana bir şey söylediler," dedi. "Ama önemi yok."

Emma bunun Mr. Elton'la ilgili olabileceğinden korksa da ne olduğunu sormak zorunda kaldı.

"Bana Mr. Martin'in geçen cumartesi onlarda yemekte olduğunu söylediler."

"Ah!"

"Babalarıyla iş konuşmaya gelmiş, babaları da onu yemeğe alıkoymuş."

"Ah!"

"Ondan çok bahsettiler, özellikle de Anne Cox. Ne demek istediğini anlamadım ama bana gelecek yaz yine gidip orada kalmayı düşünüp düşünmediğimi de sordu."

"Tam Anne Cox'a yaraşır bir davranış, densizlik etmiş."

"Çok güzel bir akşam geçirdiklerini anlattı. Yemekte onun yanına oturmuş. Miss Nash, Cox'un kızlarından ikisinin de onunla evlenmekten mutluluk duyacaklarını söylüyor."

"Olabilir. Bence her ikisi de istisnasız Highbury'nin en kaba saba kızları."

Harriet'in Ford'un dükkânında biraz işi vardı. Emma onunla gitmesinin iyi olacağına karar verdi. Orada yeniden Martinlerle karşılaşabilirdi ve bu Harriet'in içinde bulunduğu koşullarda tehlikeli olabilirdi.

Her gördüğüne heves eden, her şeyde aklı kalan, her duyduğuna inanan, tek bir kelimeyle fikir değiştiren Harriet'in alışverişi çok uzun sürüyordu. O muslinlere bakıp sürekli fikir değiştirirken Emma da oyalanmak için kapının önüne çıktı. Highbury'nin en işlek caddesindeydiler ama pek bir hareket olması beklenemezdi. Mr. Perry aceleyle yürüyor, Mr. William Cox yazıhanesine giriyor, Mr. Cole'un arabasının atları talimden dönüyorlardı; bir ulak çocuk inatçı bir katırın sırtında ilerliyordu, burada görüp görülebilecek hareket bununla sınırlıydı. Elinde tepsisiyle köyün kasabına giren, dolu sepetiyle manavdan çıkıp evine giden yaşlı, ufak tefek kadınları, pis bir kemik için kavgaya tutuşan iki sokak köpeğini ve fırıncının cumbalı vitrinindeki zencefilli kurabiyelere bakan bir dizi haylaz çocuğu seyreden Emma aslında yakınması için hiçbir neden olmadığını düşündü. Bir kapının önünde dururken bile kendini oyalayabiliyordu. Canlı ve huzurlu bir zihin hiçbir şey görmese de olurdu çünkü bir şekilde kendine hitap edeni bulurdu.

Emma aşağıya Randalls yoluna doğru baktı. Manzara birden hareketlendi ve iki kişi göründü. Mrs. Weston ve üvey oğlu Highbury'nin merkezine doğru geliyorlardı, daha sonra da Hartfield'e geleceklerinde hiç kuşku yoktu. Mrs. Bates'in evinin önünde durdular, ev Randalls'a Ford'un dükkânından daha yakındı. Ama daha kapıyı çalmadan Emma ile göz göze geldiler ve hemen yolun karşı tarafına geçip ona doğru ilerlediler. Bir önceki günün birlikteliği sanki bu karşılaşmaya ayrı bir zevk katıyordu. Mrs. Weston yeni gelen piyanoyu dinlemek üzere Bateslere uğrayacağını açıkladı.

"Yanımdaki beyefendinin söylediğine göre dün gece Miss Bates'e bu sabah onları ziyaret edeceğimi söylemişim. Ben farkında değilim. Gün belirlediğimizi anımsamıyorum ama Mr. Churchill böyle dediğine göre doğru olmalı ve ben de şimdi oraya gidiyorum."

Frank Churchill, "Mrs. Weston bu ziyareti gerçekleştirirken, bende size katılıp onu Hartfield'de bekleyebilir miyim, tabii eğer eve gidiyorsanız," dedi.

Mrs. Weston hayal kırıklığına uğramıştı.

"Benimle gelmeyi düşündüğünüzü sanmıştım. Sizi görmekten de çok mutlu olacaklardır."

"Ben mi? Ayak altında olmamamda yarar var, hoş Hartfield'de de aynı şeyi düşünebilirler. Miss Woodhouse beni pek istemiyormuş gibi görünüyor. Yengem alışverişe çıktığı zamanlarda beni yanında istemez. Onu bunaltıp telaşlandırdığımı söyler. Bana Miss Woodhouse da aynı şeyi düşünüyormuş gibi geldi. Ne yapsam ki?"

Emma, "Burada işim olduğu için bulunmuyorum," dedi. "Yalnızca arkadaşımı bekliyorum. Onun da işi birazdan biter, doğruca eve gideceğiz ama bence siz yine de Mrs. Weston'la gidip şu yeni piyanoyu dinleyin."

"Peki, madem öneriniz bu yönde, öyle yapayım." Mr. Churchill gülümsedi. "Peki ama ya Albay Campbell dikkatsiz bir seçim yapmışsa ve piyano akortsuzsa? Mrs. Weston kadar nazik olamayabilirim. O her durumda en uygun şekilde davranmayı biliyor. En sevimsiz gerçek bile onun dudaklarından döküldüğünde kabul görüyor, bense konu riyakârlıksa dünyanın en beceriksiz insanı olup çıkıyorum."

Emma, "Bunun doğru olduğuna asla inanmam," dedi. "Gerektiğinde sizin de en az komşularımız kadar ikiyüzlü olabileceğinizden eminim, ayrıca piyanonun akortsuz olması için de bir neden yok. Eğer dün gece Miss Fairfax'in bu konuda söylediklerini yanlış anlamadıysam aksine çok iyi."

Mrs. Weston Frank Churchill'e "Bence benimle gelin," dedi. "Orada fazla kalmamıza gerek yok. Sonra birlikte Hartfield'e gideriz. Miss Woodhouse'tan hemen sonra orada oluruz. Benimle gelmenizi gerçekten çok istiyorum. Gelirseniz onları çok mutlu edeceğinizden emin olabilirsiniz. Bu arada ben sizin de bunu istediğinizi düşünüyordum."

Frank Churchill daha fazla itiraz etmedi ve sonrasında Hartfield'e gitmeyi ödül olarak kabul ederek Mrs. Weston'la Mrs. Bates'in kapısına doğru ilerledi. Emma onların evden içeriye girdiklerini gördükten sonra tezgâhın başındaki Harriet'in yanına gitti. Tüm gücüyle onu düz renkte muslin istiyorsa desenlilere bakmasının bir anlamı olmadığına, ne kadar güzel olursa olsun mavi kurdelenin sarı desenli giysisine yakışmayacağına ikna etmeye çalıştı. Sonunda paketin gideceği yer dışında her konuda anlaşma sağlandı.

Mrs. Ford "Bunu Mrs. Goddard'ın evine mi gönderelim Ma'am?" diye sordu.

"Şey... Evet... Hayır... Evet, Mrs. Goddard'ın evine. Yalnız desenli elbisem Hartfield'e gelsin. Yoo, hayır, onu da Hartfield'e gönderin lütfen. Ama Mrs. Goddard görmek isteyecektir, desenli elbiseyi daha sonra oraya götürebilirim ama kurdeleye hemen ihtiyacım var; o Hartfield'e gitse daha iyi olur, en azından kurdele. İki paket yapabilirsiniz, değil mi Mrs. Ford?"

"Harriet, iki paket yaptırıp Mrs. Ford'a zahmet vermesek daha iyi."

"Doğru söylüyorsunuz."

Kibar bir kadın olan Mrs. Ford, "Asla zahmet olmaz, efendim," dedi.

"Aslında tek paket olması daha iyi olacak. Lütfen hepsini Mrs. Goddard'ın evine gönderin... Şey, bilemiyorum... Düşündüm de, Miss Woodhouse... hepsini Hartfield'e gönderseler daha iyi olmaz mı, ben akşam giderken götürürüm. Siz ne önerirsiniz?"

"Artık bu konuyu kapat lütfen! Hepsi Hartfield'e lütfen, Mrs. Ford."

Harriet mutluluk içinde "Evet, en doğrusu bu," dedi. "Paketin Mrs. Goddard'ın evine gönderilmesi içine sinmiyordu."

Dükkânın kapısında sesler duyuldu, daha doğrusu bir konuşma ve iki hanımın ayak sesi. Mrs. Weston ve Miss Bates onları kapıda karşıladılar.

Miss Bates hemen "Sevgili Miss Woodhouse," dedi. "Sizden ve Miss Smith'ten bizimle gelip, bizi onurlandırmanızı ve bizimle biraz oturup yeni müzik aletimizle ilgili çok değerli fikrinizi belirtmenizi rica etmeye gelmiştim. Sizi ikna etmek için Mrs. Weston'dan da benimle gelmesini rica ettim." "Nasılsınız, Miss Smith? Miss Woodhouse?" "Çok teşekkür ederim. İyiyim. Umarım Miss Fairfax ve anneniz Mrs. Bates de—" "İkisi de çok iyiler, sağ olun. Annem çok iyi, Jane de dün akşam üşütmemiş. Mr. Woodhouse nasıllar? İyi olduğunu duyduğuma sevindim. Mrs. Weston burada olduğunuzu söyledi. 'Ah!' dedim. 'Hemen koşup Miss Woodhouse'tan bize gelmesini rica etmeliyim. Eminim kendisi bunu hoş görecektir, annem de onu gördüğüne çok sevinecek, hem böyle hepimiz bir aradayken eminim Miss Woodhouse bizi reddedemez.' Mr. Frank Churchill de bana destek verdi. 'Evet, lütfen deneyin bunu,' dedi. 'Miss Woodhouse'un da bu piyanoyla ilgili görüşlerini öğrenmeliyiz.' Bunun üzerine ben de 'Eğer biriniz benimle gelirseniz başarılı olma ihtimalim artar,' dedim. O da 'Ah!' dedi. 'Öyleyse şu elimdeki işi bitirene kadar iki dakika bekleyin.' İnanır mısınız Miss Woodhouse, kendisi o sırada çok büyük nezaket göstererek annemin gözlüğünün vidasını sıkıştırıyordu. Ne büyük bir nezaket! Bilir musunuz, gözlüğün vidası bu sabah yerinden çıktı. Annem gözlüklerini kullanamaz hâldeydi, takamıyordu. Yeri gelmişken herkesin bir yedek gözlüğü olmalı, gerçekten bu şart. Jane de öyle dedi. Gözlüğü ilk fırsatta John Saunders'a götürmeye karar vermiştim ama kaldı işte, bütün sabah bir türlü yapamadım bunu, sanki bir şey elimi tuttu, ne olduğunu tam olarak bilemiyorum ama önce bir iş çıktı, sonra başka bir şey, kaldı. Bir ara Patty gelip mutfak bacasının temizlenmesi gerektiğini söyledi. 'Ay!' dedim Patty'ye. 'Bana bugün yeni bir kötü haber getirme. Zaten hanımının gözlüğünün vidası çıktı.' Sonra fırınlanmış elmalar geldi; Mrs. Wallis uşağıyla göndermiş, Wallis'ler bize karşı her zaman çok nazik ve kibarlar. Bazı insanların Mrs. Wallis'in zaman zaman nezaketten uzak davranışlarda bulunduğunu ve kaba saba konuştuğunu söylediklerini duyuyorum ama biz onlardan şimdiye kadar büyük bir ilgi ve nezaket dışında bir şey görmedik. Bunun alışverişle de ilgisi olamaz, bizim ayağımızı alıştırmak için yaptıklarını sanmam; sonuçta bizim ekmek tüketimimizden ne olacak, öyle değil mi? Şunun şurasında üç kişiyiz, şimdi sevgili Jane de var ama o neredeyse hiçbir şey yemiyor, o kadar az kahvaltı ediyor ki görseniz şaşarsınız. Annemin onun ne kadar az yemek yediğini görmesinden korkuyorum, bu yüzden o bitirene kadar sürekli konuşuyorum, konu kapanmış oluyor. Günün ortasında karnı acıkıyor, fırınlanmış elma kadar sevdiği bir şey yok; neyse ki sağlığa çok yararlı, öyle olduğunu biliyorum; geçen gün Mr. Perry'ye de bunu sorma fırsatım oldu, onunla sokakta karşılaşmıştım. Bu konuda kuşkum olduğundan değil tabii, daha önce de Mr. Woodhouse'un fırınlanmış elmanın yararlarından bahsettiğini çok duymuşumdur. Mr. Woodhouse'un da bir meyveyi yararını kaybetmeden yemenin en iyi yolunun onu fırınlamak olduğunu düşündüğüne inanıyorum. Gerçi biz sık sık elmalı kurabiye yapıyoruz. Patty çok nefis elmalı kurabiye yapar. Her neyse, Mrs. Weston, umarım siz haklı çıkarsınız, hanımefendiler bizi kırmayıp onurlandırırlar."

Emma, Mrs. Bates'i ziyaret etmekten büyük bir mutluluk duyacağını ifade etti.

O sırada Mrs. Ford'u gören Miss Bates'in "Nasılsınız Mrs. Ford? Bağışlayın. Sizi görmedim. Şehirden çok güzel, yeni kurdeleler getirttiğinizi duydum. Jane dün size uğramış ve gösterdiğiniz kurdeleler çok hoşuna gitmiş. Sağ olun, eldivenlerden de çok memnun kaldım. Yalnızca bilek kısmı biraz geniş ama olsun, Jane ayarlıyor," sözlerinden sonra başka bir şeyle oyalanmadan hep birlikte dükkânın önünden ayrıldılar.

Sokakta Mrs. Bates, "Neden bahsediyordum?" diye yeniden konuşmaya başladı. Emma bütün bu kargaşa içinde onun söze nereden devam edeceğini merak ediyordu. "Neden bahsettiğimi hatırlamadığımı itiraf etmeliyim. Ah evet! Tabii ya. Annemin gözlüğünden söz ediyordum. Mr. Frank Churchill çok kibar bir beyefendi! 'Ah!' dedi. 'Sanırım vidayı sıkıştırabilirim, böyle işler çok hoşuma gider.' Bu da onun ne kadar... nasıl da... Aslına bakarsanız onun daha önce de çok övüldüğünü duymuştum, ondan çok şey bekliyordum ama kendisi bütün bunların üstünde... Tüm beklentilerimizin çok çok... Sizi bütün kalbimle kutluyorum, Mrs. Weston. O her ebeveynin övünç duyacağı bir genç, üstelik her şeye sahip... Gözlüğü görünce 'Vidayı yerine takabilirim. Böyle işler çok hoşuma gider,' dedi. Onun bu davranışını ömrüm oldukça unutmayacağım. Sonra o fırınlanmış elmaları dolaptan çıkarttığımda da ben konuklarımızın nezaket gösterip elmaların tadına bakacaklarını umut ederken Mr. Frank Churchill hemen 'Ah! Fırınlanmış elmaya bayılırım, fırınlanmış elmadan daha sağlıklı bir şey olamaz, bunlar da hayatımda gördüğüm en güzel evde fırınlanmış elmalar,' demez mi? Böyle demesi... yani biliyorsunuz... bu o kadar... tavrından bunu iltifat etmek için söylemediği anlaşılıyordu. Elmalar gerçekten de çok iyiydi, Mrs. Wallis onların hakkını veriyor ama biz onları iki defadan fazla fırınlatmıyoruz, oysa Mr. Woodhouse bizden elmaları üç defa fırınlatacağımız için söz almıştı. Miss Woodhouse'un bunu kendilerine söylememe nezaketini göstereceğinden eminim. Elmalar fırınlanmaya çok uygundu, buna hiç kuşku yok; hepsi Donvell'den geldi, Mr.

Knightley'nin cömertliği. Bize her yıl bir çuval dolusu elma gönderir, onun ağaçlarının elmasının üzerine elma olmadığı kesin, çok dayanıyorlar. Annem gençliğinde onların meyve bahçesinin çok ünlü olduğunu söylüyor ama geçen gün gerçekten çok şaşırdım çünkü Mr. Knightley bir sabah uğradı. Jane elma yiyordu. Elmalardan ve Jane'in fırınlanmış elmayı ne kadar sevdiğinden bahsettik. Mr. Knightley de elma stokumuzun bitip bitmediğini sordu. 'Bitmiş olmalı,' dedi. 'Ben size biraz daha göndereyim; zaten bende kullanabileceğimden çok daha fazlası var. William Larkins bu yıl kullanacağımdan çok fazla elma ayırmış bana. Onlar kısa bir süre içinde işe yaramaz hâle gelecek, ben size biraz daha göndereyim.' Ben de ondan göndermesini rica ettim; bizimki bitmek üzereydi, elimizde çok fazla elma kaldığını söyleyemezdim; sonuçta yarım düzine kadar falan kalmıştı, onları da Jane'e saklamamız gerekiyordu. Yine de Mr. Knightley'nin bize daha fazla elma göndermesini istemeye gönlüm razı gelmiyordu çünkü bize karşı zaten çok cömert davranmıştı. Jane de aynı şeyi söyledi. O gittikten sonra Jane benimle neredeyse kavga etti... Yoo, hayır, buna kavga demeyeyim çünkü biz hayatımız boyunca hiç kavga etmedik ama elmaların bitmek üzere olduğunu söylememe çok sıkıldı, keşke çok elmamız var deseymişim, Mr. Knightley'yi daha bir sürü elmamız kaldığına inandırmamı istermiş. 'Ah tatlım!' dedim. 'Elimden geleni yaptım ben. Aklım erdiğince konuştum.' Hemen o gece William Larkins elinde koca bir sepet dolusu elmayla geldi, aynı cins elmalardı, en az kırk kilo vardı; çok mahcup oldum ve aşağı inip William Larkins'le konuştum, tahmin edebileceğiniz gibi gerçeği söyledim. William Larkins'i o kadar eskiden beri tanıyoruz ki! Onu görmek her zaman hoşuma gitmiştir. Daha sonra Patty'den öğrendiğime göre William, efendisinin elinde kalan bu cins elmaların tamamını getirdiğini söylemiş, yani ellerinde ne var ne yoksa getirmiş ve efendisine tek bir elma bile kalmamış. William'ın buna aldırış ettiği yoktu, efendisi çok elma sattığı için mutluydu, biliyorsunuz, William her şeyden çok efendisinin çıkarını düşünür ama dediğine göre Mrs. Hodges bütün elmaların gönderilmesinden hiç hoşlanmamış. Efendisinin bu bahar aylarında elmalı turta yiyemeyecek olmasına üzülüyormuş. William bunu Patty'ye söylerken bunu umursamamasını ve bize bu konuda hiçbir şey söylememesini tembih etmiş. Çünkü Mrs. Hodges bazen çok aksi olabiliyormuş, onlar içinse çuval çuval elma satıldıktan sonra kalanı kimin yediğinin bir önemi yokmuş. Patty bana bunları anlatınca gerçekten de çok şaşırdım! Mr. Knightley'nin bunu duymasını dünyada istemem! Kendisi çok şey, nazik... Bunu Jane'den de saklamak isterdim ama maalesef farkında olmadan söylemiş bulundum."

Patty kapıyı açtığında genç Miss Bates sözünü yeni bitirmişti. Konuklar hoş geldiniz namelerleriyle oyalanmadan merdivenlerden çıkmaya başladılarsa da arkalarından Miss Bates'in daldan dala atlayan iyi niyetli açıklamaları onları izledi.

"Aman dikkat edin, Mrs. Weston, hemen dönemeçte bir basamak var... Aman dikkat edin Miss Woodhouse, bizim merdiven biraz karanlık ve dar... keşke olmasaydı. Miss Smith, lütfen dikkat edin. Miss Woodhouse, çok endişelendim, ayağınızı çarpacaksınız diye. Miss Smith, dönemeçteki basamak!"

BÖLÜM 28

İçeri girdiklerinde küçük oturma odasına tam bir dinginlik hâkimdi. Her zamanki uğraşından mahrum kalan Mrs. Bates ateşin yanında uyukluyordu, onun hemen yakınındaki bir masanın başında oturan Frank Churchill büyük bir ciddiyetle gözlüğü tamir etmeye çalışıyor, sırtı onlara dönük oturan Jane Fairfax ise piyanosuyla ilgileniyordu.

Genç adam elindeki işle meşgul olmasına rağmen Emma'yı görür görmez yüzünde çok mutlu bir ifade belirdi.

Usulca "Bu ne büyük bir mutluluk," dedi. "Benim hesapladığımdan en az on dakika daha önce geldiniz. Görüyorsunuz bir işe yaramaya çalışıyorum, ne dersiniz başarılı olabilecek miyim?"

Mrs. Weston, "Nasıl yani?" dedi. "Daha bitirmediniz mi? Kuyumcu olsanız bu hızla çalışarak gümüş işçiliğinden hayatınızı çok zor kazanırdınız."

Frank Churchill, "Kesintisiz çalıştığımı söyleyemeyeceğim," diye yanıt verdi. "Miss Fairfax'e piyanosunun ayağını sabitleyebilmesi için yardım ettim. Dengeli durmuyordu, sanırım zeminde bir eğrilik var. Gördüğünüz gibi bir ayağın altına kâğıt sıkıştırdık. Bizi kırmayıp buraya gelmeyi kabul etmekle çok büyük nezaket gösterdiğinizi ifade etmeliyim. Eve dönmek için acele edeceğinizden çekiniyordum."

Bir yolunu bulup Emma'nın yanına oturmasını sağladı. Onun için en iyi fırınlanmış elmayı seçti. Elindeki işi gösterip Emma'nın kendisine yardımcı olmasını ya da en azından akıl vermesini sağlamaya çalıştı. Bu Miss Fairfax yeniden piyanoya oturmaya hazır hâle gelene kadar sürdü. Emma, Jane'in buna hemen hazır olmamasını sinirsel durumuna bağladı, piyano yeni olduğu için heyecanını yenememişti; önce duygularına hâkim olup ona dokunacak gücü bulması gerekiyordu. Emma, kaynağı ne olursa olsun, bu duyarlılık karşısında ona acıdı, içi sızladı ve Jane'in bu hassas durumunu bir daha asla Frank ile paylaşmama kararı aldı.

Jane sonunda çalmaya başladı. Başlangıçta tuşlara biraz zayıf basıyorduysa da zamanla piyanonun hakkını verdi ve piyanonun zayıf çıkan sesi zamanla gücünün doruğuna erişti. Mrs. Weston daha önce dinlediğinde de mutlu olmuştu, yine çok mutlu oldu. Emma onun Jane Fairfax'e yönelik tüm övgülerine katıldı ve piyanonun her açıdan kusursuz olduğu konusunda herkes görüş birliğine vardı.

Frank Churchill Emma'ya bakıp gülümseyerek "Albay Campbell bunu satın alırken kimden destek almıştır bilemiyorum ama görevlendirdiği kişi asla kötü bir tercih yapmamış," dedi. "Weymouth'tayken Albay Campbell'ın zevk sahibi bir insan olduğunu çok duymuştum. Özellikle de üst notaların yumuşaklığını, eminim ki gerek o gerekse çevresi fazlasıyla takdir etmişlerdir. Miss Fairfax, bence Albay bununla ilgilenen arkadaşına çok ayrıntılı bir biçimde talimat vermiş ya da Broadwood firmasına şahsen mektup yazmış olmalı. Sizce de öyle değil mi?"

Jane başını çevirip bakmadı. Bu söylenenleri duymamış olabilirdi çünkü Mrs. Weston da aynı anda onunla konuşuyordu.

Emma fısıldayarak "Haksızlık ediyorsunuz," dedi. "Benimki yalnızca bir varsayımdı. Onu üzmeyin."

Genç adam gülümseyerek hayır anlamında başını iki yana salladı. Görünüşünde kuşkudan ve merhametten yoksun bir hâl vardı. Kısa bir süre sonra yeniden konuşmaya başladı.

"Miss Fairfax, kim bilir İrlanda'daki dostlarınız bu mutluluğunuzdan dolayı ne kadar seviniyorlardır. Eminim sizi sık sık düşünüyor ve piyanonun elinize tam olarak ne zaman, hangi gün hangi saatte ulaştığını merak ediyorlardır. Sizce Albay Campbell piyanonun tam da şu sıralar teslim edildiğini biliyor mudur? Ne dersiniz bunu sipariş ederken kesin bir tarih belirtmiş midir, yoksa genel bir talimat verip, gönderileceği tarihi tesadüflere mi bırakmıştır?"

Jane Fairfax'in bu söylenenleri duymaması, bunlara yanıt vermekten kaçınması mümkün değildi.

Kendini sakin kalmaya zorlayarak "Albay Campbell'dan mektup alana kadar," dedi, "hiçbir şeyden emin olamam ve kesin bir bilgi veremem. Bu konudaki her düşünce, her söz tahminden öteye gidemez."

"Tahmin, evet; tahmin doğru da çıkabilir yanlış da. Şu vidayı ne kadar zamanda sıkıştırabileceğimi tahmin edebilmeyi isterdim. İnsan başka bir işle meşgulken konuşursa saçmalıyor, öyle değil mi Miss Woodhouse? Sanırım gerçek işçiler çalışırken dillerini tutuyorlardır ama biz sözde centilmen işçiler, bir konuşmaya başlamayalım... hemen... Neyse, Miss Fairfax tahmin etmekle ilgili bir şey söylemişti. İşte oldu." Mrs. Bates'e döndü: "Madam gözlüğünüzü tamir etme mutluluğuna eriştim, onu size teslim ediyorum. En azından şimdilik kullanılabilecek durumda."

Gerek anne gerekse kızı ona gönülden teşekkür ettiler. Mr. Frank Churchill, biraz da Miss Bates'ten kurtulmak için piyanonun yanına gitti ve hâlâ piyanonun başında oturan Miss Fairfax'e biraz daha çalması için yalvardı.

"Eğer lütfedip seçeceğiniz parçanın dün gece dans ettiğimiz valslerden biri olmasını, o duyguları tekrar yaşamamı sağlarsanız size minnettar olurum. Gerçi siz onlardan benim kadar zevk almadınız; yorgun görünüyordunuz ama... Sanırım daha fazla dans etmediğimiz için mutlu bile oldunuz ama ben yarım saat daha dans edebilmek için dünyaları verirdim."

Genç kız çalmaya başladı.

"İnsanın kendini mutlu eden bir ezgiyi yeniden duyması ne büyük bir mutluluk! Eğer yanılmıyorsam Weymouth'ta da bu melodiyle dans edilmişti."

Miss Fairfax bir an başını kaldırıp ona baktı, kızarmıştı. Sonra yine çalmayı sürdürdü. Frank Churchill piyanonun yanındaki bir koltuktan birkaç nota sayfası alıp Emma'ya döndü.

"Bu benim için çok yeni, hiç bilmediğim bir beste. Siz bunu biliyor musunuz? Cramer'in[*] notaları. Burada yeni, bir dizi İrlanda ezgisi var. Bunların hepsi piyanoyla birlikte gönderilmiş. Albay Campbell ne ince düşünceli biri değil mi? Miss Fairfax'in yanında notaları olmadığını dikkate almış. Ben işin bu yanına çok büyük değer veriyorum, onu alkışlıyorum; hediyenin en içten duygularla gönderildiğinin kanıtı. Yürekten, sevgiyle. Hiçbir şey aceleye getirilmemiş, eksik bırakılmamış. Bir insana bunu ancak gerçek sevgi yaptırabilir."

Emma onun bu kadar sivri dilli olmamasını dilerdi ama yine de bu durumu eğlenceli bulmaktan kendini alamıyordu. Gözü Jane Fairfax'e takıldığında dudaklarında gizlemeye çalıştığı hafif bir gülümseme gördü. Onun bu olup biten karşısında yüzü hafifçe kızarmış olsa da aslında gülümsediğini görmek Emma'yı rahatlattı. Jane Fairfax'in durumuyla sinsice eğlenmiş olmaktan daha az suçluluk ve vicdan azabı duydu. Bu da demek oluyordu ki güzel, gururlu, burnundan kıl aldırmayan, kusursuz Jane Fairfax, içinde çok ayıplanacak farklı duygular barındırıyordu.

---

[*] Cramer: Johann Baptist Cramer tarafından kurulan çok ünlü bir müzik eserleri yayınevi (Ç.N.)

Frank Churchill nota yapraklarını Emma'ya getirdi ve birlikte gözden geçirdiler. Emma bu fırsattan yararlanarak fısıldadı.

"Çok açık konuşuyorsunuz. Anlayacak."

"Umarım anlar. Zaten onun anlamasını istiyorum. İma ettiklerimden zerrece utanmıyorum."

"Ama ben utanıyorum ve keşke size bu fikrimi hiç açmasaydım diyorum."

"Bunu akıl ettiğiniz ve bana açtığınız için çok mutluyum. Artık onun bütün tuhaf tavırlarını ve bakışlarını çözebilecek bir anahtar var elimde. Bırakın o utansın. Eğer bir yanlış yaptıysa bunu hissetmeli."

"Ben utanmadığını düşünmüyorum."

"Bense utandığına ilişkin bir işaret göremiyorum. Bakın şu anda Robin Adair çalıyor, adamın en sevdiği parça."

Bu konuşmadan kısa bir süre sonra pencerenin önünden geçen Miss Bates, Mr. Knightley'nin atıyla onlara doğru geldiğini gördü.

"Mr. Knightley geliyor, bilginiz olsun! Onunla konuşmam gerekiyor, en azından teşekkür etmek için. Burada pencereyi açamam, üşürsünüz ama annemin odasına gidebilirim. Sanırım burada kimlerin olduğunu öğrenirse içeri de gelir. Hepinizi böyle bir arada görmek hoşuna gidecektir! Bu, küçük salonumuz için ne büyük bir onur!"

Mrs. Bates bir yandan konuşurken bir yandan da bitişik odaya geçip, pencereyi açtı ve Mr. Knightley'ye seslendi. Aralarında geçen konuşmanın her kelimesi diğerleri tarafından sanki aynı odanın içindelermiş gibi duyuluyordu.

"Nasılsınız? – Nasılsınız? Çok iyiyim, teşekkür ederim. Dün geceki araba için size minnettarız. Tam zamanında geldik, annem de bizi bekliyordu. Lütfen, içeri girin; çok rica ederim, hadi gelin. Dostlarınız da buradalar."

Mr. Knightley konuşma sırası kendisine geldiğinde özellikle duyulabilecek yüksek bir ses tonuyla ve büyük bir kararlılıkla "Yeğeniniz hanımefendi nasıllar, Miss Bates?" diye sordu. "Hepinizin hatırını tek tek sormak isterim ama özellikle de yeğeninizin. Miss Fairfax nasıllar? Umarım dün gece üşümemiştir. Bugün kendini nasıl hissediyor? Söyleyin bana, Miss Fairfax nasıl, gerçekten iyi mi?"

Miss Bates başka bir şey söylemesine fırsat verilmediği için doğrudan bu soruya yanıt vermek zorunda kaldı. Konuşmayı dinleyenler çok eğleniyorlardı, Mrs. Weston, Emma'yı anlamlı bakışlarla süzdü ama Emma hâlâ bu konuda kuşkulu olduğu için başını salladı.

Miss Bates, "Size minnettarız," diye ekledi. "Arabadan dolayı size çok teşekkür borçlu–"

Mr. Knightley yine kadının sözünü kesti.

"Kingston'a gidiyorum. Sizin için yapabileceğim bir şey var mı?"

"Ah Tanrım! Kingston mı? Mrs. Cole geçen gün Kingston'dan bir şey istediğini söylüyordu."

"Mrs. Cole'un gönderebileceği uşakları var. Sizin için yapabileceğim bir şey var mı?"

"Hayır, teşekkürler. İçeri gelin. Bilin bakalım kim var burada? Miss Woodhouse ve Miss Smith, büyük bir nezaket gösterip yeni piyanomuzu dinlemek için uğradılar. Atınızı Crown'a bırakıp gelin."

Mr. Knightley biraz düşündükten sonra "Peki," dedi. "Beş dakika uğrayayım."

"Mrs. Weston ve Mr. Churchill de buradalar! Bu kadar çok dostumuzun burada olması çok mutluluk verici!"

"Aslına bakarsanız şimdi uğramasam çok daha iyi, çok teşekkür ederim ama ne yazık ki iki dakika bile kalacak zamanım yok. Geç oldu. Mümkün olduğu kadar çabuk Kingston'a varmalıyım."

"Ah! Lütfen içeri buyurun. Onlar da sizi gördüklerine çok memnun olacaklar."

"Hayır, hayır, salonunuz yeterince dolu zaten. Başka bir gün uğrayıp piyanoyu dinlerim."

"Peki ama bilin ki çok üzüldüm, Ah! Mr. Knightley, dün geceki ne kadar güzel bir partiydi, ne kadar hoştu! Hiç böyle dans edildiğini görmüş müydünüz? Çok hoş değil mi? Miss Woodhouse'la Mr. Churchill, yaşamım boyunca eşini benzerini görmedim."

"Evet! Çok güzeldi gerçekten; benim de bunun dışında bir şey söylemem mümkün değil çünkü Miss Woodhouse'la Mr. Churchill'in arkanızda bu konuşmayı dinlediklerini biliyorum. Hem," sesini biraz daha yükseltti, "Miss Fairfax'in adı neden anılmıyor, anlamıyorum. Bence Miss Fairfax de çok güzel dans ediyor, Mrs. Weston ise istisnasız İngiltere'nin en iyi dans müziği çalan piyanisti. Şimdi sanırım konuklarınız da nezaket kuralları gereği benim için güzel bir şeyler söyleyeceklerdir ama ne yazık ki bunu duyacak kadar kalamayacağım."

"Ay! Mr. Knightley, bir dakika daha durun lütfen, çok önemli bir şey, çok şaşırdık! Jane ve ben, elmalar konusunda şok yaşadık!"

"Ne oldu ki?"

"Bize bütün elmalarınızı gönderdiğinizi düşününce! Elinizde çok fazla elma olduğunu söylemiştiniz ama şimdi hiç kalmamış. Gerçekten çok şaşırdık! Mrs. Hodges çok kızabilir bu duruma. William Larkins buradayken durumu anlattı. Bunu yapmama-

lıydınız, gerçekten yapmamalıydınız. Ah! Gitti bile. Kendisine teşekkür edilmesine hiç dayanamıyor. Ben onun kalacağını düşünmüştüm ve bundan bahsetmemek hatasına düştüm – neyse," odaya döndü, "başarılı olamadım. Mr. Knightley durmadı. Kingston'a gidiyor. Yapabileceği bir şey olup olmadığını sordu..."
Jane "Evet," dedi. "Nazik teklifini duyduk, her şeyi duyduk."
"Ah! Evet canım, duyduğunuzu tahmin edebiliyorum. Kapı açıktı, pencere açıktı ve Mr. Knightley de yüksek sesle konuşuyordu. Eminim her şeyi duymuşsunuzdur. 'Sizin için Kingston'da yapabileceğim bir şey var mı?' dedi, bahsettiğim gibi... Ah! Miss Woodhouse, kalkıyor musunuz? Gerçekten gitmek zorunda mısınız? Zaman ne kadar çabuk geçti, daha yeni gelmişsiniz gibi... Gerçekten çok naziksiniz."

Emma artık eve dönme zamanının geldiğini düşünüyordu; bu ziyaret zaten uzun sürmüştü. Saatlerine bakınca sabahın önemli bir kısmının geçip gittiğini gören Mrs. Weston ve refakatçisi de kalktılar, Randalls'a dönmeden önce ancak iki genç hanımla birlikte Hartfield'in kapısına kadar gidecek zamanları vardı.

BÖLÜM 29

Aslında hiç dans edilmese de olurdu. Gençlerin, herhangi bir baloya katılmadan da başarıyla mutlu mesut aylar geçirdikleri ve bu sürede gerek zihinsel gerekse bedensel herhangi bir hasar almadıkları bilinmekteydi ama dans bir kez başladı mı kendini müziğe kaptırarak hızla hareket etmenin coşkusu hissedilince daha fazlasını, bir dahasını istememek mümkün değildi.

Frank Churchill Highbury'de bir kez dans etmişti ve yine dans etmek istiyordu. Mr. Woodhouse'un, kızıyla birlikte Randalls'ta geçirmeye ikna edilebildiği gecenin son yarım saati iki gencin bu konudaki planlarıyla geçti. Fikir Frank'tan çıktı; ilk onun aklına gelmişti, en çok ısrar eden de o oldu. Emma ise karşılaşılabilecek sorunlar ile ilgili fikir yürütüyor, yer sorunu ve bu fikrin kabul görmesiyle ilgili kaygılarını belirtiyordu. Öte yandan buna dünden hazırdı, insanlara Mr. Frank Churchill'le Miss Woodhouse'un ne kadar güzel dans ettiklerini bir kez daha göstermek, Jane Fairfax'le karşılaştırıldığında hiç değilse bu konuda ondan geride kalmadığını kanıtlamak istiyordu. Kibrini pohpohlayacak bu istek dışında da aslında yalnızca dans etmek için bile istiyordu bunu. İtiraz etmeyi bir yana bırakarak bulundukları odayı dans ederek adımlayıp oranın kaç kişi alabileceğini saptama konusunda genç adama yardımcı oldu. Sonra her ne kadar Mr. Weston iki salonun da aynı büyüklükte olduğunu söylese de biraz olsun daha büyük olması umuduyla diğer salonun da ölçülerini aldılar.

Genç adamın ilk önerisi ve talebi Mr. Cole'un evinde başlanan dansın onlarda bitirilmesiydi; aynı grup toplanmalıydı ve aynı müzisyenler ayarlanmalıydı, bu öneri kabul gördü. Mr. Weston çok eğleniyordu, onlara katıldı ve bundan mutluluk duyacağını söyledi. Mrs. Weston da onlar dans etmek istediği sürece piyano çalmaya hazır olduğunu belirtti. Sıra tam olarak kimlerin geleceğini belirlemek ve her çifte zorunlu olarak düşecek olan alanı hesaplamaktaydı.

"Siz, Miss Smith ve Miss Fairfax üç, iki Miss Cox'la birlikte beş," sözleri defalarca yinelendi. "Gilbertler iki kişi olacak; genç Cox, babam, ben, bir de Mr. Knightley. Evet, bu sayı eğlenmek için yeterli. Siz, Miss Smith ve Miss Fairfax etti üç; iki Miss Cox'la birlikte etti beş; beş çift için dünya kadar yer var burada."

Kısa bir süre sonra konuya başka açılardan da bakılmaya başlandı.

"Burada gerçekten beş çiftin rahat etmesine yetecek yer var mı? Bence yok."

Ya da bir başka görüş:

"Aslında beş çift için böyle bir davet vermeye değmez. Ciddi düşününce beş çift ne ki? Beş çifti davet etmek yetmez. Kırılanlar olur. Her şey duruma bağlı, bu kendiliğinden ortaya çıkacak bir durum olarak düşünülmeli."

Birisi Miss Gilbert'in ağabeyinin gelmesinin beklendiğini ve onun da çağırılması gerektiğini söyledi. Bir başkası, Mrs. Gilbert'in de eğer biri kaldırırsa dansa katılacağına inanıyordu. Cox'un iki kızı hakkında da bir şeyler söylendi ve sonra Mr. Weston da davetliler arasına katılması gereken kuzenlerinin ailelerinin adını verdi. Asla ihmal edilmemesi gereken çok eski bir dostunu da ekleyince beş çiftin en az on olacağı ortaya çıktı.

Ardından da bunların nasıl uygun bir biçimde yerleştirilebileceği konusunda ilginç değerlendirmeler yapıldı.

İki salonun kapıları karşılıklıydı. "Acaba iki odayı da kullanıp aradaki koridor boyunca dans edilemez miydi?" Görünüşe bakılırsa en iyi plan buydu, aslında bu da o kadar da iyi bir fikir değildi; daha iyi bir çözüm bulunmalıydı. Emma bunun tuhaf olacağını söyledi, Mrs. Weston'ın yemek ile ilgili endişeleri vardı, Mr. Woodhouse ise sağlık açısından her şeye ısrarla itiraz etti. Bu tartışmalar yaşlı adamın canını o kadar sıkmıştı ki kimse üzerine gidemedi.

"Yo! Hayır," dedi. "Bu parti büyük bir tedbirsizlik olur. Emma bunu kaldıramaz. Bunu kabul etmem mümkün değil. Emma'nın bünyesi güçlü değil. Böyle bir durumda üşütmesi kaçınılmaz. Zavallı Harriet de öyle. Hepinizin başına aynı şey gelebilir. Mrs. Weston yatağa düşebilirsiniz, bunların böyle çılgınca bir şeyi akıllarına getirmelerine bile izin vermemelisiniz; konuşturmayın şunları. Bu genç adam," bunu söylerken sesini alçalttı, "çok düşüncesiz. Kalıbının adamı değil. Gece boyunca kapıları açtı durdu ve hem de büyük bir düşüncesizlikle açık tuttu. Cereyan yapabileceğini hiç düşünmedi. Sizi ona karşı doldurmuş olmak istemem ama bu oğlan pek güvenilir değil!"

Bu suçlama Mrs. Weston'ı çok üzmüştü. Bunun önemini biliyordu ve etkisini kırmak, delikanlıyı savunmak için elinden gelen her şeyi yaptı. Kapılar kapatıldı, koridor planından vazgeçildi, yalnızca bulundukları odada dans edilmesi yönündeki ilk plana geri dönüldü ve Frank Churchill iyimserliğiyle daha çeyrek saat önce beş çifte alacağından kuşkulanılan alan on çift için yeterli görünmeye başladı.

"Çok abartmışız," dedi genç adam. "Gereksiz boşluk bırakmışız. Buraya on çift de gayet güzel sığar."

Emma surat astı.

"Çok kalabalık olacak, sıkıcı bir kalabalık. Hem dönecek yer yoksa dans etmenin ne anlamı var?"

Frank Churchill ciddi bir ifadeyle "Çok doğru," dedi. "Kötü." Ölçmeye devam etti ve sonunda ekledi: "Bence fazla fazla on çifte yetecek kadar yer olacak."

Emma, "Hayır, hayır," dedi. "Bu çok mantıksız. Sağduyulu düşünemiyorsunuz. Birbirine bu kadar yakın olmak korkunç! Kalabalıkta dans etmekten daha keyifsiz bir şey olamaz; üstelik küçücük bir odaya tıkışmış bir kalabalıkta!"

Genç adam, "Orası öyle, aksini söyleyecek değilim," dedi. "Sizinle kesinlikle aynı fikirdeyim. Küçücük bir odaya tıkışmış bir kalabalık. Miss Woodhouse birkaç kelimeyle durumu resmetme konusunda gerçekten ustasınız. Enfes, gerçekten enfes! Ancak bu noktaya gelmişken bundan vazgeçmek içime sinmiyor. Bu, babam ve herkes için büyük hayal kırıklığı olacaktır. Bilemiyorum ama burada on çift rahatça dans edebilirmiş gibi geliyor bana."

Emma onun bu ısrarında biraz da inat olduğunu anlamıştı, onunla dans etme zevkini kaybetmemek için direndiğini anlıyordu; bunu iltifat olarak kabul edip kalan her şeye boş verdi. Eğer onunla evlenmeye karar vermiş olsaydı durup düşünmesine, değer yargılarını ve kişiliğini anlamaya çalışmasına değerdi ama o anki amacı açısından genç adam yeterince sevimliydi.

Ertesi gün öğlen olmadan Frank Churchill Hartfield'e geldi. Odaya girerken yüzünde planlarının sürmekte olduğunu belgeler nitelikte hoş bir gülümseme vardı. Gelişmeleri bildirmeye gelmişti.

"Sevgili Miss Woodhouse," diye anlatmaya başladı hemen. "Umarım dans etme isteğiniz babamın küçük salonlarının yarattığı korkuya yenilmemiştir. Yeni bir öneriyle geldim; bu fikir aslında babama ait, gerçekleştirmek için onayınızı bekliyoruz. Randalls'da değil de Crown Inn'de düzenlenmesi düşünülen küçük baloda ilk iki dansı bana lütfeder miydiniz?"

"Crown Inn mi?"

"Evet, eğer siz ve Mr. Woodhouse bunu sakıncalı görüp itiraz etmezseniz ki umarım görmezsiniz; babam dostlarını orada ağırlamaktan mutluluk duyacağına, dostlarının da bunu uygun göreceklerine inanıyor. Randalls'tan daha rahat bir ortam, babam orada da ev sahibi olarak konuklarını en az evindeki kadar iyi ağırlayabileceğinden emin. Bu onun fikri; ben de uygun buldum, Mrs. Weston da itiraz etmedi. "Yeter ki Emma kabul etsin," dedi. Hepimiz böyle hissediyoruz. Bütünüyle haklıydınız! Randalls'ın salonlarından herhangi birinde on çiftin olmasına gerçekten katlanılamaz. Bu korkunç olur! En başından beri çok haklı olduğunuzu hissetmiştim ama teslim olmak istemedim çünkü baloyu sağlama almaya çalışıyordum. Bu iyi bir değişiklik değil mi? Kabul ediyorsunuz, değil mi; umarım kabul edersiniz."

"Bu bana hiç kimsenin itiraz edemeyeceği bir plan gibi geldi, tabii eğer Mr. ve Mrs. Weston'ın da bir itirazları yoksa. İyi bir fikir ve kendi adıma konuşacak olursam beni çok mutlu etti. Bence bu çok iyi bir gelişme. Babacığım, sizce de bu çok iyi bir gelişme değil mi?"

Babasının anlaması için Emma'nın her şeyi yeni baştan tekrarlayıp açıklaması gerekti, sonrasında da bu yeni fikri kabul ettirmek için çok daha fazla dil döktü.

Hayır. Babası bunun iyi bir gelişme olduğunu düşünmüyordu, çözüm olmaktan da çok uzaktı; çok kötü bir plandı, öncekinden de kötü. Hanların salonları her zaman rutubetli olurdu, iyi havalandırılmazdı; bu, sağlıkları açısından tehlikeliydi, orada olmaları doğru değildi. İlla dans edeceklerse Randalls'ta etmeleri çok daha iyi olurdu. Yaşamı boyunca hiç Crown Inn'e adım atmamıştı, orayı kimin işlettiğini bilmediği gibi o adamların yüzünü bile görmemişti. Yoo! Hayır, bu çok kötü bir plandı. Crown Inn'de soğuk alma tehlikesi her yerden fazlaydı."

Frank Churchill "Ben de tam bunu diyecektim, efendim," dedi. "Bu değişikliğin en olumlu sonuçlarından biri insanların soğuk alma tehlikesinin hemen hiç olmaması, Crown'da üşütme tehlikesi Randalls'tan çok daha az! Bu Mr. Perry açısından iyi olmayabilir ama onun dışında itiraz eden olacağını sanmıyorum."

Mr. Woodhouse hışımla "Bakın beyefendi," dedi. "Mr. Perry'nin o kişilikte biri olduğunu düşünüyorsanız çok yanılıyorsunuz. Mr. Perry herhangi birimizin hasta olmaması için çok çabalar. Bu arada Crown'un salonunun nasıl olup da babanızın evinden daha güvenli olduğunu anlayabilmiş değilim."

"Çok daha büyük bir yer olduğu için, efendim. Pencereleri açmamıza hiç gerek kalmayacak. Bütün gece boyunca bir defa bile açmasak olur ve sizin de çok iyi bildiğiniz gibi bütün felaketlere pencereleri açıp da ısınmış vücutları soğuk havaya maruz bırakmak neden olur."

"Pencereleri açmak mı? Ama Mr. Churchill, eminim ki Randalls'ta da hiç kimsenin aklına pencereleri açmak gelmeyecektir. Hiç kimse o kadar akılsız olamaz! Hiç böyle bir şey duymadım. Pencereleri açıp dans etmek, eminim ne babanız ne de Mrs. Weston –yani zavallı Mrs. Taylor– buna göz yumar."

"Ah, ah! Evet, efendim ama bir bakarsınız düşüncesiz bir genç sıkılıp, perdelerden birisinin arkasına geçip kimse fark etmeden pencereyi açmış, kimse de fark etmemiş. Ben bunun birçok kez yapıldığını gördüm."

"Gerçekten mi? Olacak şey değil! Böyle bir şey aklıma bile gelmezdi. Neyse, ben dünyadan uzak bir yaşam sürdürüyorum ve duyduğum bu gibi şeyler karşısında dehşete düşüyorum. Bu farklı bir durum, her şeyi değiştirebilir... Her şeyi en baştan yeniden konuşursak... Aslında bunu iyice düşünmek gerekir. Böyle kararlar aceleye gelmez. Eğer Mr. ve Mrs. Weston bir sabah buraya gelme nezaketini gösterirlerse bu konuyu etraflıca konuşup ne yapılabileceğini görürüz."

"Maalesef, efendim. Zamanımız çok kısıtlı."

Emma, "Yoo, hayır," diyerek genç adamın sözünü kesti. "Her şeyi en baştan konuşup düşünmek için zamanımız olacak. Aceleye gerek yok. Eğer bu toplantı Crown'da düzenlenirse atlar için de çok uygun olur, babacığım. Kendi ahırlarının çok yakınında olacaklar."

"Öyle olur, tatlım. Bu önemli. Gerçi James hiçbir şeyden şikâyet etmez ama sorun o değil, atlarımızı mümkün olduğunca kollamamız gerekir. Salonun iyi havalandırıldığından emin olabilseydim, acaba Mrs. Strokes güvenilebilecek biri mi? Bunda kuşkuluyum. Onu tanımıyorum, görmüş bile değilim."

"Bu yöndeki tüm sorularınıza ben yanıt verebilirim, efendim çünkü bütün bunlar Mrs. Weston'ın sorumluluğunda olacak. Mrs. Weston her şeyi yönetmeyi üstlenmiş durumda."

"İşte, babacığım! Artık tatmin olmuş olmalısın. Bizim sevgili Mrs. Weston'ımızın ne kadar titiz olduğunu bilirsiniz. Yıllar önce ben kızamık geçirirken Mr. Perry'nin ne söylediğini anımsıyorsun, değil mi? 'Eğer Emma'ya bakma sorumluluğunu Miss Taylor üsteniyorsa endişelenmenize hiç gerek yok,' demişti. Bu olayı zaman zaman anımsayıp ona iltifat ettiğinize çok tanık olmuşumdur!"

"Evet, çok doğru, Mr. Perry öyle demişti. Bunu hiç unutmayacağım. Zavallı küçük Emma! Çok kötü kızamık olmuştun, daha doğrusu Mr. Perry olmasaydı çok daha kötü olabilirdin. Bir hafta boyunca her gün tam dört kez uğradı. Daha başında bunun iyi huylu bir kızamık olduğunu söylemiş ve bu da bizi çok rahatlatmıştı. Ama kızamık korkunç bir hastalıktır. Umarım Isabella ufaklıklar kızamık geçirdiklerinde Perry'yi çağırır."

Frank Churchill, "Babamla Mrs. Weston şu anda Crown'dalar," dedi. "Salonun durumunu inceliyorlar. Onları orada bırakıp Hartfield'e geldim çünkü sizin bu konudaki görüşünüzü öğrenmek için sabırsızlanıyordum. Sizi de onlara katılıp orada, yerinde gerekli uyarı ve önerileri yapmaya ikna etmeyi umut ediyorum. İkisi de bu ricalarını size iletmemi istediler. Size oraya kadar eşlik etmeme izin verirseniz bundan çok büyük mutluluk duyacaklar. Siz olmadan yaptıkları hiçbir şey tam anlamıyla içlerine sinmeyecek."

Emma bu çağrıyı çok büyük mutlulukla kabul etti, babası ise o yokken bu konuyu düşünmesinin daha doğru olacağına karar vermişti. İki genç hiç zaman kaybetmeden Crown'a doğru yola koyuldular. Mr. ve Mrs. Weston oradaydı, Emma'yı görmekten ve onun onayını almaktan çok mutlu oldular. İkisi de karakterlerine uygun bir şekilde meşgul ve mutluydular; Mrs. Weston endişeliydi. Mr. Weston'a göreyse her şey harikaydı.

Mrs. Weston, "Emma," dedi. "Bu duvar kâğıtları umduğumdan çok daha kötü. Baksana! Bazı yerleri gördüğün gibi çok pis. Lambriler de çok kirlenmiş ve berbat durumda."

Kocası, "Hayatım, çok fazla inceliyorsun, ayrıntılara takılıyorsun," dedi. "Öyle olsa ne olur ki? Mum ışığında bu dediklerinin hiçbiri görülmez. İnan bana burası mum ışığında Randalls kadar temiz görünür. Biz kulüp toplantılarını yaptığımız gecelerde hiçbir şey görmüyoruz."

Hanımlar tam bu noktada göz göze geldiler, büyük bir ihtimalle birbirlerine "Erkekler kirden pastan ne anlar," diyorlardı. Belki erkekler de içlerinden "Kadınlar pireyi deve yapmasalar olmaz," diye düşünüyorlardı.

Ancak erkeklerin de görmezden gelemeyecekleri bir sorunla karşılaştılar. Konu yemek salonuydu. Balo salonunu yapılırken orada yemek yenilebileceği düşünülmemişti, yandaki küçük oyun salonundan başka ilave yapılmamıştı. Peki ne yapacaklardı? Oyun odası yine oyun odası olarak istenecekti, ayrıca kâğıt oynamanın gereksiz olacağına karar verseler bile burası rahat rahat yemek yemek için çok küçük değil miydi? Uygun büyüklükteki başka bir salonu bu amaçla kullanabilirlerdi ama orası binanın öbür tarafındaydı ve oraya gitmek için uzun ve tuhaf bir geçitten geçmek gerekiyordu. Bu, sıkıntı olabilirdi. Mrs. Weston o geçitte gençlerin cereyandan hasta olabileceklerinden korkuyordu ama ne Emma, ne de beyler tıkış tıkış yemek yemeği kabul ediyorlardı.

Mrs. Weston normal bir yemek davetinden vazgeçip küçük odaya konulacak sandviç gibi soğuk yiyeceklerin bulunacağı bir açık büfe ile idare edilmesini önerdi ama bu da kabul görmedi; çok kötü bir öneri olarak nitelendirildi. Yemek olmayan bir parti düzenlenmesi, gelecek kadınlara da erkeklere de haksızlık edildiği anlamına gelebilirdi; uygun değildi, Mrs. Weston bunu aklından bile geçirmemeliydi. Sonuçta iyi ağırlanmak herkesin hakkıydı ve davet sahibi olarak onuru da bunu gerektiriyordu. Bu itiraz karşısında Mrs. Weston başka bir öneri getirerek kuşkuyla karşılanan odaya şöyle bir bakıp "Bence o kadar küçük değil. Nasıl olsa çok kalabalık da olmayacağız," dedi.

Aynı anda uzun geçitte hızlı büyük adımlarla yürümekte olan Mr. Weston seslendi.

"Bu geçidin uzunluğundan yakınıyorsunuz ama uzun değil, ayrıca merdivenlerde de cereyan yok."

Mrs. Weston, "Umarım öyledir," dedi. "Keşke hangi düzenlemenin konuklarımızın daha çok hoşuna gideceğini bilebilseydik. Amacımız genel kabul görecek düzenlemeyi yapmaya çalışmak olmalı ama bunun ne olduğunu bilebilsek..."

Frank, "Evet, çok doğru!" diye haykırdı. "Çok doğru. Komşularınızın görüşlerine ihtiyaç duyuyorsunuz. Buna hiç şaşırmıyorum. Onların arasından önemli olduğunu saydıklarınızın fikrini alsak, örneğin Colelanın. Evleri uzak değil. Onları çağırayım mı? Ya da Miss Bates? Onların evi daha da yakın. Gerçi Miss Bates'in diğerlerinin eğilimlerini doğru değerlendireceği konusunda endişelerim yok değil. Sanırım daha çok büyük bir grubun kararına ihtiyaç var. Gidip Miss Bates'i bize katılması için davet edeyim mi?" Mrs. Weston uzun bir tereddütten sonra "İsterseniz gidin," dedi. "Eğer onun gelmesinin işe yarayacağını düşünüyorsanız."

Emma "Mrs. Bates'in bu konuda hiçbir faydası olmaz," dedi. "Onu çağırdığınız için çok sevinir ama elle tutulur hiçbir şey söylemeyecek, sorularınızı bile dinlemeyecektir. Ben Miss Bates'e danışmanın yararı olacağını düşünmüyorum."

"Ama o çok eğlenceli biri, son derecede eğlenceli! Miss Bates'in konuşması çok hoşuma gidiyor. Bütün aileyi getirmeme gerek yok tabii."

Tam bu noktada Mr. Weston da onlara katıldı ve bu öneriyi duyunca kararlılıkla onayladı.

"Evet Frank, git Miss Bates'i getir de şu konuyu bir sonuca bağlayalım. Eminim ki bu plan hoşuna gidecektir, önümüzdeki zorlukları nasıl aşacağımızı bize göstermek için ondan daha uygun birini düşünemiyorum. Haydi git Miss Bates'i getir. Biz biraz fazla ince eleyip sık dokuyoruz. O bize mutlu olma konusunda bir ders verecektir. Git ikisini de getir. İkisini de davet et."

"İkisini de mi! Yani yaşlı hanımı da mı?"

"Ne yaşlı hanımı? Hayır, genç hanımı tabii. Senin kalın kafalı olduğunu düşündürme bana, Frank, sakın teyzeyi yanında yeğeni olmadan getirme."

"Ah! Bağışlayın efendim. Bir an düşünemedim. Madem öyle uygun görüyorsunuz ikisini de gelmeye ikna etmeye çalışacağım, efendim." Ve gitti.

O, yanında ufak tefek, şık, hızlı adımlarla yürüyen teyze ve zarif yeğeniyle birlikte geri dönmeden çok önce Mrs. Weston her güzel huylu kadın ve iyi eş gibi geçidi yeniden inceledi ve buranın sandığı kadar kötü olmadığını keşfetti, geçidin yaratacağı sıkıntının sandığından daha önemsiz olduğunu gördü ve karar konusundaki zorluklar son buldu. İşin kalan kısmı, en azından düşüncede sorun değildi. Masa, sandalye, ışık, müzik, çay ve akşam yemeğiyle ilgili bütün ufak ayarlamalar kısa zaman içinde Mrs. Weston ve Mrs. Strokes tarafından kolayca halledilecek önemsiz konulardı, onlara bırakılabilirdi. Çağrılan herkesin geleceği kesindi; Frank on beş günün üzerine birkaç gün daha izin almak için Enscombe'a mektup yazmıştı, çok büyük olasılıkla reddedilmeyecekti. Çok güzel bir dans partisi olacaktı bu.

Miss Bates de büyük bir içtenlikle bunun çok güzel bir dans partisi olacağına katıldı. Ona danışman olarak gerek kalmamıştı ama bir onaylayıcı olarak (güvenilir bir karakter) herkesin başının üstünde yeri vardı. Hem genele hem ayrıntılara verdiği kapsamlı, coşkulu ve sürekli onayların herkesi mutlu etmemesi mümkün değildi. Yarım saat boyunca değişik odaların arasında bir aşağı bir yukarı dolaştılar; kimi öneride bulunuyor, kimi olup biteni izliyordu ama hepsi geleceğe umut ve mutluluk dolu bir neşeyle bakıyorlardı. Toplantı ancak gecenin kahramanı ilk iki dans için Emma'dan söz alıp buna kulak misafiri olan Mr. Weston da karısına "Sordu işte, hayatım. Söz de aldı. Her şey yolunda. Tam tahmin ettiğim gibi," deyince bitti.

BÖLÜM 30

Balo düşüncesinin Emma'ya göre tam anlamıyla tatmin edici olması için tek bir koşul vardı, o da Frank Churchill'in Surry'de kalacağı günlerden bir güne denk gelmesi. Gerçi Mr. Weston bir sorun çıkmayacağından emindi ama Emma, Churchilllerin yeğenlerinin on beş günün üstüne bir gün bile daha fazla kalmasına izin vermemelerinin de mümkün olabileceğini düşünüyordu. Aslında böyle bir şeyin olamayacağına karar verilmişti. Hazırlıklar zaman alacaktı ve ancak üçüncü haftada her şey tamamlanmış olacaktı. Emma'nın görüşüne göre çok riskli olmasına rağmen tam hız hazırlıkları sürdürdüler ve bütün bunların boşa gitme olasılığını umursamadılar.

Enscombe iyi niyetliydi, sözde olmasa bile eylemde iyi niyetli davrandı. Mr. Frank Churchill'in biraz daha kalma isteğinden hoşlanmamışlardı, bu belliydi ama itiraz da etmediler. Artık sorun yoktu, her şey güvendeydi ve yolunda gidiyordu. Asıl sorun ortadan kalkınca diğerleriyle uğraşma fırsatı bulan Emma artık balonun gerçekleşeceğinden emin olduğu için bir adım daha atıp Mr. Knightley'nin baloya karşı olan rahatsız edici kayıtsızlığını gidermeye çalıştı. Ya kendisi dans etmediği için ya da bu plan ona danışılmadan yapıldığı için Mr. Knightley bu konuya en ufak bir ilgi göstermiyor, bu balo onun için bir eğlence vadetmediği gibi merakını da uyandırmıyordu. Emma her ne kadar ısrarla bu konuyu konuşmaya çalışsa da Mr. Knightley son derece gönülsüzdü ve alabildiği tek yanıt şu oldu:

"İyi tamam. Madem Westonlar birkaç saatlik gürültülü bir eğlence için bu kadar sıkıntıyı göze alıyorlar, kendileri bilirler; buna söyleyebileceğim bir şey yok ama benim eğlenip eğlenmeyeceğime onlar karar veremezler. Ah! Evet, orada olmam gerekir; bunu reddedemem, o gece elimden geldiği kadar uyanık kalmaya çalışacağım ama itiraf etmeliyim ki bunun yerine, evde oturup William Larkins'in haftalık hesap cetvellerine bakmayı yeğlerim. Dans edenleri seyretmekten zevk almak!.. Bu da bana göre değil, bakmam ve kim bakar onu da bilmem... Ama küçümsemem de. Güzel dans etmenin bir maharet olduğuna ve ödüllendirilmesi gerektiğine inanıyorum. Ama kenarda duranlar pek seyretmiyorlar, genellikle çok başka şeyler düşünüyorlar."

Emma bu sözlerin hedefi olduğunu anladı ve çok kızdı. Mr. Knightley'nin kayıtsızlığının ve kızgınlığının Jane Fairfax ile ilgisi yoktu; baloyu küçümseme konusunda Jane Fairfax'in duygularını da dikkate almıyordu çünkü Miss Fairfax balo fikrinden çok hoşlanmış, bu fikri eğlenceli bulmuştu. Heyecanlanmış, hatta açık kalplilikle şöyle demişti.

"Ah! Miss Woodhouse, umarım baloyu engelleyecek bir şey olmaz! Bu çok büyük bir hayal kırıklığı olur! Baloyu sabırsızlıkla ve çok büyük bir zevkle beklediğimi söylemeliyim."

Dolayısıyla Mr. Knightley'nin William Larkins'le birlikte olmayı yeğlemesinin Jane Fairfax'e bağlanması da anlamsızdı. Hayır! Emma, Mrs. Weston'ın yanıldığından gün geçtikçe daha fazla emin oluyordu. Mr. Knightley'nin genç kıza karşı olan ilgisinde dostluk ve merhamet vardı ama bu aşk değildi.

Ama şans işte! Emma'nın Mr. Knightley'nin üzerine düşmesinin de bir anlamı kalmadı. İki günün mutluluğu bir anda yerle bir oldu. Mr. Churchill'den gelen mektupta yeğeninin hemen dönmesi gerektiği yazıyordu. Mrs. Churchill rahatsızlanmıştı, yeğeni olmadan yapamayacak kadar kötüydü; aslında iki gün önce yeğenine mektup yazarken de hastaydı (kocası böyle diyordu) ama her zaman olduğu gibi rahatsız etmekten çekinmişti. Yakınlarının isteklerinin kendininkilerden önce gelmesine alışmış olduğu için de özveride bulunarak bu durumdan bahsetmemişti ama şimdi rahatsızlığı hafife alınmayacak kadar artmıştı ve yeğeninin gecikmeden hemen Enscombe'a dönmesini rica ediyordu.

Mrs. Weston bu mektubun içeriğini hemen kısa bir notla Emma'ya iletti. Frank Churchill'in Enscombe'a dönmesi şarttı. Aslında yengesiyle ilgili ciddi bir endişe duymuyor, ona çok kızıyordu ama hemen birkaç saat içinde yola çıkması gerekiyordu. Onun hastalıklarını çok iyi biliyordu, yalnızca ihtiyaç duyduğunda ortaya çıkıyorlardı.

Mrs. Weston yazdığı nota şunu da eklemişti: "Frank kahvaltıdan hemen sonra Highbury'ye gidip kendisine yakınlık gösterdiğini düşündüğü birkaç dostla vedalaşmak için alelacele evden çıktı, birazdan Hartfield'e de gelebilir."

Bu acı not Emma'nın kahvaltısının finali oldu. Notu okuyup bitirdiğinde, ağlayıp sızlanmaktan başka yapılacak bir şey olmadığını anlamıştı. Baloyu kaybetmek, genç adamı kaybetmek, genç adamın hissedebileceklerini kaybetmek! Bu korkunçtu! Kahrediciydi! Oysa ne kadar güzel bir gece olacaktı! Herkes ne kadar mutluydu! Özellikle de kendisi ve dans eşi! Tek tesellisi "Ben demiştim," oldu.

Babasına gelince durum çok farklıydı. O Mrs. Churchill'in sağlığı için endişeleniyor, nasıl bir tedavi gördüğünü öğrenmek istiyordu. Balo konusunda ise Emma'nın hayal kırıklığı yaşaması üzücüydü ama evde olmalarının sağlık açısından çok daha güvenli olduğunu düşünüyordu.

Emma ziyaretçisi gelmeden çok önce hazırdı, uzunca bir süre onu bekledi; genç adam sonunda geldiğinde ise her zamanki sabırsızlığı, hüzünlü bakışları ve derin mutsuzluğu bu durumu biraz olsun affettirebildi. Genç adam gitmek zorunda kalmanın üzüntüsünü bundan bahsedemeyecek kadar içinde hissediyordu. Kederi açıkça görülüyordu. İlk birkaç dakika düşüncelere dalmış bir hâlde oturdu ve sonra kendini toparlayarak "İnsanın başına gelen kötü şeylerin içinde en kötüsü ayrılık," dedi.

Emma, "Yine gelirsiniz," dedi. "Bu Randalls'a yapacağınız tek ziyaret olmaz herhâlde."

"Ah!" Başını salladı. "Buraya ne zaman geri döneceğim belirsiz! Gelmek için gayret edeceğim! Tek amacım, tek düşüncem bu olacak! Eğer bu bahar dayımla yengem şehre giderlerse –ama emin olamıyorum– geçen bahar yerlerinden kıpırdamadılar, korkarım bu âdet de artık sonsuza dek kayboldu."

"Bu durumda balodan vazgeçmemiz gerekecek."

"Ah! Balo! Neden bu kadar bekledik ki? Neden ilk fırsatta bu zevki yaşamadık ki? İnsanlar neden bir an önce gerçekleşebilecek mutlulukları engelliyorlar ki! Siz söylemiştiniz! Ah! Miss Woodhouse, neden sanki hep haklı çıkıyorsunuz ki?"

"Gerçekten bu defa haklı çıktığım için ben de çok üzgünüm. Bilge olacağıma mutlu olmayı yeğlerdim."

"Eğer bir daha gelebilirsem balomuzu yine yaparız. Babam buna inanıyor. Bana verdiğiniz sözü unutmayın."

Emma ona nazikçe gülümsedi.

Genç adam, "Burada inanılmaz bir on beş gün geçirdim," diye ekledi. "Her gün bir öncekinden daha değerli ve zevkliydi! Burada geçirdiğim her gün buradan başka bir yerde yaşama isteğimi biraz daha azalttı. Highbury'de kalabilmek en büyük mutluluk!"

Emma gülerek "Hak ettiğimiz değeri anlamış olduğunuza göre izninizle ben de size bir şey sormak istiyorum: Buraya ilk geldiğinizde içinizde bazı kuşkular vardı, değil mi? Bizi beklentilerinizin ötesinde buldunuz, öyle değil mi? Ben bundan eminim. Bizi bu kadar seveceğinizi tahmin etmiyordunuz. Eğer Highbury'nin iyi bir yer olduğunu düşünseydiniz bu kadar gecikmez daha önce gelirdiniz, öyle değil mi?"

Genç adam onun ne demek istediğini anlamış gibi güldü, öyle olduğunu inkâr etse de Emma bundan emindi.

"Hemen bu sabah mı yola çıkmanız gerekiyor?"

"Evet, babamla burada buluşup birlikte eve kadar yürüyeceğiz, sonra da hemen yola çıkacağım. Her an gelebilir diye korkuyorum."

"Dostlarınız Miss Fairfax ve Miss Bates'e ayıracak beş dakikanız bile yok mu? Ne kadar büyük bir talihsizlik! Miss Bates'in güçlü, iyimser düşünceleri size güç verebilirdi."

"Evet, onlara da uğradım, kapıdan, bunun iyi olacağını düşündüm. Gereken de buydu. Üç dakikalığına içeri girdim ve biraz daha uzun kalmam gerekti. Miss Bates dışarı çıkmıştı, o gelene kadar beklememem gerektiğini düşündüm. O insanı güldüren, içten bir kadın ama onu asla hafife almamak gerek. Onu ziyaret etmem gerekiyordu, sonra..."

Bir an duraksadı, ayağa kalktı, pencereye doğru yürüdü.

"Kısacası," dedi. "Belki de Miss Woodhouse. Eminim siz de bunu hissetmişsinizdir..."

Genç adam sanki düşüncelerini okumak istermişçesine Emma'ya baktı. Emma ne diyeceğini bilemiyordu. Bu konuşma sanki çok ciddi bir şeyin, Emma'nın duymak istemediği bir şeyin habercisi gibiydi. Bu yüzden bunu geçiştirmek umuduyla kendini konuşmaya zorladı ve usulca "Çok haklısınız, onları ziyaret etmeniz çok doğru," dedi.

Genç adam sessizdi. Emma onun kendisine baktığını tahmin ediyordu, büyük bir olasılıkla son söylediklerini düşünüyor ve onun tavrını anlamaya çalışıyordu. İç çektiğini duydu. İç çekmek için yeterli nedeni olduğunu hissetmesi çok doğaldı. Emma'nın ona cesaret verdiğine inanıyor olamazdı. Birkaç tedirgin dakika geçirdiler, sonra Frank Churchill yeniden oturdu ve daha kararlı bir tavırla konuşmaya başladı.

"Kalan ömrümü Hartfield'de geçireceğimi bilmek çok hoş bir duyguydu. Buraya karşı duygularım çok sıcak..."

Tekrar sustu, yerinden kalktı, huzursuzluğu her hâlinden belliydi. Anlaşılan Emma'ya onun sandığından daha da fazla âşık olmuştu, eğer babası o sırada içeri girmemiş olsa bu konuşma kim bilir nereye gidecekti? Ama o anda kapı açıldı, Mr. Woodhouse, hemen arkasından da babası içeri girdi ve genç adam da kendini toplamak zorunda kaldı.

Birkaç dakika sonra bu gergin hava tamamen son buldu. Her zaman ne olacaksa olsun, her şey olacağına varır, diye düşünen; kaçınılmazı ertelemek istemeyen, olası sıkıntıları öngörmekten aciz Mr. Weston "Gitme zamanı," dedi. Genç adam iç çekmek istedi ve çekti de; ardından da elinden başka bir şey gelmediği için gitmek üzere ayağa kalktı.

"Hepinizden haber alacağım," dedi. "Tek tesellim bu. Olup biten her şeyi duyacağım. Mrs. Weston'la bana sürekli mektup yazması için anlaştım. Eksik olmasın, bu konuda söz verme inceliğini gösterdi. Ah! Yakınında olmayanları merak ediyorsan mektup arkadaşının bir kadın olması gerçekten çok büyük bir lütuf! O bana her şeyi anlatacak. Onun mektuplarını okurken kendimi Highbury'de hissedeceğim."

Dostça bir el sıkışma ve içten bir "hoşça kalın" ile o gün de son buldu ve kapı çok geçmeden Frank Churchill'in arkasından kapandı. Her şey bir anda olmuş, görüşmeleri kısa sürmüş ve genç adam gitmişti. Emma ondan ayrıldığı için üzgündü, onun yokluğunun hissedileceğini biliyordu. Çok üzülmekten ve bunu çok yoğun hissetmekten korkmaya başladı. Bu yaşamında çok ani ve acı bir değişiklik olmuştu. O geldiğinden beri neredeyse her gün görüşüyorlardı. Onun Randalls'ta olması son iki haftaya büyük hareket getirmişti; bambaşka, tanımlanamayacak bir canlılık, her sabah onu düşünmek, onu göreceğini bilmek, beklemek, ilgisinden emin olmak, o canlılığı, neşeyi, nezaketi yaşamak! Çok mutlu bir on beş gün geçirmişti ve bu durumdan sonra Hartfield'in olağan günlük düzenine dönmek zor olacaktı. Bunun da ötesinde üstü kapalı da olsa Emma'ya neredeyse ona âşık olduğunu söylemişti. Genç adamın aşkının ne kadar güçlü ve kararlı olduğu başka bir konuydu ama Emma'nın onun kendisine karşı çok derin ve sıcak duygular hissettiğinden en ufak bir kuşkusu yoktu; ilgisi apaçık ortadaydı, onu beğendiği anlaşılıyordu. Emma bunları düşününce öncesindeki kararlılığına rağmen kendisinin de ona az da olsa âşık olması gerektiğini düşündü.

Kesinlikle öyle olmalı, dedi kendi kendine. *Bu uyuşukluk hissi, yorgunluk, sersemlik, isteksizlik, evle ilgili her şeyin sıkıcı ve tatsız olduğu duygusu! Kesinlikle âşık olmuş olmalıyım, eğer öyle değilse bu, benim dünya üzerindeki en tuhaf yaratık olduğum anlamına gelir. Ne tuhaf; bazıları için kötü olan, bazıları için iyi olabiliyor. Frank Churchill'in gitmesi konusunda değilse bile balo konusunda benim kadar üzülecek çok insan olduğundan eminim, Mr. Knightley ise bunu duyunca mutlu olacaktır. Artık geceyi sevgili William Larkins'iyle geçirebilir.*

Ancak Mr. Knightley pek bir sevinç göstermedi. Üzüldüğünü de söylemedi, zaten eğer söyleseydi bu yüzündeki neşeli ifadeyle ters düşerdi. Yalnızca Emma'nın yaşadığı hayal kırıklığının onu üzdüğünü belirtti ve belirgin bir nezaketle ekledi.

"Sevgili Emma, dans etmek için o kadar az fırsatın oluyor ki gerçekten de bu senin açından büyük talihsizlik, çok talihsizsin!" Emma, Jane Fairfax'i ancak birkaç gün sonra gördü; bu hüzünlü değişikliğin onun üzerindeki etkisini merak ediyordu. Karşılaştıklarında Jane'in sakinliğinden son derece rahatsız oldu. Jane birkaç gündür hastaydı, başı dayanılmayacak kadar ağrıyordu. Teyzesi, eğer balo yapılsaydı bile Jane'in bu durumda katılabileceğini sanmadığını söyledi. Ondaki bu itici kayıtsızlığı, hastalıktan kaynaklanan hâlsizliğe yormak fazlasıyla iyimserlik olurdu.

BÖLÜM 31

Emma'nın âşık olduğuna hiç kuşkusu yoktu, ne kadar âşık olduğu konusunda ise düşünceleri değişkenlik gösteriyordu. Başlangıçta çok âşığım dedi, sonra biraz. Frank Churchill'den bahsedildiğini duymaktan büyük bir keyif alıyordu; Mr. ve Mrs. Weston'ı görmekten daha büyük bir zevk almaya başlamıştı; sık sık onu düşünüyor, ondan mektup gelmesini istiyordu; nasıl olduğunu, keyfinin yerinde olup olmadığını, yengesinin durumunu ve o bahar Randalls'a gelme olasılığının olup olmadığını merak ediyordu. Öte yandan mutsuz olduğu söylenemezdi, o ilk sabahtan sonra çalışmak, bir şeyler yapmak konusundaki isteksizliği geçmişti; hâlâ meşgul ve neşeliydi. Frank Churchill hoş bir adamdı ama kusurları olduğunun farkındaydı; onu düşünüyor, resim ya da elişi yaparken bu ilişkinin ilerlemesi ve sonuyla ilgili sayısız senaryo geliştiriyor, ilginç konuşmalar hayal ediyor ve kafasında aşk mektuplar yazıyordu. Ne var ki hayallerinde de olsa yapılan ve yapılacak tüm ilanı aşkların tek bir yanıtı oluyordu: "Hayır" Bu aşk zamanla bitip arkadaşlığa dönüşmek zorundaydı. İyi ve doğru olan her şey ayrılacaklarını, ayrılmaları gerektiğini işaret ediyordu. İçinden gelen de buydu. Bunu fark edince o kadar da âşık olamayacağını düşündü çünkü babasını asla terk etmemek ve asla evlenmemek konusundaki kararlılığına rağmen eğer bu güçlü bir aşk olsaydı şu anda ikilemde olmalı, duyguları içinde fırtınalar koparmalıydı.

Kendimi özveri kelimesini kullanırken düşünemiyorum, diyordu içinden. *Hiçbir olumsuz düşüncemin karşısında bulduğum yanıtta özveriye yer yok. Benim mutluluğum için onun gerekli olup olmadığından emin değilim, bundan kuşkuluyum. Böylesi çok daha iyi. Kendimi kesinlikle hissettiğimden fazlasını hissetmeye zorlamayacağım. Bu kadar âşık olmak yeter. Fazlası beni üzer.*

Frank Churchill'in duygularından ise çok memnundu.

"O, hiç kuşkusuz bana delicesine âşık –her şey bunu işaret ediyor– sırılsıklam âşık! Eğer buraya tekrar gelirse ve bu ilgisi devam ederse onu cesaretlendirmemek için çok dikkatli olmalıyım. Böyle davranmamam bağışlanamayacak bir hata olur çünkü ben kesinlikle kararımı verdim. Zaten şimdiye kadar da ona cesaret verdiğimi düşünebileceği bir şey yaptığımı sanmıyorum. Hayır, hayır; onunla aynı duyguları paylaştığıma biraz olsun inansaydı giderken o kadar perişan olmazdı. Ona cesaret verdiğimi düşünseydi ayrılırken hâli de konuşması da çok farklı olurdu. Yine de tedbirli olmalıyım. Bana olan sevgisinin şu an için sürdüğünü varsaysam bile bunun süreceğini umut edebilir miyim, bunu bilmiyorum. Onun benim için doğru adam olduğuna inanmıyorum; istikrarlı, kararlı biri olduğuna güvenmiyorum. Bana karşı sıcak duygular besliyor ama bunların da değişebileceğine inanıyorum. Bu konu üzerine her düşündüğümde mutluluğumun ona bağlı olmadığını görmekten mutlu oluyorum. Bir süre sonra daha da iyi olacağım, kendimi daha iyi hissedeceğim ve geçip gidecek, iyi de olacak; "herkes yaşamında bir kez âşık olurmuş" derler ya, ben böylece bunu kolayca atlatmış olacağım."

Emma, Frank Churchill'in Mrs. Weston'a yazdığı mektubu dikkatle okuma fırsatı bulduğunda mektubu öyle bir zevk ve hayranlıkla okudu ki bir an genç adamın ona karşı olan duygularına şaşırıp başını iki yana salladı ve bu duyguları hafife almış olabileceğini düşündü. Bu uzun ve iyi yazılmış bir mektuptu; yolculuğunu ve duygularını ayrıntılı bir biçimde kâğıda dökmüştü, doğal ve onuruna yakışır bir şekilde sevgi, minnet ve saygılarını ifade ediyor, gördüğü yerleri, ilgi uyandıracağını umduğu şeyleri, detaylarıyla canlı, neşeli bir biçimde anlatıyordu. Kuşku uyandıracak, yadırganacak abartılı özür dilemeler ya da vurgulanmış endişeler, üzüntüler yoktu, Mrs. Weston'a karşı da hissettiği gerçek duyguları dile getirmişti. Highbury ile Enscombe arasındaki farklılıklara, iki yerin toplum hayatının zıtlığına hissettiği şekliyle samimiyetle değiniyor ve terbiyesi gereği susması gerekmese bu konuda çok daha fazlasını söyleyebileceğini ima ediyordu. Emma'nın adını da anmadan edemiyordu. Miss Woodhouse adı mektupta bir defadan fazla geçiyor ve her defasında gönül okşayıcı, hoş bir bağlantıyla zevkini okşayacak bir övgü sözcüğü ya da söylediği bir şeyin anımsatılması söz konusu oluyordu. Adının son kez geçtiği süssüz, gösterişsiz satırlarda ise Emma kendi etkisinin büyüklüğünü gördüğü gibi bunun belki de kendisine yapılan iltifatların en büyüğü olduğunu hissetmişti. Mektubun en altındaki boşluğa sıkıştırılan bu sözcükler şunlardı: "Biliyorsunuz, salı günü Miss Woodhouse'un güzel, küçük arkadaşına ayıracak tek bir boş anım olamadı. Lütfen ondan benim adıma özür dileyin ve en iyi dileklerimi iletin." Emma'nın bunun doğrudan kendisine yazıldığında hiç kuşkusu yoktu. Harriet yalnızca onun arkadaşı olarak anılıyordu. Enscombe'la ilgili anlattıkları tahmin edilenden ne daha kötü, ne de daha iyiydi. Mrs. Churchill iyileşiyordu ve o, hayallerinde bile, Randalls'a tekrar gelebileceği tarihi belirlemeye cesaret edemiyordu.

Mektup genel anlamda oyalayıcı, memnuniyet verici ve gurur okşayıcı olsa da Emma kâğıdı katlayıp Mrs. Weston verdikten sonra, içerdiği duyguların onda kalıcı bir sıcaklık yaratmadığını fark etti. O, bu mektubu yazan olmadan yaşayabilirdi ama asıl onun kendisi olmadan yaşamayı öğrenmesi gerekiyordu. Emma'nın düşüncesi değişmemişti. Ona hayır deme konusundaki kararlılığı genç adamın teselli edilmesi ve mutlu olmasıyla ilgili yeni bir planın eklenmesiyle biraz daha ilginç bir hâl aldı. Onun Harriet'i anımsaması ve ondan "güzel, küçük arkadaş" olarak bahsetmesi Emma'nın aklına genç adamın duygularının kendisinden sonra Harriet'e yönelebileceği fikrini getirdi. Bu olanaksız mıydı? Hayır. Harriet hiç kuşkusuz seviye olarak da zekâ olarak da ondan çok aşağıdaydı ama Frank Churchill onun yüzünün güzelliğinden ve davranışlarındaki sımsıcak sadelikten çok etkilenmişti, şartlar ve olasılıklar Harriet'ten yanaydı. Bu Harriet açısından da çok avantajlı ve hoş bir durum olurdu.

Kendi kendine "Bunun üzerinde daha fazla durmamalıyım," dedi. "Bunu düşünmemeliyim. Bu gibi düşüncelerin ne kadar tehlikeli olabileceğini biliyorum ama bundan daha tuhaf şeyler olmadı değil, biz birbirimize ilgi duymamaya başladığımızda böyle bir aşkın doğması aramızdaki art niyetsiz, çıkardan uzak, gerçek bir arkadaşlığı pekiştirmenin aracı olabilir ve ben şimdiden bunu büyük bir keyifle bekliyorum."

Harriet'in şimdilik bir teselli alternatifi olarak kenarda durması iyiydi ama bunu fazla kurcalamamak daha doğruydu çünkü sonu tehlikeli olabilirdi. Highbury sohbetlerinde Frank Churchill'in Randalls'a gelmesi, Mr. Elton'ın nişanlanmasıyla ilgili dedikoduların pabucunu dama atmıştı ama Mr. Frank Churchill'in gitmesiyle birlikte Mr. Elton'la ilgili haberler yine tartışmasız bir biçimde ilgi odağı hâline geldi. Düğün tarihi belli olmuştu. Mr. Elton ve eşi yakın zamanda aralarında olacaktı. Daha Enscombe'den ilk mektup gelmeden "Mr. Elton ve eşi" herkesin dilindeydi ve Frank Churchill unutulmuştu. Emma'nın Elton adını duyunca bile midesi bulanıyordu. Üç hafta boyunca Mr. Elton'la ilgili bir şey duymamanın mutluluğunu yaşamıştı, Harriet'in de ruhsal anlamda güçlendiğini umut etmek istiyordu. Mr. Weston'ın vereceği balonun beklentisi içinde birçok şey unutulmuştu ama Emma, Harriet'in çok yaklaşan bu yeni olaya; yeni bir arabaya, düğün çanlarına ve diğer her şeye dayanabilecek kadar kendini toplayamamış olduğunu açıkça görüyordu.

Zavallı Harriet perişan bir ruh hâli içindeydi, bu da Emma'nın onu yatıştırmak için bütün aklını kullanması, her tür teselliye, desteğe ve öğüde başvurması gerektiğini gösteriyordu. Emma, Harriet'in onun için göstereceği her çabayı ve sabrı hak ettiğinin ama onun için pek fazla bir şey yapamayacağının farkındaydı. Hiçbir sonuç alamayacağını bile bile birini ikna etmeye çalışmanın çok zor olduğunu, bütün söylediklerinde haklı bulunsa bile onu etkileyemediğini biliyordu. Harriet onu hiç ses çıkarmadan boynu bükük dinliyor ve sonra "Çok doğru, dediğiniz gibi onu düşünmeye bile değmez. Onu kafamdan silip atacağım," diyor ama bu mümkün olmuyor, yarım saat bile geçmeden konu dönüp dolaşıp Eltonlara geliyor ve zavallı kız kendini yiyip bitiriyor, çok endişeleniyor, kaygılanıyordu. Sonunda Emma farklı bir yönden saldırıya geçmeye karar verdi.

"Mr. Elton'ın evliliğini böylesine aklına takman, seni bu kadar üzmesine izin vermen, bana yapabileceğin en büyük sitem, Harriet. Yaptığım hatayı bundan daha ağır bir şekilde kınayamaz, yüzüme vuramazsın. Biliyorum, bütün bunlara ben sebep oldum, bu tamamen benim başımın altından çıktı. İnan bana, bunu unutmuş değilim. Yanıldım, bu yetmezmiş gibi seni de çok kötü bir biçimde yanılttım. Bunun ıstırabını ömrüm boyunca yaşayacağım. Benim bunu unutabileceğimi düşünme sakın."

Harriet bunu duyunca öyle duygulandı ki birkaç şaşkınlık ünlemi dışında söyleyecek söz bulamadı.

Emma devam etti:

"Harriet, sana benim hatırım için gayret et, benim hatırım için Mr. Elton'ı daha az düşün, ondan daha az bahset demiyorum, ben bunu senin için, senin iyiliğin için istiyorum. Bana sitem etme de demiyorum, buna hakkım da yok. Benim için senin iyi olman benim iç huzurumdan çok daha önemli; kendini kontrol et, kendine söz geçirme alışkanlığını edin; toplumdaki yerinin, görevlerinin ne olduğunu düşün, doğruyu ve zorunlu olanı ayırt etmeyi öğren; başkalarının kuşkusunu çekmemeye çalış, sağlığını ve saygınlığını koru, iç huzuruna kavuş. Bunları yapmaya gayret et. Bunları benimsemen önemli ama ben üzülerek görüyorum ki senin içinde bunları yapma iradesi yok. Benim acı çekmem hiç önemli değil. Ben senin kendini daha büyük üzüntülerden korumaya çalışmanı istiyorum. Bu arada ben de hakkım olmadığı hâlde bazen beni düşünmeni ve beni hoşnut etmeye çalışmanı istemiş, Harriet benim onaylayacağım bir şeyi yapmamazlık etmez diye düşünmüş olabilirim."

Emma'nın Harriet'in duygularına bu şekilde hitap etmesi başka her şeyden daha etkili oldu. Gerçekten çok sevdiği Miss Woodhouse'a karşı minnettarlık ve hassasiyette kusur ettiği fikri ona kendini çok kötü hissettirdi, çok üzüldü. Bu acısı yatıştığında bile geride kalan duygular, doğru olanı ve kendinden beklenenı yapmasını destekleyebilecek kadar güçlüydü.

"Siz, siz benim yaşamım boyunca sahip olduğum en iyi dostumsunuz, size minnet borçluyum! Hiç kimse sizin gibi olamaz! Sizi önemsediğim kadar kimseyi önemsemiyorum! Hiç kimseyi sizi sevdiğim kadar sevmiyorum, Ah! Miss Woodhouse, size nasıl nankörlük edebildim!"

Bakış ve davranışlarla da desteklenen bu ifadeler, Emma'ya Harriet'i aslında hiç böylesine sevmediğini ve onun duygularına bu kadar değer vermediğini hissettirdi.

Sonrasında kendi kendine "İyi kalplilikten daha büyük erdem olamaz," dedi. "Yeryüzünde bununla kıyaslanabilecek bir şey yok. Sıcak yumuşak bir yürek, samimiyet, sevecenlik, yalın ve açık tavırlar bir araya gelince bence dünyadaki en berrak, parlak kafadan bile daha çekici oluyor. Bundan eminim. Sevgili babamın da herkes tarafından sevilmesini sağlayan bu iyi kalplilik. Isabella'yı da herkesin gözdesi yapan bu. Ben buna sahip değilim ama bunun değerini biliyor ve saygı duyuyorum. Harriet bundan kaynaklanan mutluluk, çekicilik ve ruh zenginliği ile benden üstün. Sevgili Harriet! Seni dünyanın en zeki en ileri görüşlü, en iyi yetiştirilmiş, en güçlü kadınına değişmem. Ah! Düşünüyorum da, Jane Fairfax'in soğukluğu! Harriet, onun gibi yüz tanesine bedel. Aklı başında bir adamın eşi olarak da paha biçilmez bir kadın o. İsim vermek istemiyorum ama Emma'yı bırakıp yerine Harriet'i koyan mutlu olacak adamdır!"

BÖLÜM 32

Mrs. Elton ilk olarak kilisede görüldü, duaların aksaması sorun olmasa da kilise sırasında oturan gelinin oradakilerin merakını tatmin etmesi mümkün değildi. Bu yüzden, gerçekten çok mu güzel, biraz mı güzel, yoksa hiç güzel değil mi; bunun ortaya çıkması için birtakım ziyaretlerin yapılması gerekti.

Emma meraktan çok, gururunun ve görgü kurallarının gereği olarak yeni evlileri kutlamaya en son gidenlerden olmak istemiyordu, Harriet'in de kendisiyle birlikte gelmesini sağlayarak bu işin en zor kısmını kolayca halletmiş oldu.

Üç ay önce anlamsız bir numara yapıp sözde botunu bağlamak bahanesiyle girdiği eve, aynı odaya o günü anımsamadan girmesi mümkün değildi. Binlerce tatsız, sıkıcı anı iter istemez kafasına doluştu. İltifatlar, kaş göz işaretleri, potlar, zavallı Harriet'in de aynı günü anımsamaması beklenemezdi ancak yine de Harriet çok düzgün davrandı; yalnızca biraz solgun ve sessizdi. Elbette ki bu çok kısa bir ziyaret oldu, kısa sürmesi için o kadar çok utanılacak, endişelenecek neden vardı ki! Emma yeni gelin hakkında pek bir fikir edinemedi, bu konuda diyebileceği "çok zarif giyimli ve hoştu" dan öteye geçemedi ki bu da bir anlam ifade etmiyordu.

Emma kadından hiç hoşlanmamıştı. Asla kusur bulmaya çalışmamıştı ama kadında zarafetin zerresi olmadığından emindi; rahattı, özgüvenliydi ama kabaydı. Emma onun genç bir kadın, bir yabancı, yeni bir gelin olarak çok fazla rahat olduğu kanısındaydı. Görünüş olarak hoştu; yüzü de fena sayılmazdı ama ne hatları ne havası ne sesi ne de tavrı zarifti. Emma bunun böyle olduğunun zamanla ortaya çıkacağını düşünüyordu.

Mr. Elton'a gelince, tavrı pek... hayır, hayır – Emma, onun tavrıyla ilgili bir yorumda bulunmak için acele etmeyecek, ayaküstü onu eleştirecek bir şeyler söylemekten kaçınacaktı. Düğün sonrasında tebrik ziyaretlerini kabul etmek her koşulda sıkıcı ve tedirgin ediciydi. Bir erkeğin bunu hata yapmadan atlatması için çok ağırbaşlı ve kibar davranması gerekiyordu. Kadınlar bu konuda daha avantajlıydı, güzel kıyafetlerini ya da utangaçlığı kalkan olarak kullanabilir, bunun arkasına sığınabilirlerdi. Erkek ise yalnızca kendi sağduyusuna güvenebilirdi. Emma bu konuda Mr. Elton'ın herkesten daha şanssız bir konumda olduğunun farkındaydı, bir zamanlar evlenmek istediği kadın, evlenmesi beklenen kadın ve henüz evlendiği kadınla aynı odada olmak zorunda kaldığı düşünülünce onun diken üstünde olması da dalgın görünmesi de, abartılı ve yapay tavırlar takınması da çok doğaldı.

Harriet papaz evinden çıktıktan sonra bir süre Emma'nın bir şeyler söylemesini boşuna bekledi, sonra dayanamayıp hafifçe iç geçirerek "Evet, Miss Woodhouse..." dedi. "Onun hakkında ne düşünüyorsunuz? Onu nasıl buldunuz? Çok güzel, değil mi?"

Emma yanıt vermeden önce bir an duraksadı.

"Ah! Evet, hoş... hoş bir genç kadın."

"Bence güzel, hem de çok güzel."

"Çok da şık , üzerindeki gerçekten çok güzel bir elbiseydi."

"Ona âşık olmasına hiç şaşırmadım."

"Ah! Hayır, bunda şaşılacak bir şey yok. Serveti de iyi, hem de ayağına kadar gelmiş."

Harriet yeniden iç çekerek "Sanırım, sanırım kadın da onu çok seviyor," dedi.

"Belki öyledir ama her erkeğin kaderinde kendisini çok seven bir kadınla evlenmek yoktur. Belki de Miss Hawkins yuva kurmak istemiş ve bunun alabileceği en iyi teklif olduğunu düşünmüştür."

Harriet büyük bir içtenlikle "Evet, olabilir," dedi. "Herkesin karşısına Mr. Elton kadar iyi bir kısmet çıkmaz, ondan iyisi olamaz. Onlara bütün kalbimle mutluluklar diliyorum. Hem bundan sonra onları görmekten rahatsız olacağımı da sanmıyorum, Miss Woodhouse. Mr. Elton her zaman olduğu gibi çok üstün biri ama evlendiğine göre artık durum farklı. Gerçekten Miss Woodhouse, korkmanıza hiç gerek yok, artık hiç rahatsız olmadan ona bakıp, onlara hayran olabilirim. Onun ziyan olmuş olmadığını bilmek öyle büyük bir rahatlık ki! O çok güzel bir kadına benziyor; tam Mr. Elton'ın layık olduğu gibi. Şanslı kadın! Ona, 'Augusta!' diyordu. Ne kadar hoş!"

Eltonların iadeiziyaretiyle birlikte Emma onlar hakkında kesin bir yargıya varabildi. Böylece daha fazlasını görüp daha iyi bir değerlendirme yapabilmişti. Harriet'in Hartfield'de olmaması, babasının da Mr. Elton'la ilgilenmesi sayesinde Mrs. Elton'la çeyrek saat boyunca baş başa sohbet edip, sakin bir ortamda onunla ilgilenip dikkatini ona verme fırsatı bulabilmişti. On beş dakika Emma'nın Mrs. Elton'ın kendini beğenmiş, kibirli bir kadın olduğunu anlamasına yetti. Kendini çok fazla önemsiyor, sürekli öne çıkmaya ve üstün görünmeye çalışıyordu; aldığı eğitim ve terbiyenin yetersizliği nedeniyle tavırları laubali ve küstahtı, kendine örnek olarak belirli bir grup insanı ve tek bir yaşam tarzını almıştı. Aptal değilse de cahildi. Mr. Elton'a bir katkısı olmayacağı kesindi.

Harriet, Mr. Elton için çok daha uygun bir eş olurdu. Harriet akıllı ya da sosyal düzeyi yüksek biri değildi ama kocasını böyle insanların olduğu çevrelere sokabilirdi. Miss Hawkins'in kibrinden ve davranışlarındaki rahatlıktan anlaşıldığı kadarıyla kendi çevresinin iyisiydi. Bristol yakınlarındaki zengin enişte ailenin gururuydu ve adamın asıl gururu da köyü ve arabalarıydı.

Oturmalarıyla birlikte ilk konu Maple Grove, yani yeni gelinin "Eniştem Mr. Suckling'in evi," olarak tanımladığı yer oldu. Hemen Hartfield'i Maple Grove'la kıyasladı. Hartfield'in arazisi küçüktü ama düzenli ve bakımlıydı; ev moderndi, iyi inşa edilmişti. Mrs. Elton salonun büyüklüğünden, girişten, görebildiği ve hayal edebildiği her şeyden çok etkilenmişe benziyordu. "Aynen Maple Grove gibi!" Bu benzerlik onu çok şaşırtmıştı! Salon, Maple Grove'daki sabah odasıyla aynı boyutta ve şekildeydi; burası kız kardeşinin en sevdiği odaydı. Bu arada Mr. Elton'a da döndü. "Sence de şaşılacak kadar benzemiyor mu? Kendimi bir an Maple Grove'da sandım."

"Ya şu merdiven; biliyor musunuz, içeri girdiğim anda merdiven sahanlığının da oraya çok benzediğini fark ettim; evin tam aynı yerine yapılmış. Neredeyse şaşkınlıktan çığlık atacaktım! İnanın bana Miss Woodhouse, Maple Grove gibi çok sevdiğim, çok düşkün olduğum bir yeri anımsatan bir ortamda olmak çok hoş bir duygu. Orada o kadar mutlu günler geçirdim ki! (Duygulu duygulu iç çekti.) Orası kesinlikle çok güzel bir ev! Emin olun her gören güzelliğine hayran oluyor ama benim için orası yuvam, evim. Bir gün siz de benim gibi yerinizden yurdunuzdan ayrılmak durumunda kalırsanız Miss Woodhouse, geride bıraktıklarınıza benzeyen herhangi bir şeyle karşılaşmanın ne kadar hoş bir duygu olduğunu anlayacaksınız. Hep söylemişimdir, evliliğin en kötü yanlarından biri bu, alıştığından kopmak. Sizce de öyle değil mi?"

Emma, basit bir yanıtla bu soruyu geçiştirdi ama zaten yalnızca kendisi konuşmak isteyen Mrs. Elton için bu da yeterli oldu.

"Burası Maple Groove'a çok benziyor. Üstelik yalnızca ev değil, bahçesi de, görebildiğim kadarıyla bahçe de şaşılacak derecede benziyor. Maple Grove'daki defneler de aynen buradakiler gibi gür ve çok; aynı şekilde tam çimenlik alanın karşısında duruyorlar, burada da gözüme büyük, güzel bir ağaç çarptı; gövdesinin çevresinde oturmak için tahta bir bank var, bu bana orayı anımsattı! Eniştemle ablam buraya bayılacaklar. Geniş arazilere sahip olan insanlar aynı tarzda yerler görmekten çok hoşlanırlar."

Emma bu duyguların doğruluğundan şüphe ediyordu. Geniş arazi sahiplerinin başka geniş arazi sahiplerini pek umursamadıklarını biliyordu ama böyle yapay bir iddianın üstüne gitmenin anlamı yoktu; bu yüzden yalnızca "Burayı daha iyi tanıdığınızda korkarım Hartfield'i gözünüzde büyüttüğünüzü düşüneceksiniz. Surry'de çok güzel evler var!" demekle yetindi.

"Ah! Evet, bunun farkındayım. Oraya İngiltere'nin bahçesi deniliyor, değil mi? Surry, İngiltere'nin bahçesi."

"Evet ama bu konuda fazla iddialı konuşmak doğru olmaz. Sanırım Surry dışında da birçok yere İngiltere'nin bahçesi deniliyor."

Mrs. Elton kendinden emin bir gülümsemeyle "Hayır, hiç öyle değil," dedi. "Ben Surry'den başka bir yer için böyle dendiğini hiç duymadım."

Emma'nın diyecek bir şeyi yoktu.

Mrs. Elton "Eniştemle ablam bizi bu bahar ziyaret etmeye söz verdiler, en geç yazın," diye ekledi. "O zaman buraları keşfetmek için yeterince zamanımız olacak. Onlar bizimle birlikteyken birçok yeri keşfedeceğimizi söyleyebilirim. Tabii dört kişiyi rahatça alan *Barauche Landau*'larını* da getireceklerdir. Dolayısıyla bizim arabamıza gerek kalmayacak, o arabayla rahat rahat buranın güzelliklerini keşfedebileceğiz. O mevsimde *chaise*** arabalarıyla geleceklerini hiç sanmam. Zaten zamanı geldiğinde ben onlara *Landau* ile gelmelerini önereceğim, çok daha rahat olur. Böyle güzel bir yere geldiklerine göre Miss Woodhouse, insan onların mümkün olduğunca fazla şey görmelerini istiyor, hem Mr. Suckling yeni yerler keşfetmekten çok hoşlanır. Geçen yıl iki defa King's Weston'a gittik; Landau'larını yeni almışlardı, çok keyif aldık. Sanırım burada da yaz aylarında bu gibi keyifli gezileriniz oluyordur, Miss Woodhouse."

"Hayır, bu yörede pek yok. Sizin bahsettiğiniz türde gezilerin yapılabileceği çarpıcı yerler epey uzakta. Sanırım buradakiler daha çok sakin insanlar, keyif alınacak planlar yapacağımıza evde oturmayı yeğliyoruz."

"Ah haklısınız! Evde oturmak gibisi yok, hiçbir yer insanın evi kadar rahat olamaz. Kimse evine benim kadar bağlı olamaz. Maple Grove'da bu yüzden adım çıkmıştı. Selina kim bilir kaç defa Bristol'e giderken 'Bu kızı evden çıkartamıyorum. Tek başıma gitmek zorunda kalıyorum, oysa Landau'ya yalnız başıma, yanımda bir arkadaş olmadan binmekten nefret ediyorum, Augusta'ya bahçe çitinin dışına çıkmaz,' demişti. Ben yine de tamamen eve kapanmaktan yana da değilim. İnsanın kendisini toplumdan soyutlamasının doğru olmadığını düşünüyorum. İnsan dünyayla ilgisini koparmamalı, belirli aralarla insan içine çıkmak gerekli,

---

* *Barauche Landau*: İki atın çektiği, açılır kapanır, dört tekerli at arabası – Lando (Ç.N.)
** *Chaise*: İki tekerli, tek at tarafından çekilen araba (Ç.N.)

toplumla ne çok fazla iç içe olmalı ne de az. Aslında sizin durumunuzu çok anlıyorum Miss Woodhouse," dönüp Mr. Woodhouse'a baktı, "babanızın sağlık durumu da sizi engelliyor olmalı. Neden Bath'a gitmeyi denemiyor? Bence gitmeli. Size Bath'ı özellikle tavsiye etmek isterim. Emin olun, Mr. Woodhouse'a çok iyi gelecektir."

"Babam orayı daha önce birkaç kez denedi ama herhangi bir yararını görmedi. Sanırım kendisinden bahsedildiğini duymuşsunuzdur, doktorumuz Mr. Perry de oranın pek bir yararı olacağına inanmıyor."

"Ah! Bu çok üzücü ama emin olun Miss Woodhouse, oranın suları çok şifalı; kaplıca insana çok iyi geliyor. Geçen yıl Bath'tayken bunun çok örneğini gördüm! Ayrıca orası çok da eğlenceli bir yer, bu yanıyla da Mr. Woodhouse'un hoşuna gideceğini sanıyorum, sanırım bazen sıkılıyordur. Size gelince orayı özellikle tavsiye etmeme bile gerek yok. Bath gençlerin gözdesi, avantajları saymakla bitmez. Bu kadar kapalı bir hayat yaşadığınıza göre sizin için de hoş bir değişiklik olacaktır. Sizi orada cemiyet hayatının en parlak kişileriyle tanıştırabilirim. Bir iki satırlık notumla bir sürü dostunuz olur; hem oraya ne zaman gitsem yanında kaldığım yakın dostum Mrs. Partridge de sizi ağırlamaktan büyük mutluluk duyacaktır, onunla topluluklara karışmanız daha uygun olur."

Emma nezaketini bozmadan ancak bu kadar dayanabildi. Birilerine takdim edilmek için Mrs. Elton'a ihtiyaç duymak, Mrs. Elton'ın çok büyük olasılıkla pansiyonculuk sayesinde geçimini sağlayan, süslü püslü, kaba saba bir dul olan arkadaşının himayesinde sosyeteye girmek! Bu kadarı çok fazlaydı. Hartfield'li Miss Woodhouse'un onuru, asaleti ayaklar altına alınmıştı!

Yine de kendini tutup söyleyebileceklerini söylemedi, soğuk bir teşekkürle yetindi ve Bath'a gitmesinin söz konusu bile olmadığını söyledi. Kaldı ki Emma oranın babası için olduğu kadar kendisi için de uygun bir yer olmadığına inanıyordu. Bunu söyledikten sonra daha fazla öfke ve tepki çekmemek için hemen konuyu değiştirdi.

"Müzikle ilgilenip ilgilenmediğinizi hiç sormuyorum Mrs. Elton, böyle konularda bir hanımın hüneri genellikle ondan önce ulaşır, Highbury'de de sizin çok iyi piyanist olduğunuz çok uzun bir süredir biliniyor."

"Ah! Öyle mi, bu fikri kesinlikle yadsımam gerekiyor. Çok iyi bir piyanist mi? Emin olun, ben bunu yapmaktan çok uzağım. Kimin söylediğini bilmiyorum ama bu kasıtsız bir iddia olamaz. Müzikten hoşlanırım, en büyük tutkum; arkadaşlarım müzik kulağımın iyi olduğunu söylüyorlar ama bunun ötesinde emin olun ki piyanoyu ancak az ya da orta seviyede çalabiliyorum. Sizin, Miss Woodhouse, çok iyi piyano çaldığınızı biliyorum. Böylesine müziksever insanların arasına girmiş olduğum için büyük bir mutluluk ve zevk duyuyorum. Ben müziksiz yapamam. Müzik benim yaşamımın bir parçası, benim için gerekli ve gerek Maple Grove'da, gerekse Bath'ta yaşamım boyunca hep müzik seven insanlar arasında yaşadığım için aksini düşünmek bile benim adıma çok ciddi bir fedakârlık olurdu. Gelecekteki evimizden bahsederken Mr. E'ye de bunu açık açık söylemiştim. Kendisi oradaki yaşantımdan vazgeçmenin beni üzeceğinden endişe ediyordu, tabii evinin küçük olmasından da... ne de olsa oradaki yaşamımı biliyordu, alışık olduğum şeyleri bildiği için aslında haksız da sayılmazdı. Ona açıkça o dünyadan, partilerden, balolardan, oyunlardan vazgeçebileceğimi söyledim; evime çekilmekten korkmuyordum. Tanrı'ya şükür kendi iç dünyam çok zengin, dış dünya benim için gerekli değil. Onsuz yapabilirim. İç dünyası zengin olmayanlar için durum farklı olabilir ama benim iç dünyam beni alabildiğine özgür kılıyor. Alışık olduğumdan daha küçük odalara gelince bunun üzerinde durmaya gerek bile görmedim. Bu konularda hiçbir fedakarlıktan kaçınmayacak bir yapıda olduğumu umuyorum. Ona Maple Grove'da çok lüks bir yaşama alışmış olsam da benim mutlu olmak için ne iki arabaya ne de büyük evlere ihtiyacım olduğunu söyledim. "Ama," dedim, "açık söylemek gerekirse çevremde müzikten hoşlanan insanlar olmadan yaşayamam. Başka hiçbir şartım yok ama müzik olmayan bir hayat benim için boş bir hayat olur.'"

Emma gülümseyerek "Mr. Elton'ın Highbury'de müzikten çok hoşlanan bir topluluk bulacağınızı söylemekte tereddüt ettiğini düşünmüyorum," dedi. "Umarım ileride o andaki niyetini göz önünde bulundurarak gerçeği bağışlanamayacak kadar abarttığını düşünmezsiniz."

"Hayır, bu konuda hiçbir kuşkum yok. Böyle bir çevrede olduğum için çok mutluyum. Umarım sizinle birçok küçük, tatlı konser verme olanağı buluruz. Bence Miss Woodhouse sizinle bir müzik kulübü kurmalı, sizde ya da bizde düzenli haftalık toplantılar düzenlemeliyiz. Bu iyi bir plan olmaz mı? Eğer biz bunda direnirsek zamanla katılanların sayısı artacaktır. Bunu çok isterim, hem de benim pratik yapmam için vesile olur çünkü bildiğiniz gibi evli kadınlarla ilgili hep müziği bırakmak zorunda kaldıklarına ilişkin hüzünlü öyküler anlatılır."

"Sizin kadar müzikten hoşlanan biri için böyle bir tehlikenin söz konusu olmayacağını düşünüyorum."

"Umarım olmaz ama çevremde tanıdığım insanlara bakınca korkuyorum. Selina müziği tamamen bıraktı, piyanoya elini bile sürmüyor, oysa öyle tatlı tatlı çalardı ki. Aynı şey Mrs. Jeffereys için de söylenebilir, yani Clara Partridge için, iki Miss Milman için de, şimdi biri Mrs. Bird, diğeri Mrs. James Cooper oldu;

daha sayabileceğim birçok isim var. Bu bile insanı korkutmaya yetiyor. Ben eskiden Selina'ya çok kızardım ama şimdi anlamaya başlıyorum, evli bir kadının uğraşması gereken bir yığın şey oluyor. Daha bu sabah yarım saat kâhyayla yapılacak işleri konuşmam gerekti."

"Bu gibi şeyler zamanla rayına oturacaktır."

Mrs. Elton gülerek "Göreceğiz," dedi.

Onun müziği bırakmamak konusundaki kararlılığını gören Emma daha fazla bir şey söylemedi. Kısa bir sessizliğin ardından Mrs. Elton başka bir konuya geçti.

"Randalls'a da gittik, evdeydiler, ikisi de çok hoş insanlar. Onları çok sevdim. Mr. Weston muhteşem birine benziyor, emin olun, daha şimdiden bir numaralı favorim. Eşi de çok iyi bir insana benziyor, insanın hemen kalbini kazanıyor. Mrs. Weston sanırım eskiden sizin mürebbiyenizmiş, öyle duydum."

Emma yanıt veremeyecek kadar şaşırmıştı ama Mrs. Elton sözlerinin onaylanmasını beklemeden konuşmaya devam etti.

"Buna rağmen karşımda gerçek bir hanımefendi bulmak beni çok şaşırttı, o gerçekten de tam bir hanımefendi."

Emma "Mrs. Weston her zaman kusursuz bir hanımefendi olmuştur; görgüsüyle, sadeliğiyle, zarafetiyle, o her genç kadının örnek alması gereken biri," dedi.

"Ve bilin bakalım biz oradayken kim geldi?"

Emma ne diyeceğini bilemedi. Mrs. Elton'ın ses tonu eski bir tanıdıklarından bahseder gibiydi ama Emma nereden tahmin edebilirdi ki?

Mrs. Elton "Knightley!" dedi. "Knightley'nin ta kendisi! Ne şans, değil mi? Önceki gün bize uğradığında evde olmadığımız için onu görememiştim ve tabii Mr. E.'nin çok yakın arkadaşı olduğu için onu çok merak ediyordum. 'Dostum Knightley,' lafını o kadar çok duymuştum ki onu görmek için gerçekten sabırsızlanıyordum; *cara sposo*'ma* hak veriyorum, onunla ne kadar gurur duysa az. Knightley gerçek bir beyefendi. Onu çok beğendim. Tam bir centilmen."

Gitme zamanlarının gelmesi Emma'yı çok mutlu etmişti. Onlar gidince rahat bir nefes alabildi.

İlk tepkisi "Dayanılmaz bir kadın!" diye haykırmak oldu. "Tahmin ettiğimden de kötü. Kesinlikle katlanılabilir gibi değil! Knightley! Kulaklarıma inanamadım. Knightley! İlk defa gördüğü bir adamdan Knightley diye bahsediyor! Onun beyefendi olduğuna hükmediyor! Sonradan görme, görgüsüz, kaba saba bir kadın, Mr. E, *cara sposo* demesiyle, övünmesiyle, arsız tavırlarıyla, yapmacık nezaketiyle, gösteriş budalası, terbiyesiz bir kadın. Hâline bakmadan bir de Mr. Knightley'nin gerçek bir beyefendi olduğunu fark etmişmiş! Mr. Knightley onun bu iltifatına rağmen onun gerçek bir hanımefendi olduğunu düşünüyor mudur, bunda çok kuşkuluyum. Buna inanamıyorum! Bana birlikte müzik kulübü kurmamızı önerdi! Duyan olsa yakın dost olduğumuzu sanır! Ya Mrs. Weston hakkında dedikleri! Beni büyüten insanın gerçek bir hanımefendi olmasına şaşırmışmış! Bu daha da kötü. Şimdiye kadar hiç böylesine rastlamadım. Tahminlerimin de çok ötesinde kötü bu kadın. Harriet'i onunla kıyaslamak Harriet'e hakaret olur. Ah! Eğer Frank Churchill burada olsaydı ona ne derdi acaba? Ne kadar kızar ve alay ederdi kim bilir! Ah! Al işte, aklıma yine o geldi. İlk düşündüğüm hep Frank Churchill oluyor!"

Bu düşünceler kafasından öylesine bir hızla akıp geçti ki Eltonların yarattığı kargaşadan sonra babası kendisini toparlayıp

---

* Cara sposo: Sevgili eşim (Latince)

konuşmaya hazır bir hâle geldiğinde Emma da onu dinleyecek duruma gelmişti.

Babası "Evet, canım," dedi biraz düşündükten sonra. "Onu daha önce hiç görmemiş olduğumuz düşünülürse samimi bir hanıma benziyor, sanırım senden de çok hoşlandı. Biraz fazla ve hızlı konuşuyor. Bu kadar hızlı konuşulunca ses insanın kulağını tırmalıyor ama sanırım ben de bu konuda biraz titizim, yabancı seslerden hoşlanmıyorum; hem kimse senin gibi de zavallı Mrs. Taylor gibi de konuşmuyor. Yine de kibar ve hanım hanımcık bir kadına benziyor, Mr. Elton'a çok iyi bir eş olacağında hiç kuşku yok. Gerçi evlenmeseydi daha iyi olurdu ama... Bu mutlu olay nedeniyle ziyaretlerine gidemediğim için bir mazeret uydurup Mr. Elton'dan özür diledim ve önümüzdeki yaz ziyaret etmeyi umduğumu söyledim. Aslında gitmem gerekirdi. Gelini ziyaret etmemek büyük bir nezaketsizlik. Ah! İhtiyarlık işte! Papaz evine giden yol virajlı, hiç hoşuma gitmiyor."

"Özrünüzün kabul edildiğine eminim, efendim. Mr. Elton sizi tanır ve hoş görür."

"Evet ama genç hanımı, yani gelini, keşke mümkün olsaydı da tebrik etmeye gidebilseydim. Ayıp oldu."

"İyi de sevgili babacığım, siz evlilikten yana birisi değilsiniz ki niye geline saygı gösterme konusunda bu kadar titizleniyorsunuz ki? Bu sizden beklenen bir şey değil. Böyle yaparsanız insanları evlenmeye özendirmiş olursunuz."

"Hayır, tatlım. Ben kimseyi evlenmeye özendirmem ama her zaman bir hanıma göstermem gereken ilgiyi göstermek isterim; özellikle de bir gelin asla ihmal edilmemeli. Gelinler açıkça çok daha fazlasını hak ederler. Bildiğin gibi tatlım; gelin yanındakiler kim olursa olsun ilk sırada gelir."

"Doğrusu ya babacığım; eğer bu evlenmeye özendirmek değilse ne, hiç bilemiyorum. Zavallı genç hanımları gururlarını okşayarak, imrendirerek bu tuzağa düşüreceğinizi hiç beklemezdim."

"Tatlım, beni hiç anlamıyorsun. Bu yalnızca nezaket ve terbiyeyle ilgili bir konu, insanları evliliğe özendirmekle ilgisi yok."

Emma söyleyeceğini söylemişti. Babası giderek sinirleniyor ve onu anlayamıyordu. Emma'nın düşünceleri yeniden Mrs. Elton'ın yanlışlarına kaydı ve onu uzun, çok uzun süre meşgul etti.

BÖLÜM 33

Bu olup bitenlerden sonra Emma'nın keşfettiği hiçbir şey onun Mrs. Elton'la ilgili olumsuz izlenimini değiştirmesine gerek olmadığını gösterdi. Gözlemlerinde tamamen haklıydı. Mrs. Elton ikinci görüşmelerinde onda nasıl bir intiba bıraktıysa ondan sonraki bütün karşılaşmalarında da aynı intibayı bıraktı; kendini beğenmiş, haddini bilmez, laubali, cahil ve görgüsüz. Çok olmasa da güzel sayılırdı, bazı hünerleri de vardı ama akılsızdı, her şeyi herkesten fazla bildiğini sanıyor, Highbury'yi kendi üstün yaşam deneyimiyle canlandırıp ve geliştirebileceğine, toplumda Miss Hawkins olarak aldığı üstün yeri Mrs. Elton olarak aşacağına inanıyordu.

Mr. Elton'ın da karısından çok farklı düşündüğü söylenemezdi. Karısıyla mutluydu ve onunla gurur duyuyordu. Miss Woodhouse'un bile boy ölçüşemeyeceği bir kadını Highbury'ye getirdiğine inanıyor, kendisiyle gurur duyduğu her hâlinden belli oluyordu. Genç Mrs. Elton'ın yeni edindiği dostlarının önemli bir kısmı onu pohpohlama eğilimindeydi. Bir kısmı da iyi niyetli Mrs. Bates gibi insanlara iyi gözle bakmaya ve yargılamamaya alışık olduklarından yeni gelinin kendisinin olduğuna inandığı kadar akıllı ve hoş olduğunu peşinen kabullendiler, ondan hoşlandılar, sonuç olarak herkes durumdan memnundu. Mrs. Elton'ın adı tam da istediği gibi ağızdan ağıza dolaşıyor, herkes onu övüyordu. Miss Woodhouse da buna hiçbir şekilde engel olma girişiminde bulunmadı, onun ilk gördüğünde olduğu gibi "hoş olduğunu, şık giyindiğini" söylemeyi sürdürdü.

Mrs. Elton'ın ise ona karşı davranışları bir noktada değişime uğramış, ilk günlerden çok daha kötü olmaya başlamıştı. Yakınlaşma girişimlerinin karşılık görmemesi karşısında o da kendisini geriye çekmiş, Emma'ya giderek daha soğuk ve mesafeli davranmaya başlamıştı. Aslında bu Emma'nın hoşuna gidiyordu ama Mrs. Elton'ın bunu yapmaktaki art niyeti ve nedenleri Emma'nın da ondan giderek daha az hoşlanmasına yol açıyordu. Gerek Mrs. gerekse Mr. Elton Harriet'e karşı çok çirkin davranıyorlardı. Onu küçümsüyor gibiydiler ve görmezden geliyorlardı. Emma bunun Harriet'in kendini daha hızlı toplamasına yardımcı olacağını umuyordu ama bu davranışların kaynaklandığı duygular Eltonları Emma'nın gözünde çok daha alçaltıyordu. Zavallı Harriet'in Mr. Elton'a duyduğu saf aşkın, karı koca arasında kurban edildiğinee hiç kuşku yoktu, Emma'nın bu evlilik öyküsündeki payının da tabii. Mr. Elton'ın bunu Emma'yı yerin dibine batıracak, kendini temize çıkaracak şekilde anlattığı apaçık ortadaydı. Emma bir anda ikisinin de sevmediği biri olup çıkmıştı. Aralarında konuşacak bir şey bulamadıklarında Miss Woodhouse'u yermek kolaylarına geliyor olmalıydı, ona karşı açıkça göstermeye cesaret edemedikleri düşmanlık Harriet'i aşağılayan davranışlarında, hem de çok daha yaygın bir biçimde ifadesini buluyordu.

Mrs. Elton ilk andan beri Jane Fairfax'e hayrandı. Bu, genç bir kadınla savaş hâlinde olan bir kadının diğerine nispet olsun diye bir başka kadına ilgi göstermesi gibi bir durum değildi. Mrs. Elton, Miss Fairfax'i ilk gördüğü andan itibaren ona karşı yalnızca doğal ve makûl bir hayranlık göstermekle yetinmemişti. Karşı taraftan bu yönde herhangi bir istek, rica ya da ima gelmemesine rağmen ona sahip çıkmak ve onunla arkadaş olmak ihtiyacı içindeydi. Emma daha Mrs. Elton'la aralarına soğukluk girmeden önce – herhâlde üçüncü karşılaşmalarında – Mrs. Elton'ın onu kanatlarının altına almasının sonuçlarını dinlemek zorunda kalmıştı.

"Jane Fairfax gerçekten çok cazip bir genç kız Miss Woodhouse. Ona hayranım. Çok tatlı ve ilginç bir insan. O kadar yumuşak ve alçak gönüllü ki üstelik çok da yetenekli! İnanın bana, o olağanüstü yeteneklere sahip. Piyanoyu muhteşem çalıyor, bunu hiç çekinmeden söyleyebilirim çünkü bu konuda konuşabilecek kadar müzik bilgisine sahibim. Ah evet! O gerçekten harika bir genç kız! Benim bu konuda bu kadar ateşli konuşmama gülebilirsiniz ama emin olun, Jane Fairfax'ten bahsetmekten kendimi alıkoyamıyorum. Onun durumunu düşününce insanın etkilenmemesi mümkün değil! Miss Woodhouse, her şeyimizi ortaya koyup onun için bir şey yapmaya çabalamalıyız. Onu öne çıkarmamız gerekiyor. Onunki gibi bir yeteneğin kıyıda köşede kaybolup gitmesine izin verilmemeli. Şairin o hoş dizelerini duymuş olmalısınız:

'Kim bilir kaç çiçek sergiler renklerini görülmeden,
   Heba eder kokusunu çöl havasının ıssızlığında.'*
"Jane Fairfax'in böyle bir duruma düşmesine izin vermemeliyiz."

Emma'nın bu sözlere verdiği sakin cevap "Böyle bir tehlike olduğuna inanmıyorum," oldu. "Miss Fairfax'i daha iyi tanıyıp, Albay ve Mrs. Campbell'la nasıl bir evde yaşadığını öğrenince

---

* Thomas Gray,(1716 –1771) İngiliz şair, mektup yazarı, akademisyen, bilim adamı. "Elegy in a Country Churchyard (Ağıt)" adlı eseriyle tanınmaktadır.

yeteneklerinin heba olduğunu düşünmeye devam etmeyeceğinizi sanıyorum."

"Doğru ama Miss Woodhouse, kızcağız öylesine içine kapanmış, evin karanlığına gömülmüş, bir kenarda sıkışıp kalmış ki ona çok yazık oluyor. Campbelllar ile birlikteyken ne gibi avantajlara sahipti bilmiyorum ama bunların sona erdiği somut olarak ortada! Ve onun da bunun farkında olduğuna inanıyorum. Bundan eminim. Çok çekingen ve sessiz. Biraz cesaretlendirilmek isteği duyduğu anlaşılıyor. Bu yüzden onu daha da çok seviyorum. İtiraf etmeliyim ki bu bana bir uyarı gibi. Ben hep çekingenliği savunmuşumdur – günümüzde o kadar az rastlanıyor ki – üstelik bu sizden hiç de aşağı olmayan, hünerli birinde görüldüğünde bu gerçekten de çok cazip, çok üstün bir niteliğe dönüşüyor, böyle birini tanımak hiç kolay değil. İnanın bana, Jane Fairfax harika biri ve beni anlatamayacağım kadar çok ilgilendiriyor."

"Çok etkilenmiş olduğunuz anlaşılıyor, ona karşı çok iyi duygular hissettiğiniz belli ama hiç bilemiyorum, siz ya da Miss Fairfax'in buradaki dostları, yani onu sizden daha uzun bir süredir tanıyanlar, ona nasıl daha farklı bir ilgi gösterebilir..."

"Sevgili Miss Woodhouse, harekete geçmeye cesareti olanlar daima çok daha fazlasını başarabilirler. Sizin ve benim korkmamız için hiçbir neden yok. Eğer biz örnek olabilirsek diğerleri de imkânları bizim kadar olmasa da ellerinden geldiğince bizi izleyeceklerdir ama olsun. Onu evinden alıp geri götürebilecek arabalarımız var, bir Jane Fairfax'in eklenmesiyle sarsılmayacak bir yaşantıya sahibiz. Wright şimdiye kadar beni hiç Jane Fairfax'i ya da daha fazla kişiyi yemeğe çağırdığıma çok pişman edecek bir akşam yemeğiyle karşı karşıya bırakmadı. Ben bu gibi şeylerde tasarrufu bilmem. Zaten alışık olduğum hayat tarzı düşünülürse bilmem de beklenemez. Ev idaresinde benim açımdan asıl tehlike bunun tam tersi olabilir, yani çok fazla şey yapıp harcamalar konusunda dikkatsiz olmak. Maple Grove bu konuda bana yanlış örnek olabilir çünkü gelir açısından eniştem Mr. Suckling'le boy ölçüşmemiz düşünülemez. Yine de Jane Fairfax'e kanat germeye karar verdim bir kere, onu sık sık evimde ağırlayacağım, onu tanıştırabileceğim herkesle tanıştıracağım, yeteneklerini ortaya çıkarmak için müzikli partiler düzenleyeceğim ve ona uygun bir iş bulmak için her an tetikte olacağım. Çevrem geniştir, kısa sürede ona uygun bir şey bulacağıma eminim. Buraya geldikleri zaman ablam ve eniştemle özellikle onu tanıştıracağım. Onu çok seveceklerinden eminim, onlarla tanıştıktan sonra onun korkuları da tamamıyla geçecektir çünkü ikisi de çok uyumlu ve dost insanlar. Onlar bizdeyken onu sık sık çağıracağım, çevreyi keşfe çıktığımız bazı günlerde, ona da Landau'da yer vereceğimizi düşünüyorum."

"Zavallı Jane Fairfax!" diye düşündü Emma. "Bu kadarını hak etmiyorsun. Mr. Dixon konusunda hata yapmış olabilirsin ama bu senin hak ettiğinin de ötesinde bir ceza! Mrs. Elton'ın himayesine girmek! Jane Fairfax aşağı Jane Fairfax yukarı!' Tanrım! Umarım ortalarda dolanıp sürekli Emma Woodhouse şöyle iyi, böyle iyi demek cüretinde bulunmuyordur. Allah bilir ya kadın dilini tutmayı bilmiyor, hadsizin teki!"

Sonrasında Emma kadının iğrenç "Miss Woodhouse"larla bezenmiş övünmelerini bir daha onunla baş başayken dinlemek zorunda kalmadı ve bundan büyük huzur buldu. Mrs. Elton'ın tavrındaki değişiklik de gecikmedi, artık ne Mrs. Elton'ın çok özel arkadaşı olmaya ne de Mrs. Elton'ın rehberliği altında Jane Fairfax'in etkin koruyucusu olmaya zorlanıyordu, o da herkes gibi hissedilenleri, düşünülenleri ve olup biteni başkalarından öğreniyordu.

Emma bütün bunları eğlenerek izliyordu. Mrs. Elton'ın Jane'e gösterdiği yakınlık için Miss Bates'in ona duyduğu minnettarlık hissi saf ve samimiydi; hem de tam anlamıyla. Artık Mrs. Elton onun el üstünde tuttuğu en değerli dostlarından biriydi; onun için en sevecen, en iyi kalpli, en sevimli oydu. Aynen Mrs. Elton'ın kendisi hakkında düşünülmesini istediği gibi; marifetli, başarılı ve üstün olduğunu düşünüyordu. Emma'yı asıl şaşırtan ise Jane Fairfax'in da bu ilgiyi kabul etmiş olması ve Mrs. Elton'a katlanmasıydı; görünüşe bakılırsa durum buydu. Emma, onun Eltonlarla yürüyüşe çıktığını, Eltonları ziyarete gittiğini, Eltonlarla bütün bir günü birlikte geçirdiğini duyuyordu! Bu çok şaşırtıcıydı! Miss Fairfax kadar gururlu ve ince zevk sahibi bir genç kızın papaz evinin sunduğu çevre ve arkadaşlığa katlanmasının nasıl mümkün olduğunu anlamıyordu.

"Bu kadın bir muamma, gerçek anlamda bir bilmece!" diyordu kendi kendine. "Önce burada aylar boyunca yokluk içinde tek başına kalmayı yeğledi! Şimdi de onu her zaman gerçek, cömert bir sevgiyle sevmiş olan o üstün dostlarının yanına dönmektense Mrs. Elton'ın himayesinin ezikliğine ve basitliğine katlanıyor."

Jane sözde Highbury'ye üç aylığına gelmişti; Campbelllar da İrlanda'ya üç aylığına gitmişlerdi ama oradayken kızlarına en az yaz ortasına kadar orada kalma sözü vermişlerdi ve onlara katılması için Jane'e yapılan davet yenilenmişti. Mrs. Bates'e bakılırsa –zaten bütün bu bilgiler ondan çıkıyordu– Mrs. Dixon da yazdığı mektupta ona bu konuda çok ısrar etmişti. Jane yanlarına gitmeye karar verirse gerekli imkânlar sağlanacak, araç temin edilecek, hizmetçiler gönderilecek, arkadaşlar ayarlanacak; yolculuk sırasında hiçbir zorlukla karşılaşmaması sağlanacaktı ama Jane bu teklifi reddetmişti!

Emma "Bu daveti reddetmesi için görünenden çok daha güçlü bir neden olmalı," diye düşündü. "Campbellların ona ya da kendisinin kendine biçtiği bir cezayı ödüyor olmalı, bir tür çile, bir tür günah çıkarma. Bunun gerisinde büyük bir korku, büyük bir tedbir, büyük bir kararlılık var. Dixon'larla olmaması gerekiyor. Bu kararı vermiş, iyi de Eltonlarla olmayı neden kabulleniyor? Bu da bir bilmece."

Buna ne kadar şaşırdığını Mrs. Elton'la ilgili düşüncelerini bilen birkaç kişinin önünde yüksek sesle dile getirmesi üzerine Mrs. Weston, Jane adına şöyle bir açıklama getirdi:

"Elbette ki onun papaz evinde çok eğlendiğini düşünemeyiz sevgili Emma ama bu yine de her an evde olmaktan iyidir. Teyzesi çok iyi bir insan ama onunla sürekli arkadaşlık etmek çok yorucu olsa gerek. Miss Fairfax'in gittiği yer konusundaki zevksizliğini kınamadan önce neden vazgeçtiğine bakmak gerekir."

Mr. Knightley içtenlikle "Çok haklısınız, Mrs. Weston," dedi. "Miss Fairfax de Mrs. Elton hakkında adil bir karara varmayı hepimiz kadar becerebilecek biri. Eğer kiminle arkadaş olacağına kendisi karar verecek olsaydı eminim ki onu seçmezdi." Sonra Emma'yı imalı bakışlarla süzüp, gülümseyerek ekledi. "Başka hiç kimseden göremediği ilgi ve özeni Mrs. Elton'dan görüyor, ne yapsın?"

Emma Mrs. Weston'ın kendisini yan gözle süzdüğünü fark etmişti. Mr. Knightley'nin Jane'den büyük bir içtenlik ve sıcaklıkla bahsetmesi de onu şaşırtmıştı.

Emma hafifçe gülümseyerek "Ben hep Mrs. Elton'ınki gibi bir ilginin Miss Fairfax'i memnun edeceği yerde rahatsız edeceğini düşünürdüm," dedi. "Mrs. Elton'ın davetlerinin ona cazip gelebileceği aklımın ucundan bile geçmezdi."

Mrs. Weston "Eğer Miss Fairfax istemiyor olsa bile onun adına teyzesi kabul ettiği için Mrs. Elton'ın davetlerine katılmak zorunda kalıyorsa buna hiç şaşırmam," dedi. "Zavallı Mrs. Bates, kendilerine gösterilen cömertliğe karşılık vereyim, biraz da değişiklik olsun derken yeğenini kendi iradesiyle kabullenmediği bir yakınlığa mahkûm etmiş olabilir."

İkisi de Mr. Knightley'nin fikrini belirtmesini merakla beklediler; birkaç dakika süren bir sessizlikten sonra Mr. Knightley "Dikkate alınması gereken bir şey daha var," dedi. "Mrs. Elton, Miss Fairfax'le yüz yüze konuşurken Miss Fairfax hakkında bizimle konuştuğu gibi konuşmuyor. Hepimiz sıklıkla kullanılan sen ve siz zamirleri arasındaki farkı biliriz; hepimiz birbirimizle kurduğumuz kişisel ilişkilerde, olağan nezaketin ötesinde bir şeyin, çok daha derinlerde kök salmış bir şeyin etkisini hissederiz. Hiç kimseye daha bir saat önce kafamızdan geçen nahoş düşüncelerin ipuçlarını veremeyiz. Hislerimiz birisiyle karşı karşıyayken farklı, uzakken farklı olabilir. Bu bağlamda Mrs. Elton'ın Miss Fairfax'e gerek aklıyla gerek yetenekleriyle gerekse görgüsüyle hayran olduğundan ve onunla yüz yüze kaldığında ona hak ettiği saygıyı gösterdiğinden kuşkunuz olmasın. Çok büyük bir ihtimalle daha önce Mrs. Elton'ın karşısına hiç Jane Fairfax gibi bir kadın çıkmamıştır ve ne kadar kibirli olursa olsun kendi davranışlarının onunla kıyaslandığında ne kadar basit olduğunu – bilinçli olmasa bile – görmemesi mümkün değildir."

Emma "Jane Fairfax'i ne kadar takdir ettiğinizi biliyorum," dedi. Aklı tamamen küçük Henry'deydi; hissettiği endişe ve hassasiyet karışımı duygu onu başka ne diyebileceği konusunda kararsız bıraktı.

Mr. Knightley "Evet," dedi. "Onu ne kadar takdir ettiğimi bilmeyen yok."

Hemen "Ama yine de," diyen Emma'nın yüzünde muzip bir ifade vardı ama bir an sustu, sonra duraksayarak bir an önce en kötüyü öğrenmek en iyisi olacak, düşüncesinden hareketle acele acele konuşmaya devam etti. "Siz de bu beğeninin sınırlarının farkında olmayabilirsiniz. Gün gelir bu hayranlığın boyutları sizi de şaşırtabilir."

Mr. Knightley o sırada kalın deri tozluklarının alt düğmeleriyle uğraşıyordu. Ya onları birbirine denkleme çabasından ya da başka bir nedenden dolayı yüzü kıpkırmızı olmuştu.

"Öyle mi dersin?" dedi. "Sen hâlâ orada mısın? Çok gerilerde kalmışsın. Mr. Cole bana bunu altı hafta önce ima etmişti."

Mr. Knightley sustu. Emma Mrs. Weston'ın ayağına bastığını hissetti ve ne düşüneceğini bilemedi.

Bir süre sonra Mr. Knightley "Böyle bir şey asla olmayacak, bundan emin olabilirsin," dedi. "Miss Fairfax ona bir teklifte bulunsam bile beni kabul etmez, ayrıca ben de ona evlenme teklif etmeyeceğimden eminim."

Bu kez de Emma arkadaşının ayağına hızla bastı.

"Asla kibirli biri değilsiniz Mr. Knightley, tek söyleyebileceğim bu." Emma duyduklarından mutluydu, çığlık atmamak için kendini zor tutmuştu.

Mr. Knightley onun söylediklerini duymuyor gibiydi; derin düşüncelere dalmıştı, keyifsiz bir hâli vardı. Birden sordu.

"Demek sen de beni Jane Fairfax'le evlendirmeye kalkmıştın, öyle mi?"

"Hayır, hiç de değil. Asla öyle bir şeye kalkışmadım. Beni çöpçatanlık yaptığım için o kadar azarladınız ki sizinle ilgili böyle bir şey düşünemem. Söylediğimin hiçbir anlamı yoktu. Bilirsiniz insan bu gibi şeyleri herhangi ciddi bir kasıt olmadan da söyleyebilir. Ah! Yemin ederim sizin Jane Fairfax'le ya da Jane Bilmemne ile evlenmeniz için en ufak bir istek duymuyorum. Eğer evli olsaydınız gelip böyle bizimle rahat rahat oturup konuşamazdınız."

Mr. Knightley yine düşüncelere dalmıştı. Bir süre düşünüp taşındıktan sonra "Hayır, Emma," dedi. "Ona karşı duyduğum hayranlığın derecesinin günün birinde beni bile şaşırtacağını hiç sanmıyorum. Onu hiç o anlamda düşünmedim, seni temin ederim." Ve hemen ardından da ekledi. "Jane Fairfax çok çekici bir genç kadın ama Jane Fairfax bile kusursuz değil. Bir kusuru var. İnsanın karısında olmasını arzu edeceği açıklık yok onda."

Emma Mr. Knightley'nin Jane Fairfax'in de bir kusuru olduğunu düşündüğünü duyunca elinde olmadan sevindi.

"Yani," dedi. "Mr. Cole'un da ağzını hemen kapadınız herhâlde?"

"Evet, anında. Bana çok açık bir imada bulundu, ben de ona çok yanıldığını söyledim, özür diledi ve konu kapandı. Cole komşularından daha akıllı ya da zeki olma peşinde biri değil."

"Öyleyse bu açıdan Mrs. Elton'a hiç de benzemiyor. Mrs. Elton dünyadaki herkesten daha akıllı ve daha zeki olmak istiyor! Colelardan nasıl bahsettiğini merak ediyorum, onlara nasıl hitap ediyor acaba? Yeterince laubali ve kaba bir sıfat bulabildi mi acaba? Size Knightley diyor, Mr. Cole'a ne diyordur acaba? Yani sizce Jane Fairfax'in onun sözde nezaketini ve arkadaşlığını kabul etmesine şaşırmamam gerekiyor. Mrs. Weston, bu konuda aklıma en çok yatan sizin savınız oldu. Jane'in Mrs. Bates'in çenesinden kaçmanın çekiciliğine kapıldığına inanmaya hazırım ama Mrs. Elton'ın Miss Fairfax'in kendisinden daha üstün olduğunu kabul ettiğine asla inanamam. Mrs. Elton'ın kendisini düşünce, konuşma, beceri ya da yetenek konusunda herhangi birinden daha aşağı bir düzeyde görebileceğine, çok kısıtlı olan görgü ve eğitiminin onu sınırlamasına izin vereceğini hiç sanmıyorum. Bence o kadın Jane Fairfax'e sürekli iltifat edip, pohpohlamadan, ona teşvik ve yardım vaatlerinde bulunmadan, bu arada da sürekli olarak kendi muhteşem emellerinin, yeteneklerinin ayrıntılarını sayıp dökmeden duramaz ki bunlar, Jane'e kalıcı bir iş konumu sağlamaktan tutun da Barauche Landau ile yapılacak şahane keşif gezilerine onu da dâhil etmeye kadar uzanabilir."

Mr. Knightley, "Jane Fairfax sezgileri güçlü bir kadın," dedi. "Onu asla duyarsızlıkla suçlamıyorum. Aksine fazlasıyla duyarlı olduğundan kuşkulanıyorum; dayanıklılık, hoşgörü, sabır ve kendini kontrol etme gücü kusursuz bir kişiliği olduğunu gösteriyor ama biraz daha açık olması gerekiyor. Jane Fairfax içine kapanık bir insan, insanlara mesafeli ve sanırım şimdi eskisinden de daha mesafeli. Bense açık yürekli insanları severim. Cole bana ima edene kadar böyle bir şey aklımın ucundan bile geçmemişti. Ne zaman Jane Fairfax'i görsem ve onunla konuşsam ona hayranlık duymuş, onunla konuşmaktan zevk almışımdır ama bunun ötesini asla düşünmedim."

Mr. Knightley yanlarından ayrıldıktan sonra Emma zafer sevinciyle "Evet, Mrs. Weston," dedi. "Mr. Knightley'nin Jane Fairfax'le evlenmesi konusunda şimdi ne diyorsunuz?"

"İşin doğrusunu istersen sevgili Emma, Mr. Knightley ona âşık olmadığı fikrine öyle kafasını takmış ki bunu düşünmekten ona âşık olursa hiç şaşırmam. Bu sözümü hafife alma."

BÖLÜM 34

Highbury'de veya Highbury çevresinde Mr. Elton'la tanışan herkes yaptığı evlilik nedeniyle onu tebrik etme derdindeydi. O ve karısı için akşam yemek partileri ve akşamüstü çay partileri düzenleniyordu; davetler öyle birbirinin ardından geldi ki Mrs. Elton kısa bir süre sonra hiç boş günlerinin olmadığını fark etme mutluluğuna erişti.

"Demek böyle," diyordu. "Burada, sizlerin arasında nasıl bir yaşam süreceğimi anlıyorum. Görülen o ki böyle giderse günlerimiz sefahat içinde geçecek. Herkesin gözdesi olduğumuzu görüyorum. Eğer köyde yaşamak buysa çekinecek bir şey yok. Emin olun pazartesiden cumartesiye tek bir boş günümüz bile yok! İç dünyası benim kadar zengin olmayan kadınların bile canı sıkılmaz burada."

Hiçbir daveti geri çevirmiyordu. Bath alışkanlıkları gereği akşam partileri onun için son derece doğaldı, Maple Grove'daki yemek davetlerinde akşam partilerinden zevk almaya alışmıştı. Ancak birçok evde iki salon olmaması, partilerde sunulan pastaların basitliği ve Highbury'deki kâğıt oyunlarında dondurma sunulmaması onu biraz şaşırmıştı. Mrs. Bates, Mrs. Perry, Mrs. Goddard ve diğerlerinin bu konulardaki görgüleri azdı ama sorun değildi; kendisi çok kısa bir süre içinde onlara bu gibi partilerin nasıl düzenlenmesi gerektiğini gösterecekti. Bahar aylarında kendisine gösterilen bu ilgiye çok gösterişli bir partiyle karşılık vermeyi düşünüyordu; bu partide oyun masalarının her birinde ayrı mumlar, gerektiği biçimde el sürülmemiş desteler olacak ve ikramların tam gereken saatte ve gereken sırada yapılabilmesi için o geceye özel dışarıdan garsonlar tutulacaktı.

Bu arada Emma'nın da Hartfield'de Eltonlar için bir davet vermesi gerekiyordu. Başkalarından geride kalmak onlara yakışmazdı, bu hiç istemeyeceği kuşkular ya da söylentilere yol açabilir ve Emma ileride bundan dolayı çok üzülebilirdi. Onları akşam yemeğine davet etmesi gerekiyordu. Emma on dakika kadar babasını ikna etmeye çalıştıktan sonra Mr. Woodhouse her zamanki gibi masanın başında kendisinin oturmaması koşuluyla bunu kabul etti ama bu kez de orada kimin oturması gerektiğine karar verememe sorunu yaşandı.

Kimlerin davet edileceği üzerine fazla düşünmeye gerek yoktu. Eltonlar dışında, Westonlar ve Mr. Knightley davet edilecekti, şimdilik hepsi bu kadardı. Tabii zavallı küçük Harriet'in de sekizinci kişi olarak davet edilmesi kaçınılmazdı. Emma'nın bu daveti yaparken içi rahat değildi, bu yüzden de Harriet bu davete katılmamak için yalvarınca çok mutlu oldu. "Harriet onunla mümkün olduğunca bir araya gelmemeye çalışıyordu. Onu güzel karısıyla birlikte görünce hâlâ rahatsız oluyordu. Eğer Miss Woodhouse gücenmeyecekse davete katılmayıp evde kalmayı yeğliyordu." Bu içinden dilemeye bile cesaret edememiş olsa da tam da Emma'nın istediği şeydi. Emma genç arkadaşının dirayetli çıkmış olmasından mutluydu, bu davete katılmaktansa evde kalmak özveri gerektiriyordu ve küçük Harriet bunu göze almıştı. Bu durumda sekizinci kişi olarak asıl çağırmak istediği kişiyi, yani Jane Fairfax'i davet edebilirdi. Mrs. Weston ve Mr. Knightley ile yaptıkları konuşmadan sonra Jane Fairfax konusunda vicdanı rahat değildi. Mr. Knightley'nin sözleri aklına takılmıştı. Genç adam Jane Fairfax'in hiç kimseden görmediği ilgiyi Mrs. Elton'dan gördüğünü söylemişti.

Emma içinden "Bu çok doğru," dedi. "Aslında beni kastediyordu ki bu benim açımdan çok utanç verici bir durum. Aynı yaştayız, onu kendimi bildim bileli tanıyorum; onunla daha iyi arkadaş olmam gerekirdi. Onun artık beni sevmediğinden eminim. Onu çok uzun bir süre ihmal ettim ama bundan sonra daha yakın davranacağım."

Bu davet herkes tarafından kabul edildi. O gece hepsi için uygundu ve davet edildikleri için çok mutlu olmuşlardı. Ancak bununla her şey hallolmuş sayılamazdı. Tam o sırada çok talihsiz bir haber aldılar: Knightley'nin iki oğlu o bahar birkaç haftalığına büyükbabalarını ve teyzelerini ziyaret etmeye söz vermişlerdi. Babaları onları tam da davet günü getirecek, Hartfield'de bir gün kaldıktan sonra dönecekti. Mr. Knightley'nin iş durumu nedeniyle bu ziyaretin ertelenmesi söz konusu olamazdı. Bu durum baba kızı tedirgin etmişti. Mr. Woodhouse sinirlerinin en fazla sekiz kişilik bir yemek davetini kaldırabileceğini düşünüyordu ki bu durumda dokuzuncu bir kişi daha olacaktı. Emma bu dokuzuncu kişinin Hartfield'e kırk sekiz saatliğine bile bir yemek davetine denk düşmeden gelemediği için babasının çok homurdanacağının farkındaydı.

Emma kendisinden çok babasını sakinleştirmeye çalıştı. Dokuz kişi olacak olsalar bile bu dokuzuncu kişi çok az konuştuğu için yemekteki ses düzeyinin çok fazla artmayacağını söyledi. Aslında bunun kendisi açısından da hiç hoş olmadığını düşünüyordu, bu durumda karşısında Mr.Knightley yerine ciddi bakışları ve isteksiz konuşmalarıyla kardeşi oturacaktı.

Sonuçta Emma için olmasa bile Mr. Woodhouse'un için iyi bir gelişme daha oldu. John Knightley geldi ama aynı gün Mr.

Weston hiç beklenmedik bir biçimde aniden Londra'ya çağrıldı, hemen gitmesi gerekiyordu. Belki gece daha geç bir saatte onlara katılabilecekti ama yemeğe yetişmesi mümkün değildi. Mr. Woodhouse rahatlamıştı; babasını sakin görmek, oğlanların gelmesi ve başına gelecekleri duyan eniştenin de yalnızca filozofça bir yüz ifadesi takınması Emma'nın sıkıntısını da bir ölçüde azalttı.

Derken beklenen gün geldi, davetliler tam zamanında geldiler. Mr. John Knightley o akşam en başından sevimli olmaya karar vermiş gibiydi. Yemeği bekledikleri sırada her zamanki gibi kardeşini pencerenin önüne sürükleyeceğine Miss Fairfax ile konuştu. Dantel ve incilerle alabildiğine süslenmiş, kendi anlayışında şık ve zarif görünen Mrs. Elton'a ise şöyle bir bakmakla yetinmişti. O akşam yalnızca Isabella'ya anlatabileceği kadarını görmek istiyordu, Miss Fairfax'i zaten eskiden beri tanıyordu, sessiz bir kızdı, onunla konuşabilirdi. Kahvaltıdan hemen önce iki küçük oğluyla yürüyüşe çıktığında tam yağmur başlarken ona rastlamıştı. Doğal olarak da bu, aralarında konuşma konusu oldu.

Mr. John Knightley, "Umarım bu sabah uzağa gitmemişsinizdir, Miss Fairfax," dedi. "Yoksa eminim çok ıslanırdınız. Biz bile eve zamanında zor yetiştik. Umarım siz de hemen dönmüşsünüzdür."

Miss Fairfax, "Postaneye gittim," dedi. "Yağmur iyice bastırmadan da eve döndüm. Günlük yürüyüşüme çıkmıştım. Burada olduğum sürece mektupları hep ben alırım. Hem bizi bir sürü sıkıntıdan kurtarıyor, hem de benim için dışarı çıkma bahanesi oluyor. Kahvaltı öncesinde biraz yürüyüş yapmak bana iyi geliyor."

"Yağmur altında yürümenin iyi geleceğini sanmam."

"Hayır ama ben çıktığımda kesinlikle yağmur yağmıyordu."

Mr. John Knightley gülümseyerek yanıt verdi.

"Desenize yine de yürüyüş yapmayı yeğlediniz, size rastlama onuruna eriştiğimde evinizin kapısından ancak iki üç metre uzaklaşmıştınız ama Henry'yle John ıslanmaya başlamışlardı bile. Hepimizin yaşamının belirli bir döneminde postane çok çekici olmuştur. Zamanla hiçbir mektubun yağmurda çıkmaya değmeyeceğini düşüneceksiniz."

Jane yanıt verirken hafifçe kızardı.

"Sizin yaşınıza geldiğimde sizin konumunuzda ve sevdiğim insanların arasında olacağımı umut bile edemiyorum. Bu yüzden yaşlanınca mektup konusunda kayıtsız kalacağımı sanmıyorum."

"Kayıtsız kalmak mı? Yoo, hayır! Ben sizin mektuplara ilginizin azalabileceğini düşünmemiştim. Hiç kimse mektup konusunda kayıtsız olamaz ama mektubun yaşamımızın tatlı belası olduğunu göreceksiniz."

"Siz iş mektuplarından bahsediyorsunuz, bense dost mektuplarından."

Mr. John Knightley soğuk bir sesle "Bence asıl vazgeçeceğiniz onlar," dedi. "Biliyorsunuz, iş para getirir ama dostluk getirmez."

"Ah, ciddi olamazsınız! Mr. John Knightley, sizi tanırım, arkadaşlığın değerini herkesten çok bildiğinizden eminim. Mektup almanın sizin için benim kadar önemli olmadığına inanabilirim ama eminim bu farkı yaratan benden on yaş büyük olmanız değil, konumunuz. Sizin sevdikleriniz her an yanı başınızda, benimse çok büyük bir ihtimalle bundan sonra asla olmayacaklar, bu yüzden de tüm duygularım körlenmedikçe postaneler beni dışarı çıkarma gücüne sahip olacaklar, en kötü havalarda bile."

John Knightley, "Zamanla değişir derken yıllar içinde sizde oluşabilecek gelişimi kastetmiştim," dedi. "Zamanla kişinin konumunun değiştiğini kastetmiştim. Aslında bunlar iç içe, biri diğerini de kapsıyor. Zaman insanın yaşamının geçtiği çevrenin dışındakilere olan bağlılığını azaltır, bu gerçek ama sizinle ilgili olarak düşündüğüm değişim bu değildi. Eski bir dostunuz olarak Miss Fairfax, on yıl sonra sevgi duyduğunuz insanların benim gibi zaten çevrenizde olacağına inandığımı söylememe izin verin."

Bunlar çok büyük bir kibarlıkla söylenmiş ve karşısındakini kırmaktan uzak sözlerdi. Hoş bir 'Teşekkür ederim," yanıtıyla geçiştirilebilirdi ama genç kızın kızaran yüzü, titreyen dudağı, yaşaran gözleri bunun onun için gülüp geçilecek bir konu olmadığını gösteriyordu. Jane Fairfax bunun hemen sonrasında da Mr. Woodhouse'a açıklama yapmak durumunda kaldı. Mr. Woodhouse bu gibi davetlerde âdeti olduğu üzere sırasıyla misafirleriyle konuşup ilgi gösteriyor ve özellikle de kadınlara iltifat ediyordu; sıranın sonunda Jane Fairfax vardı. Mr. Woodhouse, onun yanına geldiğinde en tatlı, kibar hâliyle "Miss Fairfax, bu sabah yağmur altında dolaştığınızı duyunca çok üzüldüm. Genç hanımlar kendilerine çok dikkat etmeliler. Genç hanımlar zarif çiçekler gibidir. Sağlıklarına ve ciltlerine özen göstermelidir. Yavrum, çoraplarınızı değiştirdiniz değil mi?" diye sordu.

"Evet, efendim, değiştirdim ve nazik ilginiz için çok teşekkür ederim."

"Sevgili Miss Fairfax, genç hanımlara özen göstermek gerekir. Umarım sevgili büyükanneniz ve teyzeniz iyidirler. Kendileri benim en eski dostlarımdandır. Keşke sağlığım daha iyi bir komşu olmama izin verseydi. Bugün buraya gelerek bizi onurlandırdınız. Kızım da ben de bu iyiliğinizden ve nezaketinizden dolayı size minnettarız ve sizi Hartfield'de görmekten büyük bir mutluluk duyuyoruz."

İyi kalpli, nazik yaşlı adam artık yerine oturabilir, görevini yerine getirmenin huzuru içinde tüm hanımları hoşnut ettiğine inanabilirdi.

Bu sırada yağmur altında yürüme konusu Mrs. Elton'ın kulağına da gitmiş ve Jane bu kez de onun uyarılarını dinlemek zorunda kalmıştı.

"Sevgili Jane, neler duyuyorum böyle? Yağmurun altında postaneye gitmek mi! Bu asla olmamalı, doğru değil, inan bana. Dikkatsiz kız; nasıl böyle bir şey yaparsın? Benim orada olup seninle ilgilenmem gerekirdi."

Jane büyük bir sabırla hiçbir şekilde üşütmediğine onu inandırmaya çalıştı.

"Ah! Bana bunu anlatma. Sen gerçekten de çok dikkatsiz bir kızsın ve kendine bakmayı bilmiyorsun. Hem de postaneye! Mrs. Weston, siz hiç böyle bir şey duydunuz mu? Bu konuda otoritemizi kullanmamız gerekir."

Mrs. Weston nazik ve ikna edici bir sesle "Açıkçası ben de," dedi, "aynı görüşteyim, Miss Fairfax, bu tür riskleri göze almamalısınız. Sizin gibi soğuk almaya yatkın birinin çok dikkatli olması gerekir, özellikle de yılın bu aylarında. Ben hep bahar aylarında sağlığa normalden daha fazla özen göstermek gerektirdiğini düşünmüşümdür. Yeniden öksürme riskini göze alacağınıza mektuplarınıza kavuşmak için bir, iki saat, hatta yarım gün bekleyebilirsiniz. Neyi göze aldığınızı düşünebiliyor musunuz? Evet, eminim, siz çok aklı başında bir kızsınız. Bir daha böyle bir şey yapmayacağınız anlaşılıyor."

Mrs. Elton coşkuyla "Ah! Tabii ki bir daha asla böyle bir şey yapmayacak!" dedi. "Biz onun böyle bir şey yapmasına izin vermeyeceğiz." Ve başını sallayarak ekledi. "Bazı düzenlemeler yapılması gerekiyor, kesinlikle. Mr. E. ile konuşacağım. Her sabah bizim mektuplarımızı almaya giden adam (Adamlarımızdan biri, adını unuttum.) sizinkileri de alıp getirir. Bu, her tür sorunu çözecektir ve sevgili Jane, umarım bunu kabul etmekte bir tereddüttün olmaz."

Jane "Çok naziksiniz," dedi. "Ama sabah yürüyüşümden vazgeçmeyi düşünmüyorum. Bana elimden geldiği kadar açık havada olmam önerildi, zaten bir yere yürümem gerek; postane de en iyisi, yemin ederim ki daha önce hiç kötü havaya rastlamadım."

"Sevgili Jane, artık bu konuda daha fazla bir şey söyleme. Karar verildi," diyen Mrs. Elton yapay bir gülüşle ekledi. "Eşime danışmadan da bu kararı alabileceğimi varsayıyorum. Biliyorsunuz Mrs. Weston, siz de ben de bir şey söylerken çok dikkatli olmalıyız ama sanırım kendimi bu konuda biraz şımartabilirim, sevgili Jane, eşim üzerindeki etkim hâlâ sürüyor. Bu yüzden, eğer beklemediğim bir sorunla karşılaşmazsam bu konuyu hallolmuş bil."

Jane kararlılıkla "Beni bağışlayın," dedi. "Bu ayarlamanızı kabul edemeyeceğim, uşağınıza zahmet vermeye hiç gerek yok. Eğer bu benim için zevk olmasa o zaman bir yolu bulunabilirdi, aynen ben burada olmadığım zamanlarda olduğu gibi..."

"Ama tatlım, Patty'nin işi başından aşkın! Böylece bizim uşaklara da iş çıkmış olur."

Jane bu emrivakiye boyun eğmeyecek gibiydi ama yanıt vermektense yeniden Mr. John Knightley'le konuşmayı yeğledi.

"Postane çok iyi bir kuruluş!" dedi. "Çok düzenli ve hızlı! Yaptıkları işin çokluğunu ve bunu ne büyük bir başarıyla yaptıklarını düşününce insan çok şaşırıyor!"

"Gerçekten çok iyi bir organizasyon."

"Herhangi bir ihmal, hata ya da karışıklık çok ender yaşanıyor! Kraliyetin dört bir tarafında gidip gelen binlerce mektubun içinatted den bir tanesinin bile yanlış yere gitmesi çok ender rastlanan bir durum ve sanırım böyle bir şey ancak milyonda bir oluyor! Bir de okunması gereken el yazılarının çeşitliliği düşünülünce; ki bunların bir kısmının kötü, okunaksız yazılar olduğu kesin, insanın şaşkınlığı daha da artıyor."

"Posta memurları zamanla uzmanlaşıyorlar. Başlangıçta hepsinin görme ve el becerisi konusunda belli bir becerileri oluyor ama aynı işi her gün yapmak onları ustalaştırıyor. Eğer bunun nedenini bilmek isterseniz," diye ekledi John Knightley gülümseyerek. "Onlara bunun karşılığında para veriliyor. Kapasitelerini artırmalarının anahtarı bu. Onların parasını halk ödüyor ve dolayısıyla da halka iyi hizmet verilmesi gerekir."

El yazılarının çeşitliliği üzerine biraz daha konuşuldu ve olağan yorumlar yapıldı.

John Knightley, "Şöyle denildiğini duydum," dedi, "aynı ailedekilerin el yazıları genellikle birbirine benziyor, tabii aynı eğitimi aldıkları düşünülürse bu çok doğal. Ben söz konusu benzerliğin daha çok kadınlara özgü olduğuna inanıyorum çünkü erkek çocuklar bir yaştan sonra bu konuda fazla bir eğitim görmüyorlar ve hızla gelişigüzel yazmaya başlıyorlar. Örneğin Isabella ve Emma'nın el yazıları birbirine çok benziyor. Onların el yazılarını birbirinden ayırmakta her zaman çok zorlanıyorum."

Kardeşi duraksayarak "Evet," dedi. "Bir benzerlik var. Ne demek istediğini anlıyorum ama Emma'nın el yazısı daha iyi."

Mr. Woodhouse, "Isabella'nın da Emma'nın da el yazıları çok güzel," dedi. "Bu hep böyle oldu. Zavallı Mrs. Weston'ınki da öyle." Mrs. Weston'a dönerek iç çekti ve gülümsedi.

Emma Mrs. Weston'a dönerek "Ben bir beyefendinin el yazısını," diye söze başladı ama Mrs. Weston'ın başka birini dinlediğini görerek sustu. Bu ona düşünecek zaman tanıdı. "Şimdi, ondan nasıl bahsedeceğim? Bu insanların önünde onun adını anmam doğru mu? Lafı dolandırmam mı gerekir acaba? Yorkshire'daki dostunuz, Yorkshire'daki mektup arkadaşınız, eğer kendimi kötü hissedeceğim bir şey olsaydı sanırım böyle yapmam gerekirdi. Hayır, hiç çekinmeden onun adını telaffuz edebilirim. Kesinlikle her geçen gün daha iyiye gidiyorum. Hadi bakalım."

Mrs. Weston'ın konuşması bitmişti, önüne döndü ve Emma yeniden konuşmaya başladı.

"Mr. Frank Churchill'in el yazısı, bir beyefendide gördüğüm en iyi el yazılarından biri."

Mr. Knightley, "Ben beğenmiyorum," dedi. "Çok küçük, eğri, zayıf ve okunaksız. Kadınların el yazılarına benziyor."

Mr. Knightley'nin bu söylediğini iki hanım da kabul etmediler. Bu alçakça karalamaya karşı çıktılar, savunmaya geçtiler. "Hayır, Frank Churchill'in yazısı hiçbir biçimde zayıf değildi; harfleri fazla büyük olmasa da açık ve belirgindi, kesinlikle iyi bir yazısı vardı. Mrs. Weston'ın yanında gösterebileceği bir mektup var mıydı? Hayır, ondan yakın bir zamanda mektup almıştı ama yanıt verdiği için kaldırmıştı.

Emma, "Eğer öteki odada olsaydım," dedi, "eğer yazı masam burada olsaydı size bir örnek sunabilirdim. Bende onun yazdığı bir not olacak. Anımsıyorsunuz, değil mi Mrs. Weston, ondan bana bir not yazmasını istemiştiniz?"

"O da bana meşgul olduğunu söylemeyi yeğlemişti."

"Neyse, o not bende; yemekten sonra Mr. Knightley'yi ikna etmek için gösterebilirim."

Mr. Knightley, kuru bir sesle "Ah! Mr. Frank Churchill gibi zarif bir genç adam," dedi. "Miss Woodhouse gibi güzel bir hanıma yazdığı notta doğal olarak çok özenmiştir."

Bu arada yemekler masaya getirilmişti. Mrs. Elton davet edilmeyi bile beklemeden ayağa kalktı ve daha Mr. Woodhouse ona yemek salonuna geçmek için kolunu uzatma fırsatı bulamadan "Hep önde giden ben mi olmalıyım?" dedi. "Her zaman ilk olmaktan utanıyorum."

Jane'in kendi mektuplarını alma konusundaki ısrarı Emma'nın gözünden kaçmamıştı. Her şeyi görmüş ve duymuştu; acaba o sabah yağmurda yürümesine değecek bir mektup almış mıydı? Beklediği mektup gelmiş olmalıydı çünkü eğer onun için çok değerli olan birinden haber alma beklentisi içinde olmasaydı bu yürüyüşü göze almaz, mektuplarının evine götürülmesi gibi bir teklife karşı böylesine bir inatla karşı koymazdı. Emma, Jane'in her zamankinden daha mutlu göründüğünü düşünüyordu; sanki teni de ruhu da ışıldıyordu.

Emma ona İrlanda'yla mektuplaşmanın hızı ve maliyeti ile ilgili bir şeyler sormayı düşündü; dilinin ucuna kadar geldi ama kendini tuttu. Jane Fairfax'in duygularını yaralayacak tek bir kelime bile etmemeye karar vermişti. Kol kola girip diğer hanımları izleyerek odadan çıktılar; zarafetlerine, güzelliklerine çok yakışan bir iyi niyet görüntüsü içindeydiler.

BÖLÜM 35

Hanımlar yemekten sonra salona döndüklerinde Emma birbirinden kopuk iki gruba ayrılmalarını önleyemedi; Mrs. Elton Jane'i esir almıştı, inatla çirkin değerlendirmelerini ve davranışlarını sürdürüyor, bu arada kendisini de küçük düşürüyordu. Emma ve Mrs. Weston ise neredeyse tamamen birbirleriyle konuşmak ya da susmak zorunda kalmışlardı. Mrs. Elton onlara başka bir şans bırakmamıştı. Jane kısa bir süreliğine bile olsa onu frenlemeyi başarsa bile Mrs. Elton hemen yeniden konuşmaya başlıyordu; sözde aralarında fısıldaşıyorlardı ama Mrs. Elton'ın söylediklerini duymamak mümkün değildi. Tartışma konuları genelde postane, üşütmek, mektup almak ve dostluktu ama Emma'nın kulağına takılan bir başka konu daha vardı ki o da Jane açısından en az ötekiler kadar tatsız olmalıydı, ona uygun bir iş imkânının çıkıp çıkmadığı ve Mrs. Elton'ın iş bulmasına yardım çabaları.

Mrs. Elton, "Nisan oldu bile!" dedi. "Senin için çok endişeleniyorum. Şunun şurasında hazirana ne kaldı ki."

"Ben haziran ya da başka bir tarih saptamış değilim ama bu yaz bir haber almayı bekliyorum."

"Gerçekten hiçbir yerden bir haber çıkmadı mı?"

"Araştırmadım ki henüz bir şey yapmak da istemiyorum."

"Ah tatlım, araştırmaya ne kadar erken başlasak o kadar iyi olur; insanın istediği işi bulmasının ne kadar zor olduğunu bilemezsin."

Jane başını hayır anlamında iki yana sallayarak "Bilemem mi?" dedi. "Sevgili Mrs. Elton, bu konuyu hiç kimse benden daha fazla düşünmüş olamaz."

"Ama sen hayatı benim kadar tanımıyorsun, benim kadar çok şey görmedin, tatlım. Üst seviye bir iş olduğunda ne kadar çok adayın ortaya çıktığını bilemezsin. Maple Grove civarında buna benzer çok şey gördüm. Mr. Suckling'in kuzeni Mrs. Bragge'e o kadar çok başvuru gelmişti ki herkes onun ailesiyle yaşamak istiyordu çünkü onlar en yüksek seviyede yaşayan insanlar. Çalışma odalarında bile şamdanlar var! Herkesin bu işi nasıl istediğini tahmin edebilirsin. Krallıktaki evler arasında seni en çok görmek isteyeceğim yer Mrs. Bragge'ın evi."

Jane, "Albay ve Mrs. Campbell yaz ortasında yeniden şehirde olacaklar," dedi. "Onlarla biraz zaman geçirmem gerekiyor, bunun için ısrar edeceklerinden eminim; daha sonra bir işe yerleşmek beni de mutlu edecektir ama şimdiden araştırma yapma zahmetine girmenizi istemiyorum."

"Zahmet mi? Ah, endişelerini çok iyi anlıyorum. Bana zahmet vermekten çekiniyorsun ama inan bana sevgili Jane, Campbelllar bile seni benden daha çok düşünmüyor olabilirler. Bir iki gün içinde Mrs. Partridge'e mektup yazıp sana uygun bir iş bakması için talimat vereceğim."

"Teşekkür ederim ama bunu yapmamanız beni daha çok mutlu edecektir çünkü şu an için bir yere yerleşmek gibi bir isteğim yok. Zamanı gelinceye kadar kimseye zahmet vermek istemem."

"Ama sevgili çocuk, zaman yaklaşıyor; nisan geldi bile, bir bakacağız haziran hatta temmuz gelmiş; önümüzde çözmemiz gereken böyle bir durum var. Senin bu tecrübesizliğin beni gerçekten çok eğlendiriyor! Hak ettiğin konum, dostlarının sana layık gördükleri konum sıradan bir şey değil; bulunması kolay değil, cidden ama cidden hemen araştırmaya başlamalıyız."

"Beni bağışlayın Ma'am, şu an için kesinlikle öyle bir amacım yok; iş aramıyorum ve dostlarımın da benim adıma araştırmasını istemiyorum, bu beni üzer. Zaman konusunda kesin kararımı verdikten sonra uzun bir süre işsiz kalacağımı sanmıyorum. Şehirde şirketler var; başvurulardan sonuç alınabiliyor. Pazarlama şirketleri, yani insan etinin değil de insan aklının pazarlandığı bürolar."

"Ah Tanrım! İnsan eti mi? Beni şoke ettin! Eğer kastettiğin köle ticareti ise emin ol Mr. Suckling her zaman için köleliğin kaldırılmasından yana olmuştur."

Jane, "Onu kastetmedim, köle ticareti aklıma gelmemişti," dedi. "İnanın bana, aklımdan geçen yalnızca mürebbiye ticaretiydi; bunu yapanlar suç işlemiş olmuyorlar ama kurbanların yaşadıklarını düşününce hangisi daha kötü bilemiyorum. Benim kastettiğim yalnızca şu: Bazı aracılık şirketleri var. Bunlara başvurunca kısa zamanda uygun bir iş bulacağımdan hiç kuşkum yok."

Mrs. Elton, "Uygun bir iş!" diye homurdandı. "Evet, bu senin kendinle ilgili alçak gönüllü fikirlerine uyabilir, senin ne kadar mütevazı bir kız olduğunu biliyorum ama inan bana sana önerilen sıradan bir işe girmen, belli bir seviyede olmayan ya da belli bir yaşam tarzına sahip olmayan bir ailenin yanında olman, dostlarını tatmin etmeyecektir."

"Çok naziksiniz ama ben bu konularda son derece kayıtsızım, benim zenginlerin arasında olmak gibi bir düşüncem yok. Hatta böyle bir durumda çok daha fazla rahatsız olabilirim çünkü kıyaslanmak beni incitebilir. Tek isteğim bir beyefendinin ailesinin yanında çalışmak olacaktır."

"Biliyorum, biliyorum; sen her şeyi kabul edersin ama ben biraz daha ince eleyip sık dokuyacağım, saygıdeğer Campbellların da benim gibi düşüneceklerinden eminim. Sen bu üstün yeteneklerinle en üst sınıfta olmayı hak ediyorsun. Yalnızca müzik bilgin bile sana kendi kurallarını koyma olanağı tanır; böylece istediğin sayıda odayı kullanabilir ve istediğin gibi ailenin arasına katılabilirsin... tabii eğer... yani bilemiyorum... eğer arp çalıyor olsaydın bütün bunları yapabilirdin, bundan eminim. Sen piyano çaldığın gibi şarkı da söyleyebiliyorsun, yani arp çalmasan da bence kendi koşullarını öne sürebilirsin, sen zevkli, onurlu ve rahat bir işe yerleşene kadar Campbelllar da ben de rahat edemeyeceğiz, Jane."

Jane, "Zevkli, onurlu ve rahat, böyle düşünmekte haklısınız," dedi. "Bunların hepsi eşit derecede önemli ancak şu sıralar benim için bir şey yapılmasını gerçekten istemiyorum. Size minnettarım Mrs. Elton, beni düşünen herkese minnet borçluyum ama yaza kadar benim için hiçbir şey yapılmaması konusunda çok ciddiyim. İki ya da üç ay boyunca olduğum yerde ve olduğum gibi kalacağım."

Mrs. Elton neşeyle "İnan bana ben de çok ciddiyim," dedi. "Yine de bu konuda tetikte olacağım ve dostlarımdan da öyle olmalarını isteyeceğim, öyle ki olağanüstü bir şey çıkarsa asla kaçırmayacağız. "

Mrs. Elton bu şekilde konuşmaya devam etti ve Mr. Woodhouse odaya girene kadar hiç susmadı. Onu görünce Mrs. Elton'ın kibri hedef değiştirdi ve Emma onun Jane'e şöyle fısıldadığını duydu.

"İşte benim yakışıklı ihtiyarım da geliyor! Diğer erkeklerden önce gelmesi bile ne büyük nezaket! O, muhteşem bir insan; onu çok sevdim. Bu eski terbiyeye hayranım, bana modern zamanların rahatlığından daha çok hitap ediyor; modern yaşamın rahatlığı bana çok itici geliyor. İyi kalpli, ihtiyar Mr. Woodhouse; yemekteki nazik iltifatlarını duymalıydın. İnan bana, bir an *cara sposa*'m duysa kıskançlıktan delirir diye bile korktum. Sanırım benden hoşlandı, elbisemi hemen fark etti. Sen elbisemi beğendin mi? Selina seçti, bence çok şık ama acaba çok mu süslü, hiç bilemiyorum; çok fazla süslü olmaktan nefret ediyorum, abartı beni hep çok korkutuyor. Şu aralar biraz süslü olmam gerekiyor çünkü benden beklenen bu. Bilirsin, gelin gelin gibi görünmeli, ben aslında sadelikten yanayım, sade bir elbise bence çok süslü bir elbiseden çok daha şık ama inanıyorum ki ben azınlıktayım; giyside sadelikten hoşlanan çok az, herkes gösteriş ve şıklıktan yana, takı ve süs her şeyin üstünde. Bu arada, beyazlı, lameli muslin elbisemde bunun gibi bir süs sence iyi durur mu?"

Bu arada, partiye katılanlar yeniden salonda toplanmışlardı; Mr. Weston da onlara katıldı. Geç bir akşam yemeğinden sonra Hartfield'e yürümüştü. Zaten gelmesi bekleniyordu ama gelmesi yine de büyük sevinç yarattı. Daha önce gelecek olsa bu Mr. Woodhouse açısından sıkıcı olabilirdi ama böylesi onu da sevindirmişti. Yalnızca John Knightley büyük şaşkınlık yaşıyordu. Bir adamın nasıl olup da Londra'da geçirdiği yorucu bir iş gününün ardından akşam evinde sessiz sakin kalabilecekken yaklaşık bir kilometre yürüyüp başka bir adamın evine gitmek isteyebileceğini anlayamıyordu; üstelik de yalnızca yatma zamanı gelene kadar kadınlı erkekli başka insanlarla birlikte olmak, günü nazik olma çabası ve gürültü içinde sonlandırmak için. Sabahın sekizinden beri koşuşturuyordu; şimdi evinde huzur içinde yalnız, sessiz oturuyor olabilirdi! Yağmurun çiselediği bir nisan akşamında kendi şöminesinin sıcaklığını, sessizliğini, özgürlüğünü bırakıp kendini dışarı atmak! Yalnızca kapıdan uğrayıp bir parmak işaretiyle karısını alacak olsa bu yine de anlaşılabilirdi ama onun gelişiyle parti dağılacağına uzayacakmış gibi görünüyordu. John Knightley Mr. Weston'a hayretle baktı, sonra omuzlarını silkip "Bunu ondan bile beklemezdim," diye mırıldandı.

O esnada uyandırdığı kafa karışıklığının farkında bile olmayan Mr. Weston, her zamanki mutlu, neşeli hâliyle bütün günü evden uzak geçirmiş olmanın ona herkesten fazla konuşma hakkı tanıdığı inancı içinde oradakilerin gönlünü almaya çalışıyordu. Karısını akşam yemeğini yediği ve karısının hizmetlilere verdiği talimatların yerine getirildiği konusunda ikna ettikten sonra, Londra'da duyduğu haberleri herkese iletti ve ardından yalnızca ailesini ilgilendiren konulara geçti. Aslında yalnızca Mrs. Weston'la konuşuyordu ama söylediklerinin odadakiler tarafından da dinleneceğinden hiç kuşkusu yokmuş gibi görünüyordu. Karısına bir mektup uzattı; mektup Frank'tandı. Mrs. Weston'a hitaben yazılmıştı, mektup eline oraya gelirken geçmiş ve açmaktan çekinmemişti.

"Oku, oku," dedi. "Hoşuna gidecek, zaten birkaç satır. Uzun sürmez, Emma'ya da oku."

İki hanım birlikte mektuba göz atarken, Mr. Weston gülümseyerek konuşmayı sürdürüyor, sesini kısık tutmaya çalışsa bile söyledikleri duyuluyordu.

"Gördüğünüz gibi geliyor işte; bence bu çok güzel bir haber. Evet, ne diyorsun? Ben sana hep kısa bir süre içinde geleceğini söylemiştim, öyle değil mi? Emma, hayatım, ben hep söylüyordum ama sen bana inanmıyordun? Tahminime göre haftaya Londra'da olurlar –en geç yani– çünkü hanımefendi bir şeye karar verince herkesin iki ayağını bir pabuca sokar. Çok büyük bir ihtimalle yarın ya da cumartesi günü orada olurlar. Hastalığına gelince aynı, bir değişiklik yok. Frank'i yeniden aramızda görmek harika olacak, Londra'ya geliyor. Bir kez geldiler mi epeyce kalırlar; sanırım Frank da zamanının yarısını bizimle geçirecektir. Benim isteğim tam da buydu. Çok iyi bir haber, değil mi? Bitirdin mi? Emma da okudu mu? Kaldır, kaldır onu; başka bir zaman uzun uzun konuşuruz, şimdilik yeter. Herkese de olan biteni şöyle bir açıklarım."

Mrs. Weston da bu durumdan çok hoşnuttu. Onu kısıtlayacak bir şey yoktu, ne bakışlarında ne sözlerinde. Mutluydu, mutlu olduğunu da mutlu olması gerektiğini de biliyordu. Kocasını içtenlikle kutladı, sıcak ve samimiydi ama Emma onun kadar rahat değildi. Kendi duygularını tartmak ve heyecanının derecesini anlamaya çalışmakla meşguldü; heyecanı hiç de az sayılmazdı.

Mr. Weston'a gelince başkalarının konuşmasına izin vermeyecek kadar konuşkan; özenli olamayacak kadar sevinçliydi. Karısının söylediklerinden çok mutlu olmuştu, çok geçmeden diğer dostlarının yanına, salondakilerin zaten kulak misafiri oldukları konuşmayı aktarmaya ve onları da mutlu etmeye gitti.

Mr. Weston'ın herkesin onun gibi sevineceğine inanması iyiydi, yoksa Mr. Woodhouse'un da Mr. Knightley'nin de bu durumdan hoşnut olacaklarını düşünemezdi. Onun görüşünde Mrs. Weston ve Emma'nın hemen ardından mutlu edilmeyi ilk hak eden onlardı; sonra sıra Miss Fairfax'e gelecekti ama o John Knightley ile öyle derin bir sohbete dalmıştı ki sözünü kesmek olmazdı. O anda hemen yakınında Mrs. Elton'ı gördü ve onun kimseyle konuşmadığını görünce bu konuyu hemen ona açtı.

BÖLÜM 36

Mr. Weston, "Umut ederim kısa bir süre içinde oğlumu sizinle tanıştırma zevkini yaşayabileceğim," dedi. Her söylenende olduğu gibi bu umudun içinde de kendisine yönelik bir iltifat arama eğiliminde olan Mrs. Elton nezaketle gülümsedi. Mr. Weston, "Frank Churchill'den bahsedildiğini duyduğunuzu sanıyorum," diye ekledi. "Aynı soyadını taşımasak da onun benim oğlum olduğundan haberiniz vardır."

"Ah! Evet, onunla tanışmaktan büyük mutluluk duyacağım. Eminim Mr. Elton da onu zaman kaybetmeden arayacaktır, ikimiz de onu papaz evinde görmekten büyük bir mutluluk duyacağız."

"Çok naziksiniz. Frank de bundan çok büyük mutluluk duyacaktır. En geç önümüzdeki hafta Londra'da olacak. Bugün aldığımız mektupla bundan haberimiz oldu. Daha bu sabah aldım mektubu, gerçi bana değil, Mrs. Weston'a yazılmıştı ama oğlumun el yazısını görünce açmadan edemedim. Zaten asıl mektuplaştığı da o, bana doğru dürüst yazdığı yok."

"Yani doğrudan eşinize yazılmış bir mektubu açtınız, öyle mi? Yoo hayır Mr. Weston!" Cilveli bir gülüşle ekledi: "Buna itiraz etmek zorundayım. Gerçekten çok tehlikeli bir örnek oluşturuyorsunuz. Umarım komşularınızın sizi örnek almasına izin vermezsiniz. Emin olun böyle bir durumda biz evli kadınlar ağırlığımızı koymak durumunda kalırız! Ah! Mr. Weston, bunu yaptığınıza inanamıyorum!"

"Ah, biz erkekler, zavallı yaratıklarız. Keyfinize bakın, Mrs. Elton. Bu mektup kısa bir mektup, aceleyle yazılmış, hep birlikte şehre gelmek üzere olduklarını haber veriyor, Mrs. Churchill için, kış boyunca sağlığı pek düzelmemiş. Enscombe'un onun için biraz soğuk olduğunu düşünüyormuş, bu yüzden zaman kaybetmeden hep birlikte güneye inmeye karar vermişler."

"Öyle mi? Herhâlde Yorkshire'dan gelecekler. Enscombe, Yorkshire'da değil mi?"

"Evet, Londra'dan yaklaşık üç yüz elli kilometre uzakta, kuzeyde. Epeyce bir mesafe."

"Evet, Londra'ya epey uzak, Maple Grove'dan yüz yirmi kilometre daha uzak ama servet sahipleri için bu mesafe ne ki, Mr. Weston? Eniştem Mr. Suckling'in ne kadar dolaştığını bilseniz şaşarsınız. İnanmayacaksınız ama Mr. Bragge'la dört atlı arabayla bir hafta içinde Londra'ya iki defa gidip geldiler."

Mr. Weston devam etti:

"Enscombe ile Londra arası mesafenin sorun olmasının nedeni şu ki anladığımız kadarıyla Mrs. Churchill bir hafta boyunca kanepeden kalkamamış. Frank, geçen mektubunda onun kendini Frank'le dayısının koluna girmeden limonluğuna bile gidemeyecek kadar hâlsiz hissettiğinden yakındığını yazmıştı. Bildiğiniz gibi bu onun çok zayıf düşmüş olduğunun işareti ama şimdi Londra'ya gitmeye o kadar kararlı ki iki gece yolda uyumaya bile razı olduğunu belirtmiş. Frank öyle yazmış. Hanımlar bir şey isteyince bünyeleri çok güçlü olabiliyor, Mrs. Elton. Bu konuda bana güvenmelisiniz."

"Hayır, asla bunu kabul edemem. Ben her zaman hemcinslerimin tarafını tutarım. Gerçekten. Sizi uyarayım, o konuda karşınızda yılmaz bir muhalif var. Ben hep kadınlardan yanayımdır ve inanın bana, eğer Selina'nın hanlarda gecelemekle ilgili düşüncelerini bilseydiniz, Mrs. Churchill'in bundan kaçınmasını anlayışla karşılardınız. Selina hep handa kalmanın onu dehşete düşürdüğünü söylüyor; sanırım onun bu titizliği bana da geçti. Yolculuk yaparken yanına hep kendi çarşaflarını alıyor, aslında bu çok iyi bir önlem. Mrs. Churchill de öyle mi yapıyor acaba?"

"Mrs. Churchill'in zarif hanımların yaptığı her şeyi yaptığından emin olabilirsiniz. Mrs. Churchill asla ikinci planda kalmak istemez–"

Mrs. Elton hemen araya girdi.

"Yoo! Mr. Weston beni yanlış anlamayın. Selina zarif bir kadın değildir, inanın bana bu böyle. Yanlış bir fikre kapılmayın, sakın."

"Değil mi? Öyleyse bugüne kadar yaşayan herkesten daha zarif bir hanım olan Mrs. Churchill için örnek olması mümkün olamaz."

Mrs. Elton böyle hararetli bir biçimde itiraz etmesinin yanlış olduğunu düşünmeye başlamıştı, amacı hiçbir şekilde kız kardeşinin zarif bir hanım olmadığını iddia etmek değildi; yanlış ifade etmiş olmalıydı, tam geri adım atacağı anda Mr. Weston yeniden konuşmaya başladı:

"Sizin de tahmin ettiğiniz gibi Mrs. Churchill ile aramız pek iyi değildir ama bu tamamen aramızdaki bir konu. Kendisi Frank'i çok sever, dolayısıyla ben de onun hakkında kötü bir şey söylemek istemem. Üstelik şu anda sağlığı bozuk, hoş sağlığı ben bildim bileli bozuk. Bunu herkese söylemem Mrs. Elton ama ben Mrs. Churchill'in hasta olduğuna inanamıyorum."

"Eğer gerçekten hastaysa neden Bath'a gitmiyor, Mr. Weston? Bath'a ya da Clifton'a?"

"Enscombe'un onun için çok fazla soğuk olduğunu kafasına takmış bir kere. Bana sorarsanız asıl neden Enscombe'dan bıkmış olması. Orada hiç bu kadar uzun kalmamıştı, artık değişiklik istiyor olmalı. Orası gözlerden uzak, sakin bir yer. Güzel bir yer ama çok sakin."

"Ah, Maple Grove gibi. Hiçbir yer yoldan bakınca Maple Grove'un olduğu kadar gözlerden uzak olamaz. Çevresinde o kadar yoğun ağaç ve bitki var ki! Sanki dünyayla bağlantısı kopmuş gibi; tam bir inziva hâli. Mrs. Churchill de çok büyük olasılıkla Selina gibi inzivadan zevk alan karakterde ve yapıda biri değil. Belki ruhsal durumu nedeniyle de köy hayatına uyum sağlayamıyor. Bunu hep demişimdir, bir kadının iç dünyası ne kadar zengin olsa yetmez, ben kendi adıma bu kadar zengin bir iç dünyasına sahip olduğum ve kendimi toplum hayatına mahkûm hissetmediğim için Tanrı'ya şükrediyorum."

"Frank şubat ayında burada on beş gün kaldı."

"Bunu duyduğumu anımsıyorum. Highbury'ye gelince buranın sosyetesine önemli bir katkı olduğunu görecek; yani sanırım kendimden katkı olarak söz edebilirim ama kim bilir belki de benim gibi birinin geldiğinden haberi bile yoktur."

Bu öylesine açık bir iltifat çağrısıydı ki atlamak olanaksızdı, Mr. Weston da atlamadı.

"Saygıdeğer Madam! Sizin dışınızda hiç kimse böyle bir şeyin olabileceğini hayal bile edemez. Sizi duymamış olması mümkün mü? Şuna inanıyorum ki Mrs. Weston'ın son zamanlarda yazdığı mektuplarda Mrs. Elton dışında çok az şeyden bahsedilmektedir."

Görevini yapmıştı, yeniden oğluna dönebilirdi.

"Frank bizden ayrıldığında," diye ekledi. "Onu bir daha ne zaman görebileceğimiz belli değildi, bu yüzden bugün gelen haber iki kat değerli. Hiç beklemiyorduk. Aslında ben hep onun kısa bir süre içinde buraya döneceğine inanıyordum, iyi bir şeyler olacağından emindim ama kimse bana inanmıyordu. Mrs. Weston çok umutsuzdu. Nasıl olup da gelmenin yolunu bulacaktı? Dayısıyla yengesinin ona bir kez daha izin vereceğini nasıl düşünebiliyordum? Bense hep bizden yana beklenmedik bir şey olacağına inanmıştım ve işte gördüğünüz gibi bu gerçekleşti de. Hayatım boyunca hep şunu gözlemledim Mrs. Elton, eğer bir ay işler ters giderse bir sonraki ay bunu telafi edecek bir şey olur."

"Çok doğru, Mr. Weston, kesinlikle doğru. Bana kur yaptığı günlerde şu anda aramızda olan malum beyefendiye ben de tam olarak aynı şeyi söylerdim. İşler onun beklentilerine uygun gitmediği, onun istediği hıza ulaşmadığı zamanlarda kendisi umutsuzluğa kapılmak eğilimindeydi ve işler bu hızda giderse 'Hymen'in* sarı peleriniyle üstümüzü örtmesi mayısı bulacak,' derdi. Ah! O karamsar fikirleri kafasından uzaklaştırmak ve onu neşelendirmek için neler çektim bilemezsiniz! Sonra araba; arabayla ilgili de sıkıntılarımız olmuştu, bir sabah büyük bir umutsuzluk içinde bana geldiğini anımsıyorum…"

Hafif bir öksürük nöbetine tutularak sustu ve Mr. Weston bu fırsatı değerlendirerek hemen söze girdi:

"Mayıs dediniz de. Mrs. Churchill'in de mayıs ayını Enscombe'dan daha sıcak bir yerde geçirmesini öngörmüşler ya da bilinmez belki kendisi böyle uygun görmüştür, yani Londra'da, Enscombe'dan daha sıcak bir yerde kalmayı. Böylece bahar bo-

---

* Hymen: Yunan klasik mitolojisinde evlilik tanrısı. Hymen'in sarı pelerini ifadesi Milton'ın *L'Allegro* eserinde geçer. Burada evliliklerinin mayısa kalacağı kastedilirken Mr. Elton'ın kültürlü biri olduğuna da değinilmeye çalışılıyor. (Ç.N.)

yunca Frank'in bizi sık sık ziyaret edeceğini umabiliriz. Hem de günlerin uzun, havanın ılık ve güzel olduğu en iyi mevsimde. Bu dönemde hava insanı âdeta dışarı davet eder, üstelik hava yürüyüş yapılmayacak kadar sıcak da değildir. Frank daha önce buraya geldiğinde de elimizden geleni yaptık; birlikteliğin keyfini çıkardık ama hava, yağmurlu, rutubetli ve kasvetliydi; zaten şubatta hep öyle olur, o yüzden istediğimiz şeylerin yarısını bile yapamadık. Şimdi bütün bunlar için zamanımız olacak. Bu kez çok eğleneceğiz, buluşmalarımızın belirsizliği, bugün, yarın, ya da her an gelebilecek olması umudu, bizi evde bizimle olması kadar mutlu ediyor. Bence öyle, Mrs. Elton. Bence bu duruma büyük bir heyecan ve zevk katıyor. Umarım oğlumu beğenirsiniz ama sakın olağanüstü özellikleri olan birini beklemeyin. Herkes onun çok hoş bir delikanlı olduğunu düşünüyor ama dediğim gibi bir dâhi beklemeyin. Mrs. Weston da ondan hoşlanıyor, onunla çok iyi anlaşıyor ve tahmin edeceğiniz gibi bu beni çok mutlu ediyor. Oğluma toz kondurmuyor, ona kalsa onun gibisi yok."

"Emin olun Mr. Weston, onunla ilgili izlenimimim çok olumlu olacağına benim de hiç kuşkum yok. Mr. Frank Churchill'in methini çok duydum. Bu arada şunu belirtmek isterim ki ben her zaman kendi kararlarımı kendim veririm ve hiçbir şekilde başkalarının etkisinde kalmam. Oğlunuzla tanıştığımda hakkındaki fikrimi size açıkça söylerim. Benim pohpohlamak gibi bir huyum yoktur."

Mr. Weston derin düşüncelere dalmıştı.

Sonunda "Umarım Mrs. Churchill'e acımasız davranmamışımdır," dedi. "Eğer gerçekten hastaysa ona haksızlık yaptığım için üzüleceğim ama kişiliği, istesem bile onunla ilgili olumlu konuşmamı engelliyor. Bu aileyle ilişkimi bilmiyor olamazsınız, Mrs. Elton, onların bana nasıl davrandıklarını da duyduğunuzu sanıyorum, aramızda kalsın ama her şeyin tek suçlusu o! O kışkırttı. O olmasa ailesi Frank'in annesini o kadar kolay silemezdi. Mr. Churchill gururlu bir adamdır ama gururu karısına işlemez. Onunki sessiz, sakin, ölçülü, tam bir beyefendiye yakışır türde bir gururdur; kimseye zararı dokunmaz, onu tatmin eder ama bazen de onu çaresiz ve ezik gösterir. Karısının gururu ise öyle değildir, bu gurur onu küstah, terbiyesiz kılıyor, kendisinde herkese hakaret etme hakkı görüyor! Ona katlanmayı daha da zor kılan ise kadının aile ya da kan bağı tanımaması. Mr. Churchill'le evlendiğinde önemsiz biriymiş, sadece varlıklı bir beyefendinin kızıymış ama Churchill soyadını aldığından beri hepsinden daha katı bir Churchill oldu, daha iddialı, daha küstah, aslında o tam anlamıyla görmemişin teki inanın bana."

"Öyle mi? Bu insanı çileden çıkaracak bir durum! Çok sinir bozucu! Ben sonradan görmelerden korkarım. Maple Grove'da bu tür insanlardan tiksindim çünkü oradaki komşularımız arasında bastıkları havayla eniştemi ve ablamı çok rahatsız eden bir aile vardı! Mrs. Churchill hakkında anlattıklarınız aklıma onları getirdi. Tupman adında biri, oraya yeni yerleşmişlerdi ve bir sürü seviyesiz akrabaları vardı ama büyük havalar takınıyor ve oranın eski köklü aileleriyle aşık atıyorlardı. West Hall'de olsa olsa bir buçuk yıl yaşamışlardı, servetlerini nasıl elde ettiklerini kimse bilmiyordu. Birmingham'dan geliyorlardı, bildiğiniz gibi orası pek de matah bir yer değildir, Mr. Weston. Birmingham'dan ne beklenebilir ki? Aslında oranın adı bile beni hep ürkütmüştür. Tupman'lar hakkında olumlu, olumsuz bir şey bilene hiç rastlamadım, Yalnızca bazı kuşkular. Sizin de akrabalarınızla ilgili bazı bazı tahminleriniz olduğundan eminim. Hâllerine, tavırlarına bakılırsa kendilerini eniştem Mr. Suckling'e bile denk sayıyorlardı, işe bakın ki eniştem onların en yakın komşularından biri. Berbat bir durumdu bu; tam bir facia. Mr. Suckling on bir yıldır Maple Grove'da yaşıyor, orası daha önce de babasına aitmiş, en azından ben öyle biliyorum, ihtiyar Mr. Suckling'in ölmeden önce evin alımını tamamladığından eminim."

Sohbetleri yarım kaldı. Çay servisi yapılıyordu ve söylemek istediği her şeyi söylemiş olan Mr. Weston bunu fırsat bilerek Mrs. Elton'ın yanından ayrıldı.

Çaydan sonra Mr. ve Mrs. Weston ile Mr. Elton ve Mr. Woodhouse oyuna oturdular. Diğer beş kişi baş başa kaldılar ve Emma onların birbirleriyle hoşça vakit geçireceklerinden kuşkuya düştü. Mr. Knightley konuşmaya pek hevesli görünmüyordu, Mrs. Elton kendisine ilgi gösterilmesini istiyordu ama kimsenin bunu yapmaya niyeti yoktu, kendisi de her nedense suskun kalmayı yeğliyordu.

Mr. John Knightley, kardeşinden daha konuşkan çıktı. Ertesi sabah erkenden gidecekti, çok geçmeden konuşmaya başladı.

"Evet Emma, sana oğlanlarla ilgili söylemem gereken pek bir şey olduğunu sanmıyorum. Ablanın mektubunu aldın, her şeyi uzun uzun anlattığından eminim. Benim isteğim çok daha kısa ve büyük bir olasılıkla farklı nitelikte olacak; onları şımartma ve fazla ilaç verme."

Emma, "Bu isteklerinin her ikisini de yerine getireceğimden emin olabilirsiniz," dedi. "Onları mutlu etmek için elimden geleni yapacağım. Isabella için de bu yeterli; mutluluk şımartmanın ve ilacın yerini tutar."

"Eğer canını sıkarlarsa ikisini de eve gönder."

"Bu olabilir. Bunu yapacağımı düşünüyorsunuz, öyle mi?

"Oğlanların babanı rahatsız edecek kadar gürültücü olduklarının farkındayım, senin için de ayak bağı olabilirler; özellikle de ziyaretlerin son zamanlardaki gibi artma eğilimindeyse."

"Artmak mı!"

"Kesinlikle, geçtiğimiz son altı ayın hayat tarzında çok büyük değişiklikler yaptığının farkında olmalısın."

"Değişiklik mi? Hayır, kesinlikle öyle bir şey yok."

"Dostlarınla eskisinden çok daha fazla görüştüğünden hiç kuşku yok. İşte ortada. Buraya yalnızca bir gün için geldim, yine yemek daveti var! Daha önce hiç böyle bir şey ya da en azından benzeri gerçekleşmiş miydi? Komşuların artıyor, onlarla daha sık görüşüyorsun. Daha kısa bir süre öncesine kadar Isabella'ya yazdığın her mektupta yeni yeni eğlence haberleri oluyordu; Colelerin evinde yemekler, Crown'da balolar. Yalnızca Randalls'ın bile yaşantındaki değişimde çok büyük bir etkisi oldu."

Kardeşi hemen "Evet," dedi, "bütün bunlar Randalls yüzünden."

"Bu durumda Randalls'ın etkisinin azalacağını varsayamayacağımıza göre Henry ve John'ın zaman zaman sana ayak bağı olabileceklerini düşünüyorum, Emma. Eğer olurlarsa senden onları hemen eve göndermeni rica ediyorum."

Mr. Knightley "Hayır!" diye bağırdı. "Buna gerek yok. Onları Donwell'a göndersin. Benim kesinlikle onlar için zamanım olur."

Emma, "Vallahi beni çok eğlendiriyorsunuz!" diye haykırdı. "Bu bahsettiğiniz toplantılardan hangisinde siz yoktunuz; ayrıca benim küçük oğlanlarla ilgilenecek zaman bulamamam gibi bir durum olabileceğinin nasıl olup da aklınıza geldiğini çok merak ediyorum. Şu benim şaşkınlık uyandıran ziyaretlerim, ne ki bunlar? Bir defa Colelarda yemek yedim, hiçbir zaman gerçekleşmeyen bir balodan bahsettim. Sizi anlayabiliyorum," başıyla Mr. John Knightley'yi işaret etti, "buraya her geldiğinizde bütün iyi dostlarımızla karşılaşma şansına eriştiniz ve üzerinde durmadan edemediniz ama siz," Mr. Knightley'ye döndü, "benim Hartfield'den iki saatten fazla ayrılmam gibi bir durumun çok ender gerçekleştiğini biliyorsunuz, nasıl benim sefahate daldığımı düşünüyorsunuz, hiç anlayamıyorum. Küçük, sevimli yeğenlerime gelince, şunu söylemeliyim ki eğer Emma teyzeleri onlara zaman ayıramazsa hiç sanmam ki Knightley amcalarından daha büyük ilgi görsünler çünkü teyzeleri evden bir saat uzak kalıyorsa amcaları beş saat dışarıdadır ve amcaları evde olduğu zamanlarda da ya kitap okur ya da hesapları denetler, kısacası onlara ayıracak zamanı yoktur."

Mr. Knightley gülümsememek için kendini tutmaya çalışıyor olmalıydı ama Mrs. Elton onunla konuşmaya başlayınca bunu zorlanmadan başardı.

BÖLÜM 37

Frank Churchill'le ilgili haberi duyunca hissettiği heyecanın ne anlama geldiğini anlayabilmek için Emma'nın çok kısa bir süre sakince düşünmesi yeterli oldu. Hissettiği endişe ve tedirginliğin kendisi için değil de genç adam için olduğundan emin oldu. Ona karşı hissettiği aşk neredeyse kaybolmuştu, bunun üzerine düşünmeye bile gerek yoktu ama oradan ayrılırken ondan daha fazla âşık olduğu kuşku götürmeyen genç adam, aynı sıcak duygularla geri dönerse bu onun açısından çok sıkıcı olabilirdi. Eğer iki aylık bir ayrılık genç adamın duygularını soğutmadıysa Emma'yı bekleyen çok tehlikeli ve tatsız durumlar ortaya çıkabilirdi. Bu durumda gerek kendisi ve gerekse onun adına tedbir alması gerekiyordu. Emma duygularının yeniden altüst olmasını istemiyordu, ona cesaret vermekten kaçınması şarttı.

Keşke Frank Churchill'in ona açılmasını engellemenin bir yolu olsaydı. Böyle bir şey var olan dostluklarının çok acı bir şekilde son bulmasına neden olabilirdi. Her şeye rağmen buna hazır olmalıydı. İlkbaharın kriz yaşanmadan geçmeyeceğini hissediyordu, onun o andaki dingin, huzurlu ruh hâlini değiştirecek bir şey olacaktı.

Mr. Weston'ın umduğundan daha uzun sürse de Emma'nın Frank Churchill'in duygularını öğrenmek için fazla beklemesi gerekmedi. Enscombe ailesi Londra'ya sanıldığı kadar erken gelmemişti ama Frank Churchill şehre gelir gelmez Highbury'ye geldi. Gerçi yalnızca birkaç saatliğine atla gelmişti, daha fazla kalması mümkün değildi ama Randalls'tan doğruca Hartfield'e geldi. Emma çok kısa bir süre de olsa onu gözlemleme olanağı buldu, duygularını kestirmeye çalıştı; ona nasıl davranması gerektiğine karar verdi. Karşılaşmaları çok dostane bir havada geçmişti. Genç adamın onu görmekten çok mutlu olduğundan hiç kuşku yoktu ama Emma onun kendisine eskisi kadar ilgi duyduğundan, güçlü duygular beslediğinden emin değildi. Onu dikkatle izledi, iyice ölçüp biçti. Eskisi kadar âşık olmadığı apaçık ortadaydı. Ayrılık ve belki de Emma'nın ona karşı kayıtsız olduğuna inanması, bu çok doğal ve istenilen, sevindirici etkiyi yapmıştı.

Frank Churchill neşeliydi, her zaman olduğu gibi gülmeye, konuşmaya hazırdı ve görünüşe bakılırsa önceki ziyaretinden bahsetmek ve eski öyküleri anmaktan çok hoşlanıyordu ama bir sıkıntısı vardı. Emma'nın onun duygularındaki değişikliği anlamasını sağlayan belirgin kayıtsızlık ve sakinlik değildi; aslında sakin de değildi, aksine huzursuzdu. Neşeliydi ama mutluluktan kaynaklanan bir neşe değildi bu. Aslında Emma'nın bu konudaki inancını kesinleştiren onun Hartfield'de yalnızca çeyrek saat kalması ve Highbury'de yapması gereken başka ziyaretler de olduğunu söyleyerek oradan ayrılması oldu. Söylediğine göre yolda bir grup eski tanıdığa rastlamış duramamıştı, zaten dursa bile ancak bir iki kelime edebilecekti. Hartfield'de daha uzun bir süre kalmak istemesine rağmen gitmek zorundaydı, onlara uğramazsa hayal kırıklığına uğrayacaklarını düşünüyordu; dolayısıyla acele etmesi gerekiyordu.

Emma'nın onun eskisi kadar âşık olmadığından hiç kuşkusu yoktu ancak genç adamın ne huzursuz hâli ne de aceleyle oradan uzaklaşması bu aşkın tamamen söndüğünü gösteriyordu. Emma genç adamın yeniden onun etkisine kapılmaktan, onunla uzun süre baş başa kalırsa duygularına hâkim olamamaktan korktuğunu düşünüyordu.

On gün boyunca Frank Churchill'in oraya yaptığı tek ziyaret bu oldu. Her zaman gelmeyi umuyor, buna niyetleniyor ama hep bir engel çıkıyor, bunu yapamıyordu. Yengesi onun kendisini yalnız bırakmasına dayanamıyordu. Randalls'takilere söylediği buydu. Eğer gerçekten samimiyse, eğer gerçekten gelmeyi denediyse bu Mrs. Churchill'in Londra'ya taşınmasının hastalığından kaynaklanan sinirine ve buyurganlığına hiçbir yararı olmadığını gösteriyordu. Mrs. Churchill'in çok hasta olduğu kesindi; Frank da Randalls'ta bundan emin olduğunu söylemişti. Bir kısmı abartı olsa da geriye dönüp baktığında yengesinin altı ay öncesine göre sağlığının çok bozulduğunda hiç kuşku yoktu. Bunun iyi bakımla ya da tıbbi tedaviyle geçmeyecek bir hastalık olduğunu ya da Mrs. Churchill'in önündeki yılların sayılı olduğunu sanmıyor ancak babasının dediği gibi Mrs. Churchill'in yakınmalarının tamamen hayali olduğuna ve her zaman olduğu kadar sağlıklı olduğu yönündeki kuşkularına da katılmıyordu.

Çok geçmeden Londra'nın Mrs. Churchill'e uygun bir yer olmadığı ortaya çıktı. Şehrin gürültüsüne dayanamıyordu. Sinirleri bozuluyor ve acı çekiyordu. Onuncu günün sonunda Frank Randalls'a yazdığı mektupta planlarında değişiklik olduğunu bildiriyordu. Hemen Richmond'a gidiyorlardı. Mrs. Churchill için oradaki ünlü bir doktordan randevu alınmıştı; hem zaten orası kendisinin de çok sevdiği bir yerdi. Hemen iyi bir semtte möbleli bir ev tutulmuştu ve bu değişiklikten çok büyük fayda umuluyordu.

Richmond, Highbury'ye çok daha yakındı. Emma Frank'in bu değişiklikten çok büyük bir memnuniyetle bahseden bir mektup yazdığını, evin mayıs, haziran ayları için tutulduğunu, bu sayede sevdiği dostlarının çok yakınında iki ay geçireceği için çok sevindiğini duydu. Artık onlarla sık sık, neredeyse her istediğinde birlikte olabileceğinden emindi.

Emma, Mr. Weston'ın oğlunun bu sevincinin nedeni olarak kendisini gördüğünün farkındaydı. Emma ise bunun böyle olmamasını diliyordu. İki ay içinde her şey ortaya çıkacaktı.

Mr. Weston anlatılamayacak kadar mutluydu. Sevinçten havalara uçuyordu. Her şey onun istediği gibi olmuştu. Artık Frank gerçekten de çok yakınlarında olacaktı. Genç bir adam için on altı kilometre neydi ki? Atla bir saatte aşılabilirdi. Frank artık sık sık gelebilirdi. Richmond'la Londra arasındaki fark, onu her an görmekle hiç görmemek arasındaki fark gibi bir şeydi. Otuz kilometre, hayır, otuz dört –Manchester Sokağı'nın uzaklığı otuz dört kilometre olmalıydı– çok ciddi bir mesafeydi. Frank evden çıkmayı başarsa bile gidip gelmek tüm gününü alırdı. Londra'da olması o kadar da sevinilecek bir şey değildi. Enscombe'da olması gibi bir şeydi. Richmond ise kolayca görüşebilecekleri bir uzaklıktaydı. Hatta bu daha yakın olmasından bile iyiydi!

Bu taşınmayla birlikte bir konu daha kesinlik kazanmış oldu; Crown'da düzenlenecek balo. Bu konu asla unutulmuş ya da rafa kaldırılmış değildi ama gün belirlemenin anlamsızlığı karşısında belirsiz bir zamana ertelemişlerdi. Artık balonun yapılmaması için hiçbir neden yoktu, kesinlikle gerçekleştirilecekti. Hazırlıklar yeniden başladı. Churchilllerin Richmond'a taşınmalarından çok kısa bir süre sonra gelen birkaç satırlık mektupta Frank bu değişiklikten sonra teyzesinin kendini çok daha iyi hissettiğini ve yirmi dört saat önce haber verildiği takdirde onlara her zaman rahatlıkla katılabileceğini bildiriyordu. Bunun üzerine mümkün olduğu kadar erken bir tarih belirlediler.

Mr. Weston'ın balosu bu kez gerçek olacaktı. Highbury'nin gençleriyle mutluluk arasında artık yalnızca birkaç "yarın" kalmıştı.

Mr. Woodhouse da buna fazla yakınmadan boyun eğmişti. Yılın bu günleri onun karamsarlığını azaltıyordu. Mayıs ne olursa olsun şubattan iyiydi. Mrs. Bates o geceyi Hartfield'de geçirmeye ikna edildi, James'e önceden haber verildi. Bu durumda Mr. Woodhouse'un tek dileği Emma gittikten sonra küçük Henry'nin ya da küçük John'un pek bir sorun çıkarmaması oldu.

BÖLÜM 38

Bu kez baloyu engelleyecek bir talihsizlik olmadı. Kararlaştırılan gün yaklaştı, geldi çattı ve endişeli bir bekleyişin ardından Frank Churchill tüm özgüveni ve neşesiyle akşam yemeğinden hemen önce Randalls'a vardı ve böylece her şey kesinlik kazanmış oldu.

Emma'yla Frank henüz ikinci kez karşılaşmamışlardı. Bu karşılaşmaya Crown'ın balo salonu tanıklık edecekti ve bu kalabalık içindeki sıradan bir karşılaşmadan daha iyi olacaktı. Mr. Weston, Emma'dan salona erken gelmesini istemiş, onlardan hemen sonra, başka konuklar gelmeden gelmesi için çok ısrar etmişti. Böylece odaların düzenlemesi ve hazırlıkların yeterli olup olmadığı konusunda da görüş bildirebilecekti. Emma'nın bunu reddetmesi olanaksızdı; bu, genç adamla baş başa bir süre geçirmek zorunda kalacağı anlamına geliyordu. Harriet'i de Emma götürecekti, Crown'a tam zamanında, Randalls ekibinin hemen ardından vardılar.

Görünüşe bakılırsa Frank Churchill'in gözleri yolda kalmıştı, bir şey söylemese de gözleri zevkli bir gece geçirmeye niyetli olduğunu belli ediyordu. Hep birlikte salonları dolaşıp her şeyin yolunda olup olmadığına baktılar, gerçekten de her şey olması gerektiği gibiydi. Çok geçmeden onlara başka bir arabayla gelen birkaç kişi daha katıldı. Emma oraya yaklaşan arabanın sesini duyduğunda şaşırmıştı. Tam "Bu kadar da erken gelinmez ki!" diye haykıracaktı ki gelenlerin Mr. Weston'ın eski dostlardan bir aile olduğunu anladı. Onlar da aynı amaçla, Mr. Weston'ın ricası üzerine fikir vermek için erken gelmişlerdi. Onları kuzenlerin bulunduğu bir başka araba izledi, onlardan da erken gelip etrafa göz gezdirmeleri istenmişti. Anlaşıldığı kadarıyla kısa bir süre sonra neredeyse davetlilerin yarısı hazırlıkları incelemek için orada toplanmış olacaktı.

Böylece Emma, Mr. Weston'ın zevkine güvendiği tek kişinin kendisi olmadığını anladı ve bu kadar çok yakını ve güvendiği kişi olan bir adamın yakın dostu olmanın pek o kadar da gurur duyulacak bir şey olmadığını hissetti. Emma, Mr. Weston'ın samimiyetini, açık yürekliliğini seviyordu ama biraz daha az açık yürekli olsa daha üstün bir karakteri olurdu, diye düşündü. Emma için bir erkeği erkek yapan, herkesle dost olması değil, kendinden emin ve yüce yürekli olmasıydı. Ancak öyle bir adamı sevebilirdi.

Grup olarak hep birlikte etrafı dolaştılar, her yere baktılar; tekrar tekrar görüşlerini, övgülerini belirttiler ve sonra yapacak başka işleri olmadığı için ateşin başında yarım daire oluşturup başka konular açılana kadar aylardan mayıs olmasına rağmen akşamları ateşin insana ne kadar iyi geldiğini konuştular.

Aslında bu özel danışmanların sayısı çok daha fazla olacaktı. Emma bunun olmamasının Mr. Weston'dan kaynaklanmadığını da öğrendi. Watsonlar Miss Bates ve Jane'i yanlarında getirmek için Mrs. Bates'in evine uğramışlardı ama çok önceden teyze ve yeğeni Eltonların getirmesi kararlaştırılmıştı.

Frank sürekli olmasa da genellikle Emma'nın yanında duruyordu; tavırlarında bir huzursuzluk vardı, sanki kafası bir şeye takılmıştı. Etrafına bakınıyor, kapıya gidip geliyor, araba seslerine kulak kesiliyordu. Ya balonun başlaması için sabırsızlanıyor ya da Emma'nın yanında olmaktan çekiniyordu.

Mrs. Elton'dan bahsedilince "Sanırım çok geçmeden burada olur," dedi. "Mrs. Elton'ı görmek için sabırsızlanıyorum. Onunla ilgili o kadar çok şey duydum ki."

O sırada bir araba sesi duyuldu. Mr. Churchill hemen hareketlendi ama kısa bir süre sonra geri dönüp "Bir an onu tanımadığımı unuttum," dedi. "Daha önce ne onu ne de Mr. Elton'ı gördüm. Kendimi öne atmam doğru değil."

Mr. ve Mrs. Elton içeri girdiler; gereken nezaket ve gülümsemelerle karşılandılar.

Mr. Weston etrafa bakınarak "Miss Bates ve Miss Fairfax neredeler?" diye sordu. "Onların sizinle geleceğini düşünüyorduk."

Önemsiz bir hata yapılmıştı. Hemen onları alması için araba gönderildi. Emma, Frank Churchill'in Mrs. Elton'la ilgili ilk izlenimini öğrenmeyi çok istiyordu. Mrs. Elton'ın giysisinin çok emek harcanmış, abartılı şıklığı, kadının yapmacık gülümsemesi, abartılı davranışları, konuşması onu nasıl etkileyecekti? Tanışmalarının hemen ardından Frank kadına çok yakın ilgi göstermeye ve onun hakkında fikir edinmeye koyuldu.

Araba birkaç dakika içinde geri döndü. Biri yağmurdan bahsetti. Frank hemen babasına "Şemsiyelerle ilgileneyim, Miss Bates'i de ihmal etmemek gerek," deyip gitti. Mr. Weston tam oğlunun peşinden gidecekti ki Mrs. Elton oğluyla ilgili görüşlerini bildirip, gururunu okşamak için onu alıkoydu. Kadın konuşmaya o kadar ani başlamıştı ki genç adam yavaş hareket etmemiş olmasına rağmen söylenenlere kulak misafiri oldu.

"Oğlunuz gerçekten harika bir delikanlı, Mr. Weston. Biliyorsunuz, size daha önce de tüm içtenliğimle kimseden etkilenmeden fikir edinmek istediğimi söylemiştim. Onu çok beğendiğimi söylemekten mutluluk duyuyorum. Bana inanabilirsiniz.

Ben asla boş yere iltifat etmem. Onun çok yakışıklı bir genç olduğunu düşünüyorum; davranışları da tam hoşlandığım ve tasvip ettiğim gibi; gerçek bir centilmen, davranışlarında zerre kadar kibir ya da züppelik yok. Şunu bilmelisiniz ki ben züppelerden nefret ederim; onlardan çok korkarım; Maple Grove'da da hiçbir şekilde hoş görülmezlerdi. Ne Mr. Suckling'in ne de benim, onlara tahammül edecek kadar sabrımız var, hatta bazen bu gibilere çok kırıcı şeyler söylediğimiz de oldu! Ancak Selina, bizden çok daha yumuşak olduğu için onlara katlanabiliyordu."

Mrs. Elton, oğlunu överken Mr. Weston dikkatle onu dinliyordu ama genç kadın Maple Grove'dan bahsetmeye başlayınca Mr. Weston karşılanması gereken konuklar olduğunu anımsadı ve nazik, gülümseyen bir ifadeyle ve aceleyle oradan uzaklaştı.

Mrs. Elton, Mrs. Weston'a döndü.

"Bu gelenin bizim araba olduğundan eminim, Jane'le Mrs. Bates'i getirmiş olmalı. Arabacımız da atlarımız da çok hızlılar. Herkesten hızlı olduğumuza inanıyorum. İnsanın bir arkadaşına araba göndermesi ne büyük bir zevk! Anladığım kadarıyla siz de aynı şeyi önerme nezaketinde bulunmuşsunuz. Benim onlara her zaman sahip çıkacağımdan emin olabilirsiniz."

Mrs. Bates ve Miss Fairfax, iki beyefendinin eşliğinde salona girdiler. Mrs. Elton da onları karşılamayı Mrs. Weston gibi görev bildi. Tavır ve davranışları ona Emma gibi dışarıdan bakan herkes tarafından anlayışla karşılandı ama sözcükleri Mrs. Bates'in kesintisiz konuşma selinde duyuldu. Mrs. Bates içeri konuşarak girmiş ve ateşin çevresindeki çembere girince de hâlâ konuşmaya devam etmişti. Zaten kapı açılırken de aralıksız konuşuyordu.

"Ne kadar kibarsınız! Aslında yağmur yağmıyordu. Yağsa da önemli değil. Kendimi hiç umursamıyorum. Ayakkabılarım çok sağlam ama Jane diyor ki... Şey..." Bu arada kapıdan içeri girmişti "Şey! Burası gerçekten muhteşem olmuş, harika! Emin olun her şey kusursuz bir biçimde düzenlenmiş. Hiçbir eksik yok. Böylesini hayal bile edemezdim. Işıklar da çok iyi! Jane, Jane, bak hiç böyle bir şey gördün mü? Ah, Mr. Weston, siz gerçekten Alaattin'in lambasını bulmuş olmalısınız. Sevgili Mrs. Strokes kendi salonunu görünce tanıyamayacak. İçeri girerken onu gördüm de girişte duruyordu. 'Ah, Mrs. Strokes,' dedim ama daha fazla bir şey söyleme fırsatım olmadı."

Tam o sırada Mrs. Weston yanlarına gidip onları karşıladı.

"Çok iyiyiz, Mrs Weston, çok teşekkür ederim. Umarım siz de iyisinizdir. İyi olduğunuza çok sevindim. Başınızın ağrıyor olabileceğinden korkuyordum! Sizi buraya girip çıkarken o kadar çok gördüm ki... Kim bilir ne kadar yorulmuşsunuzdur. Demek iyisiniz. Bunu duyduğuma gerçekten sevindim. Ah! Sevgili Mrs. Elton, size araba için ne kadar teşekkür etsek az! Tam zamanında geldi. Jane de ben de hazırdık. Atları bir dakika bile bekletmedik. Çok rahat bir araba. Ah! Size de bu konuda teşekkür borçlu olduğumuza inanıyorum, Mrs. Weston, siz de çok zahmet ettiniz. Mrs. Elton önceden çok nazik davranıp, bizi alacaklarına dair Jane'e bir not göndermiş, yoksa sizinle gelirdik. Bir günde iki teklif! Böyle iyi komşular hiçbir yerde bulunmaz. Anneme de söyledim bunu. 'Gerçekten öyle,' dedim. Ah çok teşekkür ederim, annem gayet iyi. Mr. Woodhouse'un yanına gitti. Yanına şalını da almasını söyledim, geceleri hava çok serin oluyor, şimdi, yeni büyük bir şalı var, yanına onu aldı; Mrs. Dixon'ın düğün hediyesi. Jane getirdi. Annemi düşünmesi ne büyük bir incelik, değil mi? Weymouth'tan almışlar, biliyor musunuz, Mr. Dixon seçmiş. Jane üç şal daha olduğunu söyledi, o yüzden karar vermekte zorlanmışlar. Albay Campbell zeytin renkli olanı seçmiş. Sevgili Jane, ayaklarının ıslanmadığından emin misin? Gerçi bir iki damla yağdı ama ben yine de korkuyorum. Ama Mr. Frank Churchill o kadar, yani demek istediğim, adımımızı atacağımız yerde paspas bile vardı. Onun bu nezaketini asla unutmayacağım. Ah! Mr. Frank Churchill, size annemin gözlüklerinin o günden sonra hiç bozulmadığını söylemeliyim, vida bir daha yerinden çıkmadı. Annem de hep sizin ne kadar iyi kalpli bir insan olduğunuzdan bahsediyor. Öyle değil mi, Jane? Sık sık Mr. Frank Churchill'den bahsetmiyor muyuz? Ah! İşte Miss Woodhouse da geldi. Sevgili Miss Woodhouse, nasılsınız? Çok iyiyim, çok teşekkür ederim, çok iyiyim. Bu buluşma peri masalı gibi bir şey! Burası nasıl da değişmiş! Biliyorum iltifata gerek yok," Emma'ya beğeniyle baktı, "bunu söylemek bile gereksiz ama yemin ederim Miss Woodhouse, bugün öyle... öyle... Bu arada Jane'in saçını beğendiniz mi? Siz en iyisini bilirsiniz. Kendisi yaptı. Saçını kendisinin yapabilmesi harika. Bence Londra'daki hiçbir berber bunu yapamazdı. Ah! Doktor Hughes, ve de Mrs. Hughes. Gidip biraz da Dr. ve Mrs. Hughes'la konuşmalıyım. Nasılsınız? Nasılsınız? Çok iyiyim, teşekkür ederim. Ne kadar güzel, değil mi? Sevgili Mr. Richard nerede? Ah! İşte orada. Onu rahatsız etmeyeyim. Genç hanımlarla konuşmaya devam etsin. Nasılsınız, Mr. Richard? Geçen gün sizi atınızla geçerken gördüm. Mrs. Otway, inanmıyorum, sevgili Mr. Otway, Miss Otway ve Miss Caroline. Ne kadar hoş bir arkadaş grubu! Ve Mr. George ile Mr. Arthur! Nasılsınız? Nasılsınız? Çok iyiyim, size teşekkür borçluyum. Hiç bu kadar iyi olmadım. Yeni bir araba sesi mi duyuyorum? Bu kim olabilir? Büyük ihtimalle Colelardır. Gerçekten de böyle dostların arasında olmak çok büyük bir mutluluk! Bu ne büyük bir ateş böyle! Piştim! Kahve mi, almayayım, teşekkür ederim; kahve içmem, mümkünse çay lütfen, acele etmenize hiç gerek yok, müsait olduğunuzda... Ah! İşte çay da getiriyorlar. Her şey şahane!"

Frank Churchill Emma'nın yanındaki yerine döndü ve Mrs. Bates'in susmasıyla birlikte Emma ister istemez hemen arkasında duran Mrs. Elton'la Miss Fairfax'in konuşmalarına kulak misafiri oldu. Frank Churchill düşünceliydi. Emma onun konuşmaları duyup duymadığını bilemiyordu. Mrs. Elton Jane'i görünüşü ve giysisiyle ilgili iltifatlara boğdu, bu iltifatlar nazikçe, usulüne uygun bir biçimde kabul edildi. Mrs. Elton'ın bunun karşılığında kendisine iltifat edilmesini beklediği belliydi. Beklediğini bulamayınca sormaya başladı: "Elbisemi beğendin mi, Jane? Takılarımı nasıl buldun? Wright saçımı iyi yapmış mı?" Bir sürü soru, hepsi büyük bir sabır ve kibarlıkla yanıtlandı. Mrs. Elton daha sonra da şöyle dedi:

"Kimse genel olarak elbiseleri benden daha az önemsemez, aslında umursamam ama böyle bir davette, herkesin gözü üstümdeyken, ayrıca Westonlara da saygıdan – ki bu baloyu benim onuruma düzenlediklerinden hiç kuşkum yok – kimseden aşağıda kalmak istemem. Hem salonda benimkiler dışında çok az inci görüyorum. Anladığım kadarıyla Frank Churchill çok iyi dans ediyormuş. Bakalım tarzlarımız uyuşacak mı, göreceğiz. Frank Churchill çok hoş bir genç. Onu çok beğeniyorum."

O anda Frank öyle bir coşkuyla konuşmaya başladı ki Emma onun kendisinden bahsedildiğini duyduğunu ve bu övgülerin fazlasını duymak istemediğini düşündü. Hanımların sesleri bir süre diğer sesler arasında boğulup kayboldu ama Frank Churchill sustuğu anda Mrs. Elton'ın sesi yeniden belirgin bir şekilde ortaya çıktı. Bu arada Mr. Elton da onlara katılmıştı ve karısı bağırarak konuşmayı sürdürüyordu.

"Ah! Demek sonunda bizi çekildiğimiz köşede de buldun. Ben de tam şu anda Jane'e senin artık sabırsızlanmış ve bizi arıyor olabileceğini söylemek üzereydim."

Frank Churchill şaşkınlık içinde hoşnutsuzluk ifade eden bir bakışla "Jane!" diye yineledi. "İnanılır gibi değil! Öylesine Jane diyor ve Miss Fairfax de buna karşı çıkmıyor."

Emma, "Mrs. Elton'ı nasıl buldunuz?" diye fısıldadı.

"Hiç beğenmedim."

"Nankörsünüz."

"Nankör mü? Ne demek istiyorsunuz?" Sonra çatık kaşlı ifadesinin yerini bir gülümseme aldı. "Hayır, söylemeyin. Ne demek istediğinizi bilmek istemiyorum. Babam nerede? Dans ne zaman başlayacak?"

Emma onu anlamakta zorluk çekiyordu, ilginç bir ruh hâli içinde olmalıydı. Frank babasını bulmak üzere Emma'nın yanından ayrıldı, çok kısa bir süre sonra da yanında Mrs. Weston ve Mr. Weston'la geri döndü. Kararsız oldukları bir durumla karşı karşıyaydılar ve bunu Emma'ya açmak istiyorlardı. Mrs. Weston baloyu başlatacak açılış dansı için Mrs. Elton'ın dansa davet edilmeyi beklediğini fark etmişti. Mrs. Elton, bunu doğal hakkı sayıyor ve bekliyordu. Halbuki onlar en başından beri bu ayrıcalığı Emma'ya tanımayı planlamışlardı. Emma bu acı gerçeği metanetle karşıladı.

Mr. Weston, "Peki kavalyesi kim olacak?" diye sordu. "Frank'in kendisini dansa kaldırması gerektiğini düşündüğünden eminim."

Frank hemen Emma'ya dönerek, onun kendisine daha önce vermiş olduğu sözü anımsattı ve kendisinin "angaje" olduğunu söyledi. Babası bunu mutlulukla onayladı. O sırada Mrs. Weston Mrs. Elton'ı davet sahibi olarak Mr. Weston'ın dansa kaldırarak baloyu açması gerektiğini belirtti. Asıl sorun Mr. Weston'ı buna ikna etmekti ancak bu da kısa bir süre içinde halloldu. Mr. Weston ile Mrs. Elton dansı açtılar, onları Mr. Frank Churchill ve Miss Woodhouse izledi. Emma her ne kadar bu balonun kendi onuruna düzenlendiğini düşünüyor olsa da Mrs. Elton'ın arkasında ikinci olmaya katlanması gerekiyordu. Aslında yalnızca bu bile evlenmeyi düşünmesi için yeterli olabilirdi.

Bu kez Mrs. Elton'ın avantajlı olduğunda hiç kuşku yoktu; gururu tatmin edilmiş, itibar beklentisi tümüyle karşılanmıştı. Her ne kadar kendisi dansı Frank Churchill'le açmayı hayal etmiş olsa da değişiklikten dolayı bir şey kaybetmiş sayılmazdı. Mr. Weston'ın oğlundan daha üstün olduğu bile düşünülebilirdi. Emma bu küçük pürüze rağmen neşeyle gülümsüyordu, dans grubunun giderek uzadığını görmekten mutluydu ve saatler boyunca çok eğleneceğini hissetmek çok hoşuna gidiyordu. Onu asıl rahatsız eden Mr. Knightley'nin dans etmiyor olmasıydı. Hiç olmaması gereken bir yerde, dans edenleri seyredenlerin arasında duruyordu. Onun da dans etmesi; oyun masaları kurulana kadar dansı seyrediyormuş gibi davranan, yaşını başını almış, evli barklı adamlarla yani vist oyuncularıyla aynı grupta olmaması gerekiyordu. Üstelik o kadar genç görünüyordu ki! Kim bilir belki de başka bir yerde olsa böyle görünmeyecekti. Emma onun uzun boyu, düzgün, sağlam, dimdik yapısıyla kendisinden daha yaşlı, tıknaz, omuzları çökmüş adamların arasına hiç yakışmadığını ama bu hâliyle de öne çıktığını düşündü. Kendi kavalyesi dışında genç adamların arasında onunla boy ölçüşebilecek biri yoktu. O sırada Mr. Knightley birkaç adım daha yaklaştı, bu birkaç adım bile onun dans etme zahmetine girecek olsa, nasıl doğal bir zarafetle dans edeceğini göstermeye yeterliydi; bu beyefendi görünüşün dansa nasıl yakışacağını göstermeye yeterliydi. Emma onunla her göz göze gelişinde gülümseyerek onu da gülümsemeye zorluyor ama genç adam ciddi kalmayı yeğliyordu. Emma keşke baloları, Frank Churchill'i daha çok sevseydi, diye düşündü. Mr. Knightley sanki onu izliyordu. Onun dans edişini beğendiğini düşünerek kendini şımartmamalıydı, aslında onu eleştiriyor olsa da bundan korkmuyordu. Kavalyesiyle arasında flört gibi bir durum yoktu. İki âşıktan çok neşeli ve rahat iki arkadaşı andırıyorlardı. Frank Churchill'in onu eskisi kadar önemsemediği kesindi.

Balo hoş bir biçimde sürüyordu. Mrs. Weston'ın titizliği, gayreti, sonsuz özeni boşa gitmemişti. Herkes mutlu görünüyordu. Genellikle balo bitiminde ya da sonrasında dile getirilen, muhteşem bir balo olduğuna ilişkin övgüler, bu kez daha balo başlar başlamaz dile getirilmeye başlanmıştı. Önemli ve kayda değer olaylar açısından ise bu balonun genelde bu gibi toplantılardan beklendiği kadar bereketli olduğu söylenemezdi. Yine de Emma için çok önemli bir şey oldu. Yemekten önceki son iki dans başlanmıştı, o sırada Harriet'in kavalyesi yoktu, yerinde oturan tek genç hanımdı. Aslında dans edenlerin sayısı eşitti, birinin eşsiz kalmış olması normal değildi. Emma o anda Mr. Elton'ın etrafta dolaştığını gördü ve durumu anladı. Şaşırmak için neden yoktu. Mr. Elton'ın Harriet'i dansa kaldırmak istemeyeceği kesindi, bundan kaçmanın yolunu arıyor olmalıydı, Emma onun her an oyun odasına kaçıp kaybolabileceğini düşündü.

Ancak Mr. Elton'ın kaçmak gibi bir planı yoktu. Salonun dansı izleyenlerin durduğu bölümüne geçti, birkaç kişiyle konuştu. Sanki dans için serbest olduğunu ve bunu korumaktaki kararlılığını göstermek istercesine etrafta dolaştı. Miss Smith'in tam önünde durmaktan ya da onun yakınındakilerle konuşmaktan çekinmiyordu. Emma da bunu gördü. Henüz dans başlamamıştı, salonun arka kısmından pistte doğru ilerliyorlardı. Dolayısıyla etrafa bakma olanağı vardı ve başını biraz çevirince her şeyi görebiliyordu. Pistin ortasına geldiğinde ise grubun neredeyse tamamı arkasında kalmıştı ve artık etrafı kaçamak bakışlarla izleme fırsatı bulmuştu ama şimdi de Mr. Elton o kadar yakınındaydı ki Emma onun Mrs. Weston'la arasında geçen konuşmanın her hecesini duyabiliyordu. O sırada hemen arkasında duran Mrs. Elton'ın da konuşulanları duyduğunu, hatta duymakla kalmayıp aynı zamanda anlamlı bakışlarla kocasını kışkırttığını fark etti.

Tam o anda iyi kalpli, kibar Mrs. Weston oturduğu yerden kalkıp Mr. Elton'ın yanına gitti ve "Dans etmiyor musunuz Mr. Elton?" diye sordu.

Mr. Elton'ın yanıtı "Eğer siz benimle dans ederseniz seve seve, Mrs. Weston," oldu.

"Ben mi? Ah! Hayır, ben dans bilmem ama size benden daha iyi bir eş bulabilirim."

Mr. Elton "Eğer Mrs. Gilbert dans etmek isterse ona eşlik etmekten büyük bir zevk alırım," dedi. "Kendimi her ne kadar yaşını başını almış, evli bir erkek olarak hissetmeye başlamış olsam da pistten inmediğim günlerin geride kaldığını düşünsem de Mrs. Gilbert gibi eski bir dostumla dans etmekten büyük onur ve mutluluk duyarım."

"Mrs. Gilbert dans etmeyi düşünmüyor ama şu anda eşi olmayan ve dans etmesini çok istediğim genç bir hanım var, Miss Smith."

"Miss Smith mi? Ah! Fark etmemişim. Çok naziksiniz, keşke evli ve yaşlı bir adam olmasaydım. İzninizle şu anda dans etmek istemiyorum, Mrs. Weston. Beni bağışlayın. Başka ne isterseniz emrinize amadeyim ama dans ettiğim günler geride kaldı artık."

Mrs. Weston bir şey söylemedi, dönüp yerine oturdu. Emma onun şaşkınlık ve mahcubiyetle karışık bir öfke içinde olduğunu anlayabiliyordu. Mr. Elton buydu işte! Kibar, sevimli, güleryüzlü, yardımsever nazik Mr. Elton! Emma bir an için tekrar etrafına baktı. O sırada Mr. Elton biraz ötedeki Mr. Knightley'nin yanına gitti ve yanına oturup konuşmaya başladı, bu arada karısıyla da anlamlı anlamlı bakışıyordu.

Emma bir daha ona bakmadı. İsyan etmek istiyor, öfkeden yüreği yanıp tutuşuyor, yüzünün de aynı şekilde yanıyor olmasından korkuyordu.

Ama o anda onu çok mutlu eden, hiç beklenmedik bir şey gördü. Olağanüstü bir şeydi bu. Mr. Knightley, Harriet'i dansa kaldırmıştı. Emma yaşamı boyunca neredeyse hiç bu kadar şaşırmamıştı, aslında bu kadar mutlu olduğunu da anımsamıyordu. Hem kendisi hem Harriet adına çok büyük sevinç ve minnet duydu. Mr. Knightley'ye teşekkür etmek istiyordu. Mr. Knightley konuşamayacağı kadar uzaktaydı ama göz göze geldiklerinde bakışlarıyla ona içinden geçenleri anlatmaya çalıştı ve anlattı da.

Mr. Knightley'nin dans becerisi tam da Emma'nın beklediği gibiydi, yani çok iyi! Eğer öncesinde yaşananlar olmasaydı mutlu yüz ifadesindeki sevinç ve övünce bakıp Harriet'in "çok şanslı" olduğunu bile düşünebilirdi. Harriet de yaşadığı acı anın ardından şansının farkındaydı, Mr. Knightley'ye gönül borcu duyuyordu. Bu duygularla sıranın ortalarına doğru dans ederken âdeta havalara uçuyor, sürekli gülümsüyor, beğeni kazanıyordu.

Mr. Elton oyun odasına gitti. (Emma'nın umduğu gibi.) Çok şaşırmışa benziyordu. Emma onun karısı kadar acımasız olabileceğini hiç düşünmemişti ama anlaşılan giderek ona benzemeye başlıyordu.

Emma tam o anda Mrs. Elton'ın kavalyesine duyulabilecek bir sesle "Knightley, zavallı küçük Miss Smith'e acımış olmalı! Ne kadar iyi kalpli bir adam," dediğini duydu.

O sırada yemeğin hazır olduğu duyuruldu. Kalabalık hareketlendi ve masalara oturulup kaşıklar ele alınana kadar aralıksız olarak Miss Bates'in sesi dışında başka ses duyulmadı.

"Jane, Jane, sevgili Jane, neredesin? Şalın burada. Mrs. Weston, şalını omuzlarına alманı rica ediyor. Ellerinden geleni yapmışlar ama geçitte cereyan olabileceğinden korktuğunu söyledi. Bir kapıyı çivilemişler... Birçok yeri de keçeyle kapatmışlar... Sevgili Jane, gerçekten şalını almalısın. Mr. Churchill! Çok naziksiniz. Şalı Jane'in omzuna çok düzgün sardınız! Size minnettarım. Bu arada çok da güzel dans ettiniz. Mükemmeldi, gerçekten. Ah evet, canım, sana söylediğim gibi koşarak eve gittim, anneannenin yatmasına yardım ettim; sonra geri döndüm, kimse yokluğumu fark etmedi. Evet, evet, hiç kimseye bir şey söylemeden çıktım. Büyükannen çok iyiydi, Mr. Woodhouse'la çok güzel bir akşam geçirmiş, bol bol sohbet edip tavla oynamışlar. Oradan ayrılmadan önce de aşağıda çay içmişler; bisküvi, fırınlanmış elma ve şarap. Tavlada bazı ellerde şansı çok yaver gitmiş, sürekli seni sordu durdu; eğlenip eğlenmediğini; 'Kavalyesi kim?' dedi. 'Ah!' dedim. 'Jane'den önce davranıp baloyu anlatmak istemem ama bıraktığımda Mr. George Otway ile dans ediyordu, Jane sana yarın her şeyi seve seve anlatır; ilk eşi Mr. Elton'dı; sonrasında onu kimin dansa kaldıracağını bilmiyorum. Mr. William Cox olabilir.' Ah beyefendi, çok kibarsınız. Başka birine yardımcı olmayı yeğleyebilirsiniz. Ben kendimi idare ederim. Benim için zahmete girmenize gerek yok. Ne kadar kibarsınız! Bakın, bir kolunuzda ben, bir kolunuzda Jane! Durun durun, biraz bekleyelim, Mrs. Elton geliyor, sevgili Mrs. Elton ne kadar zarif görünüyor! Ne güzel bir dantel! Artık hepimiz onun arkasından gidebiliriz. O kesinlikle bu gecenin kraliçesi! Ah, işte geçide de geldik. İki basamak var Jane, dikkat et. Ah! Hayır, bir basamak varmış. Ben iki olduğunu sanmıştım. Ne tuhaf! İki sandım, bir çıktı. Buradaki konfor ve stili hiçbir yerde görmedim. Her yerde mumlar... Neyse sana anneanneni anlatıyordum, Jane, biraz hayal kırıklığı yaşamışlar. Fırınlanmış elmalar ve bisküviler, hepsi nefismiş; öncesinde leziz bir uykuluk yahnisiyle kuşkonmaz gelmiş ama kuşkonmazın az haşlanmış olduğunu düşünen sevgili Mr. Woodhouse yemeği mutfağa geri göndermiş– Bilirsin anneannenin kuşkonmaz ve uykuluk kadar sevdiği başka bir şey olamaz... bu yüzden biraz hayal kırıklığı yaşamış... ama bundan kimseye bahsetmeme kararı aldı... çünkü sevgili Miss Woodhouse'un kulağına giderse çok üzülür! Ah, bu harika! Çok şaşırdım! Hayran oldum. Böyle bir şeyi hiç beklemiyordum! Böyle bir şıklık, böyle bir ikram! Ne zamandır böylesini görmemiştim. Neyse, nereye oturacağız? Nereye otursak? Jane'in cereyanda kalmayacağı bir yer olsun da benim nerede oturduğumun önemi yok. Ah! Bu tarafı mı öneriyorsunuz? Peki Mr. Churchill ama burası çok iyi bir yer, bana göre çok fazla iyi ama siz nasıl isterseniz. Siz haklısınız, sizin önerdiğiniz yanlış olamaz. Burada sizin sözünüz geçer. Sevgili Jane, ne çok yemek var; bunların yarısını bile anımsayıp anneannene anlatmamız çok zor! Nasıl yapacağız ki bunu? Çorba da var! Aman Tanrım! Bana hemen servis yapılmasa da olur ama o kadar güzel kokuyor ki kendimi tutamıyorum."

Emma yemek bitene kadar Mr. Knightley ile konuşma fırsatı bulamadı. Onunla konuşmaya kararlıydı. Yeniden balo salonuna döndüklerinde ısrarlı bakışlarıyla onu yanına davet etti ve teşekkür etti. Mr. Knightley, Mr. Elton'ın davranışını hararetle kınadı, bu bağışlanamayacak bir kabalıktı. Mrs. Elton'a bakışında da bu kınama açıkça belliydi.

Mr. Knightley, "Amaç Harriet'i yaralamanın ötesindeydi," dedi. "Emma, bunlar sana neden bu kadar düşman?"

Çok şey ifade eden bir gülümsemeyle Emma'ya bakıyordu, yanıt alamayınca ekledi.

"Adam tamam da kadının sana kızmaması gerekir diye düşünüyorum. İtiraf et Emma, onun Harriet'le evlenmesini istedin, değil mi?"

Emma, "İstedim," dedi. "Bu yüzden beni affedemiyorlar."

Mr. Knightley başını olamaz anlamına gelecek şekilde iki yana salladı ama bir yandan da anlayışlı bir ifadeyle gülümsedi.

"Sana bir şey demeyeceğim, seni kınamayacağım. Seni sana havale ediyorum."

"Etrafım beni pohpohlayan bunca insanla çevriliyken bana nasıl güvenebilirsiniz? Kibirli ruhum bana hiç yanlış yaptığımı söyler mi?"

"Kibirli ruhun söylemez ama gerçekçi ruhun söyler. Eğer bunlardan biri seni yanlış yönlendirse bile eminim diğeri doğruyu gösterir."

"Mr. Elton konusunda tamamen yanıldığımı kabul ediyorum. Adamda bir bayağılık var, siz bunu keşfettiniz ama ben edemedim. Harriet'e âşık olduğundan emindim. Bir dizi yanılgı üst üste geldi."

"Bunu kabul ettiğine ve açık konuştuğuna göre ben de hakkını teslim edeceğim, senin onun için yaptığın seçim, onun kendisi için yaptığı seçimden çok daha iyi. Harriet Smith, Mrs. Elton'ın sahip olmadığı çok üstün niteliklere sahip. Mrs. Elton'da bunların zerresi yok. Harriet özentisiz, iyi niyetli, saf, dürüst bir kız; aklı başında ve zevk sahibi her adam onu kesinlikle Mrs. Elton'a yeğler. Ayrıca Harriet'i umduğumdan daha aklı başında buldum."

Emma bu duyduklarından çok mutlu oldu. O sırada herkesi yeniden dansa davet eden Mr. Weston yüzünden konuşmaları yarım kaldı.

"Haydi Miss Woodhouse, Miss Otway, Miss Fairfax, ne yapıyorsunuz? Emma gel, dostlarına örnek ol. Herkes tembel! Herkes ayakta uyuyor!"

Emma, "Ben hazırım, davet edildiğim anda gelirim," dedi.

Mr. Knightley, "Kiminle dans edeceksin?" diye sordu.

Emma bir an duraksadı ve sonra "Eğer beni dansa kaldırırsanız sizinle," dedi.

Mr. Knightley hafif bir reveransla elini uzatarak "Benimle dans eder misin?" dedi.

"Elbette. İyi dans edebildiğinizi gösterdiniz, sonuçta kardeş de değiliz; dans etmemiz yakışıksız olmaz."

"Kardeş mi? Ah hayır, elbette kardeş değiliz!"

BÖLÜM 39

Mr. Knightley'le yaptığı bu konuşma Emma'nın çok hoşuna gitmiş, onu çok mutlu etmişti. Onun için balonun en güzel anılarından biriydi bu. Ertesi sabah keyif içinde bahçede dolaşırken Eltonlar konusunda görüş birliğinde olmalarının çok sevindirici olduğunu düşünüyordu. Bunun dışında Mr. Knightley'nin Harriet'i övmesi, onu desteklemesi memnuniyet verici bir durumdu. Eltonların Emma için gecenin kalan kısmını mahvetme tehlikesi taşıyan küstah davranışları gecenin en büyük mutluluğuna dönüşmüştü. Emma şimdi bir başka mutlu son bekliyordu, Harriet'in Mr. Elton'a olan aşkından tamamen vazgeçmesi! Harriet'in balo salonundan ayrılırken söyledikleri umut vericiydi. Sanki birden gözleri açılmış, Mr. Elton'ın sandığı gibi üstün bir insan olmadığını anlamıştı. Genç kızın duygularının ateşi sönmüştü ve Emma bu ateşin yeniden harlanacağını hiç sanmıyordu. Eltonların kötü davranışlarının süreceğinden emindi ve bu da Harriet'in işini kolaylaştıracaktı. Onların maksatlı davranışları Harriet'in artık onları umursamamasını sağlayacaktı.

Harriet'in aklı başına gelmişti. Frank Churchill'in aşkı az da olsa küllenmişti. Mr. Knightley de artık onunla kavga etmek istemiyordu, Emma'nın önünde onu bekleyen çok mutlu bir yaz vardı. Buna tüm kalbiyle inanıyordu.

O sabah Frank Churchill'i görmeyecekti. Genç adam en geç öğlen saatlerinde evinde olması gerektiği için Hartfield'e uğrama zevkinden mahrum kalacağını söylemiş, Emma buna hiç üzülmemişti.

Artık tüm sorunlarını bir şekilde yoluna koymuş, hepsinin üzerinde iyice düşünmüş ve her şeyi yerli yerine yerleştirmiş birinin ruh huzuruyla iki küçük oğlanın ve büyükbabalarının taleplerini yerine getirmeye hazırdı. Rahatlamış, canlanmış bir hâlde eve doğru yürürken büyük demir kapının açıldığını ve birlikte görmeyi hiç beklemediği iki kişinin içeri girdiğini gördü. Frank Churchill ve Harriet... kol kola Hartfield'e gelmişlerdi... Gözlerine inanamıyordu ama bu gerçekten de Harriet'ti! Olağanüstü bir şey olmuş olmalıydı. Harriet'in yüzü bembeyazdı, korku dolu, boş gözlerle etrafına bakıyor, Frank Churchill ise onu sakinleştirmeye çalışıyordu. Demir kapıyla ön kapı arasında yirmi metre bile yoktu, az sonra üçü de içeride, holdeydi. Harriet oradaki koltuğa oturdu ve bir anda kendinden geçti.

Bayılan bir genç hanım ayıltılmalı, sorular yanıtlanmalı, şaşırtıcı noktalar açığa kavuşturulmalıdır. Böyle durumlar ilginç ve merak uyandırıcıdır ama bu merak uzun sürmemelidir. Emma da az sonra her şeyi öğrenmişti.

Miss Smith o sabah Mrs. Goddard'ın okulunda kalan başka bir yatılı öğrenciyle, baloya da katılan Mrs. Bickerton ile yürüyüşe çıkmış, genellikle işlek olan, bu nedenle de güvenli olan bir yol olarak gördükleri Richmond yoluna sapmış ama burada onları çok korkutan bir olay yaşamışlardı. Highbury'nin bir kilometre kadar dışında, keskin bir dönemecin ardından yolun iki yanı yüksek meşe ağaçlarıyla çevrili, tenha, gölge bir bölümüne varmışlar ve burada biraz ilerledikten sonra yol kenarında, çimenlik alanda bir Çingene kafilesi görmüşlerdi. Yolu gözetleyen bir Çingene çocuk yanlarına gelip para istemiş ve korkudan ödü kopan Mrs. Bickerton çığlık atarak hemen yakındaki dik yamaca koşmuş, Harriet'ten de kendisini izlemesini istemiş ve arkasına bile bakmadan tepedeki fundalıkları aştığı gibi kestirmeden hızla Highbury'ye doğru yola koyulmuştu. Zavallı Harriet ise onu izleyememişti; o akşamki danstan sonra ayağına sürekli kramp giriyordu, nitekim daha yamaca ilk adımını atar atmaz ayağına yine kramp girmiş, olduğu yere çöküp kalmış; kıpırdayamaz hâlde, çaresizlik ve dehşet içinde, öylece beklemek zorunda kalmıştı.

Genç hanımlar daha cesur davransalardı, Çingeneler ne yapardı, bu bilinemez ama karşılarında böyle açık bir hedef varken saldırmanın çekiciliğe karşı koyamamışlardı. Kısa bir süre içinde başlarında şişman, iri yarı, kaba saba bir kadın ile sırım gibi bir delikanlının bulunduğu yarım düzine kadar çocuk Harriet'in etrafını sarmış ve sözleriyle olmasa bile bakışlarıyla onu rahatsız etmeye başlamışlardı. Çingene çocukların yabanıl, yaygaracı tavırları karşısında iyice dehşete kapılan Harriet onlara para vermeyi önermiş, para çantasını çıkarmış, daha fazlasını istememeleri ve ona kötü bir şey yapmamaları için yalvararak ve bir şilin uzatmıştı. Sonra ayağa kalkmış, yavaş da olsa ayağını sürüyerek yürümeye ve oradan uzaklaşmaya çalışmıştı ama kızın çok korkmasını fırsat bilip para çantasının çekiciliğine dayanamayan Çingeneler onu takip etmiş; yeniden etrafını sarmış ve daha fazla para istemişlerdi.

Frank Churchill onu bulduğunda Harriet tam da bu durumdaydı, korku içinde yalvarıyor, Çingenelerle anlaşmaya çalışıyordu; Çingeneler ise çok yaygaracı ve tehditkârdı. Büyük bir şans eseri Frank Churchill o sabah Highbury'den ayrılmakta gecikmiş ve bu sayede tam kritik anda Harriet'in yardımına koşabilmişti. Frank sabah havası çok güzel ve temiz olduğu için bir süre yürümek istemiş, atların onu Highbury'den iki üç kilometre ilerideki başka bir yolda beklemesini istemişti. Bu arada da bir gece önce Mrs. Bates'ten ödünç aldığı makası geri vermeyi unuttuğu için onlara uğrayıp makası geri vermek istemiş, zorunlu olarak orada da biraz zaman kaybetmişti. Gecikmesinin bir nedeni de buydu, bu yüzden planladığından daha geç yola çıkmış ve yürüdüğü için de Çingeneler iyice yaklaşana kadar onu görememişlerdi. Frank Churchill'in gelmesiyle birlikte Harriet'e yaşattıkları dehşeti yaşama sırası Çingenelere gelmişti, hepsi korku içinde kaçışmışlardı. Harriet perişan bir hâlde genç adamın koluna yapışıp kalmıştı. Korkudan dili tutulmuştu, ikisi zar zor Hartfield'e ulaşmışlardı. Zaten genç kız oraya varınca da yığılıp kalmıştı. Onu Hartfield'e getirmek Frank Churchill'in fikriydi; aklına başka bir yer gelmemişti.

Frank Churchill'in anlattığı öykü buydu. Harriet de ayılıp, konuşabilir hâle gelince aynı şeyleri tekrarladı. Genç adam Harriet ayılıncaya kadar bekledi ama kendine geldiğini görecek kadar kalamadı çünkü bu gecikmeler ona oyalanabilecek tek bir saniye bile bırakmamıştı. Emma Harriet'in sağ salim Mrs. Goddard'ın evine teslim edileceğinden ve çevrede bu tür insanların olduğunun Mr. Knightley'ye bildirileceğinden emin olabileceğini söylemesinin ardından Frank Churchill iyi dileklerini bildirdi, yeniden geçmiş olsun dedi ve Emma'nın kendisi ve arkadaşı adına ettiği minnet dualarıyla birlikte yola koyuldu.

Böyle bir maceranın, yani yakışıklı, kibar bir delikanlıyla güzel bir genç kızın böyle bir rastlantıyla bir araya gelmesinin, en katı kalpte ve en gerçekçi beyinde bile belli bazı fikirler uyandırması kaçınılmazdır. En azından Emma için durum buydu. Bir dilbilimci, bir edebiyatçı, hatta bir matematikçi Emma'nın o sabah gördüklerine tanık olsa, iki genci birlikte görüp, yaşadıkları olayları dinlese kaderin ağlarını ördüğünü, olayların onları birbirlerine cazip kılmak için böyle geliştiği gibi bir hisse kapılmadan edemezdi. Bu durumda Emma gibi bir hayalperestin yüreğinin birtakım tahminler, dilekler ve öngörülerle çarpması doğal değil miydi? Özellikle de zihninin bir köşesinde zaten bu iki kişiyle ilgili bazı beklentiler şekillenmişken!

Bu olağanüstü bir durumdu! Daha önce oralarda hiç genç bir hanımın başına böyle bir şeyin geldiği görülmemişti. Emma hiç böyle bir olay hatta benzerini bile anımsamıyordu, hiçbir tehlike söz konusu olmamıştı. Şimdi ise bu durum tam da son günlerde bir şey olabilir mi diye düşündüğü o kişinin başına geliyordu. Diğer kişi de tam da o sırada, tesadüfen oradan geçiyor ve onu kurtarıyordu! Bu olağandışı bir durumdu! Rastlantının bu kadarı fazlaydı! Özellikle de o anda ikisinin de böyle bir durum için ne kadar elverişli bir ruh hâli içinde olduğunu bilen Emma gibi biri açısından çok daha dikkat çekiciydi. Frank kendini Emma'ya duyduğu aşktan kurtarmaya çalışıyordu, Harriet ise Mr. Elton takıntısından. Sanki her şey bu iki kişiyi bir araya getirmek için özellikle ayarlanmıştı. Bu olup bitenlerin onları birbirlerine yakınlaştırmaması düşünülemezdi.

Harriet henüz kendinde değilken Frank Churchill Emma'ya yaptığı kısa açıklamada, Harriet koluna yapıştığı anda yaşadığı şaşkınlıktan, dehşete kapılmış genç kızın o andaki saf ve korkulu hâlinden çok duyarlı ve hoş bir dille bahsetmişti. Olanları Harriet'in ağzından dinlerken Miss Bickerton'ın aptalca davranışından dolayı duyduğu nefreti ve öfkeyi tüm içtenliğiyle dile getirmişti. Bu durumda her şey olağan akışına bırakılmalı, zorlanmamalı, desteklenmemeliydi. Emma bu konuda tek bir imada bulunmamaya, tek bir adım atmamaya kararlıydı. Harriet'in yaşamına yeterince müdahale etmişti. Ancak yine de kafasında bir şeyler tasarlamasında, eyleme geçirilmeyecek bir plan yapmasında bir sorun yoktu; bundan bir zarar gelmezdi. Bu bir kurgudan, bir hayalden, bir umuttan öteye geçmeyecek ve yalnızca bir dilek olarak kalacaktı.

Emma'nın ilk kararı bu olup biteni babasından saklamak oldu; bunu öğrenmenin Mr. Woodhouse'ta yaratacağı korku ve kaygıyı biliyordu ancak çok geçmeden bunu gizlemenin olanaksız olduğunu gördü. Yarım saat sonra Highbury'deki herkes olup biteni duymuştu. Bu tam da gevezelere, dedikoduculara, genç ve aşağı sınıftan insanlara göre bir olaydı. Köyde yaşayan gençler ve hizmetçiler çok geçmeden bu korku dolu haberin abartılı heyecanını yaşamaya başladılar, öyle ki bunu konuşmaktan neredeyse çeneleri yoruldu. Bir gece önceki balonun heyecanı bile Çingenelerin haberiyle geri plana atılmıştı. Zavallı Mr. Woodhouse, oturduğu yerde korkudan titredi ve tam da Emma'nın tahmin ettiği gibi ondan bir daha çalılığın ötesine geçmeyeceğine dair söz alana kadar da içi rahat etmedi. Günün geri kalan kısmında birçok kişinin onun, Miss Smith'in ve Miss Woodhouse'un nasıl olduğunu sorması (Komşuları Mr. Woodhouse'un hatırının sorulmasından çok hoşlandığını biliyorlardı.) babasını biraz olsun rahatlattı; bu sorulara "Şöyle böyle, idare ediyoruz," demenin zevkini yaşadı. Aslında bu doğru değildi, Emma gayet iyiydi; Harriet de fena değildi, yine de babasına müdahale etmedi. Emma böylesine kuruntulu bir adamın kızı olarak çok fazla sağlıklıydı, hastalık nedir bilmezdi ve eğer babası zaman zaman onun adına bazı hastalıklar icat etmese kimsenin bu konuda aklına bile gelmeyecekti.

Çingeneler adaletin harekete geçmesini beklemeden apar topar oradan ayrıldılar. Artık Highbury'nin genç hanımları korkmadan, rahatça yürüyüşlerini yapabilirlerdi. Bu olay kısa bir süre içinde Emma ve yeğenleri dışında herkes için önemini yitirdi ama Henry ve John Harriet'ten her gün Çingenelerin öyküsünü anlatmasını istediler ve ilk anlattığı öykünün en ufak ayrıntısında bile bir yanlış yaparsa ısrarlı bir şekilde bu yanlışı düzelttiler.

BÖLÜM 40

Bu olayın üstünden henüz birkaç gün geçmişti ki Harriet, bir sabah elinde küçük bir paketle Emma'yı görmeye geldi ve bir süre oturduktan sonra duraksayarak konuşmaya başladı.

"Miss Woodhouse, eğer biraz boş zamanınız varsa size anlatmak istediğim bir şey var, bir itirafta bulunmak istiyorum da."

Emma bu duyduğu karşısında çok şaşırmıştı ama ondan devam etmesini rica etti. Harriet davranışlarıyla da seçtiği sözcüklerle de Emma'yı olağandışı bir şey dinlemeye hazırlıyor gibiydi.

Harriet, "Bunu size açıklamak benim için bir görev ama aynı zamanda da gerçekleşmesini çok istediğim bir dilek tabii," diye başladı Harriet sözlerine. "Bu konuda sizden gizlim saklım kalmamasını istiyorum. Duygularımda çok büyük bir değişiklik hissetmenin mutluluğunu yaşadığımı bilmenizin uygun olduğunu düşünüyorum. Şu anda gerekenden fazlasını söylemek istemiyorum. Kendimi kaptırıp koyuverdiğim için çok büyük utanç duyuyorum, sanırım siz de beni anlıyorsunuzdur."

Emma, "Evet, anladığımı sanıyorum," dedi.

Harriet büyük bir içtenlikle "Nasıl olup da bu kadar uzun bir süre kendimi boş hayallere kaptırabildim, inanamıyorum!" diye haykırdı. "Delirmiş olmalıyım! Artık onda hiçbir üstünlük göremiyorum. Onu görüp görmemek umurumda bile değil, hatta görmesem daha iyi; hatta onu görmemek için yolumu bile değiştireceğim. Artık eskiden olduğu gibi karısına da imrenmiyorum, onu kıskanmıyorum; karısı güzel, çekici bir kadın olabilir ama çok kötü huylu ve sevimsiz. Onun geçen geceki bakışını ömrüm oldukça unutmayacağım. Yine de Miss Woodhouse, emin olun ki asla kötülüğünü istemem. Hayır, birlikte sonsuza kadar mutlu olsunlar, bu bana bir an olsun acı vermeyecektir. Söylediklerimin doğru olduğuna inanmanız için aslında daha önce yakmam, hatta belki hiç saklamamış olmam gereken bir şeyi şimdi sizin gözlerinizin önünde yakacağım." Konuşurken kızarmıştı. "Bunu hiç saklamamalıydım, biliyorum ama şimdi onu tamamen yok edeceğim; bunu sizin önünüzde yapmayı özellikle istiyorum ki siz de artık ne kadar akıllandığımı görebilesiniz." Yüzünde anlamlı bir gülümsemeyle ekledi. "Bu paketin içinde ne olduğunu tahmin edebiliyor musunuz?"

"Hayır, tahmin edemiyorum. Sana bir şey mi vermişti?"

"Hayır, buna hediye diyemem, yine de benim için çok değerliydi."

Harriet paketi uzattı ve Emma paketin üstünde "*En değerli hazinelerim*" sözcüklerini okudu. Meraklanmıştı. Harriet'in paketi açmasını sabırsızlıkla izledi. Pakette kırıştırılmış gümüş renkli bir kâğıt yığınının içinde küçük, güzel bir Tunbridge* kutu vardı. Harriet kutuyu açtı, kutunun içi yumuşak pamuklarla kaplanmıştı. Emma pamuğun içine bakınca küçük bir parça plaster gördü.

Harriet, "Şey," dedi, "bunu anımsıyorsunuz, değil mi?"

"Hayır, anımsamıyorum."

---

* Tunbridge: Tunbridge eşyası, 18. ve 19. yüzyıllarda Kent'teki spa kasabası Royal Tunbridge Wells'in karakteristiği olan, ahşap üzerine mozaik yapıda, renkli işlemeleri olan dekoratif kutular. (Ç.N.)

"Tanrım, nasıl anımsamazsınız! Bu odadaki son karşılaşmalarımızdan birinde aramızda plasterle ilgili olarak geçen konuşmaları unutabileceğiniz hiç aklıma gelmemişti! Boğazım şişmeden birkaç gün önceydi, Mr. ve Mrs. Knightley'nin gelmesinden hemen önce, hatta tam o akşam. Mr. Elton'ın çakınızla elini kestiğini ve sizin de plaster vermeyi önerdiğinizi anımsamıyor musunuz? Yanınızda plaster yoktu, bende olduğunu bildiğiniz için benden vermemi istemiştiniz. Ben de çantamdan plasteri çıkarıp bir parça kesmiş ve ona vermiştim. Kestiğim parça büyüktü, Mr. Elton ucundan bir parça kesti ve kalan parçayı bana geri vermeden önce bir süre elinde oynadı. Ve aptallık işte, ben de elinin değdiği o küçük parçayı çok değerli bir hazine olarak gördüm ve sakladım. Arada sırada çıkarıp hayranlıkla bakıyordum."

Emma elleriyle yüzünü kapayarak "Sevgili Harriet'im benim!" diye haykırdı ve ayağa fırladı. "Beni çok utandırıyorsun. Anımsamak mı? Evet, şimdi her şeyi anımsıyorum ama senin bu parçayı anı olarak sakladığından haberim yoktu. Parmağın kesilmesi, benim plaster önermem, bende hiç kalmadığını söylemem! Günahlarım! Ah günahlarım! Oysaki o sırada cebimde bir sürü plaster vardı! Anlamsız oyunlarımdan biriydi bu da! Çok utanıyorum, ömrümün sonuna kadar yüzüm kızarsa yeridir. Neyse," tekrar oturdu, "devam et, başka?"

"Gerçekten o sırada sizde plaster var mıydı? Böyle bir şeyden kuşkulanmak bir an olsun aklıma gelmedi, o kadar doğaldınız ki."

Emma utanç duygusunun etkisinden sıyrılmıştı, söylenenler onu hem hayrete düşürüyor hem de eğlendiriyordu.

"Yani bu plaster parçasını gerçekten onun anısı olarak mı sakladın?" dedi.

Bu arada içinden *Tanrım aklımı koru, beni bağışla!* dedi. *Frank Churchill'in elinde oynadığı bir parça plasteri saklamak;*

böyle bir şey aklımın ucundan bile geçmezdi! Ben hiç böyle biri olmadım!

Harriet yeniden kutusuna dönerek "Burada," dedi. "Daha da değerli olan başka bir şey daha var, yani en başından beri değerli olan bir şey demek istiyorum çünkü bu eskiden de ona aitti, oysa plaster değildi."

Emma bu değerli hazineyi görmek için sabırsızlanıyordu. Bu, eski bir kurşunkalemin tepesiydi, yani kurşunsuz kısmı.

Harriet, "Bu en başından beri ona aitti," dedi. "Anımsıyor musunuz, bir sabah... Hayır, anımsadığınızı sanmıyorum ama bir sabah; tam olarak hangi gün olduğunu unuttum, o geceden önceki salı ya da çarşamba olmalı, cep defterine bir şeyler not etmek istemişti, *spruce-beer** ile ilgili bir şey. Mr. Knightley ona spruce-beer yapımıyla ilgili bir şey söyledi, o da not etmek istedi ama kalemini cebinden çıkarınca ucunun hemen hemen kalmadığını gördü, açarken de bitti. Kendi kalemiyle yazamayınca siz ona başka bir kalem verdiniz ve bu da artık işe yaramayacağı için masada kaldı. Buna göz koymuştum, cesaret edebildiğim ilk anda onu aldım ve o andan sonra da hiç yanımdan ayırmadım."

Emma, "Bunu anımsıyorum!" diye haykırdı. "Çok iyi anımsıyorum. Spruce-beer'den bahsediliyordu. Ah! Evet, Mr. Knightley de ben de spruce-beer sevdiğimizi söylemiştik ve Mr. Elton da içerse seveceğini sandığını söyledi. Bunu çok iyi anımsıyorum. Mr. Knightley tam burada duruyordu, değil mi? Aklımda öyle kalmış."

"Ah! Bilemiyorum. Anımsayamıyorum. Çok tuhaf ama anımsamıyorum. Mr. Elton burada oturuyordu, bunu anımsıyorum, benim şimdi oturduğum yerin yakınında."

---

* Spruce-beer: Dönemin çok sevilen içeceği. Çam ağaçlarının kabuğu, iğnesi ya da reçinesiyle tatlandırılmış bir bira türü. Spruce-beer alkollü ya da alkolsüz olabilir. (Ç.N.)

"Neyse, sen devam et."

"Ah! Hepsi bu işte. Size göstereceğim ya da söyleyeceğim başka bir şey yok, şimdi ikisini de ateşe atacağım; bunu yaptığımı görmenizi istiyorum."

"Benim sevgili, zavallı Harriet'im. Demek bunları saklamaktan mutluluk duydun, öyle mi?"

"Evet, ne kadar aptalmışım ama şimdi bu yaptığımdan utanç duyuyorum, keşke bu utancı unutmak da bunları yakmak kadar kolay olsa. Bu hataydı, özellikle de o evlendikten sonra saklamaya devam etmem. Bunu biliyordum ama onlardan ayrılma kararlılığını gösteremiyordum."

"İyi de gerçekten plasteri yakman gerekiyor mu, Harriet? Kurşunkalem parçasına söyleyecek bir şeyim yok ama plaster işe yarayabilir."

Harriet, "Yakarsam çok mutlu olacağım," dedi. "Onu görmek beni sinirlendiriyor. Her şeyden kurtulmalıyım. Bitti gitti, işte. Tanrı'ya şükürler olsun, Mr. Elton öyküsünün de böylece sonu geldi!"

Emma içinden "Acaba Frank Churchill ne zaman başlayacak?" diye düşündü.

Bundan az sonra Emma'nın bu öykünün zaten başlamış olduğuna inanması için bazı kanıtlar ortaya çıktı ve Emma Çingenelerin Harriet'in falına bakmamış olsalar bile bu yolu açmış olmalarını umdu.

O günden iki hafta kadar sonra hiç beklenmedik bir anda Emma'nın beklediği tatmin edici açıklama geldi. Emma o sırada bunu düşünmüyordu, dolayısıyla bu bilgi onun için çok değerliydi. Havadan sudan konuşuyorlardı. Bir ara Emma "Evet Harriet, evlendiğinde benden sana tavsiye, şöyle yap, böyle yap..." diyordu ki kısa bir sessizliğin ardından Harriet çok ciddi bir sesle "Ben asla evlenmeyeceğim," dedi.

Emma bir anda başını kaldırdı, Harriet'e baktı ve durumu anladı. Kısa bir süre acaba duymazdan mı gelsem, yoksa gelmesem mi gibi bir kararsızlık içinde bocaladıktan sonra bir anda sordu: "Evlenmeyecek misin? Bu yeni bir karar."

"Hiçbir zaman değiştirmeyeceğim bir karar."

Emma yine bir an duraksadıktan sonra "Umarım bu... yani demek istediğim, umarım bunun Mr. Elton'la ilgisi yoktur?" dedi.

Harriet hışımla "Mr. Elton mı, gerçekten hâlâ bana bunu mu soruyorsunuz?" diye bağırdı. "Ah! Hayır. Asla."

O anda Emma "O Mr. Elton'dan çok daha üstün biri!" tarzında bir şey duyar gibi oldu.

Daha sonra bunun üzerinde uzun uzun düşündü. Üzerine gitmeli miydi? Yoksa duymazdan gelip hiçbir şeyden kuşkulanmıyormuş gibi mi yapmalıydı? Bunu yaparsa Harriet onun bu konuya soğuk baktığını ya da kızdığını düşünebilirdi. Ya da bu sessizlik Harriet'in duymayı hiç istemediği şeyleri itiraf etmesine yol açabilirdi ki Emma artık eskisi gibi kayıtsız şartsız bir yakınlık, umut ve dileklerin açık seçik bir biçimde sürekli tartışılmasını istemiyordu ve bu konuda çok kararlıydı. Belki Harriet'in anlatmak ve öğrenmek istediği her şeyi bir an önce açıklaması daha doğru olacaktı. Açık olmak her zaman en iyisiydi. Emma zaten böyle bir konu açılırsa ne kadar ileri gideceğine çok önceden karar vermişti, dolayısıyla ikisi için de onun kendi aklıyla, sağduyusuyla aldığı kararın bir an önce açıklanması çok daha iyi olacaktı.

Kararını verdi ve kararlılıkla konuştu.

"Harriet, senin söylemek istediğin şeyi anlamamış gibi yapmak istemiyorum. Evlenmeme kararın ya da asla evlenmeyeceğin yönündeki beklentin, tercih ettiğin insanın sana uygun olduğunu düşünemeyeceğin kadar üstün bir konumda olduğuna inanmandan kaynaklanıyor. Bu doğru, değil mi?"

"Ah! Miss Woodhouse, inanın bana, ben böyle bir şeyi düşünecek kadar haddini bilmez biri değilim; gerçekten aptal da değilim ama ona uzaktan da olsa hayran olmak, onun dünyadaki herkesten çok daha üstün olduğunu düşünmek, onu minnettarlıkla, saygıyla anmak; bu benim için çok büyük bir zevk, ki bu benim durumumdaki biri için çok doğal."

"Harriet, bu söylediklerine hiç şaşırmadım. Sana yaptığı iyilik yüreğini tutuşturmaya yetmiş olmalı."

"İyilik mi? Ah, bu sözcüklerle ifade edilemeyecek bir şeydi! Bunun için ona minnettarım. Tanımlanamayacak bir minnettarlık bu! Bunu anımsamak, o sırada hissettiklerim, onu bana doğru gelirken gördüğümde aklıma gelenler, soylu duruşu, benim çaresiz ve sefil hâlim. Olağanüstü bir şey bu! Bir an içinde her şeyin değişmesi, hem de öylesine perişanken! Mutlak bir mutsuzluktan, mutlak bir mutluluğa geçişti bu!"

"Bu çok doğal! Çok doğal ve de onurlu bir duygu. Evet, bu kadar doğru bir seçim yapmışken bu kadar alçak gönüllü olabilmen çok onurlu bir duruş. Ama bunun talihli bir seçim olduğunu söylemem pek kolay değil. Sana duygularına kapılmanı tavsiye edemeyeceğim, Harriet. Bu duygularının karşılık bulacağına yönelik bir tahminde bulunamıyorum. Durumu iyice düşün, taşın. Belki de şimdi, daha başındayken duygularını bastırman en akıllıca şey olacaktır. Eğer onun da senden hoşlandığından emin değilsen, duygularının seni sürüklemesine izin verme. Onu iyi gözlemle. Onun tutumu senin duygularına yön versin. Seni uyarıyorum, şimdiden tedbirli olmanı söylüyorum çünkü bu konuda seninle bir daha konuşmayacağım. Bu gibi gönül işlerine karışmamaya kesin kararlıyım. Bundan böyle bu konuyla ilgili hiçbir şey bilmiyorum. Lütfen konuşurken ağzımızdan bir isim çıkmasın. Daha önce çok yanıldık, yanlışlar yaptık; artık tedbirli olalım. O senden üstün, buna hiç kuşku yok, bu konuda çok ciddi itirazlar, engeller olabilirmiş gibi görünüyor ama yine de Harriet yaşamda mucizelere de yer var; bundan çok daha şaşılacak şeyler gerçekleşmiş, aralarında çok daha fazla seviye farkı olan insanlar birbirleriyle evlenmiştir. Kendine dikkat et, aşırı iyimserliğe kapılma. Sonuç ne olursa olsun, böyle bir kişiyi seçmiş olman yüksek bir zevkin işareti ve buna her zaman değer vereceğim."

Harriet, sessiz ve uysal bir minnettarlık içinde arkadaşının elini öptü. Emma böyle bir ilginin arkadaşı için kötü olmadığını düşünme konusunda çok kararlıydı. Bu, onun ruhunu, fikirlerini, zevkini yüceltecek; ufkunu genişletecek bir yaklaşımdı ve onu seviyesini düşürme tehlikesinden koruyacaktı.

BÖLÜM 41

Planlar, umutlar ve hoşgörüler arasında Hartfield'de haziran ayı geldi. Haziranla birlikte Highbury'nin yaşantısında hemen hiçbir şey değişmemişti. Eltonlar Sucklinglerin beklenen ziyaretlerinden ve Barouche Landau arabalarıyla yapacakları gezilerden bahsediyorlardı, Jane Fairfax hâlâ büyükannesinin yanındaydı. Campbelllar İrlanda dönüşünü yine ertelemişlerdi. Gelecekleri tarih yaz ortasından ağustos sonuna kaydırıldığı için Jane orada iki ay daha kalacaklarmış gibi görünüyordu, tabii eğer Mrs. Elton'ın ona yardım etme çabasının üstesinden gelebilir ve isteği dışında iyi bir işe konulmaktan kendisini kurtarabilirse.

Yalnızca kendisinin bildiği bir nedenle Frank Churchill'den en başından beri hiç hazzetmeyen Mr. Knightley ondan giderek daha da az hoşlanıyordu. Bu kez de genç adamın Emma'nın peşinde koşarken ikili oynadığından kuşkulanmaya başlamıştı. Emma'yı elde etmeye çalıştığından hiç kuşku yoktu. Her şey bunu gösteriyordu; genç adamın yakın ilgisi, babasının imaları, üvey annesinin anlamlı sessizliği; hepsi birbiriyle uyum içindeydi. Sözcükler, davranışlar, suskunluklar, gevezelikler, hepsi aynı öyküyü anlatıyordu. Herkes Frank'i Emma'ya yakıştırır, Emma'nın kendisi ise Frank'i Harriet için düşünürken, Mr. Knightley Frank'in ikili oynadığından, Jane Fairfax ile flört ettiğinden kuşkulanıyordu. Knightley emin değildi, anlam veremiyordu ama aralarında gizli bir anlaşma olduğunu seziyordu; tabii yanılıyor olabilirdi ama bir şeyler olduğunu düşünüyordu. Genç adamın Miss Fairfax'e duyduğu hayranlığın belirtilerini fark etmişti ve her ne kadar Emma gibi hayale kapılmak istemiyor olsa da bunların anlamsız olduklarına inanamıyordu. İçinde bu kuşku ilk uyandığında Emma yanlarında değildi. Eltonlarda Randalls ailesi ve Jane'le birlikte yemekteydiler. Frank Churchill'in Miss Fairfax'e bakışını yakalamıştı, tek bir bakış (ya da belki daha çok) ve bu bakışı Miss Woodhouse'a âşık olduğu düşünülen bir delikanlıya hiç yakıştıramamıştı. Daha sonra onlarla birlikte olduğu anlarda da bu bakışı unutamamış ve yine elinde olmadan bazı gözlemler yapmıştı. Cowper'in* alacakaranlıkta yaktığı ateş karşısında dediği gibi "Bu gördüklerimi yaratan benim," diyemiyordu çünkü Frank Churchill'le Jane arasında bir duygusal yakınlık, hatta gizli bir anlaşma olduğu yönündeki kuşkuları giderek güçleniyordu.

Bir gün akşam yemekten sonra sık sık yaptığı gibi Hartfield'de geldi. O sırada Emma ve Harriet yürüyüşe çıkıyorlardı, Mr. Knightley de onlara katıldı. Dönüşte daha kalabalık bir gruba rastladılar, onlar da yağmur yağabileceğini düşündükleri için yürüyüşlerini erkene almayı yeğlemişlerdi; Mr. ve Mrs. Weston ve oğulları, Mrs. Bates ve yeğeni. Aslında onlar da tesadüfen karşılaşmışlardı. Hep birlikte yürüdüler ve Hartfield'in kapısına geldiklerinde babasının çok hoşuna gideceğini bildiği için Emma hepsine içeri girip çay içmeleri için ısrar etti. Randalls grubu daveti hemen kabul etti, Mrs. Bates de kimsenin pek dinlemediği uzun bir konuşmanın ardından Miss Woodhouse'un bu çok kibar davetini kabul edebileceğini söyledi.

---

* William Cowper (1731-1800) İngiliz şair ve hümanist. Zamanının en popüler şairlerinden biri, 18. yy. günlük yaşamı ve kırsal doğal yaşam ile ilgili şiirler yazmıştır. Romantik şiirin öncüleri arasında yer alır. (Ç.N.)

Tam Hartfield arazisine girerken yanlarından atıyla Mr. Perry geçmişti. Beyler onun atını konuştular.

O sırada Frank Churchill Mrs. Weston'a "Aklıma gelmişken sorayım," dedi, "Mr. Perry'nin araba alma planı ne oldu?"

Mrs. Weston şaşırmıştı.

"Onun böyle bir planı olduğunu bilmiyordum," dedi.

"Hayır, bunu sizden duymuştum. Üç ay önce bana yazdığınız mektupta bundan bahsetmiştiniz."

"Ben mi? Olanaksız!"

"Gerçekten bahsettiniz. Çok iyi anımsıyorum. Hem de bunun çok kısa bir süre içinde gerçekleşeceğini yazmıştınız. Mr. Perry söylemiş, bundan dolayı çok mutluymuş. Zaten Mr. Perry'yi fayton almaya ikna eden de karısıymış çünkü kötü havalarda dışarıda olmasının ona çok zarar verdiğine inanıyormuş. Şimdi anımsadınız mı?"

"Yemin ederim ki şu ana kadar bundan haberim bile yoktu. Öyle bir şey dendiğini de duymadım."

"Duymadınız mı? Gerçekten mi? Tanrım, bu nasıl olabilir? O zaman rüyamda görmüş olmalıyım ama bundan kesinlikle eminim. Miss Smith, yorgun gibisiniz. Bir an önce eve gitmek istiyor gibi bir hâliniz var."

Mr. Weston, "Neymiş? Neymiş?" diye bağırdı. "Perry ve araba mı? Perry araba mı alacakmış Frank? Buna gücünün yetmesine sevindim. Kendisi mi söyledi?"

Oğlu gülerek "Hayır efendim," dedi. "Görünüşe bakılırsa hiç kimseden duymamışım. Çok tuhaf! Oysaki Mrs. Weston'ın haftalar önce Enscombe'a yazdığı mektuplardan birinde bu konudan ayrıntılarıyla bahsettiğinden emindim ama kendisi bundan haberi olmadığını söylüyor, bu durumda rüya görmüş olmalıyım. Ben çok rüya görürüm. Burada olmadığım zamanlarda Highbury'deki herkesi rüyamda görüyorum, yakın dostlarım bitince Mr. ve Mrs. Perry'yi de görmeye başlamış olmalıyım."

Babası "Çok tuhaf," dedi "Enscombe'dayken aklına bile gelmemesi gereken insanları rüyanda görmen çok ilginç. Perry'nin araba alması, onu buna sağlığına özen gösterdiği için karısının ikna etmesi; bu er ya da geç olması gereken bir şey, bunda hiç kuşkum yok ama henüz biraz erken. Bazen insan rüyasında da gerçekte olabilecek şeyler görüyor! Sonra bunları gerçek sanıyor. İçine doğmuş gibi! Bazen de hiç olamayacak şeyler görüyorsun! Neyse Frank, bu rüya burada olmadığın zamanlarda bile Highbury'yi düşündüğünü gösteriyor. Sen de çok rüya görür müsün, Emma?"

Emma bu konuşulanları duyamayacak kadar uzaktaydı. Babasını misafirlerin gelişine hazırlamak için aceleyle önden gitmişti, dolayısıyla da Mr. Weston'ı duyamamıştı.

Son birkaç dakikadır sesini duyurmak için çırpınan Mrs. Bates "Aslına bakarsanız," diye bağırdı. "Bu konuda benim de söyleyeceklerim var. Mr. Frank Churchill gerçekten de bunu duymuş olabilir, yani onun hep burayı düşündüğünü inkâr etmek mümkün değil; rüyasında görmemiştir demek istemiyorum, emin olun ben de bazen dünyanın en tuhaf rüyalarını görürüm ama şunu da belirtmem gerekir ki geçen bahar Mr. Perry'nin böyle bir düşüncesi vardı, anneme kendisi anlatmıştı; bizim gibi Colelar da bunu biliyor ama bu aramızda bir sırdı, başka kimse bu durumu bilmiyordu, yalnızca birkaç gün düşünüldü. Mrs. Perry eşinin araba sahibi olması konusunda çok ısrar ediyordu ve bir sabah çok mutlu bir hâlde anneme geldi, eşini ikna ettiğine inanıyordu. Jane, eve döndüğümüzde anneannenin bunu bize anlattığını anımsamıyor musun? O gün nereye yürüdüğümüzü unuttum, herhâlde Randalls'a, evet Randalls'a yürümüş olmalıyız. Mrs. Perry annemi hep sevmiştir, gerçi annemi sevmeyen yok; öyle birini tanımıyorum, anneme güvendiği için bu konuyu açmış, aralarında sır olarak kalması için, tabii bize anlatmasına hiçbir itirazı olmamış ama başkasına değil, o günden bugüne tanıdığım hiç kimseye bundan bahsetmedim. Ama ağzımdan kaçırmadım diyemem, bazen fark etmeden bazı şeyleri kaçırdığımı biliyorum. Çok konuşuyorum, bunu biliyorsunuz, biraz gevezeyim; arada sırada ağzımdan söylememem gereken bir şeylerin kaçtığı oluyor. Ben Jane gibi değilim, keşke olsam. O söylememesi gereken bir şeyi asla söylemez, ağzından hiçbir şey kaçırdığını duymadım. Nerede ki o? Ah! Geride kalmış. Mrs. Perry'nin gelişini çok iyi anımsıyorum. Gerçekten de çok olağanüstü bir rüya!"

Artık hole giriyorlardı. Mr. Knightley'nin gözleri Jane'in gözlerini Miss Bates'inkilerden önce bulmuş ve o gözlerdeki bakışı fark etmişti. Şaşkınlığını bastırmaya ya da gülerek geçiştirmeye çalışan Frank Churchill de Jane'e bakıyordu ama genç kız epeyce arkada kalmıştı ve şalıyla meşguldü. İçeri ilk giren Mrs. Weston oldu. İki beyefendi kapıda onun geçmesini beklediler. Mr. Knightley, Frank Churchill'in de Jane'le göz göze gelmeye çalıştığını fark etmişti. Sanki ısrarla ona bakıyordu ama böyle bir şey varsa bile boşunaydı, Jane ikisine de bakmadan aralarından geçip hole girdi.

Daha fazla yorum ya da açıklama için zaman yoktu. Bunun rüya olduğu kabul edilmeliydi. Mr. Knightley de diğerleriyle birlikte Emma'nın Hartfield'e getirttiği geniş, modern, yuvarlak masanın etrafındaki yerini aldı. Bu masayı oraya yerleştirmeye ve babasını kırk yıldır her gün yemek yediği o küçük Pembroke[*]

---

[*] İki kenarı katlanarak küçültülebilen masa (Ç.N.)

masanın yerine bunu kullanmaya ikna etmeye Emma'dan başka kimsenin gücü yetmezdi.

Çay saati rahat, tatlı bir havada geçti; kimsenin kalkmak için acelesi yoktu.

Frank Churchill, oturduğu yerden hemen arkasındaki küçük masaya uzanarak "Miss Woodhouse," dedi. "Yeğenleriniz alfabelerini de yanlarında mı götürdüler, hani şu harf kutusunu? Burada duruyordu. Şimdi nerede? Serin, kapalı bir akşam olacak gibi, yaz akşamından çok kış akşamına benziyor. Hani bir sabah o harflerle oynamış, çok eğlenmiştik. Size yine bulmacalar kurup sizi düşündürmek isterim."

Bu düşünce Emma'nın da hoşuna gitmişti ve kutuyu çıkardı, kısa bir süre içinde masaya alfabenin bütün harfleri yayıldı, ikisi dışında kimse bunlarla oynamaya hevesli görünmüyordu. Birbirleri için ya da bulmaca çözmek isteyen başkaları için hızla harfleri dizip kelimeler oluşturmaya başladılar. Bu oyunun sessiz olması Mr. Woodhouse'un çok hoşuna gitti, Mr. Weston'ın önerdiği hareketli ve gürültülü oyunlardan rahatsız oluyordu. Orada mutluluk içinde oturmuş, zavallı küçük oğlanların Hartfield'den ayrılmış olmalarının tatlı hüznüyle hayıflanıyor, bir yandan da hemen yakınındaki bir sözcüğe bakarken Emma bunları ne kadar güzel yazıyor, diye gururlanıyordu.

Frank Churchill Miss Fairfax'in önüne birtakım harfler koydu. Genç kız hafifçe masanın çevresine göz gezdirdikten sonra önündeki harflerle uğraşmaya başladı. Frank, Emma'nın yanında oturuyordu, Jane de karşılarında; Mr. Knightley hepsini görebileceği bir yere yerleşmişti amacı mümkün olduğunca fark edilmeden görebileceği kadar çok şey görmekti. Kelime bulundu ve hafif bir gülümsemeyle ileri itildi. Eğer amaç hemen harfleri diğer harflerin arasına karıştırıp sözcüğü gözlerden ırak tutmak olsaydı, Jane'in tam karşıya değil de masaya bakması gerekirdi çünkü harfler karışmadı ve yeni sözcükler bulmaya pek meraklı olan ancak hiçbirini çözemeyen Harriet hemen alıp üzerinde çalışmaya başladı. Harriet Mr. Knightley'nin yanında oturuyordu ve yardım almak için ona döndü. Sözcük pot kırmak anlamına gelen *'blunder'* idi ve Harriet bunu sevinçle açıklarken Jane'in yanaklarında beliren pembelik bunun çok daha öte bir anlam taşıdığını gösterdi. Mr. Knightley bunu rüyayla bağdaştırdı ama bunun nasıl olabileceğini aklı almıyordu. Çok sevdiği Emma'nın duyarlılığı, sezgileri ve sağduyusu nasıl olup da uyanmamıştı! Bunun arkasında kesin bir ilişki olduğundan korkuyordu. Her adımda sahtekârlık ve ikiyüzlülükle karşılaşıyordu. Bu harfler çapkınlık ve desise aracıydı. Frank Churchill tarafından çok daha derin bir oyunu saklamak için seçilmiş bir çocuk oyunu...

Mr. Knightley, Frank Churchill'i çok daha büyük bir dikkat ve kızgınlıkla gözlemlemeye başladı, bu arada hiçbir şeyin farkında olmayan iki genç hanımı da kaygı ve tedirginlikle izliyordu. Frank Emma için kısa bir kelime hazırlayıp – kurnazca – masum, utanmış izlenimi uyandıran sahte bir bakışla masaya sürdü. Emma bunu kısa bir süre içinde çözüp çok eğlenceli buldu ama kınarmış gibi "Saçma! Ne kadar ayıp!" dedi. Knightley, Frank Churchill'in Jane'e doğru bakarak "Bunu ona vereceğim, vereyim mi?" diye sorduğunu, Emma'nın da buna sıcak bir gülümsemeyle itiraz ettiğini duydu. "Hayır, hayır, asla olmaz, vermeyin, vermemelisiniz."

Ama Frank bunu yaptı. Duyguları olmasa da âşık olabilen, beğenilecek bir tarafı olmasa da iyi bir izlenim bırakabilen görkemli genç adam kelimeyi Miss Fairfax'e uzattı ve kendinden emin, kibar bir havada incelemesi için ısrar etti. Mr. Knightley'nin bu kelimenin ne olabileceğine ilişkin aşırı merakı tüm dikkatini sözcüğe vermesine neden oldu ve sözcüğün Dixon olduğunu anlaması uzun sürmedi. Jane Fairfax de onunla aynı zamanda kelimeyi çözmüştü ancak bu beş harfin dizilişinden çok gerisindeki gizli anlamla meşgul gibiydi. Gördüklerinden hiçbir şekilde hoşnut değildi, başını kaldırdı ve kendisine bakıldığını görünce Mr. Knightley'nin daha önce hiç görmediği kadar kızardı. Sonra "Bu oyunda özel isimlere de izin verildiğini bilmiyordum," diyerek hışımla harfleri itti ve artık oynamak istemediğini açıkça belirtti. Sonra bu saldırıyı yapanlara arkasını dönerek teyzesine baktı.

Jane tek bir kelime bile etmediği hâlde teyzesi "Ah, haklısın, tatlım!" diye haykırdı. "Ben de tam aynı şeyi söyleyecektim. Gitme zamanımız geldi. Artık yola koyulmalıyız. Geç oldu, anneannen merak eder. Saygıdeğer beyefendi, çok naziksiniz. Her şey için çok teşekkür ederiz. Ne yazık ki artık size iyi geceler dilememiz gerekiyor."

Jane de gitmek için sabırsızlanıyordu, hemen ayağa kalktı, masadan ayrılmak istedi ama o kadar çok kişi aynı anda kalkmıştı ki yerinden ayrılamadı. Mr. Knightley o anda aceleyle ona doğru itilen bir başka kelime olduğunu ancak onun bu harflere bakmadan büyük bir kararlılıkla harfleri dağıtıp geri ittiğini gördü.

Jane daha sonra şalını aramaya başladı. Frank Churchill de onun şalını arıyordu, hava kararmaktaydı; salon karmakarışıktı, vedalaşıldı ama Mr. Knightley onların nasıl oradan ayrıldıklarını göremedi.

Mr. Knightley herkes gittikten sonra Hartfield'de kaldı; kafası o akşam gördükleriyle dopdoluydu. Bir süre sonra şamdanlar yakıldı, Knightley Emma'yı aydınlatması, gözlemledikleri hakkında bilgi vermesi gerektiğini düşünüyordu. Şamdanların yakılması da buna bir işaretti sanki. Evet, kesinlikle, bir dost olarak endişeli bir dost olarak, Emma'yı üstü kapalı bir şekilde uyarması, ona bazı sorular sorması gerektiğini hissediyordu. Onu böylesi tehlikeli bir durumdan korumaya çalışmamak olacak şey değildi. Bu onun göreviydi.

"Emma, yalvarırım söyle bana" dedi. "Sana ve Miss Fairfax'e verilen o son kelimenin ilginç ve bir o kadar da kırıcı olmasının nedeni neydi? Sözcüğü gördüm ve bunun nasıl olup da biriniz için eğlenceli diğeriniz için incitici olabildiğini çok merak ettim."

Emma'nın kafası karışmıştı. Ne diyeceğini bilemiyordu. Ona gerçeği açıklamayı göze alamazdı, Dixon'lar ve Jane ile ilgili kuşkuları ortadan kalkmamıştı ama bunu Frank Churchill'e açıklamış olmaktan büyük bir utanç duyuyordu.

Gözle görülür bir hırçınlıkla "Ah!" diye bağırdı. "Bunun hiçbir anlamı yok; aramızda bir şaka, hepsi bu."

Mr. Knightley soğuk ve ciddi bir ifadeyle "Görünüşe bakılırsa bu Mr. Churchill'le senin aranda bir şaka."

Mr. Knightley Emma'nın bir şey söyleyeceğini umuyordu ama genç kız hiç sesini çıkarmadı. Konuşmamak için bir şeylerle meşgul olmaya çalışıyordu. Mr. Knightley bir süre daha kuşku içinde oturdu. Aklından türlü türlü kötü ihtimaller geçiyordu. Müdahale etse bundan bir sonuç çıkmazdı. Emma'nın şaşkınlığı ve aralarındaki yakınlık onun Frank Churchill'e âşık olduğunu gösteriyordu. Mr. Knightley yine de konuşmaya karar verdi. Bunu Emma'ya borçluydu, ona karşı sorumluluğu vardı; onun iyiliği için Emma istemese bile onun işlerine burnunu sokmayı göze almalıydı. Müdahale etmekten kaçındığını anımsayıp sonradan pişman olmaktansa kendisine yönelebilecek tüm tepkileri göğüslemeliydi.

Sonunda yumuşak, dostça bir tavırla "Sevgili Emma," dedi. "Bahsettiğimiz beyefendi ve hanımefendi arasındaki tanışıklığın derecesini tam olarak bildiğinden emin misin?"

"Mr. Frank Churchill'le Miss Fairfax arasında mı? Ah! Evet, tam olarak biliyorum. Bundan neden kuşkulandınız?"

"Mr. Churchill'in Miss Fairfax'ten ya da Miss Fairfax'in Mr. Churchill'den hoşlandığını düşünmene neden olacak bir şey olmadı mı hiç?"

"Hayır, asla, asla olmadı!" Emma belirgin bir samimiyetle haykırmıştı. "Asla, bir an bile aklıma gelmedi. Hem nasıl oluyor da aklınıza böyle bir şey gelebiliyor ki?"

"Son zamanlarda onların arasında gizli bir bağ olduğu izlenimi edindim; bunun işaretlerini görüyorum, herkesten saklanmaya çalışılan bazı anlamlı bakışlar..."

"Ah! Beni güldürüyorsunuz. Hayal gücünüzün alıp başını gitmesine izin verdiğinizi görmek çok hoşuma gitti ama hepsi boş. İlk denemenizde sizi hayal kırıklığına uğrattığım için üzgünüm ama gerçekten boş hayaller bunlar. Onların arasında değil ilişki beğeni bile yok, bundan emin olabilirsiniz; sizin gözünüze çarpan görüntüler bazı özel durumlardan kaynaklanıyor, tamamen farklı duygulardan. Bunu size açıklamam olanaksız, insana anlamsız hatta saçma gibi geliyor ama şundan emin olun ki şu dünyada aralarında ilişki ya da o anlamda bir ilgi olamayacak iki kişi varsa bu da sözünü ettiğimiz iki kişi; üzerinde konuşmaya, sözünü etmeye bile değmez, hiçbir anlamı yok. Miss Fairfax açısından bunun böyle olduğunu varsayıyorum, Mr. Frank Churchill açısından ise bunun böyle olduğuna eminim, kefil olabilirim."

Emma'nın konuşmasındaki özgüven Mr. Knightley'yi afallatmış, inanç ise susturmuştu. Emma'nın neşesi yerindeydi, Mr. Knightley'nin kuşkularının ayrıntılarını konuşmak, sözünü ettiği o bakışları tanımlatmak, onu çok eğlendiren bu iddianın nedenini, niçinini öğrenmek istediği için bu konuşmayı uzatmak istiyordu ama Mr. Knightley ruhsal durumu buna uygun değildi. Knightley konuşmanın bir yararı olmayacağını görmüştü, duyguları konuşmasını engelleyecek kadar incinmişti. Mr. Woodhouse'un hassas bünyesi gereği yıl boyunca her akşam yakılması alışkanlık hâline getirilmiş ateş gibi daha fazla kızışmamak için hızla oradan ayrıldı, Donwell'in serinliğine ve sessizliğine doğru yürüdü.

BÖLÜM 42

Mr. ve Mrs. Suckling'in her an ziyarete gelebilecekleri umuduyla uzun süredir bekleyen Highbury sakinleri onların sonbahara kadar gelemeyeceklerini öğrenmenin üzüntüsüne katlanmak zorunda kalmışlardı. Bu durumda entelektüel dağarcıkları zenginleştirecekleri, dışardan ithal edilecek bir yenilik olanağı yoktu. Dolayısıyla günlük konuşmalarını yeniden Sucklinglerin gelişi haberleriyle karışmış olan yerel, eski konularla sınırlanmak zorunda kaldılar. Bunların arasında en çok ilgi çekenler ise her gün yeni bir rapora konu olan Mrs. Churchill'in sağlık durumuyla ilgili son gelişmeler, Mrs. Weston'ın mutluluğuna mutluluk katacak bir bebek beklemesiydi. Doğum yaklaştıkça onun kadar komşularının da heyecanı ve mutluluğu artıyordu.

Mrs. Elton büyük bir hayal kırıklığı içindeydi. Büyük bir keyif ve gösteriş imkânının ertelenmesi söz konusuydu. Bütün tanıştırma partilerinin ve övünme planlarının beklemesi gerekecekti; tasarlanan tüm eğlenceler daha bir süre dillendirilen hayaller olarak kalacaktı ama Mrs. Elton biraz düşününce her şeyi ertelenmesine gerek olmadığı kanısına vardı. Sucklingler gelmemiş olsalar bile onlar kendi aralarında Box Hill'e bir keşif gezisi düzenleyebilirlerdi. Sonbaharda, yani Sucklingler gelince oraya yeniden gidilebilirdi. Onlar gelince böyle bir gezi yapılacağı herkes tarafından uzunca bir süredir biliniyordu. Hatta bu, bir başka gezi fikrini de çağrıştırmıştı. Emma yaşamı boyunca hiç Box Hill'e gitmemişti; herkesin görülmeye değer bulduğu bu yeri merak ediyordu, hatta Mr. Weston'la birlikte güzel bir günün sabahında arabayla oraya gitmeye karar vermişlerdi. Seçtikleri iki ya da üç kişi de onlara katılacak; bu sessiz, sakin, gösterişten uzak ve seviyeli bir gezi olacaktı. Bu asla Mrs. Elton ve Sucklinglerin düzenleyeceği yeme içme ağırlıklı, abartılı bir piknik havasında bir şey olmayacaktı.

Bunu aralarında o kadar açık ve net biçimde konuşmuşlardı ki Emma, Mr. Weston'ın bu konuyu ablasının ve eniştesinin gelemeyeceklerini öğrenen Mrs. Elton'a da açtığını ve birlikte gitmelerini önerdiğini duyunca çok şaşırdığı gibi çok da sıkıldı. Mrs. Elton bu teklifi hemen kabul etmişti, Emma'nın da bir itirazı olmazsa birlikte gidilecekti. Emma'nın tek itirazı Mrs. Elton'dan hiç hoşlanamaması olabilirdi ama Mr. Weston bunu zaten bildiğine ve dikkate almadığına göre aynı şeyi yeniden gündeme getirmenin anlamı yoktu. Gitmemesi ise Mr. Weston'ı çok kıracak, Weston'ın da üzülmesine yol açacaktı. Sonuç olarak Emma ister istemez kendini normalde kaçmak için her şeyi yapmayı göze alabileceği bir planın içinde buldu, bu öyle bir plandı ki onu Mrs. Elton'ın grubunda olduğu gibi bir aşağılanmaya bile açık duruma getirebilirdi. Tüm duyguları incinmişti, dıştan bunu kabullenmiş gibi görünse de buna katlanmak zorunda kalması içten içe Mr. Weston'ın sınır tanımayan iyi niyetine karşı duyduğu öfkeyi artırıyordu.

Mr. Weston çok büyük bir pişkinlikle "Bu yaptığımı onayladığın için çok mutluyum," dedi. "Zaten biliyordum. Kalabalık olmazsa bu gibi gezilerin keyfi olmaz. Ne kadar çok insan olursa o kadar iyi. Kalabalık bir grup herkesin eğleneceğinin garantisidir. Ayrıca o iyi huylu bir kadın. Onu dışlamak olmaz."

Emma bu söylenilenlerin hiçbirine yüksek sesle karşı çıkmadı ama içinden de hiçbirini kabul etmedi.

Haziran ayının ortasına gelmişlerdi; havalar çok güzeldi. Mrs. Elton ve Mr. Weston gezi tarihini belirlemek ve Mrs. Weston'la bıldırcınlı börek ile soğuk koyun budu arasındaki seçimin sonucunu kararlaştırmak için sabırsızlanıyorlardı. Tam o sırada talihsiz bir olay planların ertelenmesine neden oldu. Arabalardan birinin atı topallıyordu. Atın iyileşmesi haftalarca sürebilirdi; bugünlerde bir süre yürümemesi gerekiyordu ve bu durumda hazırlıkların sürdürülmesi olanaksızdı; hüzünlü bir bekleme dönemine girmişlerdi. Mrs. Elton'ın iç dünyasının zenginliği bile bu darbeyi hoşgörüyle göğüslemesine yeterli olmadı.

"Ne sıkıcı bir durum, değil mi Knightley?" diye bağırdı. "Üstelik de doğayı keşfetmek için hava bu kadar uygunken! Böylesi gecikmeler ve hayal kırıklıklarının yaşanması gerçekten çok kötü. Ne yapacağız şimdi? Böyle giderse biz hiçbir şey yapamadan yaz gelip geçecek. Emin olun, geçen yıl daha bu zamanlar bile gelmeden Maple Grove'dan Kings Weston'a çok güzel bir gezi düzenlemiştik."

Mr. Knightley, "Siz en iyisi Donwell'i keşfedin," dedi. "Bunun için ata da gerek yok. Gelin ve çileklerimden yiyin. Hızla olgunlaşıyorlar."

Mr. Knightley başlangıçta bu sözlerinde ciddi olmasa bile devamında ciddi olmak zorunda kaldı çünkü teklifi büyük bir memnuniyetle kabul gördü. "Ay ne hoş, çok isterim," sözcüklerinin söyleniş tarzı kadar o andaki tavırlar da bunu açıkça ortaya koyuyordu. Donwell'in çilek tarhları çok ünlüydü, böyle bir davet yapılmasının gerekçesi olarak çilek görünüyordu ama aslında bahaneye gerek yoktu; hanımefendi için lahana tarlaları da çekici olabilirdi, maksat gezmek olsun. Mr. Knightley'ye defalarca ve defalarca çilek tarhlarını görmeye geleceğine söz verdi, hatta Mr. Knightley'nin beklediğinden de daha sık geleceği anlaşılıyordu; bunu kendisine gösterilen büyük bir yakınlığın kanıtı, açık bir iltifat ve de ayrıcalık olarak gördüğü için ona minnettardı, bundan onur duyuyordu.

"Bu konuda bana güvenebilirsiniz," dedi. "Kesinlikle geleceğim. Siz günü söyleyin, ben gelirim. Jane Fairfax'i de getirmeme izin verirsiniz, değil mi?"

Adam, "Günü ben belirleyemem," dedi. "Çünkü önce sizinle bir araya getirmek istediğim kişilerle konuşmam gerekiyor."

"Ah! İşin o kısmını bana bırakın. Siz bana açık kart verin yeter. Biliyorsunuz ben patroniçeyim. Bu benim partim. Arkadaşlarımı yanımda getiririm."

Mr. Knightley, "Umarım Elton'ı da getirirsiniz," dedi. "Bu arada başkalarını da davet etme zahmetine katlanmanızı istemem."

"Ah! Çok kurnazsınız ama şöyle düşünün, bana bu konuda yetki vermekten çekinmenize hiç gerek yok. Kısmetini bekleyen bir genç kız değilim. Bilirsiniz, evli kadınlara güvenli yetki devredilebilir. Bu benim partim. Bana bırakın. Misafirlerinizi ben belirleyeyim."

Mr. Knightley soğukkanlılığını bozmamaya çalışıyordu. "Hayır," dedi. "Yeryüzünde kimi isterse Donwell'e davet etmesine izin verebileceğim yalnızca tek bir evli kadın var, o da..."

"Sanırım Mrs. Weston," diye sözünü kesen Mrs. Elton'ın buna bozulduğu anlaşılıyordu.

"Hayır, Mrs. Knightley, o buraya gelene kadar da bu gibi şeylerle kendim ilgilenebilirim."

Mrs. Elton tanıdığı birinin kendisine tercih edilmemiş olduğunu anlayınca rahatlamıştı. Bunun memnuniyetiyle "Ah! Ne tuhaf birisiniz," diye haykırdı. "Çok şakacısınız, canınızın istediğini söyleyebilirsiniz. Çok esprilisiniz. Tam bir mizahçı. Neyse, ben yanımda Jane'i getiririm; Jane'i ve teyzesini. Kalanı size bırakıyorum. Hartfield ailesiyle bir araya gelmeye bir itirazım olmaz. Hiç tereddüt etmeyin. Onlara ne kadar yakın olduğunuzu biliyorum."

"Eğer benim kararımla olacaksa onların da orada olacaklarını söyleyebilirim; eve dönerken yolda Miss Bates'e de uğrarım."

"Aslında buna hiç gerek yok, ben Jane'i her gün görüyorum ama siz nasıl isterseniz öyle olsun. Bu bir sabah programı olmalı; öyle değil mi Mr. Knightley, basit bir şey? Ben de büyük ihtimalle geniş kenarlı bir şapka takarım ve yanıma da küçük sepetlerimden birini alırım. Sanırım pembe kurdeleli sepeti. Bundan daha sadesi olamaz, görüyorsunuz. Jane de bir tane alır. Resmiyet yok, gösteriş yok, bir tür Çingene partisi. Bahçelerinizde gezip çilek toplarız, ağaçların altında otururuz; ne ikramınız olacaksa açık havada olsun, gölgeye bir masa konulur. Her şey mümkün olduğunca doğal ve basit olmalı. Siz de böyle düşünüyorsunuz, değil mi?"

"Tam olarak değil. Benim basit ve doğaldan anladığım masanın yemek odasında hazırlanmasıdır. Dayalı döşeli evleri ve hizmetkârları olan beyefendiler ve hanımefendiler için doğal ve sade olan yemeklerini evin içinde alışılageldiği şekilde yemektir. Bahçede çilek yemekten sıkıldığınızda evde soğuk büfe hazır olur."

"Peki nasıl isterseniz. Ancak büyük zahmetlere girmeyin. Bu arada ben ve kâhyam Hodges size fikirlerimizle yardımcı olabilir miyiz? Lütfen, samimiyetle söyleyin Mr. Knightley. Eğer kahyam Mrs. Hodges'a söylemem ya da sizin adınıza göz kulak olmamı istediğiniz bir şey varsa..."

"Herhangi bir yardıma ihtiyacım yok, çok teşekkür ederim."

"Peki ama bir sorunla karşılaşırsanız kâhyam çok beceriklidir."

"Size şu kadarını söylemek isterim ki benim kahyam da kendisinin çok becerikli olduğunu düşünür ve herhangi birinden yardım istemeyi kendine hakaret sayar."

"Keşke bir eşeğimiz olsaydı. Oraya eşek üstünde gelmemiz çok hoş olurdu; Jane, Miss Bates ve ben; cara sposa'm da yanımızda yürürdü. Onunla eşek alma konusunu konuşmalıyım. Kırsal hayatta bunun bir şekilde gerekli olduğuna inanıyorum, bir kadının iç dünyası ne kadar zengin olursa olsun sürekli eve kapanıp kalmak olanaksız. Uzun yürüyüşlere gelince biliyorsunuz, yazın toz oluyor, kışın da çamur."

"Donwell ile Highbury arasında her ikisi de olmaz. Donwell yolu hiçbir zaman tozlu değildir, şu sıralar da özellikle de çok kuru. Tabii eğer istiyorsanız eşekle gelebilirsiniz. Mrs. Cole'un eşeğini ödünç alabilirsiniz. Ben her şeyin mümkün olduğunca sizin zevkinize uygun olmasını isterim."

"Buna hiç kuşkum yok. Bu konuda size hakkınızı teslim etmek isterim, sevgili dostum. Bu katı, dobra tavırlarınızın gerisinde çok sıcak bir kalbin attığını biliyorum. Mr. E.'ye de hep dediğim gibi aslında çok esprili bir insansınız. Evet, inanın bana Knightley, bu programla bana gösterdiğiniz özenin farkındayım. Tam da beni mutlu edecek şeyi buldunuz."

Mr. Knightley'nin gölgede masa kurmak istememesinin bir nedeni daha vardı. Emma gibi Mr. Woodhouse'u da bu partiye katılmaya ikna etmek istiyordu ve dışarıda yemek yenirse Mr. Woodhouse'un kaçınılmaz bir biçimde hasta olmaktan korkacağını düşünüyordu. Mr. Woodhouse kısa bir sabah gezintisinin ardından Donwell'de birkaç saat geçirecek diye perişan edilmemeliydi.

Mr. Knightley, Mr. Woodhouse'u tüm iyi niyetiyle davet etti. Kolay ikna olması için her şeyi açık açık söyledi, hiçbir şeyi saklamadı, gereken garantileri verdi. Davet memnuniyetle kabul edildi. Mr. Woodhouse zaten iki yıldır Donwell'a gitmemişti. Güzel bir havada Emma ve Harriet ile oraya gitmelerinde hiçbir sakınca yoktu; kızlar bahçeleri gezerken o Mrs. Weston'la içeride oturabilirdi. Bu mevsimde gün ortasında bahçelerin nemli olacağını sanmıyordu. Mr. Woodhouse eski evi tekrar görmeyi çok istiyordu, ayrıca Mr. ve Mrs. Elton ve diğer komşularıyla buluşmaktan da büyük mutluluk duyacaktı. Güzel bir günün sabahında kendisi, Emma ve Harriet oraya gidebilirlerdi; buna bir itirazı olamazdı. Mr. Knightley'nin onları davet etmesi çok hoş bir davranıştı; nazik ve sağduyulu. Açık havada yemek yenilmeyecek olması iyiydi, zaten bu doğru değildi ve Mr. Woodhouse dışarıda yemek yemekten hiç hoşlanmazdı.

Mr. Knightley şanslıydı, herkes davetini hemen kabul etmişti. Hatta bu davet öyle iyi karşılanmıştı ki her davet edilen bunu aynen Mrs. Elton gibi kendisine tanınmış bir ayrıcalık olarak nitelendiriyordu. Emma ve Harriet bu davette çok eğlenmenin hayali içindeydiler. Mr. Weston kendisine sorulmadan – eğer mümkün olursa – Frank'in de onlara katılmasını sağlayacağına söz verdi, Mr. Knightley onu da aralarında görmekten çok mutlu olacağını söylemek zorunda kaldı ama bu olmasa daha mutlu olacaktı. Sonuçta Mr. Weston hiç zaman kaybetmeden oğluna mektup yazdı ve onu gelmeye ikna etmek için elinden gelen her şeyi yaptı.

Bu arada topallayan at öylesine bir hızla iyileşti ki Box Hill'e yapılması planlanan gezi büyük bir mutlulukla yeniden ele alındı ve havalar da uygun giderken Donwell için kararlaştırılan günün ertesi günü de Box Hill gezisi için planlandı.

Böylece yaz mevsiminin neredeyse tam ortasında, parlak öğlen güneşinin altında Mr. Woodhouse yalnızca tek bir penceresi hafif aralık bırakılmış kapalı arabasıyla güvenli bir biçimde

Hartfield'den Donwell'e geldi ve sabah erkenden ateş yakılıp onun için hazırlanmış malikânenin en rahat salonlardan birine yerleştirildi. Bulunduğu yerden hoşnut, rahat ve keyifliydi; o günle ilgili konuşmaya hazırdı, herkese dışarıda terlemeyip, gelip kendisiyle oturmalarını önerdi. Özellikle yorulmak için oraya yürüyerek geldiği anlaşılan Mrs. Weston sabırlı bir dinleyici ve seveni olarak onun yanında kaldı ve diğerleri dışarıda gezerken anlayış, güleryüz ve sabırla yaşlı adamı dinledi.

Emma, Donwell Abbey Malikânesi'ne gelmeyeli çok uzun zaman olmuştu. Babasının rahat olduğundan emin olur olmaz onun yanından ayrıldı ve çevrede gezmekten büyük mutluluk duydu. Hem kendisini hem de ailesini yakından ilgilendiren bu ev ve arazisi konusundaki anılarını tazelemek, daha dikkatli gözlemlerde bulunmak, kafasında hatalı bir şey varsa düzeltmek istiyordu.

Binanın etkileyici büyüklüğünü ve tarzını, bulunduğu yere yakışan, alçak ve korumalı konumunun elverişliliğini izlerken buranın şimdiki ve gelecekteki sahibiyle olan yakınlığından kaynaklanan samimi bir gurur ve mutluluk duydu. Geniş bahçeler, vadi boyunca derenin yıkadığı çayırlara kadar uzanıyordu, gelgelelim eskiden evin manzarasına önem verilmediği için etrafı gür ağaçlarla sarılı malikâneden dere pek görünmüyordu. Sıra sıra yüksek ağaçların arasında yürüyüş yolları vardı, kereste için kullanılabilecek bu ağaçlardan asla kazanç ya da moda olduğu gibi açık alan yaratma düşüncesiyle ödün verilmemişti. Ev Hartfield'den çok büyüktü ve ona hiç benzemiyordu; geniş bir araziye yayılmıştı, düzensiz ve değişik bir yapıdaydı. Çok sayıda rahat odası ve birkaç büyük, güzel salonu vardı. Tam olması gerektiği gibiydi. Emma soyunda da geçmişinde de hiçbir leke bulunmayan, soylu bir ailenin konutu olarak buraya giderek artan bir saygı duyuyordu. John Knightley'nin bazı huysuzlukları olabilirdi ama Isabella olağanüstü bir evlilik yapmıştı. Ailesine yüz kızartacak erkekler, akrabalar ya da aileler katmamıştı. Bunlar hoş duygulardı ve Emma diğerleriyle çilek tarhlarında çilek toplaması gerekinceye kadar kendini bu hoş duygulara teslim etti, bunların tadını çıkardı.

Herkes gelmişti; Frank Churchill dışında, onun da her an Richmond'dan gelmesi bekleniyordu. Mrs. Elton kendisi için gerekli gördüğü donanımı – geniş kenarlı şapkası ve sepetiyle – çilek toplama, çilek kabul etme ve çilekten bahsetme konusunda başı çekiyordu. Çilek, yalnızca çilek düşünülüp çilekten bahsedilmeliydi. "İngiltere'nin en iyi meyvesi. Herkesin en sevdiği meyve, her koşulda sağlıklı. Bunlar da en iyi tarhlar ve en iyi cinsler. İnsanın kendi eliyle meyve toplaması çok büyük zevk, çileğin tadını çıkarmanın en iyi yolu bu; meyve toplamak için en uygun zaman sabah saatleri, hiç yorulmuyorsun, her cinsi iyi – *hautbois**, çilekler kesinlikle en iyileri, kıyas kabul etmez, diğerleri pek yenmiyor – hautboisler çok az bulunuyor, Şili cinsi tercih ediliyor – kokusu en iyisi, Londra'daki çilek fiyatları – Bristol civarında çilek pek bolmuş – Maple Grove – tarım – tarlalara yeniden ekim ne zaman yapılmalı – bahçıvanlar farklı düşünüyor – genel bir kural yoktur, bahçıvanları engellemek olmaz – çok lezzetli bir meyve – ama ağır, çok yememek gerekiyor, kiraz daha yararlı, frenküzümü de daha ferahlatıcı – tek sorun çileği eğilerek toplamak, güneş çok yakıyor, ölesiye yoruldum, artık dayanamayacağım, gidip gölgede oturmam gerek."

Bu konuşmalar yarım saat boyunca sürdü, yalnızca tek bir kez, üvey oğlunun gelip gelmediğini öğrenmek için dışarı çıkan

---

* Misk çileği veya hautbois çilek (Fragaria moschata), Avrupa'ya özgü bir çilek türüdür. Meyveleri küçük ve yuvarlaktır; yoğun aroması ve mükemmel tadıyla öne çıkmaktadır. (Ç.N.)

Mrs. Weston tarafından bölündü. Mrs. Weston tedirgindi, genç adamın atına ilişkin korkuları vardı.

Herkes için gölgede oturacak yer bulundu ama bu kez de Emma, Mrs. Elton'la Jane Fairfax'in konuşmalarına kulak misafiri olmak zorunda kaldı. Bir işi, çok iyi bir işi konuşuyorlardı. Mrs. Elton da daha o sabah haber almış ve sevinçten havalara uçmuştu. Bulunan iş Mrs. Suckling'in ya da Mrs. Bragge'in yanında değildi ama onlara eşdeğer bir ailenin yanında, çok yakınlarındaydı. Mrs. Suckling aileyi tanıyordu, Maple Grove'da çok iyi tanınan bir hanımdı. Mrs. Bragge'in da kuziniydi. Çok iyi, cana yakın, üst sınıftan, seçkin bir aileydi; üst seviye ilişkiler, çevre, aile, mevki her şey vardı... Mrs. Elton Jane'in bu teklifi hemen kabul etmesi için çok ısrar ediyordu. Mrs. Elton'tan enerji, zafer sevinci ve heyecan âdeta fışkırıyor; arkadaşının olumsuz cevap verebileceğini aklına bile getirmiyor, kabul edemiyordu. Oysa Miss Fairfax şu sıralar herhangi bir işe girmeyi düşünmediği konusunda onu ikna etmeye çalışıyor, Emma'nın daha önce de duymak zorunda kaldığı nedenleri sıralıyordu. Buna rağmen Mrs. Elton onun kendisine bir kabul mektubu yazıp ertesi sabah postaya vermesi için yetki vermesi için ısrar ediyordu. Emma, Jane'in bütün bunlara nasıl dayanabildiğini anlayamıyor, çok şaşırıyordu. Jane sıkılmış görünüyordu, kararlı konuşuyordu ve sonunda ondan hiç beklenmeyecek bir kararlılıkla konuyu değiştirdi. "Biraz yürüsek nasıl olur?" Acaba Mr. Knightley onlara bahçeleri göstermez miydi, diğer bahçeleri de? Hepsini görmek istiyordu." Mrs. Elton'ın inadı dayanılır gibi değildi.

Hava sıcaktı, bahçelerde bir süre dağınık, üç kişi çok ender yan yana gelecek şekilde dolaştıktan sonra fark bile etmeden hepsi birbirini izleyip ıhlamur ağaçlarıyla çevrili geniş, kısa bir yolun muhteşem gölgesine doğru yürüdüler. Bahçenin biraz ötesine kadar uzanan bu yol nehrin sınırında bitiyor, sanki gezi alanlarının da bittiğini işaret ediyordu. Yolun sonunda yüksek sütunlu alçak bir taş duvar vardı, anlaşıldığı kadarıyla orada ev olduğu görüntüsü vermek üzere yapılmıştı ancak duvarın yakınında hiç ev olmamıştı. Bahçelerin böyle bir duvarla son bulması zevk yönünden tartışılabilirdi ama bu zevkli bir yürüyüş olmuştu, ayrıca ıhlamurlu yolda karşılarına çıkan manzara da muhteşemdi. Eteğinde malikânenin bulunduğu yamaç, bahçenin bittiği yerden başlayarak giderek dikleşiyor, sarp bir hâl alıyordu; bir kilometre kadar ötede dik, heybetli, ağaçlarla kaplı bir yamaç daha vardı ve bu iki yamacın arasındaki vadide elverişli ve korunaklı konumuyla Abbey Mill Çiftliği görünüyordu; çiftliğin önü çayırlıktı, nehir, çiftliği çevresinde çizdiği geniş bir kıvrımla kuşatmış gibiydi.

Hoş bir manzaraydı bu; hem gözü hem ruhu okşayan bir manzara. İnsanı bunaltmayan parlak bir güneşin altında İngiliz doğasının yeşili, İngiliz kültürü, İngiliz konforu...

Emma ve Mr. Weston herkesin bu yolda toplandığını gördüler, yalnızca Mr. Knightley ve Harriet diğerlerinden ayrılmış, önden manzaraya doğru yürüyorlardı. Knightley ve Harriet! Tuhaf bir ikiliydi bu ama Emma onları böyle baş başa görmekten mutluluk duydu. Bir zamanlar Mr. Knightley Harriet'i hor görüyor, hiç umursamıyordu; hatta onunla arkadaşlık ettiği için Emma'yı azarlamıştı. Şimdi ise hoş bir sohbete dalmış gibiydiler. Emma bir zamanlar Harriet'i Abbey Mill Çiftliği'nin yakınında bile görse üzülürdü ama artık bundan korkmuyordu. Çiftlik ona zenginlik ve güzellik katan zengin otlakları, bu otlaklara yayılmış sürüleri, çiçek açmış meyve bahçeleri ve gökyüzüne yükselen ince duman sütunuyla çok hoştu ve artık güvenli bir biçimde seyredilebilirdi. Emma duvarın yanında onlara katıldı ve manzara ile ilgilenmediklerini, derin bir sohbete dalmış olduklarını gördü. Mr. Knightley, Harriet'e tarım yöntemleri ve benzeri konularda bilgi veriyordu. Knightley, Emma'ya gülümseyerek "Bunlar benim konularım. Bu konularda ona Robert Martin'i anımsatmaya çalıştığım düşünülmeksizin konuşma hakkına sahibim," dercesine baktı. Emma'nın da aklına zaten böyle bir şey gelmemişti. Bu çok geride kalmış bir olaydı. Robert Martin de artık Harriet'i düşünmeyi bırakmış olmalıydı. Yol boyunca birlikte biraz yürüdüler. Gölge rahatlatıcıydı, Emma için birlikte geçirdikleri bu süre günün en hoş kısmıydı.

Daha sonra hep birlikte eve geçtiler, yemek zamanıydı, hep birlikte masaya oturdular ancak Frank Churchill hâlâ gelmemişti. Mrs. Weston boş yere bakınıp duruyordu. Genç adamın babası endişe edecek bir şey göremiyor, karısının korkularına gülüp geçiyordu. Mrs. Weston ise kendini onun siyah kısrağını bırakmış olmasını dilemekten alamıyordu. Frank her zamankinden çok daha net bir biçimde geleceğini belirtmişti. "Yengesi daha iyiydi, muhakkak gelecekti; onlara katılamamak gibi bir kuşkusu yoktu." Ancak Mrs. Churchill'in durumu, salonda bulunanların Mrs. Weston'a anımsattığı gibi o kadar hızlı değişebiliyordu ki yeğenini hayal kırıklığına uğratması olağandı. Sonunda Mrs. Weston da Frank Churchill'in gelmesini engelleyen şeyin Mrs. Churchill'in yeni bir kriz geçirmesi olabileceğine ikna edildi. Bu konu konuşulurken Emma, Harriet'e baktı; genç kız gayet düzgün davranıyor, kuşku uyandıracak kadar bile duygularını belli etmiyordu.

Soğuk yemekler bitti ve grup henüz görmedikleri yerleri de görmek için bir kez daha dışarı çıktı. Abbey'in eski balık havuzlarını göreceklerdi, sonra da ya ertesi gün biçilmeye başlanacak olan yonca tarlasına kadar gidecek ya da güneşte ısınıp gölgede serinlemenin tadını çıkaracaklardı. Bahçelerin nehrin rutubetinin ulaşabileceğine ihtimal vermediği en yüksek kısımlarında kısa bir yürüyüş yapmış olan Mr. Woodhouse ise daha fazla dolaşmak istemiyordu, yerinden kımıldamadı; kızı da onunla kalmaya karar verdi. Böylece kocası da Mrs. Weston'ı bozuk morali nedeniyle çok ihtiyaç duyduğu yürüyüşe ikna edilebildi.

Mr. Knightley, Mr. Woodhouse'un oyalanması için elinden gelen her şeyi yapmıştı. Gravür kitapları, kutular dolusu madalya, minyatürler, akik taşları, mercanlar, deniz kabukları ve aile albümlerinin durduğu çekmeceler, koleksiyonlar eski aile dostlarının hoş bir gün geçirmesi için hazırlanmış ve bu nezaketi takdirle karşılık bulmuştu. Mrs. Weston bütün bunları Mr. Woodhouse'a tek tek göstermişti, şimdi o da Emma'ya gösterecekti. Neyse ki Mr. Woodhouse'un bu konudaki bilgisi de ilgisi de bir çocuktan fazla değildi ancak ağır, istikrarlı ve metodikti. İkinci gözden geçirme başlamadan önce Emma evin girişini ve yerleşimini daha iyi inceleyebilmek için birkaç dakikalığına hole çıktı. Tam oraya varmıştı ki Jane Fairfax ile karşılaştı. Jane bir şeyden kaçarcasına, hızla bahçeden dönüyordu. Jane Miss Woodhouse'la karşılaşmayı beklemediği için ilk anda şaşırdı ama aslında Emma tam da onun aradığı kişiydi.

Hemen, "Bana bir iyilik yapar mısınız?" dedi. "Beni sorarlarsa eve gittiğimi söyler misiniz? Hemen şimdi gidiyorum. Teyzem saatin ne kadar geç olduğunun da, ne kadar uzun bir süredir evden uzak olduğumuzun da farkında değil. Çok geç kaldık, anneannemin bize ihtiyacı olduğundan eminim, bu yüzden hemen gitmekte kararlıyım. Bu konuda kimseye bir şey söylemedim çünkü bu insanları telaşlandırıp endişelendirmekten başka bir şeye yaramayacak. Bazıları havuzlara gittiler, bazıları da ıhlamurlu yola. Onlar dönünceye kadar yokluğumu fark eden olacağını sanmıyorum. Geri döndüklerinde benim eve gittiğimi söylersiniz değil mi? Lütfen bu iyiliği esirgemeyin benden."

"Elbette. Siz bunu istiyorsanız kesinlikle yaparım ama Highbury'ye kadar yalnız başınıza yürümeyeceksiniz değil mi?"

"Yoo, yürüyeceğim, ne olabilir ki? Hızlı hızlı yürürüm. Yirmi dakika içinde de evde olurum."

"Ama uzak, tek başına yürünemeyecek kadar uzun ve tenha bir yol. İzin verin babamın hizmetkârı da sizinle gelsin. Ya da izin verin arabayı çağırayım. Beş dakika içinde burada olur."

"Sağ olun, çok teşekkür ederim ama asla olmaz. Yürümeyi yeğlerim. Yalnız yürümekten mi korkacağım! Düşünsenize, yakın zamanda ben başkalarını korumaya başlayacağım!"

Büyük bir heyecanla konuşuyor, dudakları titriyordu. Emma da duygulanmıştı; içten, gerçek duygularla "Bu sizin kendinizi şimdiden tehlikeye atmanız için bir neden olamaz," dedi. "Arabayı çağırmalıyım. Yalnızca sıcak bile tehlikeli olabilir. Zaten yorgunsunuz da."

Jane Fairfax, "Öyle," dedi. "Yorgunum ama bu o tür bir yorgunluk değil. Hızlı hızlı yürümek beni kendime getirecektir. Miss Woodhouse, ruhsal yorgunluk nedir bilirsiniz, herkes bilir; zaman zaman hepimizin başına gelmiştir. İtiraf etmeliyim ki benim ruhum da yorgunluktan bitap düştü. Bana yapabileceğiniz en büyük iyilik gitmeme izin vermek ve gerektiğinde benim gittiğimi söylemek olacaktır."

Emma söyleyecek başka söz bulamadı, itiraz edemedi. Her şeyi görmüştü ve onun ne hissettiğini anlıyordu. Evden hemen ayrılmasına yardımcı oldu ve ancak yakın bir arkadaşın hissedebileceği endişeyle onun yola çıkışını izledi. Jane Fairfax'in oradan ayrıldığı andaki bakışları minnet doluydu. Tam ayrılırken "Ah! Miss Woodhouse, bilseniz bazen yalnız olmak ne kadar büyük bir nimet!" dedi. Bu sözler sanki fazlasıyla yüklenmiş, dolmuş bir yüreğin taşması, genç kızın sürekli yaşamak zorunda kaldığı katlanma duygusunun isyanıydı; katlanmak zorunda oldukları onu en çok sevenler olsa bile.

Öyle bir ev, öyle bir teyze! diye düşündü Emma salona dönerken. *Sana acıyorum Jane Fairfax. Onların sana yaşattığı dehşeti ne kadar içtenlikle açığa vurursan seni o kadar seveceğim.*

Frank Churchill odaya girdiğinde Jane gideli çeyrek saat olmamıştı. Emma o sırada babasıyla Venedik'teki San Marco Meydanı'nın resimlerine bakıyordu. Emma onu düşünmüyordu, unutmuştu ama gördüğüne memnun oldu. Mrs. Weston rahatlayacaktı. Geç kalmasında siyah kısrağın suçu yoktu; gecikme nedeni olarak Mrs. Churchill'i gösterenler haklı çıkmışlardı. Genç adam kadının hastalığındaki geçici kötüye gidiş nedeniyle gecikmişti. Birkaç saat süren sinir krizi nedeniyle oraya gelme fikrinden neredeyse tamamen vazgeçecekti, çok geç kaldığını ve sıcakta at sürmenin insanı ne kadar bunalttığını bilse belki de hiç yola çıkmazdı. Hava çok sıcaktı, hiç bu kadar sıcak bir hava yaşamamıştı, evde kalmadığına pişman olmuştu; hiçbir şey onu sıcak kadar rahatsız etmiyordu, her türlü soğuğa dayanırdı ama sıcağa hayır. Mr. Woodhouse'un ateşinin kalıntılarından mümkün olduğunca uzağa oturdu, perişan görünüyordu.

Emma, "Eğer hareket etmezseniz birazdan rahatlarsınız," dedi.

"Zaten biraz dinlenir dinlenmez geri döneceğim. Hiç zamanım yok. Gelmem için o kadar ısrar ettiler ki! Sanırım birazdan parti dağılır, hepiniz evlerinize gidersiniz. Gelirken giden biriyle karşılaştım zaten! Bu havada gelmek delilikmiş! Kesinlikle delilik!"

Emma onu dinledi, izledi ve çok geçmeden Frank Churchill'in durumunu en iyi tanımlayacak sözcüğün "keyifsizlik" olduğuna karar verdi. Bazı insanlar sıcaktan fazlasıyla etkilenirlerdi, huysuzlaşırlardı. Frank Churchill'in bünyesi de öyle olabilirdi. Emma, yiyip içmenin bu tip şikâyetlere iyi geldiğini biliyordu; genç adama soğuk bir şeyler yiyip içmesini önerdi, yemek odasında her şeyden bol bol vardı. Anlayışlı bir ifadeyle yemek odasının kapısını işaret etti. Ama Frank Churchill istemiyordu. "Yemeyecekti, aç değildi, yemek yemek onu daha da fazla terletirdi." İki dakika kadar sonra ise bu inadından vazgeçti, kendi iyiliği için geri adım attı ve spruce-beer gibi bir şeyler mırıldanarak uzaklaştı. Emma bütün dikkatini yeniden babasına verirken düşünüyordu.

"Ona artık âşık olmadığım için çok mutluyum. Sıcak hava yüzünden bile bu kadar huysuzlaşan bir adamı çekemem. Ancak Harriet kadar iyi huylu, tatlı bir insan katlanabilir ona."

Frank Churchill yemek salonunda oldukça uzun bir süre kaldı, rahat rahat oturup yemek yemiş olmalıydı, döndüğünde çok daha iyiydi; epeyce serinlemişti, davranışları daha düzgündü, eski hâline dönmüştü. Bir sandalye çekip baba kızın yanına oturdu, meşgul oldukları şeylere ilgi gösterdi, zarif bir şekilde bu kadar geç kaldığı için üzüldüğünü belirtti. Aslında keyfi yerinde değildi ama kendini toparlamaya çalışıyordu ama sonunda her zamanki tatlı ve uçarı havasıyla sohbet edecek hâle geldi. O sırada İsviçre manzaralarına bakıyorlardı.

"Yengem iyileşir iyileşmez yurtdışına gideceğim," dedi. "Bu yerlerden birkaçını görmeden içim rahat etmeyecek. Bir gün gelecek, benim çizdiğim resimlere bakacak ya da benim yolculuk anılarımı okuyacaksınız ya da şiirimi. Kendimi kanıtlayacak bir şeyler yapacağım."

"Bu olabilir ama İsviçre manzaralarıyla olmayacağı kesin. Dayınız ve yengeniz İsviçre'ye gitmenize asla izin vermez."

"Onları da gitmem için ikna edebilirim. Belki doktorlar yengeme sıcak iklimli bir yerde yaşamasını önerirler. Hep birlikte yurtdışına gidebileceğimizi hissediyorum. İnanın bana, bu içime doğuyor. Daha bu sabah yakın zamanda yurtdışında olacakmışım gibi hissettim. Bu yalnızca bir histi ama çok güçlü bir his. Benim seyahat etmem gerekiyor. Böyle hiçbir şey yapmamaktan sıkıldım. Bir değişiklik istiyorum. Miss Woodhouse, sizin o keskin gözleriniz ne görürse görsün, ne derseniz deyin ama ben ciddiyim, İngiltere'den bıktım. Elimde olsa hemen yarın ayrılırım buradan."

"Siz servet içinde yüzmekten ve şımartılmaktan bıkmışsınız! Yaşantınızda birkaç sorun icat edip burada kalmayı kabullenseniz nasıl olur?"

"Ben mi servetten ve şımartılmaktan bıkmışım? Çok yanılıyorsunuz. Ben kendimi ne servet sahibi ne de şımartılmış biri olarak görüyorum. Her şeyde önüm kesiliyor. Ben kendimi hiç de şanslı biri olarak görmüyorum."

"Yine de buraya ilk geldiğiniz zamanki kadar kötü görünmüyorsunuz. Gidip biraz daha yiyip için, o zaman kendinizi çok daha iyi hissedeceksiniz. Bir dilim daha soğuk et ve bir bardak Madeira şarabı keyfinizi yerine getirecektir."

"Hayır, hiçbir yere gitmiyorum, burada sizin yanınızda oturacağım. Siz benim dertlerimin devasısınız."

"Yarın Box Hill'e gidiyoruz, siz de bize katılın. İsviçre değil ama sizin gibi değişiklik isteyen biri için hiç de fena sayılmaz. Kalıp bizimle oraya gelecek misiniz?"

"Hayır, kesinlikle kalmayacağım; akşam serinliğinde eve döneceğim."

"Yarın sabah hava serinken yine gelebilirsiniz."

"Hayır, o kadar yolu gelmeye değmez. Gelirsem huysuzlaşırım."

"O zaman lütfen Richmond'da kalın."

"Ama kalırsam orada daha da huysuz olabilirim. Hepinizin bensiz gezide olduğunuzu düşünmeye dayanamam."

"Bunlar sizin çözmeniz gereken sorunlar. Nerede, ne kadar huysuzlanacağınıza siz kendiniz karar verin. Ben daha fazla ısrar etmeyeceğim."

Gruptakiler dönmeye başlamışlardı, çok geçmeden hepsi bir araya geldiler. Bazıları Frank Churchill'i görünce çok sevindi; bir kısmı sükûnetle karşıladı. Miss Fairfax'in gitmesi ise genel bir endişe ve rahatsızlık yarattı. Herkesin gitme zamanı gelmişti, böylece konu kapandı ve ertesi günkü gezi için son birkaç kısa ayarlamadan sonra oradan ayrıldılar. Frank Churchill'in kendini gezinin dışında tutma konusundaki kararlılığı o kadar zayıflamıştı ki Emma'ya veda ederken son sözleri "Eğer siz geziye katılmamı isterseniz katılırım," oldu.

Emma gülümseyerek onayladı, artık Richmond'dan gelecek ivedi bir çağrı dışında hiçbir şey Frank Churchill'in oradan ertesi akşamdan önce ayrılmasını sağlayamazdı.

BÖLÜM 43

Box Hill'e gitmek için çok güzel bir gündü; tüm hazırlıklar, düzenlemeler, rahatlık ve dakiklik gibi dış koşullar bunun çok hoş bir parti olacağına işaret ediyordu. Hartfield'le papaz evi arasında mekik dokuyan Mr. Weston idareyi tamamıyla üstlenmişti, herkesin tam zamanında hazır olmasını sağladı. Emma'yla Harriet birlikte; Mrs. Bates'le yeğeni de Eltonlarla aynı arabada; erkekler ise at sırtındaydılar. Mrs. Weston, Mr. Woodhouse'un yanındaydı. Oraya vardıklarında mutlu olmaları için eksik olan hiçbir şey yoktu. On bir kilometreyi eğlenme hayali içinde aştılar ve oraya vardıklarında gördükleri manzara karşısında âdeta dilleri tutuldu. Oraya hayran oldular. Ancak bir bütün olarak gezide bir terslik vardı: Üzerlerine bir ruhsuzluk, bir isteksizlik çökmüştü ve bundan sıyrılamıyorlardı. Aralarında kaynaşamıyorlardı ve bu durum bir türlü aşılamadı. Birçok gruba ayrıldılar. Eltonlar kendi aralarında dolaştılar; Mr. Knightley Mrs. Bates ve Jane'e refakat etti, Emma ve Harriet de Frank Churchill'e kaldılar. Mr. Weston'ın onları bir araya getirme çabaları boşa gitti, boşu boşuna çırpındı durdu. Başlangıçta kasten bölünmüş gibiydiler ama sonrasında da hiçbir şey değişmedi. Aslında Mr. ve Mrs. Elton diğerleriyle kaynaşmak, ellerinden geldiğince cana yakın davranmak konusunda istekliydiler ama diğerleri buna uyum göstermemeye karar almış gibiydiler. Sonuç olarak orada geçirilen iki saat boyunca ne manzaranın güzelliği ne yapılan planlar ne soğuk ve hafif yiyecekler ne de Mr. Weston'ın neşesi gruplar arasındaki bu bölünmeyi aşabildi.

Emma başlangıçta bu geziyi çok sıkıcı buldu. Frank Churchill'i hiç bu kadar sessiz ve dalgın görmemişti. Dinlenmeye değer hiçbir şey söylemiyor, bakıyor ama görmüyor, beğeniyor ama fark etmiyor, onu dinliyor ama ne dediğini anlamıyordu. O böyle sıkıcıyken Harriet'in de aynı şekilde somurtmasında şaşacak bir şey yoktu ve ikisine birden katlanmak mümkün değildi.

Oturduklarında durum biraz daha düzelmiş, Emma'nın hoşlanabileceği hâle gelmişti. Frank Churchill'in konuşkanlığı ve neşesi geri dönmüş, ilgisi açık bir şekilde Emma'ya yönelmişti. Sanki tek amacı Emma'nın gözüne girmek, onun hoşça vakit geçirmesini sağlamaktı. Onun canlanmasından memnun olan, oyalanmaktan, kendisine iltifat edilmesinden rahatsızlık duymayan Emma'nın da keyfi yerine gelmiş, rahatlamıştı. Onun tanışmalarının ilk günlerinde olduğu gibi kur yapmasına izin verip göz yumdu; ilgisine elinden geldiğince karşılık verdi. Gerçi tüm bunların kendisi açısından bir anlamı yoktu ama büyük ihtimalle bu durum dışarıdan bakanların gözünde İngilizce 'flört etmek' sözcüğü dışında başka hiçbir şekilde ifade edilmeyecek bir görüntü sergiliyordu. "Mr. Frank Churchill'le Miss Woodhouse bugün epeyce flört ettiler." Bu davranışlarıyla kendilerini bu cümleye ve bu cümlenin hanımlardan biri tarafından Maple Grove'a yazılan bir mektupta, bir diğeri tarafındansa İrlanda'ya yazılan bir başka mektupta kullanılma tehlikesine açık bir duruma getirmiş oluyorlardı. Emma'nın neşeli ve kayıtsız tavrı asla mutluluktan kaynaklanmıyordu, aksine umduğundan çok daha az mutlu olduğu için böyleydi. Gülüyordu çünkü hayal kırıklığına uğramıştı. Frank Churchill'in ona özen göstermesinden hoşlanıyordu, onun ilgisinin ve iltifatlarının ister dostluktan ister hayranlıktan ister numaradan olsun hoş olduğuna inanıyor ancak bunların genç adamın onun kalbini yeniden kazanmasına yetmeyeceğini biliyordu. Onu hâlâ bir arkadaş olarak görüyordu.

Genç adam "Bana bugün buraya gelmemi söylediğiniz için size minnettarım," dedi. "Siz olmasaydınız bu gezide bulunma mutluluğunu yaşamamış olacaktım. Dönmeye kesin kararlıydım."

"Evet, çok sinirliydiniz, nedenini bilemiyorum. Tek bildiğim geç kalarak en iyi çilekleri kaçırmış olduğunuz. Size hak ettiğinizden daha nazik ve arkadaşça davrandım, neyse ki alçak gönüllüydünüz. Buraya gelmeniz için ısrar edilmesi için neredeyse yalvardınız."

"Sinirli olduğumu söylemeyin. Yalnızca yorgundum. Sıcak beni mahvetti."

"Bugün hava daha da sıcak."

"Ama öyle hissetmiyorum. Bugün rahatım."

"Rahatsınız çünkü kontrol altındasınız."

"Sizin kontrolünüz altında mı? Evet."

"Sizin böyle demenizi bekliyordum ama kastettiğim kendi kendinizi kontrol etmenizdi. Dün şu ya da bu şekilde ipin ucunu kaçırmış, kendinizi kontrol edemez hâle gelmiştiniz ama bugün toparlanmışsınız. Her zaman sizin yanınızda olmayacağıma göre benim değil de sizin kendi kendinizi kontrol ediyor olmanız çok daha iyi olacaktır."

"İkisi de aynı şey. Bir neden olmadan kendimi kontrol etmem mümkün değil. Siz konuşsanız da konuşamasanız da beni kontrol ediyorsunuz. Hep benimle olun. Zaten hep benimlesiniz."

"Dün saat üçten itibaren. Benim kalıcı etkimin daha önce başlamış olması mümkün değil, yoksa öncesinde o kadar keyifsiz olmazdınız."

"Dün saat üç! Bu sizin belirlediğiniz tarih. Ben sizi ilk defa şubat ayında gördüğümü düşünüyordum."

"Kadınlara karşı nezaketiniz gerçekten kusursuz," dedi Emma usulca. "Yine de bizden başka konuşan yok, suskun oturan yedi kişiyi eğlendirmek için böyle saçmalamanın gerçekten hiç anlamı yok."

Genç adam neşeli bir küstahlıkla "Ben utanacağım bir şey söylemedim ki," dedi. "Sizi ilk kez şubat ayında gördüm. Eğer duyabiliyorsa Hill'deki herkes duyabilir. Sesim bir yanda Mickleham'a, öbür yanda Dorking'e kadar ulaşsın. Sizi ilk kez şubat ayında gördüm." Sonra fısıldayarak ekledi. "Dostlarımız aptallaşmışlar. Onları canlandırmak için ne yapalım? Herhangi bir saçmalık işe yarar. Nasıl olsa konuşacaklar. Hanımlar, beyler, Miss Woodhouse'un (ki kendisi nerede olursa olsun her şeyin başıdır) emri üzerine sizlere bildiriyorum ki kendisi hepinizin şu anda ne düşündüğünüzü öğrenmek istiyor."

Bazıları gülerek iyi niyetle şaka yollu yanıt verdiler. Mrs. Bates bir sürü şey söyledi. Mrs. Elton, Miss Woodhouse'un başkan olması fikrine bozuldu. Mr. Knightley'nin yanıtıysa en dikkat çekici olandı.

"Miss Woodhouse gerçekten hepimizin ne düşündüğümüzü duymak istediğinden emin mi?"

Emma elinden geldiğince şuh bir kahkaha atarak "Ah hayır, hayır!" diye haykırdı. "Asla istemem bunu," dedi. Şu anda bunun riskine katlanamam. Başka her şeyi dinlemeye hazırım, düşünceleriniz dışında. Tabii herkesi kastetmiyorum. Bu birkaç kişi için geçerli. Aslında ne düşündüklerini öğrenmek isteyeceğim birkaç kişi (Mr. Weston'la Harriet'e baktı) olabilir."

Mrs. Elton onun hissettiklerini anlamışçasına "Bu benim asla!" diye bağırdı. "Kendimde sorgulama ayrıcalığını bulamayacağım bir şey. Gerçi partinin Chaperon'u* olarak... hiç böyle bir çevrede bulunmadım, keşif gezileri... genç hanımlar... evli kadınlar arasında..."

Mırıldanmaları asıl olarak kocasına yönelikti ve o da aynı şekilde mırıldanarak yanıt verdi.

"Çok doğru aşkım, çok doğru sevgilim. Aynen öyle, kesinlikle, bu olacak şey değil ama işte bazı hanımlar her şeyi söylüyorlar. İyisi mi sen bunları şaka olarak kabul et. Herkes *seni* biliyor."

Frank, Emma'ya dönerek "Bu da işe yaramayacak," dedi. "Çoğu kendisini hakarete uğramış hissetti. Bu defa onlara daha incelikli saldıracağım. Hanımlar, beyler; Miss Woodhouse tarafından sizlere kendisinin ne düşündüğünüzü öğrenme hakkından vazgeçtiğini bildirmem istendi, kendisi bunun yerine her birinizden genel anlamda esprili ya da zekâ ürünü olan bir şey anlatmanızı bekliyor. Benim dışımda yedi kişisiniz, tabii ben de varım ama kendisi zaten benim çok eğlenceli biri olduğumu ifade etmekten büyük mutluluk duyuyor. Her birinizden nesir veya şiir olarak, özgün ya da alıntı, çok esprili tek bir şey, ortalama espri düzeyinde iki şey ya da sıkıcıysa üç şey bekliyor ve her ne olursa olsun hepsine içtenlikle güleceğine söz veriyor."

Mrs. Bates, "Ah! Çok iyi!" diye bağırdı. "Bu durumda tedirgin olmama hiç gerek yok. 'Sıkıcı üç şey.' Bunu hallederim. Ağzımı açtığım anda üç çok sıkıcı şey söyleyeceğime hiç kuşkum yok." Bu söylediğinin onaylanması beklentisi içinde neşe ve iyi niyetle etrafına bakındı. "Sizler de aynı bu fikirde değil misiniz?"

Emma dayanamadı.

---

* *Chaperon*: genç kıza eşlik eden yaşlı kadın, birini himayesine alan (Ç.N.)

"Ah! Ma'am! Aslında bu sorun olabilir. Bağışlayın ama sayı konusunda sınırlı olacaksınız, bir defada yalnızca üç tane."

Emma'nın tavrındaki yanıltıcı sözde nezakete aldanan Miss Bates önce denilmek isteneni anlayamadı ama anladığında kızmayı başaramasa da yüzüne yayılan hafif pembelikten çok kırıldığı anlaşılıyordu.

"Ah! Evet, tabii. Elbette ki ne demek istediğinizi anlıyorum, Miss Woodhouse." Mr. Knightley'ye dönerek ekledi. "Dilimi tutmaya çalışacağım. Herhâlde konuşmalarımla çok can sıkıcı oluyorum, yoksa Miss Woodhouse bu kadar eski bir dostuna böyle bir şey söylemezdi."

Mr. Weston "Planınız hoşuma gitti," dedi yüksek bir ses tonuyla. "Uygun, çok uygun. Kabul edilmiştir. Elimden geleni yapacağım. Ben bir bilmece hazırlıyorum. Bilmece nasıl olur?"

"Olmaz, aslında olmaz da, efendim," dedi oğlu. "Size karşı daha hoşgörülü olabiliriz. Özellikle de buna ilk başlayan olacağınızı düşününce."

Emma, "Hayır, hayır!" diye bağırdı. "Olmaz, diye bir şey yok. Siz onu dikkate almayın. Mr. Weston'ın bilmecesi kendisini ve yanında oturanı temize çıkarır. Lütfen bilmecenizi sorun."

"Aslında esprili olduğunda benim de kuşkum var," dedi Mr. Weston. "Kolay ama sorayım. Alfabenin hangi iki harfi mükemmellik ifade eder?"

"İki harf, mükemmellik ifade edecek!" diye mırıldandı Emma. "Bilemeyeceğim."

"Ah evet! Asla bulamayacaksınız. Eminim," diyen Mr. Weston Emma'ya dönerek ekledi. "Durun ben size söyleyeyim. M ve A harfleri, Emma. Şimdi anladınız mı?"

Kavrama ve teşekkür aynı anda geldi. Bu çok sıradan bir zekâ ürünü olabilirdi ama Emma bunda gülecek ve hoşlanacak çok şey buldu, Harriet ve Frank da öyle. Grubun geri kalanları aynı şekilde etkilenmişe benzemiyorlardı; bazıları boş boş bakıyordu.

Mr. Knightley kaşlarını çatarak "Bu beklenen zekâ ya da espri seviyesini gösteriyor," dedi. "Mr. Weston kendisi adına çok başarılıydı, bizleri bu oyunda ne istendiği konusunda uyandırdığı gibi alt etmeyi de başardı. Mükemmel bu kadar çabuk ortaya çıkmamalıydı."

Mrs. Elton "Ah! Beni bağışlamanızı isteyeceğim," dedi. "Ben bunu denemeye bile kalkışmayacağım. Bu gibi şeylerden hiç hazzetmem. Bir defasında adıma yazılmış bir akrostiş gönderilmişti ve de hiç hoşuma gitmemişti. Kimden geldiğini de biliyordum. Fena hâlde âşık birinden! Kimi kastettiğimi biliyorsunuz," başıyla kocasını işaret ediyordu, "böyle şeyler Noel zamanı iyi oluyor, şöminenin etrafında otururken olabilir ama bana göre yaz aylarında doğayı keşfetmek için çıkılan gezilere uygun değil. Miss Woodhouse beni bağışlasın. Ben sipariş üstüne espri bulan biri değilim. Zaten esprili bir insan olduğum gibi bir iddiam da yok. Kendimce neşeli bir tarafım var, zekâm da oldukça kıvraktır ama ne zaman konuşup ne zaman susacağıma kendim karar vermek isterim. Lütfen bizi atlayın, Mr. Churchill. Mr. E.'yi, Knightley'yi, Jane'i ve beni atlayın. Bizim söyleyebileceğimiz esprili bir şey yok; hiç birimizin."

"Evet, evet, lütfen beni atlayın," dedi kocası utangaç ama şakacı bir tavırla. "Benim Miss Woodhouse'u ya da başka herhangi bir genç hanımı eğlendirebilecek bir söyleyeceğim olamaz. Ben evli barklı bir adamım, bizden geçmiş artık. Biraz yürüyelim mi, Augusta?"

"Seve seve. Zaten bu kadar uzun bir süre aynı yerde kalmaktan yoruldum. Gel Jane, sen de öbür koluma gir."

Jane bu teklifi reddetti ve karı koca yürüyerek uzaklaştılar. Frank Churchill onların kendisini duyamayacak kadar uzaklaştıklarından emin olunca hemen "Mutlu bir çift!" dedi. "Birbirlerine ne kadar da yakışıyorlar! Herekse açık bir yerde topluluk içinde tanıştırıldıktan sonra kendi kararlarıyla evlenebildikleri için ne kadar şanslılar! Sanırım Bath'ta yalnızca birkaç haftalık bir tanışıklıktan sonra evlenmeye karar vermişler! Ne büyük şans! Bir insanın kişiliği hakkında Bath'ta ya da başka halka açık bir yerde ne kadar bilgi edinilebilir ki? Hiç. Böyle bir şans olamaz. Aslında çok şanslılar. Kadınları ancak kendi evlerinde, kendi yakınlarının arasında, her zaman oldukları hâlleriyle gördüğünüz zaman onlar hakkında doğru bir yargıya varabilirsiniz. Bu olmadığı zaman ise işiniz şansa kalır ki genellikle de şans dediğiniz pek yaver gitmez. Kim bilir kısa bir tanışıklıktan sonra bir kadına âşık olmuş, evlenmiş ve kendini ömür boyu sürecek bir pişmanlığa mahkûm etmiş kaç erkek vardır?"

Daha önce kendi arkadaş grubu dışında pek konuşmamış olan Miss Fairfax "Böyle şeyler hiç kuşkusuz oluyordur," dedi. Sustu, öksürdü.

Frank Churchill ona doğru döndü. Ciddi bir ifadeyle "Evet, bir şey diyordunuz," dedi.

Bu arada Jane Fairfax boğazını temizlemişti, yeniden konuşamaya başladı:

"Ben yalnızca böyle talihsizliklerin zaman zaman hem kadınların hem de erkeklerin başına gelebildiğini ancak çok sık yaşandığını sanmadığımı söyleyecektim. Acele edilmiş, sakıncalı bir birliktelik başlayabilir ama genellikle bunu telafi edecek zaman bulunur. Bana kalırsa yalnızca zayıf, kararsız kişiler (ki onların mutluluğu da zaten genellikle şansa kalmıştır) talihsiz bir tanışıklığın sonsuza dek esiri olurlar."

Frank yanıt vermedi, yalnızca baktı, söylenenleri kabul etmiş gibi başını zarifçe eğdi ama sonra birden canlı bir ses tonuyla

"Ben bu konuda kendime o kadar az güveniyorum ki evleneceğim zaman eşimi, benim adıma birinin seçmesini isterim," dedi. Sonra Emma'ya dönerek ekledi. "Bunu siz yapar mıydınız? Bana uygun bir eş seçer misiniz? Sizin seçtiğiniz birini seveceğimden eminim. Aile kurmayı biliyorsunuz." Babasına bakarak gülümsedi. "Ne olur, benim için de birini bulun. Acelem yok. Onu kanatlarınızın altına alın, eğitin."

"Ve kendime benzeteyim."

"Elbette, eğer yapabilirseniz yapın bunu."

"Tamam. Bu görevi üstleniyorum. Şahane bir eşiniz olacak."

"Canlı, hareketli olmalı; gözleri de ela olmalı. Başka bir şey umurumda değil. Birkaç yıllığına yurtdışına gideceğim ve döndüğümde eşim nerede diye size geleceğim. Unutmayın bunu."

Emma'nın bunu unutma ihtimali yoktu. Bu en sevdiği duyguları harekete geçiren bir görevdi. Tanımlanan kişi Harriet olamaz mıydı? Ela gözler dışında iki yıl genç kızı tam onun istediği gibi biri yapmak için yeterliydi. Genç adamın da aklından Harriet geçiyor olabilirdi; bunu kim bilebilirdi ki? Eğitimden bahsetmesi de bunu işaret ediyor olabilirdi.

"Mrs. Elton'a katılalım mı?" diye sordu Jane, teyzesine dönüp.

"Eğer istersen elbette katılalım, tatlım. Seve seve. Ben hazırım. Zaten onunla gitmeye de hazırdım ama şimdi gitsek de olur. Çok geçmeden yetişiriz onlara. İşte oradalar, yok hayır, o başkasıymış. O İrlanda arabasındaki gruptan bir hanım, hiç ona benzemiyor. Neyse, bence..."

Yürüyüp gittiler, hemen arkalarından da Mr. Knightley onları izledi. Mr. Weston, oğlu, Emma ve Harriet yalnız kalmışlardı, genç adamın neşeli ruh hâli insanı rahatsız edecek raddeye gelmişti. Emma bile sonunda onun iltifatlarından ve şakalarından bıktı; diğerleriyle yürüyüşe çıkmış olmayı ya da yalnız başına oturup sesiz sakin aşağıdaki güzel manzarayı izlemeyi diledi. Neden sonra arabaların hazır olduğunu bildirmek için gelen uşakları görmek onu gerçek anlamda çok mutlu etti. Toplanma hazırlıklarının telaşına ve şamatasına, Mrs. Elton'ın ilk yola çıkanın kendi arabası olması konusundaki ısrarına bile eve doğru sessiz bir yolculuk yapma hayaliyle severek katlandı. Neyse ki böylece bu gezinin kuşku götürür güzelliğinin ve sözde eğlencelerinin sonu gelmişti. Bir daha böylesine uyumsuz insanların bir araya geleceği hiçbir toplantıya katılmamayı umuyordu.

Arabasını beklerken Mr. Knightley'yi yanı başında buldu. Genç adam etrafta başka birinin olmadığından emin olmak için çevresine bakındı ve sonra şunları söyledi.

"Emma, seninle bir kez daha alışık olduğun gibi konuşmam gerekiyor, bu çok büyük bir ihtimalle bana tanınmış bir hak değil, katlandığın bir ayrıcalık ama yine de bu hakkımı kullanmam gerekiyor. Hata yaptığına ve bunun sana söylenmediğine tanık olmak istemiyorum. Mrs. Bates'e karşı nasıl o kadar acımasız olabildin? Onun kişiliğinde, yaşında ve durumunda bir kadına senin zekâ kıvraklığında biri nasıl böylesine küstah davranabilir? Emma, böyle bir şeyin mümkün olabileceği bile aklıma gelmezdi. Senden hiç ummazdım."

Emma olanları anımsadı, yüzü kızardı; üzüldü ama gülerek geçiştirmek istedi.

"Neyse, kendimi tutamadım, o sözleri söylememek elimden gelmedi. Hem haksız mıyım? O kadar da kötü değildi. Hem zaten o benim ne dediğimi tam olarak anlamamıştır."

"Emin ol anladı. Tam olarak ne demek istediğini hissetti, içine işledi. O andan beri durmadan bundan bahsediyor. Ne dediğini duyabilmeni isterdim. Nasıl bir saflık ve yüce gönüllülükle konuştuğunu bir duysan. Ona katlanmak böylesine sıkıcıyken asla ilgini esirgemediğin, gerek sen gerekse baban ona her zaman yakınlık gösterdiğiniz için size ne kadar değer verdiğini, minnet duyduğunu keşke duyabilseydin."

Emma "Ah!" diye inledi. "Dünyada ondan daha temiz kalpli biri olmadığını biliyorum ama bazen iyi olanla gülünç olanın talihsiz bir biçimde birbirine karıştığını sanırım siz de yadsıyamazsınız."

Adam, "Karışmış," dedi. "Bunu kabul ediyorum ama eğer zengin bir kadın olsaydı gülünç tarafının iyi tarafına ağır basmasının ben de üstünde durabilirdim. Varlıklı bir kadın olsaydı her tür zararsız saçmalığına boş verir, onunla kırıcı konuştun diye seni kınamaz, tavrın ve kendine tanıdığın özgürlük konusunda seninle tartışmazdım. Eğer seninle eşit konumda olsaydı… ama Emma, onun şu anki durumunun bundan ne kadar uzak olduğunu hiç aklından çıkarmamalısın. O yoksul, içine doğduğu serveti kaybetmiş biri ve uzun yaşarsa daha da geri gideceği kesin. Onun durumuna üzülmen, saygı duyman gerekirdi. Çok kötü bir şey yaptın, çok! Seni bebekliğinden beri tanıyor, senin büyüdüğün dönemde onun bir kez ilgi göstermesi bile onur sayılırken o seni hep sevmiş, yakından ilgilenmiş biri. Ama şimdi sen kalkmış düşüncesiz bir ruh hâli içinde, anlık bir kibirle onunla alay ediyor, onu küçük düşürüyorsun; hem de yeğeninin ve başka insanların önünde. Hem de senin davranışlarının başkalarına (özellikle de bazılarına) örnek olması gerekirken. Bu sözlerimin hoşuna gitmediğinden eminim Emma, inan bunları söylemek benim için de hiç hoş değil ama elimden geldiğince sana doğruları söylemeliyim ve söyleyeceğim de. Sana söyleyebildiğim sürece doğruları söyleyeceğim; beni sadık akıl hocan olarak kabul et, bununla dostluğumu kanıtlıyor ve bir gün senin de bana bugünkünden daha fazla hak vereceğine inanıyorum."

Bu arada arabaya yaklaşmışlardı, araba hazırdı ve Emma bir şey söyleme fırsatı bulamadan Mr. Knightley onu elinden tutup arabaya bindirdi. Knightley Emma'nın yüzünü öteki tarafa çevirmesine ve suskun kalmasına neden olan duygularını yanlış yorumladı. Oysa bu onun kendine duyduğu öfkeden, utançtan ve derin üzüntüden kaynaklanıyordu. Emma konuşacak hâlde değildi, arabaya binince bu durumla başa çıkabilmek için bir an geriye yaslandı. Sonra Mr. Knightley ile vedalaşmadığını, ona bir şey söylemediğini, ondan asık suratla ayrıldığını fark ederek kendini ayıpladı. Pencereden dışarı baktı, el sallayıp seslendi ama geç kalmıştı. Genç adam arkasını dönüp gitmiş, atlar da yola koyulmuşlardı.

Emma boşuna olsa da arkasına bakmaya devam etti, kısa sürede olağandışı gibi görünen bir hızla tepeden aşağı inen yolu yarılamışlardı ve her şey geride kalmıştı. Emma anlatılamayacak kadar büyük bir üzüntü içindeydi, hatta bunu saklamakta bile zorlanıyordu. Yaşamı boyunca hiç böylesine bir utanç ve pişmanlık hissetmemişti. Çok ağır bir darbe almış, derinden sarsılmıştı. Mr. Knightley'nin söylediklerinin doğruluğu inkâr edilemezdi. Bunu yürekten hissediyordu. Mrs. Bates'e karşı nasıl bu kadar acımasız ve katı olabilmişti? Değer verdiği birinin, Mr. Knightley'nin gözünde kendini nasıl bu kadar küçük düşürebilmişti? Sonra da ona teşekkür bile etmeden, hak verdiğini, pişman olduğunu söylemeden, sıradan bir dost nezaketi bile göstermeden ondan ayrılmıştı.

Geçen zaman da Emma'nın sakinleşmesini sağlamadı. Düşündükçe kendini daha da kötü hissediyordu. Yaşamı boyunca hiç bu kadar üzgün olmamıştı. Neyse ki konuşması gerekmiyordu. Arabada yalnızca Harriet vardı, anlaşılan o da pek iyi bir ruh hâli içinde değildi; yorulmuştu ve sessiz kalmayı yeğliyordu. Emma yol boyunca yanaklarından aşağı gözyaşlarının süzüldüğünü hissetti ve bu olağanüstü bir durum olsa da onları silme zahmetine bile katlanmadı.

BÖLÜM 44

Emma bütün gece Box Hill gezisinde yaşanan sefilliği düşündü. Diğerlerinin bu konuda ne düşündüklerini bilemiyordu. Onlar, kendi anlayışları çerçevesinde bunu farklı değerlendiriyor olabilirlerdi, hatta zevkle anıyor da olabilirlerdi ama bu gezi Emma için yaşamındaki en boşa harcanmış, en kötü, nefretle anımsayacağı bir gün olacaktı. Babasıyla bütün bir gece tavla oynamak bile bunun yanında çok büyük keyifti. Aslında belki gerçek mutluluk buydu çünkü bunu yaparken yirmi dört saatin içinde en huzurlu anlarını babasının rahatı için feda ediyor, babasının ona gösterdiği sevgiye ve güvene tam anlamıyla layık olamasa da kınanacak bir şey yapmadığını biliyor; bir kız evlat olarak kalpsiz olmadığını hissediyordu. Bu konuda kimsenin ona "Babana karşı nasıl böyle duyarsız olabiliyorsun? Elimden geldiği sürece sana doğruları söylemeliyim, söyleyeceğim de," diyemeyeceğini umuyordu. Mrs. Bates'e gelince, bir daha asla... evet, asla! Eğer gelecek günlerde ona göstereceği yakınlık yaptığı hatayı unutturabilirse bağışlanmayı umabilirdi. "Kusurlusun, çok büyük hata yaptın." Vicdanının sesi ona böyle diyordu; evet kusurluydu ama davranışlarından çok düşünce tarzında. İnsanları aşağılıyor, acımasız davranıyordu. Bundan böyle değişecekti. Hemen sıcağı sıcağına gerçek bir pişmanlıkla ertesi sabah Mrs. Bates'i ziyaret etmeye karar verdi; bu düzgün, seviyeli ve kibar bir ilişkinin başlangıcı olacaktı.

Sabah olduğunda da en az akşam olduğu kadar kararlıydı, herhangi bir engel çıkmaması için çok erken bir saatte yola koyuldu. Yolda Mr. Knightley'ye rastlayabileceğini düşünüyordu, kim bilir belki de Emma oradayken o da gelirdi. Buna bir itirazı yoktu. Pişmanlığının görülmesinden utanmıyordu. Yürürken bir yandan da Donwell yoluna bakıyordu ama onu görmedi.

"Hanımların hepsi evde." Bu sesi duyup, holden geçerek merdivenlerden çıkarken hiç o gün olduğu kadar mutlu olmamıştı. Daha önce buraya hep kendini buna zorunlu hissettiği için, bir görevi yerine getirmek için gelmiş, bu arada da ziyaret sırasında oluşabilecek gülünç durumlarla eğlenmeyi düşünmüştü.

Onun kapıya gelmesiyle birlikte küçük evde büyük bir telaş yaşandı, konuşmalar ve koşuşturmalar oldu. Bu arada Miss Bates'in sesini duydu, telaşlı telaşlı bir şeyler söylüyordu; hizmetçi kız korkmuştu, eli ayağı birbirine dolanmıştı, tedirgin görünüyordu. Emma'dan bir dakika beklemesini rica etti. Sonra onu içeri odaya aldı ama acele etmiş, olması gerekenden daha erken almıştı. Emma teyze ve yeğenin bitişikteki odaya geçmeye çalıştıklarını ve Jane'in çok hasta olduğunu gördü. Kapı arkalarından kapanırken Miss Bates'in "Tabii canım, senin yattığını söylerim; zaten çok hastasın," dediğini duydu.

Zavallı yaşlı Mrs. Bates, her zamanki gibi kibar ve alçak gönüllüydü, olup biteni anlamıyormuş gibi bir hâli vardı.

"Korkarım Jane hiç iyi değil," dedi. "Bilmem ama, bana iyi olduğunu söylüyorlar. Sanırım kızım birazdan burada olur Miss Woodhouse. Lütfen oturun. Umarım kendinize rahat edecek bir yer bulursunuz. Keşke Hetty gitmeseydi. Ben pek bir şey yapamıyorum... Oturacak bir koltuk buldunuz mu, Ma'am? Eminim kızım da birazdan burada olacaktır."

Emma da onun geleceğini umuyordu. Bir an Miss Bates'in kendisinden uzak duracağından endişelendiyse de Miss Bates çok geçmeden içeri girdi. Yine "çok mutlu ve minnettardı" ama Emma'nın vicdanı ona, onun eski neşeli konuşkanlığından, davranışlarındaki rahatlıktan eser olmadığını söylüyordu. Emma'ya tedirgin bakıyordu. Emma sevecen, samimi bir biçimde Miss Fairfax'in durumunu sorarsa eski samimiyetin yeniden oluşabileceğini düşündü. Aslında öyle de oldu.

"Ah! Miss Woodhouse, ne kadar naziksiniz! Sanırım haberi duydunuz ve bizi kutlamaya geldiniz. Gerçi bu bana kutlanacak bir şeymiş gibi gelmiyor ama..." Gözlerini kırpıştırarak göz pınarlarında biriken birkaç damla yaşı dağıtmaya çalıştı. "Bu kadar uzun bir süre birlikte olduktan sonra ondan ayrılmak bizim için çok zor olacak; bütün sabah mektup yazdığından olsa gerek şu an korkunç bir baş ağrısı çekiyor, Albay Campbell ve Mrs. Dixon'a durumu açıklayacak uzun mektuplar yazması gerekti. 'Tatlım,' dedim. 'Kendini kör edeceksin.' Yazarken gözleri hep yaşlıydı. İnsan bilemiyor, bilemiyor işte. Şaşıp kalıyorsunuz. Bu büyük bir değişiklik. Bize de sürpriz oldu. Aslında çok şanslı, sanırım daha önce çalışmamış hiçbir genç kız böylesine iyi bir iş teklifi almamıştır; bu büyük şans karşısında nankörlük ettiğimizi düşünmeyin, Miss Woodhouse." Yine gözleri doldu, "ama yavrum benim! Nasıl bir baş ağrısı çektiğini bir görseydiniz. İnsan böylesine büyük bir acı içindeyken böyle bir nimete bile hak ettiği şekilde şükredemiyor. O kadar keyifsiz ki. Onu gören hiç kimse böyle bir iş bulduğu için ne kadar mutlu ve mesut olduğunu anlayamaz. Yanınıza çıkamadığı için onu bağışlarsınız sanırım; çıkacak durumda değil, odasına gitti, yatmasını istedim. 'Tatlım,' dedim. 'Senin yattığını söylerim.' Ama yatmıyor, odasında dönüp duruyor; artık mektuplarını bitirdiğini, kısa zamanda kendine geleceğini söylüyor. Sizinle görüşemediği için çok üzgün, Miss Woodhouse, umarım nezaket gösterir onu bağışlarsınız. Kapıda da beklediniz, çok utandım ama biraz telaş oldu, her nasılsa kapının vurulduğunu duymamışız, siz merdivenlerden çıkana kadar birinin geldiğini anlamadık. 'Mrs. Cole olmalı,' dedim. 'Başka hiç kimse bu kadar erken gelmez.' Jane de 'Neyse,' dedi. 'Nasıl olsa er geç buna katlanmam gerekecek, bari şimdi olsun.' Sonra Patty gelip sizin geldiğinizi söyledi. 'Ah!' dedim. 'Miss Woodhouse'muş. Eminim onu görmek hoşuna gider.' Bunun üzerine 'Kimseyi görecek hâlim yok,' dedi ve odadan çıktı. Bu yüzden sizi beklettik. Çok üzgünüz ve bundan çok utanç duyuyoruz. 'Eğer gitmen gerekiyorsa git canım,' dedim. 'Git, yattığını söylerim.'"

Emma yakın ilgi gösterdi. Jane'e karşı giderek artan bir yakınlık duyuyordu, yüreği ona karşı çok daha sıcak duygularla doluydu. Çektiği acıları betimlemek onu eskiden içinde oluşan tüm o acımasız kuşkulardan uzaklaştırmış, bir tür panzehir etkisi yapmış ve yüreğini acıma duygusuyla doldurmuştu. Geçmişteki yersiz, hiç de adil olmayan davranışlarını anımsayınca Jane'in Mrs. Cole ya da daha başka yakın bir dostlarını beklerken onu görmeye katlanamamasını doğal karşılıyordu. Emma içinden geldiği gibi, yakın bir ilgi, pişmanlık ve içtenlikle konuştu. Mrs. Bates'ten öğrendiği gelişmenin Miss Fairfax için hayırlı olmasını, onu her açıdan rahata kavuşturmasını ve mutlu etmesini diledi. Bu hepsi için zor olacaktı. Bunu Albay Campbell'ın dönüşüne kadar ertelediklerini sanıyordu.

Mrs. Bates, "Çok naziksiniz!" dedi. "Ama siz zaten her zaman çok naziksiniz."

Bu "her zaman" sözcüğünün altında hiçbir ima yoktu, içtenlikle söylenmişti. İyiliğin bu kadarı da fazlaydı. Emma buna katlanmakta zorlandığını hissediyordu, içindeki minnettarlık duygusuyla başa çıkabilmek için doğrudan sordu.

"Miss Fairfax'in nereye gideceğini sorabilir miyim?"

"Mrs. Smallridge diye birinin yanına. Muhteşem bir kadın, çok üst sınıftan. Onun üç küçük kızının eğitim sorumluluğunu üstlenecek. Harika çocuklar. Bundan daha rahat bir iş yeri olamazdı –Mrs. Suckling ve Mrs. Bragge'ın evleri dışında tabii– ama Mrs. Smallridge ikisinin de yakın arkadaşı ve aynı yerde oturuyor. Maple Grove'dan yalnızca yedi kilometre uzakta. Jane, Maple Grove'un çok yakınında olacak."

"Sanırım Miss Fairfax bu işi Mrs. Elton'ın..."

"Evet, bizim iyi yürekli Mrs. Elton'ımız. Bıkıp usanmak bilmez, gerçek bir dost. Bu teklifin reddedilmesini kabul etmedi. Jane'in, 'Hayır,' demesine izin vermedi çünkü Jane bunu ilk duyduğunda yani dünden önceki gün –Donwell'da olduğumuz gün– kabul etmek istememiş. Bunda kesin kararlıymış. Tabii sizin de bildiğiniz nedenlerden dolayı, Albay Campbell dönmeden önce hiçbir şey yapmamaya karar vermişti, hiçbir şey onu şu an için bir yere bağlanmaya ikna edemezdi. Mrs. Elton'a da bunu tekrar tekrar söyledi. Onun fikir değiştireceği hiç aklıma gelmezdi ama iyi kalpli Mrs. Elton hiç yanılmıyor, hep doğru kararlar veriyor. Nitekim geleceği benden iyi gördü. Hiç kimse onun kadar anlayışlı ve kibar bir biçimde çaba gösterip diretmezdi. Jane'in hayır yanıtını karşıya iletmeyeceğini çok açık bir biçimde söyledi. Bekleyeceğim, dedi... Gerçekten de dün akşam Jane gitmeye karar verdi. Bu benim için de büyük bir sürpriz oldu! Böyle bir şeyin olabileceği hiç aklıma gelmezdi! Jane, Mrs. Elton'ı bir kenara çekip, ona Mrs. Smallridge'in önerdiği işin avantajlarını düşününce bu işi kabul etmeye karar verdiğini söylemiş. Her şey olup bitene kadar benim de hiçbir şeyden haberim olmadı."

"Akşamı Mrs. Elton'la mı geçirdiniz?"

"Evet, hepimiz oradaydık. Mrs. Elton davet etti. Gezide kararlaştırdık, hani Mr. Knightley'le dolaşırken. Mrs. Elton, "Bu akşamı bizimle geçirmelisiniz," dedi. "Hep birlikte gelmenizi istiyorum, hepinizi bekliyorum."

"Mr. Knightley de mi?"

"Hayır, Mr. Knightley gelmedi, o en başında gelmeyeceğini söyledi, ben onun geleceğini sanıyordum çünkü Mrs. Elton onun yakasını bırakmam demişti. Ama gelmedi, annem, Jane ve ben gittik; çok hoş bir akşam geçirdik. Eltonlar çok iyi, çok candan dostlar, Miss Woodhouse, çok da nazik ve anlayışlılar. Biliyorsunuz sabahki partiden sonra herkes yorgun düşmüştü. Bazen eğlence de yorucu olabiliyor. Aslında kimsenin pek eğleniyormuş gibi bir hâli yoktu ama ben hep bunu güzel bir gezi olarak anımsayacak ve beni çağıran tüm iyi kalpli dostlarıma da bundan dolayı şükran duyacağım."

"Sanırım siz farkında olmamışsınız ama Miss Fairfax gün boyunca bu konuyu düşünüp karar vermeye çalışmış."

"Sanırım öyle."

"Gitme zamanı geldiğinde bu onun için de tüm dostları için de acı olacak ama umarım kabul ettiği bu işin iyiliği tüm bu üzüntüleri giderecek, teselli edici nitelikte olacaktır; yani ailenin huyu suyu, yaşam tarzı, görgüsü."

"Çok teşekkür ederim, sevgili Miss Woodhouse. Evet, gerçekten de onu mutlu edecek imkânlara sahipler. Mrs. Elton'ın tanıdıklarının arasında, Sucklingler ve Braggeler dışında, bu kadar özgür yaşanabilen, cömert, ince zevk sahibi bir başka aile yokmuş. Mrs. Smallridge'in kendisi de çok hoş bir kadınmış! Neredeyse Maple Grove'a denk bir yaşam tarzları varmış, çocuklara gelince, küçük Sucklingler ve küçük Braggeler dışında bu kadar zarif ve tatlı çocuklar olamazmış. Jane'e büyük bir saygı ve nezaket gösterecekler. Jane orada gerçek anlamda sefa sürecek! Bu iş onun için keyiften başka bir şey olmayacak! Üstelik ücreti! Ücretini size söylemeye çekiniyorum, Miss Woodhouse. Siz ki çok büyük rakamlara alışıksınızdır. Jane gibi genç deneyimsiz birine bu kadar yüksek bir ücret verilebileceğine inanamazsınız."

Emma, "Ah, ma'am!" diye haykırdı, "eğer diğer çocuklar da benim çocukluğumda olduğum gibilerse henüz duymadığım miktarın beş katının bile böyle bir durumda az olduğunu söyleyebilirim, kazanacağı her kuruş bileğinin hakkıdır."

"Ne kadar soylu bir düşünce!"

"Miss Fairfax ne zaman gidecek?"

"Çok yakında, gerçekten çok yakında; işin en kötü yanı bu. On beş gün içinde. Mrs. Smallridge'in acelesi var. Zavallı anneciğim, buna nasıl dayanacak, hiç bilemiyorum. O yüzden bunu aklından çıkarmaya çalışıyorum, 'Hadi ma'am, artık bunu düşünmeyelim,' diyorum."

"Bütün dostları da onu kaybedecekleri için üzülüyor olmalılar; Albay ve Mrs. Campbell onların dönmesini beklemeden işe girdiği için üzülmeyecekler mi?"

"Evet, Jane onların da çok üzüleceklerinden emin olduğunu söylüyor ama yine de bu öyle bir iş fırsatı ki reddederse kendini asla bağışlayamayacağını hissediyor. Mrs. Elton'a işi kabul ettiğini söylediğini bana ilk söylediğinde çok şaşırdım... tabii asıl Mrs. Elton beni tebrik etmek için yanıma geldiğinde şaşırdım! Daha çay içilmemişti; yoo, hayır, çaydan önce olamaz çünkü tam kâğıt oynamaya gidiyorduk ama yine de çaydan önce olmalı – çünkü şöyle düşündüğümü anımsıyorum Yoo! Hayır şimdi anımsadım, çaydan önce başka bir şey olmuştu ama bu değil. Mr. Elton çaydan önce odadan dışarı çağrıldı, ihtiyar John Abdy'nin oğlu onunla konuşmak istiyordu. Zavallı ihtiyar John; ona büyük saygım var, tam yirmi yedi sene zavallı babama kâtip olarak hizmet etti, şimdi ise zavallı adam yatağa bağımlı, eklem romatizması var, çok kötü bir durumda. Bugün gidip onu görmem gerekiyor, eğer çıkabilirse Jane de gelir. Zavallı John'ın oğlu, babası için yardım almak için Mr. Elton'la konuşmaya gelmiş. Kendisinin durumu iyi, biliyorsunuz, Crown'un ahırını idare ediyor; yani seyis ya da öyle bir şey işte ama yine de biraz yardım almadan babasına bakamıyor. Mr. Elton geri geldiğinde bize seyis John'ın söylediklerini anlattı ve o arada arabanın Mr. Frank Churchill'i Richmond'a götürmek için Randalls'a gönderildiği ortaya çıktı. Çaydan önce olan buydu. Jane, Mrs. Elton'la çaydan sonra konuştu."

Mrs. Bates, Emma'ya buna çok şaşırdığını söyleme fırsatı vermeden Mr. Frank Churchill'in gidişinin ayrıntılarını anlatmaya başladı. Genç kızın bundan haberi olup olmaması –ki olmadığı varsayılamazdı– hiç önemli değilmiş gibi heyecanla anlatıyordu.

"Mr. Elton'ın seyisten duyduğu kadarıyla, ki bu seyisin kendi bildiği ve Randalls'taki uşaklardan öğrendiğinin toplamıydı, Box Hill gezisinden döndükten hemen sonra Randalls'a Richmond'dan bir ulak gelmişti. Aslında bu ulağın geleceği bekleniyormuş. Mr. Churchill, yeğenine gönderdiği birkaç satırlık notta Mrs. Churchill'in genel durumu çok kötü olmasa da ertesi sabah erkenden eve dönmeyi ihmal etmemesini istemiş. Bunun üzerine Mr. Frank Churchill hiç beklemeden hemen eve dönmeye karar vermiş. Atı hasta göründüğü için Tom hemen Crown'dan iki tekerlekli arabayı istemeye gönderilmiş, seyis arabanın geçtiğini görmüş, arabayı hızlı ama çok istikrarlı sürüyormuş."

Bütün bunlarda şaşırtıcı ya da ilginç bir şey yoktu, Emma'nın dikkatini çekmesi ise yalnızca o sırada zaten zihnini meşgul eden konuya denk düşmesinden kaynaklanıyordu. Mrs. Churchill ile Jane Fairfax'in toplumdaki yerleri ve değerleri arasındaki zıtlık; biri her şeydi, diğeri hiçbir şey. Emma orada oturmuş, kadınların kaderinin ne denli farklı olabildiğini düşünürken bilinçsiz bir biçimde gözlerini bir noktaya diktiğini fark etmemişti, ta ki Mrs. Bates'in sözleriyle derin düşüncelerinden uyanana dek...

"Ah, neyi düşündüğünüzü görüyorum, piyanoyu! Ona ne olacak? Çok doğru. Zavallı sevgili Jane de az önce bundan bahsediyordu. 'Gitmelisin,' dedi. 'Seninle ayrılmamız gerekiyor. Burada işin yok. Ama kalsın. Albay dönenene kadar burada kalsın. Onunla konuşurum; benim adıma gerekli düzenlemeleri yapar, sorunları çözmeme yardımcı olur." İnanın Miss Woodhouse, sevgili Jane bu piyano onun mu yoksa kızının mı hediyesi, bunu hâlâ bilmiyor. Ben buna bütün kalbimle inanıyorum, eminim bundan."

Emma ister istemez piyanoyu düşünmek zorunda kaldı; eski haksız, duyarsız tahminlerini anımsamak o kadar tatsızdı ki. Sonra bu ziyaretin gereğinden uzun sürdüğüne inancı içinde gerçekten hissettiği tüm iyi dileklerini, samimiyetini ifade etmek için söyleyebileceği her şeyi söyledi ve sonra oradan ayrıldı.

BÖLÜM 45

Dalgın dalgın eve yürürken Emma'nın daldığı derin düşünceleri dağıtacak bir şey olmadı ama salona girdiğinde onu canlandırıp kendine getirecek kişileri orada buldu. O yokken Mr. Knightley ve Harriet gelmiş, babasıyla oturuyorlardı. Mr. Knightley hemen ayağa kalktı ve her zamankinden daha ciddi ve kararlı bir şekilde şunları söyledi:

"Seni görmeden gitmek istemedim, Emma ama fazla zamanım yok; hemen gitmem gerekiyor. Londra'ya gidiyorum, John ve Isabella'yla birkaç gün geçireceğim. 'sevgiler' mesajı dışında göndereceğin ya da söyleyeceğin bir şey var mı?"

"Hayır yok, bu çok ani olmadı mı?"

"Evet, öyle sayılır ama aslında uzun bir süredir düşünüyordum."

Emma Mr. Knightley'nin onu affetmediğinden emindi, ona karşı eskisi gibi davranmıyordu. *Zaman her şeyin ilacıdır, nasıl olsa eskisi gibi arkadaş oluruz,* diye düşündü. Mr. Knightley sanki hemen gidecekmiş gibi ayakta duruyor ama gitmiyordu. O sırada babası sorularına başladı.

"Evet tatlım, oraya sağ salim gidebildin mi? Değerli eski arkadaşım ve kızı nasıllar? Gitmenin onları çok mutlu ettiğini düşünüyorum, sevgili Emma. Size daha önce de söylediğim gibi Emma Mrs. Batesleri ziyarete gitti de, Mr. Knightley. Onlara her zaman çok özen gösterir, çok ilgilenir."

Babasının bu haksız övgüsü karşısında Emma kızardı; anlamlı bir şekilde çok şeyler anlatan bir gülümseme ile başını sallayarak Mr. Knightley'ye baktı. O an genç adamın yüzünde Emma'nın lehine bir ifade belirdi; sanki Mr. Knightley'nin keskin gözleri gerçeği bakışlarından anlamış ve genç kızın duyguları iyi olan ne varsa yakalamış ve değerlendirmişti. Artık Emma'ya saygı dolu, takdir dolu parıldayan bakışlarla bakıyordu. Emma içinde bir sıcaklık hissetti. Bir an sonra genç adam sıradan dostluğun ötesine geçen bir hareket daha yaptı ve Emma'nın yüreği mutlulukla çarpmaya başladı, içinde hoş bir sıcaklık hissetti. Mr. Knightley genç kızın elini tuttu; kim bilir belki de ilk hareket ondan gelmiş, elini uzatmıştı, Emma bundan emin değildi. Mr. Knightley onun elini aldı, sıktı ve tam dudaklarına götürmek üzereydi ki kim bilir ne düşünerek birden vazgeçti. Neden böyle son anda fikir değiştirmiş, bunu yapmaktan vazgeçmişti, ne gibi bir sakınca görmüş olabilirdi? Emma bunu anlayamıyor ama keşke vazgeçmeseydi diye düşünüyordu. Ancak genç adamın niyetinin ne olduğu apaçık ortadaydı. Mr. Knightley genelde nezaket gösterilerine girişmezdi, bu gibi nazik jestleri yok denecek kadar azdı ancak yaptığı zaman ona çok yakışıyordu. Emma ona hiçbir şeyin bu kadar yakışmadığını düşündü. O yaptığında bu jestler bir doğallık, bir yalınlık ama en önemlisi de vakar kazanıyordu. Emma elinde olmadan bu yarım kalan girişimi büyük bir mutlulukla anımsadı. Bu öylesine gerçek bir dostluğu simgeliyordu ki. Mr. Knightley hemen sonra yanlarından ayrıldı. Hareketleri her zaman kararlı ve hızlıydı çünkü kararsızlık, oyalanma, savsaklama ve duraksama bilmeyen bir zihnin tutarlı davranışlarıydı onunkiler ancak Emma'ya bu kez her zamankinden daha da acele etmiş gibi geldi.

Emma, Miss Bates'e gittiği için pişman değildi ama oradan on dakika daha erken ayrılmış olmayı diliyordu. Mr. Knightley'le Jane Fairfax'in işini konuşabilmeyi çok isterdi. Mr. Knightley'nin Brunswick Meydanı'na gitmesinde tuhaf bir şey yoktu, oradakilerin bu ziyaretten çok mutlu olacaklarından emindi ama yine de bu ziyaret daha uygun bir zamanda gerçekleşebilir, ona çok daha önce haber verilebilirdi. Böylesi çok daha hoş olurdu. Ama gerçek iki dost gibi ayrılmışlardı, Emma genç adamın yüzündeki ifade ve tamamlayamadığı o kibar girişimin anlamı konusunda yanılmış olamazdı. Bütün bunlar onun gözünde eski itibarını kazandığını gösteriyordu. Sonra Mr. Knightley'nin orada yaklaşık yarım saat kaldığını öğrendi. Daha önce eve gelmemiş olması gerçekten çok üzücüydü!

Emma babasının Mr. Knightley'nin birden Londra'ya gitmesinden, üstelik de at sırtında gitmesinden kaynaklanan endişelerini gidermek umuduyla –ki bütün bunların hepsinin çok karamsar düşünceler olacağını biliyordu– ona Jane Fairfax'le ilgili haberleri iletti. Bunun beklediği etkiyi yaptığını gördü, işe yaramasından mutlu oldu. Haklı çıkmıştı; konu babasının ilgisini çektiği gibi onu rahatsız da etmemişti. Jane Fairfax'in mürebbiye olarak çalışmak üzere uzaklara gideceği uzun bir süredir bilinen bir şeydi; bundan gönül rahatlığıyla bahsedilebilirdi ama Mr. Knightley'nin Londra'ya gidişi babası için de beklenmedik bir darbeydi.

"Onun böyle rahat bir yere yerleşecek olmasını duymaktan büyük mutluluk duydum, tatlım. Mrs. Elton gerçekten çok iyi ve hoş biri, onun tanıdıklarının da onun gibi insanlar olduklarını sanıyorum. Umarım rutubetli bir yer değildir, kızın sağlığına özen gösterirler. Sağlık her şeyin başı, nitekim zavallı Mrs. Taylor bizimle kalırken onun sağlığı benim açımdan birincil önemdeydi. Biliyorsun tatlım, Mrs. Taylor bizim için neyse Jane Fairfax de onlar için öyle olacak. Umarım o evde çok mutlu olur da uzun bir süre orada yaşadıktan sonra onları bırakıp ayrılmaya kalkmaz."

Ertesi gün Richmond'dan gelen haber her şeyi geri plana itti. Randalls'a ulaşan ekspres mektupta Mrs. Churchill'in öldüğü bildiriliyordu! Yeğeninin acil dönüşünün bununla ilgisi yoktu ama Mrs. Churchill, genç adamın eve dönüşünden sonra yalnızca otuz altı saat yaşamıştı. Genel sağlık durumunun akla getirdiğinden çok farklı ani bir kriz, yapılan müdahalelere rağmen çok kısa bir süre içinde alıp götürmüştü onu. Artık muhteşem Mrs. Churchill yoktu.

Haber beklenilen etkiyi yaptı, tüm ölüm haberleri gibi. Herkesin üzerine bir ağırlık ve hüzün çöktü, gidene acındı, geride kalanlarla ilgilenildi, merhuma rahmet kalanlara sabır dilendi. Çok geçmeden de onun nereye gömüleceği merak edilmeye başlandı. Goldsmith'in* de dediği gibi "Güzel bir kadın aptallık edip düştüğü zaman adının temizlenmesi için tek çare ölümdür. Huysuz kadınların kötü namlarını temizlemeleri için de çare aynıdır." En az yirmi beş yıldır kendisinden nefretle bahsedilen Mrs. Churchill artık merhametle anılır olmuştu. Bir konuda haklı çıkmıştı. Hiç kimse onun ciddi bir hastalığı olduğuna inanmıyordu. Bu ölüm olayı onu hastalık hastası olduğu, hayali hastalıklar yarattığı, bencil olduğu suçlamalarından aklamıştı.

"Zavallı Mrs. Churchill! Çok acı çektiğine hiç kuşku yok, kimsenin tahmin bile edemeyeceği kadar büyük acılar hem de, sürekli acı çekmek sinirleri mahveder. Merhumun tüm hatalarına rağmen bu çok acı bir olay, çok büyük bir şok... Zavallı Mr. Churchill onsuz ne yapacak? Mrs. Churchill'in kaybı çok acı. Mr. Churchill için bunu atlatmak çok zor." Mr. Weston bile başını sallayıp kederli bir ifadeyle "Ah! Zavallı kadıncağız, böyle bir şey kimin aklına gelirdi ki?" dedi ve onun

---

* William Goldsmith (1728-1774) İrlandalı şair ve roman yazarı. Eserlerinden bazıları: *Wakefield Papazı, Dünya İnsanı* (Ç.N.)

yasını gerektiği şekilde tutmaya karar verdi, karısı da bol yas kıyafetleri içinde oturup, iç çekerek onun acısını paylaştı; her ikisi de samimi ve kederliydi. İkisinin de ilk düşünceleri bu olayın Frank'i nasıl etkileyeceği olmuştu. Emma'nın da ilk aklına gelen bu oldu. Mrs. Churchill'in kişiliğini ve kocasının kederini düşününce olaya hayret ve merhametle baktı. Sonrasında duyguları biraz yatışınca Frank'in bu olaydan nasıl etkileneceği, ne yarar sağlayacağı, ne kadar özgürleşeceği gibi konuları düşündü. Ve bir anda bu olayın olası iyi yanlarını gördü. Artık genç adamın Harriet Smith'le beraberliğinin önünde engel kalmamıştı. Karısı olmayınca Mr. Churchill'den korkmasına gerek yoktu, dayı; sakin, rahat, uysal, kolay ikna edilebilen bir adamdı. Yeğeni ona her istediğini yaptırabilirdi. Geriye yalnızca yeğenin Harriet'e âşık olması kalıyordu ki Emma bu konuda –ne kadar iyi niyetli düşünürse düşünsün– bir gelişme hissedememişti.

Harriet bu olayda da son derece sakin davrandı, kendisine hâkim olmayı başardı. Büyük umutlara kapılmış olsa bile kimseye bir şey belli etmedi. Emma onun kişiliğinin böylesine güçlendiğini görmekten mutlu oldu ve bunun devamını tehlikeye atabilecek imalardan kaçındı. Bu yüzden de iki genç hanım karşılıklı olarak Mrs. Churchill'in ölümünden büyük bir ağırbaşlılık ve itidal ile bahsettiler.

Randalls sakinleri Frank'ten kısa mektuplar alıyorlardı, bu mektuplarda durumları ve planlarıyla ilgili önemli şeylerden bahsediyordu. Mr. Churchill beklendiğinden daha iyi bir durumdaydı, cenazenin Yorkshire'a gönderilmesinden sonra ilk durakları Mr. Churchill'in son on yıldır söz verip de ziyaretine gidemediği Windsor'daki çok eski bir dostunun evi olacaktı. Şimdilik Harriet'in beklemekten başka yapabileceği bir şey yoktu; Emma'nın da ona gelecekle ilgili iyi dileklerde bulunmak dışında bir şey yapması mümkün değildi.

Jane Fairfax'le ilgilenmek çok daha önemli ve acildi çünkü Harriet'in kısmeti açılırken onunki kapanıyordu. Yaptığı anlaşma Highbury'deki o malum kişinin yardımseverliğini ve nezaketini göstermek hevesi yüzünden herhangi bir gecikmeye izin vermiyordu. Jane'e yakınlık göstermek Emma için en öncelikli konu hâlini almıştı. Ona karşı soğuk davrandığı için pişmanlık duyuyordu; aylardır ihmal ettiği kişi saygı ve sevgiye boğmak istediği kişi olup çıkmıştı. Ona faydalı olmak, arkadaşlığına değer verdiğini göstermek, ona olan saygısını ve yakınlığını kanıtlamak istiyordu. Jane Fairfax'i Hartfield'de bir gün geçirmeye ikna etmeyi düşündü. Bu amaçla ona kısa bir mektup yazdı. Daveti reddedildi, üstelik de sözlü bir mesajla. "Miss Fairfax mektup yazacak durumda değildi." Aynı gün Mr. Perry Hartfield'e uğradığında Jane Fairfax'in çok hasta olduğunu öğrendi. Mr. Perry onu isteği dışında da olsa ziyaret etmişti. Jane ziyaretçi kabul edecek durumda değildi, çok şiddetli baş ağrısı vardı ve sinirsel nedenlerle ateşi de yükselmişti. Mr. Perry'ye göre bu durum onun kararlaştırılan tarihte Mrs. Smallridge'in evinde olması ihtimalini azaltıyordu. Şu an için sağlığı çok bozuktu, hiç iştahı yoktu, ailenin en büyük endişesi olan akciğerlerinde ise korkutucu bir durum söz konusu değildi ancak durumu yine de Mr. Perry'yi endişelendiriyordu. Ona göre Jane Fairfax kendisi kabul etmese de kaldırabileceğinden ağır bir yükün altına girmişti ve bunu kendisi de hissediyordu. Ruhen çökmüş âdeta, dayanacak gücü kalmamıştı. Mr. Perry söylemek istemiyordu ama genç kızın şu anda yaşadığı ev sinirleri bozuk biri için uygun yer değildi, tek bir odaya mahkûmdular, ayrıca Mr. Perry'nin de çok eski bir dostu olan iyi kalpli teyzesi de bu türden bir hastanın ihtiyaç duyacağı kişi değildi. Özenli ve dikkatli birisi olduğu kesindi; hatta fazla özenli ve dikkatli olduğu bile söylenebilirdi ama böyle bir hastaya uygun refakatçi olamazdı. Mr. Perry, Miss Fairfax'in bu özen ve ilgiden faydadan çok, zarar gördüğünden korkuyordu. Emma bütün bunları sıcak bir ilgi, samimi bir endişeyle dinledi. Jane için giderek daha fazla üzülüyor ve ona bir şekilde faydalı olabilmenin yolunu arıyordu. Birkaç saatliğine bile olsa teyzesinden uzaklaştırılsa, ona hava ve mekân değişikliği ile normal bir sohbet imkânı sağlansa bu Jane için iyi olabilirdi. Böylece ertesi sabah ona yeniden bir mektup yazdı ve en sevecen, en duygulu sözcüklerle Jane'in istediği herhangi bir saatte arabasıyla onu alacağını bildirdi ve Mr. Perry'nin de fikrini aldığını, onun dışarı çıkmaktan çok fayda göreceğini öğrendiğinden bahsetti. Yanıt bu kez çok kısa bir mektup olarak geldi. Miss Fairfax çok teşekkür ediyordu ancak dışarı çıkabilecek gücü yoktu.

Emma yazdığı mektubun daha iyi bir yanıtı hak ettiğine inanıyordu ama yazılı sözcüklerle kavga etmek mümkün değildi, zaten yazının titrek düzensizliği de yazanın rahatsızlığını açıkça ortaya koyuyordu. Emma yardım alma konusundaki bu isteksizlikle nasıl mücadele edeceğini düşündü. Aldığı yanıta rağmen arabanın hazırlanmasını istedi ve Mrs. Bates'in evine gitti. Jane'i ona katılmaya ikna edebileceğini ümit ediyordu ama bu da işe yaramadı. Miss Bates arabanın kapısına kadar gelip minnetlerini sundu, kendisi de hava almanın Jane'e çok iyi geleceğini düşünüyordu, onu ikna etmek için elinden gelen her şeyi yapmıştı ama Jane'i kandırmak pek mümkün görünmüyordu. Jane asla söz dinlemiyordu ve dışarı çıkmanın önerilmesi bile onu daha fazla hasta etmekten başka bir işe yaramıyordu. Emma onu görmek ve ikna etmeyi bir de kendisi denemek istiyordu ama daha o bu dileğini dile getiremeden Miss Bates, Miss Woodhouse'u hiçbir şekilde içeri almayacağına ilişkin yeğenine söz verdiğini belirtti. Gerçek şuydu ki zavallı Jane'in kimseyi görecek hâli yoktu. Mrs. Elton'ı geri çeviremezdi, bu doğaldı – Mrs. Cole çok ısrar etmişti. Mrs. Perry de o kadar çok konuşmuştu ki – Jane onlar dışında hiç kimseyi görmek istemiyordu.

Emma zorla da olsa her yere girme peşindeki Mrs. Elton'la, Mrs. Perry'le ya da Mrs. Cole'la aynı kefeye konulmak istemiyordu. Kendisine ayrıcalık tanınmasını istemeye hakkı olmadığını da hissediyordu, Mrs. Bates'e yeğeninin neler yediğini ve iştahının ne durumda olduğunu sormakla yetindi; en azından bu konuda yardımcı olmak istiyordu. Zavallı Mrs. Bates çok mutsuz olduğu bu konuda uzun uzun konuştu; Jane hiçbir şey yemiyordu. Mr. Perry besleyici gıdalar yemesini önermişti ama her şeyi sunmalarına rağmen hiçbir şeyi (ki kimsenin bu kadar iyi komşuları olamazdı) canı istemiyordu, her şey ona tatsız geliyordu.

Emma eve döner dönmez hemen kâhyayı çağırıp kilerde neler olduğunu sordu ve çok kaliteli bir ararotu* çok dostane bir mektupla birlikte Mrs. Bates'e yolladı. Yarım saat sonra ararot Miss Bates'in binlerce teşekkürüyle geri geldi. Bunun geri gönderildiğini öğrenmedikçe sevgili Jane'in içi rahat etmeyecekti, bu kabul edemeyeceği bir şeydi ve ayrıca hiçbir şeye ihtiyacının olmadığının belirtilmesinde ısrar ediyordu.

Emma daha sonra Jane Fairfax'in arabayla dolaşmaya bile gücünün olmadığını ileri sürerek teklifini reddettiği günün öğle-

---

* Ararot: Maranta arundinacea Endonezya'da yetişen bir bitki türü. Bu türün köklerindeki yumrulardan çocuklar ve hastalar için pelte, muhallebi gibi yiyeceklerin hazırlanmasında kullanılan sindirimi kolay bir nişasta üretilir. (Ç.N.)

den sonrasında tek başına Highbury'nin biraz dışındaki çayırlarda dolaşırken görüldüğünü duydu ve parçaları birleştirip Jane'in kendisinden herhangi bir biçimde iyilik kabul etmemeye kararlı olduğundan emin oldu. Üzüldü, çok üzüldü. Alınganlık, tutarsızlık ve ikisi arasındaki eşitsizlik yüzünden daha da acıklı bir hâle gelen bu durum yüreğini sızlatıyor; kendisinin samimi, dürüst duygulara sahip olabileceğine inanılmaması, arkadaş olarak hemen hiç değer verilmemesi çok canını acıtıyordu. İyi niyetinden emindi, bu arada Mr. Knightley'nin, Jane Fairfax'e yardımcı olabilmek için nasıl çabaladığından haberi olsa, yüreğinin içini görebilse onaylamayacağı, kınayacağı hiçbir şey olmayacağını biliyor ve bu onu teselli ediyordu.

BÖLÜM 46

Mrs. Churchill'in vefatından on gün kadar sonra bir sabah Emma aşağıya çağırıldı; Mr. Weston gelmişti ve onunla konuşmak istiyordu, üstelik beş dakika bile bekleyecek zamanı yoktu. Mr. Weston Emma'yı salonun kapısında karşıladı, kısaca hatırını sorup, babasının duymayacağı şekilde sesini alçaltarak "Bu sabah bir ara Randalls'a gelebilir misin?" dedi. "Eğer mümkünse muhakkak gel. Mrs. Weston seni görmek istiyor. Seni görmesi gerekiyor."

"Hasta mı?"

"Hayır, hayır, öyle bir şey yok; yalnızca biraz telaşlı. Arabayı çağırıp kendisi gelecekti ama seninle yalnız görüşmesi gerekiyor ve biliyorsun işte." Başıyla babasını işaret etti. "Gelebilirsin, değil mi?"

"Elbette. Hemen şimdi bile gelebilirim. Mrs. Weston çağırıyorsa bunu nasıl reddedebilirim ki? İyi de ne oldu? Sorun ne? Bir hastalığı yok, değil mi?"

"Bana güven, daha fazla soru sorma. Zamanı gelince her şeyi öğreneceksin. Hiç akla gelmeyecek bir şey, neyse şimdi daha fazla konuşmayalım, şişş, şişş!"

Bütün bunların ne anlama geldiğini tahmin etmek Emma için bile olanaksızdı. Mr. Weston'ın bakışlarından çok önemli bir şey olduğu anlaşılıyordu, Mrs. Weston'ın sağlığı yerinde olduğuna göre endişelenmesini gerektiren bir durum olmamalıydı.

Babasına sabah yürüyüşüne çıkacağını söyledikten sonra Mr. Weston'la birlikte evden çıkıp hızlı adımlarla Randalls'a doğru yürüdüler.

Bahçe kapısından çıkıp, bir hayli uzaklaştıktan sonra Emma "Evet," dedi. "Şimdi bana ne olduğunu anlatın, Mr. Weston."

Adam ciddi bir ifadeyle "Hayır, hayır; bana sorma bunu," dedi. "Bu konuyu açıklamayı ona bırakacağıma dair karıma söz verdim. O benden çok daha iyi açıklayacaktır. Sabırsızlanma Emma, kısa bir süre içinde her şeyi öğreneceksin."

Emma olduğu yerde kalakaldı ve dehşet içinde "Neler olup bittiğini anlatın bana!" diye bağırdı. "Aman Tanrım! Mr. Weston, lütfen söyleyin bana. Brunswick Meydanı'nda bir şey oldu değil mi? Oldu, biliyorum. Hemen şu anda bana ne olduğunu söylemenizi istiyorum sizden."

"Hayır, yanılıyorsun, öyle bir şey yok."

"Mr. Weston, lütfen beni kandırmayın, şu anda kaç yakınımın Brunswick Meydanı'nda olduğunu biliyor musunuz? Hangisi, hangisine ne oldu? Bir şey oldu, biliyorum. Tanrı aşkına, yalvarırım size, söyleyin, ne oldu, benden bir şey gizlemeyin."

"Emma, inan bana, yemin ederim ki..."

"Yemin mi, neden onurunuz üzerine yemin etmiyorsunuz? Neden onlardan hiçbirine bir şey olmadığına onurunuz üzerine yemin etmiyorsunuz? Tanrım! Bana açıklanması gereken, ailemle ilgili olmayan ne olabilir ki?"

Mr. Weston son derece ciddi bir ifadeyle "Onurum üzerine yemin ederim ki bunun ailenizden birisiyle ilgisi yok," dedi. "Knightley adını taşıyan hiç kimseyle de en ufak ilgisi yok."

Emma yeniden cesaretini topladı ve yürümeye başladı.

Mr. Weston, "Hata yaptım. Bunun sana açıklanması gerektiğini söylememeliydim," dedi. "Açıklama sözcüğünü kullanmamalıydım. Aslına bakarsan bu seninle ilgili bir şey de değil, yalnızca beni ilgilendiriyor; yani öyle olduğunu ümit ediyoruz. Neyse! Aslına bakarsan sevgili Emma, tedirgin olmana hiç gerek yok. Bunun çok tatsız bir durum olmadığını söylemiyorum ama çok daha kötüsü de olabilirdi, eğer hızlı yürürsek birazdan Randalls'ta oluruz."

Emma beklemesi gerektiğini anlıyordu; yalnızca biraz daha gayret etmesi gerekiyordu. Bu yüzden daha fazla soru sormadı, hayal gücünü çalıştırıp düşündü ve kısa bir süre sonra bunun parayla ilgili bir durum olabileceği sonucuna vardı. Tabii ki bu bir aile sorunu da olabilirdi, Richmond'daki son acı olayın ortaya çıkarttığı tatsız bir durum. Hayal gücü sürekli işliyordu. Kim bilir belki de yarım düzine evlilik dışı çocuk ortaya çıkmıştı ve zavallı Frank mirastan yoksun bırakılmıştı! Bu çok can sıkıcı, istenmeyecek bir durum olsa ve bunun gerçek olduğu ortaya çıksa da Emma için sorun değildi, onu üzmezdi. En fazla merakını uyandırırdı, hepsi o kadar.

Yürümeye devam ediyorlardı. Emma bir ara "At üstündeki beyefendi kim?" diye sordu. Bunu sormasının tek nedeni konuyu değiştirip Mr. Weston'ın sırrını eve kadar saklayabilmesine yardımcı olmaktı.

"Bilmiyorum. Otwaylerden biri olmalı. Frank değil, emin ol; bu Frank değil. Onu görmeyeceksin. Şimdiye kadar Windsor yolunu yarılamıştır."

"Yani oğlunuz sizi görmeye mi gelmişti?"

"Ah! Evet, bilmiyor muydun? Neyse boş ver."

Mr. Weston bir an için sessiz kaldı, sonra duraksayarak usulca "Evet, Frank bu sabah geldi, hatırımızı sormak için," dedi.

Hızlı yürüyorlardı, çok geçmeden Randalls'a vardılar. Mrs. Weston onları salonda bekliyordu.

Mr. Weston içeri girerken "Evet canım," dedi. "İşte onu sana getirdim, artık kendini daha iyi hissedeceğini umuyorum. Sizi baş başa bırakıyorum. Bunu daha fazla geciktirmenin anlamı yok. Bana ihtiyacınız olursa uzakta olmayacağım."

Emma onun odadan çıkmadan önce kısık bir sesle "Sözümü tuttum. Ne olup bittiğinden haberi yok," dediğini duydu.

Mrs. Weston çok kötü görünüyordu, o kadar endişeli ve perişan bir hâli vardı ki ister istemez Emma'nın tedirginliği de arttı. Yalnız kalır kalmaz hemen ısrarla sordu.

"Ne oldu, sevgili dostum? Anladığım kadarıyla çok tatsız bir şey olmuş, lütfen bana hemen ne olduğunu anlatın. Yol boyunca merak içindeydim. Bilirsiniz, ikimiz de merakta kalmaktan nefret ederiz. Beni daha fazla merakta bırakmayın. Sorun her ne olursa olsun, bunu anlatmak sana da iyi gelecektir."

Mrs. Weston titreyen bir sesle "Gerçekten olup bitenle ilgili hiçbir fikrin yok mu?" diye sordu. "Emmacığım, bununla ilgili bir tahminin de mi yok?"

"Mr. Frank Churchill'le ilgili bir şey olduğunu düşünüyorum."

"Haklısın. Onunla ilgili. Sana bunu açıkça anlatacağım." Yeniden örgüsünü örmeye başladı, başını kaldırmamaya karar vermiş gibiydi. "Frank bu sabah akıl almayacak bir nedenle buraya geldi. İnanılmaz bir şey. Yaşadığımız şaşkınlığı anlatamam. Babasıyla bu konuyu konuşmaya gelmiş – yani sözlendiğini bildirmeye."

Emma nefesini tuttu. Önce kendisini, sonra Harriet'i düşündü.

Mrs. Weston, "Hatta sözlenmekten de öte nişanlandığını," diye ekledi. "Basbayağı nişanlanmış. Gerçek anlamda bir nişan. Ne diyorsun buna, Emma, Frank Churchill'le Miss Fairfax'in nişanlandığı duyulduğunda herkes ne diyecek? Aslına bakarsan çok uzun bir süredir nişanlılarmış!"

Emma şaşkınlıktan yerinden sıçradı ve dehşet içinde haykırdı.

"Jane Fairfax mi? Olamaz! Aman Tanrım! Ciddi olamazsınız! Bu doğru olamaz!"

Mrs. Weston gözlerini kaçırmaya devam ederek "Ne kadar şaşırsan az," dedi. Emma'ya kendini toparlama fırsatı vermek için hızlı hızlı konuşuyordu. "Şaşırmakta çok haklısın ama durum bu. Ekim ayından beri nişanlılarmış, Weymouth'ta kendi aralarında nişanlanmışlar ve bunu sır olarak herkesten saklamışlar. Hiç kimse bilmiyormuş; ne Campbelllar ne Jane'in ne de Frank'in ailesi. Bu o kadar akıl almaz bir durum ki bundan kesinlikle emin olmama rağmen hâlâ inanamıyorum. Aklım almıyor, oysa onu tanıdığımı düşünüyordum."

Emma söylenenleri duymuyordu bile. Zihni sanki iki düşünce arasında bölünmüştü: Bir yanda Frank'la Miss Fairfax hakkında yaptığı konuşmalar, öte yanda zavallı Harriet! Bir süre şaşkınlıktan "hık–mık" gibi tuhaf sesler çıkarıp, bu haberi tekrar tekrar doğrulatmaktan, dönüp dolaşıp "Sahi mi?" diye sormaktan başka bir şey yapamadı. Sonunda kendini toparlayarak "Neyse," dedi. "Sanırım bu durumu tam olarak kavrayabilmem için en azından yarım gün üzerinde düşünmem gerekecek. İşe bak! Demek bütün kış boyunca nişanlılarmış, Highbury'ye gelmeden önce nişanlanmışlar, öyle mi?"

"Ekimden beri nişanlılarmış, gizlice nişanlanmışlar. Bu beni çok kırdı, Emma, hem de çok. Babasının da çok canını sıktı, o da çok kırıldı. Bu davranışının bağışlanır tarafı yok."

Emma bir an düşündü ve sonra yanıt verdi:

"Sizi anlamıyormuş gibi davranmayacak, elimden geldiğince rahatlatmaya çalışacağım. Eğer üzüldüğünüz buysa onun bana gösterdiği yakınlığın bende hiç de beklendiği gibi bir etki yapmadığından emin olabilirsiniz."

Mrs. Weston başını kaldırdı, duyduklarına inanamıyordu ama Emma'nın yüzündeki ifade de konuşması kadar dengeliydi.

Emma, "Bu söylediklerime, ona karşı tam bir kayıtsızlık içinde olduğuma inanmakta zorlanıyor olabilirsiniz," diye ekledi. "Buna inanmanız için size şunu açıkça belirtmek isterim ki tanıştığımız ilk günlerde ondan hoşlandığım, ona âşık olabileceğimi düşündüğüm bir dönem oldu; hatta belki âşık da oldum ama bitti. Bunun nasıl böyle tamamen bitebildiğine ben de şaşırıyorum. Ona karşı olan duygularım tamamen kayboldu. Ona karşı tamamen kayıtsızım. İyi ki de öyle. Bir süredir, en az üç aydır ona karşı hiçbir şey hissetmiyorum, aklıma bile gelmiyor. Bana inanabilirsiniz, Mrs. Weston. Gerçek bu."

Mrs. Weston, onu mutluluk gözyaşları içinde öptü, yeniden konuşabilecek hâle geldiğinde kendisini bu şekilde rahatlatmasının ona yeryüzündeki her şeyden daha iyi geldiğini söyledi.

"Mr. Weston da benim gibi çok rahatlayacaktır," dedi. "Bunu duyunca kahrolduk. Bizim en büyük dileğimiz birbirinize âşık olmanızdı; öyle olduğunu da sanıyorduk. Senin adına neler hissettiğimizi tahmin edebilirsin."

"Ucuz atlatmışım, bundan bu kadar kolay kurtulmuş olmam sizin için de benim için de sevindirici olabilir ancak bu onu temize çıkarmaz, Mrs. Weston. Onun bu konuda çok hatalı olduğunu düşündüğümü söylemeliyim. Başka birine âşıkken ve söz vermişken tamamen özgürmüş gibi aramıza girmeye hakkı yoktu. Kalbi başka bir kadına aitken, onunla nişanlıyken başka bir kadına kur yapması, kendine âşık etmek için sürekli ilgi göstermesi bağışlanamaz; buna hakkı yok. Bunu yaptı, kesinlikle yaptı. Yaptığı bu kötülüğü nasıl açıklayacak? Benim ona âşık olmayacağımdan nasıl emin olabilirdi? Ya olsaydım? Bu yanlış, gerçekten çok yanlış."

"Emmacığım, söylediği bir şeyden, çıkarabildiğim kadarıyla–"

"Peki ya Jane buna nasıl katlanabildi! Soğukkanlılıkla her şeye tanık oldu! Gözünün önünde bir başka kadına sürekli kur yapılmasını seyretti ve buna hiç içerlemedi mi, hiç kızmadı mı? Bu benim asla anlayamayacağım ve de saygı duyamayacağım bir durum."

"Aralarında bazı yanlış anlaşılmalar olmuş, Emma. Frank bunu açıkça söyledi. Daha fazla açıklama yapacak zamanı yoktu. Burada topu topu çeyrek saat kaldı; o kadar heyecanlıydı ki burada kalabileceği zamanı da doğru dürüst değerlendiremedi ama bazı yanlış anlaşılmalar olduğunu üzerine basa basa söyledi. Sanırım krize sebep olan da bu yanlış anlaşılmalar. Tabii bu yanlış anlaşılmalara Frank'in davranışlarındaki yanlışlıklar neden olmuş olabilir. Bu, kuvvetle muhtemel."

"Yanlışlık mı? Ah! Mrs. Weston, bu onun davranışını tanımlamak için çok basit bir sıfat. Olup bitenler yanlışlığın çok ötesinde! Kendini çok küçük düşürdü, onun gözümden ne kadar düştüğünü anlatamam. Bir erkeğe hiç yakışmayacak bir davranış bu! Onun davranışlarında namus adına, gerçeğe ve ilkelere bağlılık adına, sahtekârlığı ve basitliği hor görmek adına hiçbir doğru yok, ki bir erkekten her şeyden önce beklenebilecek erdemler bunlar."

"Hayır, sevgili Emma, bu anlamda onun tarafını tutmam gerekiyor çünkü bir noktada hata yapmış olmasına rağmen onu pek çok iyi niteliği olduğunu söyleyebilecek kadar uzun bir süredir tanıyorum, ayrıca–"

Emma ona aldırmayarak "Tanrım!" diye bağırdı. "Mrs. Smallridge! Jane orada mürebbiye olarak işe girmek üzereydi!

Frank nasıl bu kadar vurdumduymaz olabildi ki? Nereye varmaya çalışıyordu? Onun işe girmesine göz yumması! Onun böyle bir şeyi aklından geçirmesine bile göz yummamalıydı!"

"Bundan haberi yokmuş, Emma. Onu bu konuda aklayabilirim. Bu Jane'in kararıymış, Frank'e bahsetmemiş ya da en azından onu buna inandıracak şekilde söylememiş. Daha düne kadar Jane'in bu planından haberi yokmuş. Ansızın öğrenmiş, nasıl olduğunu bilmiyorum ama bir mektup ya da haber almış ve Jane'in bu kararını öğrenince de ortaya çıkıp konuşmaya karar vermiş. Her şeyi dayısına anlatmış, onun anlayışına sığınmış; uzun lafın kısası bunca zamandır süren bu çirkin gizliliğe son vermiş."

Emma onu daha dikkatli dinlemeye başladı.

Mrs. Weston, "Çok yakında ondan haber alacağım," diye ekledi. "Ayrılırken bana yakın zamanda yazacağını ve şimdi açıklayamadığı birçok ayrıntıya da açıklık getireceğini belirtti. Dolayısıyla onun mektubunu bekleyelim. O mektupta suçunu hafifletici sebepler olabilir. Bu, şu anda anlayamadığımız bazı şeyleri anlaşılır ve bağışlanabilir kılabilir. Acımasız olmayalım, onu mahkûm etmekte acele etmeyelim. Sabırlı olalım. Onu bağışlamak istiyorum ve şu anda bir noktada rahatladığıma göre, ki o çok önemli bir nokta, sen benim için çok önemlisin ve bundan sonrasının da iyi geleceğini ummak istiyorum; bunun böyle olacağına inanmaya da hazırım. Bu gizli kapaklı durum onları da çok yıpratmış olmalı."

Emma soğuk bir sesle "Frank pek de acı çekmişe benzemiyor," dedi. "Neyse, peki Mr. Churchill bu durumu nasıl karşılamış?"

"Tam yeğeninin isteyeceği bir şekilde, hiç zorluk çıkarmadan onaylamış. Bir hafta içinde olanları düşün, bunun aileye etkilerini! Sanırım zavallı Mrs. Churchill yaşarken bu konuda ne bir umut ne bir şans ne de bir olasılık olabilirdi ama daha cenazesi aile mezarlığındaki yerini almadan kocası tam da onun vereceğinin tam aksi yönde bir karar almaya ikna oldu. İnsanların kötülüklerinin ve güçlerinin mezara kadar sürmesi ne büyük bir lütuf! Mr. Churchill çok kolay onaylamış bu durumu."

Ah, diye içinden geçirdi Emma. *Harriet için de aynı şeyi yapardı.*

"Bu konu dün akşam konuşulup hallolmuş ve Frank de bu sabah gün doğar doğmaz yola çıkmış. Highbury'ye vardığında sanırım önce Bateslere uğramış, sonra da dosdoğru buraya gelmiş. Dayısının yanına dönmek için çok acele ediyordu, onun şu sıralar ona her zamankinden çok daha fazla ihtiyacı var. Dediğim gibi bizimle ancak çeyrek saat kalabildi. Çok heyecanlıydı, gerçekten çok heyecanlıydı; sanki başka bir insan olup çıkmıştı. Tabii üstüne üstlük bir de Jane'i çok hasta bulmanın şokunu da yaşamış –ki bundan asla haberi yokmuş– çok üzüldüğü her hâlinden belliydi."

"Peki siz gerçekten bu ilişkinin böylesine bir gizlilik içinde sürdüğüne inanıyor musunuz? Campbelllar, Dixonlar, hiçbirinin bu nişandan haberi yok muymuş?"

Emma, Dixon sözcüğünü yüzü hafifçe kızarmadan ağzına alamıyordu.

"Hiç kimsenin haberi yokmuş. İkisi dışında yeryüzündeki hiç kimsenin bundan haberinin olmadığını açık açık söyledi."

Emma, "Peki," dedi. "Sanırım zaman içinde bu duruma da alışacağız, onlara mutluluklar dilerim ama bunu hep çok iğrenç bir davranış olarak anımsayacağım. Bu baştan sona bir ikiyüzlülük ve sahtekârlık; adilik ve ihanetten başka bir şey değil. Açık yüreklilik ve alçak gönüllülük numarasıyla aramıza girip arkamızdan gizli iş çevirmek! Bütün bir kış ve bahar boyunca açıkça aldatılmış bir hâlde ortalarda dolandık durduk. Aramıza aldığımız, bizim gibi dürüst ve onurlu kişiler olduğunu varsaydığımız bu iki kişi karşısında kim bilir duymamaları gereken neler söylemiş, ne yorumlar yapmışızdır. Tabii onlar da arkamızdan aralarında ne yorumlar yapmış, bizimle nasıl alay etmişlerdir. Eğer birbirleri hakkında hiç de hoş olmayan şeyler söylendiğini duydularsa buna da katlanacaklar artık."

Mrs. Weston, "Benim bu konuda içim rahat," dedi. "Ben ikisi hakkında da diğerinin duymaması gereken bir şey söylemediğimden eminim."

"Şanslısınız. Bu konuda ağzınızdan kaçırdığınız söylenebilecek tek şey var, sanırım onu da yalnızca bana söylemiştiniz, bir dostumuzun bu hanımefendiye ilgi duyduğunu düşünmüştünüz."

"Doğru ama ben Miss Fairfax hakkında her zaman için çok iyi şeyler düşündüğüm, onu beğendiğim için onun hakkında kötü bir şey ima etmiş olamam, Frank'le ilgili ise kötü bir şey söylemediğimden zaten eminim."

O sırada Mr. Weston pencerenin biraz ötesinde göründü, onları izlediği belliydi. Karısı onu bakışlarıyla içeri davet etti ve adam bahçeden dönüp içeri girerken "Emmacığım," dedi. "Ne olur, gerek sözlerinle gerekse bakışlarınla onun içini rahatlatacak şekilde davran ve bu evlilik konusunu içine sindirmesini sağlamaya çalış, bunu senden çok rica ediyorum. Bu işe bir de iyi tarafından bakmaya çalışalım; Jane herkesin hakkında iyi şeyler söylediği ve bunu hak eden bir kız. Gerçi bunun bizi tatmin eden bir evlilik olacağını söyleyemem ama Mr. Churchill böyle düşünmüyorsa biz ne diyebiliriz ki? Hem Frank'in böyle sağlam karakterli, aklı başında bir kızla evlenmesi, onun açısından bir şans da olabilir; ben hep Jane'in sağduyulu bir kız olarak görmüş ve takdir etmişimdir. Bu olayda doğruluk ilkesinden çok büyük ölçüde sapmış olmasına rağmen, ben hâlâ ona güvenmekten yanayım. Onun aile ve yaşam koşullarını dikkate alınca sence de bu hatasını hoş karşılamamız gerekmez mi?"

Emma duygulanarak "Kesinlikle öyle!" diye bağırdı. "Bir kadının yalnızca kendisini düşündüğü için bağışlanmasını sağlayabilecek tek durum Jane Fairfax'in içinde bulunduğu durum olabilir. Onun durumunda insanın, 'Ne dünya ne dünyanın kanunu ondan yana!' diyesi geliyor."

Emma girişte Mr. Weston'la karşılaştı, yüzünde gülümseyen bir ifade ve yüksek sesle "Doğrusu ya, taktiğiniz hiç fena değildi!" dedi. "Sanırım amacınız benim merakımı arttırmak ve tahmin etme yeteneğimi çalıştırmaktı ama beni gerçekten korkuttunuz. Servetinizin yarısını kaybettiğinizi bile düşündüm, sizi teselli etmeyi beklerken tebrik edilecek bir durumla karşı karşıya kaldım. Sizi bütün kalbimle tebrik ediyorum Mr. Weston, İngiltere'nin en güzel ve en yetenekli genç kızlarından biri gelininiz olacak."

Mr. Weston'la karısı arasındaki bakışma onun Emma'nın da söylediği gibi her şeyin yolunda olduğuna inanmasını sağladı ve bu durumun Mr. Weston'ın morali üzerindeki olumlu etkisi yüz ifadesine de hemen yansıdı. Duruşu ve sesi her zamanki canlılığına kavuştu. Büyük bir içtenlikle ve minnettarlıkla Emma'nın elini sıktı. Bu nişanın kötü bir şey olmadığına inanması için yalnızca biraz zamana ve ikna edilmeye ihtiyacı olduğu anlaşılıyordu. Gerek karısı gerekse Emma ağırlıklı olarak onun tereddütlerini azaltacak ve küçük itirazlarını ortadan kaldıracak şeyler söylediler. Öyle ki Hartfield'e dönüş yolunda Emma ile her şeyi yeniden enine boyuna konuştuklarında bu fikir kafasına yatmaya, hatta neredeyse bunun Frank'in yapabileceği en iyi şey olduğunu düşünmeye başlamıştı.

BÖLÜM 47

"Harriet! Zavallı Harriet!" Bu sözcüklerde Emma'nın kafasından atamadığı, kahredici düşünceler gizliydi ve onun açısından asıl acı olan da buydu. Frank Churchill ona karşı çok kötü davranmıştı, hem de birçok açıdan ama Emma'nın öfkesinin asıl nedeni onun davranışlarından çok, kendi yanılgılarıydı. Genç adamın kusurunu onun gözünde asıl bağışlanamaz kılan, onun yüzünden Harriet karşısında bir kez daha zor duruma düşürmüş olmasıydı. Zavallı Harriet! İkinci bir defa Emma'nın yanlış yorumlarının ve pohpohlamalarının kurbanı oluyordu. Mr. Knightley bir zamanlar "Emma, senin Harriet'e yaptığın şeye dostluk denmez," derken ne kadar doğru söylemişti. Emma, Harriet'e istemeden kötülük yaptığını düşünmeye başlamıştı.

Gerçi bu olayda kendini daha önceki olayda olduğu gibi bu tersliğin tek ve asıl mimarı olmakla, Harriet'in olamayacak hayallere kapılmasına, onun aklına başka şekilde girmesi mümkün olmayan duyguları ortaya çıkarmakla suçlaması için bir neden yoktu. Harriet'in kendisi bu konuda en ufak bir imada bile bulunmadan Frank Churchill'e duyduğu hayranlık ve ilgiyi açıklamıştı. Emma yine de kendini biraz çabayla bastırabileceği bu duyguları körüklemiş olduğu için kendini suçlu hissediyordu. Harriet'in üzerindeki etkisini kullanıp bu duyguların gelişmesini engelleyebilirdi. Onu etkilemeye gücü yeterdi. Şimdi asıl yapması gerekenin bu olduğunu anlıyor ve arkadaşının mutluluğunu hiç yoktan tehlikeye attığını düşünüyordu. Biraz sağduyulu davranmış olsa Harriet'e "Onu düşünmeyi bırakmalısın, duygularının seni buna sürüklemesine izin verme, onun seni sevme şansı beş yüzde bir ihtimal bile değil," diyebilirdi. *Korkarım artık sağduyulu düşünemiyorum,* diye mırıldandı kendi kendine. Kendine çok, çok kızıyordu. Eğer aynı zamanda Frank Churchill'e de kızıyor olmasaydı durum çok daha korkunç olabilirdi. Jane Fairfax'e gelince, en azından artık onun için kaygılanarak duygularına daha fazla eziyet etmesine gerek kalmamıştı. Zaten Harriet için yeterince üzülüyordu; Jane'in dertlerinin de kötü sağlığının da temelinde aynı nedenler yatmaktaydı ve çok yakında ikisinin de şifa bulacağında hiç kuşku yoktu. Onun için artık değersizlik ve felaket günleri sona ermişti. Çok geçmeden sağlığa, mutluluğa ve varlığa kavuşacaktı.

Emma arkadaşlık girişimlerinin Jane tarafından neden hafife alındığını da anlıyordu. Bu durum başka bazı konuların da açığa çıkmasına neden olmuştu. Jane'in davranışlarının kıskançlıktan kaynaklandığında hiç kuşku yoktu. Jane onu hep rakip olarak görmüştü. Doğal olarak ondan gelen her yardımı ya da yakınlık girişimini elinin tersiyle itmişti. Hartfield'in arabasıyla hava almaya çıkmak onun için eziyetten, Hartfield kilerinden çıkma ararot ise zehirden farksızdı. Emma şimdi her şeyi anlıyor; zihni öfke etkisindeki duyguların adaletsizliğinden ve bencilliğinden sıyrıldıkça Jane Fairfax'in elde ettiği seçkin konuma da mutluluğa da layık olduğunu kabul ediyordu.

Zavallı Harriet'e gelince onun durumu Emma'yı çok kaygılandırıyordu! Tek düşüncesi oydu. Bu ikinci düş kırıklığının Harriet'e birincisinden de ağır geleceğinden korkuyordu. Frank Churchill'in çok daha üstün biri olması dışında, Harriet'in üzerinde genç kızın davranışlarına dikkat etmesini, hiçbir şey belli etmeyecek şekilde kendine hâkim olmasını sağlayacak kadar etkili olabildiğine göre bu kez çok daha fazla üzüleceği ortadaydı. Her şeye rağmen ona bu acı gerçeği mümkün olan en kısa zamanda açıklaması gerekiyordu. Mr. Weston ayrılırken onu bunun şimdilik gizli kalması konusunda uyarmış, kimseye söylememesini rica etmişti. Bu konunun şimdilik sır olarak kalması gerekiyordu. Mr. Churchill henüz çok yeni kaybettiği karısının anısına saygı gereği olarak bunu özellikle istemişti ve Westonlar da bunun böyle olması gerektiği konusunda onunla hemfikirdi. Emma da bu konuda söz vermişti ama Harriet'i bunun dışında tutabilirdi. Harriet'e bir an önce gerçeği söylemeliydi.

Emma yaşadığı tüm sıkıntıya rağmen bu durumu gülünç bulmaktan kendini alamıyordu. Mrs. Weston'ın az önce yapmak zorunda kaldığı zor ve hassas görevin aynını, şimdi onun Harriet'e karşı yerine getirmesi gerekiyordu. Büyük bir kaygı ve tedirginlikle kendisine açıklanan durumu şimdi de o yaklaşık aynı kaygı ve tedirginlikle bir başkasına açıklamak zorundaydı. Harriet'in ayak seslerini duyunca kalbinin atışları hızlandı, o Randalls'a yaklaşırken zavallı Mrs. Weston da aynı şeyi hissetmiş olmalıydı. Keşke Harriet'de de açıklanan gerçeğin etkisi onda olduğu gibi olsaydı! Ne yazık ki böyle bir olasılık yoktu.

Harriet odaya girerken heyecanla "Sevgili Miss Woodhouse!" diye bağırdı, "sizce de bu olabilecek en tuhaf haber değil mi?"

Emma Harriet'in sesinden ya da görünüşünden ne duymuş olabileceğini tahmin edemiyordu. "Hangi haberi kastediyorsun?" diye cevap verdi.

"Jane Fairfax'le ilgili haberi. Hiç bu kadar tuhaf bir şey duymuş muydunuz? Ah! Bunu bana açıklamaktan çekinmeyin, Mr.

Weston bana tüm olup biteni anlattı. Ona biraz önce rastladım. Bana bunun aslında sır olduğunu ve sizin dışınızda kimseye bahsetmemem gerektiğini ama sizin zaten bildiğinizi söyledi."

Emma'nın kafası hâlâ karışıktı. Şaşkınlık içinde "Mr. Weston sana ne söyledi?" diye sordu.

"Ah! Her şeyi anlattı bana. Jane Fairfax'le Mr. Frank Churchill'in evleneceklerini, uzun bir süredir kendi aralarında nişanlı olduklarını. Ne kadar tuhaf!"

Bu gerçekten tuhaftı ama Harriet'in davranışı da bir o kadar daha tuhaftı. Emma bunu nasıl yorumlaması gerektiğini bilemedi. Genç kızın karakteri tamamen değişmiş gibiydi. Bu haber karşısında ne bir heyecanı ne hayal kırıklığı ne de özel bir ilgi belirtisi vardı. Emma ona baktı, ne diyeceğini bilemiyordu.

Harriet, "Ona âşık olabileceğini siz hiç tahmin etmiş miydiniz?" diye sordu. "Siz anlamış olabilirsiniz. Sizin sezgileriniz güçlüdür." Konuşurken yüzü hafifçe kızarmıştı. "Herkesin kalbini okuyabiliyorsunuz ama sizin dışınızda hiç kimse—"

Emma, "Emin ol," dedi. "Ben artık böyle bir yeteneğim olduğundan ciddi anlamda kuşku duymaya başladım. Sevgili Harriet, bunu bana nasıl sorabildiğine inanamıyorum. Ciddi olamazsın. Onun başka bir kadına ilgi duyduğunu bilsem, açıkça olmasa bile dolaylı yoldan kendini duygularına bırakman konusunda seni teşvik eder miydim? Sormak istediğin bu mu? Hayır, bu konuda en ufak bir kuşku bile duymadım. Mr. Frank Churchill'in Jane Fairfax'e ilgi duyduğunu bir saat öncesine kadar bilmiyordum. Şuna da emin ol ki eğer bundan kuşku duysaydım seni uyarmış olurdum."

Harriet kızararak şaşkın bir ifadeyle "Beni mi!" diye bağırdı. "Beni neden uyaracaktınız ki? Mr. Frank Churchill'e ilgi duyduğumu düşünüyor olamazsınız, değil mi?"

Emma, gülümseyerek "Bu konuda böyle özgüvenle konuşabilmen beni çok mutlu etti," dedi. "Yoksa çok da uzak olmayan bir tarihte, ona ilgi duyduğuna inanmamı sağlayacak şeyleri söylediğini inkâr mı ediyorsun?"

Harriet sıkıntılı bir ifadeyle başını çevirerek "Ah, o mu? Hayır, asla!" dedi. "Sevgili Miss Woodhouse, beni çok yanlış anlamışsınız."

Emma, bir an duraksadıktan sonra "Harriet!" diye bağırdı. "Ne demek istiyorsun sen? Aman Tanrım! Ne demek bu? Yanlış mı anlamışım? Yani o zaman senin kastettiğin..."

Daha fazlasını söyleyemedi. Sesi çıkmıyordu. Harriet yanıt verene kadar büyük bir korku içinde bekledi.

Harriet biraz uzakta, yüzünü başka bir tarafa çevirmiş bir hâlde duruyordu. Önce bir şey söylemedi, konuştuğundaysa sesi en az Emma'nınki kadar gergindi.

"Bunun mümkün olabileceğini hiç düşünmemiştim," dedi. "Beni bu kadar yanlış anlamış olabileceğinizi. Onun adını telaffuz etmemeye karar verdiğimizi biliyorum ama onun herkesten üstün biri olduğunu söyleyince başka birinden bahsettiğimi düşünebileceğiniz aklıma bile gelmedi. Mr. Frank Churchill mi, inanamıyorum! Diğeri varken ona kim bakar, hiç bilemiyorum! Onun yanında bir hiç olan Mr. Frank Churchill'i düşünmeyecek kadar zevk sahibi olduğumu sanıyorum. Asıl sizin bu kadar yanılmış olmanız çok şaşırtıcı! Başlangıçta bırakın onu beğenmeyi, aklımdan geçirmenin bile çok büyük bir haddini bilmezlik olacağı kanısındaydım. Sonra duygularımı tümüyle onayladığınıza ve beni yüreklendirdiğinize inandım, siz bana bu dünyada mucizelere de yer olduğunu, çok daha şaşırtıcı şeylerin bile zaman zaman gerçekleştiğini, asla birbirinin dengi olmayan insanların da evlenebildiğini (aynen bu kelimeleri kullanmıştınız) söylediniz. Siz olmasanız ben asla kendimi duygularıma bırakmaya cüret edemez, bunun mümkün olabileceğini düşünmezdim. Ama onu bu kadar uzun süredir tanıyan siz–"

Emma büyük bir kararlılıkla kendisini toplayarak "Harriet!" diye bağırdı, "bu defa birbirimizi tam olarak anlayalım da daha fazla yanılgıya yol açmayalım. Yani sen şimdi... Mr. Knightley'den mi bahsediyorsun?"

"Elbette ondan bahsediyorum. Başka birini düşünmem mümkün değildi ki bunu bildiğinizi sanıyordum. Ondan bahsettiğimiz gün gibi ortadaydı bence."

Emma sakin kalmaya çalışarak "Pek o kadar da değil," dedi. "Bana o sırada söylediklerinin hepsi başka biriyle ilgiliymiş gibi gelmişti. Hatta Mr. Frank Churchill'in adını vermek üzere olduğundan bile emindim. Mr. Frank Churchill'in seni Çingenelerden korurken yaptıklarının etkileyiciliğinden bahsettiğimizden emindim."

"Ah! Miss Woodhouse, nasıl unuttunuz!"

"Sevgili Harriet, o sırada söylediğin her şeyi tam olarak anımsıyorum. Senin için yaptıklarını göz önünde bulundurunca bu ilginin beni şaşırtmadığını söylemiştim; böyle düşünmem son derece doğaldı ve sen de bana hak vermiştin. Onu seni kurtarmaya gelirken gördüğün andaki duygularını anlattın, yaptığı iyiliğe duyduğun minneti dile getirdin. Belleğimde hepsi taptaze duruyor."

Harriet "Ah Tanrım!" diye haykırdı. "Şimdi ne demek istediğinizi anlıyorum ama ben o sırada bambaşka bir şeyden bahsediyordum. Kastettiğim Çingeneler değildi, Mr. Frank Churchill de değildi. Hayır!" Sesi canlandı, gözleri parladı. "Ben çok daha önemli, çok daha değerli bir olaydan söz ediyordum. Hani Mr. Elton benimle dans etmeyip salonda başka kavalye de yokken Mr.

Knightley gelip beni dansa kaldırmıştı ya, ben ondan bahsediyordum. Kastettiğim iyilik, onun yeryüzünde yaşayan herkesten üstün biri olduğunu hissetmemi sağlayan yüce gönüllülük buydu işte."
Emma "Yüce Tanrım!" diye haykırdı. "Bu ne korkunç bir yanlış anlama! Ne büyük bir talihsizlik! Şimdi ne yapacağız?"
"Yani beni doğru anlamış olsaydınız yüreklendirmez miydiniz? En azından eğer kastettiğim diğeri olsaydı şimdi içine düşmüş olacağım durum kadar kötü bir duruma düşmedim ve bu– hâlâ bu mümkün..."
Bir an için ara verdi, Emma ne diyeceğini bilemiyordu.
Harriet, "Ben de olsam başka biri de olsa o ikisi arasında çok büyük fark görmenize şaşırmıyorum," diye ekledi. "Bana göre birinin diğerinden beş yüz milyon kez üstün olduğunu düşünüyor olmalısınız. Yine de umut ediyorum ki Miss Woodhouse, bir gün... bunu düşünmek bile çok tuhaf görünse de... bazen çok daha tuhaf şeyler olabiliyor, mucizeler gerçekleşebiliyor... biliyorsunuz, bunlar sizin sözlerinizdi, aynen böyle demiştiniz. Çok daha uyumsuz çiftlerin bile evlendiğini söylemiştiniz. İşte bu yüzden de daha önce böyle bir şey gerçekleştiyse ve ben... sözcüklerle ifade edilemeyecek kadar şanslıysam... Mr. Knightley de gerçekten de bu eşitsizliği önemsemezse... siz de sevgili Miss Woodhouse, buna karşı çıkıp engel olmazsanız bunun olabileceğini hayal etmek istiyorum. Bunu yapmayacağınızdan eminim çünkü siz bunu yapmayacak kadar iyi bir insansınız."
Harriet pencerelerden birinin önünde duruyordu. Emma döndü, yüreği sıkışarak ona baktı ve telaşla sordu:
"Mr. Knightley'nin senin duygularına karşılık verdiğine ilişkin bir izlenimin var mı?"
Harriet büyük bir alçak gönüllülük içinde ancak hiçbir korku belirtisi göstermeden usulca "Evet," dedi. "Var diyebilirim."

Emma gözlerini ondan kaçırıp, birkaç dakika boyunca hiç kımıldamadan olduğu yerde kaldı ve düşündü. Bu birkaç dakika kendi yüreğini çözümlemesine yetmişti. Bir kere içine bir kuşku düştü mü, onunki gibi işlek bir zihnin hız kesmesi mümkün değildi; gerçeği gördü, kabul etti ve anladı. Harriet'in Mr. Knightley'ye âşık olması neden Mr. Frank Churchill'e âşık olmasından daha kötüydü? Harriet'in duygularına karşılık alma olasılığı neden bu kötülüğü katbekat artırıyordu? O anda gerçek tüm açıklığıyla Emma'nın kafasında şimşek gibi çaktı: Mr. Knightley ondan başka biriyle asla evlenmemeliydi!

Geçen birkaç dakika içinde gerek yüreği gerekse davranışları gözlerinin önüne serildi. Daha önce hiç olmadığı kadar açık ve net bir biçimde gerçeği gördü. Harriet konusunda ne kadar yanlış davranmıştı. Ne kadar düşüncesiz, ne kadar pervasız, ne kadar mantıksız, ne kadar duygusuz davranmıştı? Nasıl bir körlük, nasıl bir düşüncesizlik itmişti onu buna? Hatalarını anlamak onun için çok korkunç bir darbe olmuştu, kendine şu dünyada söylenebilecek en kötü şeyleri söylemeye hazırdı. Ancak kendini ne kadar suçlasa da kendine duyduğu bir parça saygı, en azından dışarıya karşı görüntüyü kurtarma kaygısı ve Harriet'e karşı adil davranma ihtiyacı (Mr. Knightley tarafından sevildiğine inanan kıza acımasına gerek yoktu ama içindeki adalet duygusu ona soğuk davranarak onu mutsuz etmemesi gerektiğini söylüyordu.) Emma'ya soğukkanlı tavrını ve görünürdeki nezaketini sürdürme gücü ve kararlılığı verdi. Zaten kendi iç huzuru için de Harriet'in umutlarının boyutunu anlaması iyi olacaktı. Harriet asla Emma'nın kendisine karşı duyduğu, tamamen gönüllü bir şekilde oluşmuş saygı ve ilgiyi kaybedecek ya da kendisini asla doğru yöne yönlendirmemiş olan kişi tarafından küçümsenmeyi hak edecek bir şey yapmamıştı.

Emma karamsar düşüncelerinden sıyrılıp, duygularını kontrol ederek yeniden Harriet'e baktı ve daha yumuşak, tatlı bir sesle önceki sohbetlerine döndü. Jane Fairfax'in inanılmaz öyküsü büyük ölçüde kapanmış gitmişti. İkisi de Mr. Knightley'yi ve kendilerini düşünüyordu.

Hiç de umutsuz denemeyecek düşlere dalmış bir hâlde ayakta duran Harriet, Miss Woodhouse gibi iyi bir dostu ve adil bir yargıcı yanılgılarından uyandırdığı için mutluydu ve titrek bir sesle bile olsa umutlarını, mutluluğunu anlatmak için sabırsızlanıyordu. Ona sorular sorup dinleyen Emma da titriyordu, Harriet'den az titrediği söylenemezdi ama bunu ustalıkla saklamayı başarıyordu. Sesi kararlı ve sakindi ama zihni allak bullaktı. Aynı anda hem kendini tanımış hem korkutucu, tehditkâr bir tehlikeyle karşı karşıya kalmanın ve beklemediği duygularla karşılaşmanın şaşkınlığını yaşamıştı. Harriet'in ayrıntılı bir biçimde anlattıklarını içinden büyük acı çekerek ama görüntüde büyük sabır göstererek dinliyordu. Anlatılanların sistematik, iyi düzenlenmiş ya da iyi ifade edilmiş olması beklenemezdi ancak anlatım zayıflığından ve tekrarlardan arındırıldığında ortaya çıkan gerçek, Mr. Knightley'nin Harriet hakkındaki çok iyi anımsadığı olumlu düşünceleriyle bağdaştırıldığında onu kuşkuya ve ruhsal anlamda çöküşe sürüklüyordu.

Harriet o ilk belirleyici danstan beri Knightley'nin davranışlarındaki değişikliğin farkındaydı. (Emma o günden sonra Mr. Knightley'nin de Harriet'i beklediğinden çok daha olgun bulduğunu biliyordu.) Harriet o akşamdan sonra Miss Woodhouse'un da teşvik ve desteğiyle, Mr. Knightley'nin kendisiyle eskiden hiç olmadığı kadar konuştuğunun, ona karşı daha farklı, daha kibar ve daha yumuşak, daha sıcak davrandığının farkına varmıştı. Özellikle de son günlerde bunu daha da çok fark eder olmuştu.

Grup hâlinde gidilen gezilerde sıklıkla onun yanında yürüyor, yanına oturuyor ve tatlı tatlı sohbet ediyordu. Onu yakından tanımak ister gibiydi. Emma da durumun böyle olduğunu biliyordu. Kendisi de ondaki bu değişimi açık bir şekilde gözlemlemişti. Harriet onun övgü ve takdirlerini tekrarladı ve Emma bunları Knightley'nin kendisinden de duyduğunu anımsadı. Genç adam Harriet'i özentiden, yapaylıktan uzak; sade, dürüst, cömert duygulara sahip olduğu için takdir ediyordu. Emma, onun Harriet'te bu erdemleri bulduğunu ve kendisine de bunlardan birkaç kez bahsettiğini anımsıyordu.

Harriet'in aklından çıkmayan bir sürü şey; adamın ona gösterdiği ilginin ufak ayrıntıları, bir bakış, bir söz, bir koltuktan ötekine geçiş, bir iltifat... Emma o sıralar hiçbir şeyden kuşkulanmadığı için bunlar gözüne çarpmamıştı. Toplam yarım saatlik bir baş başa görüşmeden kanıt olarak nitelendirilebilecek ayrıntılar Emma tarafından fark edilmeden gelip geçmişti ama anılan iki olaya, yani Harriet açısından çok anlamlı olan iki olaya, Emma'nın kendisi de tanık olmuştu. Bunlardan birincisi Mr. Knightley'nin Donwell'deki ıhlamur ağaçlı yolda diğerlerinden ayrılıp Harriet'le yürümesiydi; Emma yanlarına gelene kadar bir süre baş başa yürümüşlerdi ve Harriet onun kendisini kasıtlı olarak diğerlerinden ayırıp kendi yanına çektiğine inanıyordu. O sırada Harriet'le daha önce hiç olmadığı kadar anlamlı bir şekilde konuşmuştu, dikkat çekecek kadar anlamlı! (Harriet bunu anımsayınca yüzü kızardı.) Mr. Knightley genç kıza sevdiği biri olup olmadığını sormak üzereymiş, bunu hissetmiş ama o, yani Miss Woodhouse yanlarına gelince konuyu değiştirmiş ve tarımdan bahsetmeye başlamış.

İkinci olay ise Londra'ya gideceği gün Emma eve dönene kadar, yarım saat boyunca oturup onunla konuşmasıydı, Emma gelince beş dakikadan fazla zamanı olmadığını söylemişti. Konuşmaları sırasında ona Londra'ya gitmesi gerektiği hâlde oradan ayrılmayı canının hiç istemediğini söylemişti ki bundan Emma'ya bile bahsetmemişti. Emma bunu duyunca Harriet'e gösterilen bu yakınlık, yalnızca bu olayın bile uyandırdığı aşırı güven içini sızlattı.

Biraz düşündükten sonra cesaretini toplayıp bu iki olaydan birincisiyle ilgili olarak sordu:

"Harriet, acaba yanlış yorumluyor olamaz mısın? Belki de senin anladığın gibi değildir."

Mr. Knightley acaba Harriet'in duygusal durumunu soruştururken... Mr. Martin'i ima ediyor olamaz mıydı? Bunu Mr. Martin için sorması?.. Ama Harriet bunu kararlılıkla reddetti.

"Mr. Martin mi? Hayır asla, ne ilgisi var? Mr. Martin'in adını bile anmadı. Umarım artık kimse benim Mr. Martin'den bile hoşlanabilecek biri olduğumu düşünmüyordur."

Harriet kanıtlarını sunduktan sonra sevgili Miss Woodhouse'una umutlanmakta haklı olup olmadığını sordu.

"Siz olmasaydınız en başta bunu aklıma getirmeye bile cesaret edemezdim," dedi. "Ama bana onu dikkatle izlememi ve onun davranışlarının benimkine yön vermesini söylediniz; ben de öyle yaptım. Şimdi bana onu hak edebilirmişim gibi geliyor, sanki beni seçmesi o kadar da olanaksız değilmiş gibi."

Bu sözlerin yol açtığı acı duygular, çok acı duygular, Emma'nın yanıt vermek için çok büyük çaba harcamasını gerektirdi.

"Harriet, sana yalnızca şunu söyleyebilirim, Mr. Knightley bu dünya üzerinde bir kadına hissettiğinden daha fazlasını hissettiği fikrini bilinçli olarak verecek en son erkektir."

Harriet, böylesine tatmin edici bir cümle karşısında arkadaşına tapmaya hazır görünüyordu. Neyse ki Emma kendisi için korkunç bir ıstırap olabilecek sevinç ve sevgi gösterilerinden babasının ayak sesleri sayesinde kurtuldu. Mr. Woodhouse holden geçiyordu. Harriet onunla karşılaşamayacak kadar heyecanlıydı. Kendisini toparlayamıyordu, Mr. Woodhouse endişelenebilirdi, onunla karşılaşmadan gitse daha iyi olacaktı. Emma da zaten bunu istiyordu. Böylece Harriet arkadaşının da teşvikiyle diğer kapıdan çıkıp gitti ve o gittiği anda Emma duygularına hâkim olamayarak isyan etti: "Tanrım, keşke onunla hiç karşılaşmamış olsaydım!"

Emma'nın düşünceleri günün geri kalan kısmına da geceye de sığmadı, düşünüp durdu. Son birkaç saat yaşadığı karmaşanın ortasında serseme dönmüştü. Her dakika yeni bir sürprizle karşılaşmış, her sürpriz yeni bir aşağılanmayı beraberinde getirmişti. Bütün bunların altından nasıl kalkacaktı? Nasıl da kendini aldatmış ve bununla yaşamıştı! Bunu nasıl anlayamamıştı! Ah şu yanılmaları, kendi kendini kandırmaları, kafasının ve kalbinin körlüğü! Hiçbir yere sığamıyordu; oturuyor, kalkıyor, odasında bir aşağı bir yukarı yürüyor, bahçede dolaşmayı deniyor ancak her yerde ve her koşulda çok zayıf davrandığını yeni baştan algılıyor, utanç duyulacak kadar başkalarının etkisi altında kaldığını, çok daha utanç verici bir derecede de kendini kandırdığını kavrıyordu. Yıkılmıştı, çok mutsuzdu ve en acısı da mutsuzluğunun daha yeni başladığının farkındaydı.

Öncelikle kendi kalbinin sesini dinlemeye, onu anlamaya çaba harcamalıydı. Babasının ihtiyaçlarından arta kalan zamanının tamamında bunu yapıyordu.

Tüm duyguları ona Mr. Knightley'nin onun için çok değerli olduğunu söylüyordu, acaba genç adamı ne kadar zamandır böylesine seviyordu? Mr. Knightley'nin etkisi, bu etki ne zaman başlamıştı? Bir zamanlar kalbinde çok kısa bir süre için Frank

Churchill'in işgal ettiği yeri ne zaman o almıştı? Geçmişi düşündü; iki genç adamı kıyasladı, Frank Churchill'i tanıdığı andan başlayarak ikisini de hayalinde canlandırdığı ve her zaman kıyaslaması gereken şekilde kıyasladı. Keşke bu kıyaslamayı daha önce yapmış olsaydı! Her zaman Mr. Knightley'yi kesinlikle çok daha üstün biri olarak gördüğünü ve onun gösterdiği saygı ve yakınlığın kendisi için her şeyden daha değerli olduğunu gördü. Bu düşüncenin aksi yönünde hareket ederken, kendini bu yönde kandırmaya çalışırken bağışlanamaz bir yanılsama içinde davranmış, kalbinin sesini dinlememişti. Şimdi Mr. Frank Churchill'i aslında hiç beğenmediğini anlıyordu!

İlk düşünce dalgasının sonucunda ulaştığı gerçek buydu. Bu gerçeğe ulaşması pek uzun sürmemiş, bunun için pek fazla düşünmesi gerekmemişti. Emma hüzünle karışık bir öfke içindeydi. Yeni farkına vardığı bir duygu, Mr. Knightley'ye karşı hissettiği aşk dışında, tüm duygularından utanıyor, hatta içten içe iğreniyordu.

Akıl almaz kibriyle herkesin duygularının sırrını anladığına inanmış; bağışlanamaz küstahlığıyla başkalarının kaderini çizmeye yeltenmişti. Her anlamda hatalıydı, üstelik bir şey yapmamış da değildi çünkü kötülük yapmıştı. Harriet'e ve kendisine, hatta, bunu düşünmek bile onu dehşete düşürüyordu. Mr. Knightley'ye bile zararı dokunmuştu. Eğer bu hiçbir şekilde onaylanamayacak birliktelik gerçekleşecek olursa her şeyi başlatan kişi olarak bunun tüm sorumluluğu onda olacaktı. Mr. Knightley'nin sevgisinin –eğer bu gerçekse– ancak Harriet'in ona karşı olan yakın ilgisi ve bilinçli davranışları sonucunda ortaya çıkmış olabileceğine inanıyordu. Eğer öyle olmasa bile Harriet'i öne çıkarmak konusundaki kendi aptallığı olmasa Mr. Knightley'nin Harriet'i fark etmiş bile olmayacağından emindi.

Mr. Knightley ve Harriet Smith! Mucize sayılabilecek tüm uyumsuz birliktelikleri fersah fersah geride bırakacak bir birliktelik! Frank Churchill'le Jane Fairfax'in evliliği bununla kıyaslanınca son derece sıradan, olağan bir durumdu; şaşılacak bir tarafı yoktu, bir uyumsuzluk söz konusu değildi, bu konuda söylenecek, tartışılacak bir şey yoktu. Mr. Knightley ve Harriet Smith! Genç kız açısından nasıl büyük bir sıçrama! Genç adam için ne hazin bir düşüş! Emma bunun genç adamı herkesin gözünde nasıl düşüreceğini, ona yönelecek alaycı gülümsemeleri, hor görmeleri, dalga geçmeleri, ağabeyinin yaşayacağı mahcubiyeti, dünyalarının kararacağını, kendisinin karşılaşabileceği binlerce sıkıntıyı ve çirkin durumu şimdiden öngörebiliyordu; bu korkunçtu. Mümkün olabilir miydi? Hayır, olmazdı, olmamalıydı ama yine de bu durum olanaksız olmaktan çok çok uzaktı. Üstün niteliklere sahip bir adamın kendinden çok aşağı sınıftan bir kadın tarafından elde edilmesi; bu ne ilkti ne de son! Kendisine eş arayamayacak kadar meşgul olan birinin, onu elde etmek için çabalayan bir kızın ödülü olması görülmemiş bir şey miydi? Eşitsizlik, aykırılık, tutarsızlık, uyumsuzluk ya da rastlantıların ve koşulların (ikincil nedenler olarak) insanın kaderini yönlendirmesi dünya için bir ilk mi olacaktı – elbette hayır!

Ah! Keşke Harriet'i hiç öne çıkarmamış olsaydı! Onu olması gereken yerde, Mr. Knightley'nin onu bırakmasını söylediği yerde bıraksaydı! Keşke akla hayale sığmayacak bir aptallıkla onun olması gereken çevrede mutlu olmasını, onu saygın kılacak o kusursuz genç adamla evlenmesini engellememiş olsaydı; o zaman her şey olması gerektiği gibi olacak, bu korkunç sonuçların hiçbiri ortaya çıkmayacaktı.

Harriet nasıl olup da Mr. Knightley'yi düşünecek kadar cüretkâr olabilmişti! Nasıl olur da emin olmadan böyle bir adamın kendisini seçmiş olabileceğini düşünmeye cesaret edebilirdi! Harriet eskisi gibi değildi, artık o alçak gönüllü ve çekingen, uysal kız değildi. Gerek akıl gerekse konum açısından kendinde pek bir eksiklik görmediği hissediliyordu. Mr. Elton'ın kendisiyle evlenmeye tenezzül etmemesi konusunda bile Mr. Knightley ile evlenme olasılığında olduğundan daha mantıklı düşünmüştü. Heyhat; bunun nedeni kendisiydi. Harriet'e kendisini önemsemeyi öğreten, bunun için çabalayan, ona özgüven aşılayan kimdi? O! Olduğundan daha yüksek bir sınıfa, zengin bir yaşama layık olduğunu ve bunu hak ettiğini ona öğreten de oydu. Eğer Harriet alçak gönüllü, haddini bilen biriyken, kendini beğenmiş biri olup çıktıysa bu yalnızca onun suçuydu!

BÖLÜM 48

Emma mutlu olması için Mr. Knightley'nin gözdesi olmanın, onun en çok ilgi ve şefkat gösterdiği kişi olmanın, ne kadar önemli olduğunu, onu kaybetme tehdidiyle karşı karşıya geldiği o ana kadar fark etmemişti. Buna inanarak, doğal hakkı olduğunu hissederek, hiç üstünde durmadan bu mutluluğun tadını çıkarmıştı. Ancak şimdi onu kaybetme korkusuyla yüzleşince bunun önemini anlamıştı. Mr. Knightley'nin hiç kadın akrabası olmadığı için Emma uzun, çok uzun bir süredir onun yaşamındaki bu boşluğu doldurmuştu, gerçi Isabella da vardı; genç adamın Isabella'yı çok sevdiğini ve ona çok değer verdiğini biliyordu ama geçen yıllar içinde Emma onun için hep ilk sırada olmuştu. Emma aslında bunu hak etmemiş; ona karşı çoğu kez ihmalkâr ve nankör davranmıştı, onun tavsiyelerini umursamamış, hatta karşı çıkmıştı; adamın üstün erdemlerinin yarısını bile takdir etmemiş, kendi kusurlu ve küstah öngörülerini ciddiye almıyor diye onunla kavga bile etmişti. Ancak Mr. Knightley yine de aile bağlarından, alışkanlıktan ve üstün karakterinden dolayı onu hep sevmiş, küçük bir kız olduğu yıllardan bu yana ona göz kulak olmuş, başkaları umursamazken onun gelişmesi için çaba harcamış, onun için endişelenmiş, doğruyu öğrenmesi için özen göstermişti. Emma bütün hatalarına rağmen Mr. Knightley için değerli olduğunu biliyordu, hatta onun kendisini sevdiğini bile söyleyebilirdi. Ama doğal olarak bunun ardından gelmesi gereken umut söz konusu olduğunda bu umuda kapılmaya cesaret edemiyordu. Harriet Smith Mr. Knightley tarafından tutkuyla sevilmeye layık olabileceğini düşünebilirdi ama Emma böyle düşünemiyordu. Mr. Knightley'nin onu zaten sevdiğine inanarak kendini şımartamıyordu. Çok yakın zamanda kayıtsızlığının kanıtını görmüştü. Miss Bates'e davranışı karşısındaki tepkisi! Bu konudaki düşüncelerini nasıl da doğrudan, acımasızca ifade etmişti! Gerçi Emma'nın hatasıyla karşılaştırıldığında çok acımasız davrandığı söylenemezdi ama tavrı şaşmaz bir adaletten ve açık, net bir iyi niyetten başka hiçbir duyguyu yansıtmayacak kadar sertti. Emma Mr. Knightley'nin ona karşı düşündüğü anlamda bir sevgi duyduğuna inanmıyordu, umut bile edemiyordu zaten umut etmesini haklı çıkaracak bir durum yoktu. Ancak küçük de olsa bir umudu (bazen hafif, bazen güçlü) vardı, Harriet kendini kandırıyor, adamın bakışını yanlış yorumluyor, ilgisini gözünde büyütüyor olabilirdi. Mr. Knightley'nin iyiliği için keşke öyle olsaydı, kendisi için bir sonuç doğurmayacak olsa da en azından ömür boyu bekâr kalsaydı. Bundan emin olsa, onun ömür boyu evlenmeyeceğinden emin olabilse, çok mutlu olacağına inanıyordu. Babası ve kendisi için aynı Mr. Knightley olmaya, bütün dünya için aynı Mr. Knightley olarak kalmaya devam etsin, Donwell ve Hartfield arasındaki çok değerli dostluk, güven ilişkisi bozulmasın, bu Emma için yeterliydi ancak o zaman huzur duyacaktı. Aslında evlilik Emma'ya göre değildi. Babasına karşı yükümlülükleriyle, ona duyduğu sevgiyle uyuşamazdı. Hiçbir şey onu babasından ayırmamalıydı, ayıramazdı. Mr. Knightley ona evlenme teklif etse bile evlenmezdi.

Harriet'in hayal kırıklığına uğramasını çok istiyor, onları bir kez daha birlikte gördüğünde en azından Harriet'in şansının olup olmayacağı konusunda kesin bir fikir edinebileceğini umuyordu. Bundan böyle onları sürekli izlemesi gerekiyordu, gerçi o zamana kadarki gözlemlerini genellikle yanlış yorumlamıştı ama bundan böyle gözlerinin bağlanmayacağını umut etmek istiyordu. Mr. Knightley her an Londra'dan geri dönebilirdi. Kısa bir süre içinde bu gözlem başlayabilirdi, hatta bu tarih korkulacak kadar yakın da olabilirdi. O zamana kadar Harriet'i görmemeye karar verdi. Bu konuda daha fazla konuşmanın ikisine de olayın özüne de bir yararı olmayacaktı. Kuşku duyabildiği sürece bundan emin olmamakta kararlıydı, yine de Harriet'in duyduğu güvene karşı duracak, içini dökmesine engel olacak cesarete sahip değildi. Bu konuda yüz yüze konuşmak çok rahatsız edici olacaktı. Bu yüzden ona kibar ama kararlı bir mektup yazarak şimdilik Hartfield'e gelmemesini rica etti. Bu konuda daha fazla özel konuşmadan kaçınmalarının daha iyi olacağına inandığını ve yanlarında başkaları olmadan görüşmeden önce (yalnızca yüz yüze görüşmeye karşıydı) birkaç gün geçerse dün yaptıkları konuşmayı unutmuş gibi davranabileceklerini umduğunu belirtti. Harriet bu isteğe boyun eğdi ve minnettar oldu.

Bu konu tam ayarlanmıştı ki ister uyusun ister uyanık olsun Emma'nın son yirmi dört saat boyunca kafasını meşgul eden bu tek konudan bir süreliğine de olsa kopmasını sağlayacak bir misafiri geldi. Mrs. Weston seçkin gelinine yaptığı ziyaretten dönerken yaptığı ilginç görüşmenin ayrıntılarını anlatmak için Hartfield'e uğramıştı. Böylece hem kendisi mutlu olacak hem de Emma'ya karşı görevini yerine getirecekti.

Mr. Weston da Mrs. Bates'in evine giderken Mrs. Weston'a eşlik etmiş ve göstermesi gereken saygıyı ve özeni layığıyla göstermişti. Mrs. Weston'ın Miss Fairfax'i baş başa hava almaya çıkmaya ikna ettiği için –Mrs. Bates'in salonunda geçirilecek bir çeyrek saate göre– anlatacak çok daha fazla şeyi vardı ve bunları anlatma heyecanı içinde oraya gelmişti.

Emma az da olsa meraklanmıştı, Mrs. Weston duyduklarını anlatırken bu merakını giderdi. Bu ziyaret aslında Mrs. Weston'ı da çok heyecanlandırmıştı, hatta ilk başta gitmek istememiş, bunun yerine Miss Fairfax'e mektup yazmakla yetinmek ve bu resmî ziyareti daha sonraya ertelemek istemişti. Böylece Mr. Churchill'den de bu nişanın duyulması konusunda onay alınmış olacaktı, ne de olsa böyle bir ziyaretin dedikodulara yol açmadan gerçekleşmesi pek mümkün değildi. Ancak Mr. Weston farklı düşünüyordu, Miss Fairfax ve ailesine saygılarını sunmak için sabırsızlanıyor, bunun kimsede kuşku uyandırmayacağına inanıyordu. Ayrıca uyandırsa da bir şey olmazdı çünkü "böyle şeyler" eninde sonunda bir şekilde duyulurdu. Emma gülümseyerek Mr. Weston'ın böyle demek için haklı sebepleri olduğunu düşündü. Sonuçta gitmişlerdi.

"Jane'in sıkıntısı, çekindiği öyle belliymiş ki zavallı kızcağız oradayken tek bir kelime bile edememiş. Her bakışı, her hareketi nasıl derin bir utanç içinde olduğunu gösteriyormuş. Yaşlı hanımefendinin sakin, içten mutluluğu, kızının konuşmasını bile engelleyen coşkulu sevinci, şükran dolu bakışları göz yaşartıcı bir sahne oluşturuyormuş. İkisi de mutlulukları içinde saygılı, duyguları bencillikten uzakmış; yalnızca Jane'i düşünüyorlarmış ve de başkalarını. Kendilerini ise o kadar az düşünüyorlarmış ki insan ister istemez onlara karşı iyi duygularla doluyormuş. Miss Fairfax'in hastalığı Mrs. Weston'a onu hava almaya davet etmek için geçerli bir gerekçe sağlamış. Jane önce çekinip bu teklifi reddetmiş ama sonra ısrar edilince kabul etmiş. Arabayla yaptıkları gezinin başlangıcında Mrs. Weston tüm yumuşaklığıyla onun utangaçlığını yenmeye ve onu konuşturmaya çalışmış. Jane söze ilk andaki hoş karşılanmayabilecek suskunluğu için özür dileyerek başlamış, ona ve Mr. Weston'a duyduğu minnettarlığı en içten ve sıcak duygularıyla ifade etmiş. Bu konuşmaların ardından uzun uzun bu nişanın bugünkü ve gelecekteki durumunu konuşmaya başlamışlar."

Mrs. Weston bu konuşmanın uzun zamandır içine kapanmış olan genç kız için çok rahatlatıcı olduğunu düşünüyordu, kızın konuyla ilgili söylediği her şeyden çok mutlu olmuştu.

Mrs. Weston, "Aylardır saklanarak yaşadığı acılar düşünülünce," diye ekledi. "Yine de çok iyi dayandı, enerjisini kaybetmedi. Şöyle bir şey söyledi: 'Nişanlandığımdan beri mutlu anlarım olmadığını söyleyememem ama şunu söyleyebilirim ki huzur içinde geçirdiğim tek bir saat bile olmadı.' Bunu söylerken titreyen dudağı içimi sızlattı, samimi olduğunu hissettim, Emma."

Emma "Zavallı kızcağız!" dedi. "Böyle gizli bir nişanı kabul ettiği için kendini suçluyor olmalı?"

"Suçlamak mı? İnanıyorum ki hiç kimse onu, onun kendini suçladığı kadar suçlayamaz. Neyse sonra şöyle devam etti: 'Bunun sonucu,' dedi. 'Benim için sürekli acı oldu, öyle olması da acı çekmek de suçu silmiyor. Asla suçsuz değilim. Doğru bildiğim her şeyin aksini yaptım, şans yardım etti, olayların gidişatı değişti. Vicdanım bana şu an gördüğüm nezaketi, anlayışı hak etmediğimi söylüyor. Sanmayın ki Madam,' diye ekledi, 'bana verilen eğitim yanlıştı. Beni yetiştiren yakınlarımın ilkelerine, ahlak anlayışlarına ve bana gösterdikleri özene leke sürülmesini istemem. Bu hata tamamen benim ve emin olun ki şu andaki koşullar her ne kadar beni mazur gösterse, lehime olsa da Albay Campbell'a bu durumu açıklamaktan çok korkuyorum.'"

Emma yeniden "Zavallı kızcağız!" dedi. "Onu delicesine âşık olmalı. Bu nişanı kabul etmesinin nedeni ancak aşk olabilir. Duyguları doğru düşünmesini engellemiş olmalı."

"Evet, ona âşık olduğuna hiç kuşkum yok."

Emma iç çekerek "Korkarım ben de zaman zaman onun mutsuzluğuna katkıda bulundum," dedi.

"Sen bu konuda masumdun, Emmacığım. Frank'in ima ettiği bazı yanlış anlamalara değinirken çok büyük ihtimalle Jane'in düşündüğü de buydu. Kendini düşürdüğü bu kötü durumun doğal sonucunun onu mantıksız biri yapmak olduğunu söyledi. Akıl sır ermez biri. Yanlış bir şey yapmış olmanın verdiği vicdan azabı onu çok huzursuz etmiş, Frank'in bile dayanamayacağı kadar sinirli biri yapmış. "Bazı konularda ona göstermem gereken hoşgörüyü gösteremedim," dedi. 'Onun neşesi, canlılığı, neşesi, şakacılığı başka koşullarda eminim ki aklımı başımdan alır, bana çok çekici gelirdi." Sonra senden ve hastalığı sırasında ona göstermiş olduğun büyük nezaketten bahsetmeye başladı ve yüzü kızararak benden sana ilk fırsatta iyilik dolu tüm dileklerin ve çabaların için çok teşekkür etmemi istedi. Sana doğru dürüst karşılık veremediğinin bilincinde ve ne kadar teşekkür etsem az diyor."

Emma ciddi bir ifadeyle "Eğer çok mutlu olduğunu bilmesem – bu arada vicdanının pek de rahat olmadığından eminim ki aslında öyle de olmalı – bu teşekküre katlanamazdım çünkü, Ah! Mrs. Weston, Miss Fairfax'e yaptığım kötülüklerin ve iyiliklerin çetelesi tutulacak olsa... Neyse," dedi kendisine çekidüzen verip neşeli görünmeye çalışarak, "bütün bunları unutmamız gerekiyor. Geçip gitti! Bana bu ilginç ayrıntıları anlatmanız çok iyi oldu. Bütün bunlar Jane'in aslında ne kadar iyi bir insan olduğunu gösteriyor. Onun çok üstün bir karaktere sahip olduğundan eminim. Umarım çok mutlu olur. Bence Mr. Churchill çok şanslı çünkü Miss Fairfax bir kadında olması gereken tüm meziyetlere sahip."

Mrs. Weston buna yanıt vermemeye katlanamazdı, Frank hakkında çok iyi şeyler düşünüyor, onu çok beğeniyordu, ayrıca onu çok da seviyordu, bu yüzden onu içtenlikle savundu. Mantıklı konuşuyordu, sözcüklerinde akıl kadar duygu, şefkat de vardı. Ama çok uzattı ve doğal olarak Emma'nın dikkati dağıldı ve genç kızın düşünceleri yine Brunswick Meydanı'na ya da Donwell'e kaydı. Dinlemek için çaba göstermeyi bıraktı. Mrs. Weston birden "Merakla beklediğimiz mektubu henüz almadık biliyorsun ama umarım kısa süre içinde gelir," diye sözlerini tamamlayınca, Emma ona yanıt vermeden önce duraksadı ve merakla beklenen mektubun ne olduğunu anımsamadığı için şaşırdı, ardından da öylesine bir yanıt vermek zorunda kaldı.

Mrs. Weston'ın giderayak "Sen iyi misin, Emma?" demesi onu kendine getirdi.

"Ah! Çok iyiyim. Bilirsiniz, ben her zaman iyiyim. Bana en kısa zamanda mektupla ilgili bilgi vermeyi unutmayın."

Mrs. Weston'ın anlattıkları Emma'nın Jane Fairfax'e daha fazla saygı ve merhamet duymasını, geçmişte ona yaptığı haksızlıkları daha fazla fark etmesini sağladı. Ona daha yakın olmaya çalışmadığı için çok pişmandı, içi sızlıyordu. Bu durumun nedenlerinden birinin de kıskançlık olduğunu anımsayarak kızardı. Eğer Mr. Knightley'nin Miss Fairfax'e hak ettiği ilgiyi göstermek konusundaki uyarılarını dinlemiş olsaydı, onu tanımaya çalışsaydı, üzerine düşeni yapsaydı, Harriet Smith yerine onunla arkadaşlık kurmaya çalışsaydı şimdi çektiği acıların hiçbirini çekmeyecek, böyle bir durumla karşı karşıya kalmayacak; canı bu kadar sıkılmayacaktı. Jane'in ailesi, yetenekleri ve eğitimiyle tam ona uygun bir arkadaştı, peki ya diğeri, o neydi? Miss Fairfax ile yakın arkadaş olamayacaklarını, böyle önemli bir konuda Miss Fairfax'in ona güvenemeyeceğini –ki bu çok büyük bir ihtimaldi– kabul etse de onu gerektiği kadar tanısa ya da tanıyabileceği kadar tanısa Mr. Dixon'a âşık olduğu gibi uygunsuz, iğrenç bir kuşkuya kapılmamış olurdu. Üstelik bu kuşkuyu kendi içinde yaratıp büyütmekle kalmamış, bir de bağışlanamaz bir biçimde açığa vurmuştu. Mr. Frank Churchill'in boşboğazlığı ya da pervasızlığı yüzünden Jane'in hassas duygularını ciddi biçimde incitmiş olmaktan korkuyordu. Emma, Jane Highbury'ye geldiğinden beri çevresindeki en kötü kişinin kendisi olduğuna inanıyordu. Onun için hep aman vermez bir düşman olmuştu. Jane Fairfax'in huzurunu kaçırmadığı, onu incitmediği tek bir gün bile olmamıştı. Zavallı kız, Box Hill'de çok ıstırap çekmiş, dayanma gücü kalmamış olmalıydı.

Hartfield'de çok uzun ve hüzünlü bir geceydi. Hava da bu hüzne eşlik edercesine kasvetliydi. Sert soğuk rüzgârla birlikte sağanak bastırmıştı, rüzgâr yaprakları düşürüyor, dalları kırıyordu, ağaçlar ve çalıların yeşili ve tabii bir de bu zalim görüntüleri daha uzun bir süre görünür kılan günlerin uzunluğu dışında hiçbir yerde temmuzdan eser yoktu.

Hava Mr. Woodhouse'u da fazlasıyla etkilemişti, yalnızca kızının kendisine gösterdiği özenle rahatlıyordu. Böylesine çabalamak Emma'yı daha önce hiç bu kadar yormamıştı. Aklına Mrs. Weston'ın düğün gecesi babasıyla ilk kez baş başa kaldıkları akşam geldi ama o akşam çaydan hemen sonra Mr. Knightley gelip tüm hüzünlerini dağıtmıştı. Ne yazık ki Hartfield'i çekici bulduğunun kanıtı olan bu keyifli, kısa ziyaretler çok yakında son bulabilirdi. Emma'nın o akşamki yaklaşan kışın getireceği yoksunluklarla ilgili tahminleri yanlış, tasaları temelsiz çıkmıştı. Hiçbir dostları onları terk etmemiş, zevkli toplantılardan yoksun kalmamışlardı. Ama şimdi Emma o akşam içine doğanların yanlış çıkmayacağından korkuyordu. Onları bekleyen günler kolay kolay aydınlanmayacak kadar karanlık ve tehditkârdı, ürkütücüydü. Eğer bekledikleri gerçekleşirse Hartfield'e gelen kalmayacak, burası terk edilmiş bir yer hâline gelecek ve ona da geçmiş günlerin mutluluklarından arta kalanlarla babasını eğlendirmek kalacaktı.

Randalls'ta doğacak olan bebek Mrs. Weston için doğal olarak onlardan daha değerli olacak, kalbini de zamanını da ona ayıracaktı. Yani Mrs. Weston'ı kaybedeceklerdi, büyük olasılıkla kocasını da. Frank Churchill de bundan böyle onların arasına katılmayacaktı; Miss Fairfax'in de kısa bir süre sonra artık Highbury'le bağlantısı kalmayacağı kesindi. Evlenip Enscombe'a ya da oraya yakın bir yere yerleşecekti. Emma'nın yaşamında iyi, güzel olan her şey yok olacaktı ve bu kayıplara Donwell'in kaybı da eklenirse neşe ve huzur bulacağı hiçbir şey kalmayacaktı. Mr. Knightley de artık akşamlarını onlarla geçirmeyecekti! Olur olmaz her saatte, ikide bir, sanki kendi eviymiş gibi gelmeyecekti. Buna nasıl dayanacaktı? Eğer onu Harriet yüzünden kaybederlerse, eğer o bundan sonra aradığı her şeyi Harriet'in yanında bulduğunu düşünürse, Harriet onun hayatı boyu aradığı kadın, gözdesi, sevgilisi, dostu, eşi, varlık nedeni olursa Emma'nın aklından hiç çıkmayan düşünce –bütün bunların kendi eseri olduğu– onu yıkıp perişan etmez, pişmanlığını katbekat artırmaz mıydı?

Düşünceleri böyle bir çıkmaza girdiğinde irkilmekten, derin derin iç çekmekten ve birkaç saniye boyunca odayı arşınlamaktan başka bir şey yapamıyordu. Kendini toparlamasını sağlayabilecek tek tesselliyi ise bundan sonra davranışlarını düzeltme konusundaki kararlılığında buluyor, yaşamının ertesi kışı ve ondan sonraki tüm kışları geçmiştekilerden çok daha ruhsuz ve neşesiz geçse, geçmişten çok daha kötü olsa bile gelecek günlerde kendini çok daha iyi tanıyan, çok daha aklı başında ve pişman olacak çok daha az şeyi kalmış bir Emma olacağını umuyordu.

BÖLÜM 49

Ertesi sabah da hava hemen hemen aynıydı; Hartfield'e aynı yalnızlık, aynı hüzün hâkim olmuş gibiydi ama öğleden sonra hava açıldı, rüzgâr hafifledi; bulutlar açılıp güneş göründü, yaz yeniden gelmişti. Havadaki bu olumlu değişimin etkisiyle Emma bir an önce evin dışına çıkmaya karar verdi. Fırtına sonrasının sakin doğası ona hiç bu kadar huzur verici görünmemiş, parlak görüntüsünü, iç açıcı kokusunu ve güzelliklerini hiç bu kadar çekici bulmamıştı. Bunlarda biraz olsun huzur bulmayı umuyordu. Mr. Perry akşam yemeğinden hemen sonra boş bir saatini birlikte geçirmek için Mr. Woodhouse'u ziyaretine gelince Emma hiç zaman kaybetmeden kendini bahçeye attı. Birkaç turun ardından tam ruhu biraz tazelenmiş, karmaşık düşünceleri durulmuştu ki Mr. Knightley'nin bahçe kapısından girip kendisine doğru geldiğini gördü. Londra'dan yeni dönmüş olmalıydı. Daha bir saniye öncesinde onun en az otuz kilometre uzakta olduğunu sanıyordu. Kendini toparlamak için çok az zamanı vardı. Serinkanlı ve aklı başında görünmeliydi. Yarım dakika sonra birlikteydiler.

Birbirlerine hâl hatır sorarken her ikisi de durgun ve gergindi. Emma ortak akrabalarının nasıl olduğunu sordu; hepsi iyiydi. Mr. Knightley oradan ne zaman ayrılmıştı? O sabah. Yolda yağmura yakalanmış olmalıydı. Evet. Emma genç adamın onunla dolaşmak istediğini fark etti. Mr. Knightley önce salona uğramış, orada kendisine gerek olmadığını görünce de dışarı çıkmayı yeğlemişti.

Emma onun konuşmasının da tavırlarının da sıkıntılı olduğunu düşündü. Acaba bunun nedeni ne olabilirdi? Belki de yaşadığı korkular yüzünden ilk aklına gelen Mr. Knightley'nin Harriet'le evlenme düşüncesinden ağabeyine bahsettiği ve aldığı tepki karşısında çok sıkılıp karamsarlığa kapıldığı oldu.

Birlikte yürümeye başladılar. Mr. Knightley suskundu. Emma onun sık sık kendisine baktığını ve yüzünü görmeye çalıştığını fark etti. Bu içinde yeni bir korkuya yol açtı. Belki de ona Harriet'e duyduğu aşktan bahsetmek istiyor ve açılmak için cesaret vermesini bekliyordu. Emma ise konuyu açmak istemediği gibi kendinde bunu yapacak gücü de bulamıyordu. Eğer bunu istiyorsa kendisi yapmalıydı ama bu suskunluğa da dayanamıyordu. Bu Mr. Knightley için olağandışı bir durumdu. Emma bir an düşündü... kararını verdi ve gülümsemeye çalışarak konuşmaya başladı.

"Döndüğünüze göre sizi çok şaşırtacak bazı haberlerim olacak."

Knightley usulca "Öyle mi?" dedi ve ona merakla bakarak sordu: "Ne gibi haberler?"

"Dünyanın en iyi haberi, bir düğün haberi."

Mr. Knightley ne söyleyeceğinden emin olmak ister gibi biraz bekledikten sonra "Miss Fairfax'le Mr. Frank Churchill'i kastediyorsan, onu duydum," dedi.

Emma kızaran yanaklarıyla ona dönüp "Bu nasıl olabilir?" diye haykırdı. Aynı anda da Mr. Knightley'nin yol üzerinde Mrs. Goddard'a uğramış olabileceği aklına geldi.

"Bu sabah Mr. Weston'dan işlerle ilgili birkaç satırlık mektup aldım, mektubun sonunda olup biteni kısaca anlatmış."

Emma rahatlamıştı, sakinleşince "Herhâlde hepimizden daha az şaşırmışsınızdır çünkü bu yönde kuşkularınız vardı," dedi. "Hatta bir defasında beni uyarmaya çalışmıştınız, bunu unutmadım." Göğsünün sıkıştığını hissetti, derin derin iç çekti. "Keşke o zaman size kulak verseydim, sanırım kaderimde körlük varmış."

Birkaç saniye kadar ikisi de hiçbir şey söylemedi. Emma genç adamın kendini ilgiyle dinlediğinin farkında değildi. Sonra birden genç adamın kolunu alıp kendi kolunun içinden geçirildiğini, elini kalbine bastırdığını hissetti ve kısık ama duygulu bir ses tonuyla konuşmaya başladığını duydu.

"Zaman, sevgili Emma'm; zaman bütün yaraları iyileştirir. Aklın... sağduyun, baban için yapman gerekenler... bunların senin kendini bırakmana izin vermeyeceğini biliyorum..." Emma'nın elini göğsünde tutmayı sürdürerek öncekinden titrek ve hırçın bir sesle mırıldandı. "En sıcak arkadaşlık duyguları... Haksızlık... İğrenç hergele!" Sonra daha yüksek ve tok bir sesle konuştu: "Çok yakında gidecek. Bir süre sonra Yorkshire'da olacaklar. Ben asıl kız için üzülüyorum. Çok daha iyisine layık."

Emma onun ne demek istediğini anlamıştı. Onun yakın ilgisinin ve sevecenliğinin yüreğinde uyandırdığı mutluluk ve sevinç biraz yatışınca "Çok naziksiniz ama yanılıyorsunuz," dedi. "Düzeltmem gereken bir şey var. Beni avutmanıza hiç gerek yok. Olup bitene karşı körlüğüm, onlara karşı ömrüm boyunca utanç duyacağım şekilde davranmama neden oldu. Aptallık edip, söylediğim ve yaptığım şeyler yüzünden kendimi tatsız, çirkin ve yersiz birtakım tahminlerin odağı hâline soktum. Bunu daha önce öğrenmemiş olmaktan başka üzüldüğüm bir şey yok."

Mr. Knightley genç kızın yüzüne hevesle bakarak "Emma!" diye haykırdı ama birden kendini toplayarak ekledi. "Gerçek mi bu? Hayır, hayır, seni anlıyorum, bağışla beni, bu kadarını olsun söyleyebildiğin için çok mutluyum, O gerçekten üzülmeye değecek biri değil, inan bana! Bunun uzun sürmeyeceğini, bunu çok yakın zamanda yalnızca mantığınla değil duygularınla da anlayacağını umuyorum. Duygularının çok karışık olması büyük bir şans! İtiraf etmeliyim ki davranışlarına bakarak duygularının derecesinden hiçbir zaman emin olamadım. Yalnızca bir seçim yaptığını ve onun seçilmeyi hiç hak etmediğini anlıyordum. Bu adam erkekliğin yüz karası. Üstüne üstlük şimdi bir de o tatlı, zarif genç kızla ödüllendiriliyor. Jane, Jane, çok mutsuz olacaksın."

Emma'nın kafası çok karışmıştı, yine de sakin kalmaya çalışarak "Mr. Knightley," dedi, "çok tuhaf bir durumdayım. Sizin yanlış kanıda olmanıza izin veremem. Eğer davranışlarım yanlış bir kanı uyandırdıysa sözünü ettiğiniz kişiye asla âşık olmadığımı itiraf etmek inanın benim için de çok daha utanç veren bir durum. Ama gerçek bu, onu hiçbir zaman o anlamda sevmedim ve ona karşı bir eğilim hissetmedim."

Mr. Knightley onu tam bir sessizlik içinde dinliyordu. Emma, onun konuşmasını bekliyordu ama genç adam konuşmadı. Emma onun kendisini anlaması için daha açık olması gerektiğini hissediyordu ama bile bile onun gözünde kendi değerini daha da düşürmeyi göze alması hiç kolay değildi. Yine de konuşmak istiyordu.

"Davranışlarımla ilgili olarak söyleyebileceğim çok az şey var. Onun ilgisinden etkilendim ve bundan hoşlanıyormuş gibi davranmakta sakınca görmedim. Büyük bir ihtimalle bu eski çok yaşanmış bir öykü, sıradan bir olay; benden önce yüzlerce kadının aynı şeyi yaşadığından eminim. Bu benim gibi kafasının çalıştığını, bu gibi şeylerden anladığını iddia eden biri için kolay kolay bağışlanabilir bir durum değil. Aslında aklımı çelen bir şeyler oldu: Mr. Weston'ın oğluydu. Sürekli buralardaydı, çok eğlenceliydi... hoş görünüyordu, sözün kısası..." İç çekerek ekledi: "Nedenleri kendimce ne kadar çoğaltmaya çalışırsam çalışayım hepsi gelip aynı noktada düğümleniyor. Gururum okşandığı için onun çevremde dolaşıp bana ilgi göstermesine izin verdim. Aslında son zamanlarda, epey bir zamandır bu ilginin hiçbir anlamı olmadığının farkındaydım: Bunun bir yanılgı, bir alışkanlık, asla ciddiye almam gerekmeyen bir oyun olduğunu düşünüyordum. Beni kullandı ama asla incitmedi. Ona karşı asla gerçek bir sevgi, bir bağlılık duymadım. Aslında şimdi onun davranışlarına da anlam verebiliyorum. O da benim kendisine bağlanmamı istemedi. Bana gösterdiği ilgi yalnızca başkasıyla olan ilişkisini maskeleme çabasıymış, çevresindekilerin gözünü boyamak istemiş. Eminim bunu başardığı insanların başında da ben geliyorum, aslına bakarsanız bu olaydan zarar görmediğim için kendimi çok şanslı görüyorum."

Emma bu noktada yanıt almayı umut ederek sustu; en azından genç adamın onu anladığını belirten birkaç sözcük etmesini bekliyordu ama Mr. Knightley suskunluğunu sürdürüyordu ve göründüğü kadarıyla derin düşüncelere dalmıştı. Neden sonra her zamanki olgun, etkileyici ses tonuyla "Frank Churchill'den hiçbir zaman hoşlanmadım," dedi. "Onu hafife almış olabilirim. Kendisini pek tanıyamadım. Şimdiye kadar pek bir kişilik göstermediyse de umarım bundan sonra düzelebilir. Öyle bir kadınla bu şansa sahip. Onun kötülüğünü istemem için bir neden yok. Jane Fairfax'in hatırına onun iyiliğini dilerim çünkü Jane'in mutluluğu, Frank Churchill'in kendini toplamasına, sağlam bir kişiliğe ve doğru davranışlara sahip olmasına bağlı," dedi.

Emma, "Onların çok mutlu olacaklarına hiç kuşkum yok," dedi. "Birbirlerini çok sevdiklerine inanıyorum."

Mr. Knightley heyecanla "Frank Churchill çok şanslı bir adam!" dedi. "Henüz yaşamının başında –yirmi üç yaşında– eğer bir erkek eşini bu yaşlarda seçerse genellikle yanlış yapar. Yirmi üç yaşında böyle bir ödüle konmak! Tanrı izin verirse önünde çok mutlu olacağı o kadar uzun yıllar var ki! Böyle bir kadının aşkından emin olmak – bağımsız, çıkar gütmeyen bir aşk. Jane Fairfax'in kişilik olarak çıkarcı bir kadın olmadığı kesin. Genç adam açısından her şey kusursuz yani sosyal uyum – önemli huy ve davranışlardaki uyum! Tek bir nokta dışında –ki o da servet– her noktada eşitler, Jane'in kalbinin temizliğinden kuşku edilemeyeceğine göre, Frank Churchill bu noktada da çok şanslı çünkü eşinin yoksun olduğu koşulları ona sağlama onuruna sahip olacak. Erkek her zaman seçtiği kadına çıktığı evden daha iyi bir ev sunabilmek ister ve bunu yapabilen erkek de eşinin saygısından ve aşkından kuşku duymadığı sürece bence yeryüzündeki ölümlülerin en şanslısıdır. Frank Churchill gerçekten de şanslı, her şey onun lehine sonuçlanıyor. Bir sayfiye yerinde genç bir kadınla tanışıyor, onun gönlünü kazanıyor, kaçak davranışları bile o kadını bıktırmıyor, bezdirmiyor. Eğer kendisi ve ailesi bütün dünyayı dolaşıp ona kusursuz bir eş arasalardı bundan daha iyisini bulamazlardı. Ancak bir engel var, Mrs. Churchill, o bu evliliğe engel. Ama ölüyor. Gencimizin durumu açıklamak için iki laf etmesi yeterli oluyor. Bütün dostları mutluluğu için kollarını sıvıyor. Herkese karşı saygısız davrandı, insanları kullandı ama herkes onu bağışlamaya hazır. O gerçekten çok şanslı bir adam!"

"Onu kıskanıyormuş gibi konuşuyorsunuz."

"Evet, onu kıskanıyorum, Emma. Bir yönden de ona imreniyorum."

Emma daha fazla bir şey söyleyemedi. Sanki Harriet konusunun açılmasının kıyısına gelmişlerdi ve o anda tek isteği mümkün olduğu kadar bu konudan kaçmak oldu. Kararını verdi, konu değiştirecekti: Brunswick Meydanı'ndaki evde yaşayan çocuklar. Derin bir soluk aldı, tam konuşmaya başlayacaktı ki Mr. Knightley konuşmaya başlayarak onu şaşırttı:

"Onu ne yönden kıskandığımı sormayacak mısın? Bunu merak etmemekte kararlı olduğunu görüyorum. Çok akıllıca davranıyorsun ama ben öyle yapmayacağım. Bir an sonra söylememiş olmayı dileyecek bile olsam söyleyeceğim."

Emma heyecanla haykırdı.

"Öyleyse söylemeyin! Ne olur söylemeyin, söylemeyin. Düşünmek için kendinize biraz zaman tanıyın, sözlerinizle kendinizi bağlamayın."

Mr. Knightley, "Teşekkür ederim," dedi ve sustu. Çok üzülmüş, kırılmış bir havası vardı.

Emma onu üzmeye dayanamazdı. Genç adam ona açılmak, belki de akıl danışmak istiyordu. Kendisi için bedeli ne olursa olsun, onu dinleyecekti. Belki verdiği karara arka çıkabilir ya da onun karar vermesine yardımcı olabilirdi. Harriet'in iyi taraflarını övebilir ya da ona bağımsızlığın güzelliğini anımsatarak onu kararsızlıktan kurtarabilirdi. Kararsızlık Mr. Knightley karakterinde bir adam için her seçenekten daha kötü, daha katlanılmaz olmalıydı. Bu arada eve varmışlardı.

"Sanırım eve giriyorsun?" dedi Mr. Knightley.

Emma, "Hayır," dedi. Mr. Knightley'nin hüzünlü hâli kararını pekiştirmişti. "Biraz daha dolaşmak isterim. Mr. Perry henüz gitmemiş." Birlikte birkaç adım daha attıktan sonra "Sizi az önce çok kaba bir biçimde susturdum Mr. Knightley," dedi. "Bencillik ettim ve korkarım sizi istemeyerek kırdım. Eğer benimle arkadaş olarak açık açık konuşmak istiyorsanız ya da düşünceniz bir konuda fikrimi almaksa arkadaşınız olarak sizi dinlemeye hazırım. Ne söylerseniz söyleyin dinleyeceğim. Ne düşündüğümü de tam olarak söylerim."

"Arkadaş olarak!" diye mırıldandı Mr. Knightley. "Emma, benim korktuğum da buydu zaten. Hayır, söyleyecek bir şeyim yok. Dur ama evet, neden tereddüt ediyorum ki? Nasıl olsa geri dönülemeyecek kadar ileri gittim artık. Emma çok tuhaf olsa da teklifini kabul ediyorum ve sana bir arkadaş olarak açılıyorum. Söyle bana, benim için hiç umut yok mu?"

Sorusunu bakışlarıyla desteklemek isteğiyle sustu, gözlerindeki hüzünlü ifade Emma'nın içine işledi.

"Sevgili Emma'm, bir tanem," diye ekledi Mr. Knightley. "Bu konuşmanın sonucu ne olursa olsun sen benim için her zaman en değerlim, tek sevdiğim olacaksın. Emma'm; biricik Emma'm, bir şey söyle bana, hatta gerekiyorsa 'Hayır' de ama bir şey söyle."

Emma gerçekten ne diyeceğini bilemiyordu.

Genç adam sevinçle "Susuyorsun!" diye haykırdı. "Hiçbir şey demiyorsun! Şu an sana başka bir şey sormayacağım."

Emma o anın heyecanıyla yığılmak üzereydi. Tek hissettiği hayal bile etmekten korktuğu mutlu düşten uyanmak korkusuydu.

Genç adam kısa bir süre sonra "Emma, biliyorsun ben süslü püskü sözler etmeyi bilmem," diye ekledi. Sesi öyle samimi, öyle kararlıydı, öylesine içten bir sevginin yumuşaklığını taşıyordu ki ona inanmamak olanaksızdı.

"Eğer seni daha az sevmiş olsaydım belki daha rahat konuşabilirdim ama beni biliyorsun. Benden gerçeklerden başka bir şey duyamazsın, ben her zaman doğruyu söylerim. Bunca zamandır seni az mı suçladım, az mı nutuk çektim, az mı akıl verdim. İngiltere'de yaşayan başka hiçbir kadın buna katlanamazdı ama sen katlandın. Onlara katlandığın gibi, sana şimdi söyleyeceğim gerçekleri de sabırla dinle, sevgili Emma. Tavrım pek gönül alıcı olmayabilir. Tanrı biliyor ya, sana aşkımı gerektiği şekilde gösteremedim, kayıtsız bir âşık oldum ama sen beni anlarsın. Evet, içimden geçenleri görüyor, duygularımı anlıyorsun. Eğer yapabilirsen bunlara karşılık verirsin. Ama şu anda ben yalnızca sesini duymak istiyorum Emma, bana bir şey söyle."

O konuşurken Emma'nın zihni çok meşguldü. Kafası ne kadar karışık olsa da, düşünceler yıldırım hızıyla kafasından gelip geçse de her şeyi bütünüyle algılamayı başarmış, duyduğu tek bir sözcüğü bile kaçırmamıştı. Harriet'in umutları tamamıyla boştu, temelsizdi; bir hata, bir yanılgı, bir sanrıydı, aynen kendisininkiler gibi, tümüyle bir yanılgıdan ibaretti. Erkeğin gözünde Harriet hiçbir şeydi, kendisi her şey... Knightley Emma'nın Harriet'i düşünerek söylediklerinin hepsini onun kendi düşünceleri sanmış, gerginliğini, duraksamalarını, isteksizliğini ve olumsuzluğunu Emma'nın ona karşı tavrı olarak yorumlamıştı.

Bu yanılgıları düzeltmek, onu mutlulukla ışıldatmak için yeterli zamanı olacaktı. Emma, Harriet'in sırrını açığa vurmamış olduğu için de sevindi ve bunu asla hiç kimseye söylememeye karar verdi. Bu zavallı arkadaşı için yapabileceği belki de son iyilikti. Aslında belki bir kahramanlık yapıp, özveride bulunarak, Mr. Knightley'den kendisinden vazgeçip, sevgisini ikisi arasında buna kesinlikle daha layık olan Harriet'e yöneltmesini isteyebilir ya da –genç adam ikisiyle birden evlenemeyeceği için– hiçbir neden göstermeksizin onu kesinkes reddetme yüceliğini gösterebilirdi. Gelgelelim Emma o kadar yüce ruhlu da değildi, kahraman da.

Harriet'e acıyor, onun için yüreği sızlıyor, ona karşı pişmanlık duyuyordu ama akıl, mantık dışı bir şey yapıp çılgınca bir cömertlik hevesine de kapılmıyordu, Arkadaşını yanlış yola sevk etmişti ve bunun vicdan azabını ömür boyu çekecekti ancak duyguları kadar iradesi de mantığı da güçlüydü. Böyle bir ilişkinin Mr. Knightley açısından son derece uygunsuz ve aşağılayıcı olduğuna inancı hâlâ eskisi kadar güçlüydü ve bu her zaman böyle olmuştu. Önündeki yol pürüzsüz olmasa da açıktı. Emma kendisinden istendiği için konuştu. Ne mi söyledi? Tabii ki ne söylemesi gerekiyorsa onu; gerçek hanımefendiler her zaman bunu yapardı. Umutsuzluğa gerek olmadığını gösterecek ve genç adamı kendisiyle ilgili daha fazla konuşmaya özendirecek kadar konuştu. Mr. Knightley bir an gerçekten umutsuzluğa kapılmıştı, Emma tüm umutlarını yıkacak bir şekilde ona susması, bir şey söylememesi için yalvarmış, onu dinlemek bile istememişti. Bunu izleyen değişiklik ise çok ani olmuştu. Emma'nın biraz daha dolaşmayı teklif etmesi, biraz önce konuşmak istemediği konuyu yeniden açması olağandışı karşılanmış olabilirdi! Emma da bu tutarsızlığın farkındaydı ama Mr. Knightley öyle mutluydu ki bunu olduğu gibi kabul etmek ve açıklama istememek inceliğini gösterdi.

Ender, çok ender durumlarda insanlar gerçeğin tamamını açıklarlar, bazen az da olsa bir şeylerin gizlenmesi ya da gerçeğin saptırılması olağan bir durumdur. Ancak bu olayda tavır doğru olmasa bile duygular gerçekti; bu yüzden önemli bir durum yoktu. Emma'nın heyecanla çarpan yüreği, Mr. Knightley'nin asla buna hazır olmamakla ya da yeterince aşkla dolu olmamakla suçlayamayacağı kadar yumuşamaya ve yapılan teklifi kabul etmeye hazırdı.

Gerçek şuydu ki genç adam son ana kadar Emma üzerindeki etkisinden habersizdi. Onunla bahçede dolaşmaya başladıklarında kafasında ona açılmak gibi bir şey yoktu. Onun Mr.

Frank Churchill'in nişan haberini nasıl karşıladığını görmek için kaygı ve telaşla Londra'dan geri dönerken kendisini hiç düşünmemişti, tek düşüncesi eğer genç kız fırsat verirse onu avutmaya, sakinleştirmeye çalışmaktı. Bunun dışında her şey bir anda kendiliğinden olup bitmişti, bu söyledikleri duyduklarının duyguları üzerindeki etkisinin dışavurumuydu... Emma'nın Frank Churchill'e karşı tamamıyla kayıtsız olması, kalbinde asla ona yer olmadığından emin olmanın mutluluğu, genç adamda zaman içinde genç kızın kalbini kazanabileceğine ilişkin bir umut doğmasına neden olmuştu. Aslında pek umudu yoktu; mantığını, muhakeme gücünü bastıran heyecanın etkisiyle genç kızı kendisine bağlamak için göstereceği çabaların engellenmemesini diliyordu. Bir anda bulduğu bu imkân başını döndürecek kadar mutluluk vericiydi. Genç kızın kalbinde uyandırmak için izin istemeye uğraştığı sevgi zaten vardı ve ona aitti! Yarım saat içinde tam karamsarlıktan "eksiksiz mutluluk" dışında hiçbir sözcükle betimlenmeyecek bir ruh hâline geçmişti.

Emma'nın yaşadığı değişikliğin de ondan aşağı kalır yanı yoktu. Son yarım saat ikisine de çok değerli olan, derin bir aşkla sevildiğinden emin olmanın mutluluğunu yaşatmış; ikisini de yanılgıdan, kıskançlıktan ve güvensizlikten arındırmıştı. Mr. Knightley'nin kıskançlığı çok eskiye dayanıyordu, Frank Churchill'in ilk geldiği günlere. Emma'ya duyduğu derin aşkı da o zaman fark etmişti. Mr. Knightley, Emma'ya âşıktı ve Frank Churchill'i kıskanıyordu, kim bilir belki de bu duygular birbirini tetiklemiş ve genç adamın duygularını çözümlemesini sağlamıştı. Köyden ayrılmasının nedeni de Frank Churchill'i kıskanmasıydı. Box Hill'de olanlar üzerine kararını vermişti. Kendisini Emma'nın başka bir erkeğin kur yapmasına izin vermesine, hatta onu bunun için cesaretlendirmesine tanık olmanın ıstırabından kurtaracaktı. Emma'ya karşı kayıtsız olmayı öğrenmeye gitmiş ama yanlış bir yere gitmişti. Ağabeyinin çok mutlu, büyük bir ailesi vardı ve bu mutlulukta karısı çok büyük rol oynuyordu. Isabella, Emma'ya çok benziyordu; onda gözüne çarpan ufak tefek her kusur ona Emma'nın parlak kişiliğini anımsatıyordu. Yine de dişini sıkıp orada kalmaya devam etmişti, ta ki o sabah postadan çıkan mektupta Jane Fairfax'in nişanını öğrenene dek. Sevinmemek, mutlu olmamak elinde değildi çünkü Frank Churchill'in asla Emma'yı hak ettiğine inanmamıştı. Öte yandan Emma'ya yönelik olarak sevgisinden kaynaklanan öyle bir endişe, öyle samimi bir kaygı hissetmişti ki orada daha fazla kalamamıştı. Yağmur altında Londra'dan Highbury'ye kadar at sürmüş ve yemekten sonra da hemen tüm kusurlarına rağmen onun için kusursuz olan, dünya üzerindeki yaratıkların en tatlısı ve en iyisinin bu nişan haberi karşısında ne durumda olduğunu görmek için Hartfield'e gelmişti.

Mr. Knightley, Emma'yı gergin ve mutsuz bulmuştu; Frank Churchill serserinin tekiydi. Emma onu hiçbir zaman sevmediğini söylemişti; Frank Churchill önemsizdi. Emma onun Emma'sıydı; bahçeden eve dönerlerken eli elinde, verdiği sözler kulaklarındaydı. Eğer o sırada Frank Churchill aklına gelecek olsa belki de onun iyi bir insan olduğunu bile düşünebilirdi.

BÖLÜM 50

Emma'nın eve girdiği zamanki duyguları dışarı çıkarken hissettiklerinden o kadar farklıydı ki! Çıkarken tek umudu çektiği acılara kısa bir mola verebilmekti, şimdi ise benzersiz bir mutluluk çarpıntısı içindeydi, üstelik bu çarpıntı geçtiğinde mutluluğunun daha da artacağına inanıyordu.

Çaya oturdular. Masanın çevresinde aynı üç kişi; o zamana dek aynı grup o masanın çevresinde kim bilir kaç kez bir araya gelmişti! Ve yine kim bilir kaç defa Emma'nın gözleri çimenlik alandaki aynı fundalara takılmış ve ufukta batan güneşin ışıklarına bakarak oyalanmıştı. Ama daha önce hiç böyle; hatta benzer bir ruh hâli içinde bile olmamıştı, kafasını toplayıp, her zamanki gibi evin özenli hanımı, hatta babasının özenli kızı olmakta bile zorlanıyordu.

Zavallı Mr. Woodhouse, içtenlikle buyur ettiği ve Londra'dan gelirken soğuk almış olabileceğinden endişelendiği adamın kendisine karşı kurduğu komplolardan bihaberdi. Eğer karşısındaki genç adamın yüreğini okuyabilseydi hiç kuşkusuz ciğerlerini üşütmesini umursamazdı ancak yaklaşan felaketi hayal bile edemediği gibi yanındaki iki kişinin ne bakışlarında ne de davranışlarında bir olağanüstülük seziyor, dolayısıyla da onlara büyük bir rahatlıkla Mr. Perry'den duyduğu haberlerin ayrıntılarını aktarıyordu. Kendisini dinleyenlerin isteseler ona çok daha ilginç şeyler anlatabileceklerinden kuşkulanmadığı için de mutluluk içinde konuşup duruyordu.

Mr. Knightley yanlarında kaldığı süre boyunca Emma'nın heyecanı dinmedi ancak o gittikten sonra biraz sakinleşti ve duruldu. Daha sonra böyle bir akşamın bedeli sayılabilecek uykusuz geçen bir gecede kafasına öyle ciddi, endişe verici iki nokta takıldı ki mutluluğun bile pürüzsüz olamadığını hissetti: Babası... ve Harriet. İkisine karşı da ayrı ayrı taşıdığı sorumluluğun ağırlığını hissediyordu, sorun ikisinin de mümkün olduğunca az huzursuz olmasını sağlamaktı. Babası konusunda çözüm daha kolaydı. Mr. Knightley'nin kendisinden ne isteyeceğini bilemiyordu ama yüreğinin sesini dinleyince ciddi ve kesin olarak babasını asla terk edemeyeceğini anlamıştı. Bunu düşünmenin bile günah sayılabileceğini hissettiğinde gözleri doldu. Babası yaşadığı sürece nişanlanmakla yetinmeleri gerekecekti, böylece onun evden ayrılması gerekmeyecek, böyle bir riskin olmaması karşısında da babası rahat edecekti. Bu çözüm kızının evden gitmeyeceğini düşünen babası huzurlu olduğu için Emma açısından da bir nevi teselli olacaktı.

Harriet konusu ise çok daha zordu, ona karşı en iyi davranışın ne olacağına karar vermek zordu. Onu gereksiz acılardan korumanın, geçmişle uzlaştırmanın, ona düşmanı gibi görünmemenin bir yolu var mıydı? Emma'nın bu konularda kafası çok karışıktı, büyük bir tereddüt ve sıkıntı içindeydi. Geçmişin tüm pişmanlıklarını ve utancını tekrar tekrar yaşıyordu. Sonunda bir karara varabildi: Harriet'le yüz yüze karşılaşmaktan mümkün olduğunca kaçmaya devam edecek ve söylenmesi gereken her şeyi ona mektup yazarak söyleyecekti. Şu sıralar Harriet Highbury'den bir süreliğine uzaklaşsa Emma açısından çok iyi olabilirdi. O an aklına kendince çok parlak bir fikir geldi: Harriet'in bir süreliğine Brunswick Meydanı'ndaki eve davet edilmesini sağlayabilirdi. Isabella, Harriet'i sevmişti ve Londra'da geçireceği birkaç hafta Harriet için de çok eğlenceli olabilirdi. Harriet karakterinde birinin böyle bir değişiklikten hoşnut olmaması beklenemezdi; Londra'nın sokaklarından, dükkânlarından ve çocuklardan oluşan bir tablo içinde mutlu olacağı kesindi. Üstelik böylece ona ne kadar özen ve ilgi gösterdiğini kanıtlamış, bir anlamda da yaptıklarının kefaretini ödemiş olacaktı. Bir süre birbirlerinden ayrı kalmak yeniden bir araya gelecekleri o kaçınılmaz günü az da olsa ertelemiş olacaktı.

Emma sabah erken kalkıp Harriet'e yazmayı düşündüğü mektubu yazdı; bunu yaparken öylesine keyfi kaçmış ve hüzünlenmişti ki ancak Mr. Knightley'nin kahvaltı için Hartfield'e gelmesiyle rahatlayabildi. Önceki akşamın mutluluğuna geri döncbilmesi içinse onunla yarım saat baş başa, aynı yerlerde gezinip aynı konularda konuşması gerekti.

Mr. Knightley yanından ayrıldıktan az sonra, Emma daha herhangi bir şekilde onun dışında birini ya da bir şeyi düşünecek durumda değilken Randalls'tan bir mektup geldi; oldukça kalın bir mektuptu bu, Emma zarfın içinde ne olduğunu tahmin ediyor, okumak zorunda olmak ona çok rahatsızlık veriyordu. O anda Frank Churchill'e karşı kesinlikle kötü bir şey hissetmiyordu, kızgın değildi; hiçbir açıklama beklemiyor, yalnızca düşünceleriyle baş başa kalmak istiyordu. O anda onun yazdığı hiçbir şeyi anlayacak durumda olmadığından emindi, yine de mektubu baştan sona okuması gerekiyordu. Zarfı açtı, yanılmamıştı, Mrs. Weston ufak bir not eşliğinde Frank Churchill'in kendisine yazdığı uzun mektubu göndermişti:

"Sevgili Emmacığım, sana ekteki mektubu göndermekten büyük mutluluk duyuyorum. Bunu en adil bir biçimde değerlendireceğini ve üzerinde olumlu etki yapacağını biliyorum. Bundan böyle aramızda bu mektubun yazarıyla ilgili önemli bir fikir ayrılığı olmayacağı kanısındayım. Uzun bir giriş notu yazarak senin mektubu okumanı geciktirmek istemem. Biz iyiyiz. Bu mektup son zamanlarda oldukça gergin olan sinirlerime ilaç gibi geldi. Salı günkü hâlin hiç hoşuma gitmedi ama hava da çok kasvetliydi. Gerçi sen havanın seni etkilemediğini düşünüyorsun ama ben kuzeydoğudan esen sert rüzgârın herkesi az çok etkilediği kanısındayım. Salı öğleden sonra ve dün sabah çıkan fırtınada babanı çok merak ettim ama dün gece Mr. Perry'den onun hastalanmadığını duyunca çok rahatladım.

"Her zaman senin,
"A.W."

[Mrs. Weston'a]
Windsor, Temmuz.

Sevgili Mrs. Weston,

Eğer dün kendimi iyi ifade edebildiysem bu mektubumu bekliyor olmalısınız ancak beklemeseniz de beklemeseniz de bunu açık yüreklilik ve hoşgörüyle okuyacağınızdan eminim. Siz çok iyi bir insansınız ancak benim geçmişteki bazı davranışlarımı anlayışla karşılamak ve bağışlamak için iyiliğinizin bile yeterli olamayabileceğini düşünüyorum. Bu arada bana daha da fazla kızmaya hakkı olan biri tarafından bağışlandım, bu da bu mektubu yazmak konusundaki cesaretimi artırdı. Varlıklı kişilerin alçak gönüllü olması çok zor. Bağışlanmak için girişimde bulunduğum iki kişiden öyle olumlu tepkiler aldım ki korkarım sizin de çok kırdığım dostlarımızın da beni bağışlayacağınızdan emin olmak gibi bir yanılgı içinde olabilirim. Böyle bir tehlike var. Randalls'a ilk geldiğim günlerde içinde bulunduğum durumu hepinizin tam olarak anlamaya çalışmanızı diliyorum. Her şeye rağmen saklamam gereken bir sırrım vardı, bunu anlamalısınız. Gerçek buydu, bu değiştiremeyeceğim bir durumdu. Benim kendimi böylesine gizlilik gerektiren bir duruma sokmaya hakkım olup olmadığı ise başka bir konu, şimdi burada bu konunun ayrıntılarına girmek istemiyorum. Ama ben bunu böyle yapmam gerektiği kanısındaydım, kendimde bu hakkı görüyordum. Bunun doğru olduğunu düşünme eğilimimle ilgili olarak itiraz eden herkese Highbury'deki alt kattaki pencereleri sürgülü, üst kattakileri ise kanatlı olan, iki katlı küçük tuğla evi anımsatmak isterim.

Onunla doğrudan bağlantı kurmaya cesaret edemiyordum; o dönemde Enscombe'da katlanmak zorunda kaldığım koşulları burada yinelememe gerek olmadığı kanısındayım. Bu arada belirtmem gerekir ki aslında çok şanslıydım, Weymouth'tan ayrılmadan önce istediğim olmuş; dünyanın en onurlu kadınını herkesten gizlenecek bir nişanlılığı kabul etmeye ikna edebilmiştim. Eğer beni reddetseydi delirebilirdim. Şimdi siz bana "Bunu yaparken ne umuyordun?" diye soracaksınız. "Ne olmasını bekliyordun?" Hiçbir şey ve her şey! Zaman, şans, koşullar, yeni durumlar, yavaş etkiler, ani patlamalar, sebat, bıkkınlık, hastalık, sağlık... Umutluydum, gelecek bana güzel günler vadediyordu çünkü bana sadakat ve benimle yazışma sözü vermişti ve böylece mutluluğa ilk adımı atmıştım. Daha fazla açıklama isterseniz, sizin, eşinizin oğlu olmanın onurunu taşıyorum, sevgili Madam, onun iyimser mizacını almışım ki ne ev ne arazi, hiçbir maddi zenginlik bunun kadar değerli olabilir. Randalls'a ilk ziyaretimi bu koşullar altında yaptığımı düşünün. Bu konuda hatalı olduğumun bilincindeydim, bu ziyaret çok daha önce yapılabilirdi. Ancak geriye dönüp bakarsanız benim Highbury'ye ancak Miss Fairfax geldikten sonra geldiğimi anlayacaksınız. Bu bağlamda saygısızlık ettiğim kişi siz olduğunuz için yüce gönüllülüğünüzle beni bağışlayacağınızı umuyorum, babama gelince, evinden uzak kaldığım sürece sizi tanıma mutluluğundan mahrum olduğumu anımsatarak merhametine sığınacağım. Sizinle geçirdiğim o çok mutlu iki hafta süresindeki davranışlarımda bir nokta dışında kınanacak bir şey olmadığını umuyorum. Ve şimdi izninizle davranışlarım arasındaki o tek ve en hatalı noktaya geliyorum ki beni en çok korkutan ve en fazla açıklama yapma ihtiyacı duyduğum da bu nokta. Miss Woodhouse'u çok büyük saygı ve çok sıcak bir dostlukla anıyorum, babam belki buna "en derin utançla" sözcüklerini de eklemem gerektiğini düşünecektir. Dün dudaklarından dökülen birkaç sözcük bu konudaki görüşünü belirtiyordu, ben de bu konuda kınanmayı, azarlanmayı hak ettiğimi çok iyi biliyorum. Miss Woodhouse'a karşı olan tavrımın amacını aştığını kabul ediyorum. Benim için hayati önemde olan bir sırrı koruyabilmek için kendimizi bir anda içinde bulduğumuz yakınlıktan hoş görülmeyecek bir şekilde yararlanmakta biraz ileri gitmiş olabilirim. Özellikle Miss Woodhouse'a kur yapıyormuş gibi göründüğümü yadsımayacağım ancak inanın ki onun bana karşı kayıtsız olduğundan emin olmasaydım bu tavrımı sürdürmek gibi bir bencillik yapmazdım. Bu konuda bana inanacağınızı biliyorum. Miss Woodhouse çok cana yakın, yaşam dolu ve hoş bir genç kız olmakla birlikte benim üzerimde herhangi bir erkeğe bağlanabilecek bir genç kız izlenimi bırakmadı. Özellikle de bana karşı en ufak bir bağlanma eğilimi hissetmediğinden eminim. Benim ona gösterdiğim ilgiye son derece rahat, dost, neşeli bir şakacılıkla karşılık veriyordu ki bu da benim zaten istediğim şeydi. Görünüşe bakılırsa birbirimizi anlıyorduk. Sosyal konumlarımız düşünüldüğünde bu ilgi doğaldı, olması gerekendi ve öyle de kabul ediliyordu. Miss Woodhouse'un beni o on beş gün içinde çözdü mü çözemedi mi bu konuda bir şey diyemem ama onunla vedalaşmaya gittiğimde ona gerçeği açıklamama ramak kaldığını anımsıyorum, onun da bir şeylerden kuşkulandığını hissettim; kısacası o zamandan beri onun bu durumumu biraz da olsa keşfettiğini sanıyorum, hatta buna hiç kuşkum yok. Tabii gerçeği anlamamış da olabilir ama keskin zekâsıyla en azından bazı şeyleri görmüştür. En ufak kuşkum yok. Konu sağduyuyla ve sakin olarak ele alındığında onun da çok şaşırmadığını göreceksiniz. Zaten bana sık sık bu konuda imalarda bulunmuştu. Örneğin baloda, Mrs. Fairfax ile ilgilendiği için Mrs. Elton'a minnet borcum olduğunu söylediğini çok iyi anımsıyorum. Umarım ona karşı olan tutumumla ilgili bu açıklamalarım sizin ve babamın hata olarak nitelendirdiğiniz davranışlarımı temize çıkarabilir. Siz benim Emma Woodhouse'a karşı bir günah işlediğimi düşünürken ben kendimde hiç kimseden bir şey bekleme hakkını göremem. Lütfen beni bağışlayın ve imkân bulunca Miss Emma Woodhouse'un da beni bağışlamasını ve hakkımda iyi şeyler düşünmesini sağlayın; kendisine bir ağabey saygı ve sevgisi duyduğumu ve ona da benimki kadar mutlu ve derin bir aşk dilediğimi iletin. İlk on beş gün içinde tuhaf şeyler yaptıysam, söylediysem artık bunun nedenini biliyorsunuz. Kalbim Highbury'deydi, tek isteğim mümkün olduğu kadar az kuşku uyandırarak orada olmaktı. Eğer o dönemle ilgili hatırladığınız tuhaflıklarım varsa bunları doğru nedenlerle açıklamaya çalışın. O kadar çok konuşulan piyanoyla ilgili olarak da şunu açıkça belirtmeliyim, Mrs. Fairfax'in kesinlikle bundan haberi yoktu; zaten böyle bir sipariş verdiğimi bilseydi bunun gönderilmesine asla izin vermezdi. Bütün bu nişanlılık dönemi boyunca onun gösterdiği hassasiyetin, asaletin karşılığını ne yapsam ödeyemem. Tüm kalbimle yakın zamanda sizin de onu tanıyacağınızı umuyorum. Onun nasıl biri olduğunu anlatmak çok zor. Nasıl biri olduğunu size kendisinin anlatması gerekiyor ama bunu kelimelerle yapmamalı çünkü dünyada kendi erdemlerinin onun kadar farkında olmayan başka biri yok. Bu mektubu yazmaya başladıktan sonra, ki sanırım umduğumdan daha uzun olacak, ondan haber aldım. Sağlığının iyi olduğunu söylüyor ama o asla hiçbir şeyden şikâyet etmediği için ona inanmıyorum. Onun nasıl olduğunu öğrenmenizi istiyorum. Çok yakında ona uğrayacağınızı biliyorum, zaten bu ziyaretin korkusuyla yaşıyor. Belki gitmişsinizdir bile. Lütfen gecikmeden yazın bana, ayrıntıları öğrenmek için sabırsızlanıyorum. Randalls'ta ne kadar kısa bir süre kalabildiğimi, nasıl telaşlı, nasıl çıldırmış bir hâlde olduğumu anımsayın. Şu anda da daha iyi değilim; belki mutluluktan, belki kederden çılgın gibiyim. Bana gösterilen nezaketi ve iyiliği, onun kusursuzluğunu ve sabrını, dayımın cömertliğini düşündükçe mutluluktan çıldıracak gibi oluyorum ama ona yaşattıklarımı, çektirdiklerimi düşününce bağışlanmayı asla hak etmediğimi düşünüyor, öfkeden deliriyorum. Keşke onu bir defa daha görebilsem ama henüz buna yeltenmemeliyim. Dayım bana karşı o kadar iyi davrandı ki artık iyiliğini daha fazla istismar etmek istemiyorum.

Bu uzun mektuba eklemem gereken daha çok şey var. Daha öğrenmeniz gereken her şeyi öğrenmediniz. Dün bu konuyla ilgili ayrıntıları veremedim ama bu durumun böyle birden, hiç zamansız ortaya çıkmasının nedenlerini açıklamam gerekiyor. 26 Temmuz'da yaşanan bir olay, sizin de tahmin edebileceğiniz gibi benim için çok mutlu bir geleceğin ufkunu açtıysa da bazı çok özel durumlar olmasa bunu yapmaya kalkışmazdım ama olanlar karşısında kaybedecek bir saatim bile yoktu. Acele etmezdim ve o da benim her duraksamamı, çekincemi misliyle anlar, hissederdi. Ama tercih şansım yoktu. O kadınla alelacele yaptığı iş anlaşması, verdiği söz... Sevgili Madam, bu noktada mektuba ara verip kendimi toplamak için kalemi bırakma gereği hissettim. Kırlarda biraz yürüdüm, artık umarım mektubumun kalan bölümünü doğru dürüst yazacak kadar kafamı toplamışımdır. Aslına bakarsanız bunu düşünmek bile içimi sızlatıyor, çok canımı sıkıyor. Utanç verici bir şekilde davrandım. Şunu itiraf etmeliyim ki Miss W.'ye karşı olan davranışlarım Mrs. F.'ye çok itici geliyordu. Hiç hoşlanmıyordu, onaylamıyordu, ki bu bile benim için yeterli olmalıydı. Benim yakışıksız davranışlarımı sırrımızı saklama kaygımın özrü olarak göstermem onu tatmin etmiyordu. Sinirlenmişti, ben bunun mantıksız olduğunu, gereksiz vesvese ve kuruntu yaptığını düşündüm; hatta onun bana karşı tavırlarını soğuk bulduğum bile oldu. Ama aslında her zaman olduğu gibi o haklıydı. Eğer onun önerilerini dinleyip davranışlarımı onun uygun göreceği bir düzeye getirseydim ömrüm boyunca yaşadığım en büyük mutsuzluktan kendimi korumuş olacaktım. Kavga ettik. Donwell'de geçirdiğimiz sabahı hatırlıyor musunuz? Orada daha önce yaşanmış, birikmiş tüm küçük hoşnutsuzluklar kriz noktasına gelmişti. Geç kalmıştım; ona rastladığımda tek başına eve dönüyordu, onunla yürümek istedim. Buna kesinlikle kabul etmeye yanaşmadı, bense bunu çok mantıksız buldum ve kızdım. Ama şimdi bunun son derece doğal, tutarlı ve kararlı bir davranış olduğunu anlıyorum. Ben nişanlı olduğumuzu herkesten gizleyeceğim diye başka bir kadına bir saat boyunca sınırsız ilgi gösterirken o nasıl olur da daha önceki her türlü önlemimizi anlamsız kılacak bir öneriyi kabul ederdi? Donwell'le Highbury arasında baş başa yürürken görüldüğümüz takdirde kuşku uyandırabilirdik. Ancak ben ona güvenmedim, gücendim. Sevgisinden kuşku duydum. Ertesi gün Box Hill'de bu kuşkum daha da arttı; benim davranışlarım, onu küstahça ihmal etmem ve açık bir biçimde Mrs. W.'ye yakınlık göstermem, aklı başında hiçbir kadının dayanamayacağı bir durumdu, o da doğal olarak çileden çıkıp bana olan kızgınlığını ancak benim anlayabileceğim sözcüklerle ifade etti. Sözün kısası sevgili Madam, bu onun tamamen suçsuz olduğu bir kavgaydı, bütün suç benimdi. Aynı akşam sabaha kadar sizinle kalabileceğim hâlde, apar topar Richmond'a döndüm çünkü ben de çok kızgındım. Bu durumda bile nasıl olsa zaman içinde barışırız diye düşünmeyecek kadar aptal değildim ama kırgın olan bendim, bana karşı olan soğuk davranışlarından kırılmıştım ve ilk adımı onun atması gerektiğine karar vererek Highbury'den ayrılmıştım. İnanın Box Hill gezisine katılmamış olmanız beni çok mutlu ediyor, Mrs. Weston. Eğer oradaki davranışlarıma tanık olsaydınız, herhâlde benim hakkımda bir daha iyi bir şey düşünmezdiniz. Bu davranışlarımın onun üzerindeki etkisi de hemen aldığı kararda ortaya çıktı zaten: Benim Randalls'tan ayrıldığımı öğrenir öğrenmez o işgüzar Mrs. Elton'ın teklifini kabul etmiş, yeri gelmişken belirteyim ki bu kadının ona davranış biçiminden de nefret ediyor, iğreniyordum. Miss Fairfax'in bana karşı göstermiş olduğu büyük sabır ve hoşgörüyü dikkate alınca o kadına gösterdiği hoşgörüye de yüksek sesle itiraz etmeye hakkım yoktu. 'Jane' ona böyle hitap ediyordu! Benim, size karşı bile ondan bu küçük ismiyle bahsetme hakkını kendimde görmediğimin farkında olmalısınız. Durum böyleyken bu adın Eltonlar tarafından fütursuzca, gereksiz yere, tekrar tekrar onu aşağılayarak, kaba bir biçimde, tepeden bakarak, küstahça telaffuz edildiğini her duyduğumda neler yaşadığımı düşünün.

Bana biraz daha sabredin, mektubu bitirmek üzereyim. Miss Fairfax o gün benden ayrılmaya karar vererek o teklifi kabul etmiş, zaten hemen ertesi gün bana ilişkimizin bittiğini, bir daha birbirimizi hiç görmeyeceğimizi yazdı. Bu nişanın ikimiz için de pişmanlık ve ıstırap kaynağı olduğunu ve bu yüzden nişanı bozduğunu bildiriyordu. Bu mektup elime zavallı yengemin öldüğü günün sabahı geçti. Hemen yanıtladım ama o telaş ve kargaşa arasında kafam çok karışık olduğu için yazdığım yanıtı, postalanmak üzere o gün yazdığım diğer mektupların arasına koyacağıma yazı masamın çekmecesine kilitleyip bırakmışım. Birkaç satır bile olsa onu mutlu edecek bir şeyler yazdığım için içim rahattı, hiçbir tedirginlik duymadan normal yaşamımı sürdürdüm. Hatta bana hemen yanıt vermediği için büyük bir hayal kırıklığına uğradım ama kafamda onun bana neden yazmamış olabileceğine ilişkin bahaneler icat ediyordum. Çok telaşlıydım, yapmam gereken bir sürü şey vardı ve açıkça söylemek gerekirse fazlasıyla iyimser olduğum için de kaygılanmak aklıma gelmiyordu. Dayımla Windsor'a gittik, iki gün sonra ondan bir paket aldım; ona yazdığım tüm mektupları geri göndermişti! Bu arada bana yazdığı kısa notta ilişkimizin bittiğini belirttiği son mektubuna en ufak bir yanıt bile alamamış olmanın onu çok şaşırttığını belirtmişti. Böyle bir durumda sessiz kalınmasının yanlış yorumlanması mümkün olmadığı için benim de aramızdaki ilişkiyi bitirmek istediğim sonucuna varmıştı. Dolayısıyla da her iki tarafta da gereken düzenlemelerin bir an önce yapılması gerektiğini, bu yüzden bana güvenli bir şekilde bütün mektuplarımı geri gönderdiğini ve benim de onun mektuplarını bir hafta içinde Highbury'ye göndermemi, eğer gönderemezsem daha sonra verdiği diğer adrese göndermemi istiyordu. Kısacası, Bristol yakınlarındaki Mr. Smallridge'in evinin adresi karşımda duruyordu. O adı, o yeri biliyordum, onlarla ilgili her şeyi biliyordum ve o anda amacının ne olduğunu anladım. Sağlam ve kararlı karakteriyle uyumlu bir davranıştı bu, daha önce bundan söz etmemiş olması da kişiliğindeki hassasiyetin kanıtıydı. Beni tehdit ediyormuş gibi görünmek istememişti. Yaşadığım şoku, hatanın bende olduğunu fark edene kadar posta yönetimine nasıl küfrettiğimi tahmin edebilirsiniz. Bu durumda ne yapabilirdim? Yalnızca tek bir şey; dayımla konuşmalıydım. Onun onayı olmadan her şey anlamsız olacaktı. Konuştum; her şey istediğim gibi sonuçlandı, son olay onu yumuşatmıştı, umduğumdan çok önce onayladı ve bana destek oldu. Zavallı adam! Derin derin iç çekerek evliliğimde onun kadar mutlu olmamı diledi. Benimkinin çok farklı bir evlilik, çok farklı bir mutluluk olacağını düşündüm. Bu sorunumu ona açarken yaşadıklarım, iki dudağının arasından çıkacak tek bir sözcüğü beklerken çektiklerim için bana acıma eğiliminde misiniz? Hiç acımayın, asıl Highbury'ye gelip de onu nasıl yataklara düşürdüğümü, onun o sararmış, solgun, hasta hâlini gördükten sonraki hâlime acıyın. Kahvaltıyı geç ettiklerini biliyordum, dolayısıyla Highbury'ye onu yalnız yakalama şansımın olacağı bir saatte geldim. Bu konuda hayal kırıklığına uğramadım; tabii yolculuğumun amacı açısından da. Bir dolu mantıklı ve de haklı kırgınlığı, hoşnutsuzluğu ortadan kaldırmam; içtenliğime onu inandırmam gerekti ama sonunda bunu becerebildim; barıştık, şimdi artık birbirimizi her zamankinden de daha çok seviyoruz ve umarım aramızda bir daha bir gerginlik, tedirginlik yaşanmayacak.

Şimdi, sevgili Madam, artık sizi azat edebilirim ama inanın daha kısa yazamazdım. Bana bugüne kadar gösterdiğiniz nezaket ve anlayış için binlerce teşekkür. Ona göstereceğiniz ilgi ve yakınlık için de on binlerce teşekkür. Eğer benim hak etmediğim bir mutluluğa eriştiğimi düşünüyorsanız sizinle aynı fikirdeyim. Miss W. bana şanslı çocuk diyor. Bir açıdan şanslı olduğumda hiç kuşku yok çünkü imzamı, sizi seven ve size minnettar olan oğlunuz olarak atabiliyorum.

Teşekkür ve saygılarımla,
F.C. Weston Churchill

BÖLÜM 51

Bu mektubun Emma'nın duygularını etkilememesi olanaksızdı. Daha önce aksine karar vermiş olmasına rağmen kendini Mrs. Weston'ın öngördüğü gibi dikkatle mektubu okumaktan alıkoyamadı. Kendi adının da geçtiği bir mektubu okumadan edemezdi, kendisiyle ilgili neredeyse her satır ilginçti ve neredeyse her satır hoştu. Bu çekicilik kaybolduğundaysa âşık yazarına karşı duyduğu saygının hatırına –Emma için o sırada aşk ne şekilde resmedilirse resmedilsin cazipti– mektubun tamamını okuyup bitirmeden elinden bırakamadı. Genç adamın yanlış yaptığını düşünmemek olanaksız olsa da aslında Emma'nın düşündüğünden daha az hata yaptığı anlaşılıyordu. Çok acı çekmişti ve çok üzgündü. Mrs. Weston'a minnettardı, Miss Fairfax'e delicesine âşıktı. Emma o anda öyle mutluydu ki hiçbir kırgınlığı kalmamıştı ve eğer o anda Mr. Frank Churchill odaya girmiş olsa onunla her zaman olduğu gibi bütün içtenliğiyle el sıkışabilirdi.

Emma mektubu çok beğenmişti, Mr. Knightley tekrar geldiğinde ondan bunu okumasını istedi. Mrs. Weston'ın da bu gerçeklerin öğrenilmesini istediğinden emindi, özellikle de Mr. Knightley gibi Frank Churchill'de sayısız kusur bulmuş birinin öğrenmesini...

Mr. Knightley, "Memnuniyetle göz gezdiririm," dedi. "Ama uzun bir mektuba benziyor. Akşam yanıma alıp okurum."

Bu olamazdı. Mr. Weston akşam uğrayacaktı, Emma'nın mektubu ona geri vermesi gerekiyordu.

"Aslında bunu okumaktansa seninle konuşmayı yeğlerim," dedi Mr. Knightley. "Ama madem adil olmak gereği okumam gerekiyor, bunu yapacağım."

Mektubu okumaya başladı ancak durdu.

"Eğer birkaç ay önce bu beyefendinin üvey annesine yazdığı mektupları görmüş olsaydım bu kadar kayıtsız olamazdım, Emma."

Biraz daha ilerledi, kendi kendine okuyordu ve sonra gülümseyerek "Hımm! Son derece iltifat dolu bir giriş ama onun tarzı bu. Herkesin tarzı kendine. Katı olmayalım," dedi.

Çok kısa bir süre sonra ise "Okurken fikrimi yüksek sesle söylemek bence daha doğru. Böylece seni daha yakınımda hissedeceğim. Zaman kaybı da olmaz ama eğer bu hoşuna gitmezse..."

"Asla. Bunu ben de isterim."

Mr. Knightley büyük bir hevesle mektubu yeniden okumaya başladı.

"Bu ilişkinin başlangıcını geçiştirmeye çalışmış," dedi. "Hata yaptığını biliyor ve yapabileceği mantıklı hiçbir açıklama yok. Kötü. Nişanlanmamalıydı. Babasına karşı da haksızlık ediyor, Mr. Weston'ın onurlu ve dürüst çabalarını taçlandıran iyimserliğidir ama Mr. Weston şu anda sahip olduğu her şeyi hakkıyla, emeğiyle kazanmıştır. Miss Fairfax gelmeden buraya gelmemiş olması ise doğru."

Emma, "Eğer istese daha önce de gelebileceğinden emin olduğunuzu söylediğinizi unutmadım," dedi. "Nezaketinize yakışır şekilde üzerinde durmuyorsunuz ama tamamen haklıydınız."

"Bu yargımda o kadar da tarafsız değildim, Emma, ama herhâlde, sen söz konusu olmasaydın da ona yine güvenmezdim."

Miss Woodhouse'tan bahsedilen yerlere geldiğinde yüksek sesle okumak ihtiyacı duydu, Emma ile ilgili kısımları gülümseyerek, arada bir ona bakarak, yüzü şekilden şekle girerek, başını sallayarak, onaylayarak ya da itiraz ederek ya da gereğinde birkaç sevgi sözcüğüyle destekleyerek okudu; sonunda epeyce düşündü ve ciddi bir ifadeyle şöyle dedi:

"Kötü, gerçi çok daha kötü de olabilirdi. Çok tehlikeli bir oyun oynamış. Kendini aklanmak için her şeyi bu nişan olayına bağlıyor. Davranışlarını senin açından hiç değerlendirmiyor. Hep kendi isteklerini ön planda tutmuş, kendi rahatından başka bir şey düşünmemiş. Senin onun sırrını sezdiğini düşünmesi! Bu çok doğal! Kendi kafası entrikayla dolu olduğu için başkalarını da kendisi gibi sanması çok doğal. Gizlilik, kurnazlık, içten pazarlıklı olmak, bunlar insanı nasıl da doğru yoldan saptırabiliyor! Emmacığım, bütün bunlar birbirimizle olan ilişkilerimizde dürüstlüğün ve samimiyetin en güzel şey olduğunu kanıtlamıyor mu?"

Emma da aynı fikirdeydi ama o an Harriet'i anımsayarak hafifçe kızardı. Ne yazık ki bu konuda dürüst, samimi bir açıklama yapamıyordu.

"Devam etseniz iyi olacak," dedi.

Mr. Knightley söyleneni yaptı ama çok geçmeden yine durup "Piyano!" dedi. "Ah! Bu tam çok, çok genç bir erkeğin yapacağı bir şey; bunun yaratacağı rahatsızlığın bundan duyulacak mutluluğu aşacağını düşünemeyecek kadar toy bir erkeğin yapacağı bir şey. Tam ergenlere göre bir davranış!.. Ben bir erkeğin bir kadına sevgisinin ifadesi olarak onun kurtulmak isteyeceği bir şey vermesini hiç anlamamışımdır; elinde olsa Jane Fairfax'in bu piyanonun gelmesini engelleyeceğini biliyordu."

Daha sonra ara vermeden okumaya devam etti. Ancak Frank Churchill'in utanç ifade ettiği yere gelince "Sizinle kesinlikle aynı fikirdeyim, beyefendi," dedi. "Gerçekten utanç verici bir şekilde davrandınız. Yazdığınız en doğru şey bu, davranışınız gerçekten utanç verici." Hemen arkasından gelen ikisinin anlaşmazlıklarının nedenini ve genç adamın Jane Fairfax'in doğru tespitlerine kesinlikle ters düşen davranışlarını sürdürmekte diretmesiyle ilgili bölümü de okuduktan sonra, daha uzun bir ara verdi ve "Bu çok kötü," dedi. "Kendi çıkarı için kızı çok zor ve rahatsız bir duruma katlanmaya ikna etmiş, oysa ilk amacı nişanlısının gereksiz yere acı çekmesini engellemek olmalıydı. Onunla mektuplaşmakta da Jane Fairfax ondan çok daha büyük sorunlar yaşamıştır. Aslında kızın yersiz bile olsa tüm tedirginliklerine –tabii varsa– saygı göstermesi gerekirdi. Jane Fairfax bu nişanı kabul etmekle hata yapmış olabilir ama bu yüzden bu kadar ceza çekmeyi de hak etmiyor."

Emma, onun Box Hill'le ilgili bölüme yaklaştığını biliyordu, bir şekilde huzursuz oldu. Kendisinin oradaki tavrı da çok yakışıksız olmuştu. Bundan dolayı derin utanç duyuyordu ve genç adamın bir sonraki bakışından korkuyordu. Ancak bu kısım dikkatle okunup bitti, en ufak bir yorum bile gelmedi; incitme korkusuyla hemen geri çekilen anlık bir bakış dışında Box Hill tümüyle unutulmuş gibiydi.

Mr. Knightley'nin bir sonraki yorumu "Dostumuz Eltonların hassasiyetine diyecek yok," oldu. "Bu duyguları çok doğal! Nasıl yani? Onunla ilişkisini tamamen bitirmeyi mi düşünmüş! Bu nişanın ikisi için de pişmanlık ve ıstırap kaynağı olduğunu hissetmiş ve nişanı bozmuş. Bu, genç adamın davranışlarını doğru anladığını gösteriyor! Bu adam gerçekten çok..."

"Hayır, hayır, okumaya devam edin. Onun ne kadar acı çektiğini göreceksiniz."

Mr. Knightley serinkanlılıkla mektuba dönerken "Umarım çekmiştir," dedi. "*Smallridge!* Bu da ne demek oluyor? Bunun anlamı ne?"

"Jane Fairfax, Mrs. Smallridge'in çocuklarına mürebbiyelik yapmak için anlaşmış. Bu hanım Mrs. Elton'ın bir arkadaşı, Maple Grove'dan da komşusu, bu arada acaba Mrs. Elton bu hayal kırıklığına nasıl katlanacak?"

"Sevgili Emma'm, beni okumaya zorladın, şunun şurasında bir sayfa kaldı, bir şey söyleme, Mrs. Elton hakkında bile. Adamın yazdığı mektuba bak!"

"Bu mektubu ona karşı biraz daha anlayışlı duygularla okumanızı dilerdim."

"Neyse, bak burada duygu var işte. Görünüşe bakılırsa onun hasta olduğunu öğrenince acı çekmiş. Onu sevdiğine hiç kuşkum yok. 'Birbirimizi her zamandan daha çok seviyoruz.' Umarım öyledir, bu barışmanın değerini hiç unutmaz. Frank Churchill için teşekkür etmek çok kolay, bol keseden dağıtıyor, binlerce, on binlerce. 'Hak etmediğim mutluluk.' Bak işte bunda da haklı. 'Miss Woodhouse benim şanslı bir çocuk olduğumu söylüyor.' Bunlar Miss Woodhouse'un sözleri, öyle mi? Mektubun sonu güzel. 'Şanslı çocuk!' Demek sen ona böyle diyordun?"

"Mektup sanırım benim kadar hoşunuza gitmedi, bunu okuyunca her şeye rağmen onunla ilgili daha iyi şeyler düşüneceğinizi ummuştum, birazcık daha. Umarım onun gözünüzdeki yeri biraz olsun artmıştır."

"Evet, artmış olabilir. Çok büyük hatalar yapmış, bencillikten ve düşüncesizlikten kaynaklanan hatalar. Hak etmediği bir mutluluğa eriştiği konusunda onunla kesinlikle aynı düşüncedeyim. Ancak Miss Fairfax'e delicesine âşık olduğundan hiç kuşkum yok, yakın bir zaman içinde onunla sürekli birlikte olmalarını umuyorum ki bunun genç adamın kişiliği üzerinde çok olumlu etki yapacağını düşünmek istiyorum. Jane Fairfax'in istikrarlı ve sağduyulu kişiliğinin eşinin karakterini etkileyeceğini umuyorum. Neyse, şimdi bu konuyu bırakalım artık, seninle konuşmak istediğim başka bir şey var. Şu anda aklım da kalbim de başka biriyle öylesine dolu ki Frank Churchill'le daha fazla meşgul olamam. Bu sabah senin yanından ayrıldığımdan beri kafamı kurcalayan bir konu var."

Sonra konuyu yalın, açık, sevdiği kadınla konuşurken kullandığı özentisiz gerçek bir İngiliz beyefendisine yakışır nazik bir dille açtı ve babasının huzurunu bozmadan Emma'ya nasıl bir evlenme teklifi yapabileceğini sordu. Emma'nın yanıtı hazırdı: Babası yaşadığı sürece onun koşullarında bir değişiklik yapmak olanaksızdı. Babasından asla ayrılamazdı. Mr. Knightley bu yanıtı kısmen kabul etti. Emma'nın babasını asla bırakamayacağını o da biliyordu ama var olan koşullarda hiçbir değişiklik yapılamayacağı fikrine katılamıyordu. Bu konu üzerinde çok düşünmüştü. Başlangıçta Mr. Woodhouse'u kızıyla birlikte Donwell'e taşınması için ikna etmeyi düşünmüş, kendisini bunun mümkün olduğuna inandırmak istemişti ama Mr. Woodhouse'u tanıyordu, bu kendini kandırmaktan başka bir şey değildi. Böyle bir yer değişiminin Emma'nın babasının rahatını hatta belki de hayatını tehlikeye atmak olduğunu kabul ediyordu; bu göze alınamazdı. Mr. Woodhouse'un Hartfield'den taşınması! Hayır, bu düşünülemezdi bile ancak bundan vazgeçildiğinde aklına gelen plana sevgili Emma'sının da hiçbir biçimde itiraz etmeyeceğini umuyordu. Bu plan kendisinin Hartfield'e kabul edilmesiydi; babasının mutluluğu, başka bir deyişle yaşamı için Emma'nın Hartfiled'de kalması gerekiyordu; öyleyse burası onun da evi olmalıydı.

Babasıyla birlikte Donwell'e taşınmak Emma'nın da aklından geçmişti ama Mr. Knightley gibi o da biraz düşününce bunun olanaksız olduğunu anlamış ancak nişanlı kalmak dışında farklı bir seçenek düşünememişti. Bu seçeneğin nasıl büyük bir sevginin kanıtı olduğunun farkındaydı. Mr. Knightley'nin Donwell'den ayrılarak alışkanlıkları, özellikle hareket özgürlüğü konusunda çok büyük özveride bulunması gerekeceği, sürekli olarak Emma'nın babasıyla ve kendine ait olmayan bir evde yaşaması durumunda katlanması gereken çok, çok fazla şey olacağı kesindi. Emma bu konuyu düşünmeye söz verdi; ona da bir daha iyice düşünmesini önerdi ama Mr. Knightley kararlıydı, bu konudaki isteğinin ve fikrinin değişmeyeceğinden emindi. Bu konuyu uzun uzun enine boyuna düşünmüştü, Emma bundan emin olabilirdi, hatta bütün sabah salim bir kafayla düşünmek, yalnız kalabilmek için William Larkins'ten uzak durmuştu.

Emma, "Ah! İşte hazırlıksız olduğumuz bir sorun!" diye haykırdı. "Eminim ki bu William Larkins'in hiç hoşuna gitmeyecektir. Benden önce onun onayını almanız gerekirdi."

Yine de bu konuyu düşünmeye, üstüne üstlük bunu çok iyi bir seçenek olduğunu kabul etmeye çalışacağına söz verdi.

Emma'nın şimdi Donwell Abbey'i düşünürken daha önce hararetle miras haklarını korumaya çalıştığı Henry'nin zarar görmesi gibi bir olasılığı hiç düşünmemesi çok ilgi çekiciydi. Bu durumun zavallı küçük çocuğun geleceği açısından bazı değişiklikler yaratacağı aklına gelse de kendi kendine gülümsemekle yetinmişti. Mr. Knightley'nin Jane Fairfax'le ya da herhangi başka biriyle evlenmesine yeğenlerini seven bir teyzenin kız kardeşinin ve çocuklarının haklarını koruma içgüdüsüyle karşı koyduğunu düşünmüştü. Şimdi böyle bir olasılıktan bile nefret etmesinin gerçek nedenini anlıyor ve bundan mutlu oluyordu.

Mr. Knightley'nin evlenmeleri ve Hartfield'de yaşamaya devam etmeleri konusundaki plan giderek daha çok hoşuna gidiyordu. Düşündükçe sanki Mr. Knightley'nin yaşayacağı zorluklar azalıyor, kendi yaşamı kolaylaşıyor; sevgileri her engeli ortadan kaldırıyordu. Gelecekteki zor, endişeli ve kederli günlerinde yanında böyle bir can dostu olacağını bilmek! Zamanla zorlaşacak, ister istemez daha üzücü olacak görev ve sorumlulukları paylaşacak böyle bir eşe sahip olmak!

Harriet olmasa Emma çok daha mutlu olacaktı, gelgelelim Emma'nın başına gelen her güzel şey, her mutluluk sanki arkadaşının çekeceği acıları daha da artırıyordu; en doğrusu onun artık Hartfield'den de uzak kalması olacaktı. Zavallı Harriet'in kendi iyiliği için Emma'nın ona sağladığı keyifli aile ortamının dışında tutulması gerekecekti. Zavallı her açıdan kaybeden olmaya mahkûmdu. Emma gelecekte onun yanında olmamasının kendisi için bir üzüntü kaynağı olacağını düşünmüyordu. Asıl bu çevrede olmak Harriet için çok ağır bir yük olacaktı, zaten uyum sağlayamazdı; yine de zavallı kızın hiç hak etmediği hâlde cezalandırılacak olması Emma'ya zalimlik gibi geliyordu.

Zamanla Mr. Knightley'yi unutacağı, onun yerini başka birinin alacağı kesindi ama bunun için zamana ihtiyaç vardı. Sonuçta Mr. Knightley, Mr. Elton değildi, yaranın iyileşmesine yardımcı olacak bir şey yapması beklenemezdi. Mr. Knightley herkese karşı kibar, iyi yürekli, duyarlı, ince düşünceli biriydi, dolayısıyla Harriet için her zaman aynen şimdi olduğu gibi tapılmaya layık biri olarak kalacaktı. Ayrıca Harriet gibi çabucak âşık olabilen birinin bile bir yıl içinde üç adamdan fazlasına âşık olmasını beklemek gerçekten çok fazlaydı.

BÖLÜM 52

Harriet'in de en az kendisi kadar karşılaşmaktan kaçınması Emma açısından çok büyük rahatlık oldu. Mektup aracılığıyla kurdukları ilişki bile yeterince acı vericiydi. Karşılaşmak zorunda kalmaları çok daha kötü olabilirdi!

Harriet mektuplarında kendini Emma'nın da ondan beklediği gibi hiçbir sitemde bulunmadan ya da üstü kapalı bir suçlamaya girişmeden ifade ediyordu, yine de Emma onun içten içe gücenmiş olduğunu hissediyor ve bu da ondan uzak kalma isteğini güçlendiriyordu. Bu kendi vicdanının sesi olabilirdi ama içinden bir ses böyle bir duruma ancak bir meleğin incinmeden, gücenmeden katlanabileceğini söylüyordu.

Isabella'ya Harriet'i davet ettirmekte hiç zorlanmadı, üstelik bunun için bahane uydurmasına da gerek kalmadı; yalnızca ricası yeterli oldu. Harriet'in dişi çürümüştü ve bir süredir bir dişçiye görünmek istiyordu. Mrs. John Knightley bu konuda ona yardımcı olmayı seve seve kabul etti, sağlıkla ilgili her şey onun için önemliydi ve dişçisine Mr. Wingfield'e olduğu kadar güvenmese de Harriet'i bu konuda kanatları altına almaya hazırdı. Kız kardeşiyle davet konusunu halleden Emma bu konuyu arkadaşına açtığında onun ikna edilmeye çoktan hazır olduğunu gördü. Harriet, Isabella'nın yanına gidecekti; en az on beş gün kalmak için davet edilmişti, oraya Mr. Woodhouse'un arabasıyla gönderilecekti. Her şey tamamlandı ve Harriet sağ salim Brunswick Meydanı'na ulaştı.

Emma artık Mr. Knightley'nin ziyaretlerinin tadını tam anlamıyla çıkarabilirdi. Onunla sohbet ederken gerçek bir mutlulukla konuşabilir ve onu dinleyebilirdi. Artık çok yakınlarında hayal kırıklığına uğramış bir kalbin, onun yoldan çıkmasına neden olduğu duygular yüzünden büyük acılara katlanmak zorunda kalan bir genç kızın olduğunu anımsamasına, içinden bir türlü atamadığı haksızlık ve suçluluk duygusuyla vicdan azabı çekmesine gerek olmayacaktı.

Harriet'in Mrs. Goddard'ın evinde kalmasıyla Londra'da kalması arasındaki farkın Emma'nın beklediği gibi duygularında büyük farklar yaratması mantıklı olmayabilirdi ama Londra'da karşılaşacağı yeni ve merak uyandıran şeylerin ona en azından geçmişi unutturup onu kendi benliğinin ötesine taşıyacağını düşünüyordu.

Emma zihninde Harriet'le ilgili kaygılardan boşalan yeri yeni başka kaygıların doldurmasına izin vermeyecekti. Önünde yalnızca kendisinin üstesinden gelebileceği zor bir görev vardı, nişanlandığını babasına itiraf etmek ama şimdilik bununla ilgili de bir şey yapmayacaktı. Mrs. Weston iyileşene kadar bunu ertelemeye karar verdi. Şu sıralar, sevdiği insanlar arasında yeni bir heyecan konusu yaratmak istemiyordu, kaçınılmaz durumları zamanından önce ortaya çıkararak başını derde sokmanın anlamı yoktu. En azından bir on beş gün dingin bir yaşamın keyfini çıkacak, huzur içinde mutluluğun ve heyecanın zevkine varacaktı.

Çok geçmeden bu ruhsal dinlence döneminin yarım saatini Miss Fairfax'e ayırmaya karar verdi, bu onun için görev olduğu kadar keyif de olacaktı. Ona gitmesi gerekiyordu, onu görmek istiyordu; içinde bulundukları durumlar arasındaki benzerlik Jane'in anlatabileceği herhangi bir şeye karşı ilgisini artırıyor, içinde gizli iyi niyet ve keyif duyguları besliyordu.

Emma Miss Fairfax'i ziyarete gitti, Jane'i görmeyi başaramadan kapısına kadar gitmesi sayılmazsa Box Hill'e gittikleri günün sabahından beri o evin içine girmemişti. Zavallı Jane, Box Hill'de perişandı, onun o üzgün hâli Emma'nın da içini sızlatmış, merhametle doldurmuştu ama o an ne çektiği acının nedenini ne de derecesini tahmin edebilmişti. Emma hâlâ istenmiyor olabileceğinden çekindiği için evde olduklarından emin olmasına rağmen holde durup geldiğinin yukarıya bildirilmesini bekledi. Patty'nin geldiğini haber verdiğini duydu ama bu kez daha önce olduğu gibi zavallı Mrs. Bates'in büyük telaş ve sevinçle onu davet eden sözcükleri duyulmadı. Emma yalnızca "Lütfen yukarı buyursun," dendiğini duydu ve hemen ardından da Jane onu büyük bir nezaketle merdivende karşıladı. Emma daha önce hiç onu bu kadar iyi, güzel, cana yakın ve çekici görmemişti. Yaşam doluydu, yüz ifadesinde, tavırlarında sıcaklık, açık yüreklilik, hoş bir heyecan vardı; eskiden eksik olan her şey artık tamamlanmıştı. Elini uzatarak Emma'ya doğru ilerledi ve alçak ama duygulu bir sesle "Beni görmeye gelmeniz çok büyük incelik, Miss Woodhouse," dedi. "Gerçekten duygularımı nasıl ifade edeceğimi bilemiyorum, minnettarım, umarım bana inanırsınız. Söyleyecek söz bulamadığım için beni bağışlayın."

Onun bu tavrı karşısında gururu okşanan Emma tam bir şey söyleyecekken oturma odasında Mrs. Elton'ın sesini duyunca, tüm sıcak dostluk duygularını ve tebriklerini yalnızca Jane'in elini çok samimi bir biçimde sıkarak göstermek zorunda kaldı.

Mrs. Bates ve Mrs. Elton içeride oturuyorlardı. Miss Bates ise dışarıdaydı, bu da az önceki sükûneti açıklıyordu. Aslında Emma Mrs. Elton'ın orada olmamasını yeğlerdi ama morali herkese sabır gösterebilecek kadar iyiydi ve Mrs. Elton onu beklemediği bir nezaketle karşılayınca bu karşılaşmanın en azından her iki taraf için de sorunsuz geçmesini umdu.

Çok geçmeden Emma Mrs. Elton'ın zihnini okuyabildiğine karar verdi. Onun da kendisi gibi mutlu bir ruh hâli içinde olmasının nedenlerini anlayabildiğini düşündü. Mrs. Elton da Miss Fairfax'in sırrını biliyor, kendisi dışında hiç kimsenin bilmediği bir şeyi bildiğini sanıyor ve bundan haz duyuyordu. Bu, kadının yüz ifadesinden anlaşılıyordu. Emma Mrs. Bates'e iltifat ederek, hâlini hatırını sorup, iyi kalpli yaşlı kadınının yanıtlarını dinlerken, Mrs. Elton'ın telaş içinde az önce yüksek sesle Miss Fairfax'e okuduğu anlaşılan bir mektubu katlayıp yanı başında duran altın rengi simli, mor, ufak bir el çantasına kaldırdığını gördü. Sonra anlamlı anlamlı başını sallayarak usulca "Başka bir zaman bitiririz," dedi. "Nasıl olsa uygun bir zaman buluruz. Hem aslında önemli bir bölümünü dinledin. Yalnızca sana Mrs. S.'nin özürlerini kabul ettiğini ve gücenmediğini göstermek istemiştim. Hiç kızmamış. Ne kadar güzel yazdığını görüyorsun, değil mi? Ah! Ne tatlı bir kadın! Eğer oraya gitmiş olsaydın ona bayılacaktın. Neyse, kapatalım bu konuyu, tek kelime bile yok artık. Dilimizi tutalım, bize de bu yakışır zaten. Şşş! Şiirin adı şu anda aklıma gelmiyor ama şu dizeleri anımsıyorsun değil mi?

Bir hanımefendiyse söz konusu olan,
Akan sular durur bilirsin.

"Yani şekerim, demek istediğim, bizim durumumuzda, bir hanımefendinin, yerine– neyse, sustum! Anlayan anlar. Bugün çok neşeliyim, değil mi? Mrs. S. konusunda senin de içini rahatlatmak istiyorum. Benim mektubum gördüğün gibi onu yatıştırmış, anlıyorsun değil mi?"

Emma, Mrs. Bates'in elindeki örgüye bakmak için başını çevirince aceleyle ekledi:

"Dikkat edersen hiç isim vermedim. Ah! Bir devlet adamı kadar tedbirli olmak gerek. Ben bu konuda çok iyiyimdir."

Emma yanılmamıştı. Mrs. Elton yine açık seçik bir biçimde gösteri yapıyor, böbürleniyordu.

Hep birlikte bir süre havaların iyiliğinden ve Mrs. Weston'dan bahsettikten sonra Mrs. Elton birden hiç beklenmedik bir biçimde Emma'ya dönüp sordu.

"Miss Woodhouse, sizce de bu yaramaz güzel dostumuz çok güzel bir şekilde sağlığına kavuşmadı mı? Onun böyle iyileşmesi sizce de Perry'nin büyük başarısı değil mi?" Bu noktada yan gözle anlamlı anlamlı Jane'e baktı. "Gerçekten de Perry onu çok kısa bir zamanda iyileştiriverdi! Ah! Ah! Onun o çok kötü hâlini siz de benim gibi görmüş olsaydınız!"

O sırada Mrs. Bates Emma'ya bir şey söyleyince Mrs. Elton Jane'e doğru eğilip, fısıldayarak ekledi. "Tabii Windsor'lı genç hekimin Perry'ye katkısından söz etmiyoruz. Ah! Hayır, şimdilik bütün başarı Perry'ye ait diyelim."

Mrs. Elton kısa bir süre sonra "Box Hill'deki partiden sonra sizinle görüşme şansımız olamadı, Miss Woodhouse," dedi. "Çok hoş bir geziydi ama eksik olan bir şeyler olduğunu düşünüyorum. Sanki birilerinin pek keyfi yok gibiydi. En azından bana öyle geldi ama yanılmış olabilirim. Yine de hoştu, tekrar böyle bir gezi düzenlense ne güzel olur. Ne dersiniz güzel havalar sürerken aynı grubu toplayıp yine Box Hill'e gitsek mi? Ama aynı grup olmalı, tam olarak aynı grup, bir kişi bile eksik olmamalı."

Kısa bir süre sonra dışarıda olan Miss Bates de eve döndü. Emma'nın hatırını sorması üzerine verdiği karmakarışık yanıtlar karşısında Emma ister istemez çok eğlendi, içinden gülmek geldi. Anlaşılan zavallı kadın neleri söyleyip neleri söyleyemeyeceğini aklında tutmaya çalışırken her şeyi söyleme güdüsünün baskısıyla ne diyeceğini şaşırmıştı.

"Çok teşekkür ederim, sevgili Miss Woodhouse, çok kibarsınız. Ne diyeceğimi bilemiyorum, söyleyemem ama yine de sizi gayet iyi anlıyorum. Sevgili Jane'in geleceği, yani şunu demek demiyorum ama çok iyileşti, Mr. Woodhouse nasıllar? Çok memnun oldum. Elimde değil. Benim gücümü aşıyor. Yuvarlanıp gidiyoruz işte. Gördüğünüz gibi pek güzel, küçük bir çevremiz var, evet, gerçekten öyle. Çok hoş bir genç adam!.. Yani, çok candan, Sevgili Mr. Perry diyorum! Jane'e öyle iyi baktı ki!"

Miss Bates bunları söyledikten sonra Mrs. Elton'a kendilerini ziyaret etmiş olduğu için olağanüstü bir minnet ve her zamankinin ötesinde bir sevinçle baktı. Emma onun bu hâlinden papaz evi sakinlerinin Jane'e biraz gücendiğini hatta sitem ettiğini ancak bunun şimdilik nezaket çerçevesinde aşılmış olduğunu anladı. Bunu teyit eden birkaç fısıldaşmadan sonra Mrs. Elton yeniden yüksek sesle konuşmaya başladı.

"Evet, işte yine buradayım, sevgili dostlarım," dedi. "O kadar uzun bir süredir buradayım ki başka yerde olsaydım özür dileme ihtiyacı duyardım ancak gerçek şu ki beyimi, efendimi bekliyorum. Kendisi de benimle burada buluşup size de saygılarını sunmak istediğini belirtti."

"Nasıl yani? Mr. Elton'ı burada ağırlama onuruna mı erişeceğiz? Bu gerçekten çok büyük bir nezaket! Erkeklerin sabah ziyaretlerini pek sevmediklerini bilirim, ayrıca Mr. Elton da çok meşgul bir insan."

"Kesinlikle öyle, Miss Bates, sabahtan akşama kadar hep meşgul. İnsanlar hiç durmadan şu ya da bu nedenle ona başvuruyorlar. Çevredeki tüm resmî görevliler, idareciler sürekli ondan akıl alıyor, sanki onsuz hiçbir şey yapmak istemiyorlar. Ona zaman zaman, 'Yemin ederim Mr. E, sizin yerinizde olmak istemezdim,' diyorum. 'Eğer bunun yarısı kadar gelenim olsaydı resim araç gereçlerimle müzik aletimi ne yapardım, hiç bilemiyorum.' Zaten böyle bir durum olmamasına rağmen onları bir süredir bağışlanamaz bir şekilde ihmal ettim. Sanırım on beş gündür bir nota bile çalmadım. Neyse, buraya gelecek, sizi ziyaret etmek istiyor; bir merhaba demek için." Sözlerini Emma'dan saklamak için elini ağzının kenarına götürerek ekledi. "Tebrik ziyareti, biliyorsunuz işte. Evet, olmazsa olmaz."

Miss Bates mutluluk içinde çevresine bakındı.

"Bana Knightley'nin yanından ayrılır ayrılmaz geleceğini söyledi, ikisi kapanıp oldukça önemli bir çalışma yapıyorlar. Biliyorsunuz, Mr. Elton Knightley'nin sağ kolu."

Emma gülmemek için kendini zor tutarak, yalnızca "Mr. Elton, Donwell'e yürüyerek mi gitti?" diye sordu. "Bu sıcakta çok terleyecek."

"Yoo! Hayır, Crown'da buluşacaklar, olağan bir toplantı bu. Weston'la Cole da olacaklar ama insan ister istemez yalnızca başı çekenlerin adını anma eğiliminde oluyor. Mr. Elton'la Knightley'nin her şeyi kendi bildikleri gibi yaptıklarından eminim."

"Günü karıştırmış olmayın?" dedi Emma. "Crown'daki toplantının yarın olduğunu sanıyorum. Mr. Knightley dün Hartfield'deydi ve bu toplantının cumartesi olacağından bahsetti."

"Yo! Hayır, toplantı kesinlikle bugün," dedi Mrs. Elton hemen. Bu da onun hata yapmış olabileceğine kesinlikle inanmadığını gösteriyordu. "Bu kadar sorunlu bir köy olamaz. Biz Maple Grove'da hiç böyle şeyler görmezdik."

"Oradaki cemaat buraya göre çok küçükmüş," dedi Jane.

"Hiç bilemiyorum canım, bu konudan söz edildiğini hiç duymadım."

"Sizden duyduklarıma dayanak söylüyorum, okulun küçüklüğü de bunu gösteriyor, kız kardeşiniz ve Mrs. Bragge'in himayesindeki okulda yalnızca yirmi beş öğrenci varmış."

"Ah! Ne kadar zekisin; bu çok doğru. Kafan ne kadar iyi çalışıyor! Sevgili Jane, eğer seninle ben tek bir vücut olsaydık kim bilir ne kadar mükemmel bir karakter ortaya çıkardı. Benim canlılığımla senin ağırbaşlılığın, direncin birleşince kusursuzluğa erişirdik. Sakın yanlış anlama, bazı kişilerin seni bu hâlinle kusursuz bulduklarını yadsımak gibi bir niyetim yok, asla ama şşş, istersen bundan hiç bahsetmeyelim, tek söz yok, anlarsın ya."

Gereksiz bir uyarıydı bu, Jane, Mrs. Elton'la değil, Miss Woodhouse'la konuşmak istiyordu ve Miss Woodhouse da bunu gayet iyi görebiliyordu. Mrs. Weston'a nezaket sınırları içinde zorunlu olarak yakın ilgi göstermeye çalıştığı çok belliydi ama bu dileğini çoğu zaman bakışlarıyla ifade etmekten öteye gidemiyordu.

O sırada Mr. Elton göründü ve karısı onu her zamanki gibi abartılı neşesiyle karşıladı.

"Siz sağ olun beyefendi, bravo size, beni buraya dostlarımızın başına, yük olmaya gönderiyorsunuz ama siz bir türlü gelmek bilmiyorsunuz. Nasıl olsa söz dinleyen, çok sadık eşle karşı karşıya olduğunuzu çok iyi biliyorsunuz. Efendim gelene kadar yerimden kıpırdamayacağımdan eminsiniz. Şurada bir saattir oturmuş bu genç hanımlara, insan kocasına nasıl itaat eder, nasıl uysal bir eş olunur diye örnek oluyorum. Kim bilir belki de yakında buna ihtiyaçları olur."

Mr. Elton o kadar terlemiş ve yorulmuştu ki bu söylenenleri tam olarak algılayamadı bile. Sanki kafası yerinde değildi.

Hanımlara gereken nezaketi gösterdikten sonra hemen sıcak nedeniyle çektiği sıkıntıdan ve boşu boşuna yürümüş olmaktan yakındı.

"Donwell'e gittiğimde," dedi, "Knightley'yi bulamadım. Çok tuhaf! Hiç beklenmedik bir durum! Ona bu sabah gönderdiğim mektuba ve yanıt olarak gönderdiği nota göre saat birde evde olacaktı."

Karısı, "Donwell mi!" diye haykırdı. "Sevgili Mr. E, siz Donwell'e gitmeyecektiniz ki! Crown demek istediniz, değil mi? Crown'daki toplantıdan geliyor olmalısınız."

"Hayır, hayır; o toplantı yarın. Ben bugün özellikle o toplantı için Knightley'yi görmek istemiştim. Ah, ne kavurucu bir sıcak! Tanrım! Üstüne üstlük bir de açık arazide yürüdüm (bunları söylerken sesinde çok büyük yakınma vardı) daha da kötü oldum. Üstelik onu evde bulamadım! Emin olun bu hiç hoşuma gitmedi. İnsan bir mazeret bildirip özür diler. Mesaj da bırakmamış. Kâhyası da benim geleceğimden haberinin olmadığını bildirdi. Çok ilginç! Hiç kimse nereye gittiğini bilmiyordu. Belki Hartfield'e, belki Abbey Mill'e, belki de ormana. Miss Woodhouse, dostumuz Knightley hiç böyle şey yapmaz. Sizin aklınıza bir açıklama geliyor mu?"

Emma, bunun gerçekten çok olağandışı bir durum olduğunu ve aklına bir açıklama gelmediği söylüyor ama içinden çok eğleniyordu.

Mrs. Elton, duyarlı bir eşin hissetmesi gereken gurur kırıklığıyla "İnanamıyorum," dedi. "Böyle bir şeyi, hem de sana, nasıl yapabildi? Olacak şey değil! Şu hayatta unutulabileceğini düşündüğüm son insana! Sevgili Mr. E, sizin için muhakkak bir mesaj bırakmıştır, bırakmış olmalı. Knightley bile bu kadar eksantrik olamaz; hizmetkârları unutmuştur.

Bence Donwell'deki hizmetkârların unutmuş olmaları çok muhtemel, sık sık gözlemlediğim gibi hepsi son derecede beceriksiz, umursamaz ve tembel tipler. Eminim ki Harry gibi biri hiçbir şekilde bizim mutfağımızda olamazdı, buna katlanamam. Mrs. Hodges'a gelince, Wright onu da çok sıradan buluyor. Wright'a bir yemek tarifi göndermeye söz vermiş ve onu bile göndermemiş."

"Donwell'e yaklaşırken William Larkins'e rastladım," diye ekledi Mr. Elton. "Efendisini evde bulamayacağımı söyledi ama ona inanmadım. William keyifsiz görünüyordu. Son zamanlarda efendisine ne olduğunu anlayamıyormuş, kendisiyle hiç konuşamadığını söyledi. William'ın ne düşündüğü beni hiç ilgilendirmiyor ama bugün Mr. Knightley'yi görmek benim için çok önemliydi; bu yüzden de bu sıcak havada boşu boşuna bu kadar yürümüş olmak beni çok rahatsız etti."

Emma hemen kalkıp eve gitmesinin doğru olacağını hissetti. Orada bekleniyor olmalıydı. Böylece belki Mr. Knightley'yi William Larkins'in değilse bile Mr. Elton'ın öfkesine hazırlıksız yakalanmaktan kurtarabilirdi.

Emma oradan ayrılırken Miss Fairfax'in kendisine aşağıya kadar eşlik etmeye niyetli olduğunu görünce çok memnun oldu. Bu fırsattan yararlanarak "Belki de böylesi daha iyi oldu," dedi. "Çevreniz dostlarla sarılı olmasaydı ben kendimi tutamayıp konuyu açar, sorular sorar ve doğru olmadığı kadar açık konuşabilirdim. İçimden bir ses ölçüyü kaçırabilirdin, diyor."

"Ah!" dedi Jane, kızarıp duraksayarak. Emma ondaki bu değişimin ona her zamanki zarafetinden, sakin soğukkanlı hâlinden daha çok yakıştığını düşündü. "Böyle bir tehlike yoktu. Asıl ben sizin başınızı şişirebilirdim. Gösterdiğiniz ilgiyle beni onurlandırdınız, size gerçekten minnettarım, Miss Woodhouse." Daha sakin ve ağırbaşlı konuşuyordu. "Hatalı, çok hatalı davrandığımın bilinciyle bana değer veren, hakkımda iyi şeyler düşünmelerini istediğim dostlarımın benden o kadar da nefret etmediklerini görmek en büyük tesellim. Ne yazık ki söylemek istediklerimin yarısını bile söyleyecek kadar zamanım yok. Özür dilemek, gerekçelerimi anlatmak, bağışlanmayı dilemek istiyorum. Buna çok ihtiyaç duyuyorum ama ne yazık ki... yani eğer merhamet eder..."

Emma onun elini tutarak sıcak bir sesle, "Ah!" dedi. "Çok ince düşünüyorsunuz, gerçekten de bu kadarı çok fazla!" diye haykırdı. "Bana özür borcunuz yok, özür borcunuz olduğunu sandığınız insanlar da öyle mutlu, öyle mesutlar ki–"

"Çok naziksiniz ama size karşı olan kaba davranışlarımın bilincindeyim. Hepsi o kadar soğuk ve yapmacıktı ki! Hep rol yapmak zorunda kaldım. Yalan dolanla dolu bir yaşamdı benimki! Benden nefret etmiş olmalısınız."

"Lütfen böyle şeyler söylemeyin. Asıl özür dilemesi gereken benim, en azından ben öyle düşünüyorum. Bu konuyu daha fazla konuşmadan birbirimizi bağışlayalım ve olanları unutalım. Yapılması gerekeni en hızlı şekilde yapmalıyız, bir de bu yüzden zaman kaybetmeyelim. Umarım Windsor'dan iyi haberler alıyorsunuzdur?"

"Çok."

"Ne yazık ki bir sonraki haber de tam sizi tanımaya başlamışken sizi kaybedeceğimiz olacak."

"Ah! O konuda henüz kararlaştırılmış bir şey yok. Albay ve Mrs. Campbell gelene kadar buradayım."

"Şimdilik hiçbir şey tam olarak kesinleşmiş olmayabilir," dedi Emma gülümseyerek. "Beni bağışlayın ama bu konunun düşünülmesi gerekir, düşünülüyordur da."

Gülümsemesi aynı şekilde karşılık gördü ve Jane "Çok haklısınız, düşünüldü," dedi. "Size açıklayacağım (bunun aramızda kalacağından eminim), Mr. Churchill'le birlikte Enscombe'da yaşamamız kararlaştırıldı. Üç ay kadar Mrs. Churchill'in yas süresini beklememiz gerekiyor, sonrasında sanırım pek fazla beklememiz gerekmeyecek."

"Teşekkür ederim, çok teşekkür ederim, sağ olun. Ben de bunu öğrenmek istiyordum. Ah! Karara bağlanmış ve açık olan şeyleri ne çok sevdiğimi bir bilseniz! Hoşça kalın, hoşça kalın."

BÖLÜM 53

Mrs. Weston'ın tüm yakın dostları onun sağlıklı bir doğum yapmış olmasından dolayı mutluydular, bu konuda Emma'nın mutluluğunu daha da artıran bir şey daha vardı ki o da Mrs. Weston'ın dünyaya getirdiği çocuğun kız olmasıydı. Emma en başından beri hep küçük bir Miss Weston istemişti. Küçük kızı Isabella'nın oğullarından biriyle evlendirmek gibi bir niyeti var mıydı bilinmez ama bir kız çocuğun anneye de babaya da daha uygun olacağına inanıyordu. Mr. Weston yaşlandığında –ki on yıl sonra Mr. Weston da yaşlanmaya başlayacaktı–, evden asla ayrılmayacak bir kız çocuğu yaramazlıkları, şakaları, kaprisleri ve hayalleriyle sıcak yuvalarının mutluluğu olacaktı. Mrs. Weston'a gelince, bir kız çocuğunun onun için çok şey ifade edeceğinde hiç kuşku yoktu. Üstelik kız çocuk eğitimi konusunda onun kadar deneyimli ve başarılı biri bu yeteneğini yeniden kullanma fırsatı bulamasa çok yazık olurdu.

"Biliyorsunuz, benim üzerimde deneyim kazanma olanağı oldu," dedi Emma, Mr. Knightley'ye. "Tıpkı *Madam de Genlis*'in Adelaide ve Theodore'sindeki Baronne d'Almane'ın Kontes d'Ostabs'e* yaptığı gibi. Şimdi onun kendi küçük Adelaide'inin ne kadar kusursuz bir şekilde eğitileceğini göreceğiz."

---

* Caroline-Stéphanie-Félicité, Madame de Genlis (25 Ocak 1746 – 31 Aralık 1830) Fransız yazar; romanları ve çocuk eğitimi teorileriyle tanınır. (Ç.N.)

Mr. Knightley "Yani," dedi. "Onu seni şımarttığından bile çok şımartacak ama şımartmadığına inanacak. Tek fark bu."

"Zavallı çocuk!" diye bağırdı Emma. "Nasıl biri olacak acaba?"

"Kötü olmaz. Binlerce çocukla aynı kaderi paylaşır. Çocukluğunda yaramaz ve huysuz olur ama büyüdükçe kendini toparlar. Şımarık çocukları artık eskisi kadar kınayamıyorum, sevgili Emma. Ben ki bütün mutluluğumu sana borçluyum, onlara kızmam korkunç bir nankörlük olmaz mı?"

"Ama başkaları beni şımartırken siz aksi yöndeki davranışlarınızla bana çok yardımcı oldunuz. Siz olmasaydınız salt kendi aklımla düzelebilir miydim, hiç bilmiyorum," dedi Emma gülerek.

"Öyle mi düşünüyorsun? Benim buna hiç kuşkum yok. Doğa sana zekâ ve akıl vermiş, Mrs. Taylor da gerekli ilkeleri kazandırdı. Nasıl olsa iyi biri olacaktın. Ben karışarak iyilikten çok kötülük yapmış olabilirdim. "Bu adamın bana akıl vermeye ne hakkı var?' diyebilirdin, bu çok doğaldı ve korkarım bu işi çok itici bir şekilde yaptığımı düşünüyordun. Sana iyilik ettiğime inanmıyorum. Ben asıl iyiliği kendime ettim, seni kendim için bir sevgi odağı hâline getirerek. Seni tüm kusurlarına rağmen her zaman sevgiyle düşünmekten kendimi alamıyordum ve kusurlarını düzelteceğim derken daha sen on üç yaşındayken sana âşık oldum."

"Bana çok yararlı olduğunuza eminim!" diye haykırdı Emma. "Çoğu zaman beni doğru yönde etkilediniz, her ne kadar o sırada bunu kabul etmek istememiş olsam da. Bana çok yararınız dokunduğundan eminim. Şimdi de eğer zavallı, minik Anna Weston şımartılacaksa benim için yaptıklarınızı onun için de yapmak insanlık göreviniz olacaktır, on üç yaşına geldiğinde ona âşık olmak dışında tabii."

"Küçük bir kızken bana defalarca onaylamayacağımı bildiğin bir şey yaparken o güzel hınzır bakışlarınla bakıp 'Mr. Knightley, bunu yapacağım, babam izin verdi,' ya da 'Mrs. Taylor'dan izin aldım,' dediğini anımsıyor musun? Böyle zamanlarda sana karışmam seni çok üzmüş olmalı."

"Ne kadar sevimli bir yaratıkmışım! Sözlerimi böyle sevgiyle anımsamanıza şaşıyorum."

"*Mr. Knightley.* Bana hep *Mr. Knightley*, derdin. Buna alıştığım için öyle çok resmî bir hitap gibi gelmiyor ama aslında resmî bir hitap şekli bu. Bana başka bir biçimde hitap etmeni istiyorum ama ne olduğunu bilmiyorum."

"On yıl kadar önce size bir defasında, *George,* dediğimi anımsıyorum. Bunu sizi kızdıracağını düşündüğüm için yapmıştım ama itiraz etmediğiniz için bir daha yapmadım."

"Peki bundan sonra bana *George* diyemez misin?"

"Hayır, mümkün değil! Size *Mr. Knightley*'den başka bir şekilde hitap etmem mümkün değil. Hatta size Mrs. Elton'ın o zarif kısaltmasına uyup *Mr. K.* bile demem olanaksız ama..." Emma bir an duraksadıktan sonra yanakları pembeleşerek ve gülerek ekledi: "Yine de size bir kez küçük adınızla hitap edeceğime söz verebilirim. Ne zaman olacağını söyleyemem ama nerede olacağını sanırım tahmin edebilirsiniz, hani iki kişinin birbirlerine 'İyi günde kötü günde' diye söz verdikleri yerde."

Emma bir konuda daha genç adamın sağduyusuna güvenmeyip kendi başını derde soktuğu için üzülüyordu. Harriet Smith'le kurduğu belirli bir amaca yönelik arkadaşlık konusunda diretmeyip genç adamın öğütlerini dinlemiş olsaydı kendini tüm bu kadınca kuruntulardan kurtarmış olacaktı. Aslında bu değinmek bile istemediği kadar hassas bir konuydu ve bu konuya hiç girmiyordu. Harriet'ten çok az bahsediyorlardı. Mr. Knightley'nin onu anmamasının nedeni onu pek düşünmemesi olabilirdi ama Emma genç adamın gördüğü ve hissettiği bazı şeylerden Harriet'le dostluklarının zayıfladığından kuşku duyduğunu ancak nezaketinden bunu dile getirmediğini anlıyordu. Başka koşullar altında ayrılmış olsalar çok daha fazla yazışacaklarının ve Harriet hakkındaki bilgisinin Isabella'nın mektuplarıyla sınırlı olamayacağının bilincindeydi. Mr. Knightley de bunu fark etmiş olmalıydı. Ondan bir şeyleri gizlemenin acısı da Harriet'i mutsuz etmiş olmanın acısından daha az değildi.

Beklendiği gibi Isabella misafiri konusunda ayrıntılı bilgi veriyordu; Harriet oraya ilk gittiğinde keyifsizdi, Isabella bunun dişçiye gidecek olmasından kaynaklandığını ve çok normal olduğunu düşünmüştü. Bu iş bittiğindeyse Harriet eski bildiği Harriet olmuştu. Gerçi Isabella pek iyi bir gözlemci sayılmazdı ama eğer Harriet'in çocuklarla oynayacak morali olmasaydı bunu kesinlikle fark ederdi. Harriet'in misafirliği uzadıkça Emma'nın da huzuru ve umudu arttı, on beş gün için gitmesine rağmen en az bir ay kalacaktı. Mr. ve Mrs. John Knightley ağustos ayında Highbury'ye gelecek ve onu da yanlarında getireceklerdi.

"John arkadaşından bahsetmiyor bile," dedi Mr. Knightley. "Eğer görmek istersen mektubu burada."

Bu Mr. Knightley'nin evlenme kararını bildirdiği mektuba yanıt olarak gelen mektuptu. Emma büyük bir heves ve heyecanla mektubu aldı, Mr. John Knightley'nin ne düşündüğünü öğrenmek için sabırsızlanıyordu ve arkadaşının adının geçmemesi umurunda bile değildi.

"John bir kardeş olarak benim mutluluğumu paylaşıyor," diye ekledi Mr. Knightley. "Ama bilirsin o iltifat etmeyi pek beceremez. Onu tanıyorum, sana karşı bir ağabey sevgisi hissettiğini çok iyi biliyorum ancak bunu göstermekten, süslü sözcükler etmekten öylesine uzak ki başka bir genç kadın olsa onun tavrını fazla soğuk bulabilirdi ama ben senin onun yazdıklarını görmenden korkmuyor, onu anlayacağını biliyorum. "

Emma mektubu okuduktan sonra "Sağduyulu bir adam gibi yazmış," dedi. "Onun içtenliğine saygı duyuyorum. Sizinle nişanlanacak olduğum için beni şanslı gördüğü çok açık, zamanla olgunlaşıp, sizin sevginizi hak edeceğime inanıyor; her ne kadar siz zaten hak ettiğime inansanız da. Farklı bir yorum yapmış olsaydı ona inanmazdım."

"Emmacığım, öyle bir şey demek istemiyor. Demek istediği yalnızca–"

Emma ciddi bir yüz ifadesiyle ancak yine de gülümseyerek "Eğer bu konuyu çekinmeden, formaliteye gerek kalmadan konuşabilseydik o da görüşlerimiz arasında onun sandığından da az fark olduğunu görecekti," diyerek sözünü kesti.

"Emma, sevgili Emma'm..."

Emma gerçek, samimi bir neşeyle "Ah! Ah!" dedi. "Eğer ağabeyinizin bana karşı adil davranmadığına inanıyorsanız, babamın bu sırrımızı öğrenmesini ve düşüncelerini açıklamasını beklemelisiniz. Görün bakın! İnanın bana, o size haksızlık etmekten çok daha fazlasını yapacaktır. Asıl mutlu olması gerekenin, çok şanslı olanın siz olduğunuzu, benim sahip olduğum meziyetlerle çok daha fazlasını hak ettiğimi düşünecektir. Umarım onun gözünde bir anda, 'zavallı Emma' olup çıkmam. Onun değeri bilinmeyen, ezilen insanlara duyduğu acımayı belirtme şekli genellikle budur, bundan öteye gitmez."

Mr. Knightley "Ah!" diye haykırdı. "Keşke baban da bizim birlikte mutlu olmaya birbirinin dengi iki insan olarak hakkımız olduğuna John'ın yarısı kadar kolay ikna olsa. John'ın mektubunun bir bölümü beni çok eğlendirdi, senin de dikkatini çekti mi? Bu haberin onu şaşırtmadığını, zaten böyle bir şey duymayı beklediğini yazmış."

"Eğer ağabeyinizin demek istediğini doğru anlıyorsam kastettiği yalnızca sizin evlenmek gibi bir fikrinizin olduğu. Ben aklına bile gelmemişim. Buna hiç hazır olmadığı o kadar belli ki."

"Evet, evet ama duygularımı bu denli sezebilmiş olması beni çok eğlendirdi. Acaba nasıl anladı? Bu sıralarda ruh hâlimde ya da konuşmalarımda onu evlenmeye hazırlandığımı düşündürebilecek değişiklikler olduğunun farkında değildim ama bir şekilde sezmiş işte. Herhâlde geçen gün onlarla beraberken bir şeyler hissetti. Çocuklarla her zamanki kadar oynamadığım için olabilir. Bir akşam zavallı çocukların, "Amcam artık hep yorgun görünüyor,' dediklerini anımsıyorum."

Bu haberin yayılmasının ve diğer insanların da tepkilerini alma zamanı geliyordu. Mrs. Weston yeterince iyileşip, Mr. Woodhouse da onu ziyaret etmeye başlayınca Emma onun sağduyulu, yumuşak önerilerine ihtiyaç duyabileceğini düşünerek ona bu konuyu önce evlerinde, sonra Randalls'ta açtı. Şimdi de babasına açacaktı! Bunu Mr. Knightley'nin olmadığı bir zamanda yapmaya karar vermişti, eğer gerekli cesareti bulamazsa erteleyecek, Mr. Knightley'nin gelip konuya girmesini bekleyecekti. Emma kendisini konuşmaya zorladı; konuşurken neşeli görünmek zorunda olduğunu biliyordu. Hüzünlü bir ses tonuyla konuşarak babası için bu konuyu daha da hüzünlü bir hâle getirmemeliydi. Bunu bir talihsizlikmiş gibi görmesine fırsat vermemeliydi. Elinden geldiği kadar neşeli olmaya çalışarak önce babasını olağandışı bir şey duymaya hazırladı ve sonra birkaç kelimeyle eğer onaylayıp rıza gösterirse, ki onaylayacağına inanıyordu, herkesi mutlu edecek bir planı olduğunu, Mr. Knightley'le evlenmeyi düşündüklerini, evlenirlerse kızları ve Mrs. Weston'dan sonra dünyada en çok sevdiği insanın Hartfield sakinleri arasına katılacağını söyledi.

Zavallı adamcağız! Bu onun için çok büyük bir şoktu ve ilk anda kızını bundan vazgeçirmeye çalıştı. Emma'ya defalarca asla evlenmeyeceğini söylediğini anımsattı, Emma'yı bekâr kalmasının çok daha iyi olacağına ikna etmeye çalıştı, zavallı Isabella ve zavallı Mrs. Taylor'dan bahsetti ama yararı olmadı. Emma sevgiyle ona sarıldı ve gülümseyerek bunun böyle olması gerektiğini, kendisini evlenerek Hartfield'den kopan, arkalarında üzücü bir boşluk bırakan Isabella ve Mrs. Weston'la bir tutmaması gerektiğini söyledi. O Hartfield'den ayrılmayacaktı, hep orada olacaktı, rahatlarını ya da huzurlarını kaçıracak bir şey yapmıyordu; ayrıca bir kez bu fikre alıştıktan sonra Mr. Knightley'nin her zaman elinin altında bulunmasından büyük mutluluk duyacağına inanıyordu. Mr. Knightley'yi zaten çok sevmiyor muydu? Mr. Woodhouse'un bunu yadsımayacağından emindi. İş konularını Mr. Knightley'den başka kime danışıyordu ki? Onun dışında kim ona bu kadar yararlı olmuştu, kim onun mektuplarını yazmaya her an hazırdı, kim ona yardım etmekten zevk alıyordu? Kim onun kadar neşeli, özenliydi; kim onu onun kadar anlıyor, candan seviyordu? Onun her zaman yanında olmasını istemez miydi? Evet. Bunların hepsi doğruydu. Mr. Knightley oraya ne kadar sık gelse ona az geliyordu, onu her gün görebilse daha mutlu olurdu ama şu sıralar zaten her gün görüyordu. Neden aynı şekilde yaşamaya devam etmiyorlardı?

Mr. Woodhouse kolay ikna olacak gibi değildi ama işin en zor tarafı halledilmişti, bu karar açıklanmıştı, gerisini zaman ve konunun sürekli gündeme getirilmesi çözecekti. Emma'nın yalvarmalarını ve güvencelerini Mr. Knightley'ninkiler izledi. Mr. Knightley'nin Emma'yı çok büyük bir sevgiyle övmesi yaşlı adamın konuya daha hoş bir gözle bakmasını sağladı ve çok geçmeden Mr. Woodhouse da her ikisinin de her fırsatta bu konuyu açmasına alışmaya başladı. Isabella da yazdığı olumlu ve onaylayıcı mektuplarla elinden gelen yardımı yapıyor, bu evliliği ne kadar desteklediğini anlatıyordu. Mrs. Weston da ilk buluşmalarında konuyu en yararlı olabilecek şekilde ele almaya hazırdı; öncelikle bunun verilmiş bir karar, sonra da çok doğru bir karar olduğunu söyleyecekti, her iki noktanın da Mr. Woodhouse'un zihninde eşit öneme sahip olduğunu biliyordu. Ne yapılacağı konusunda anlaşmışlardı, Mr. Woodhouse'un akıl danıştığı herkes ona bu evliliğin onu çok mutlu edeceğini söylüyordu. Aslında kendisinin içinden de bu evliliği onaylamak geliyordu, günün birinde belki bir, belki iki yıl sonra, bu evliliğin gerçekleşmesi o kadar da kötü olmayabilir, diye düşünüyordu.

Mr. Weston'a gelince, bu evliliğin gerçekleşmesine olumlu baktığını söylerken Mr. Woodhouse'a yalan söylemiyor, ikiyüzlülük yapmıyordu. Emma bu konuyu ona açtığında ilk anda yaşamı boyunca hiç şaşırmadığı kadar şaşırmış ancak bunun herkesin mutluluğuna mutluluk katacağına inandığı için bu konuda olumlu karar vermesi için Mr. Woodhouse'a ısrar etmekte bir an bile tereddüt etmemişti. Mr. Knightley'ye karşı çok büyük bir saygısı vardı, ona hayranlık duyuyor ve onun çok sevgili Emma'sını hak ettiğini düşünüyordu. Bu her açıdan çok uygun, mantıklı, hoş ve kusursuz bir evlilik olacaktı. Bu öylesine önemli, öylesine yerinde ve öylesine talihli bir karardı ki! Mrs. Weston'a Emma başka hiçbir erkeği sevemezmiş, hiçbir erkeğe ona olduğu kadar yakışmazmış gibi geliyor; bunu çok daha önce kendisi akıl edip söylemediği için kendisinin dünyanın en aptal yaratığı olduğuna inanıyordu. Emma'ya evlenme teklif edecek hangi erkek onu Hartfield'de yaşamak için kendi evinden vazgeçecek kadar sevebilirdi? Mr. Knightley dışında kim bu evliliği her an Mr. Woodhouse'a katlanacak kadar isteyebilirdi! Mr. Woodhouse'un nasıl mutlu edilebileceği konusunu kendisi de kocasıyla Emma'yla Frank arasındaki evlilik planlarında düşünmüşlerdi. Enscombe ve Hartfield'in taleplerinin nasıl çözülebileceği hep bir engel olarak karşılarına çıkmıştı. Gerçi Mr. Weston bu konuyu pek o kadar dile getirmemişti ama sonuçta o bile "Bu gibi konular kendiliğinden hallolur, gençler bir yolunu bulur," diyerek konuyu kapatma gereği duymuştu. Bu durumda ise bu konunun üzerinde fazla düşünmeye gerek yoktu. Değiştirilecek bir şey yoktu. Her şey doğruydu, açıktı ve eşitti. İki taraf için de anılmaya değer bir özveri söz konusu değildi. Bu, bir bütün olarak çok büyük mutluluk vadeden bir birliktelikti ve itiraz edilecek, ertelenmesini gerektirecek gerçek, mantıklı tek bir engel bile söz konusu değildi.

Kucağında bebeğini sallayan Mrs. Weston bunları düşünürken kendini dünyanın en mutlu kadınlarından biri olarak hissediyordu. Onun bu mutluluğunu artıracak bir şey varsa o da bebeğin yakında ilk başlıklarına sığamayacak kadar büyüdüğünü görmek olacaktı.

Emma'yla Mr. Knightley'nin evlenecekleri haberi ulaştığı her yerde büyük bir şaşkınlıkla karşılandı. Mr. Weston da bundan payını aldı ama onun şaşkınlığı yalnızca beş dakika sürdü, bu beş dakika onun hızlı çalışan beyninin bu fikre alışması için yeterliydi. Bu evliliğin avantajlarını gördü ve bundan dolayı karısı kadar içten duygularla mutlu oldu, az sonra bunu şaşırtıcı bile bulmayacak bir noktaya gelmişti; bir saatin sonunda ise neredeyse bunu hep öngördüğüne inanabilecek bir noktadaydı.

"Anladığım kadarıyla bunun gizli kalması gerekiyor," dedi. "Böyle konular hep gizlidir, ta ki herkesin bildiği ortaya çıkana kadar. Bundan ne zaman açık açık bahsedebileceğimi söyleyin bana. Acaba Jane anlamış mıdır?"

Ertesi sabah Highbury'ye gitti ve bu konudaki merakını tatmin etti. Jane'e haberi verdi. Ne de olsa Jane onun kızı, büyük kızı sayılmaz mıydı? Ona söylemesi gerekirdi ancak Miss Bates de orada olduğu için konu doğal olarak çok geçmeden Mrs. Cole'un, Mrs. Perry'nin ve Mrs. Elton'ın kulağına da ulaştı. Bu konunun esas kişilerinin hazırlıksız olduğu bir durum değildi, Randalls'takilerin öğrenmesinden kısa bir süre sonra Highbury'ye yayılacağını hesap etmişlerdi ve o akşam çok büyük bir olasılıkla birçok ailede akşamın şaşırtıcı olayı olarak kendilerinden bahsedileceğini biliyorlardı.

Bu genel anlamda herkes tarafından onaylanan bir evlilik oldu. Bazıları genç kızın bazıları da adamın şanslı olduğunu söyledi. Bazıları hepsinin Donwell'e taşınmasını ve Hartfield'i John Knightley'ye bırakmalarını tavsiye ediyorlardı, diğerleri ise hizmetkârlar arasında ciddi anlaşmazlıkların çıkabileceğini öngörüyordu ama genel anlamda papaz evi dışında bu evliliğe ciddi bir itiraz gelmedi. Orada bu şaşkınlığı yumuşatacak hiçbir mutluluk sözcüğü duyulmadı. Aslında Mr. Elton bunu karısından daha az önemsedi, yalnızca "Genç hanımın gururu böylece tatmin olmuştur," demekle yetindi ve onun oldubitti "Knightley'yi tavlamaya çalıştığını" tahmin ettiğini belirtti. Hartfield'de yaşama konusuna gelince göğsünü gere gere "Tanrı beni böyle bir şeyden korusun, iyi ki onun yerinde değilim!" deme cesaretini gösterdi. Mrs. Elton ise tam anlamıyla yıkılmıştı. "Zavallı Knightley! Zavallı adamcağız! Yazık oldu ona. Çok üzüldüm," diyordu. Mr. Knightley eksantrik bir adam olmasına rağmen binlerce iyi yanı vardı ve bu yüzden onun için çok üzülüyordu. Nasıl kanmıştı? Bunu nasıl yapabilmişti? Mr. Knightley'nin âşık olduğunu hiç sanmıyordu. Hem de hiç! Zavallı Knightley... Artık onunla keyifli ilişkileri, hoş sohbetleri son bulacaktı. Ne zaman çağırsalar yemeğe gelebiliyordu ama artık bu da son bulacaktı, Her şey bitecekti! Zavallı adam! Artık Mrs. Elton için Donwell'de keşif gezileri de düzenlenemezdi. Ah, hayır, artık her şeyin tadını kaçıracak bir Mrs. Knightley olacaktı. Bu berbat bir durumdu, daha geçen gün kâhya kadına söylediği kötü şeyler için de hiç pişman değildi. İki evin birleşmesi akıl almaz bir plandı. Asla yürümeyecekti. Maple Grove yakınlarında böyle bir şeyi deneyen bir aile biliyordu, aynı şeyi denemişler ve daha üç ay dolmadan ayrılmak zorunda kalmışlardı.

BÖLÜM 54

Zaman geçti. Birkaç gün sonra Londra'dakiler gelecekti. Bu endişe verici bir bekleyişti. Emma bir sabah oturmuş, onu çok heyecanlandıran ve endişelendiren bu durumu düşünüyordu ki Mr. Knightley geldi ve böylece tüm bu kasvetli düşünceler rafa kalktı. Keyifli selamlaşmaların ve havadan sudan sohbetlerin ardından Mr. Knightley bir anda sustu ve sonra ciddi bir ses tonuyla "Sana söylemem gereken bir şey var, Emma," dedi. "Bir haber."

Emma hemen merakla onun yüzüne bakarak "İyi mi, kötü mü?" diye sordu.

"İyi mi, kötü mü bilemiyorum."

"Ah! Bence iyidir. Yüzündeki ifadeden öyle anlıyorum. Gülümsememeye çalışıyorsun."

Mr. Knightley yüz ifadesine hâkim olmaya çalışarak "Korkarım, Emmacığım," dedi. "Sen bunu duyduğun zaman gülümsemeyeceksin."

"Sahi mi? Neden ki? Seni mutlu eden bir şeyin beni de mutlu etmeyeceğini hayal bile edemiyorum."

"Üzerinde anlaşamadığımız bir konu," dedi genç adam. "Umarım yalnızca tek bir konu olarak da kalır çünkü bu konuda kesinlikle aynı düşünmüyoruz." Bir an durdu ve gözlerini genç kızın yüzüne dikip yeniden gülümseyerek "Aklına hiçbir şey gelmiyor mu? Anımsıyor musun? Harriet Smith desem?" dedi.

Bu adı duyunca Emma'nın yanakları kıpkırmızı oldu ve içini nedenini bilmediği bir korku sardı.

"Haberi bu sabah onun kendisinden duymadın mı?" diye sordu Mr. Knightley. "Eminim ki duymuşsundur ve her şeyi biliyorsundur."

"Hayır, duymadım; hiçbir şey bilmiyorum, lütfen ne oldu anlat bana."

"Anladığım kadarıyla en kötüyü duymaya hazırsın ve bu gerçekten de senin açından çok kötü. Harriet Smith, Robert Martin'le evleniyor."

Emma çok şaşırdı, buna hiç de hazır olmadığı anlaşılıyordu, kocaman açılan gözleri "Hayır, bu olanaksız!" derken dudakları kapalıydı.

"Gerçekten öyle!" diye ekledi Mr. Knightley. "Bunu Robert Martin'den duydum. Kendisi söyledi. Yanımdan ayrılalı yarım saat bile olmadı."

Emma onu şaşkınlık içinde süzüyordu, dili tutulmuş gibiydi.

"Tam da korktuğum gibi, bu durum senin hiç hoşuna gitmedi, öyle değil mi Emmacığım? Keşke bu konudaki fikirlerimiz de aynı olsaydı. Ama zamanla sanırım bu da olur. Şundan emin ol ki zaman içinde ikimizden birinin bu konudaki fikri değişecek. En iyisi o zamana kadar bu konu üzerinde pek fazla konuşmamak."

Emma kendini konuşmaya zorlayarak "Beni yanlış anlıyorsun, çok yanlış anlıyorsun," dedi. "Bu durum beni mutsuz ettiği için değil, inanamadığım için çok şaşırdım. Bu imkânsız. Harriet Smith, Robert Martin'in teklifini kabul etmiş olamaz. Robert Martin ona yeniden evlilik teklif etmiş olamaz. Yalnızca buna niyeti olabilir."

"Teklif ettiğini ve kabul edildiğini söylüyorum," dedi Mr. Knightley. Gülümsüyordu ama yüzünde ciddi bir ifade vardı.

"Aman Tanrım!" diye haykırdı Emma. "Bak şu işe!" Sonra yüz ifadesinden çok rahatladığının ve sevindiğinin anlaşılmaması için bir bahane bularak elişi sepetine eğildi. "Hadi şimdi bana her şeyi anlat lütfen. Nasıl, nerede, ne zaman? Her şeyi öğrenmek istiyorum. Hiç bu kadar şaşırmamıştım ama inan bana, bunun nedeni mutsuz olmam değil. Nasıl, bu nasıl mümkün olabilir?"

"Çok basit bir öykü bu. Robert Martin üç gün önce iş için şehre gitti. John'a göndermek istediğim bazı belgeler vardı, ondan bunları götürmesini istedim. Bu belgeleri John'un yazıhanesine götürmüş ve belgeleri teslim ederken John tarafından o akşam *Astley*'e* davet edilmiş. Bizimkiler iki oğlanı sirke götürüyorlarmış. Yani kardeşlerimiz, Henry, John ve Miss Smith'ten oluşan bir grup. Robert itiraz edememiş. Giderken onu da almışlar, hepsi çok eğlenmişler; John ertesi akşam için onu yemeğe davet etmiş, o da bunu kabul etmiş ve anladığım kadarıyla bu ziyaret sırasında Harriet'le konuşma fırsatı bulmuş ve belli ki boş da konuşmamış. Harriet onun teklifini kabul ederek ona hak ettiği mutluluğu bahşetmiş. Robert Martin dünkü posta arabasıyla buraya dönmüş, bu sabah kahvaltıdan hemen sonra yanıma geldi. Önce benim işlerimi sonra da kendi durumunu anlattı. Nasıl, nerede ve ne zaman ile ilgili tek bildiğim bu. Arkadaşın Harriet'i gördüğünde sana uzun uzun anlatacaktır. Ancak kadınlar için anlamlı olabilecek tüm ince ayrıntıları verecektir. Biz erkekler konuşmalarımızda yalnızca temel şeylerle ilgileniriz. Ancak şunu belirtmeliyim ki Robert Martin'in kalbi Harriet'le dopdoluydu, mutluluktan uçuyordu. Fazla üstünde durmadan Astley'deki localarından çıktıklarında ağabeyimin, Mrs. John

---

* Astley Amfitiyatrosu: Londra'daki Philip Astley tarafından 18. yüzyılda kurulan ünlü performans mekânı/sirk. Günümüzde hâlen kullanılan sirk yüzüğünü keşfeden Philip Astley "modern sirklerin babası" olarak kabul edilmektedir. (Ç.N.)

Knightley ve küçük John'la ilgilendiğini, kendisinin de Miss Smith ve Henry'yle ilgilendiğini sonra bir ara kalabalığın içinde yalnız kaldıklarını ve Miss Smith'in bundan tedirgin olduğunu söyledi."

Mr. Knightley durdu. Emma bir şey söylemeye cesaret edemiyordu. Konuşursa akıl almaz mutluluğunu ele vereceğinden emindi. Biraz beklemeliydi yoksa Mr. Knightley onun deli olduğunu düşünebilirdi. Emma'nın sessizliği genç adamı rahatsız etti ve bir süre onu izledikten sonra ekledi:

"Emma, sevgilim, bu durumun artık seni mutsuz etmediğini söyledin ama korkarım bu seni beklediğinden fazla üzdü. Genç adamın konumu sana göre kötü ama arkadaşını neyin tatmin edeceğini de düşünmelisin. Ben Robert Martin'i tanıdıkça onun hakkında daha iyi düşüneceğinden eminim. Onun sağduyusu ve ilkelerine bağlılığı hoşuna gidecektir, o akıllı ve ahlaklı bir insan. Emin ol arkadaşın daha iyi ellerde olamazdı. Toplum içindeki konumunu eğer elimde olsaydı değiştirirdim ama inan bana bu hiç de kolay bir şey değil Emma. William Larkins'ten vazgeçmediğim için benimle dalga geçiyorsun ama Robert Martin de benim için bir o kadar vazgeçilmez."

Mr. Knightley Emma'nın ona bakıp gülümsemesini istiyordu. Artık mutlulukla sırıtmasına engel olabileceğinden emin olan genç kız gülümseyerek başını kaldırdı ve neşeyle yanıt verdi:

"Beni bu beraberliğe ikna etmek için çok fazla çabalamanıza gerek yok. Harriet'in çok doğru bir şey yaptığını düşünüyorum, onun için çok iyi bir kısmet. Onun ailesi Robert Martin'inkinden daha aşağı sınıftan da olabilir. Kişiliklerinden ve sağlam karakterlerinden hiç kuşkum yok. Sessiz kalmamın tek nedeni şaşkınlık; çok şaşırdım, inanamadım. Bunun benim açımdan ne kadar beklenmedik bir gelişme olduğunu tahmin edemezsiniz!

Ani oldu. Hazırlıksız yakalandım! Harriet'in son zamanlarda Mr. Martin'e karşı tavrının eskisinden de daha olumsuz olduğunu düşünüyordum. Bunun nedenleri var."

"Arkadaşını en iyi sen tanırsın," dedi Mr. Knightley. "Bana kalırsa o iyi huylu, yumuşak kalpli bir kız; kendisine onu sevdiğini söyleyen genç bir erkek karşısında pek fazla direnemez."

Emma gülmekten kendini alamadı.

"Bence siz de onu benim kadar iyi tanıyorsunuz, Mr. Knightley. Bu arada Harriet'in bu beyefendinin teklifini kabul ettiğinden gerçekten emin misiniz, kesin mi? Zaman içinde kabul edebileceğine inanıyorum ama şimdi, kabul etmiş olabilir mi, bilemiyorum? Robert Martin'in sözlerini yanlış anlamış olabilir misiniz? İkiniz de başka başka şeylerden bahsediyordunuz, iş konuları, yeni tohumlar, sığır yarışmaları; bu kadar konunun içinde kafanız karıştığı için onun söylediklerini yanlış anlamış olamaz mısınız? Belki de emin olduğu konu, Harriet'in onun teklifini kabul ettiği değil, bir öküzün kilosu, ebadı..."

Mr. Knightley ile Robert Martin arasındaki büyük farkı her zamankinden daha da fazla hisseden Emma, Harriet'in çok kısa bir süre üstüne basa basa "Umarım artık kimse benim Mr. Martin'den hoşlanabilecek biri olduğumu düşünmüyordur," dediğini anımsayarak bu duyduğu haberin gelecekte belki gerçek olabileceğine ancak şimdilik doğru olamayacağına inanıyordu. Bir hata olmalıydı, başka türlüsü olamazdı.

Mr. Knightley "Bunu nasıl söylersin," diye bağırdı. "Benim karşımdakinin ne demek istediğini anlamayacak kadar aptal olduğumu nasıl düşünebilirsin? Bak şimdi sen neyi hak ediyorsun, biliyor musun?"

"Ah! Ben her zaman en iyi şekilde davranılmayı hak ederim, başka türlüsünü kabul edemem. Dolayısıyla bana açık ve net bir yanıt vermelisiniz. Mr. Martin'le Harriet'in şu an aralarındaki ilişkiyi bildiğinizden emin misiniz?"

Mr. Knightley üzerine basa basa "Kesinlikle eminim," dedi. "Mr. Martin bana Harriet'in onun teklifine evet dediğini ve bu konuda karanlıkta kalan, kuşku götürür herhangi bir durumun olmadığını söyledi. Bunlar onun kendi sözcükleri ve sanırım sana bunun böyle olduğunu kanıtlayabilirim de. Bana bu durumda ne yapması gerektiğini sordu, fikir almak istedi. Mrs. Goddard dışında Harriet'in akrabaları ve arkadaşlarıyla ilgili bilgi alabileceği kimseyi tanımıyormuş. Bu konuda Mrs. Goddard'a gitmenin dışında başka bir şey önerebilir miyim diye sordu. Öneremeyeceğimi söyledim, o da bugün gün içinde ona uğramaya çalışacağını belirtti."

Emma en parlak gülümsemesiyle "Şimdi gerçekten inandım," dedi. "İkisine de tüm içtenliğimle mutluluklar diliyorum."

"Bu konuyu son konuştuğumuzdan beri çok değişmişsin."

"Umarım öyledir çünkü o sıralar aptalın tekiydim."

"Aslında ben de değiştim. Artık Harriet'in nitelikli bir kız olduğu konusundaki iddialarını kabul etmeye hazırım. Senin ve Robert Martin'in (onun Harriet'e hâlâ âşık olduğunu düşünüyorum) hatırı için bazı şeylere katlanıp onu tanımaya çalıştım. Onunla birçok kez konuştum. Bunu sen de görmüş olmalısın. Hatta bazen zavallı Martin için çaba harcadığımdan kuşkulanabileceğini bile düşündüm ama aslında durum kesinlikle bu değildi. Yaptığım gözlemlerde edindiğim izlenim onun ahlaklı, erdemli, aklı başında, yapmacıksız, sevimli bir kız olduğunu ve mutluluğu aile yaşamında aradığı oldu. Bunların çoğunu da sana borçlu, bundan eminim."

Emma başını sallayarak "Bana mı!" diye haykırdı. "Ah! Zavallı Harriet!"

Ancak hemen kendini topladı ve hak ettiğinden biraz daha fazla takdir görmeyi kabullendi.

Bu konuşmaları Emma'nın babasının içeri girmesiyle sona erdi. Emma bundan dolayı üzülmedi. Yalnız kalmak istiyordu. Kafası karmakarışıktı ve kendini toparlamakta zorlanıyordu. İçinden dans etmek, şarkı söylemek, haykırmak geliyordu ve biraz dolaşıp kendi kendine konuşup gülmedikçe, düşünmedikçe akıllı uslu bir şey yapacak durumda olamayacaktı.

Babasının gelme nedeni James'in atları hazırlamaya başladığını haber vermekti. Artık her gün düzenli bir şekilde Randalls'a gidiyorlardı. Böylece Emma için de ortadan kaybolma fırsatı doğmuş oldu.

Emma'nın ne denli mutlu, neşeli, şükran dolu olduğu kolayca tahmin edilebilirdi. Harriet'in mutlu olacağını öğrenince kendi mutluluğunun üzerindeki gölge de ortadan kalkmıştı ancak şimdi de mutluluktan sarhoş olma tehlikesiyle karşı karşıyaydı. Daha başka ne dileyebilirdi ki? Sağduyusuyla, kararlarıyla ve duygularıyla her zaman ondan daha üstün olan Mr. Knightley'ye daha fazla layık olmak dışında hiçbir şey. Geçmişteki aptallıklarının ona gelecekte alçak gönüllü ve sağduyulu olmayı öğretmesi dışında hiçbir şey.

Emma kararlarında ciddiydi, şükran duymakta ciddiydi, hatta gereğinden bile fazla, ancak yine de arada sırada gülmekten kendini alamıyordu. Aslında böyle bir sonuç karşısında gülmeliydi de! Daha beş hafta önce yaşanan hüzün ve hayal kırıklığının böyle sonuçlanması! Nasıl bir kalpti bu, nasıl bir insandı bu Harriet!

Artık Harriet'in dönüşü keyifli olacaktı. Her şey keyifli olacaktı. Robert Martin'le tanışmak da ayrı bir keyif olacaktı.

En önemsediği ve yürekten hissettiği mutluluklarının içinde en değerlisi de artık Mr. Knightley'den bir şey gizlemek zorunda kalmayacak olmasıydı. Ona çok ters gelen, hatta nefret ettiği gizli saklı işler, riyakârlıklar, sır saklamalar, gizemler kısa bir süre içinde son bulacaktı. Emma kişiliği gereği görev olarak kabul etmeye çoktan hazır olduğu, o tam ve kusursuz açıklığı, güveni Mr. Knightley'ye sunmak için sabırsızlanıyordu.

Alabildiğine mutlu ve en neşeli ruh hâliyle babasıyla birlikte yola koyuldu, yol boyunca babasını pek dinlemiyor ama söylediklerini onaylıyordu. Konuşmasıyla da suskun kalmasıyla da babasının Mrs. Weston'ı hayal kırıklığına uğratmamak için her gün Randalls'a gitmek zorunda oldukları düşüncesini paylaştığını belli ediyordu.

Randalls'a vardılar. Mrs. Weston salonda yalnızdı, daha bebekle ilgili haberleri almalarına, Mr. Woodhouse'un da oraya gitmiş olmasından dolayı edilen teşekkürleri –ki bunları bekliyordu– kabul etmesine fırsat kalmadan panjurların arasından pencerenin önünden geçen iki kişi gözlerine çarptı.

"Frank'le Miss Fairfax," dedi Mrs. Weston. "Ben de tam size bu sabah Frank'in buraya gelerek bize güzel bir sürpriz yaptığını söyleyecektim. Yarına kadar kalacak, Miss Fairfax de bugünü bizimle geçirmeyi kabul etti. Sanırım içeri geliyorlar."

Çok geçmeden onlar da salona girdiler. Emma Frank'i gördüğü için çok mutlu olduysa da biraz utandı da... sonuç olarak her iki tarafı da rahatsız edecek bir dizi anı vardı. Hevesle ve gülümseyerek selamlaştılar ancak ilk anda her ikisi de belirgin bir tedirginlik içinde mesafeliydiler. Üçü birlikte otururken önce derin bir sessizlik oldu. Emma uzun zamandır Frank Churchill'i Jane'le birlikte görmekten çok büyük keyif alacağını düşünüyordu ama şimdi bu duygusundan kuşku duymaya başlamıştı. Ancak Mr. Weston aralarına katılıp, bebek de getirilince konu sıkıntısı kalmadığı gibi coşkuya da gerek kalmadı, hatta Frank

Churchill cesaretini toplayıp ilk fırsatta Emma'nın yanına gelip onunla konuşmakta da gecikmedi.

"Miss Woodhouse, Mrs. Weston'ın mektuplarından biriyle bana ulaştırdığı o çok nazik bağışlama mesajınız için size teşekkür borçluyum. Umarım aradan geçen zaman beni bağışlama iradenizi azaltmamıştır. Umarım o zaman söylemiş olduklarınız hâlâ geçerlidir."

Emma nihayet bir şey söyleyebilmenin mutluluğu içinde "Hayır, hem de hiç!" diye haykırdı. "Asla o sözümden geri adım atmış falan değilim. Sizi gördüğüm, elinizi sıkıp bizzat tebrik edebildiğim için çok mutluyum."

Frank Churchill ona tüm kalbiyle teşekkür etti ve samimi bir şükran ve mutluluk duygusu içinde konuşmaya devam etti.

"Emma çok iyi görünüyor, değil mi?" diye sordu Jane'e dönerek. "Hiç olmadığı kadar iyi! Babamla Mrs. Weston'ın onun üstüne nasıl titrediklerini görüyorsunuz, değil mi?"

Genç adam yine eski neşesine kavuşmuştu, gülen gözlerle Campbellların yakında dönmesini beklediklerini söyledikten sonra Dixon adını da andı. Emma kızardı ve bu adın bir daha onun yanında anılmasını yasakladı.

"Derin bir utanç duymadan!" diye haykırdı. "Bunu aklıma bile getiremiyorum."

"O utanç bana ait," dedi genç adam. "Ya da olmalı! Neyse, söyleyin bana, bizden hiç kuşkulanmadınız mı? Bu mümkün mü? Son zamanları kastediyorum. İlk başlarda şüphelenmediğinizi biliyorum."

"Emin olun, aklıma bile gelmedi."

"Bu çok iyi işte! Bir defasında söylemeye çok yaklaşmıştım... Az kalmıştı... Keşke söyleseydim, daha iyi olurdu... Sürekli yanlış yaptım, hem de çok kötü yanlışlıklar... Üstelik bunlardan bir fayda da görmedim. Eğer gizlilik konusunda verdiğim sözü bozup size her şeyi anlatsaydım çok daha az hata yapmış olurdum."

"Artık bunun için üzülmeye değmez," dedi Emma.

Genç adam, "Dayımı Randalls'a gelmeye ikna edebileceğime inanıyorum, bu konuda umutluyum," diye ekledi. "Onunla tanışmak istiyor. Campbelllar döndüğünde onlarla Londra'da buluşacağız ve sanırım Jane'i kuzeye, evimize götürene kadar da orada kalmaya devam edeceğiz. Ondan bu kadar uzak olmak çok zor, öyle değil mi Miss Woodhouse? Barıştığımız günden beri hiç görüşemedik. Bana hiç acımıyor musunuz?"

Emma ona karşı duyduğu acıma duygusunu öyle kibar ifade etti ki genç adam birden neşeyle haykırdı.

"Ah! Bu arada!" Birden sesini alçaltarak çekingen bir havada "Umarım Mr. Knightley iyidir?" dedi. Duraksadı. Emma utandı, kızardı ve güldü. "Mektubumu gördüğünüzü biliyorum ve sizinle ilgili iyi dileklerimi anımsadığınızı umuyorum. Ben de sizi tebrik etmek istiyorum. Bu haberin beni çok sevindirdiğini ve mutlu ettiğini ifade etmek isterim. Mr. Knightley öyle mükemmel biri ki onu takdir etmek bile beni aşar."

Emma bunları duymaktan çok mutlu oldu, onun bu övgü dolu sözlerini sürdürmesini bekliyordu ama bir an sonra genç adamın aklı yeniden kendi meselelerine ve Jane'e kaydı.

"Hiç böyle bir ten gördünüz mü? Böylesine pürüzsüz ve duru! Hem de sarışın olmadığı hâlde. Ona sarışın denemez. Çok az rastlanan bir ten rengi var, koyu renkteki kirpikleri ve saçlarıyla birleştiğinde muhteşem bir renk bu! Benzersiz! Ona özgü! Güzelliğine güzellik katan bir renk!"

Emma, muzip bir tavırla "Ben onun tenine her zaman hayranlık duymuşumdur," dedi. "Yanlış anımsamıyorsam çok solgun olduğunu söylemiştiniz, değil mi? Ondan ilk bahsettiğimiz günlerde. Unuttunuz mu?"

"Ah! Hayır, Ne küstahlık! Buna nasıl cüret edebildim ki?" Ama bunu anımsayınca öyle yürekten güldü ki Emma, elinde olmadan "O andaki endişelerinize rağmen bizleri aldatarak çok eğlendiğinizden hiç kuşkum yok. Bundan eminim. Bu da sizin için bu işin tesellisi olmuştur," dedi.

"Ah, hayır, hayır. Benim böyle bir şey yapmış olabileceğimi nasıl düşünebilirsiniz? Ben mutsuz sefil herifin tekiydim!"

"Eğlenmekten vazgeçecek kadar değil. Bizi aldatabildiğinizi düşündükçe çok eğlenip mutlu olduğunuzdan eminim. Beni fazla kuşkucu olmakla suçlayabilirsiniz ama gerçeği söylemek gerekirse bana sizinle aynı durumda olsam eğlenirdim gibi geliyor. Galiba biraz birbirimize benziyoruz."

Genç adam hafifçe reverans yaptı.

Emma bunun üzerine anlayışlı bir ifadeyle "Karakterimiz değilse bile," diye ekledi, "kaderlerimiz birbirine benziyor, anlaşılan ortak kaderimiz kendimizden çok daha üstün kişilerle evlenmek."

Frank sıcak, içten bir sesle "Doğru, çok doğru," dedi. "Aslında bu sizin için doğru değil. Hiç kimse sizden üstün olamaz ama benim açımdan söylediğiniz çok doğru. Jane her anlamda bir melek. Bakın ona. Şu boynunu çevirişine bakın. Her hâliyle, her tavrıyla gerçek bir melek. Babama bakan gözlerine bakın. Bunu duymak hoşunuza gidecektir." Başıyla Jane'i işaret edip ciddi bir ses tonuyla fısıldayarak ekledi: "Dayım, yengemin bütün mücevherlerini ona vermeye niyetleniyor. Tabii önce yeniden elden geçecekler. Ben de başını süsleyecek bir taç yapılmasını isteyeceğim. Koyu renk saçlarının üstünde güzel durmaz mı?"

Emma "Gerçekten çok güzel olur," dedi. Emma o kadar kibar bir biçimde konuşuyordu ki genç adam minnettarlıkla haykırdı: "Sizi tekrar gördüğüm için çok mutluyum! Muhteşemsiniz! Harikulade görünüyorsunuz! Bu görüşmeyi asla kaçırmazdım. Eğer siz gelemeseydiniz kesinlikle Hartfield'e gelecektim."

O sırada diğerleri bebekten bahsediyorlardı, Mrs. Weston bir gece önce bebeğin pek iyi görünmemesi üzerine yaşadıkları telaşı anlatıyordu. Aptallık etmiş olabilirdi ama çok telaşlanmış hatta Mr. Perry'ye haber göndermesine ramak kalmıştı. Belki de bundan dolayı kendinden utanması gerekiyordu ama Mr. Weston da en az onun kadar telaşlanmıştı. Neyse ki on dakika içinde bebek iyileşmişti. Hepsi bu kadardı ama Mr. Woodhouse bu öyküyü çok ilginç bulmuştu, onu Perry'yi çağırmayı düşündüğü için tebrik etti ve çağırmadığı için de kınadı. "Eğer çocuk biraz kötü görünürse bile, en ufak sıkıntıda bile Mrs. Weston hemen Perry'yi çağırtmalı. Telaşın fazlası azı olmaz, ne kadar korksanız az; Perry'yi sık sık çağırmaktan çekinmemelisiniz, bunun fazlası olmaz. Dün gece gelmemesi yazık olmuş, gerçi bebek iyi görünüyor ama Perry onu görmüş olsa çok büyük olasılıkla çok daha iyi olabilirdi."

Frank Churchill de bu adı duydu.

Miss Fairfax'le göz göze gelmeye çalışarak Emma'ya "Perry!" dedi. "Dostum Mr. Perry! Mr. Perry'den mi bahsediyorlar? Bu sabah buraya mı gelmiş? Nasıl gidip geliyor? Arabasını aldı mı?"

Emma onun neden bahsettiğini anımsadı, onu anladı ve gülmeye başladı. Jane'in yüzündeki ifadeden konuşulanları duyduğu ancak duymamış gibi görünmeye çalıştığı anlaşılıyordu.

Frank Churchill "Bu ne olağanüstü bir düştü!" diye bağırdı. "Aklıma geldikçe gülüyorum. Bizi duyuyor, bizi duyuyor Miss

Woodhouse. Yanaklarının pembeleşmesinden, gülümsemesinden anlaşılıyor; boşuna somurtmaya çalışıyor. Baksanıza ona! Görmüyor musunuz, bana bunu yazdığı mektup gözünün önünden geçiyor; olayı, kırılan potu anımsıyor, öyle ki onları dinliyormuş gibi görünse de bundan başka bir şey düşünemiyor."

Jane bir an için elinde olmadan gülümsedi, genç adama döndüğünde bu gülümseme kısmen yüzünde kalmıştı; kısık, çekingen ama anlaşılır bir ses tonuyla "Bunları anımsamaya nasıl katlanabildiğini anlayamıyorum," dedi. "İnsan bazen istemese de aklına gelebilir ama sen özellikle davet ediyorsun!"

Genç adamın buna karşılık söyleyeceği çok şey vardı ve bunları çok eğlenceli bir biçimde de söyleyebilirdi ama Emma'nın kalbi bu tartışmada Jane'den yanaydı. Randalls'tan ayrılırken doğal olarak iki genç adamı kıyasladı. Bir dost olarak Frank Churchill'i gördüğüne sevinmiş olsa da Mr. Knightley'nin üstün kişiliğini hiç bu kadar güçlü hissetmemişti. Ve bu mutlu gün bu karşılaştırmanın ortaya çıkarttığı gibi Mr. Knightley'nin değerini daha da fazla takdir etmesiyle son buldu.

BÖLÜM 55

Emma, zaman zaman Harriet'le ilgili çeşitli kaygılar duyduysa da onun Mr. Knightley'ye olan aşkının küllendiğinden, başka bir adamı çaresizlikten değil sevdiği için kabul ettiğinden kuşkulandıysa da bu belirsizliğe uzun süre katlanması gerekmedi. Birkaç gün sonra Londra'daki grup geldi. Emma ilk fırsatta Harriet'i bir köşeye çekti ve bir saat kadar baş başa kaldılar. Bu sürenin sonunda Emma tam anlamıyla tatmın olmuş, rahatlamıştı. İnanılır gibi değildi ama Robert Martin, Mr. Knightley'nin yerini almıştı ve artık Harriet'in mutlulukla ilgili tüm düşlerini de hayallerini de Mr. Martin dolduruyordu.

Harriet önceleri biraz huzursuzdu, hatta ilk başta biraz dalgın, sıkıntılı, durgun bir hâli vardı ancak bir zamanlar haddini bilmeden aptalca davrandığını, kendi kendini kandırdığını itiraf ettikten sonra sıkıntısı da mahcubiyeti de geçti. Anlaşılan acısı ve kafa karışıklığı bu kabulle birlikte kaybolmuş; geçmişle ilgili hiçbir endişe taşımadan, bugünün ve geleceğin sevinciyle dolmuştu. Emma'yı ilk karşılaştıkları anda büyük bir içtenlikle, tüm kalbiyle ve coşkuyla tebrik ederek onun Mr. Knightley ile ilgili kaygılarını da giderdi ve arkadaşının takdirini kazandı. Harriet daha sonra da Londra'da Astley'deki o gecenin ve ertesi günkü yemeğin ayrıntılarını anlattı, bundan öyle bir mutluluk duyuyordu ki bu şen şakrak konuşmayı sonsuza dek sürdürebilirdi. Peki ama bütün bunlar ne anlama geliyordu? Emma'nın anlayabildiği kadarıyla Harriet, Robert Martin'den hep hoşlanmıştı ve onun da kendisini sevmekten vazgeçmemesine karşı koyamamış, bundan mutluluk duymuştu. Bundan ötesini Emma'nın aklı almıyordu. Bu çok sevindirici bir durumdu, üstelik de Emma'nın böyle düşünmesi için her gün yeni bir neden çıkıyordu. Harriet'in ailesi öğrenildi. Genç kızın bir tüccarın kızı olduğu ortaya çıktı; adam ona ömrü boyunca rahat bir yaşam sağlayacak kadar zengin ancak gizli kalmak isteyecek kadar da düzgün bir insandı. İşte bu Emma'nın geçmişte küçük arkadaşı için kefil olmaya hazır olduğu soylu kandı! Bu birçok centilmenin kanı kadar soylu bir kan olabilirdi ama Mr. Knightley, Churchill ve Mr. Elton için düşündüğü lekesiz akrabalık ilişkisi bu değildi? Hariett gayrı meşru bir çocuk olmanın lekesini, soyluluk ve servetle temizleyemezdi ve bu onun yaşamında hep bir leke olarak kalacaktı.

Harriet'in baba tarafından da bir itiraz gelmedi, genç adam kabul gördü, her şey olması gerektiği gibi oldu. Emma artık Hartfield'e kabul edilen Robert Martin'i tanıdıkça genç adamın küçük arkadaşına layık, akıllı ve değerli bir adam olduğunu görme fırsatı buldu. Harriet'in iyi huylu herhangi bir adamla mutlu olacağına hiç şüphesi yoktu ama Robert Martin'de ve onun sunduğu evde daha fazla umut vardı; orada ve onunla Harriet güvende olacak, istikrar ve gelişme sağlayacaktı. Onu seven ve ondan daha sağduyulu insanların arasında; güven duyacağı kadar sessiz, sakin, sıkılamayacağı kadar hareketli, neşeli bir ortamda olacaktı. Asla baştan çıkmayacak, çıkarılamayacak, baştan çıkaracak olasılıkların onu bulması mümkün olmayacaktı. Saygın ve mutlu olacaktı; Emma, Robert Martin gibi bir erkeğin gönlünde böylesine güçlü, dirençli ve derin duygular uyandırabildiği için onun dünyanın en şanslı kızı olduğunu kabul ediyordu ama tabii kendisinden sonra en şanslı...

Martinlerin arasına karıştığından beri Harriet, Hartfield'de giderek daha az uğrar olmuştu ki aslında bunda üzülecek bir şey yoktu. Zaten Emma'yla aralarındaki yakınlığın azalması gerekiyordu. Arkadaşlıkları daha mesafeli, daha dingin, iyi niyetle sınırlı olmalıydı ve neyse ki olması gereken ağır ağır da olsa doğal bir şekilde gerçekleşmeye başlamıştı.

Eylül ayının sonu gelmeden Emma kilisede rahibin huzuruna çıkan Harriet'e eşlik etti, onun Robert Martin'e evlenmesini büyük bir iç huzuru ve mutlulukla izledi. O andaki keyfini hiçbir tatsız anı hatta nikâhı kıyanın Mr. Elton olması bile kaçıramadı. Belki de o anda Mr. Elton'ı yalnızca daha sonra kendi nikâhının da kutsanacağı mihraptaki rahip olarak görüyordu. Üçü arasından en son nişanlanan çift, Robert Martin ve Harriet Smith ilk evlenen olmuştu.

Jane Fairfax Highbury'den ayrılmış, Campbellların yanındaki sevgili yuvasının konforuna kavuşmuştu, Churchilller de şehirdeydi ve tek beklentileri kasım ayının gelmesiydi.

Emma ve Mr. Knightley evlenmek için aradaki ekim ayına karar vermişlerdi. Nikâhlarının John ve Isabella Hartfield'den ayrılmadan önce kıyılmasını istemişlerdi, böylece on beş gün boyunca deniz kenarında tatil yapmak için evden ayrılabileceklerdi. John, Isabella ve diğer bütün dostları da bunu onaylamışlardı; tabii Mr. Woodhouse hariç! Evlilikten hâlâ çok uzak bir olay olarak bahseden Mr. Woodhouse bir şekilde kandırılacak ya da ikna edilecekti ama nasıl?

Bu konu ona açıldığında ilk anda öyle perişan oldu ki neredeyse tüm umutlarını kaybettiler. Ancak konuyu ikinci açışlarında durum o kadar da vahim değildi. Mr. Woodhouse bunun olacağını ve bunu engelleyemeyeceğini anlamaya başlamıştı; bu mantıklı davranma yolunda atabileceği en olumlu adımlardan birisiydi. Ancak yine de mutlu değildi. Aksine o kadar mutsuz görünüyordu ki kızının cesareti kırıldı. Babasının acı çektiğini, ihmal edildiğini düşündüğünü görmeye dayanamıyordu. İki Mr. Knightley'nin de nikâh sonrasında babasının sıkıntısının geçeceğini söylemeleri Emma'nın aklına yatıyorduysa da tereddüt ediyor, gerekli adımı atamıyordu; bu böyle devam edemezdi.

Bu kararsızlık sürerken yardımlarına Mr. Woodhouse'un zihnindeki ani bir aydınlanma ya da sinir sisteminde mucizevi bir değişim değil, aynı sistemin farklı bir biçimde çalışması yetişti. Bir gece Mrs. Weston'ın kümesindeki bütün hindiler ortadan kayboldu; sonra bunların çalındığı ortaya çıktı. Çevredeki başka kümeslerde de aynı şey oldu. Bu basit hırsızlık Mr. Woodhouse'un kuruntulu kişiliğine göre haneye tecavüzden farksızdı. Çok tedirgin olmuştu ve damadının onları koruyacağına inanmasa yaşamının kalan her gecesini korku içinde geçirecekti. İki Mr. Knightley'nin de sağduyusuna, becerisine, kararlılığına ve müdahale gücüne tüm kalbiyle güveniyordu. İkisinden birisi onu ve ona ait olanları koruduğu sürece Hartfield güvende olacaktı ama Mr. John Knightley kasım ayının ilk haftası sona ermeden Londra'ya dönmek zorundaydı.

Mr. Woodhouse bu sıkıcı durumun sonucu olarak kızının bile umut edemeyeceği kadar gönüllü ve mutlu bir şekilde evlilik onayını verdi ve düğün günü belirlenebildi. Mr. ve Mrs. Robert Martin'in evlenmelerinin üzerinden bir ay bile geçmeden Mr. Elton, Mr. Knightley ve Miss Woodhouse'un nikâhını kıymaya çağrıldı.

Düğün gösterişten ve şıklık yarışından uzak, diğer sade düğünlerden farksızdı. Mrs. Elton kocasının aktardığı ayrıntılara dayanarak düğünün kendi düğünüyle kıyaslanamayacak kadar sıradan ve sönük olduğunu düşündü. "Çok az beyaz saten, çok az dantel duvak, içler acısı, doğrusu! Selina duyduğunda buna inanamayacak."

Ne var ki tüm bu eksikliklere rağmen törene tanık olan gerçek dostlardan oluşan küçük bir topluluğun iyi dilekleri, umutları, güvenleri ve öngörüleri boş çıkmadı ve bu evlilikle kusursuz mutluluk gerçekleşti.

18. yüzyılın sonlarına doğru İngiltere'nin küçük bir kasabasında, taşralı bir beyefendi ve korumacı bir baba olan Mr. Bennet ve onun aklı havada karısı Mrs. Bennet'ın beş kızının iyi birer evlilik yapmak dışında hayatta başka bir seçenekleri yoktur. Fakat kardeşlerden Elizabeth kent soylusu, züppe ama bir o kadar da kendini içindeki zindanlara hapsetmiş olan Mr. Darcy ile yolları kesiştiğinde kaderine başkaldırarak tarihin en büyük aşklarından birinin yazılmasını sağlayacaktır. Her satırıyla kalbinizde iz bırakacak, aşkın yüceliği ve fedakarlıklarını insana hatırlatan bu romanı Handan Haktanır'ın eşsiz çevirisiyle sunuyoruz.

Okuyacak daha çok kitap var diyorsanız...
Güvenli kitap alışverişinin yeni adresi istanbook.com.tr

www.istanbook.com.tr

Emma - Bez Ciltli
9786257781435.3